La Mésopotamie

Du même auteur

Ancient Iraq
Allen & Unwin, 1964 ;
Penguin Books, 1966, 1992

Initiation à l'Orient ancien
De Sumer à la Bible
Seuil, « Points Histoire », n° 170, 1992

Histoire de l'humanité
1. De la préhistoire aux débuts de la civilisation
Edicef/Unesco, 2000

Georges Roux

La Mésopotamie

PRÉFACE DE JEAN BOTTÉRO
DIRECTEUR D'ÉTUDES A L'ÉCOLE PRATIQUE
DES HAUTES ÉTUDES (ASSYRIOLOGIE)

ÉDITION REVUE ET AUGMENTÉE
PAR L'AUTEUR

Éditions du Seuil

ISBN 978-2-02-023636-2
(ISBN 2-02-008632-8, 1ʳᵉ publication)

© ÉDITIONS DU SEUIL, FÉVRIER 1985, FÉVRIER 1995

A la mémoire de mon père

Préface

Lorsque ce livre a vu le jour, en anglais, en 1964, et que presque aussitôt il m'est tombé entre les mains, je l'ai lu, en quelques heures, avec le plus grand plaisir et le plus grand profit.

Je ne connaissais pas encore l'auteur, mais je l'entrevoyais dans son ouvrage : il devait avoir séjourné longtemps dans le Proche-Orient, et surtout en Iraq, comme on le devinait à bien des traits qu'il faut avoir vécus pour les rendre avec tant de vérité ; il aimait évidemment ce pays, et il s'était passionné pour son passé antique jusqu'à s'initier à ses langues d'autrefois : akkadien et sumérien, pourtant si loin des nôtres, et à cette redoutable écriture cunéiforme qui les notait ; il avait manifestement visité et revisité les sites, contemplé et revu les vestiges, jusqu'aux plus archaïques, de plus de cent vingt siècles, tirés par les archéologues d'un sous-sol truffé de richesses, et lu et relu quantité des documents qu'on y a retrouvés par centaines de mille ; il s'était informé auprès des meilleurs spécialistes concernant les épineuses questions sans nombre que pose un aussi gigantesque dossier d'une préhistoire et d'une histoire aussi longues et qui n'ont expiré que peu avant notre ère. Son livre ne trahissait pas seulement un pareil contact personnel et une longue et ardente recherche : en sus, il était agréablement écrit, aisé à lire, vivant, enthousiaste, et parmi les publications d'une littérature le plus souvent ultra-spécialisée, savantasse et rocailleuse, c'était, à mon sens, le premier et le seul qui ait réussi à donner, de cette antique civilisation mésopotamienne, un portrait à la fois suffisamment complet, limpide, attrayant, et accessible à quiconque, voire, par la qualité de sa synthèse et par sa vérité, utile même aux professionnels.

Il faut croire que le public de langue anglaise et ses

*garants, archéologues et assyriologues, certains de tout pre-
mier plan, ont jugé comme moi cet ouvrage, puisque la
première édition s'est trouvée incorporée, dès 1966, à
la célèbre collection Penguin, et, après quatre tirages successifs épuisés, remplacée sur-le-champ par une seconde,
revue et mise à jour, en 1980.*

*Aussi me suis-je fort réjoui que les Editions du Seuil aient
accepté de le présenter enfin – si complètement refondu et
récrit que c'est, en somme, un nouveau livre, encore meilleur –
au public de langue française, réduit jusqu'à présent, en la
matière, soit à de trop courtes et souvent insipides synthèses,
soit à des essais semi-professionnels, ou carrément spécialisés,
qui font parfois reculer jusqu'aux spécialistes eux-mêmes.*

*Longtemps l'apanage de quelques savants chenus et retirés
du monde, parlant entre eux un jargon spécifique et réduits à
une sorte de travail de chapelle par leur petit nombre, les
extrêmes difficultés de leur étude, et l'énorme quantité de
documents à déchiffrer, traduire et exploiter, l'assyriologie,
comme l'on appelle très imparfaitement la discipline historique qui a pour objet l'antique civilisation mésopotamienne,
commence à se diffuser timidement hors de sa thébaïde.*

*Pour en faire, d'une « propriété privée, interdite au public »,
un bien commun de notre culture, il y a eu d'abord quelques
trouvailles archéologiques retentissantes : Ur et ses tombes
royales, des environs de 2600, splendides et sinistres : rem-
plies d'or et de chefs-d'œuvre – et des cadavres de la cour,
assassinée pour accompagner son souverain dans l'outre-
tombe ; Mari, son palais labyrinthique et ses prodigieuses
archives, en quelque quinze mille pièces, du premier tiers du
second millénaire ; et les ruines d'Ebla, des alentours de
2400, avec sa documentation écrite tout aussi copieuse, mais
qui révèle à nos yeux un pan d'histoire et un pays complètement sortis de la mémoire depuis des millénaires. Il y a eu la
découverte, par le grand public, notamment à travers des
expositions fameuses, de l'art, puis de l'écriture de ce très
vieux pays. Et l'on commence à s'aviser qu'une meilleure
intelligence de la continuité historique nous interdit d'arrêter,
comme nous nous y étions habitués, la remontée dans notre
passé au monde grec, d'une part, biblique, de l'autre, ces
deux fleuves venus se mêler dans l'estuaire de notre propre
civilisation, mais de poursuivre plus haut encore, jusqu'aux*

limites de la connaissance historique, jusqu'aux plus anciens documents écrits – en Mésopotamie, vers 3000.

C'est là qu'est née alors la plus vieille haute civilisation connue, qui, après la céramique et la métallurgie du cuivre et du bronze, a découvert et perfectionné quantité de techniques, à commencer par celles de l'irrigation agricole ; la planification du travail ; les premières analyses de l'Univers et les mises en ordre conceptuel de ses secteurs ; la plus vieille mythologie, en réponse aux problèmes qu'on se posait, peut-être avec plus d'acuité qu'aujourd'hui, touchant les origines du monde et sa raison d'être, la genèse de l'homme et le sens de sa vie et de son destin ; la première mathématique et le premier algèbre, et, plus tard, la première astronomie ; la première écriture, enfin, et la première littérature, mais aussi la première tradition écrite, laquelle a profondément transformé le mode de penser, et permis d'ébaucher la pratique, sinon les lois, de la première connaissance véritablement scientifique. C'est là, nous le savons aujourd'hui, qu'il faut chercher nos plus vieux papiers de famille, et nos plus vieux parents identifiables en ligne ascendante directe.

Ce champ nouveau d'investigations, on commence à peine d'y ouvrir quelques tranchées : sans doute nous promet-il des découvertes, non, certes, sensationnelles – les vérités profondes, même les plus capitales, ne font jamais sensation – mais d'un considérable intérêt aux yeux de ceux, parmi nous, qui, se refusant à limiter leur attention au présent et au futur de notre race, et persuadés que l'on comprend mieux les enfants par leurs pères, cherchent à savoir d'où nous vient et comment s'est constitué, au fil des siècles, cet opulent héritage que nous trouvons autour de nous en naissant et qui a fait de nous ce que nous sommes.

Pour moi, avec tous mes collègues vraiment ouverts à une promotion et une propagation intelligentes de l'assyriologie, je me félicite que nous soit donné à tous, professionnels aussi bien que grand public cultivé, ce guide excellent, clair, complet, agréable à lire, qui rappellera aux premiers et découvrira aux seconds la trajectoire entière de cette vieille civilisation exemplaire, désormais intégrée à notre patrimoine.

Jean Bottéro,
le 30 août 1983.

Introduction

Parmi les quatre ou cinq grandes civilisations de l'ère préchrétienne, la mésopotamienne présente la particularité d'être à la fois la plus ancienne, la plus longue, sans doute la plus importante, tant par l'influence qu'elle a exercée sur l'ensemble du Proche-Orient et sur le monde grec que par sa contribution au développement matériel et spirituel de l'humanité, et la plus mal connue du grand public cultivé, aussi bien en France qu'ailleurs. Ce phénomène, à première vue étonnant, relève sans doute de causes multiples. En dehors des spécialistes, peu d'universitaires s'intéressent à la Mésopotamie et il est navrant de constater qu'on n'en parle pratiquement jamais dans les livres, les journaux, les émissions « culturelles » radiophoniques ou télévisées et qu'elle ne figure plus dans nos manuels scolaires ; de leur propre aveu, les experts en la matière se sont trop longtemps renfermés dans leur tour d'ivoire, donnant ainsi, sans le vouloir, la fausse impression que leur science était inaccessible au commun des mortels ; en outre, pour diverses raisons et à l'inverse de l'Egypte, de la Crète, de la Grèce et même de la Turquie, l'Iraq n'a été jusqu'ici visité que par une infime minorité de touristes. Certes, il existe en France de très beaux livres d'art où sont illustrées et commentées les principales œuvres sumériennes, babyloniennes et assyriennes – œuvres dont le musée du Louvre offre un échantillonnage complet et remarquablement bien mis en valeur – et deux expositions récentes (« Chefs-d'œuvre du musée de Baghdad » et « Naissance de l'écriture ») ont connu un certain succès. Par ailleurs, les pièces maîtresses de la littérature sumérienne et akkadienne ont été publiées dans d'excellentes traductions à la portée de toutes les bourses. Mais pour qui se penche sur eux, ces objets d'art, ces poèmes, ces mythes et ces légendes souffrent d'un inconvénient majeur : ce ne sont jamais que des pièces isolées d'un puzzle, des fragments d'un vaste tableau qui ne peuvent être pleinement compris et appréciés faute d'être localisés sur l'échelle du temps et surtout replacés dans leur milieu naturel et leur contexte historique.

Je devins conscient de cette difficulté au cours des années 50. Je vivais alors à Bassorah, en Iraq, dans cet Orient où j'avais passé une grande partie de ma jeunesse et dont j'avais gardé la nostalgie ; mieux encore, dans cette Mésopotamie à laquelle je m'intéressais de plus en plus profondément depuis une quinzaine d'années. Ayant écrit, pour le magazine de l'Iraq Petroleum Company qui m'employait comme médecin, quelques articles sur les sites que je visitais, je ne savais que répondre aux lecteurs alléchés mais qui désiraient en savoir davantage sur l'histoire antique du pays qu'ils habitaient temporairement eux aussi. Il n'existait alors aucun ouvrage d'ensemble qui fût à leur portée. Je rédigeai donc pour eux, toujours sous forme d'articles, une histoire de la Mésopotamie depuis les origines jusqu'aux débuts de l'ère chrétienne, et ces articles, récrits et améliorés au début des années 60, forment la substance de *Ancient Iraq*, publié à Londres en 1964 par Allen and Unwin puis, à partir de 1966, par Penguin Books Ltd. Le succès continu de ce livre et l'accueil favorable que lui réservèrent des savants chevronnés me confirmèrent dans l'impression que j'avais, dans une modeste mesure, contribué à combler une lacune.

Lorsque, après un long séjour en Angleterre, je revins à Paris en 1974, mes amis assyriologues parisiens me suggérèrent qu'une édition française de *Ancient Iraq* serait la bienvenue. En 1981, Le Seuil me fit l'honneur de lui réserver une place dans sa collection historique. Une traduction pure et simple était alors envisagée. Cette tâche fut confiée à Mᵐᵉ Jeannie Carlier, et je tiens ici à lui rendre hommage car elle s'en acquitta remarquablement bien malgré les difficultés inhérentes au sujet. Toutefois, en relisant de près cet ouvrage, qui n'avait fait l'objet que d'une révision partielle en 1980, je me rendis compte qu'une refonte complète s'imposait, tant les éléments de base s'étaient multipliés et les opinions avaient évolué en une vingtaine d'années. Puisque l'occasion m'en était offerte, autant tout revoir, tout vérifier, tout récrire moi-même et *de novo*. Cela prit beaucoup plus de temps que prévu, mais voici enfin, sous un autre titre et entièrement rénovée, une version française de cet *Ancient Iraq* connu depuis longtemps des anglophones et qu'il me faudra bien rajeunir, lui aussi, un jour.

La Mésopotamie s'adresse essentiellement aux non-spécialistes, à tous ceux qui, pour une raison quelconque, s'intéressent à l'histoire de ce pays du Proche-Orient ou de l'Antiquité en général. Aussi me suis-je efforcé de rendre cet ouvrage aussi clair, aussi simple, aussi vivant que possible, malgré sa complexité intrinsèque, sans pour autant enfreindre les règles de précision, d'exactitude et de réserve qui s'imposent à tout historien. Ce faisant, j'avais souvent l'impression de danser sur une corde raide ; au lecteur de juger si j'ai toujours réussi à conserver mon équilibre. Par ailleurs, sachant que des professeurs anglais, américains et canadiens n'hésitaient pas à recommander *Ancient Iraq* à leurs étudiants comme ouvrage d'initiation, j'ai pensé qu'il en serait peut-être de même pour la version française, et c'est aux étudiants en assyriologie ou toute autre discipline touchant, de près ou de loin, à la Mésopotamie que sont destinées la plupart des notes et références bibliographiques groupées en fin de volume.

Le nombre d'ouvrages et d'articles consacrés à la Mésopotamie et aux régions du Proche-Orient qui ont gravité dans son orbite culturelle ne cesse d'augmenter d'année en année ; ils forment aujourd'hui une masse énorme et de plus en plus lourde à manier. En puisant dans cette mine d'informations, j'ai dû faire des choix d'autant plus difficiles et parfois déchirants que mon sujet couvrait un champ extrêmement vaste et je m'excuse auprès des auteurs que j'ai pu blesser en ne les citant pas. Il fallait que je me limite, mais j'ai pris autant de soin à éviter de trop simplifier qu'à ne rien omettre d'essentiel. L'histoire de tout pays, notamment en ce qui concerne la Haute Antiquité, abonde en problèmes dont beaucoup ne seront probablement jamais résolus et, d'autre part, ce qu'on croit aujourd'hui être une « vérité » historique peut fort bien se révéler demain une erreur. Je me suis donc permis, quitte à alourdir quelques chapitres, de discuter certains de ces problèmes et j'ai souligné à plusieurs reprises le caractère provisoire de nos connaissances actuelles sur tel ou tel point ou simplement avoué notre ignorance. Sans dissimuler qu'il s'agissait le plus souvent d'hypothèses, j'ai tenté d'expliquer certains événements par référence à des événements antérieurs ou par leur contexte géographique, écologique ou économique. Il me paraît, en effet, que sans ces « explications » – dussent-elles s'avérer fausses dans quelques années –, l'histoire se réduit à une énumération fastidieuse et stérile de noms, de dates et de faits plus ou moins fermement établis. Enfin, j'ai donné à l'art, à l'archéologie, à la littérature, à la religion et aux systèmes socio-économiques plus de place qu'ils n'en occupent généralement dans les ouvrages de ce genre et j'ai cité autant de textes que le permettait l'espace dont je disposais. A notre époque, le public éclairé ne se contente plus des guerres et traités qui constituaient autrefois l'essentiel de l'histoire, mais désire fort justement savoir comment vivaient, ce que pensaient les anciens peuples, et le meilleur moyen de faire revivre le passé est de donner la parole à ces derniers chaque fois que possible.

Je n'aurais jamais eu le courage d'écrire cet ouvrage si mes amis sumérologues, assyriologues et archéologues ne m'avaient encouragé à le faire et prodigué leur aide et leurs conseils. Je tiens à exprimer ma gratitude en premier lieu au professeur Jean Bottéro qui non seulement a soutenu ce projet, mais a bien voulu lire de très près mon manuscrit et m'honorer d'une préface, ainsi qu'à M. Jean-Pierre Grégoire, du CNRS, qui a fort aimablement mis sa riche bibliothèque à ma disposition et m'a guidé dans un difficile sujet dont il connaît tous les recoins et les pièges : l'organisation socio-économique de Sumer au troisième millénaire. Je remercie aussi vivement tous ceux, français et étrangers, qui m'ont manifesté leur amitié et m'ont prêté ou fait don de leurs propres ouvrages et articles, en particulier Mme Florence Malbran-Labat, Mme Elena Cassin, Mlle Sylvie Lackenbacher, M. Olivier Rouault, M. Javier Teixidor à Paris ; les professeurs Donald J. Wiseman (Londres), Wilfrid G. Lambert (Birmingham) et James V. Kinnier Wilson (Cambridge) en Grande-Bretagne ; les professeurs Johannes Renger (Berlin) et Wilhelm Eilers (Würzburg) en Allemagne ; le regretté professeur Georges Dossin et Mme Marcelle Duchesne-Guillemin à Liège ; le professeur Albert K. Grayson à Toronto ; les professeurs Samuel N. Kramer et James B. Pritchard à Philadelphie. Enfin, j'ai une dette de reconnaissance toute particulière envers Michel Winock pour la compréhension et la patience dont il a fait preuve à mon égard et, *last but not least*, envers ma femme Christiane qui s'est chargée de la tâche aussi longue qu'ingrate de dactylographier un manuscrit passablement épais et m'a rendu ainsi un immense service.

NOTE SUR LA TRANSCRIPTION DES MOTS
ET NOMS PROPRES ORIENTAUX

Tout en conservant le nom francisé de grandes villes bien connues, comme Alep, Damas, Bassorah ou Mossoul (mais nous préférons Iraq à Irak et Baghdad à Bagdad), nous avons adopté dans cet ouvrage l'orthographe utilisée dans les milieux scientifiques, légèrement modifiée pour des raisons typographiques. Le tableau ci-dessous peut être utile aux non-initiés :

AKKADIEN SUMÉRIEN	ARABE PERSAN	TURC	PRONONCIATION
e	e	e	*é* (par ex. Gudea = Gudéa ; Meskene = Méskéné)
u	u	u	*ou* (par ex. Ur = Our ; Uruk = Ourouk)
-	-	ü	*u* français
-	-	ö	*eu*, comme dans « neuf »
-	ch	ç	*tch*
-	gh	gh	comme *r* fortement grasseyé en arabe ; en turc, prolonge la voyelle qui suit.
h	kh	h	*h* dur, comme *auch* en allemand
-	j	c	*dj*
ş	-	-	*ts*
sh	sh	ş	*ch* français
ṭ	ṭ	—	*t* « emphatique », très appuyé
—'	—'	—	après une voyelle, attaque vocalique, comme dans « j'en ai un »
'—	'—	—	prononcer la voyelle qui suit du fond de la gorge serrée
w	w	-	*w* anglais

Toutes les autres voyelles et consonnes se prononcent comme en français. Noter que le *g* est toujours dur (gi = gui, ge = gué). L'accent circonflexe prolonge la voyelle. Les accents aigu et grave sur les voyelles en sumérien distinguent les homophones (voir page 79) et n'ont aucune influence sur la prononciation, ainsi : u = u_1, ú = u_2, ù = u_3, puis on écrit u_4, u_5, etc.

1
Le cadre géographique

Du Pamir au Bosphore, de l'Indus à la mer Rouge, s'étend une masse compacte de terres ocre qu'ébrèche à peine la lame bleue du golfe Arabo-Persique, une série de hauts plateaux, de vastes plaines et déserts, de vallées larges ou étroites, de montagnes aux longs plis parallèles, çà et là couronnées de neige, qu'on nomme le Proche-Orient et dont l'Iraq (majeure portion de la Mésopotamie antique) occupe à peu près le centre. Il n'est aucune partie du monde qui soit plus chargée d'histoire ; il en est peu où l'influence de l'environnement sur l'histoire a été plus nette, profonde et durable. C'est qu'ici, plus que partout ailleurs, l'équilibre entre l'homme et son milieu naturel est particulièrement délicat. Sur ces terres en grande partie arides, l'homme peut vivre, certes, et même prospérer, mais la plupart de ses activités sont déterminées par le relief et la nature du terrain, l'abondance ou la rareté des précipitations, la répartition des sources et des puits, le cours et le débit des fleuves et rivières, la rigueur ou la douceur du climat. Jusqu'à tout récemment, ces facteurs ont marqué fortement son destin, l'incitant à mener la vie monotone du paysan ou celle, errante et dure, du nomade, traçant les routes de son commerce et de ses guerres, façonnant ses qualités physiques et morales et même, dans une large mesure, gouvernant ses pensées et ses croyances. C'est pourquoi, l'étude historique de tout pays du Proche-Orient – et la Mésopotamie ne fait pas exception à la règle – doit nécessairement commencer par un regard jeté sur la carte.

Les Anciens ne nous ayant pas laissé de traité de géographie, la description qui va suivre ne peut se fonder que sur l'Iraq contemporain [1], mais il est certain qu'elle s'applique, aux prix d'amendements mineurs, à la Mésopotamie antique. Si, dans certaines parties de ce pays, les fleuves ne suivent

plus exactement le même cours que naguère et si des régions
autrefois fertiles sont maintenant stériles et réciproquement,
la disposition générale des montagnes, des plaines et des
vallées est bien évidemment la même et la comparaison entre
la faune et la flore anciennes et modernes[2] ainsi que les
résultats d'études géologiques[3] démontrent que les variations de climat depuis environ six mille ans ont été si faibles
qu'on peut les tenir pour négligeables. De telles preuves
scientifiques sont d'ailleurs presque superflues, car quiconque connaît un peu l'histoire de la Mésopotamie antique
se retrouve, en visitant ce pays, dans un cadre qui lui est
d'emblée familier. Non seulement ces montagnes en grande
partie dénudées, ces déserts de pierre ou de limon, ces palmeraies riantes, ces marécages aux immenses cannaies
constituent les paysages qu'évoquaient les anciens textes et
monuments figurés mais, en dehors des grandes villes, les
conditions de vie semblent n'avoir guère changé. Sur des
collines plus ou moins pelées, des bergers sortis tout droit de
la Bible font paître leurs chèvres noires et leurs moutons à
queue épaisse ; dans le désert, des tribus de Bédouins – moins
nombreuses, il est vrai, qu'il y a quelques années – errent
sans fin de puits en puits ; dans la plaine, les paysans vivent
dans des maisons de torchis identiques à celles de leurs lointains ancêtres néolithiques et utilisent souvent des outils
similaires, tandis que les pêcheurs des marais habitent encore
les huttes de roseaux des premiers Sumériens et poussent à la
perche les mêmes pirogues à la proue fine et relevée. Si
la lune, le soleil, les vents, les fleuves ne sont plus des dieux
qu'on adore, leurs pouvoirs n'en sont pas moins redoutés ou
accueillis avec joie et les conditions de vie d'aujourd'hui permettent d'entrevoir une explication à bien des coutumes et
croyances depuis longtemps défuntes. En fait, il est peu
de pays où le passé soit plus vivant et où soient mieux illustrés les textes gravés sur l'argile que déchiffrent les historiens.

Notre champ d'étude est un triangle d'environ 240 000 kilomètres carrés, délimité par des lignes imaginaires reliant
Alep, le lac d'Urmiah et l'embouchure du Shaṭṭ el-'Arab. Les
frontières politiques modernes divisent ce triangle entre la
Syrie et l'Iraq, qui en occupe la majeure partie, tandis qu'y
pénètrent çà et là des morceaux de Turquie et d'Iran ; mais

ces frontières sont récentes et, en réalité, cette région forme une seule grande unité géographique ayant pour axe les vallées de deux grands fleuves : le Tigre et l'Euphrate. Nous pouvons donc l'appeler « Mésopotamie » encore que ce mot, formé dans l'Antiquité par les historiens grecs, soit quelque peu restrictif, puisqu'il signifie « (le pays) *entre* les fleuves [4] ». Si surprenant que cela puisse nous paraître, les anciens habitants de la Mésopotamie n'avaient pas de mot pour désigner l'ensemble du territoire qu'ils occupaient et les noms qu'ils utilisaient étaient tantôt trop vagues (*kalam* en sumérien, *mâtu* en akkadien : le pays) et tantôt trop restreints (« Sumer », « Akkad », « Assur », « Babylone »). Sans doute les concepts de « cité-Etat » ou de royaume étaient-ils si profondément enracinés dans leur esprit qu'ils semblent avoir été incapables de reconnaître l'existence d'une unité géographique qui, pour nous, est évidente.

Avant notre ère, cette unité géographique allait de pair avec une unité culturelle non moins remarquable, car c'est à l'intérieur de ce triangle qu'a fleuri une civilisation qui, en totalité comme en importance, n'a eu d'égale à son époque que la civilisation égyptienne. Selon les moments et les modes, cette civilisation a été appelée « chaldéenne », « assyro-babylonienne », « suméro-akkadienne », ou encore « mésopotamienne », mais il s'agit d'un seul et même phénomène. Profondément enracinée dans la préhistoire, elle s'est épanouie dès l'aube de l'histoire et, malgré de nombreuses convulsions politiques et des apports réitérés de sang étranger, est restée extraordinairement stable pendant près de trois mille ans. Les centres qui la créèrent et la firent rayonner dans tout le Proche-Orient étaient des villes comme Ur, Uruk, Kish, Nippur, Agade, Babylone, Assur et Ninive, toutes situées sur l'Euphrate ou le Tigre, ou sur des branches de l'Euphrate, à l'intérieur des frontières de l'Iraq actuel. Vers le milieu du premier millénaire avant J.-C., cette civilisation se mit à décliner, puis s'éteignit progressivement pour des raisons que nous évoquerons à la fin de cet ouvrage. Certains de ses acquis culturels et scientifiques furent préservés par les Grecs et s'incorporèrent plus tard à notre propre héritage, mais tout le reste périt ou demeura enseveli pendant près de deux mille ans, semblant attendre la pioche des archéologues. Un glorieux passé fut longtemps oublié. Dans la courte mémoire de l'homme, de ces opulentes cités, de ces puissants monarques, de ces grands dieux ne subsistèrent que quelques noms, très souvent déformés. Quant aux traces matérielles, le soleil qui fissure les ruines, la pluie qui les dissout, les vents qui les recouvrent de sable ou de poussière conspirèrent pour en effacer toute trace ; et la plus grande leçon de modestie que puisse jamais nous donner l'Histoire réside dans les tertres désolés sous lesquels tant de villes mésopotamiennes, grandes ou petites, fabuleuses ou inconnues, ont été longtemps ou sont encore enfouies.

Les fleuves jumeaux

De même que, comme l'a dit Hérodote, « l'Egypte est un présent du Nil[5] », on peut affirmer de la Mésopotamie qu'elle est un don de deux fleuves jumeaux. Depuis des temps immémoriaux, en effet, le Tigre et l'Euphrate ont déposé leurs alluvions sur un lit de roches sédimentaires entre le plateau d'Arabie et les monts du Zagros, créant au milieu de déserts une plaine qui, en étendue comme en fertilité, n'a pas d'équivalent dans les 3 700 kilomètres de terres en majorité arides qui séparent le Nil de l'Indus. Cette plaine a-t-elle aussi été gagnée sur la mer ? En d'autres termes, l'extrémité nord-ouest du golfe Arabo-Persique atteignait-elle la latitude de Baghdad, ou presque, à l'époque paléolithique et a-t-elle reculé peu à peu au fil des millénaires ? Cette théorie a longtemps été acceptée comme un dogme[6] mais, en 1952, deux géologues anglais, Lees et Falcon, ont montré que le Tigre, l'Euphrate et, en Iran, le Karun déposent leurs sédiments dans un bassin qui, depuis longtemps, s'affaisse lentement à mesure que s'élèvent les massifs montagneux du Sud-Ouest iranien de sorte que, selon eux, le tracé du littoral a probablement peu varié au cours des âges[7]. Toutefois, au cours des années soixante-dix des études de terrasses marines et de sédiments sous-marins ont montré que cette théorie n'expliquait qu'une facette d'un processus complexe. Les variations du climat mondial pendant le Pléistocène et l'Holocène ont entraîné des fluctuations dans le niveau du Golfe qui modifiaient le tracé de ses côtes et la pente (donc le débit) de tout fleuve qui pouvait s'y jeter. Il semble bien établi qu'aux environs de 14 000 avant J.-C., à l'acmé de la dernière glaciation, le Golfe était une large vallée dans laquelle coulait un seul fleuve qui rejoignait l'Océan Indien et cette vallée se remplissait d'eau de mer lentement, à mesure que fondait la calotte glaciaire. Vers 3000 avant J.-C., le niveau du golfe était plus élevé qu'à présent d'environ deux mètres, ce qui faisait remonter son rivage jusqu'aux alentours d'Ur et de Lagash ; une récession graduelle, surtout due à la sédimentation, l'a ramené là où il est maintenant [8]. La découverte d'un petit site d'époque kassite à mi-chemin entre Ur et Bassorah suggère qu'aux environs de 1500 la « tête » du Golfe se situait à quelque soixante kilomètres au sud-est d'Ur [9]. Mais bien d'autres facteurs que ceux-ci ont pu intervenir et il est impossible à l'heure actuelle de décider que ce problème est résolu.

Le Tigre et l'Euphrate prennent tous deux naissance en Arménie, le premier au sud du lac de Van, le second près du mont Ararat. L'Euphrate, long de 2 780 kilomètres, serpente d'abord à travers la Turquie, alors que le Tigre, sensiblement plus court (1 950 kilomètres) se dirige rapidement vers le sud. Lorsqu'ils débouchent de la chaîne du Taurus, les deux fleuves sont séparés l'un de l'autre par environ 400 kilomètres de steppe. L'Euphrate qui, à Jerablus, n'est qu'à 150 kilomètres de la Méditerranée, oblique alors vers le sud-est et se rapproche progressivement du Tigre. Les deux fleuves se rejoignent presque à la latitude de Baghdad, distants l'un de l'autre d'une trentaine de kilomètres à peine, mais ils divergent bientôt et ce n'est que lorsqu'ils atteignent le gros village de Qurnah, à 100 kilomètres environ au nord de Bassorah, qu'ils mélangent leurs eaux pour former le Shaṭṭ el-'Arab. Toutefois, dans l'Antiquité ce fleuve large et majestueux n'existait pas : le Tigre et l'Euphrate suivaient des cours séparés et se jetaient directement dans le Golfe. Cette description générale doit pourtant être quelque peu nuancée. Au nord d'une ligne idéale allant de Hît à Samarra, chacun des fleuves jumeaux a sa propre vallée bien distincte. Ils se frayent un chemin à travers un plateau de roches dures, calcaires et schistes, et sont bordés de falaises, de sorte que leur lit s'est très peu modifié au cours des temps et que les cités antiques – telles que Karkemish, Mari, Ninive, Nimrud ou Assur – se trouvent encore aujourd'hui, comme il y a des milliers d'années, sur leurs rives, ou à proximité immédiate.

Par contre, au sud de cette ligne, les deux vallées se confondent et forment une plaine alluviale large et plate qu'on appelle parfois le « delta mésopotamien » et dont la pente est si faible que les fleuves y dessinent de nombreux méandres et se répandent en différents bras. Comme tous les fleuves à méandres, ils rehaussent peu à peu leur lit par sédimentation, de sorte que celui-ci dépasse fréquemment le niveau de la plaine. Leurs débordements tendent alors à créer des lacs et des marais permanents et leur tracé se modifie progressivement et même parfois brusquement. Cela explique pourquoi les cités de la moitié sud de la Mésopotamie, autrefois situées sur l'Euphrate ou ses branches, ne sont plus maintenant que des monceaux de ruines dans un désert d'alluvions desséchées, très loin des cours d'eau actuels.

Il est très difficile d'étudier après coup les changements de lit des fleuves et, surtout, de les dater avec précision, mais il s'en produisit sans aucun doute dans l'Antiquité. Il faut pourtant souligner que les anciens Mésopotamiens ont réussi, par des travaux d'endiguement et de canalisation, à contrôler assez bien le cours de leurs grands fleuves, puisque les deux bras principaux de l'Euphrate ont suivi à peu près le même tracé pendant près de trois mille ans, passant par Sippar, Babylone, Nippur, Shuruppak, Uruk, Larsa et Ur, soit 25 à 80 kilomètres à l'est du tracé actuel [10]. Nous savons encore très peu de chose sur le cours méridional du Tigre, particulièrement au sud de Kut el-Imara, mais il semble que ce fleuve n'ait joué dans cette région qu'un rôle minime au début de l'histoire mésopotamienne, soit parce que, par suite d'un débit trop important et rapide, son lit était creusé trop profondément dans la plaine alluviale pour permettre une simple irrigation par canaux, soit parce qu'il était alors, encore plus qu'aujourd'hui, entouré d'immenses marécages après des débordements particulièrement redoutables. Dans son berceau, la civilisation sumérienne est essentiellement une civilisation euphratéenne.

Le climat de l'Iraq central et méridional est du type « subtropical sec », avec des températures atteignant 50 °C à l'ombre en été et des pluies hivernales inférieures à 25 centimètres par an. L'agriculture dépend donc presque entièrement de l'irrigation, mais les dimensions et le profil de la plaine, ainsi que le régime des fleuves, ne permettent pas l'irrigation saisonnière, telle qu'elle se pratiquait en Egypte où le Nil inonde librement sa vallée pendant un temps déterminé, puis se retire. Comme les crues combinées du Tigre et de l'Euphrate surviennent entre avril et juin, trop tôt pour une récolte d'été, trop tard pour une récolte d'hiver, c'est à l'homme qu'il incombe de fournir à la terre l'eau dont elle a besoin, ce qui nécessite un système complexe de canaux, de digues, de réservoirs et de vannes régulatrices permettant d'irriguer toute l'année à volonté[11]. Créer un réseau efficace de canaux, les entretenir, lutter contre leur envasement rapide représente manifestement, pour des territoires assez étendus, une tâche colossale et sans fin qui exige une main-d'œuvre nombreuse et la coopération de nombreux groupes démographiques, facteurs d'unité économique et politique certes, mais aussi de rivalités et de guerres. Mais ce n'est pas tout : année après année, deux graves dangers menacent le fermier mésopotamien. Le premier, et le plus insidieux, est l'accumulation dans des zones étales et basses du sel dissous dans l'eau d'irrigation et qui se dépose dans la nappe phréatique située à moins d'un mètre de la surface du sol. En l'absence de drainage – et un tel drainage semble avoir été inconnu des anciens – des champs fertiles peuvent devenir stériles en un temps relativement court et c'est ainsi que durant la période historique des étendues de terre sans cesse plus vastes ont dû être abandonnées et sont retournées à l'état de désert[12]. Le second danger, qui a menacé la plaine mésopotamienne jusqu'à tout récemment et que seule la construction de grands barrages modernes est parvenue à conjurer, est le débit capricieux des fleuves jumeaux. Alors que le Nil, alimenté par des grands lacs d'Afrique orientale qui fonctionnent comme régulateurs, a une crue annuelle d'un volume à peu près constant, le volume combiné des crues du Tigre et de l'Euphrate est imprévisible, car il dépend de la quantité de pluie ou de neige, toujours variable, qui tombe sur les montagnes d'Arménie et du Kurdistan[13]. Si de basses eaux plusieurs années de suite signifient sécheresse et famine, une seule crue excessive peut provoquer une véritable catastrophe. Brusquement, les fleuves débordent ; à perte de vue, le plat pays est sous les eaux ; les pauvres maisons de torchis, les huttes de roseaux sont balayées par le flot ; submergée par un immense lac chargé de boue, la moisson est perdue et

avec elle, le bétail, les biens et parfois la vie de la plupart des
habitants. Ceux qui, comme nous, ont été témoins de la dernière grande inondation qui a frappé l'Iraq au printemps de
1954 n'oublieront jamais l'horreur d'un tel spectacle. Ainsi,
la Mésopotamie oscillait-elle sans cesse entre l'état de désert
et celui de marécage. Cette double menace et l'incertitude
qu'elle fait peser sur l'avenir ont certainement contribué au
sentiment puissant qu'avaient les anciens Mésopotamiens
d'être entièrement entre les mains des dieux.

Malgré ces désavantages, la plaine fertilisée par le Tigre et
l'Euphrate est une terre riche et elle l'était plus encore dans
l'Antiquité avant que la salinisation du sol s'étende à de très
grandes surfaces cultivables. Cette terre nourrissait facilement toute la population de la Mésopotamie antique et permettait l'exportation, entre autres choses, d'un surplus de
céréales en échange de bois, de métal et de pierre qu'il fallait
bien importer. Dans cette vaste plaine, on cultivait plusieurs
variétés de blé, le millet, le lin et surtout l'orge qui était,
comme aujourd'hui, la principale culture céréalière parce
qu'elle tolère un sol passablement salin. Les méthodes utilisées en agriculture avec des outils primitifs étaient remarquablement perfectionnées dès le troisième millénaire. Nous en
connaissons les détails grâce à un long texte sumérien daté
d'environ 1 700 avant J.-C. mais décrivant des pratiques certainement plus anciennes et qu'on appelle l'*Almanach du
fermier*[14]. D'après ce texte, qui prétend être un recueil de
conseils donnés par un fermier à son fils sous la dictée du
dieu Ninurta, fils et « fermier » d'Enlil, le champ est d'abord
irrigué avec modération, puis désherbé, piétiné par un bœuf
pour ameublir la terre humide, retourné à l'araire, nivelé,
ratissé et pilonné. Labourage et semailles se font alors simultanément au moyen d'un araire-semoir, à raison de huit
sillons « profonds de deux doigts » par bande large de six
mètres. Quand apparaissent les premières pousses, on adresse
une prière à la déesse Ninkilim, qui éloigne les animaux nuisibles, on chasse les oiseaux, puis on arrose. L'arrosage est
répété quatre fois : lorsque les tiges sortent du sol, lorsqu'elles sont hautes « comme un paillasson au milieu d'une
barque », lorsqu'elles atteignent leur hauteur maximale, enfin
– si la maladie *samana* n'a pas frappé le grain – une dernière
fois pour augmenter le rendement de dix pour cent. Trois

hommes procèdent à la moisson : l'un coupe les tiges à la faucille, l'autre les lie et le troisième forme les gerbes. Comme dans le livre biblique de Ruth, on recommande de laisser quelques épis sur le sol pour que la terre assure la subsistance des « jeunes » et des « glaneurs ». Finalement, l'orge est battue pendant cinq jours par des chariots, « ouverte » par des traîneaux munis de lames coupantes, puis vannée à la fourche.

L'inondation des champs et le labour avaient lieu en automne et la moisson, habituellement en avril ou mai de l'année suivante, mais une récolte intermédiaire était souvent possible après les pluies d'hiver. Les champs restaient en jachère une année sur deux. Nul ne peut douter que la terre alluviale de la grande plaine mésopotamienne était très fertile dans l'Antiquité, mais les chiffres avancés par Hérodote et Strabon pour son rendement (2 à 300 pour 1) paraissent très exagérés, comme semble l'être la comparaison que certains ont faite entre les champs de blé ou d'orge en Sumer, vers 2 400 avant J.-C. et ceux du Canada moderne. Par ailleurs, les données obtenues d'assez rares textes cunéiformes ne sont pas toujours faciles à interpréter (récoltes réelles ou prévisions administratives ?) et de toute façon, elles ne s'appliquent qu'à certaines époques et certaines régions. Cependant, le chiffre de 2 à 22 quintaux d'orge par hectare (soit le double du rendement en Iraq central dans les années 50) paraît être acceptable [15]. En outre, le climat chaud et humide de la Mésopotamie méridionale et l'abondance de l'eau dans cette région constituaient des conditions éminemment favorables à la culture du palmier-dattier qui croît le long des rivières et des canaux, « les pieds dans l'eau et la tête au soleil brûlant », comme dit un proverbe arabe. Nous savons, par les monuments figurés et les textes, qu'il a existé de tout temps au pays de Sumer d'immenses palmeraies et qu'on y pratiquait la pollinisation artificielle [16]. Les farines de blé et surtout d'orge, ainsi que les dattes – ces dernières d'une haute teneur en calories – formaient l'alimentation de base des anciens Mésopotamiens, mais ils élevaient aussi des bœufs, des moutons et des chèvres qu'ils faisaient paître dans les zones non cultivées, tandis que les fleuves, les canaux, les lacs et la mer leur fournissaient du poisson en abondance. Des fruits et légumes variés – grenades, raisins, figues, pois chiches, lentilles, fèves, navets, poireaux, concombres, cresson, laitues, oignon, ail – étaient cultivés dans des jardins abrités du vent et irrigués au moyen d'un système à balancier *(dâlu)* encore utilisé de nos jours sous un nom dérivé de l'akkadien *(daliya)*[17]. Sans aucun doute, en dehors des famines provoquées par des guerres ou des catastrophes naturelles, les Mésopotamiens jouissaient en général d'une alimentation relativement riche et variée, que leur enviaient sans doute leurs voisins de Syrie, d'Anatolie ou d'Iran[18].

Particularités régionales

Notre attention s'est concentrée jusqu'ici sur le grand axe du triangle mésopotamien, la plaine « entre les fleuves » mais, si nous nous tournons vers la périphérie, nous constatons aussitôt d'importantes différences dans le climat et le paysage. Négligeant des variations locales somme toute mineures, nous pouvons décrire quatre grandes régions : le désert, la steppe, le piémont du Zagros et les marais de l'extrême Sud.

Vallonné au nord, coupé de *wadis* profonds au centre, uniformément plat au sud, le désert borde à l'ouest tout le cours de l'Euphrate et s'étend sur des centaines de kilomètres jusqu'à l'Anti-Liban et jusqu'au cœur de l'Arabie[19]. En fait, ce grand désert syro-arabe ne faisait pas vraiment partie de la Mésopotamie antique et la démarcation nette, le léger rehaussement de terrain qui le sépare de la vallée de l'Euphrate marque aussi la limite des sites préislamiques. Les Sumériens et les Babyloniens étaient avant tout des paysans. A la différence des Arabes dont les premières villes en Iraq (Bassorah-la-Vieille, Kerbela, Kufah) ont été fondées à la lisière du désert, ils lui tournaient le dos et restaient fermement attachés à la « bonne terre », l'alluvion fertile. Mais il leur fallait compter avec des nomades réputés barbares qui attaquaient leurs caravanes, pillaient leurs villes et leurs villages et même envahissaient leur territoire, comme le firent les Amorrites au deuxième millénaire et les Araméens au premier. Cette lutte séculaire, qui opposa la société sédentaire de la plaine alluviale aux tribus hostiles du désert occidental, occupe, comme on le verra, de longs chapitres de l'histoire mésopotamienne. Encore faut-il ajouter qu'il existe, au sein même de la plaine interfluviale, certaines zones qui ont toujours été désertiques. C'est ainsi qu'entre le Khabur et le Wadi Tharthar s'étend une région aride et désolée, parsemée de lacs salés desséchés *(sabkha)*, où ne vivent que de rares Bédouins et que n'ont jamais traversée les grandes routes commerciales.

Immédiatement au nord de cette région, au-delà des chaînes étroites du Jebel Sinjar (qui culmine à 1 463 mètres) et du Jebel 'Abd el-'Aziz (920 mètres) et jusqu'au pied du Taurus, la plaine que les Arabes appellent el-Jazirah, l'« île », couvre les 400 kilomètres qui séparent le Tigre de l'Euphrate [20]. Les nombreux cours d'eau qui convergent pour former le Khabur et le Balikh, affluents de l'Euphrate, s'étalent en éventail sur presque toute la région et aux pluies d'hiver, relativement abondantes (30 à 80 cm par an), s'ajoute une vaste nappe d'eau souterraine à faible profondeur, alimentée par les neiges du Taurus. Des champs de céréales et des vergers s'échelonnent le long des rivières ou se groupent autour des sources et des puits, tandis qu'entre les mailles de ce filet de verdure s'étend une steppe couverte d'herbe et de fleurs au printemps, offrant des conditions idéales pour l'élevage du bétail, des moutons et des chevaux. Cette steppe fertile forme un couloir naturel, une zone de transit entre la haute vallée du Tigre et les plaines de Syrie du Nord. Elle est en outre constellée de *tells* qui désignent autant de villes ou de villages ensevelis et témoignent d'un peuplement parfois très dense dans l'Antiquité.

A l'angle nord-est de l'Iraq, au pied du Zagros et sur le flanc occidental de cette chaîne, le Kurdistan iraqien offre pour l'historien un intérêt particulier [21]. Là, les pluies annuelles atteignent jusqu'à un mètre d'eau en moyenne. Une plaine faiblement ondulée longe le Tigre, puis le sol s'élève en une série de plis parallèles et de hauteur croissante jusqu'aux sommets abrupts et enneigés du Zagros (2 500 à 3 600 mètres) qui séparent l'Iraq de l'Iran. Quatre grands affluents du Tigre, le Grand Zab (ou Zab supérieur), le Petit Zab (ou Zab inférieur), l'Adhem et la Diyala, descendent de ces montagnes et traversent toute la région en diagonale, tantôt creusant des gorges profondes au cœur d'éperons calcaires, tantôt les contournant en larges vallées sinueuses. La température ne dépasse guère 35 °C en été, mais tombe fréquemment sous zéro en hiver. Les montagnes, jadis boisées, sont aujourd'hui très dénudées ; pourtant, on trouve encore sur leurs flancs de belles prairies et des petits bois de chênes et de pins. Le blé, l'orge, les arbres fruitiers, la vigne et toutes sortes de légumes poussent sans peine dans les basses et moyennes vallées. Cette région pleine d'attrait a joué un rôle considérable dans la préhistoire et l'histoire de la Mésopotamie. L'homme de Néanderthal a vécu dans ses grottes et des *Homo sapiens* y ont construit leurs huttes de pierres et de branchages : l'agriculture y est née il y a environ neuf mille ans, bien avant qu'elle ne constitue la frontière que défendaient les rois de Sumer, d'Akkad et d'Assyrie contre des barbares au moins aussi redoutables que ceux du désert syro-euphratéen. Mais, même à l'apogée de l'époque assyrienne, la civilisation est restée confinée aux terres cultivables de la plaine riveraine du Tigre et des premiers contreforts montagneux. Les hautes vallées sont restées le domaine des Guti, Lullubi et autres peuples dont nous savons peu de chose mais dont nous pensons qu'ils devaient convoiter, non moins que les Bédouins de l'Ouest, la riche plaine qui s'étalait sous leurs yeux.

A l'autre extrémité de l'Iraq, les vastes marécages qui couvrent la partie méridionale du delta forment, eux aussi, une région très différente du reste de la Mésopotamie. Avec leurs myriades de lacs peu profonds, leurs voies d'eau serpentant parmi de denses cannaies aux immenses roseaux, leur faune de buffles d'eau, de sangliers et d'oiseaux sauvages, leurs moustiques et leur chaleur étouffante, les marais iraqiens sont un monde à part, un monde étrange, redoutable et fascinant à la fois [22]. Leur étendue et leur configuration ont sans doute varié au cours des temps, mais les anciens textes et monuments figurés attestent qu'ils ont toujours existé et leurs habitants, les Ma'dan, semblent avoir conservé certains aspects du mode de vie des populations présumériennes établies à la lisière des marécages, il y a au moins six mille ans. Malheureusement, cette région reste en grande partie *terra incognita* pour les archéologues, d'une part parce qu'elle a été très peu explorée, d'autre part, parce que ses anciens habitants vivaient sans doute, comme ceux d'aujourd'hui, dans des huttes de roseaux qui ont complètement disparu et que leurs traces durables (poterie, outils et ustensiles de pierre), s'il en reste, sont maintenant enfouies sous une épaisse couche de sédiments.

Ainsi, malgré son apparente uniformité, la Mésopotamie est un pays de contrastes. Si l'on peut considérer la steppe du Nord et les marais du Sud comme de simples variantes locales de la grande plaine mésopotamienne, le relief, le climat et la végétation font qu'il existe une différence frappante entre cette plaine et le piémont du Zagros. Cette différence se reflète dans le développement historique. Pendant toute l'Antiquité, on discerne une opposition très nette entre le Nord et le Sud ou, en termes de géopolitique, entre Sumer et Akkad (formant, plus tard, la Babylonie) et l'Assyrie, opposition tantôt larvée mais révélée par des dissemblances culturelles, tantôt ouverte et se manifestant par de violents conflits.

Les artères du commerce

Bien avant que l'« or noir » ne fasse la richesse de l'Iraq, les ancêtres des Iraqiens actuels connaissaient et utilisaient le pétrole brut, sous forme de naphte *(naptu)* et de bitume *(iddû* ou *kupru)*, qu'ils tiraient de gisements de surface situés dans diverses parties du pays, notamment aux environs de Kirkuk et près de Hît et Ramâdi, sur le moyen Euphrate. L'usage qu'ils en faisaient était extrêmement varié : mortier pour jointoyer les briques cuites des temples et des palais ; revêtement imperméable pour les canalisations d'eau, les toilettes, les salles de bains et le calfatage des bateaux ; ciment pour fixer les lames de silex sur les faucilles de terre cuite ou de bois, ou les personnages découpés dans la nacre sur le fond de leurs « étendards » ; ornements pour certaines parties des statues (barbe, sourcils, cheveux), médicaments, etc. A ces usages pacifiques, il faut ajouter quelques cas où les Assyriens ont utilisé le *naptu* comme arme incendiaire. Il n'y a maintenant plus de doute que les Mésopotamiens aient exporté le bitume au cours des périodes historiques [23].

Mais si la Mésopotamie disposait en abondance de bitume, ainsi que d'argile, de céréales, de laine et de lin, elle était dépourvue de minerais, de pierre dure et de bois propre à la construction. Dès la protohistoire, ces matériaux ont dû être importés, parfois de très loin [24]. On pense généralement que le cuivre a été découvert au Caucase ou dans le Nord-Ouest de l'Iran, mais les Mésopotamiens le faisaient surtout venir d'Anatolie (mines d'Ergani Maden) et, plus tard, de la région appelée Magan dans les textes cunéiformes – et qu'on peut maintenant identifier avec certitude à l'Oman –, et même de l'île de Chypre (Alasia). L'étain était, semble-t-il, importé d'Iran (Azerbaijan, Khorassan) et peut-être d'Afghanistan. L'argent venait principalement d'Arménie, et l'or de différents gisements dispersés entre l'Inde et l'Egypte, les plus proches étant situés en Turquie et en Iran[25]. Du Zagros, on tirait l'albâtre et le calcaire dur, tandis que Magan était célèbre pour sa belle diorite noire qu'utilisèrent avec bonheur les sculpteurs de Gudea. Le « verre de volcan », l'obsidienne, gagnait la Mésopotamie à partir de l'Arménie et c'est d'Afghanistan que provenait le lapis-lazuli[26]. Parmi les bois, le cèdre précieux était importé de l'Amanus et du Liban, cependant que d'autres essences arrivaient par mer du pays de Meluhha, qui est probablement la vallée de l'Indus, en transitant par Dilmun (Bahrain). Ainsi s'était développé, à très haute époque, un vaste réseau de voies commerciales qui reliait les différentes parties de la Mésopotamie entre elles et avec les autres contrées du Proche-Orient.

A l'intérieur de la Mésopotamie, le transport d'une localité à une autre s'effectuait le plus souvent par eau. Le Tigre et l'Euphrate constituaient de grandes avenues liquides entre le Nord et le Sud et les canaux d'irrigation les plus larges permettaient de relier villages et cités. La commodité d'un tel mode de transport apparaîtra plus clairement si l'on se souvient que ces canaux eux-mêmes faisaient obstacle au transport par voie de terre, que la majeure partie du Sud mésopotamien est recouverte d'une boue épaisse en hiver et menacée d'inondations locales au printemps, et que avant l'utilisation sur une grande échelle du cheval au second millénaire et du chameau au premier, les seules bêtes de trait ou de somme étaient le bœuf et l'âne.

A l'extérieur de la Mésopotamie, deux grandes routes conduisaient à l'ouest vers la Syrie et la côte méditerranéenne[27]. Il s'agissait, bien entendu, de simples pistes, car les routes pavées découvertes aux portes de certaines cités ne devaient pas se poursuivre bien loin. La première route partait de Sippar (Abu Habba, près de Fallujah, un peu au nord de Baghdad), remontait l'Euphrate jusqu'à Mari ou ses environs puis, coupant tout droit à travers 380 kilomètres de désert en passant par Tadmur (Palmyre), atteignait Qatna, près de Homs, en Syrie, où elle se divisait en plusieurs branches pour aboutir aux ports phéniciens, à Damas, en Palestine et en Egypte. La traversée du désert, de point d'eau en point d'eau, était extrêmement pénible en été et, en toute saison, exposée aux attaques des nomades. Aussi les caravanes, comme les armées, préféraient-elles la seconde route, beaucoup plus longue mais plus sûre et bien pourvue en eau, en vivres et en fourrage. Cette route partait également de Sippar, rejoignait le Tigre près de Samarra et suivait ses rives jusqu'aux environs de Ninive. Là, elle le quittait, courait d'est en ouest à travers la steppe de Jazirah par Shubat-Enlil et Harran (avec de multiples variantes possibles) et atteignait l'Euphrate à Karkemish (Jerablus) ou à Emar (Meskene) [28] où elle rejoignait une autre route qui, elle, venait directement de Mésopotamie méridionale en remontant le fleuve ou en suivant ses rives. L'Euphrate traversé sur un pont de bateau, un radeau ou des outres, on se dirigeait vers Alep ou ses alentours et l'on gagnait la vallée de l'Oronte, d'où partaient des embranchements vers la Syrie centrale et la Méditerranée. A divers points de ce trajet, d'autres pistes bifurquaient vers le nord-ouest pour se terminer en Cilicie et en Anatolie. De Ninive, on pouvait atteindre l'Arménie et l'Anatolie orientale en suivant le Tigre jusqu'à Diarbakr, puis en traversant le Taurus par des passes plus ou moins étroites.

Les communications avec l'Est étaient beaucoup plus difficiles. Non seulement les tribus qui occupaient le Zagros étaient souvent hostiles, mais la montagne elle-même constituait une barrière formidable qu'on ne pouvait franchir qu'en trois ou quatre endroits : à Rayat, près de Rawanduz, à Halabja ou Penjwin aux environs de Sulaimaniyah, et à Khanaqin, dans la haute vallée de la Diyala. Les passes de Rayat, de Halabja et de Penjwin permettaient d'atteindre l'Azerbaijan et les rives du lac d'Urmiah, la passe de Khanaqin donnait accès à Kermanshah, Hamadan et, au-delà de cette ville, au plateau iranien. Au sud de la Diyala, une route courait vers le sud-est, parallèlement au Zagros, qu'on pouvait encore franchir près de Badra (ancienne Dêr) en direction de Kermanshah, et aboutissait à Suse (Shush, près de Dizful),

longtemps la capitale de l'Elam. Elle ne rencontrait pas
d'obstacle naturel, car les basses vallées de la Karkheh et du
Karun, qui formaient le territoire de la Susiane, ne sont que le
prolongement oriental de la plaine mésopotamienne. Mais les
Elamites étaient les ennemis traditionnels des Mésopotamiens et cette route était aussi souvent parcourue par des
armées que par de pacifiques convois.

La dernière des grandes routes qui reliaient la Mésopotamie au reste du monde antique était la route maritime qui traversait le golfe Arabo-Persique – le « fleuve Amer » ou
la « mer Inférieure » ou « mer du Soleil levant », comme
on l'appelait alors – qui a toujours été le « poumon de
l'Iraq », la fenêtre grande ouverte sur l'Inde et, plus tard sur
l'Extrême-Orient. Cette route menait d'Ur à Dilmun, puis à
Magan et Meluhha, avec sans doute de nombreuses escales
dans des ports non encore identifiés. On savait depuis longtemps par les textes et par la présence en Mésopotamie de
certains objets, notamment de cachets, caractéristiques de la
civilisation de l'Indus, qu'il existait entre les deux pays des
relations commerciales remontant au troisième millénaire,
mais la côte arabe du golfe, la fameuse « côte du pétrole »,
était archéologiquement vierge jusqu'à ces dernières années.
Depuis 1953, les champs de fouilles n'ont cessé de se multiplier à Bahrain, en Arabie Saoudite, au Qaṭar, dans l'île de
Failaka, près du Kuwait, dans les Emirats Arabes Unis et en
Oman avec des résultats inattendus. Elles ont non seulement
confirmé que le commerce entre la Mésopotamie et la vallée
de l'Indus passait par cette côte, mais elles ont révélé qu'il
remontait aux périodes des protohistoriques (quatrième et
cinquième millénaires) et qu'il existait, dans cette région, des
cultures locales d'un très grand intérêt [29]. Peut-être cette route
a-t-elle été aussi suivie par des vaisseaux transportant des
troupes, ou tout au moins, des ambassadeurs, car nous savons
que les rois d'Akkad, vers 2200 avant J.-C., puis les rois
d'Assyrie au premier millénaire, se sont efforcés d'attirer les
régions qui bordaient le golfe Arabo-Persique dans leur
sphère d'influence politique et économique.

La description qu'on vient de lire, quoique brève et
incomplète, devrait suffire à démontrer que, contrairement à
une opinion très répandue, la Mésopotamie n'offre pas des
conditions idéales pour le développement d'une grande civi-

lisation. Ses deux fleuves forment un delta fertile, mais ils peuvent apporter le désastre aussi bien que l'opulence. Au prix d'efforts considérables et incessants, l'agriculture peut être pratiquée sur une grande échelle, mais le métal, le bois de construction et, dans le Sud, la pierre font cruellement défaut. Déserts et hautes montagnes, difficiles à franchir et habités par des tribus fréquemment hostiles, entourent la plaine de tous côtés, ne laissant qu'un seul accès, d'ailleurs étroit, à une mer bordée de rivages en grande partie inhospitaliers. Tout bien considéré, la steppe de Jazirah et les contreforts du Kurdistan offrent un environnement beaucoup plus favorable que la grande plaine alluviale et ce n'est pas un hasard si les populations néolithiques et protohistoriques se sont d'abord établies là. Pourtant, c'est dans l'extrême Sud du pays, à la lisière des marais, que la civilisation suméro-akkadienne a pris forme. Si elle a duré trois millénaires, ce fut au prix d'une lutte constante et acharnée contre la nature et contre ses adversaires et c'est cette lutte qui forme la trame de l'histoire qu'on va lire.

Mais avant d'aller plus loin, il nous faut d'abord examiner les sources d'où proviennent nos matériaux.

2

A la découverte du passé

Pour tenter de faire revivre le passé, les historiens s'appuient sur deux sortes de documents : les textes et les « artefacts », ce terme étant utilisé ici dans son sens étymologique et désignant tout ce qui a été fabriqué de main d'homme, du plus vaste temple ou palais au plus humble ustensile ménager. A quoi il convient d'ajouter les « traces écologiques » (restes de repas ou d'animaux domestiques, graines, grains de pollen, etc.) associées à l'habitat, sur lesquelles on ne s'est penché qu'assez récemment et qui restent encore trop souvent l'apanage des préhistoriens. Or, il se trouve qu'au Proche-Orient – et particulièrement en Mésopotamie – ces éléments d'information, *textes compris,* se trouvent presque toujours enfouis dans le sol et ne deviennent disponibles que par le travail patient, minutieux et lent des archéologues.

Les fouilles archéologiques en Iraq ont débuté en 1843 et n'ont cessé de se poursuivre depuis lors, à peine interrompues par la Première Guerre mondiale et ralenties par la Seconde. D'abord conduites par des amateurs de génie, elles prirent, au tournant de ce siècle, une tournure de plus en plus scientifique à mesure qu'on s'avisait que remplir les musées d'objets d'art n'était pas une fin en soi et qu'il était plus important de découvrir comment vivaient les peuples d'autrefois. En même temps, la nature même de leur travail, le fait qu'ils avaient à manipuler des objets fragiles parce qu'enterrés très longtemps, la nécessité où ils étaient, pour atteindre des couches plus anciennes, de détruire chaque niveau d'occupation qu'ils venaient d'explorer ont obligé les archéologues à élaborer des techniques de plus en plus raffinées. Des équipes d'experts, organisées et subventionnées par les universités et musées d'Europe et d'Amérique, ont trouvé en Iraq d'excellents ouvriers, rapidement formés et bientôt plus habiles qu'eux à distinguer, du bout de leur pic ou de leur truelle, les structures de brique crue de leur gangue argileuse. Depuis quatre-vingt dix ans, une trentaine de sites ont fait l'objet de fouilles exhaustives et plus de trois cents ont été « sondés ». Les résultats de cet effort international sont absolument remarquables. Les historiens qui, jusqu'au milieu du siècle dernier, devaient se contenter des maigres renseignements fournis par la Bible et par une poignée d'auteurs classiques, ont maintenant à leur disposition un matériel épigraphique et archéologique dont la masse énorme grossit d'année en année et reconnaissent volontiers leur dette envers les « fouilleurs ».

La simple courtoisie justifierait donc ce chapitre, mais d'autres raisons nous ont amené à l'écrire. Tout au long de ce livre, il sera question de ces collines artificielles, de ces tells qui marquent l'emplacement des villes et villages enfouis ; nous parlerons souvent de « couches » et de « niveaux » ; nous donnerons, chaque fois que possible, des dates « relatives » et « absolues ». Il nous paraît que le lecteur a le droit de savoir d'emblée de quoi nous parlons et la meilleure façon de satisfaire cette curiosité légitime est sans doute de lui fournir un bref aperçu des méthodes et du développement de ce qu'on appelle aujourd'hui l'archéologie mésopotamienne [1].

Les cités ensevelies

Pour ceux qui visitent l'Iraq, le premier contact avec les sites antiques est décevant. Si on leur présente d'impressionnants monuments, comme la ziqqurat d'Ur ou la porte d'Ishtar à Babylone (qui ont été exhumées et restaurées), ou encore l'arche de Ctésiphon (qui est de basse époque), on ne peut guère leur montrer ailleurs que des collines plus ou moins hautes jonchées de briques éparses et de tessons de poterie. Même la visite d'un site en cours de fouille, accompagnée par un archéologue, exige de solides connaissances historiques et beaucoup d'imagination pour évoquer le passé. Tout naturellement, l'on s'étonne et l'on se demande pourquoi de ces fameuses cités il ne reste que si peu de traces.

La réponse est simple, mais exige quelques explications : ces villes étaient faites d'argile, cette argile omniprésente en Mésopotamie alors que la pierre y est rare. A très hautes époques, les maisons étaient construites en argile pressée à la main *(ṭauf)*, mais dès le neuvième millénaire, on s'avisa de la mélanger avec de la paille, de la mouler en briques oblongues ou rectangulaires, de faire sécher ces briques au soleil et de les unir par un mortier. On parvenait ainsi à édifier des murs plus épais, plus réguliers et plus solides. Cuites au four, ces mêmes briques étaient beaucoup plus résistantes en même temps qu'imperméables, mais aussi beaucoup plus coûteuses. Aussi étaient-elles généralement réservées à certaines parties des temples et des palais, notamment aux revêtements des tours à étages *(ziqqurats)*, des principales pièces et des sols. Il en était de même des portes épaisses et des toitures de cèdre et autres bois précieux importés à grands frais de l'Amanus et du Liban. La couverture des autres édifices était faite de roseaux tressés ou de branchages recouverts de terre battue. Les sols, également de terre battue, ainsi que la face interne des murs, étaient tapissés d'un enduit d'argile lissée et parfois de plâtre.

Avec leurs murs épais, les maisons mésopotamiennes étaient relativement confortables, fraîches en été et chaudes en hiver, mais elles exigeaient un entretien constant. Chaque année, il fallait renouveler la couche de terre du toit pour le protéger des pluies d'hiver et toute réfection structurelle s'accompagnait d'un rehaussement des sols, car dans l'Antiquité (comme dans notre Moyen Age) les détritus étaient simplement jetés dans la rue où ils se mélangeaient à la boue et à la poussière, de sorte que les maisons qui la bordaient tendaient à se trouver un jour en contrebas et à s'inonder à la moindre pluie. C'est pourquoi, il n'est pas rare de découvrir, dans le même bâtiment, deux ou trois sols successifs pour une période relativement courte. Si ces précautions étaient prises, les maisons de brique crue pouvaient durer de nombreuses années jusqu'à ce que survînt une catastrophe : incendie, guerre, épidémie, séisme, forte inondation ou changement de lit d'un fleuve. La ville était alors partiellement ou entièrement abandonnée. Le toit, privé d'entretien ou brûlé, s'écroulait ; les murs, exposés aux intempéries sur leurs deux faces, s'effondraient, remplissant la demeure et ensevelissant les objets abandonnés par ses occupants. La guerre surtout provoquait une destruction immédiate, l'ennemi incendiant d'ordinaire la cité vaincue s'il ne s'y installait pas. Ces boute-

feux d'antan ont involontairement fait le bonheur des archéologues d'aujourd'hui, car en s'enfuyant ou en succombant
les malheureux habitants ont tout laissé sur place, et ces
reliques, précieuses pour nous, ont été scellées et protégées
par l'effondrement des structures ; certaines tablettes d'argile
crue ont même été cuites par l'incendie, devenant ainsi impé-
rissables.

Parfois, après des années, voire des siècles d'abandon, de
nouvelles populations réoccupaient le site, attirées par certains
avantages (position stratégique ou commerciale favorable,
proximité d'une source, d'un fleuve ou d'un canal) ou peut-
être poussées par une dévotion fidèle envers le dieu ou la
déesse qui avait présidé à la fondation de la ville. On rebâtis-
sait alors et, comme il était impossible de déblayer l'énorme
masse de débris, on aplanissait les murs effondrés et l'on s'en
servait comme fondations pour les nouveaux bâtiments. Ce
processus se répétait plusieurs fois au cours des temps et à
mesure que se succédaient les niveaux d'occupation, la ville
s'élevait progressivement au-dessus de la plaine environnante.
Certains sites ont été abandonnés très tôt et pour toujours ;
d'autres, comme Erbil et Kirkuk, ont été plus ou moins occupés sans interruption depuis leur origine jusqu'à nos jours [2] ;
mais la plupart, après avoir été habités pendant des siècles ou
des millénaires, ont été délaissés à un moment quelconque de
la longue histoire de la Mésopotamie. Il n'est pas difficile
d'imaginer la suite : le sable et la terre apportés par le vent se
sont entassés contre les lambeaux de murs encore debout,
comblant les ruelles et toutes les déclivités ; les pluies ont
aplani puis érodé les ruines amoncelées, entraînant des débris
et les dispersant sur une assez grande surface. Ainsi a commencé le processus lent et irréversible qui devait donner à la
cité mésopotamienne son aspect actuel : celui d'un tertre plus
ou moins régulièrement arrondi auquel les Arabes ont donné
le nom de tell, venu tout droit de l'akkadien [3].

La tâche des archéologues est de disséquer cette masse
complexe, faite de murs et de fondations écroulés ou encore
debout, de décombres, de sols successifs, de remblayages, et
parfois de tombes. Il leur faut retrouver le plan des édifices,
rassembler et conserver les objets qu'ils y découvrent après
en avoir relevé soigneusement la position *in situ*, identifier
les sols et dater les niveaux d'occupation successifs qui

constituent le tell. Selon le temps et les crédits dont ils disposent, ils utilisent des méthodes différentes, parfois seules et
parfois combinées[4].

Le moyen le plus simple et le moins onéreux d'explorer
succinctement un tell est d'effectuer des « sondages ». On
creuse dans la surface du tell deux ou trois tranchées assez
larges et à mesure qu'elles s'approfondissent, on recueille les
objets qu'on y rencontre, notamment les tessons de poterie
qui permettent de « dater ». On enregistre aussi avec soin les
tronçons de murs traversés, les traces de sols et les différences de texture apparaissant sur les faces de coupe et tout
ce qui peut indiquer un changement d'occupation et de
milieu culturel. On peut également creuser des tranchées en
gradins, non plus à la surface, mais aux flancs du tell, ce qui
donne une « coupe stratigraphique ». Ces sondages constituent une méthode rapide, mais imparfaite, car ils ne permettent jamais de dégager un bâtiment et l'on peut facilement
passer à côté d'une découverte intéressante. Aussi ne peu-
vent-ils servir qu'à une exploration préliminaire, à l'étude de
sites jugés mineurs et à des fouilles dites de « sauvetage »
dont nous reparlerons plus bas[5].

Aux sondages s'oppose la méthode du « décapage », qui
consiste à choisir d'abord une partie du tell paraissant pro-
metteuse, à y délimiter une zone plus ou moins étendue
qu'on divise en carrés et à creuser, carré par carré, en
tranches horizontales successives. Tandis que la fouille pro-
gresse, les bâtiments prennent forme ; on peut alors agrandir
la zone initiale afin de les explorer complètement. Les
fouilles de grands sites comportent toujours plusieurs zones
de ce genre, qui peuvent d'ailleurs se fusionner ou être bran-
chées l'une sur l'autre. En outre, il n'est pas rare qu'on
creuse dans le tell au moins un grand puits vertical allant, si
possible, jusqu'au sol vierge, ce « puits de sondage » ayant
pour but d'obtenir une stratigraphie complète du site. Pour
certains bâtiments importants, il peut être utile de mettre au
jour les constructions qui les ont précédés et sur lesquelles ils
reposent, ce qui oblige à démanteler les structures exhumées,
d'où la nécessité de tout noter et photographier d'abord et de
conduire ces fouilles avec une extrême rigueur scientifique.
Mais, de toute façon, fouiller c'est toujours détruire car, les
archéologues partis, l'inexorable processus de comblement et

d'érosion qui a donné naissance au tell recommence. Il faut
également savoir qu'aucun site en Mésopotamie n'a été et ne
sera jamais *entièrement* fouillé : les petits parce qu'ils n'en
valent généralement pas la peine, les grands parce qu'à raison de quelques mois par an (le climat interdit qu'on fouille
en été), cela exigerait un temps et des dépenses dispropor-
tionnés aux résultats espérés.

A la recherche d'une chronologie

Donner une date aux monuments et aux objets découverts
au cours des fouilles peut être facile ou très difficile. Il est
évident qu'un édifice dont les dalles de brique portent l'inscription « Palais de Sargon, roi d'Assyrie » se trouve daté
ipso facto... à condition que nous sachions à quelle époque a
régné Sargon. Mais la grande majorité des objets exhumés
par les archéologues – et, par définition, tous les artefacts
préhistoriques – ne portent aucune inscription. Dans ce cas,
la datation ne peut être qu'approximative et « relative », se
fondant sur des critères tels que formes, dimensions et style.
L'expérience accumulée par la fouille de nombreux sites a
appris aux archéologues que des briques de telle taille, des
vases de telle forme et de telle décoration, des armes de tel
type, des sculptures de tel style, etc., se trouvent exclusivement ou principalement à certains niveaux des tells ; groupés,
ces objets caractérisent ce qu'on appelle un « horizon culturel » ou une « strate culturelle ». Il suffit alors qu'un seul de
ces objets, quelque part, porte une inscription permettant
de le dater – c'est-à-dire de l'associer à un monarque, un événement, une période historique – pour que la strate culturelle
tout entière puisse être placée sur l'échelle du temps. Si ce
n'est pas le cas, on s'efforce d'établir une corrélation entre
la période pendant laquelle les objets étaient en usage et des
périodes plus anciennes ou plus récentes en s'appuyant sur
les fouilles stratigraphiques. Par exemple, dans de nombreux
sites mésopotamiens, des vases peints d'un type particulier
(céramique dite de Jemdat Nasr) se trouvent immédiatement
au-dessous d'une strate culturelle caractérisée, entre autres,
par des sceaux-cylindres d'un style particulier et par des
briques dites « plano-convexes » parce qu'une de leurs faces
est bombée, et *au-dessus* d'une autre strate culturelle où pré-

domine une céramique toute différente, non peinte, de couleur beige, grise ou rouge. En utilisant des séries d'inscriptions (voir ci-dessous), on est parvenu, non sans peine, à attribuer la strate contenant les sceaux-cylindres et les briques plano-convexes au début du troisième millénaire (plus exactement à la première partie de la période Dynastique Archaïque ou période présargonique, soit environ 2900-2334 avant J.-C.). La poterie non peinte de la strate inférieure ne peut être datée de cette manière, mais elle fait partie de l'horizon culturel dit d'« Uruk », du nom du site où elle a été découverte en quantité pour la première fois. Il est donc possible d'attribuer à la strate de Jemdat Nasr une date « relative » : elle se situe dans le temps entre la période d'Uruk et le début de la période Dynastique Archaïque et se termine vers 2900 avant J.-C. Il est plus difficile de déterminer quand elle commence, mais il existe des moyens de parvenir à une estimation approximative.

L'histoire proprement dite exige une chronologie beaucoup plus précise et des dates exprimées en chiffres. Il est donc intéressant d'examiner comment on est arrivé à ces chiffres et jusqu'à quel point on peut les considérer comme exacts.

Les anciens Grecs comptaient les années à partir de la première olympiade (776 avant J.-C.), les Romains à partir de la fondation de Rome (753 avant J.-C.) ; les musulmans partent du moment où Mohammed a quitté La Mecque pour Médine (hégire, 622 après J.-C.) et nous prenons pour base la naissance du Christ. Mais les anciens Mésopotamiens n'avaient aucun système de ce type – du moins pas avant l'époque hellénistique, lorsqu'ils adoptèrent les « années de *Silukku* », l'ère séleucide (311 avant J.-C.). Auparavant, ils se référaient aux années de règne de leurs souverains, utilisant pour cela *trois systèmes* différents selon le lieu ou l'époque :

1. les années de règne étaient simplement exprimées en chiffres, par exemple : *12ᵉ année de Nabu-na'id (Nabonide), roi de Babylone* ;

2. ou bien chacune des années d'un règne donné était définie par un événement important survenu l'année précédente, tel que victoire ou mariage du souverain, fondation, reconstruction ou embellissement d'un temple, etc., par exemple : *Année où Isin et Uruk furent conquises* (par Hammurabi) ;

3. ou bien encore, chaque année de règne portait le nom,

d'abord tiré au sort, puis déterminé par ordre de préséance, de quelque grand officier ou fonctionnaire du royaume, le roi lui-même venant toujours en premier. C'est le système des éponymes (en assyrien *limu*).

A Sumer, pendant la période Dynastique Archaïque, le premier système et un équivalent du troisième (le *bala*) ont été utilisés. Ensuite, le second système, dit des « noms d'années », a prévalu en Babylonie jusqu'à la période kassite, où il a été remplacé par le premier jusqu'à l'ère séleucide. Les Assyriens, par contre, s'en sont tenus au système du *limu* pendant toute leur histoire [6].

Ces systèmes de datation ne pouvaient avoir d'utilité pratique pour les Mésopotamiens eux-mêmes qu'à condition de disposer, pour chaque roi, d'une liste d'années de règne (quel que fût le système en cours) ; pour chaque dynastie, d'une liste des souverains avec la durée de leur règne ; enfin d'une liste des différentes dynasties ayant régné successivement. Ces listes existaient et par bonheur, plusieurs d'entre elles nous sont parvenues [7]. En voici quelques exemples :

Liste des noms d'années du règne de Hammurabi [8].

1. Hammurabi (devint) roi.
2. Il établit la justice dans le pays.
3. Il construisit un trône pour la principale estrade du dieu Nanna à Babylone.
4. Le mur de (l'enceinte sacrée) Gagia fut construit.
5. Il construisit le *en ka-ash-bar-ra**.
6. Il construisit le *shir** de la déesse Laz.
7. Isin et Uruk furent conquises.
8. La région d'Emutbal (fut conquise ?).
9. Le canal (appelé) Hammurabi (est) l'abondance fut creusé.
etc.

On voit par cette liste que la date citée plus haut correspond à la septième année de Hammurabi.

Liste des rois de la Ire Dynastie de Babylone (liste B) [9] :

Sumuabi, roi, (a régné) 15, (14) ans
Sumulail, 35 (36) ans
Sabu, son fils, *ditto* (c'est-à-dire roi, a régné), 14 ans

---

* Termes sumériens dont la signification exacte reste obscure.

Apil-Sîn, son fils, *ditto*, 18 ans
Sîn-muballiṭ, son fils, *ditto*, 30 (20) ans
Hammurabi, son fils, *ditto*, 55 (43) ans
Samsu-iluna, son fils, *ditto*, 35 (38) ans
etc.

Suivent les noms et durées de règne de quatre autres rois,
puis la mention : « Onze rois, dynastie de Babylone. » Nous
apprenons ainsi que le célèbre Hammurabi était le sixième
roi de cette dynastie, qu'il avait pour père Sîn-muballiṭ et
pour fils Samsu-iluna, qu'il a régné 55 (43) ans* et que la
dynastie a comporté onze rois. Dans certaines listes, le total
des années de règne est indiqué par le scribe.

Liste de *limu* (règne d'Adad-nirâri III, 810-783) [10] :

Adad-nirâri, roi d'Assyrie, (campagne) contre le Manna
Nergal-ilia, turtânu (général en chef), contre le Guzana
Bêl-daiân, nâgir ekalli (héraut du palais), contre le Manna
Ṣil-bêl, rab shaqê (grand échanson), contre le Manna
Ashur-taklak, abarakku (intendant), contre Arpad
Ili-ittia, shakin mâti (gouverneur d'Assur), contre la ville de
Hazâzu
Nergal-eresh, (gouverneur) de Raṣappa, contre la ville de
Ba'li
etc.

Ces diverses listes couvraient une durée variable. Certaines
étaient limitées à un seul royaume et à une seule dynastie.
D'autres, comme la liste babylonienne B dont le début est
cité plus haut, comprenaient plusieurs dynasties apparemment successives. D'autres, encore plus ambitieuses, embras-
saient de très longues périodes et plusieurs royaumes. Telle la
fameuse « Liste royale sumérienne » qui s'étend des souverains mythiques d'avant le Déluge jusqu'au roi Damiq-ilishu
(1816-1794), dernier roi de la Iʳᵉ Dynastie d'Isin [11].
Tirer de telles listes des dates exprimées en termes de chronologie chrétienne – ou plutôt préchrétienne – aurait été
impossible sans le Grec d'Alexandrie Claudius Ptolémée qui,
au deuxième siècle de notre ère, adjoignit à l'une de ses

---

* Les durées de règne de cette liste, compilée à partir de textes en mauvais état, sont malheureusement souvent fausses. Les chiffres réels sont
indiqués entre parenthèses.

œuvres une liste de tous les rois de Babylonie et de Perse, depuis Nabonassar (Nabû-nâṣir, 747-734 avant J.-C.) jusqu'à Alexandre le Grand (336-323) [12]. Cette liste, appelée « Canon de Ptolémée », non seulement nous fournit la durée de chaque règne, mais relève aussi les événements astronomiques importants qui ont marqué certains d'entre eux. Or, il se trouve qu'en combinant les informations fournies par plusieurs tablettes assyriennes, nous pouvons reconstituer une liste de *limu*, longue et ininterrompue, couvrant la période comprise entre Adad-nirâri II (911-891) et Ashurbanipal (668-627). Cette liste d'éponymes mentionne également les principaux phénomènes astronomiques de cette période. Entre 747 et 632 avant J.-C. les noms de rois et durées de règnes de la liste assyrienne et ceux du Canon Ptolémée coïncident parfaitement, de même que les éclipses et autres phénomènes célestes que mentionnent ces documents. En outre, les astronomes ont découvert qu'une éclipse solaire qui, d'après les listes des limu, aurait eu lieu au mois de Simanu (mai-juin) de la dixième année du roi Ashur-dân III, s'est effectivement produite le 15 juin 763. Or, c'est précisément la date à laquelle on aboutit en additionnant, à rebours du temps, les années de chaque règne sur les listes assyriennes (on arrive à 772-755 pour Ashur-dân). La chronologie absolue de la Mésopotamie est donc fermement établie à partir de 911 avant J.-C.

La chronologie des périodes plus anciennes repose sur des fondations moins assurées. En théorie, on devrait pouvoir la reconstituer à partir des listes royales et dynastiques, mais il s'est avéré que celles-ci pouvaient induire en erreur. Non seulement il existe parfois des différences importantes entre les exemplaires que nous possédons, mais elles contiennent souvent des lacunes et quelquefois des erreurs de scribes. Nous savons aussi par divers recoupements (correspondance et traités entre souverains, listes synchroniques) que certaines dynasties présentées comme successives étaient en réalité contemporaines, partiellement ou totalement. Cependant, à l'heure actuelle, malgré quelques divergences d'opinions (surtout pour les hautes époques), la chronologie mésopotamienne est assez bien établie. Mais la tâche a été longue et difficile [13]. C'est ainsi qu'il y a environ un siècle on faisait commencer le règne de Hammurabi – véritable « clé de voûte » de toute la chronologie des deuxième et troisième millénaires – en 2394 avant J.-C. (Oppert). En 1927, cette date était abaissée par l'assyriologue français Thureau-Dangin à 2003. De nos jours, elle varie entre 1848 (Sidersky) et 1704 (Weidner), mais la grande majorité des historiens s'est prononcée pour la chronologie « moyenne », qui fait régner Hammurabi de 1792 à 1750 avant J.-C.[14]. C'est cette dernière chronologie qui sera suivie dans cet ouvrage, avec les répercussions qu'elle entraîne sur une grande partie de l'histoire mésopotamienne[15].

Nous ne pouvons quitter ce sujet sans dire un mot des nouvelles méthodes de datation basées sur des phénomènes physico-chimiques et dont la principale est la méthode du carbone 14 ou radiocarbone. En voici brièvement le principe. Les cellules de tous les êtres vivants sont formées de molécules contenant du carbone. La quasi-totalité de ce carbone est de poids atomique 12, mais une infime partie est un isotope radioactif de poids atomique 14. Ce carbone 14 (^{14}C) est créé dans la haute atmosphère par collision entre atomes d'azote et neutrons sous l'influence des rayons cosmiques et immédiatement oxydé par l'ozone en gaz carbonique. Il « pleut » donc sur notre planète des atomes de ^{14}C qui sont absorbés par les animaux et les plantes. Le carbone 12 ordinaire est stable, mais le ^{14}C se transforme en azote en émettant un minuscule rayonnement. Tant que l'organisme est vivant, la quantité de ^{14}C qu'il contient reste la même, car constamment renouvelée, mais après sa mort elle décroît de façon régulière, diminuant de moitié en 5568 ans. En mesurant et comparant les radioactivités de deux échantillons de substance organique, l'un ancien, l'autre datant de 1950, an zéro B.P. (« before present »), on peut, par un calcul assez simple, déterminer la date de l'échantillon ancien.

Inventée en 1946 par le professeur W. F. Libby, de Chicago[16] et appliquée maintenant dans plusieurs laboratoires mondiaux, cette méthode ne peut évidemment être utilisée que sur des échantillons de matières organiques (bois, roseaux, plantes, ossements humains ou animaux) recueillis au cours des fouilles. Malgré son coût assez élevé, elle est très employée en archéologie, notamment au Proche-Orient, mais il faut savoir qu'elle a ses limites : « déviation standard » inhérente aux délicates techniques, contamination par des matériaux plus anciens ou plus récents et surtout, variations dans le temps des concentrations de ^{14}C dans l'atmosphère (et donc dans les êtres vivants), de découverte assez récente. La « calibration » (correction) par la méthode de dendrochronologie (datation par les couches de croissance des arbres) en a amélioré les résultats, mais elle reste moins précise qu'on a tendance à le croire. Très utile pour la préhistoire – où un écart, dans un sens ou dans l'autre, de cent à cinq cents ans n'a qu'une importance relative – elle n'est presque jamais utilisée pour confirmer les dates historiques déterminées par les moyens que nous venons de voir.

Les autres méthodes physico-chimiques de datation applicables à l'archéologie (thermoluminescence, archéomagnétisme) sont encore trop récentes pour être largement utilisées [17].

La recherche archéologique en Mésopotamie *

La transformation de cités jadis florissantes en tells s'est produite plus rapidement qu'on pourrait le croire [18]. Au milieu du cinquième siècle avant J.-C., Hérodote séjourne à Babylone encore vivante mais néglige de mentionner Ninive détruite, il est vrai, cent soixante ans plus tôt et Xénophon, conduisant les Dix Mille mercenaires grecs à travers la Mésopotamie en 401 avant J.-C., passe tout près des grandes villes assyriennes sans même les remarquer. Au premier siècle de notre ère, Strabon parle de Babylone comme d'une cité en ruine et « presque entièrement abandonnée [19] ».

Un millénaire s'écoule. A mesure que s'épaissit la couche de terre qui recouvre les villes mortes, leur souvenir s'estompe peu à peu. Les historiens arabes n'ignorent pas tout du glorieux passé de l'Iraq, mais l'Europe l'a oublié. Les pérégrinations de Benjamin de Tudela au douzième siècle et les voyages du naturaliste allemand Rauwolff, quatre siècles plus tard, restent des épisodes isolés. Ce n'est qu'au dix-septième siècle que s'éveille l'intérêt de l'Occident pour les antiquités orientales à la lecture du récit passionnant que fait l'Italien Pietro della Valle de son voyage à travers la Méso-

---

* Les sites dont le nom est précédé d'un astérisque se trouvent dans la partie syrienne de la Mésopotamie.

potamie et à la vue des briques « sur lesquelles sont inscrits certains caractères inconnus » qu'il a trouvées à Ur et à Babylone et qu'il rapporte en Europe en 1625. Peu à peu, l'idée se fait jour, dans les académies et l'entourage des rois, qu'il y a là un domaine de recherches digne d'intérêt. En 1761, pour la première fois une expédition scientifique est envoyée en Orient par Frederik V, roi du Danemark, avec mission de récolter toutes les informations possibles sur les sujets les plus variés. Les nombreuses inscriptions copiées à Persépolis par le directeur de l'expédition, Karsten Niehbur, sont confiées à des philologues qui se mettent aussitôt au travail pour déchiffrer cette écriture mystérieuse. Dès lors, presque tous ceux qui visitent l'Orient ou y vivent mettent leur point d'honneur à en explorer les ruines, à rassembler des *antika* et à copier des inscriptions. Les plus remarquables de ces chercheurs enthousiastes sont l'abbé Joseph de Beauchamp, astronome distingué (1786), Claudius James Rich, résident de l'East India Company et consul général de Grande-Bretagne à Baghdad (1807), Sir James Buckingham (1816), Robert Mignan (1827), James Baillie Fraser (1834) et un officier de l'armée britannique, à la fois grand sportif, explorateur et philologue, le plus grand de tous sans aucun doute, Sir Henry Creswicke Rawlinson (1810-1895). Il nous faut également mentionner au moins une importante expédition britannique du début du dix-neuvième siècle, la « Tigris-Euphrates Expedition » (1835-1836), dirigée par F. R. Chesney, qui étudia le cours des deux fleuves et rassembla une masse considérable de renseignements sur les régions avoisinantes.

A l'exception de Beauchamp et Mignan, qui creusèrent quelques trous à Babylone, tous ces explorateurs se contentaient d'examiner et mesurer les quelques ruines qu'ils rencontraient et étaient loin d'imaginer ce que contenaient les « buttes désolées » que foulaient leurs bottes. Mais en 1842 Paul-Emile Botta, Italien d'origine et consul de France à Mossoul, entreprit la première campagne de fouilles en Iraq et, à Khorsabad, découvrit au sens propre du terme les Assyriens. Presque aussitôt (1845), un Anglais, sir Henry Layard, suivit son exemple à Nimrud, autre cité d'Assyrie. En 1877, Ernest de Sarzec, consul de France à Bassorah, ayant entendu parler de certaines statues trouvées par des fouilleurs clan-

destins à Tello, décida de creuser sur ce tell et découvrit les
Sumériens. Ainsi, dans l'espace de trente ans, une civilisation jusqu'alors pratiquement inconnue fut révélée au monde
stupéfait d'apprendre que la Mésopotamie pouvait recéler
des trésors comparables à ceux de la Grèce et de l'Egypte.
Botta, Layard, Sarzec et leurs successeurs immédiats, Loftus
et Smith, pionniers de cette période héroïque, étaient tous des
« amateurs » dans tous les sens du mot, sans expérience ni
méthode rigoureuse. Leur principal objectif était d'exhumer
et d'expédier dans leurs pays respectifs statues, bas-reliefs et
inscriptions. Les murs de briques crues, tessons de poterie
et autres objets moins spectaculaires ne les intéressant pas,
ils détruisaient beaucoup et ne se préoccupaient guère de
conserver. Mais ils ouvrirent des avenues nouvelles et, malgré des obstacles de tout ordre, travaillèrent avec une énergie
et un enthousiasme admirables [20].

Pendant ce temps, dans les universités d'Europe, d'autres
pionniers, tout aussi enthousiastes mais plus patients, entre-
prenaient la tâche gigantesque de déchiffrer les textes qui
leur parvenaient. L'histoire de cette aventure intellectuelle,
qui se prolongea pendant un siècle et exigea des prodiges
d'intelligence, de patience et d'imagination de la part de
nombreux savants de plusieurs pays, est trop complexe pour
pouvoir être racontée ici, même brièvement [21]. Il nous faut
pourtant rendre hommage à des hommes comme Grotefend,
professeur de grec à l'université de Göttingen, à qui l'on doit
la première tentative de déchiffrement des inscriptions cunéiformes en vieux-perse copiées par Niebuhr à Persépolis, ainsi
qu'à Rawlinson qui, entre 1835 et 1844, non seulement réussit au péril de sa vie à copier la longue inscription trilingue
gravée par Darius tout en haut du rocher abrupt de Behistun,
en Iran, mais commença de la traduire – cette inscription en
vieux-perse, babylonien et élamite a été à l'assyriologie ce
que la fameuse pierre de Rosette a été à l'égyptologie, mais
avec cette différence qu'on ne pouvait alors lire aucune de
ces langues, toutes écrites en cunéiforme. Il faut aussi nommer l'Irlandais Edward Hincks et son collègue français Jules
Oppert qui, avec Rawlinson, forment ce qu'on a nommé la
« sainte triade » des études cunéiformes, car ils surmontèrent
les plus grandes difficultés épigraphiques et linguistiques et,
comme l'a écrit un de leurs successeurs, « ont ouvert les

pages poussiéreuses des "livres" d'argile ensevelis dans tout l'ancien Orient [22] ». Commencé en 1802, le déchiffrement du vieux-perse d'abord, puis de l'assyrien et du babylonien (langues qu'on réunit maintenant sous le nom d'akkadien, mais les termes d'assyriologie et d'assyriologue sont restés) était considéré comme assuré dès 1848 et, vers 1900, l'autre langue de la Mésopotamie antique, le sumérien, était connue dans ses grandes lignes. A l'heure actuelle, l'akkadien n'a presque plus de secrets pour nous ; le sumérien garde quelques recoins obscurs mais se lit avec de plus en plus d'assurance. On estime aujourd'hui à environ un million le nombre de tablettes à la disposition des sumérologues et assyriologues, dont près de la moitié n'ont pas encore été publiées ; d'autres sont découvertes chaque année, à mesure que progressent les fouilles. On peut dire que peu de pays ont produit une telle abondance d'anciens textes, sous la forme même où ils ont été écrits et, par conséquent, d'une authenticité incontestable.

L'entrée en scène des Allemands, au tournant de ce siècle, marque le début d'une ère nouvelle dans la recherche archéologique. Robert Koldewey à Babylone (1899-1917) et Walter Andrae à Assur (1903-1914) introduisirent, en effet, des méthodes rigoureuses, voire méticuleuses, dans un domaine où avaient longtemps régné la chance, l'intuition et la hâte. La méthode allemande fut rapidement adoptée par tous et c'est sans doute pendant les dix ans qui précédèrent la Première Guerre mondiale et les vingt-deux ans qui la séparèrent de la Seconde que l'archéologie mésopotamienne connut sa période la plus féconde en découvertes majeures. C'est pendant cette période que Woolley « exhuma le passé » à Ur et à *Karkemish, que le baron von Oppenheim fouilla *Tell Halaf, tandis que son compatriote Heinrich s'attaquait au grand site d'Uruk, que Parrot reprit les fouilles de Tello, puis découvrit *Mari, que les Britanniques travaillèrent à 'Ubaid, Ninive, Arpachiyah, *Chagar Bazar et *Brak, avec les Américains à Kish et à Jemdat Nasr, et les Américains seuls à Nippur, Khafaje, Tell Asmar et Nuzi. C'était l'époque où les grandes lignes de l'histoire mésopotamienne se précisaient un peu plus chaque année et où, au-delà des époques historiques, apparaissaient des époques encore plus anciennes, et des cultures anonymes insoupçonnées et fascinantes.

En 1920, l'Iraq et la Syrie avaient été découpés dans le cadavre de l'Empire ottoman et, sous les tutelles française et britannique, étaient devenus peu à peu des nations. Un musée s'était ouvert à Baghdad, un autre à Damas, un autre encore à Alep et de jeunes Iraqiens et Syriens recevaient en Europe, en Amérique et sur place une solide formation d'archéologues et d'assyriologues. Aussi, loin de s'arrêter pendant la Seconde Guerre mondiale, les fouilles se poursuivirent-elles, au moins en Iraq, avec des résultats remarquables, notamment à Tell 'Uqair, Hassuna et 'Aqar Quf. La guerre terminée, les Allemands se remirent à l'œuvre à Uruk et les Américains à Nippur, ces derniers ajoutant bientôt à leur palmarès l'exploration du Kurdistan préhistorique et les fouilles de Jarmo et de Shanidar. Les Français retournèrent à *Mari et les Anglais à Nimrud, abandonné depuis soixante-dix ans, tandis que Seton Lloyd, Taha Baqir et Fuad Safar défloraient deux sites importants et encore pratiquement vierges : Eridu et Hatra. Après la révolution de 1958, la jeune République d'Iraq, ainsi d'ailleurs que la République syrienne, s'ouvrirent encore plus largement aux archéologues étrangers. Alors que les Américains se concentraient sur Nippur, les Allemands ajoutaient de nouveaux chantiers à celui d'Uruk, dont *Tell Khueira, Isin et *Habuba Kabira. Les Iraqiens découvraient à Tell es-Sawwan une nouvelle culture préhistorique. Les Anglais fouillaient à Tell el-Rimah, Umm Dabaghiya, Choga Mami et Abu Salabikh, les Français à *Mari et Larsa, les Belges à Tell ed-Dêr, les Danois à Shimshara, les Italiens à Séleucie, les Russes à Yarim Tepe, les Polonais à Nimrud et même les Japonais à Tulul eth-Thalathat. Encore cette liste ne relève-t-elle que les sites les plus importants et ne mentionne-t-elle ni les nombreux et utiles *surveys* ni les petits sondages. Les années soixante-dix ont vu se développer, tant en Syrie qu'en Iraq, une variante nouvelle et fructueuse de l'archéologie mésopotamienne, les fouilles dites « de sauvetage » rendues nécessaires par la construction, à visées agricoles, de plusieurs barrages sur l'Euphrate, le Tigre et certains de leurs affluents. Les lacs créés par ces barrages menaçant de submerger un certain nombre de tells dans chaque région, il était indispensable d'en explorer autant que possible avant que l'inondation ne commence. Ces travaux énormes et pressants ont été effectués par des archéologues syriens ou iraqiens en collaboration avec des équipes venues d'Europe, des Etats-Unis, d'Australie et même du Japon. La première de ces opérations a été déclenchée par l'érection de « l'Assam Dam » situé sur la grande courbe de l'Euphrate syrien. Puis ce fut le grand « Hamrin Bassin Project » dans la vallée d'un affluent de la Diyala, suivi de fouilles sur le moyen Euphrate iraqien, dans la région de Haditha, puis dans la région du Tigre en amont de Mossoul (Eski Mosul ou Sad-Dam Project). Au total, près de deux cents sites allant de la préhistoire à l'époque islamique ont été explorés, les uns rapidement et brièvement, les autres extensivement pendant plusieurs mois ou années. Les résultats de cet effort international ont été très intéressants : ils ont révélé non seulement des villes importantes, telles qu'Emar (la moderne Meskene), mais aussi de petites bourgades, comme l'ancienne Haradum sur le moyen Euphrate, qui n'aurait probablement jamais été fouillée ; elles ont donné de nombreux renseignements sur les types d'habitat à différentes périodes et comblé bien des lacunes dans notre connaissance de cultures proto-historiques mal documentées jusque-là. Certains sites, et en particulier Emar, ont livré des textes cunéiformes [23].

La « guerre du Golfe » a mis fin à toute activité archéologique en Iraq, mais il est certain que les fouilles reprendront tôt ou tard. Au moment où nous écrivons, toutes les capitales et la plupart des grandes cités de la Mésopotamie antique, ainsi qu'un certain nombre de petites villes et villages, ont été exhumés, au moins partiellement. Par ailleurs, un effort louable a été fait ou est en cours pour restaurer certaines parties de plusieurs grands centres, notamment Babylone, Ninive, Nimrud, Ur et Hatra. Pourtant, près de six mille tells entre le Taurus et le golfe Arabo-Persique restent inexplorés – de quoi occuper plusieurs générations d'archéologues.

Les résultats de cette longue série de fouilles, les nombreux textes déjà publiés, les multiples œuvres d'analyse, de réflexion et de synthèse rédigées par des assyriologues-historiens doublés maintenant d'ethnologues, de sociologues et d'économistes, constituent une documentation d'une ampleur et d'un intérêt considérables. S'il existe encore bien des lacunes dans la préhistoire et l'histoire mésopotamiennes, du moins pouvons-nous essayer d'en esquisser les grandes

lignes, en commençant par les temps lointains où des chasseurs paléolithiques ont peuplé les hauteurs du Kurdistan et
nous ont laissé comme traces de leur présence leurs humbles
outils de silex taillé.

De la grotte au village

Jusqu'en 1950, on aurait cherché en vain, dans les ouvrages spécialisés, quelques lignes sur la préhistoire de l'Iraq, alors que celle du Levant (Palestine, Liban, Syrie) y occupait depuis longtemps une place importante. En effet, la recherche archéologique s'était concentrée sur la plaine mésopotamienne et si les niveaux les plus profonds de certains tells avaient permis d'établir une séquence de cultures « protohistoriques » qui préparaient l'éclosion de la civilisation sumérienne, vers 3000 avant J.-C., ces cultures appartenaient toutes à la période énéolithique et s'échelonnaient, au maximum, sur deux mille ans. La préhistoire proprement dite, l'Age de la pierre comme on l'appelait jadis, était pratiquement inconnue. Certes, de nombreux silex taillés avaient été trouvés en surface dans le désert syro-mésopotamien[1] et, dès 1928, le professeur Dorothy Garrod, surtout connue pour ses travaux en Palestine, avait exploré deux grottes du Kurdistan iraqien, Zarzi et Hazar Merd, contenant des assemblages paléolithiques sur lesquels nous reviendrons. Mais ces découvertes n'avaient guère eu d'écho en dehors d'un cercle étroit de spécialistes. Vingt ans devaient s'écouler avant que l'Institut oriental de l'université de Chicago décide de se pencher sur la période de transition, au Proche-Orient, entre les chasseurs-collecteurs de la fin du Paléolithique et les éleveurs-agriculteurs du Néolithique et d'envoyer une mission explorer ce même Kurdistan qui, pour de multiples raisons, semblait prometteur. Entre 1948 et 1955, trois campagnes de prospection et de fouilles dirigées par le Professeur Braidwood[2] révélèrent une douzaine de sites dont un surtout, Jarmo – considéré alors comme « le plus ancien village du monde » – suscita un immense intérêt. Parallèlement et dans la même région, un autre Américain, le Dr Solecki, décou-

vrait et explorait la grotte de Shanidar qui non seulement a
repoussé jusqu'au Paléolithique moyen (80000-35000 B.P.)
les frontières de la préhistoire iraqienne, mais reste aujour-
d'hui encore l'un des plus importants gisements moustériens
connus[3]. L'état de guerre au Kurdistan a évidemment mis fin
à ces recherches et l'on ne sait si elles seront jamais reprises,
mais au moins ont-elles en partie comblé une immense
lacune et contribué à mettre en lumière certaines étapes
majeures dans l'évolution de l'humanité.

Paléolithique

Des trois subdivisions classiques de la préhistoire – Paléolithique, Mésolithique et Néolithique – la première est de
beaucoup la plus longue. Elle est contenue tout entière dans
l'époque géologique appelée Pléistocène parce qu'elle représente le chapitre « le plus récent » *(pleistos kainos)* dans la
longue histoire de notre planète. Le Pléistocène a commencé
il y a environ deux millions d'années et s'est terminé vers
10000 avant J.-C. pour faire place à l'époque holocène
(« toute récente ») qui est celle où nous vivons. Pléistocène et
Holocène forment ensemble l'ère quaternaire.

Le début du Pléistocène est marqué par les ultimes et
faibles sursauts des puissantes convulsions orogéniques de
l'époque précédente, le Pliocène, qui ont abouti, en Orient, à
la formation du Taurus et du Zagros, chaînons du système
alpino-himalayen, au profond effondrement de la *Rift Valley*,
qui relie la mer Morte à la mer Rouge et aux grands lacs
d'Afrique orientale et à la création du fossé Mésopotamie-
golfe Arabo-Persique par glissement de la rigide plateforme
arabique sous le rebord montagneux du non moins rigide plateau iranien. Tout cela accompagné d'une activité pluto-
nienne considérable dont témoignent de nombreux volcans
aujourd'hui éteints en Turquie, au Caucase et en Iran, ainsi
que les champs de lave qui s'étendent au sud de Damas.

Puis la terre, ayant sensiblement acquis sa configuration
actuelle, est entrée dans une période de calme relatif et d'érosion du relief, érosion à laquelle ont largement participé les
avances et reculs de la calotte glaciaire boréale sur la partie
septentrionale de l'Europe et du continent nord-américain :
les quatre grandes glaciations qui occupent la deuxième

moitié du Pléistocène et qui, en Europe, portent les noms de Günz, Mindel, Riss et Würm.

Notons que dans les régions subtropicales, tropicales et surtout équatoriales, des périodes de fortes précipitations (pluviaux) séparées par des périodes de sécheresse relative (interpluviaux) répondent plus ou moins aux glaciaires et interglaciaires d'Europe et d'Amérique.

S'il existe quelques traces d'anciens glaciers dans les hautes vallées du Taurus et du Zagros, les grandes calottes glaciaires n'ont jamais atteint le Proche-Orient, car même à leur maximum d'extension, elles n'ont pas dépassé une ligne passant par Londres, Amsterdam, Prague et Kiev. Pendant tout le Pléistocène, l'Iraq est resté à la jonction de zones soumises à des conditions subglaciaires et subpluviales et les variations de climat dans ce pays ont rarement été très marquées. Mais elles ont suffi à modifier profondément son aspect physiographique. Pendant près d'un million d'années, les fortes pluies et les vents ont été de puissants facteurs d'érosion et cette érosion a été modulée et souvent aggravée par les changements de pente des cours d'eau et, par conséquent, de leur capacité érosive, qu'ont imposés les fluctuations de niveau du golfe Arabo-Persique selon l'avance et le recul des énormes glaciers nordiques[4]. Au cours des interpluviaux et lorsque le gradient des fleuves et des rivières était faible, d'immenses quantités d'alluvions et de graviers se sont accumulées sur les flancs des montagnes et dans le fossé mésopotamien qu'elles ont peu à peu comblé. Il nous est difficile maintenant d'imaginer l'époque où le Tigre et l'Euphrate étaient peut-être aussi larges que le Mississippi ou le fleuve Jaune, où leurs affluents se frayaient une issue à travers les contreforts du Taurus et du Zagros et où coulaient, dans ce qui est maintenant un désert, d'innombrables rivières dont il ne reste qu'un réseau de *wadis* éternellement à sec.

Nos plus lointains ancêtres, les Paléanthropiens, semblent avoir vécu surtout en Afrique orientale et australe et ne sont pas attestés au Proche-Orient. A partir de l'interglaciaire Günz-Mindel, il y a environ six cent mille ans, leurs successeurs, les Archanthropiens *(Homo erectus)* se sont répandus en Afrique du Nord, en Europe et en Asie. Leurs outils de silex taillé, qui constituent les « industries lithiques » caractéristiques du Paléolithique inférieur (abbevillien, acheuléen, clactonien, tayacien) se retrouvent un peu partout autour de la Méditerranée (Egypte, Syrie, Palestine, Liban) mais, pour des raisons qui nous échappent, ils sont extrêmement rares en Turquie, en Iran et en Iraq. Les plus anciennes traces de l'Homme en Iraq sont probablement des galets roulés taillés en bifaces, découverts en 1984 dans la vallée du Tigre en amont de Mossoul. Attribués à l'acheuléen récent, ces outils dateraient du dernier quart du Paléolithique inférieur, soit entre 500000 et 11000 B.P.[5]. Puis vient, par ordre chronologique Barda Balka (en kurde, « Pierre levée »), lieu-dit tout proche du gros village de Chemchemal, entre Kirkuk et Sulaimaniyah, où ont été trouvés en 1949 des silex taillés jonchant le sol au pied d'un mégalithe d'époque néolithique[6]. Un sondage effectué en 1951 par deux membres de la mission Braidwood a permis de retrouver là, sous deux mètres de sédiments fluviatiles, un atelier ou camp de chasseurs paléolithiques. L'outillage consistait en bifaces (haches, « coups-de-poing »), en grattoirs taillés dans des éclats de silex et en quelques galets aménagés en hachoirs. Cet assemblage assez grossier et disparate a été daté, sur des critères typologiques et géologiques, de la fin de l'interglaciaire Riss-Würm, soit il y a environ quatre-vingt mille ans. L'ancienneté relative du site semble confirmée par la présence, parmi les animaux dont les ossements voisinaient avec ces outils, de l'éléphant des Indes et du rhinocéros, qui disparaîtront bientôt de ces régions.

Au début de la glaciation de Würm, alors que le climat était encore très doux au Kurdistan, l'homme y vivait, au moins de façon saisonnière, dans des grottes ou abris sous roche ; c'est une industrie typiquement levalloisomoustérienne que Dorothy Garrod a mise au jour, en 1928, dans les couches inférieures de la « grotte sombre » de Hazar Merd, à 20 kilomètres environ au sud de Sulaimaniyah[7], et qu'on trouve d'ailleurs aussi sur divers sites à ciel ouvert. Mais aucun site préhistorique d'Iraq n'illustre mieux le Paléolithique moyen, dans lequel nous entrons maintenant, que la grotte de Shanidar, fouillée entre 1951 et 1960 par Ralph Solecki[8].

Shanidar est une très grande grotte (la superficie de quatre courts de tennis) s'ouvrant par une arche haute de 8 mètres et large de 25 mètres dans le flanc sud du Jebel Baradost qui domine la vallée du Grand Zab, non loin de la petite ville de Rawanduz. Des bergers kurdes la fréquentaient encore pendant l'hiver à l'époque des fouilles. Creusant de plus en plus profondément dans le sol, Solecki a atteint le roc vierge à – 14 mètres et a individualisé quatre niveaux culturels. Au niveau D, le plus profond et le plus épais (8,50 mètres), des couches de cendres superposées mêlées à des ossements et à des outils de silex témoignaient d'une occupation intermittente pendant des dizaines de milliers d'années. L'outillage comportait des pointes, racloirs, burins et perçoirs, caractéristiques de la grande industrie moustérienne.

Toutefois, ce qui a rendu Shanidar célèbre c'est la découverte, dans ce niveau D, des restes de neuf êtres humains, dont deux enfants en bas-âge [9]. Les squelettes étaient généralement très endommagés, mais tous les crânes plus ou moins intacts présentaient les traits caractéristiques de l'homme de Néanderthal : os épais, mâchoire massive au menton fuyant, front bas se terminant par une arcade sourcilière épaisse, nuque rectiligne. Plusieurs de ces néanderthaloïdes avaient été écrasés par de gros blocs de rocher tombés du plafond de la grotte. A la suite d'un accident de ce genre, le bras, atrophié de naissance, de l'un d'entre eux avait dû être amputé au moyen d'un couteau de silex. Le cadavre d'un autre avait été déposé sur un lit de branchages et de fleurs et l'examen de ces dernières a permis de fixer la date du décès « entre la fin mai et le début de juillet [10] ». L'âge de deux squelettes a été évalué par le radiocarbone à 46900 et 50600 B. P. respectivement ; un troisième, plus ancien, daterait de 60000 B. P. Alors que les ossements d'animaux (bœuf, chèvre et mouton sauvages, sanglier, ours, daim, renard, petits rongeurs) n'indiquent aucun changement notable de faune pendant cette période, l'analyse des pollens recueillis dans la grotte suggère d'importantes variations de climat, d'abord plus chaud qu'aujourd'hui, puis très froid, enfin chaud et sec vers 44000 B. P. [11].

Le niveau C de Shanidar, épais de plus de 3 mètres, appartient au Paléolithique supérieur tant par son industrie lithique que par les chiffres de 34000 et 26500 B. P. assignés par le radiocarbone à ses couches inférieure et supérieure respectivement. On s'accorde, en effet, à fixer aux alentours de 35000 B. P. la fin du Paléolithique moyen, le moment où l'homme de Néanderthal s'est définitivement éteint et a cédé la place à une autre sorte d'homme. Cet *Homo sapiens sapiens*, comme on l'appelle maintenant, va rapidement se multiplier, se répandre sur l'ensemble du globe et se diversifier en plusieurs races. Il se distingue de ses prédécesseurs non seulement par ses traits physiques, qui sont pratiquement identiques aux nôtres, mais encore par la diversité et la complexité croissantes de ses industries lithiques (aurignacien, gravettien, solutréen, magdalénien en Europe, pour ne citer que les principales), par le travail du bois, de l'os et de l'ivoire et par des préoccupations magico-esthétiques qui s'expriment magnifiquement, à l'époque magdalénienne, dans les célèbres fresques de Lascaux et d'Altamira.

Shanidar, hélas, n'a pas livré de telles merveilles, mais des objets en os ou en bois de cervidés, quelques pierres polies et un outillage de type aurignacien, quoique suffisamment différent de l'aurignacien classique pour que Solecki ait proposé le nom de « baradostien ». Aucun ossement humain pour nous renseigner sur les habitants de la grotte à cette époque ; seulement quelques foyers et des restes de mammifères. Après une longue période d'occupation, Shanidar sera désertée pendant plus de cent siècles, soit que la grotte fût devenue trop dangereuse (comme en témoignent les énormes blocs de rocher qui occupent en partie ce niveau), soit qu'un important changement climatique eût obligé les chasseurs paléolithiques à aller vivre dans la plaine ou les basses vallées. On sait, en effet, que la glaciation de Würm, qui a été l'une des plus froides, a atteint son maximum vers 25000 B. P. et elle a pu influencer le climat et l'écologie de cette partie du Proche-Orient.

Vers 12000 B. P., le climat du Kurdistan est redevenu plus clément et Shanidar est réoccupé. L'outillage lithique retrouvé dans la partie profonde de ce niveau (B2) reste dans la tradition aurignacienne (« aurignacien tardif » ou « gravettien prolongé ») mais est beaucoup plus varié. C'est essentiellement un outillage de lames retouchées par pression, tantôt à bords parallèles, tantôt en « canif » ou à bord tranchant profondément échancré ; mais on trouve aussi des burins, des grattoirs circulaires ou en demi-lune, des perçoirs aigus. Beaucoup de ces objets sont de petite taille. Certains ont peut-être été montés sur des tiges de bois et utilisés

comme javelots. Au contraire du « baradostien » qui, pour
l'instant, n'est guère documenté qu'à Shanidar, cette industrie se retrouve sur plusieurs autres sites du Kurdistan,
notamment les abris sous roche de Palegawra, Barak, Babkal
et Hajiya et la grotte de Zarzi, découverte dès 1928 par Dorothy Garrod, ce qui lui vaut le nom de « zarzien [12] ». Sur la
base d'une date de radiocarbone provenant de Palegawra, on
peut estimer à environ 11000 B. P. (9050 avant J.-C.) la fin de
cette période, qui se situe aux confins du Paléolithique et du
Mésolithique.

Un coup d'œil rétrospectif sur le Paléolithique d'Iraq met
en évidence deux développements qui nous paraissent d'un
intérêt majeur pour ce qui suivra.

Tout d'abord, l'établissement de rapports de plus en plus
fréquents entre les chasseurs-collecteurs du Kurdistan et
leurs congénères des pays environnants. Nous ne savons d'où
venaient les hommes qui ont laissé leurs outils à Barda
Balka, mais ils ont trouvé dans cette région une « niche écologique » dont ni eux ni leurs successeurs ne sont guère sortis
pendant longtemps. A Shanidar D, l'outillage est du mousté-
rien typique et les squelettes sont généralement considérés
comme proches des néanderthaliens « classiques », ne présentant aucun des signes de métissage ou d'évolution vers
Homo sapiens sapiens qu'on a décelés, par exemple, dans les
crânes contemporains du mont Carmel. Pourtant, la présence
dans les couches supérieures de ce niveau D (séparées, ne
l'oublions pas, des couches inférieures par quelque dix mille
ans) de pointes de type « émirien » analogues à celles de
Palestine suggère des contacts avec le Levant méditerranéen.
Au Paléolithique supérieur, ces contacts se précisent avec
la présence au Kurdistan de certains outils de type syro-
palestinien (kébarien ou jabroudien) et l'on peut même se
demander si la similarité d'outillage notée entre les sites
« zarziens » d'Iraq et certains sites paléolithiques des rives
iraniennes de la Caspienne et des plaines du Turkménistan
russe n'est due qu'à une simple coïncidence. Il semble exister déjà, au moins entre le Kurdistan et les régions avoisinantes, des échanges techniques ou commerciaux qui ne
feront que se préciser et s'étendre plus tard.

Le second développement est d'ordre démographique.
Mis à part la grande vague de froid qui sévit entre 25000 et

13000 B. P., le climat du Kurdistan iraqien semble avoir été à
peu près stable depuis la fin de l'époque moustérienne. La
faune et la flore étaient alors, qualitativement, les mêmes
qu'aujourd'hui et nous admirerions toujours le paysage de
vertes prairies et de forêts de chênes qui était celui de cette
région si l'homme n'avait déforesté, épuisé la terre et fait disparaître plusieurs espèces animales au cours de son histoire.
Un être humain vivant essentiellement de chasse et de
cueillette n'a donc pu que se multiplier dans cette partie du
globe. De là, sans doute, la présence autour des foyers de certains sites du Paléolithique supérieur, dans des zones apparemment pauvres en gros gibier, de restes de poissons, de
petits animaux plus ou moins comestibles, de crabes minuscules, de bivalves d'eau douce, de tortues et de coquilles
d'escargots en quantités énormes ; de là aussi les fosses creusées à même le sol et qu'on a interprétées comme de véritables garde-manger. En l'absence de catastrophe géologique
ou de changement radical de climat, seule une « explosion
démographique » semble avoir été la raison qui a poussé
l'homme à exploiter au maximum ces ressources naturelles.
Cette « révolution du large spectre [13] », comme on l'a appelée, annonce et prépare la « révolution néolithique », survenue deux mille ou trois mille ans plus tard, et dont nous
essaierons plus loin d'analyser les mécanismes.

Mésolithique

Le Mésolithique (encore appelé Epipaléolithique ou Proto-
Néolithique) est la période de transition entre l'économie de
collection de nourriture, qui a été celle de tout le Paléolithique, et l'économie de production de nourriture (élevage
et agriculture) qui caractérise le Néolithique et reste toujours
la nôtre. En chiffres ronds, cette période s'étend, au Proche-
Orient, de 9000 à 7000 avant notre ère [14].

En Iraq, le premier stade du Mésolithique correspond au
niveau B1 de la grotte de Shanidar et au site à ciel ouvert de
Zawi Chemi Shanidar, sur la rive du Grand Zab, dont les
habitants semblent avoir vécu saisonnièrement dans la grotte,
qui n'est distante que de 4 kilomètres [15]. La seule trace d'habitation à Zawi Chemi est une murette courbe de cailloux et
de galets qui a pu entourer une hutte. Dans la grotte comme

dans ce camp, l'outillage lithique consiste en microlithes de type « zarzien appauvri » taillés dans le silex local, mais la présence de quelques outils d'obsidienne provenant des alentours du lac de Van témoigne d'une ébauche de relations commerciales avec l'Arménie. On y rencontre aussi de gros outils de pierre dont certains (meules, broyeurs, marteaux, mortiers et pilons) étaient sans doute utilisés pour écraser des graminées sauvages et des pigments. Autre innovation, des perçoirs en os décorés parfois de dessins géométriques et des ornements corporels : perles et pendants en os, dents d'animaux, pierres colorées. La base de l'alimentation reste la viande de chèvre surtout, mais aussi de mouton, porc, cerf et daim. Le pourcentage élevé de jeunes moutons dans les couches supérieures du site suggère que les animaux de cette espèce étaient rassemblés en troupeaux gardés, premier pas vers la domestication. Poissons, coquillages d'eau douce et tortues complètent l'ordinaire. Quant aux humains, nous savons par leurs crânes qu'ils étaient de type eurafricain (ou protoméditerranéen). La plupart des vingt-six squelettes trouvés dans la grotte de Shanidar étaient groupés dans un « cimetière » et reposaient sur des plates-formes de pierres. Chacun des huit squelettes exhumés à Zawi Chemi était accompagné du squelette d'un très jeune enfant, ce qui évoque quelque atroce rituel. De nombreux crânes portaient des traces de trépanation et de maladie, notamment d'infections dentaires [16]. Le radiocarbone a donné les dates de 8920 pour la base de Zawi Chemi et 8650* pour la fin de Shanidar B1.

Les deux sites suivants, par ordre chronologique, présentent peu d'intérêt [17]. Karim Shehir, près de Chemchemal, n'était sans doute qu'un camp de chasseurs nomades, pavé de cailloux mais sans traces d'habitations ; il a livré des outils de silex, deux petites figurines humaines en argile mal cuite et quelques anneaux et bracelets de marbre. Mlefaat, situé un peu plus à l'ouest et sans doute plus tardif, contenait des huttes rondes ou ovales s'enfonçant de plus d'un mètre dans le sol et entourées de pierres brutes, ainsi que quelques figurines d'argile, des meules, mortiers et bols de pierre et des

* Désormais, toutes les dates dans cet ouvrages, à des rares exceptions près, seront exprimées en années avant notre ère, les mots « avant J.-C. » restant sous-entendus.

microlithes de silex ou d'obsidienne. En fait, les seuls autres sites mésolithiques importants de Mésopotamie aux neuvième et huitième millénaires se situent à quelque 400 kilomètres du Kurdistan, l'un à l'ouest, l'autre au sud.

A l'ouest, c'est Tell Mureybet, en Syrie, sur le grand coude de l'Euphrate à 80 kilomètres d'Alep, où des fouilles américaines, puis françaises[18] ont révélé une période d'occupation de plus de mille cinq cents ans divisée en trois grandes phases : d'abord un camp de pêcheurs et chasseurs utilisant l'outillage « natoufien », commun à toute la Syrie-Palestine à cette époque (Mureybet I, antérieur à 8600) ; puis, un village de maisons rondes construites en ṭauf (Mureybet II, vers 8600-8100) ; enfin un village d'assez grandes dimensions où des maisons rectangulaires de plusieurs pièces se substituent progressivement aux maisons rondes (Mureybet III, 8100-7300). Ces maisons sont construites en blocs calcaires liés par un mortier d'argile et, dans certaines, les murs intérieurs sont décorés de motifs géométriques peints. Pas de chèvres ni de moutons, mais les animaux rapides de la steppe voisine (ânes sauvages, gazelles, aurochs, daims, sangliers, lièvres) qu'on chasse à l'arc et, comme nourriture végétale, de l'engrain, de l'orge, des lentilles, des vesces, des pistaches, toutes plantes sauvages. Ce qu'il y a d'extrêmement intéressant, c'est que le blé et l'orge ne poussent pas spontanément dans cette région mais, au plus près, autour de Gaziantep, en Turquie, à quelque 150 kilomètres de là, et il semblerait que les grains de ces céréales aient été transportés à Mureybet pour y être plantés[19]. Dans ce cas, nous saisirions ici sur le vif une première étape dans l'invention de l'agriculture : la transplantation de graminées sauvages hors de leur habitat naturel, sans doute en choisissant les plants dont les axes d'épis sont les moins cassants et qui deviendront, par sélection naturelle, les céréales domestiquées aux épis robustes, mais qui ne peuvent vivre sans l'homme. Autre caractéristique remarquable de Mureybet : la présence de cornes, crânes et os de taureaux sauvages enfouis sous un podium d'argile ou fichés dans les murs de certains bâtiments qui sont peut-être de véritables sanctuaires évoquant les grands temples néolithiques de Çatal Hüyük en pleine Anatolie, très loin vers le nord-ouest.

Ce sont des caractéristiques assez semblables qu'ont retrouvées, dans les années 60, des archéologues américains fouillant certains *tepes** de la plaine de Deh Luran, située le long du flanc ouest du Zagros, mais très au sud du Kurdistan et, politiquement, en Iran. L'un des sites explorés par Hole et Flannery, Tepe Ali Kosh, comportait de nombreux niveaux d'occupation répartis en trois phases culturelles dont deux portent le nom de petits sites voisins, soit, de bas en haut : Bus Mordeh, Ali Kosh et Muhammad Jaffar [20].

Pendant la phase de Bus Mordeh (environ 8000-7000), on trouve à Ali Kosh des structures de briques crues très petites et qui semblent avoir servi de dépôts de réserves plutôt que de maisons. Vivant dans la steppe, comme les habitants de Mureybet, les occupants du site chassaient la gazelle, l'onagre, l'auroch et le sanglier, mais, comme les occupants de Zawi Chemi, ils possédaient des troupeaux de chèvres sauvages et tiraient de la rivière et des marais voisins poissons, coquillages et tortues d'eau. Ils consommaient aussi des pistaches, des herbacées (seigle, avoine) et des légumineuses, mais le blé amidonnier et l'orge étaient importés, *déjà domestiqués*, sans doute de la région de Kermanshah, distante d'environ 200 kilomètres, et replantés autour du village. Ces gens semblent avoir été des semi-nomades ne passant que l'hiver dans cette plaine, torride l'été. Leurs outils de pierre étaient semblables à ceux du Kurdistan. Quelques lames d'obsidienne et des coquilles marines utilisées comme ornements témoignent de rapports avec la lointaine Arménie et le golfe Arabo-Persique, beaucoup plus proche.

Ainsi, pendant ces deux millénaires cruciaux (9000-7000), on assiste un peu partout au Proche-Orient à de profondes transformations à la fois techniques et culturelles. Des groupes de chasseurs nomades commencent à se sédentariser et l'on passe du camp aux huttes rondes au village et à ses maisons de terre pressée, de briques crues ou de pierre. Tandis que se perpétue le culte des morts, qui remonte à l'époque moustérienne, d'autres cultes – celui du taureau puissant et dangereux, donc désirable, et celui de la femme féconde – se manifestent sous forme de modestes sanctuaires et statuettes d'argile. L'obsidienne, convoitée pour sa beauté, sa maniabi-

---

* Le mot *tepe* est l'équivalent iranien de l'arabe *tell*. L'équivalent turc est, le plus souvent, *hüyük*.

lité et son fin tranchant, voyage de l'Arménie au golfe
Arabo-Persique et avec elle voyageront bientôt des idées et
des techniques. Enfin et surtout, on expérimente un peu partout, à la recherche d'aliments dont on pourra disposer sans
peine et sans cesse et qu'on met en réserve pour les années
maigres, soit sur pied (troupeaux de moutons et de chèvres ;
les bovidés ne seront domestiqués qu'au début du sixième
millénaire) soit dans des fosses (céréales). La « révolution
néolithique », dont on a dit à juste titre qu'elle était « la plus
grande dans l'histoire de l'humanité après la maîtrise du
feu [21] », est en gestation. En fait, elle est déjà née en certains
points du Proche-Orient distants de la Mésopotamie. Entre
8000 et 7500, on cultive le blé et l'orge domestiqués à Jéricho, sur les bords du Jourdain, à Ganj Dareh, en Iran occidental (où l'on invente aussi la poterie) et à Çayönü Tepesi,
en Turquie méridionale (où l'on fabrique déjà des perles et
des épingles en martelant le cuivre natif). A cette époque, il
faut l'avouer, la Mésopotamie fait un peu figure de région
attardée.

Néolithique

Le site néolithique le plus important d'Iraq est Jarmo, per-
ché sur un éperon rocheux non loin de Chemchemal, au Kurdistan, et fouillé par la mission Braidwood entre 1948 et
1955 [22]. La couche d'occupation, profonde de 7 mètres, se
divise en quinze niveaux, dont dix sont dépourvus de poterie.
Les quelque cent cinquante habitants de Jarmo vivent dans
des maisons rectangulaires en ṭauf comportant plusieurs
pièces. Ils cousent leurs vêtements avec des aiguilles en os et
savent filer ou tresser le lin et la laine, à en juger par la présence de volants de fuseaux en argile. L'obsidienne constitue
40 % de leur outillage lithique. Des lames de silex fixées sur
des faucilles de bois au moyen de bitume, des meules,
broyeurs et mortiers jonchant le sol, des empreintes d'épis et
des grains carbonisés de blé et d'orge domestiqués ne laissent aucun doute quant à leurs activités agricoles. Parmi les
mammifères dont les ossements ont été retrouvés, seule la
chèvre est domestique, les autres étant soit en voie de domestication (mouton), soit chassés pour leur viande (porc,
gazelle, bovidés et cervidés) ou pour leur fourrure (ours,

loup, renard, panthère). Les coquilles d'escargots sont extra-ordinairement nombreuses. Des lentilles, pois, vesces et glands servent sans doute à faire des soupes épaisses, l'eau étant bouillie par immersion de cailloux brûlants dans de grands bassins ronds ou ovales s'ouvrant au ras du sol et tapissés d'argile cuite *in situ*. Ces soupes sont consommées au moyen de cuillers en os. D'autres aliments sont rôtis dans des fours en argile munis d'une cheminée. Ces gens portent des colliers de pierre ou de terre cuite, des bracelets de marbre, des pendants de coquilles et s'ornent sans doute le corps ou le visage de dessins d'ocre rouge. Plus de cinq mille figurines d'animaux (porcs ?) ou de femmes nues aux chairs abondantes, généralement assises, ont été retrouvées. Les morts étaient sans doute inhumés dans un cimetière non fouillé, mais les crânes d'un ou deux sujets décédés accidentellement, semble-t-il, indiquent un type protoméditerranéen. Les dates de radiocarbone sont ici peu fiables, car elles s'échelonnent de 7090 à 4950 pour une période d'occupation n'excédant pas deux ou trois siècles. Du fait de l'absence de poterie dans la plupart des niveaux, la « date générale probable » de 6750 proposée par Braidwood paraît à retenir.

Les dates de 6750-6500 sont d'ailleurs celles qu'a données le radiocarbone pour Ali Kosh dans la phase qui porte ce nom et fait suite à la phase de Bus Mordeh. Ali Kosh et Jarmo ont beaucoup en commun, mais diffèrent sur certains points importants : mêmes demeures, mais ici en briques crues ; mêmes outils et ustensiles, mais seulement 2 % d'obsidienne ; mêmes ornements, mais avec présence de coquilles marines et de perles de turquoise ; même nourriture enfin, ou presque, mais ici le mouton et la chèvre sont domestiqués. Comme traits spécifiques d'Ali Kosh, citons les traces de nombreux paniers rendus étanches par du bitume et l'inhumation des morts sous le sol des maisons, en position fléchie et serrés dans une natte. Les crânes de femmes ont été artificiellement déformés.

Revenons au Kurdistan iraqien pour signaler un troisième site néolithique sans poterie, représenté par les trois niveaux inférieurs du tell, en grande partie historique, de Shimshara, situé dans la haute vallée du Petit Zab, non loin de Rania, et fouillé par une mission danoise de 1957 à 1959 [23]. Ce site ne se distingue guère de Jarmo que par son outillage lithique typologiquement différent et surtout par la prédominance d'obsidienne (85 %) provenant d'Arménie et d'Anatolie[24] ; mais il présente l'intérêt de combler le hiatus chronologique qui sépare Jarmo de Hassuna (vers 5800 ou 5700), le premier d'une longue série de sites dits « protohistoriques ». Un autre site néolithique récemment découvert dans le Nord de l'Iraq, mais cette fois de l'autre côté du Tigre, est Maghzaliyeh, fouillé par une mission soviétique[25]. Une particularité notable de ce village est qu'il semble avoir été entouré d'un mur de pierre à tours rondes, ce qui en ferait le plus ancien site fortifié découvert jusqu'ici en Mésopotamie.

L'absence de poterie dans les deux tiers des niveaux de Jarmo et dans tous ceux de la phase d'Ali Kosh apparente ces sites aux autres sites « acéramiques » du Proche-Orient, dont Tepe Guran en Iran, Hacilar en Turquie et Jéricho en Palestine, pour ne citer que les principaux. Tous ces sites étaient de modestes villages d'un à trois hectares. Les récipients qu'utilisaient leurs habitants étaient des bols de pierre, des paniers d'osier calfatés de bitume et, probablement, des outres et des gourdes. Mais ils maniaient habilement l'argile pour construire leurs maisons, leurs fours et leurs greniers à grains et la cuisaient même pour tapisser l'intérieur de leurs bassins-bouilloires ou pour fabriquer leurs figurines magiques et leurs ornements[26]. De là à inventer la poterie, il n'y avait qu'un pas qui fut franchi assez tôt, puisque Ganj Dareh a livré des pots, grossiers certes et mal cuits, mais datant de la deuxième moitié du huitième millénaire. On retrouve des vases semblables dans les cinq derniers niveaux de Jarmo, mais aussi des tessons de poterie incisée ou peinte de grosses gouttes rouges disposées en lignes obliques sur fond rosâtre. Cette première poterie décorée d'Iraq s'apparente à celle du site contemporain de Tepe Guran, en Iran, et témoigne d'une technique déjà assez élaborée, qui ne fera que se perfectionner et se diversifier par la suite.

Est-il besoin de souligner l'importance de la céramique pour les préhistoriens ? Elle sera, tout au long des trente-cinq siècles qu'il nous reste à parcourir jusqu'à l'aube de l'Histoire, à la fois la principale marque distinctive des différentes cultures qui vont se succéder en Mésopotamie et, interprétée avec précaution, un indicateur relativement fiable des rapports entre ces cultures et celles des régions environnantes.

Avant de clore ce chapitre, il nous faut dire quelques mots des différentes façons dont on a essayé d'expliquer la « révolution néolithique ».

On a longtemps dit et répété que cette révolution s'est produite dans l'arc de cercle montagneux qui entoure le « Croissant fertile » parce que c'est la seule région du monde où le blé amidonnier *(Triticum dicoccoïdes)*, l'engrain *(T. boeticum)* et l'orge *(Hordeum spontaneum)* poussent à l'état sauvage. Mais en 1966, deux botanistes, Harlan et Zohary, qui séjournaient en Turquie, constatèrent que ces céréales y couvrent aujourd'hui encore des milliers d'hectares, et se posèrent la question : « Pourquoi cultiver une céréale là où elle pousse naturellement, aussi dense que dans un champ cultivé ? » Harlan partit un jour armé d'une faucille à lame de silex et récolta en une heure assez de blé pour produire un kilo de grain pur, deux fois plus riche en protéines que le blé domestique. Il calcula qu'en trois semaines de travail modéré, une famille pouvait récolter ainsi plus de grain qu'elle ne pouvait en consommer en un an[27]. Cette expérience célèbre remit tout en cause. Qu'est-ce qui a poussé l'homme préhistorique du Proche-Orient à essayer à tout prix de domestiquer des céréales qu'il avait en abondance à portée de sa main ?

Childe avait jadis évoqué un changement progressif de climat vers la sécheresse, mais de récentes études paléoclimatologiques n'ont révélé, au début de l'Holocène, aucune variation assez importante pour modifier profondément la faune ou la flore dans tout le Proche-Orient[28]. Plus récemment, diverses théories ont été proposées, dont la plus attrayante, basée sur le « modèle d'équilibre » de Binford, a été développée par Flannery[29]. Selon cet auteur, les populations de chasseurs-collecteurs paléolithiques vivaient dans des « niches écologiques », des habitats privilégiés par le milieu naturel, et tendaient à se maintenir en équilibre au-dessous des capacités maximales de ce milieu. Cependant, la surpopulation inévitable de ces zones « centrales » a obligé certains groupes à émigrer vers des régions « marginales » aux ressources plus restreintes, où leur arrivée a stimulé la recherche de nouvelles sources de nourriture. Cette théorie serait en accord avec la « révolution du large spectre » observée dès le Paléolithique supérieur et Mureybet ou Ali Kosh offriraient

des exemples de communautés établies dans des zones marginales et obligées d'importer de très loin des céréales sauvages ou domestiquées simplement pour survivre.

Chacune des théories proposées contient sans doute une
part de vérité, mais elles restent des hypothèses invérifiables.
Par ailleurs, aucune d'entre elles ne semble faire une place
suffisante à certaines caractéristiques de l'homme, notamment sa « culture » au sens affectif et spirituel du terme [30] et
son insatiable curiosité, son désir de connaître, d'essayer, de
reproduire des phénomènes observés par hasard, d'expéri-
menter « pour voir » – toutes choses qui ont certainement
joué un rôle majeur dans de nombreuses inventions et découvertes, depuis la maîtrise du feu jusqu'aux vaisseaux spatiaux
d'aujourd'hui.

4

Du village à la cité

Le passage du Néolithique à l'Histoire, des petits villages accrochés aux flancs du Zagros aux cités relativement vastes de la basse vallée de l'Euphrate, de communautés agricoles et pastorales ne dépassant guère la famille ou le clan à une société nombreuse, complexe, diversifiée, hiérarchisée et littéraire a été très lent et progressif. Nous en connaissons les grandes lignes et pouvons essayer d'en deviner les mécanismes, mais nous ne pourrons jamais l'appréhender ni le décrire dans le détail, car nos connaissances, bien que progressant sans cesse, resteront toujours imprécises et lacunaires, faute de textes. Une chose pourtant est certaine : les renseignements que nous apporte, presque chaque année, la découverte de nouveaux tells « protohistoriques » ou l'exploration en profondeur de villes ensevelies ne font que confirmer ce que suggéraient les fouilles antérieures : la civilisation attribuée aux Sumériens ne doit pas tout à ce peuple. Elle n'a certainement pas été importée toute faite en Mésopotamie d'on ne sait où ni quand. Comme toutes les civilisations antiques ou modernes, elle est un amalgame d'éléments divers qu'un même creuset a fusionnés et modelés en un tout cohérent. L'apparition de chacun de ces éléments – qu'ils soient d'ordre architectural, technique ou artistique – peut désormais être localisée dans le temps et dans l'espace et s'il est incontestable que certains ont été introduits par des influences ou invasions venues de l'étranger, d'autres ont, en Mésopotamie même, des origines si lointaines qu'on peut les considérer comme indigènes à cette région.

Le mérite des fouilles récentes effectuées en Iraq et dans les pays voisins a été non seulement de préciser ces notions, mais encore de mettre en lumière l'interpénétration des cultures néolithiques et chalcolithiques du Proche-Orient. En

outre ces fouilles nous ont fourni des dates de radiocarbone
en nombre encore trop faible, certes, mais suffisant pour permettre d'esquisser une chronologie approximative et provisoire des six grandes périodes qui se partagent actuellement
la protohistoire mésopotamienne :

période de Hassuna	5800-5500
période de Samarra	5600-5000
période de Halaf	5500-4500
période d'Ubaid (y compris 'Ubaid 1 et 2)	5000-3750
période d'Uruk	3750-3150
période de Jemdat Nasr	3150-2900

Chacune de ces périodes est caractérisée par un ensemble
d'éléments (céramique notamment, mais aussi architecture,
figurines, sceaux et objets divers) qui lui sont spécifiques et
porte le nom du site où cet « horizon » ou « assemblage »
culturel a été reconnu pour la première fois, même si ce site
s'est avéré plus tard n'être ni le plus important ni le plus
représentatif.

Les aires géographiques couvertes par chacune de ces cultures varient, on le verra, d'une période à l'autre. En outre,
certaines d'entre elles, longtemps considérées comme successives, ont été en fait contemporaines, ou au moins se sont che-
vauchées. Enfin, on peut distinguer, au sein de chaque culture,
un certain nombre de variations régionales, de subcultures du
plus grand intérêt. Les périodes énumérées plus haut ont donc
quelque chose d'artificiel, mais elles fournissent un cadre
chronologique commode aux changements de culture et, probablement, de populations qui se sont succédé au cours des
trois millénaires où s'est préparée l'éclosion de la civilisation
sumérienne ou, plus exactement, suméro-akkadienne.

Période de Hassuna

Le site qui a donné son nom à cette période est un tell de
faibles dimensions, situé à 35 kilomètres au sud de Mossoul et
fouillé en 1943-1944 par Seton Lloyd et Fuad Safar pour la
Direction des antiquités d'Iraq[1]. Au niveau le plus profond de
ce tell, et reposant directement sur le sol vierge, ont été trouvés une céramique grossière et des outils de pierre évoquant
une communauté d'agriculteurs néolithiques vivant sans doute

dans des tentes ou des huttes, car aucune trace de constructions n'a été relevée. Au-dessus de cet habitat primitif, s'étageaient six niveaux d'occupation comportant chacun des maisons de plus en plus grandes et de mieux en mieux construites. Par leurs dimensions, leur plan et leurs matériaux de construction (murs de *ṭauf* et toits de branchages) ces maisons ressemblaient étrangement aux demeures villageoises actuelles du Nord de l'Iraq. Six ou sept pièces disposées autour d'une petite cour formaient deux corps de bâtiment à angle droit, l'un servant d'habitation, l'autre de cuisine et d'entrepôt. On conservait le grain dans de grands réservoirs d'argile crue enfoncés dans le sol jusqu'au bord et l'on cuisait le pain dans des fours à voûte très semblables aux *tanurs* d'aujourd'hui. Sur le sol d'argile et de paille gisaient encore des mortiers, des houes de pierre, de nombreux outils en silex, dont des lames de faucille, des fusaïoles en terre cuite et quelques figurines d'argile ébauchant une femme nue et apparemment assise. A l'intérieur même des habitations, de grandes jarres contenaient des ossements d'enfants accompagnés de minuscules coupes et vases destinés à des rafraîchissements d'outre-tombe, tandis que, curieusement, les squelettes d'adultes étaient empilés dans un coin, jetés « sans cérémonie » dans des cuves d'argile ou ensevelis dans des tombes à ciste, sans les habituels présents funéraires. Dans les quelques crânes étudiés on retrouve, comme au Paléolithique supérieur et au Néolithique, cette race méditerranéenne qui semble s'être répandue dans tout le Proche-Orient.

La céramique de Tell Hassuna a été divisée en deux catégories appelées *archaïque et standard*. La céramique archaïque se retrouve du niveau Ia au niveau III du tell. Elle est représentée par de grandes jarres arrondies ou piriformes faites d'argile grossière et non décorée ; des bols de texture plus fine, de couleur variant du beige au noir selon la technique de cuisson et polis au moyen d'une pierre ou d'un os ; enfin, des bols et des jarres sphériques au col court et droit, également polis, et décorés de quelques motifs très simples (lignes, triangles, hachures, quadrillages) dessinés avec une peinture rouge fragile. La céramique standard, qui prédomine aux niveaux IV à VI, comporte les mêmes formes et des dessins très semblables aux précédents, mais la peinture est plus épaisse et d'un brun mat, la décoration plus étendue et d'une facture plus habile.

De nombreux récipients sont entièrement couverts d'incisions peu profondes ; certains sont à la fois peints et incisés.

Si la poterie archaïque de Hassuna est apparentée à celle des couches profondes de sites turcs (Sakçe Gözü, Mersin), syriens (Karkemish, plaine de l'Amuq) et palestiniens (Megiddo, Jéricho), la céramique standard semble s'être développée localement et n'est distribuée que sur une zone assez restreinte du Nord-Est de l'Iraq[2]. On peut en ramasser des tessons à la surface de nombreux tells inexplorés de part et d'autre du Tigre jusqu'au Jebel Hamrin et des spécimens entiers ont été découverts dans les niveaux inférieurs de puits de sondage de Ninive[3], à Matarrah[4], au sud de Kirkuk, et à Shimshara[5], dans la vallée du Zab inférieur. On la retrouve également à chacun des treize niveaux du tell 1 de Yarim Tepe[6], près de la petite ville de Tell 'Afar, où elle est associée à des restes de maisons rondes ou carrées, à des outils et armes de silex et d'obsidienne, des morceaux de minerai de cuivre, de rares ornements de cuivre ou de plomb, des statuettes d'argile du type déjà décrit et de petits disques de pierre ou de terre cuite dont une face est incisée de lignes droites parallèles ou croisées et l'autre est pourvue d'un anneau. Ces disques, qu'on portait sans doute suspendus autour du cou, étaient en fait des cachets destinés à être apposés comme marques de propriété sur des bulles d'argile attachées à des paniers ou sur des bouchons de jarre. Ces cachets-sceaux, les plus anciens découverts jusqu'ici, sont les ancêtres des sceaux-cylindres, éléments caractéristiques de la civilisation mésopotamienne à toutes les époques et dont nous verrons plus loin l'intérêt.

A 48 kilomètres au sud de Yarim Tepe, à la lisière de la plaine fertilisée par les pluies et du désert de Jezirah, se trouve le tell d'Umm Dabaghiya, fouillé par Diana Kirkbride de 1971 à 1973[7]. Il s'agit d'une petite agglomération, d'un simple comptoir où les chasseurs nomades du désert apportaient les onagres et les gazelles qu'ils avaient tués pour les faire écorcher, les peaux brutes étant ensuite expédiées ailleurs pour être tannées. Comparable par sa céramique commune aux niveaux archaïques de Tell Hassuna mais probablement un peu plus ancien, Umm Dabaghiya présente cependant des traits particuliers, dont certains sont d'un raffinement étonnant pour le lieu et l'époque. C'est ainsi que le sol des maisons est parfois couvert de grandes dalles d'argile qui annoncent les briques moulées d'époques plus récentes, et que les murs sont soigneusement enduits de chaux et souvent badigeonnés de rouge. Dans un des édifices, des fragments de fresques représentant une chasse à l'onagre, une araignée avec ses œufs et peut-être un vol de vautours ont été découverts. Plusieurs maisons contenaient des coupes d'albâtre superbement taillées et polies. La céramique fine comportait des bols et des jarres sur lesquels de petites figurines humaines ou animales, modelées séparément, avaient été appliquées avant cuisson. Tell Sotto et Kül Tepe [8] – voisins de Yarim Tepe, ainsi que le tell 2 de Tulul eth-Thalathat [9] dans la même région – sont d'autres sites représentatifs de cette subculture, apparemment assez localisée, mais qui présente quelques points communs avec le niveau II de Buqras, village de chasseurs situé au confluent du Khabur et de l'Euphrate [10], ainsi qu'avec le niveau V de Ras-Shamra, sur la côte syrienne, tandis que les murs peints en rouge et ornés de fresques font penser au grand site anatolien de Çatal Hüyük. Cela n'a sans doute rien de très surprenant, car ces sites iraqiens sont situés sur les routes qui, partant du Tigre, mènent vers l'ouest et le nord-ouest. Le carbone 14 donne des dates de 6010 ± 55 pour Buqras II, 5620 ± 250 pour Matarrah, 5570 ± 120 pour Telul eth-Thalathat et 5090 ± 200 pour la phase finale de Hassuna.

Période de Samarra

Dans les niveaux supérieurs de Hassuna, Matarrah, Shimshara et Yarim Tepe, la céramique de Hassuna se mêle à une céramique beaucoup plus belle qui va bientôt la remplacer et qui porte le nom de Samarra parce qu'elle a été découverte, en 1912-1914, dans un cimetière préhistorique situé sous les demeures médiévales de cette ville célèbre pour sa mosquée au minaret en spirale [11]. La surface beige clair, un peu rugueuse, de grands plats, le bord de bols profonds et parfois carénés, le col ou l'épaule de vases à la panse arrondie sont décorés de dessins géométriques peints en rouge vif, brun ou brun-violet, harmonieusement répartis, ou encore de motifs représentant des hommes et des femmes, des oiseaux, des poissons, des antilopes, des scorpions et autres animaux. Certains cols de jarre portent en relief des visages humains décorés de traits peints. Ces dessins, très stylisés et disposés de façon parfaitement équilibrée, produisent une extraordinaire impression de légèreté, de grâce et de mouvement. Les gens qui ont modelé et décoré cette poterie étaient incontestablement de grands artistes. On a cru longtemps qu'ils venaient d'Iran, mais nous savons maintenant que la céramique de Samarra est un produit purement mésopotamien et qu'elle appartient à une culture particulière et longtemps méconnue, apparue dans la moyenne vallée du Tigre vers la seconde moitié du sixième millénaire.

C'est seulement dans les années 60 que d'autres éléments de cette culture nous ont été révélés par les fouilles iraqiennes de Tell es-Sawwan (le « tell des silex »), colline artificielle basse mais étendue située sur la rive gauche du Tigre, à 11 kilomètres seulement au sud de Samarra[12]. Comme les habitants de Hassuna, ceux de Tell es-Sawwan s'adonnaient à l'agriculture, à l'élevage et à la chasse. Ils utilisaient pour cela les mêmes houes de pierre, les mêmes faucilles de bois à lame de silex, les mêmes balles de fronde et têtes de flèche, mais dans une zone où les pluies sont rares ils semblent avoir été les premiers – tout au moins en Iraq – à pratiquer une forme primitive d'irrigation, utilisant les crues du Tigre pour arroser les champs où ils cultivaient le blé, l'orge, l'avoine et le lin. Le rendement devait être important si les grands édifices vides mis au jour à différents niveaux du tell étaient bien des « greniers », comme on l'a supposé sans raison décisive. Le centre du village était défendu contre d'éventuels ennemis ou prédateurs par un fossé profond de 3 mètres et large de 2,50 mètres doublé d'un mur d'argile épais à contreforts.

Les maisons étaient spacieuses et de plan en T. Elles comprenaient plusieurs pièces et cours et il faut noter qu'elles n'étaient plus construites en *ṭauf*, mais en briques crues allongées en forme de cigare. Les sols et les murs étaient revêtus d'une mince couche de plâtre. Outre les nombreux vases et plats en céramique de Samarra fine ou grossière, ces maisons contenaient des vases de marbre translucide d'un travail exquis, ainsi que des sceaux du type précédemment décrit (page 74). Sous le sol étaient enterrés des adultes couchés sur le côté en position contractée et parfois enveloppés de nattes enduites de bitume et des enfants placés dans des jarres ou de larges bols. C'est de ces sépultures que proviennent les trouvailles les plus intéressantes : des statuettes en terre cuite ou en albâtre de personnages debout ou accroupis ; des femmes surtout, mais aussi quelques hommes. Parmi les figurines de terre cuite, certaines ont des yeux faits d'une pastille d'argile fendue « en grain de café » et le crâne allongé, yeux et crâne qui ressemblent fort à ceux des figurines de la période d'Ubaid. Par contre, les yeux d'autres statuettes de terre cuite ou d'albâtre sont grands, largement ouverts, incrustés de nacre et surmontés d'épais sourcils noirs en bitume, offrant ainsi « une ressemblance frappante avec une technique sumérienne beaucoup plus récente [13] ». Le rapprochement est en effet troublant, mais peut-on aller jusqu'à en déduire que les « Samarriens » étaient les ancêtres des « Ubaidiens » et peut-être même des Sumériens ? On ne saurait être trop prudent dans un tel domaine.

Jusqu'à présent, aucun village comparable à Tell es-Sawwan n'a été mis au jour, mais outre les sites déjà mentionnés, la céramique de Samarra a été retrouvée sur une aire étendue de Mésopotamie centrale et septentrionale, depuis Baghuz, sur le moyen Euphrate [14] et Chagar Bazar en Jazirah syrienne jusqu'à Choga Mami, près de Mandali tout proche de la frontière qui sépare l'Iraq de l'Iran [15]. Sur ce dernier site, où l'on pratiquait déjà une irrigation par canaux, Joan Oates a trouvé des figurines féminines peintes, aux yeux en grain de café rappelant ceux de Tell es-Sawwan, ainsi qu'une céramique de style transitionnel entre la céramique de Samarra et celles d'Eridu et de Hajji Mohammed (voir ci-dessous), toutes trois d'ailleurs également présentes sous leur forme typique. Ces deux dernières sont considérées comme des formes archaïques de la céramique d'Ubaid. Faut-il voir, là aussi, un lien de parenté ou la cœxistence, dans le même village, de potiers venus du nord et du sud ?

Le radiocarbone indique 5349 ± 150 et 5506 ± 73 pour Tell es-Sawwan et 4896 ± 182 pour la phase transitionnelle de Choga Mami.

Période de Halaf

La troisième période de la protohistoire mésopotamienne tire son nom de Tell Halaf, grand tertre dominant la rivière

Khabur près de sa source, non loin du village de Ras el-'Ain,
à la frontière turco-syrienne. Là, peu de temps avant la Première Guerre mondiale, un archéologue allemand, le baron
Max von Oppenheim, découvrit sous le palais d'un roitelet
araméen du dixième siècle avant J.-C. une couche épaisse de
belle poterie peinte. Cette découverte ne fut publiée qu'en
1931[16]. A cette époque, on savait encore peu de chose sur la
préhistoire du Proche-Orient et la date de la « Buntkeramik »
de Tell Halaf fut très controversée (von Oppenheim lui-
même l'a crue un moment grecque !). Mais dans les années
qui suivirent, les fouilles britanniques de Ninive, de Tell
Arpachiyah, près de Mossoul[17] et de Tell Chagar Bazar en
Jazirah[18], ainsi que les fouilles américaines de Tepe Gawra, à
l'est d'Arpachiyah[19], précisèrent le contexte culturel de cette
céramique et sa place sur l'échelle chronologique. Plus tard,
les fouilles soviétiques au tell 2 de Yarim Tepe, puis la fouille
stratigraphique d'Arpachiyah par les Iraqiens et les sondages
ou explorations partielles de tells dans le bassin du Hamrin et
la haute vallée du Tigre nous ont fourni un complément d'information intéressant sur la culture « halafienne ».

Cette culture possède des traits distinctifs et très particuliers
qui la font immédiatement ressentir comme étrangère à la
Mésopotamie. C'est ainsi que sur de nombreux sites l'obsidienne occupe dans l'outillage lithique une place beaucoup
plus importante qu'auparavant. Dans quelques gros villages
de l'époque (Arpachiyah, par exemple), des rues pavées
témoignent d'un modique effort d'urbanisme. Si le matériau
de construction est toujours le *ṭauf*, ou la brique crue, les maisons rectangulaires tendent à être plus petites, tandis que prédominent des maisons rondes et voûtées qu'on a coutume
d'appeler *tholoi* (pluriel de *tholos*), comme les tombes mycéniennes auxquelles elles ressemblent. A Yarim Tepe, les *tholoi* sont généralement d'assez petite taille ; certains sont
divisés en deux pièces par une cloison, d'autres sont entourés
de salles rectangulaires ou de murs concentriques. Les *tholoi*
d'Arpachiyah, par contre, sont beaucoup plus grands, atteignant parfois 10 mètres de diamètre ; ils reposent sur des fondations de pierres brutes et plusieurs d'entre eux sont précédés
d'une sorte de couloir ou antichambre qui accentue encore la
ressemblance avec les tombes mycéniennes. La taille de ces
bâtiments, le soin avec lequel ils ont été construits et recons-

truits et le fait qu'on les a généralement trouvés vides ont longtemps donné à penser qu'il s'agissait de chapelles ou de temples ; on a également évoqué des silos. Mais les fouilles de Yarim Tepe semblent plutôt indiquer que les *tholoi* n'étaient que des maisons d'habitation « en pain de sucre » telles qu'on en voit encore, par villages entiers, aux alentours d'Alep ou en Jazirah syrienne. En réalité, le seul bâtiment de cette époque qu'on puisse considérer comme un sanctuaire est un petit édifice carré, mis au jour par Mallowan à Tell Aswad, dans la vallée du Balikh [20], qui contenait une banquette d'argile (élément architectural associé ailleurs à des dépôts votifs) et, au travers d'une porte, un crâne de bœuf avec des cornes évoquant à la fois Mureybet et les rangées de crânes de taureau qui ornaient le temple du niveau VI de Çatal Hüyük, sensiblement contemporain [21]. A Arpachiyah, les morts étaient inhumés sous les maisons ou autour des *tholoi*, mais des sépultures collectives contenant des corps démembrés ont été trouvées à Tepe Gawra et Yarim Tepe offre des exemples de crémation, peut-être pour des motifs rituels.

Les menus objets découverts dans les niveaux halafiens de nombreux sites ne sont pas moins intéressants. Nous pensons, en particulier, aux amulettes en forme de tête de taureau, de double hache ou de maison couverte d'un toit à double pente, ainsi qu'aux figurines de terre cuite représentant des colombes ou des femmes. Ces statuettes féminines diffèrent de celles des époques précédentes. La femme est habituellement assise sur le sol ou sur un tabouret rond et soutient de ses bras des seins lourds. La tête est réduite à un moignon informe, mais le corps est traité avec réalisme et peint de lignes et de points qui semblent représenter des tatouages, des bijoux ou des vêtements. Il est probable que ces figurines étaient des talismans contre la stérilité, plutôt que des « déesses mères » comme on le suppose trop souvent.

Enfin la céramique, dont on peut dire sans exagération qu'elle est la plus belle qui ait jamais été fabriquée en Mésopotamie. Elle est entièrement faite à la main, d'une argile ferrugineuse légèrement vitrifiée par la cuisson. Les parois sont souvent très minces, les formes variées et audacieuses : pots ronds à large col évasé, jarres trapues aux bords retroussés, calices à long pied, « bols à crème » et grandes assiettes au profil anguleux. Sans doute, la décoration n'a-t-elle pas le

mouvement gracieux qui caractérise la poterie de Samarra,
mais elle est parfaitement adaptée aux formes, exécutée avec
minutie et plaisante à l'œil à la manière des tapis persans. Un
engobe de couleur crème ou légèrement rosé sert de fond à
des motifs, d'abord rouges et noirs, puis polychromes (noir,
rouge, blanc) couvrant la quasi-totalité du vase. Les plus courants de ces motifs sont des triangles, carrés, damiers, croix,
festons et petits cercles, mais on rencontre aussi des fleurs,
des oiseaux au repos, des gazelles couchées et des guépards
bondissants. Plus typiques encore, et peut-être chargés d'un
symbolisme religieux, sont la double hache, le « carré de
Malte » (carré portant un triangle sur chaque angle) et le
« bucrane », ou tête de taureau stylisée.

Il a été récemment démontré par la méthode d'activation
des neutrons [22] que cette belle poterie était fabriquée sur une
grande échelle dans certains centres spécialisés, comme
Arpachiyah, Tell Brak, Chagar Bazar et Tell Halaf et expor-
tée vers des centres relais d'où elle atteignait progressivement des régions de plus en plus lointaines. Les gens qui
transportaient cette vaisselle (sans doute à dos d'âne ou sur
des traîneaux tirés par des bœufs) revenaient porteurs d'objets « de luxe », tels que coquillages marins, pierres précieuses et surtout obsidienne. On a suggéré que la société
« halafienne » était hiérarchisée en classes sociales mais non
économiques et que les chefs locaux résidaient dans les
centres de production de céramique. D'après les traces
qu'elle a laissées, nous savons que la population cultivait
diverses sortes de céréales et de légumineuses et élevait moutons, chèvres, porcs, bovins et chiens domestiqués.

A en juger par la répartition de sa poterie, la culture de
Halaf, au moment de son expansion maximale, occupait une
grande surface en forme de croissant entièrement située dans
la zone de culture à sec. Elle s'étendait des environs d'Alep à
la vallée de la Diyala, couvrant toute la Jazirah et la future
Assyrie, et était entourée d'une zone périphérique où cette
poterie était copiée ou simplement importée, qui comprenait
le cœur de l'Anatolie orientale, la Cilicie et la Syrie du Nord
jusqu'à la Méditerranée, le bassin de la rivière Hamrin ainsi
qu'une partie de l'Iran occidental et même la Transcaucasie.

Si la culture de Samarra peut être considérée comme déri-
vant de la culture de Hassuna, la culture de Halaf ne semble

pas avoir d'ancêtre dans la Mésopotamie préhistorique. Elle est franchement intrusive et il est clair qu'elle a des liens avec l'Anatolie, mais il est encore impossible d'être plus précis. Quelle que soit l'origine des Halafiens, rien n'indique une invasion brutale et tout ce que nous savons d'eux évoque la lente infiltration d'un peuple pacifique qui se serait fixé dans des régions peut-être alors relativement peu habitées.

Les dates de radiocarbone, pour la période de Halaf, s'échelonnent entre 5620 ± 35 et 4515 ± 100.

Période d'Ubaid

Vers 4500, certains sites de Mésopotamie septentrionale, notamment Halaf et Ninive, sont abandonnés ; d'autres, comme Arpachiyah et Chagar Bazar, sont incendiés puis réoccupés ; mais un peu partout, la splendide poterie de Halaf est progressivement remplacée par une nouvelle céramique qui porte le nom d'el-'Ubaid, petit tell proche de la célèbre ville sumérienne d'Ur[23]. Ce nom revêt une signification particulière, car il indique que, pour la première fois, une seule culture s'étend de l'extrême nord à l'extrême sud de la Mésopotamie sans qu'on puisse dire s'il s'agit d'une conquête armée ou de l'infiltration pacifique d'un peuple venu de la basse vallée de l'Euphrate, région dont il n'a pas encore été question ici.

Ce sont les fouilles anglo-iraqiennes effectuées de 1946 à 1949 à Eridu[24] qui nous ont révélé que la partie méridionale de l'Iraq a été habitée depuis 5000 environ et que c'est bien de là, et non du Nord, que provenait la culture d'Ubaid. Au contraire de sa voisine Ur, distante de 12 kilomètres, Eridu n'a jamais été une très grande cité, mais les Sumériens la considéraient comme la plus ancienne « après le Déluge » et en faisaient la résidence terrestre d'un de leurs plus grands dieux : Enki, seigneur des eaux et des techniques. Le site se présente aujourd'hui comme un ensemble de collines basses et ensablées entourant les restes, très mal conservés, d'une ziqqurat (tour à étages) construite par Amar-Sîn (2046-2038), troisième roi de la IIIe Dynastie d'Ur. Les archéologues Seton Lloyd et Fuad Safar ont dégagé là un cimetière protohistorique et un grand bâtiment de la période Dynastique Archaïque baptisé « palais ». Mais surtout, ils ont

exhumé, sous un angle de la ziqqurat, une impressionnante
série de dix-neuf niveaux d'occupation, dont dix-sept
temples superposés. Les plus profonds de ces temples
(niveaux XVII-XV) étaient de petits édifices de brique crue
dont l'unique salle contenait un piédestal, une table d'offrandes et une poterie peinte d'excellente qualité, décorée de
motifs géométriques serrés, exécutés avec beaucoup de soin,
de couleur brune ou rouge foncé sur fond pêche. Cette céramique, nommée d'*Eridu*, présente des affinités avec la
céramique dite « transitionnelle post-Samarra » découverte à
Choga Mami [25]. Les fouilles récentes de Tell el-'Oueili, près
de Larsa, et de Tell Abada, dans la vallée de la Diyala [26], indiquent que son aire de distribution était beaucoup plus vaste
que ne le suggéraient les explorations de surface.

Les temples des niveaux XIV à XII, dont il reste peu d'éléments architecturaux, ont livré une céramique assez différente, décorée intérieurement et extérieurement de dessins
géométriques dont la couleur varie du rouge vif au brun
foncé et qui s'apparente par certains motifs (bucranes,
rosettes) à celle de Halaf. Cette céramique porte le nom de
Hajji Mohammed parce qu'elle a été découverte pour la première fois, en 1937, sur un site de ce nom situé non loin
d'Uruk [27]. Depuis, on l'a retrouvée sur plusieurs sites de
Mésopotamie méridionale et centrale, notamment à Ras el-
'Amiyah, près de Kish [28], à Choga Mami, au Khuzistan et
même en certains points de la côte ouest du golfe Arabo-
Persique où les traces d'une quarantaine de camps ont été
repérées entre le Kuwait et le Qatar et pénétrant même en
Arabie Saoudite jusqu'aux alentours de Hofuf, à quelque
100 kilomètre du rivage. Il s'agissait sans doute de pêcheurs
mésopotamiens opérant en haute mer et qui utilisaient leur
poterie et des outils de pierre taillés sur place [29]. Il faut noter
que les tells de Hajji Mohammed et de Ras el-'Amiyah
étaient entièrement enfouis sous deux ou trois mètres d'alluvions et ont été découverts fortuitement, le premier dans le
lit à sec d'un affluent de l'Euphrate, le second lors du creusement d'un canal moderne. Il est donc probable qu'il existe
bien d'autres traces insoupçonnées de ces cultures archaïques
d'Eridu et de Hajji Mohammed qu'il faut dater d'environ
5000-4500. Enfin, les temples XI à VI d'Eridu, mieux
conservés et beaucoup plus spacieux, contenaient de la céra-

mique d'Ubaid classique et tardive, tandis que les plus récents (niveaux V-I) étaient datés par leur poterie des premières phases de la période d'Uruk.

Plus récemment, les archéologues français travaillant à Tell el-'Oueili ont fait une découverte très importante. Ce tell, peu élevé, est en partie sous le niveau actuel de la plaine environnante et a l'avantage d'être entièrement « ubaidien ». Deux puits de sondage creusés en 1981 et 1983 ont permis aux fouilleurs de distinguer vingt niveaux d'occupation [30]. Les niveaux supérieurs (1 à 8) contenaient des poteries de types Ubaid 4,3 et 2 et des tessons d'Ubaid 1 (Eridu) ont été trouvés dans les niveaux 8 à 11. Mais sous ces onze niveaux s'étageaient huit autres (12 à 20) qui révélèrent une céramique (classifiée pré-Ubaid ou Ubaid zéro) jusque-là inconnue et qui avaient des affinités avec celle de Samarra, tandis que les briques crues en forme de cigare d'un pan de mur du niveau 12 rappelaient les briques de Tell es-Sawwan. Plus encore, on pouvait vaguement distinguer sous le niveau 20, d'autres niveaux inexplorables car noyés dans la nappe phréatique.

Ainsi donc, probablement dès le sixième millénaire, la basse Mésopotamie était habitée par une population d'origine indéterminée, mais qui pourrait être apparentée aux « Samarriens » de Tell es-Sawwan et de Choga Mami. En outre, Eridu nous offre un exemple remarquable de continuité culturelle, puisqu'on admet actuellement que la poterie d'Ubaid classique et tardive (Ubaid 3 et 4) dérive de la poterie de Hajji Mohammed (appelée désormais Ubaid 2), elle-même dérivée de la poterie d'Eridu (Ubaid 1) [31]. Par ailleurs, les dix-sept temples successifs d'Eridu se superposent dans la même partie de ce qui n'était sans doute alors qu'une grosse bourgade et la présence, dans l'un d'entre eux, de nombreux restes d'offrandes de poissons suggère que le dieu qu'on y adorait était peut-être le dieu des eaux Enki ou son équivalent. S'il en était ainsi, la civilisation sumérienne aurait des racines très profondes dans le sol même de l'Iraq.

Très typique et facile à reconnaître au premier coup d'œil, la céramique d'Ubaid, qu'elle soit classique ou tardive, est beaucoup moins attrayante que toutes celles qui l'ont précédée en Mésopotamie. La pâte, souvent trop cuite, varie du beige clair au vert pâle. La peinture est mate, brun foncé ou bleu-noir, et la décoration ne couvre le plus souvent qu'une partie du vase. Si les motifs de plantes, d'animaux et de personnages, exécutés d'un pinceau désinvolte, ne sont pas sans attrait, la monotonie des dessins géométriques habituels (triangles, hachures, quadrillages, lignes brisées ou ondulées) trahit un certain manque d'imagination. Les parois sont souvent minces et certaines pièces semblent avoir été fabriquées sur un tour lent mû à la main (« tournette »). Les becs et les anses apparaissent pour la première fois. Parmi les formes les plus caractéristiques, on note un bol en cloche, une jarre à anse de panier, un « bol à crème » à bec verseur et une sorte de cruche ronde et bombée à base plate munie d'un long bec tubulaire et qu'on appelle « tortue ». Cette céramique est la même dans toute la Mésopotamie, mais en ce qui concerne les autres éléments de la culture d'Ubaid, il existe d'importantes différences entre le Nord et le Sud.

En basse Mésopotamie la pierre, très rare, n'est guère utilisée que pour les lourds outils agricoles et certains ornements. Tout le reste est en terre cuite, y compris les gros clous à pointe courbe si caractéristiques de cette période et qui étaient probablement de petits broyeurs, les faucilles en forme de boomerang portant des lames de silex fixées par du bitume, les fusaïoles des métiers à tisser, les pesons des filets de pêcheurs, les balles de frondes et même des modèles de haches, d'herminettes et de couteaux. Les plus communes des figurines, également en terre cuite, représentent une femme mince, debout, le visage évoquant une tête de lézard, le crâne couronné d'un chignon de bitume et les yeux en « grain de café », comme à Tell es-Sawwan et à Choga Mami ; mais on rencontre aussi des figurines d'hommes et d'animaux. Les maisons, dont on possède maintenant plusieurs exemplaires complets, sont de dimensions variables, quelques-unes très vastes, et généralement construites en briques crues. Un grand bâtiment de Tell el-'Oueili repose sur des fondations faites de très nombreux petits casiers dont certains supportaient un clayonnage pour greniers à céréales. A quelques maisons de l'extrême Sud sont annexés de fragiles édifices en nattes de roseaux, parfois revêtus de plâtre, tels qu'on en voit encore aux environs de Bassorah. Les temples d'Eridu, bâtis en grandes briques crues liées par un mortier d'argile, comportent une longue nef *(cella)* rectangulaire bordée de petites pièces, celles des angles faisant saillie à l'extérieur. A une extrémité de la *cella*, une plate-forme basse, adossée au mur ; à l'autre, un autel isolé. A l'extérieur, devant la porte percée dans l'un des grands côtés, un four sans doute destiné à la cuisson d'offrandes rituelles. La face externe des murs est ornée de saillants verticaux qui captent la lumière et rompent la monotonie des grandes surfaces plâtrées – décoration ingénieuse qui, longtemps, sera la marque distinctive de la plupart des temples mésopotamiens. Notons enfin que plusieurs de ces temples s'élèvent sur une grande terrasse à laquelle on accède par de larges escaliers.

Dans le Nord de l'Iraq, si les édifices sont toujours en briques crues, la pierre est d'un usage plus courant et les sceaux-cachets, très rares dans le Sud, sont ici nombreux. Certains continuent à porter des dessins linéaires très simples, mais sur d'autres sont gravés des animaux et des êtres humains groupés en scènes qui évoquent des danses rituelles ou des mythes inconnus. A Tepe Gawra, le plus important site d'Iraq septentrional pour cette période, les trois temples aux murs colorés et disposés en U qui, au niveau XIII, forment une « acropole » grandiose sont structurellement très proches de ceux d'Eridu, mais deux *tholoi* ainsi que des figurines du plus pur style halafien témoignent de la survie de traditions locales. Plus important encore, les coutumes funéraires diffèrent radicalement de celles du Sud. A Eridu, dans un grand cimetière *extra-muros*, des adultes et des enfants reposent sur le dos, étendus sur un lit de tessons, dans des tombes doublées et couvertes de briques. A Tepe Gawra, seule une tombe de ce genre a été retrouvée ; les autres sont de simples fosses groupées autour des demeures et les corps d'adultes, fléchis, gisent couchés sur un côté ; les enfants sont inhumés dans des urnes. Tout cela suggère que les gens qui avaient introduit la culture d'Ubaid dans le Nord y étaient en minorité. Conquis peut-être, mais non éliminés, les descendants des « Halafiens » constituaient encore la majeure partie de la population alors que le Sud était entièrement « ubaidien ». Ainsi se creuse un fossé qui ne fera que s'élargir avec l'apparition dans le Sud d'une civilisation complexe et littéraire que le Nord n'adoptera que beaucoup plus tard.

Ces différences, bien que frappantes, n'altèrent cependant pas l'unité fondamentale de la culture d'Ubaid qui, pendant

près d'un millénaire (4500-3750), s'est étendue à l'ensemble
de la Mésopotamie et même au-delà puisque sa poterie
typique se retrouve d'une part, autour d'Alep et jusqu'à Ras
Shamra sur la côte syrienne, d'autre part, sur la côte ouest du
golfe Arabo-Persique. Dans leur berceau d'origine, le delta
mésopotamien, les Ubaidiens vivaient de pêche, d'élevage (y
compris les bovidés, maintenant domestiqués) et d'agriculture, évidemment basée sur l'irrigation par petits canaux.
Ces richesses naturelles (la mer, le fleuve aux bras multiples,
l'alluvion fertile), très supérieures à celles du Nord de l'Iraq,
leur procuraient un surplus de céréales, de laine et de peaux
qu'ils pouvaient échanger contre des produits de première
nécessité (bois, pierre) ou de luxe venus parfois de très loin.
La réalité de ce commerce est attestée par l'abondance de
l'obsidienne sur de nombreux sites de basse Mésopotamie,
ainsi que par la présence d'or et d'amazonite (pierre semi-
précieuse qu'on ne trouve guère qu'en Inde) dans le niveau
ubaidien d'Ur.

Ces conditions privilégiées vont faire de la basse Mésopotamie une région très peuplée et promise à une grande civilisation. Toutefois, si l'on en juge par les explorations de
surface *(surveys)* effectuées dans cette région [32], les sites
de cette période sont relativement peu nombreux. Ils étaient
tous situés le long de l'Euphrate ou de ses branches, multiples à l'époque. La plupart n'étaient que des villages couvrant quatre hectares en moyenne, mais certains, comme Tell
el-'Oueili ou Tell 'Uqair plus au nord atteignaient ou dépas-
saient dix hectares et faisaient déjà figure de petites villes.
Sans doute en était-il de même des établissements ubaidiens
enfouis sous les énormes tells d'Ur, d'Uruk et de Nippur et
dont nous ne pouvons apercevoir que des fragments au fond
de puits de sondage. Au moins ces sondages ont-ils eu le
mérite de démontrer que toutes les cités sumériennes se sont
développées sur des sites de l'époque d'Ubaid et à partir
d'eux. Autre fait remarquable : de tous les bâtiments ubaidiens, les plus grands, les mieux construits sont les temples.
Il semble donc que ces cités aient grandi, non pas autour
d'une forteresse ou d'un palais, mais autour d'un sanctuaire
et l'on ne peut s'empêcher de penser que dès cette époque
lointaine le temple était déjà le pivot de l'organisation
sociale, économique et sans doute politique, comme il l'a été

pendant les premiers siècles de l'histoire mésopotamienne. Il serait, certes, téméraire d'affirmer que les Ubaidiens étaient les Sumériens ou leurs ancêtres immédiats, mais il paraît incontestable que leur culture a constitué le premier stade de la civilisation qu'on attribue, non sans raison, à ces derniers.

Naissance d'une civilisation

A partir de 3750 environ, date probable du début de la période d'Uruk qui succède à celle d'Ubaid, la moitié sud de l'Iraq est le théâtre de profonds changements démographiques, techniques et culturels qui vont aboutir, quelque sept cents ans plus tard, aux principautés historiques de Sumer et d'Akkad.

Le point de départ de l'urbanisation, phénomène le plus saillant du quatrième millénaire[1], semble bien être la prolifération rapide et massive, nettement mise en évidence par les *surveys*, des petits et gros villages de basse Mésopotamie. C'est ainsi qu'aux alentours d'Uruk, le nombre d'agglomérations passe de dix-huit à cent quatre-vingt-trois en un ou deux siècles et le nombre d'habitants se trouve multiplié par dix. Trois facteurs ont dû contribuer à cette véritable « explosion démographique » : l'accroissement naturel d'une population établie depuis un millénaire dans un milieu écologique éminemment favorable, la sédentarisation progressive de tribus nomades ou semi-nomades, enfin, et surtout, l'immigration de gens qui semblent être venus du Nord mésopotamien[2], attirés par les énormes avantages que procure l'agriculture par irrigation.

C'est naturellement le long de l'Euphrate et de ses branches que se fixent les nouveaux venus et l'on observe aussi que de nombreux villages tendent à se grouper autour des grosses bourgades de la période d'Ubaid, à la fois centres d'échanges et lieux de culte des dieux dont dépend la prospérité de tous. Toutefois, si fertile que soit le sol du delta mésopotamien à cette époque, les zones cultivables restent limitées par d'immenses marais et par la longueur des canaux que peuvent creuser à partir du fleuve les paysans d'une petite ou moyenne communauté. Il faut donc, pour nourrir toute cette population, améliorer les techniques agricoles ainsi que les moyens de transports et comme toujours dans de tels cas, l'homme relève le défi. C'est, en effet, l'époque où il invente l'araire pour remplacer la houe, le traîneau puis le chariot à quatre roues pour transporter le grain, le bateau à voile pour naviguer plus vite d'un point à un autre. Il invente également le tour de potier et le moulage d'alliages à base de cuivre, inaugurant ainsi l'ère de production industrielle. Aussi, loin de baisser, la prospérité augmente et avec elle, le commerce à longue distance, l'usage grandissant du métal, le développement des arts et de l'architecture et même l'utilisation d'objets relativement luxueux (vases de pierre et de bronze) jusque dans les plus petits villages. Tout cela a pour conséquences la spécialisation d'une partie de la population, notamment dans le commerce, l'artisanat et l'administration des biens, et son regroupement dans les grands centres, autour de l'élite intellectuelle que constituaient les prêtres, déchargés depuis longtemps de tout travail fastidieux. C'est dès ce moment-là, nous n'en doutons pas, et dans ces villes qu'éclôt la civilisation sumérienne, avec ses remarquables réalisations architecturales et artistiques, et surtout l'invention de l'écriture, véritable « révolution », aussi importante pour l'avenir de l'humanité que la « révolution néolithique ».

Cependant, à la fin du quatrième millénaire, le climat du Proche-Orient, jusque-là relativement humide, commence à changer et devient progressivement plus sec. Cela entraîne une nouvelle migration venue de régions où la survie dépend des pluies, migration d'autant plus regrettable que les effets de la sécheresse se font bientôt sentir en basse Mésopotamie. Plusieurs branches de l'Euphrate cessent de charrier de l'eau et le lit principal du fleuve se déplace vers l'ouest[3]. De nombreux villages disparaissent et leurs habitants vont peupler les villes, qui deviennent de plus en plus grandes. Au début de la période Dynastique Archaïque vers 2900, Ur couvrira cinquante hectares, Uruk quatre cents et Lagash cinq cents, ce qui suppose des populations de 10 000 à 50 000 habitants ou plus. Pour pallier la raréfaction des cours d'eau naturels, on creusera de grands canaux et l'effort collectif que cela implique, ainsi que la distribution équitable de cette eau d'irrigation, vont augmenter les responsabilités des grands prêtres, « maires » traditionnels des villes, et renforcer leur autorité. La diminution des surfaces cultivables va accentuer la différence entre riches et pauvres et inciter les temples à étendre leur domaine. Les villes s'entourent de puissantes murailles, ce qui témoigne de conflits que nous décrirons plus tard certains textes, et les chefs religieux se doublent de chefs militaires et souvent leur cèdent la place. Ainsi sont nées, semble-t-il, les principautés de Sumer et d'Akkad, avec leurs villes fortifiées, leur territoire bien délimité, leurs souverains « vicaires des dieux », leur population de prêtres, scribes, architectes, artistes, artisans, surveillants, contremaîtres, marchands, ouvriers, soldats et paysans, leur société diversifiée, structurée et hautement hiérarchisée.

La description qu'on vient de lire repose sur un ensemble de données cohérentes mais est nécessairement simplifiée, car la réalité a certainement été plus diverse et plus complexe [4]. Elle est en outre en grande partie hypothétique et il est bien évident que nous n'avons pas, et n'aurons jamais, les moyens de savoir comment les choses se sont réellement passées. Consolons-nous en pensant que les contemporains eux-mêmes n'en ont probablement pas eu une notion très claire.

Les sept siècles qui ont vu se dérouler ces événements ont été divisés par les archéologues, assez arbitrairement, en une période d'Uruk (3750-3150) et une période de Jemdat Nasr (3150-2900), mais il faut souligner que ces deux périodes ne sont séparées que par des nuances et rien n'empêche de considérer que la période d'Uruk s'est prolongée jusqu'au début de l'Histoire. Notons également l'absence de hiatus entre la culture d'Ubaid et celle d'Uruk. Aucune trace, nulle part, de destruction violente. Sur tous les sites fouillés (Ur, Uruk, Eridu, Nippur), les nouveaux temples sont construits au-dessus des anciens selon le même plan, ou presque, et avec le même matériau : la brique crue. La céramique d'Uruk – une poterie faite au tour, produite en quantités massives, parfois incisée mais jamais peinte, souvent soigneusement polie, de couleur beige, grise ou rouge et dont certaines formes rappellent les vases en métal de l'époque – remplace très graduellement la céramique tardive d'Ubaid [5]. Quant aux autres éléments nouveaux des cultures d'Uruk et de Jemdat Nasr, ils sont manifestement le fruit du génie inventif d'artistes ou d'artisans locaux ; beaucoup d'entre eux dérivent de prototypes antérieurs. Nous ne sommes donc pas en présence d'une civilisation importée telle quelle, comme on l'a cru longtemps, mais du stade terminal d'une longue évolution dont le début semble remonter à la fondation d'Eridu et peut-être même beaucoup plus haut dans la préhistoire mésopotamienne.

Période d'Uruk

Les ruines de Warka, appellation moderne de la cité antique d'Uruk qui a donné son nom à cette période, s'élèvent, impressionnantes, sur une plaine alluviale désertique, non loin de la petite ville de Samawa, entre Baghdad et Bassorah. Le site est un des plus importants de Mésopotamie, tant par ses dimensions (la muraille qui l'entoure est longue de près de 10 kilomètres) que par sa durée d'occupation (de la période d'Ubaid à l'époque parthe, soit environ cinq mille ans) et par les découvertes archéologiques et épigraphiques qui y ont été faites [6].

La ville d'Uruk est née de la fusion de deux bourgades jumelles : Kullaba à l'ouest, Eanna à l'est, et chacune de ces bourgades possédait son propre sanctuaire, Kullaba étant placée sous l'égide d'Anu, dieu suprême des Sumériens, et Eanna sous celle de la déesse Inanna (l'Ishtar des Sémites). Au centre d'Eanna, se dresse une ziqqurat massive, de 52 mètres de côté, haute aujourd'hui de 8 mètres et passablement ruinée. Bâtie, comme beaucoup d'autres, sous le règne d'Ur-Nammu (2112-2095), premier roi de la IIIe Dynastie d'Ur, et restaurée maintes fois, elle recouvre un grand temple sur plate-forme datant de la période de Jemdat Nasr et dont on aperçoit les murs au fond de tunnels creusés par les archéologues. Au pied de cette ziqqurat, des fouilles en profondeur ont dégagé les restes d'au moins sept temples juxtaposés ou superposés et datant tous de la deuxième moitié de la période d'Uruk [7]. De plan identique à ceux d'Eridu, ces temples sont remarquables par leur taille (l'un d'entre eux, dit « temple calcaire » parce qu'il reposait sur des fondations de pierre, mesure 80 mètres × 30 mètres), leur construction soignée et leur décoration. Ainsi, le temple A jouxtait une grande cour dont un côté était formé par un portique de huit colonnes en briques crues de 2,62 mètres de diamètre, disposées en deux rangées. Les murailles de la cour, les colonnes et la paroi du soubassement sur lequel elles reposaient étaient entièrement revêtues de dessins géométriques réalisés au moyen de cônes de terre cuite, longs de 7 à 8 centimètres, dont la base était peinte en rouge, noir ou blanc. Ces cônes étaient enfoncés dans l'enduit d'argile fraîche et leur base, seule visible, formait cette mosaïque dont les couleurs vives devaient chatoyer sous le soleil d'Orient. Un autre temple était paré d'une mosaïque semblable, mais faite de gros cônes de pierre blanche, grise ou rose. Ce type de décoration, original et très heureux, a été utilisé tout au long des périodes d'Uruk et de Jemdat Nasr, puis abandonné.

Ce goût pour la couleur se retrouve dans l'usage de peindre les murs. L'un des sanctuaires archaïques d'Uruk doit son nom de « temple rouge » au badigeon rosé qui recouvrait ses murs. A Tell 'Uqair (environ 200 kilomètres au nord d'Uruk), Seton Lloyd et Fuad Safar ont mis au jour, en 1940-1941, un temple de la période d'Uruk décoré de fresques qui, au moment de leur découverte, étaient « aussi éclatantes que le jour où elles avaient été peintes[8] ». On y voyait une procession de personnages et deux léopards accroupis semblant garder le trône vide d'une divinité. Rappelons que murs peints et fresques remontent, en Iraq, au sixième millénaire (Umm Dabaghiya).

C'est sous le temple calcaire d'Uruk qu'un grand puits de sondage atteignant le sol vierge à – 19,60 mètres a permis de déterminer la stratigraphie du site. Comme partout ailleurs, les niveaux les plus profonds (XVIII à XV) dataient de la période d'Ubaid ; puis venaient quatre niveaux (XIV-XI) où la poterie d'Ubaid se mêlait à celle d'Uruk ; enfin, les niveaux X à IV étaient purement « Uruk », les niveaux III et II appartenaient à la période dite de Jemdat Nasr et le niveau I à la période Dynastique Archaïque. Les anciens temples occupaient les niveaux V et IV, ce dernier divisé en IVa, IVb et IVc.

A 500 mètres à l'ouest de la ziqqurat d'Eanna se dresse celle de Kullaba, la ziqqurat d'Anu. Beaucoup plus étroite que l'autre, mais encore haute d'une quinzaine de mètres, cette tour aux étages indistincts mais dont subsiste l'escalier est couronnée par un sanctuaire de 18 mètres sur 7 mètres dont les murs ont été conservés sur 3 mètres de hauteur. Ce « temple blanc » date de la période de Jemdat Nasr, et se tenir entre ces

murs, près de l'autel, encore visible, où des prêtres nus immo-
laient des offrandes il y a près de soixante siècles est une expérience que ne peut oublier quiconque a visité Uruk. Des
fouilles effectuées dans les années 60 ont non seulement
confirmé que la ziqqurat d'Anu recouvre toute une série
de temples bâtis les uns au-dessus des autres pendant la
période d'Uruk, mais ont révélé, sous ces temples, une ziqqurat et deux très grands sanctuaires de la période d'Ubaid.
Détail intéressant, cette ziqqurat ubaidienne était construite
en briques longues et étroites pareilles à celles de Tell es-Sawwan et Tulul eth-Thalathat datant de la période de Samarra [9].

L'architecture domestique est pauvrement représentée dans
le Sud de l'Iraq, en grande partie parce que la culture d'Uruk
y est surtout connue par d'étroits sondages. Par contre, cette
culture s'est répandue en Mésopotamie septentrionale où elle
a succédé un peu partout à la culture d'Ubaid et où certains
sites, abandonnés par la suite, nous ont laissé une documentation abondante et pratiquement à fleur de sol. Ainsi, à
Qalinj Agha, non loin d'Erbil [10], les deux quartiers de la ville
étaient séparés par une longue rue, large de 3 mètres, aboutissant à une grande place et coupée par de petites rues à
angle droit. Les maisons de briques crues comportaient une
cour, deux ou trois salles d'habitation, une petite pièce où
l'on gardait le grain et les outils, et une cuisine. Des tombes
situées sous les maisons ont livré des colliers de coquilles ou
d'os mêlés de pierres semi-précieuses et parfois d'or, ainsi
que des figurines humaines et animales. Les murs blancs
d'un petit temple carré étaient rehaussés d'une plinthe rouge
et noire. Le même plan quadrillé, les mêmes maisons (mais
plus spacieuses) ont été découverts à Habuba Kabira, sur
le grand coude de l'Euphrate, ville de vingt-deux hectares
entourée d'une enceinte rectangulaire munie de tours carrées [11]. Graï Resh, au pied du Jebel Sinjar [12], était également
fortifié ce qui suggère que la frontière nord de la Mésopotamie était menacée par quelque ennemi inconnu.

La période d'Uruk proprement dite est assez pauvre en
objets d'art, car la sculpture n'existe pas encore et le métal
n'est guère employé qu'à des fins utilitaires (vases, plats,
haches et fers de lance en bronze). Seule la glyptique a
quelque chose de neuf à offrir et ce sont, d'emblée, de petits
chefs-d'œuvre [13]. A cette époque, le sceau-cachet des périodes

antérieures est presque entièrement supplanté par ce qu'on appelle le sceau-cylindre. Il s'agit d'un petit objet cylindrique en pierre ordinaire ou semi-précieuse (agate, lapis-lazuli), long de 2 à 8 centimètres, gros comme le pouce ou mince comme un crayon et percé sur toute sa longueur pour être porté suspendu au cou. A sa surface est gravé un motif qui s'imprime et se reproduit à l'infini lorsqu'on déroule le cylindre sur de l'argile encore humide. A l'époque d'Uruk, les sujets traités sont de « petits carnets de croquis » où interviennent des personnages (porteurs d'offrandes, prisonniers de guerre) et des animaux passant ou attaqués par des lions, qui témoignent d'un sens aigu de l'observation. On trouve également des couples d'animaux fantastiques aux longs cous entrelacés, nés de l'imagination des lapidaires. Le menu peuple est représenté nu, mais les prêtres ou chefs militaires sont vêtus d'une longue jupe ; ils portent la barbe ronde et les cheveux longs roulés en chignon sur la nuque et serrés par un épais bandeau frontal. Art mineur, certes, que cette glyptique mais d'un grand intérêt, car elle nous fournit un certain nombre de renseignements précieux, notamment sur l'environnement, la vie quotidienne et les croyances des Mésopotamiens.

Aucune époque, si ce n'est notre dix-neuvième siècle, n'a connu autant d'innovations techniques que la lointaine période d'Uruk. Mais ces innovations majeures qu'ont été la roue, la voile, l'araire, la production industrielle de vaisselle et d'objets en métal pâlissent à côté de l'invention de l'écriture [14]. En effet, c'est dans les temples archaïques du niveau IVb de l'Eanna d'Uruk, daté d'environ 3300, qu'apparaissent les plus anciens textes du monde sous forme de tablettes pictographiques. Et il n'est sans doute pas fortuit que l'écriture soit née à Uruk, car cette énorme ville – la plus vaste de l'Orient antique – était probablement le centre administratif et commercial de toute la basse Mésopotamie [15].

L'écriture, probablement inventée par les Sumériens et utilisée par eux puis par les Akkadiens, les Babyloniens et les Assyriens pendant toute la haute Antiquité et que leur ont emprunté presque tous les peuples voisins (Proto-Syriens d'Ebla, Cananéens, Hittites, Hurrites, Elamites, Perses) avait le plus souvent pour support l'argile et pour instrument le roseau, tous deux abondants dans le Sud de l'Iraq. La technique en était simple : dans le vase plein d'eau où elle était conservée, le scribe saisissait une motte d'argile fine, bien épurée, en arrachait un morceau et le façonnait à la main en une sorte de coussinet ou de plaque de la taille qu'il désirait. Puis, avec la pointe d'une tige de roseau il dessinait dans cette pâte les signes qui exprimaient sa langue. La tablette (*dub* en sumérien) était alors soit séchée au soleil, soit cuite au four. Les tablettes cuites sont quasiment indestructibles ; les tablettes crues s'effritent dans les doigts lorsqu'on les exhume, mais recueillies avec soin et cuites lentement, elles deviennent aussi dures que de la pierre. Un certain nombre d'inscriptions, cependant, étaient gravées dans la pierre, d'abord au poinçon de bronze, puis au ciseau à froid. Il est certain qu'on a utilisé des poinçons en métal, bois ou ivoire pour graver les signes, très petits et serrés, qu'on rencontre à l'époque assyrienne.

Les tablettes les plus anciennes portent le plus souvent des cercles, demi-cercles et dépressions vaguement coniques obtenus en enfonçant dans l'argile l'extrémité ronde du calame de roseau et qui représentent des chiffres, ainsi que des dessins d'objets dont certains (parties du corps humain, têtes d'animaux, vases, bateaux) sont aisément reconnaissables et d'autres énigmatiques ; chiffres et dessins sont groupés dans des cases. Mais comme l'argile se prête mal aux lignes courbes celles-ci seront bientôt remplacées par des droites brisées, d'abord de largeur uniforme puis en triangles allongés formés en tirant, sur la surface de la tablette, l'arête d'un calame de section prismatique. En même temps, les signes sont disposés en lignes verticales, deviennent plus petits, plus compacts et perdent peu à peu toute ressemblance avec le dessin original. Dès le début du troisième millénaire, cette évolution est achevée et l'écriture proprement « cunéiforme » (du latin *cuneus*, coin, clou) est née. Toutefois, elle subira encore bien des changements – dont le plus important est le basculement des signes sur le côté et leur disposition en lignes horizontales qu'on lit de gauche à droite –, avant de disparaître au premier siècle de notre ère.

Les tablettes archaïques d'Uruk étaient-elles écrites en sumérien ? C'est possible et même probable mais on ne peut l'affirmer parce que les signes qu'elles portent sont des mots-images, des *logogrammes* purs et ne sont pas encore reliés

	Tête	Main	Pied	Poisson	Oiseau	Roseau
Archaïque c. 3500						
UR III c. 2500						
Paléo-babylonien c. 1800						
Médio-assyrien c. 1100						
Néo-assyrien c. 750						
Néo-babylonien c. 600						
Sumérien	SAG	SHU	DU, GIN GUB, TUM	HA	NAM	GI
Akkadien	sak, sag shak, rish, ris	shu qad, qat	du, tu kub, gub qub	ha	nam sim	gi, ge ki, ke qi, qe

Évolution de l'écriture cunéiforme au cours des siècles. Outre leur valeur phonétique en akkadien (noter la polyphonie pour certains), la plupart de ces signes ont une ou plusieurs valeurs idéographiques. Par exemple SHU (la main) peut se lire qâtu, main, *mais aussi* emûqu, force, gamâlu, protéger, *etc.*

entre eux par d'autres signes semblables, utilisés uniquement
pour leur valeur phonétique et qui, dans les langues « agglu-
tinantes » comme le sumérien, servent de particules grammaticales liant entre eux les divers éléments de la phrase. Pour
prendre un exemple très simple, nous ne pouvons savoir si
l'ensemble graphique : 12 plus tête de bœuf a été écrit
en français ou en anglais que si cet ensemble fait partie
d'une phrase comme « il a reçu 12 bœufs » ou « he received
12 oxen ». Ajoutons, pour être complets, que le système
d'écriture sumérien (et plus tard akkadien) est extrêmement
compliqué. Le même signe peut se lire très différemment
selon le contexte (par exemple le signe DU, représentant un
pied, peut signifier et se lire « pied » *du*, « aller » *gin*, « se
tenir debout » *gub* ou « apporter » *túm*; principe de la polyphonie). A l'inverse, le même son, la même voyelle ou
syllabe, peut s'écrire de plusieurs façons différentes, chacun
de ces signes représentant un nom ou un verbe particulier.
C'est ainsi que les mots « poser » ou « fonder », « manger »,
« pur », « trancher », représentés par des signes très dissem-
blables, se prononçaient tous apparemment « ku »; nous écri-
vons alors, pour les distinguer, *ku*, *kù*, *ku$_4$*, *ku$_5$*, etc. (principe
de l'homophonie). A l'époque néo-assyrienne, on compte au
moins neuf homophones pour la voyelle « a », dix-huit pour
la syllabe « tu » et vingt-trois pour la syllabe « du ».

   Le graphisme des tablettes les plus anciennes paraît déjà si
élaboré qu'on a pensé que les premiers pictogrammes ont pu
être gravés ou peints sur des matériaux périssables, tels que
bois, feuilles ou peaux, à jamais disparus. D'autres ont voulu
voir dans certains motifs de céramique peinte de véritables
logogrammes. Ce qu'il y a de certain, c'est que la plupart des
tablettes archaïques ont trait à des transactions économiques
ou administratives trop nombreuses, sans doute, ou trop complexes pour pouvoir être mémorisées. Aussi peut-on considérer comme des précurseurs de l'écriture de petits objets en
terre cuite en forme de boule, de cube ou de cône qu'on a
trouvés sur plusieurs sites d'Iran et d'Iraq depuis le septième
millénaire (Jarmo) jusqu'à l'époque d'Uruk. Considérés
d'abord comme jouets, ces « calculi » indiquaient sans doute
en unités et multiples d'unités, selon leur forme et leur taille,
le nombre de biens faisant l'objet de transactions, car on les
retrouve vers 3500 à Suse, enfermés dans des bulles d'argile

portant, à l'extérieur, des encoches de forme identique [16]. Mais l'écriture va très vite dépasser sa destination primitive d'aide-mémoire comptable. Quelques siècles seulement après son invention, elle sera appliquée à tous les domaines de l'esprit et servira de support à une littérature vaste et souvent admirable.

Période de Jemdat Nasr

En 1925, les archéologues anglais et américains qui fouillaient ensemble à Kish découvrirent, sur le site voisin de Jemdat Nasr, une céramique peinte monochrome (noire ou rouge-mauve) ou polychrome décorée de dessins géométriques ou naturalistes [17]. Cette céramique fut retrouvée plus tard sur d'autres sites de Mésopotamie centrale et méridionale et il n'en fallut pas plus pour qu'on parle de « période de Jemdat Nasr ». Or, non seulement cette période est courte (3150-2900 environ), mais il n'existe aucune différence fondamentale entre ses éléments culturels et ceux de la période d'Uruk, si ce n'est des variations de style et de qualité. Le plan des temples reste « tripartite » (longue nef avec des pièces de chaque côté), mais leur plate-forme tend à devenir plus haute et plus large. Au lieu de couvrir toute la surface des murs, la mosaïque de cônes est appliquée par panneaux que séparent des bandes de petites briques. Les sceaux-cylindres, souvent plus gros, portent les mêmes scènes pastorales ou guerrières, mais elles sont parfois traitées d'une façon beaucoup plus schématique, presque abstraite. Quant à la céramique, elle dérive manifestement de celle d'Uruk par ses formes : elle est d'ailleurs associée à cette dernière et ne représente sans doute rien de plus qu'une mode passagère. Tout bien considéré, la seule originalité de cette période – mais elle est importante – est l'extraordinaire développement que connaît la sculpture.

Pratiquement oublié depuis l'époque de Samarra, l'art de sculpter la pierre réapparaît brusquement et est appliqué avec une sorte de frénésie, en ronde bosse ou en relief, à des objets extrêmement variés, tels que jarres, vases, coupes, plaques murales, abreuvoirs, poids, dos de sceaux-cachets, etc. On ne saurait affirmer que cette sculpture dérive de la belle glyptique des siècles précédents, mais elle s'est certainement inspirée des motifs chers aux graveurs de sceaux-cylindres : béliers au pâturage, lions attaquant des taureaux, sangliers pourchassant des brebis, héros terrassant des bêtes sauvages, fidèles apportant aux dieux des offrandes. Si la plupart des pièces sculptées sont d'excellente qualité, deux d'entre elles provenant d'Uruk s'élèvent au rang de chefs-d'œuvre[18]. La première est un vase d'albâtre, haut d'un mètre environ et divisé en trois registres superposés où l'on voit en relief une déesse (probablement Inanna) à qui une procession d'hommes nus apporte divers présents ; un important personnage masculin richement vêtu (dieu, prince, prêtre ?), malheureusement très abîmé, fait face à la déesse. Ce magnifique vase a toujours été considéré comme un objet de grande valeur car, brisé, il a été réparé dans l'Antiquité au moyen d'agrafes métalliques. La seconde pièce maîtresse est un masque de femme taillé dans le marbre, grandeur nature, probablement fixé jadis sur une statue de bois. Ce visage serein, un peu hautain, a malheureusement perdu ses yeux, qui devaient être de nacre à iris de lapis-lazuli, ses sourcils, sa perruque et ses boucles d'oreilles, mais il est modelé avec tant de réalisme et de sensibilité qu'il évoque l'âge classique de la sculpture grecque. Sa taille, sa beauté, la riche parure qu'on peut imaginer suggèrent que nous sommes peut-être en présence d'In-anna elle-même.

Progrès techniques, merveilles d'architecture et de sculpture, écriture, autant de signes d'une civilisation qu'on peut appeler sumérienne, puisqu'il est à peu près sûr que les tablettes provenant de Jemdat Nasr et des niveaux contemporains d'Ur et de Tell 'Uqair sont écrites en sumérien. Née dans le Sud de l'Iraq entre 3500 et 3000, cette civilisation s'étendra, au cours du troisième millénaire, d'abord dans la vallée de la Diyala, le long de l'Euphrate (Mari) et en Syrie septentrionale (Ebla), puis vers le haut Tigre (Assur) avec, un peu partout, des variantes locales. Mais dès l'époque de Jemdat Nasr elle se manifeste tout autour de la Mésopotamie et même beaucoup plus loin sous forme d'influences diverses ou d'objets laissés sur place par des marchands ou des émigrants. C'est ainsi qu'en Iran on a trouvé des sceaux-cylindres mésopotamiens à Suse, Tepe Sialk et même Tepe Hissar, non loin de la Caspienne, tandis que le Sud-Ouest de ce pays (connu plus tard sous le nom d'Elam) est riche en

glyptique et en sculpture manifestement inspirées de l'Iraq
(mais combien plus grossières) et possède sa propre écriture
sur tablettes, dite « proto-élamite », qui disparaîtra très tôt
sans avoir livré son secret [19]. Des fragments de sceaux-
cylindres de style Jemdat Nasr ont été exhumés en Turquie
(Alişar, Troie) et l'on a cru retrouver la trace de l'écriture
sumérienne archaïque dans les mystérieuses tablettes découvertes en 1965 à Tartaria, en Roumanie [20]. Ces mêmes sceaux
(ou leurs impressions sur argile), on les retrouve encore en
Syrie du Nord (plaine de l'Amuq), en Phénicie, en Palestine
et l'on a même découvert en Oman un cimetière contenant
de la poterie de Jemdat Nasr typique [21].

On ne sait si la civilisation archaïque de Sumer a atteint
l'Egypte prédynastique par voie de terre ou de mer, mais les
indices d'un contact entre ces deux pays, bien que peu nombreux, sont explicites [22] : motifs mésopotamiens sur le
manche en ivoire du célèbre couteau de Jebel el-'Araq (personnage barbu séparant deux lions) et sur la non moins
célèbre palette de Narmer (animaux fantastiques aux longs
cous entrelacés) ; plusieurs sceaux-cylindres de pur style
Jemdat Nasr à Naqada, en haute Egypte, mais aussi de nombreux objets analogues fabriqués localement et utilisés longtemps comme amulettes. On a voulu voir dans les murs à
redans des plus anciennes tombes *(mastabas)* égyptiennes un
emprunt à l'architecture d'Uruk, mais cela est plus discu-
table. Quant à l'influence de l'écriture sumérienne sur l'écriture hiéroglyphique, d'un ou deux siècles plus récente, elle
semble limitée à une « inspiration » et à la transmission de
certains principes. Comme ces contacts sont à sens unique
(aucun objet égyptien de cette époque n'a été trouvé en
Mésopotamie), on les a attribués à de petits groupes de
Sumériens émigrés au bord du Nil. Ils n'ont pas eu d'effets
durables mais méritent d'être relevés, car les rapports entre
ces deux grands foyers de civilisation ont été étonnamment
rares et épisodiques durant toute la haute Antiquité.

Il est étonnant, après tout cela, de constater qu'en Mésopotamie même la civilisation sumérienne est restée très longtemps confinée à la moitié sud du pays. Alors qu'on trouve
presque partout, dans la moitié nord, des traces de la culture
d'Uruk, celles de sa phase terminale (Jemdat Nasr) se limi-
tent à un petit nombre de sites considérés comme des colonies

sumériennes. L'exemple le plus typique en est Tell Brak, dans le bassin du Khabur [23], où l'on a dégagé un temple sur haute terrasse dont les murs étaient ornés de mosaïques de cônes et de rosettes, colorés et plaqués de feuilles de cuivre et dont les fondations recélaient une multitude de petites idoles en albâtre en forme de cloche surmontée d'une ou plusieurs paires d'yeux. Cependant, Tell Brak n'a livré que de la céramique d'Uruk, car la poterie peinte de Jemdat Nasr, ainsi d'ailleurs que les tablettes inscrites, n'ont jamais dépassé la vallée de la Diyala. Cette différence entre le Nord et le Sud est encore plus marquée dans le Nord-Est de l'Iraq, la future Assyrie. Tout au long des périodes d'Uruk et de Jemdat Nasr, les habitants de Tepe Gawra ont continué à fabriquer leur poterie à la main ou à la tournette, à utiliser le bronze avec parcimonie, à se servir de sceaux-cachets et à ignorer l'écriture. On ne saurait pourtant les taxer de barbarie, car leurs temples à portique étaient élégants et bien construits et leurs tombes en forme de maisons ont livré des ornements d'or, de pierres semi-précieuses et d'ivoire qui témoignent d'une grande prospérité et de relations commerciales étendues. Vers le début du troisième millénaire, la « culture de Gawra » sera remplacée par la culture dite de « Ninive 5 », caractérisée par une belle céramique faite au tour, peinte puis incisée, et l'on trouvera alors dans le Nord des armes de bronze en abondance et des sceaux-cylindres sumériens. Mais toute la période Dynastique Archaïque (2900-2334) s'écoulera avant que les premiers documents écrits n'apparaissent dans cette région, introduits par les conquérants akkadiens.

Qu'est-ce qui a retardé si longtemps la pénétration de la culture sumérienne dans le Nord-Est de l'Iraq ? Une invasion de « barbares », qui semble attestée à Tepe Gawra par des traces d'incendie et de massacre à la fin de la période d'Ubaid ? Le conservatisme des populations de cette région, que nous avons déjà noté ? Une organisation socio-économique différente et moins complexe que dans le Sud, permettant de se dispenser d'écriture ? Un mélange de tous ces facteurs ? Peu de sites du quatrième millénaire ont été fouillés jusqu'ici en Mésopotamie septentrionale et l'on peut espérer que des découvertes archéologiques futures contribueront à éclaircir ce mystère, ou tout au moins à mieux

cerner le problème. Mais le fossé profond qui s'est ouvert
entre le Nord et le Sud à l'aube des temps historiques ne sera
jamais entièrement comblé. L'Assyrie et la Babylonie resteront toujours deux régions distinctes et souvent rivales ; et
lorsque, près de trois mille ans plus tard, les puissants rois
d'Assyrie apprendront le sumérien, recueilleront pieusement
les textes de Sumer et d'Akkad et combleront de bienfaits les
temples d'Ur et de Babylone, ne reconnaissaient-ils pas
implicitement la supériorité culturelle des gens du Sud et la
dette qu'ils avaient envers une civilisation beaucoup plus
ancienne que la leur ?

Le problème sumérien

Qui étaient ces Sumériens dont nous pouvons, pour la
première fois, prononcer le nom avec certitude ? Représentent-
ils une très ancienne population de la Mésopotamie préhistorique, ou bien sont-ils venus d'ailleurs ? Et si oui, d'où et
quand ? Ce problème a été débattu à maintes reprises depuis
qu'en 1869 le philologue Jules Oppert a proposé d'appeler
« sumérien » la langue de certaines inscriptions de Mésopotamie qui n'étaient manifestement ni assyriennes ni babyloniennes, et huit ans avant qu'Ernest de Sarzec ne découvre,
au sens propre du terme, la civilisation sumérienne à Tello
(Girsu). Il n'est pas encore résolu et ne le sera sans doute
jamais[24]. Les découvertes archéologiques et épigraphiques
de ces dernières décennies, loin de lui donner une solution
claire et simple, n'ont fait que le compliquer ; mais au moins
ont-elles apporté à ce débat vieux de cent cinquante ans
des arguments nouveaux et solides qui méritent d'être examinés.

L'adjectif « sumérien » vient de l'ancien nom de la partie
méridionale de l'Iraq : Sumer, ou plus exactement *Shumer*,
qui, dans les textes cunéiformes, s'écrit généralement KI.EN.GI.
Au début des époques historiques, trois groupes ethniques
vivaient en contact étroit et apparemment en bons termes
dans cette région : les Sumériens, prédominants dans l'extrême Sud, des environs de Nippur jusqu'aux rives du golfe
Arabo-Persique ; les Sémites, surtout nombreux entre Nippur
et la région de Baghdad, dans ce qu'on appelait le pays d'Akkad ; enfin, peut-être une minorité diffuse dont le nom reste

inconnu et que nous appellerons « peuple X ». Pour les historiens modernes, la différence entre ces trois populations n'est ni politique ni culturelle, mais uniquement linguistique. Ces trois ethnies partageaient les mêmes institutions, certaines croyances, le même mode de vie, les mêmes techniques et traditions artistiques, en un mot la civilisation que nous nommons sumérienne et à laquelle ils ont probablement tous contribué. Le seul critère qui nous permet de les distinguer est leur langue qui ne peut s'appréhender aujourd'hui que par les écrits et les noms propres. Quant au « peuple X », nous ignorerions son existence s'il n'était apparu à certains savants que les textes authentiquement sumériens contiennent des vocables qui ne sont ni sumériens ni sémitiques, notamment quelques noms de personnes, plusieurs noms de villes et de cours d'eau, dont l'Euphrate *(Buranum)* et le Tigre *(Idigna)*, et de nombreux noms de métiers et d'objets usuels [25].

Ces considérations expliquent que les tentatives faites jadis pour différencier les Sumériens des Akkadiens sur des critères tels que la présence ou l'absence de barbe ou le port d'une tunique ou d'une jupe de laine se sont révélées illusoires à mesure que statues et bas-reliefs sortaient des chantiers de fouilles. Soulignons à ce propos qu'il n'existe pas de « race » sumérienne au sens anthropologique du terme. Les crânes trouvés dans les tombes du pays de Sumer sont tantôt brachycéphales tantôt dolichocéphales, indiquant ainsi un mélange des races alpine et méditerranéenne, toutes deux attestées depuis longtemps au Proche-Orient. Quant aux traits du visage tels que les représentent les sculpteurs ou les lapidaires, ils sont le plus souvent conventionnels et sans valeur distinctive. Le nez long et charnu, les grands yeux, l'occiput plat longtemps considérés comme typiquement sumériens se retrouvent sur les statues de personnages portant des noms sémitiques trouvées dans la région de Mari peuplée de Sémites, tandis que des portraits plus tardifs et plus réalistes, comme ceux de Gudea, gouverneur sumérien de la très sumérienne Girsu, nous montrent un nez court et droit et un crâne allongé.

Lorsqu'on cherche à déterminer l'origine d'un peuple, la linguistique constitue souvent un bon index de parenté ethnique. Ainsi, les Grecs, les Hittites et les Indo-Aryens, bien

que séparés géographiquement, étaient liés entre eux par les
langues indo-européennes qu'ils parlaient et on leur attribue
un « berceau » commun à situer, probablement, dans le
Sud-Est de l'Europe. Mais dans le cas des Sumériens cette
science n'est d'aucun secours. En tant que langue « agglutinante », le sumérien s'apparente à une multitude de dialectes
dispersés dans le monde entier (Amérique, Afrique, Asie,
Europe, Polynésie), mais phonétiquement il ne ressemble à
aucune autre langue morte ou vivante. La littérature sumérienne nous révèle un peuple intelligent, travailleur, enclin
aux joutes verbales, ne manquant pas d'humour, à la fois réaliste et profondément religieux, mais elle ne nous donne pas
la moindre indication sur son origine. En fait, la toile de fond
des mythes et légendes de Sumer est un paysage de marais et
de cannaies, de roseaux, de tamaris et de palmiers – paysage
typique du Sud iraqien – comme si les Sumériens n'avaient
jamais vécu dans un autre décor ; et rien dans ces textes
n'évoque une partie ancestrale éloignée de la Mésopotamie.
Nous sommes donc obligés de nous tourner vers l'archéologie, et de nous demander : lequel des divers groupes ethniques présumés vecteurs des cultures protohistoriques de
Mésopotamie peut-on identifier à la population historique
d'expression sumérienne ? Ainsi posé, le problème est évidemment insoluble, puisque nous ne savons rien des langues
parlées en Mésopotamie avant la période de Jemdat Nasr.
Toutes les réponses que l'on peut tenter de donner à cette
question sont nécessairement basées sur des suppositions,
des intuitions ou des comparaisons plus ou moins aventu-
reuses. Les savants qui ont étudié la question se divisent en
deux groupes : certains pensent que les Sumériens sont entrés
en Mésopotamie pendant la période d'Uruk ; d'autres qu'ils
étaient déjà là dès la période d'Ubaid. Nous penchons pour la
seconde hypothèse parce qu'elle nous paraît plus probable
que la première. Certes, l'*écriture* sumérienne apparaît à la
fin de la période d'Uruk, mais cela n'implique pas que le
Sumérien n'ait pas été parlé auparavant en Mésopotamie. Si
l'on admet la réalité du « peuple X », les vocables dont on lui
attribue la paternité semblent effectivement indiquer une certaine ancienneté en Mésopotamie, mais la vallée du Tigre et
de l'Euphrate est assez vaste pour avoir accueilli plusieurs
peuples différents. Le passage de la poterie peinte d'Ubaid à

la poterie nue d'Uruk a été cité comme signe d'un changement de population ; nous savons maintenant que ce passage
a été très progressif et probablement lié à une innovation
technique. Par contre, le fait que de l'époque d'Ubaid à
celle de Jemdat Nasr et au-delà, à Eridu comme à Uruk, les
temples ont été bâtis les uns au-dessus des autres et selon un
plan identique, l'absence de hiatus culturel à tout moment de
cette longue période et, au contraire, des indices d'une continuité remarquable nous paraissent constituer des arguments
solides en faveur de l'hypothèse que les Sumériens étaient
présents en basse Mésopotamie dès que celle-ci a été habi-
table [26].

D'ailleurs, s'ils ont été des envahisseurs, des conquérants,
d'où sont-ils venus ? Certains ont recherché leur origine dans
quelque pays montagneux situé à l'est de la Mésopotamie où
ils seraient arrivés par terre ou par mer ; d'autres les ont fait
partir d'Anatolie et descendre l'Euphrate jusqu'à son embouchure. Mais les arguments avancés en faveur de ces théories
ne sont guère convaincants. En outre, les nombreuses fouilles
effectuées en Turquie, en Iran, au Béluchistan, en Afghanistan et en Asie centrale depuis la dernière guerre mondiale
n'ont rien livré qui ressemblât de près ou de loin aux cultures
d'Uruk et de Jemdat Nasr ni, bien entendu, le moindre texte
sumérien archaïque, seule preuve qui serait décisive. Dans
ces conditions, pourquoi ne pas se tourner vers la Mésopotamie elle-même ? Nous avons vu, dans les chapitres précédents, que beaucoup d'éléments matériels de la civilisation
sumérienne – brique crue, murs peints et décorés de fresques,
vases et statuettes de pierre, figurines d'argile, sceaux, travail
du métal – sont apparus entre le septième et le cinquième
millénaire en Iraq septentrional et les fouilles de Choga
Mami ont établi un lien entre la culture de Samarra et celles,
sensiblement contemporaines, d'Eridu et de Hajji Mohammed (Ubaid 1 et 2). Assimiler les « Samarriens » aux Sumériens ou même aux « Ubaidiens » sur la base fragile de la
céramique et des extraordinaires statuettes de Tell es-Sawwan serait aller beaucoup trop loin, mais il semble bien que
les premiers habitants du Sud mésopotamien aient été
« apparentés » à leurs voisins du moyen Tigre, ou au moins
influencés par eux. Et les « Samarriens » eux-mêmes se ratta-
chaient peut-être aux populations néolithiques du Kurdistan

ou du haut Tigre, bien que rien de palpable n'étaye cette hypothèse.

Ainsi, plus nous essayons de remonter dans le temps, plus le problème s'amenuise pour s'évanouir finalement dans la nuit de la préhistoire, car nous ne savons pratiquement rien des mouvements de peuples aux époques paléolithique et néolithique. On est même tenté de se demander si le « problème sumérien » n'est pas un faux problème. Après tout, les Sumériens étaient peut-être issus, comme nous, d'un mélange de populations ; leur civilisation, comme la nôtre, comportait sans doute des éléments étrangers et autochtones ; leur langue appartenait à un groupe linguistique assez vaste pour avoir couvert une partie de l'Asie occidentale, Mésopotamie comprise. Ils peuvent donc n'avoir été que l'un des peuples, probablement nombreux et variés, qui ont occupé cette région privilégiée qu'était le Proche-Orient dès le Paléolithique supérieur ou le Néolithique. En d'autres termes, ils ont peut-être « toujours » vécu en Iraq, sans qu'on puisse préciser davantage. Comme l'a écrit Henri Frankfort, l'un des meilleurs spécialistes de l'Orient antique : « Le problème très discuté de l'origine des Sumériens pourrait bien n'être, en fin de compte, que la poursuite d'une chimère [27]. »

6

Les dieux de Sumer

C'est sans doute parce qu'elle résultait d'une longue matu-
ration *in situ*, parce qu'elle était mésopotamienne d'origine
et d'essence que la civilisation sumérienne a survécu à la disparition de Sumer en tant que nation, vers l'an 2000, et a été
adoptée par tous les peuples qui, tour à tour, ont envahi,
occupé et gouverné la Mésopotamie. Comme toute entreprise
humaine, elle a, certes, évolué avec le temps, mais n'en a pas
moins su garder ses traits spécifiques et fondamentaux. Quel
que soit l'angle sous lequel on aborde la civilisation assyro-
babylonienne qui lui a succédé, on est presque toujours
ramené à un prototype sumérien.

La religion en est l'exemple le plus frappant[1]. Dès le début
de l'Histoire, la religion des Sémites d'Akkad semble s'être
dissoute dans celle de leurs voisins de Sumer, probablement
parce qu'elle était infiniment plus simple et moins structurée.
Sur les centaines de dieux et de déesses que comportait le
panthéon mésopotamien du troisième millénaire, on n'en
compte qu'une douzaine dont on puisse affirmer qu'ils
étaient sémitiques[2] et les plus importants d'entre eux (le
dieu-soleil et le dieu-lune, par exemple) avaient leurs équivalents sumériens, ce qui facilita un syncrétisme qui ne fit
que se perpétuer et s'amplifier par la suite. Au début du
deuxième millénaire, lorsque d'autres Sémites venus de
l'ouest, les Amorrites, s'établirent entre le Tigre et l'Euphrate, leur dieu éponyme, Amurru, resta toujours une divinité mineure et c'est un petit dieu de Sumer que les
Babyloniens élevèrent au rang de dieu national sous le nom
de Marduk. Plus tard, les dieux aryens introduits par les
conquérants kassites ne furent l'objet que d'un culte très restreint et disparurent du nom des monarques de cette dynastie
bien avant qu'elle ne s'écroulât. Ashur, dieu national des

Assyriens, était probablement, à l'origine, un dieu local du Nord mésopotamien, le dieu de la colline sur laquelle s'élevait la ville du même nom, mais on lui donna pour compagne Ninlil, l'épouse du grand dieu sumérien Enlil, et lorsqu'ils chantaient les louanges d'Ashur, les scribes d'Ashurbanipal ne trouvaient pas de plus beau titre que celui d'« Enlil hors pair des dieux ». Ainsi, les dieux de Sumer ont été adorés en Mésopotamie pendant plus de trois mille ans et l'on a été jusqu'à dire, non sans quelque exagération, que la religion babylonienne n'a jamais existé et que cette partie du monde n'a connu qu'une religion sumérienne[3].

L'idée que les Sumériens se faisaient de leurs dieux, même si elle a été passablement modifiée par l'esprit sémitique, a exercé, à toutes les époques, une influence considérable sur la vie publique et privée des Mésopotamiens. Elle transparaît à travers des centaines de monuments et d'œuvres d'art ; elle forme la substance d'une remarquable littérature mythologique, épique et sapientiale, de magnifiques élans du cœur dont témoignent de très beaux hymnes et de touchantes prières et toute une série de pratiques magiques qui constituaient peut-être l'essentiel de la religion populaire, mais qu'ont partagées les rois et les grands de ce monde ; enfin et surtout, elle est à la base même des institutions politiques. Le fait que la société suméro-akkadienne se soit cristallisée autour de temples a eu des conséquences profondes et durables. En pratique d'abord, puis en théorie, la terre communautaire, la principauté, le royaume, l'empire n'ont jamais cessé d'appartenir aux dieux locaux, citadins, puis nationaux et des *ensi* et *lugal** du troisième millénaire, dont le territoire ne couvrait que quelques kilomètres carrés, jusqu'aux puissants rois d'Assyrie qui ont régné un moment des bords du Nil à ceux de la Caspienne, tous les souverains mésopotamiens se sont considérés comme les « vicaires » de ces dieux, nommés, « appelés » par eux pour assurer l'ordre et la prospérité de leur peuple, rendre la justice, défendre ou agrandir leur pays, mais aussi, et surtout, pour faire ce pour quoi l'humanité avait été créée : servir les dieux et leur plaire, veiller à ce que leurs temples soient construits ou restaurés, entretenus et embellis, à ce qu'un culte leur soit rendu, à ce que soient célébrés les rites et

---

* Pour ces titres, voir chapitre 8.

les grandes fêtes saisonnières ou annuelles. L'histoire de la Mésopotamie antique est si intimement liée aux croyances de ses habitants que nous ne saurions l'aborder sans esquisser préalablement et de façon diachronique – justifiée dans ce domaine – les caractères dominants de cette religion qui doit tant aux Sumériens.

Le panthéon mésopotamien

Notre connaissance des idées religieuses et morales des Sumériens, Akkadiens, Babyloniens et Assyriens repose sur des textes nombreux et divers – listes de dieux et d'offrandes, mythes et épopées, rituels, hymnes, prières, incantations, recueils de proverbes et de préceptes, etc. – provenant en grande partie des archives sacerdotales de Nippur, capitale religieuse de Sumer, et des bibliothèques sacrées et royales d'Assur et de Ninive [4]. Environ deux cents de ces textes (mais totalisant plus de trente mille lignes) sont rédigés en sumérien et plus de neuf cents en akkadien, terme sous lequel on réunit aujourd'hui tous les dialectes sémitiques de Mésopotamie, qu'il s'agisse de la langue des Akkadiens ou des dialectes babylonien et assyrien qui en dérivent. D'autres sont bilingues : sumérien et akkadien. Certains des textes babyloniens et assyriens sont des traductions, ou plutôt des adaptations, d'originaux sumériens, alors que les autres n'ont pas d'équivalent dans la littérature sumérienne connue jusqu'ici. A l'exception de listes de dieux et de quelques mythes qui remontent au troisième millénaire, tous ces documents ont été imprimés dans l'argile entre 1900 environ et les derniers siècles avant l'ère chrétienne. La majeure partie des œuvres sumériennes, notamment les grands récits épiques et mythologiques, datent du début du deuxième millénaire, mais il est très probable qu'elles reproduisent des traditions transmises oralement et dont les origines se perdent dans la préhistoire.

La systématisation des concepts religieux et leur expression sous forme de familles divines et de mythes ont sans doute débuté au cours du quatrième millénaire, pendant la phase d'urbanisation de la basse Mésopotamie, et ont été l'œuvre de plusieurs écoles de théologiens, comme en témoigne la diversité de ces généalogies et récits mytho-

logiques, souvent contradictoires. Il est possible qu'un
accord soit survenu alors pour que chaque cité de Sumer et
d'Akkad ait son propre « dieu-patron », choisi au sein d'un
panthéon commun à l'ensemble de ce pays [5], mais ce n'est là
qu'une hypothèse. En tout cas, la société divine, telle que
nous la connaissons par les textes, était calquée sur la société
humaine et le ciel, la terre et les enfers étaient peuplés d'un
nombre considérable de dieux qu'un syncrétisme interne
réduisit plus tard sans jamais atteindre au monothéisme.
Comme les dieux grecs, ces dieux mésopotamiens avaient
l'apparence, les qualités, les défauts et les passions des
humains, mais ils étaient doués d'une force extraordinaire
et de pouvoirs surnaturels et jouissaient de l'immortalité.
En outre, il émanait d'eux, disait-on, une « splendeur », un
nimbe de lumière qui remplissait l'homme de crainte et de
respect et lui inspirait ce sentiment indicible de contact avec
le divin qui est l'essence même de toute religion [6].
   Il est pratiquement impossible d'établir une classification
« rationnelle » des dieux mésopotamiens, car notre logique
n'est pas la même que celle des Anciens et plusieurs d'entre
eux remplissaient des fonctions qui nous paraissent très différentes, sinon opposées, étant à la fois, par exemple, divinités
tutélaires de la végétation et de la guerre. Toutefois, on peut
entrevoir des sortes de strates, d'ailleurs assez vagues, selon le
rang qu'occupaient les dieux sur les listes rédigées à diverses
époques et selon l'importance du culte dont ils étaient l'objet.
C'est sans doute tout au bas de l'échelle qu'il faut placer les
« esprits » ou « démons », bons ou mauvais, ainsi que le « dieu
personnel », sorte d'ange gardien attaché à chaque individu,
responsable de son bien-être et de sa réussite et jouant le rôle
d'intermédiaire entre lui et les dieux supérieurs [7]. Puis vient
le groupe des dieux d'instruments (pioche, moule à brique,
araire, par exemple) et de professions (potiers, forgerons,
orfèvres, etc.), suivi du groupe des dieux de la nature au sens
large du terme (minéraux, végétaux, animaux domestiques ou
sauvages, dieux de la fertilité, des naissances, divinités guérisseuses, dieux des orages, du vent, du feu), originellement
peut-être les plus nombreux et les plus importants, car ils per-
sonnifiaient « l'élan vital, le noyau spirituel, les volontés et
pouvoirs immanents dans les phénomènes naturels », concept
propre à la mentalité primitive [8]. A l'échelon au-dessus, nous

placerions volontiers les dieux des Enfers (Ereshkigal, Nergal), de pair avec les dieux essentiellement guerriers, comme Ninurta. Au-dessus encore, les divinités astrales, essentiellement le dieu-lune Nanna (Sîn en akkadien) et le dieu-soleil Utu (Shamash), l'un fixant le temps (les mois lunaires) et connaissant les destinées de chacun, mais mystérieux à bien des égards ; l'autre grand justicier, car il démasque le criminel comme il dissipe les ténèbres de sa lumière aveuglante. Enfin, au sommet de l'échelle, la triade cosmique que constituent An, Enlil et Enki.

An (Anu en akkadien) est le dieu-ciel, le dieu le plus élevé au propre comme au figuré. Son nom s'écrit avec le signe en forme d'étoile qui signifie à la fois « ciel » *(an)* et « dieu » *(dingir* en sumérien, *ilu(m)** en akkadien). Souverain de tous les dieux, il arbitre leurs disputes et ses décisions sont sans appel, mais il s'occupe peu des affaires des hommes. Majestueux et révéré, mais relégué au firmament, il restera toujours un personnage lointain et somme toute assez flou. Le véritable dieu suprême des Sumériens, c'est Enlil, le « seigneur-air » ou « atmosphère », mot qui évoque l'immensité, le mouvement et la force des vents, mais aussi le souffle de la vie. Si An est le roi des dieux, Enlil est le roi, non seulement de Sumer, puis de la Mésopotamie, mais de la terre tout entière, « le berger des multitudes foisonnantes ». C'est lui qui choisit les souverains et de même que les ordres d'un monarque assurent la survie et la prospérité de ses sujets, c'est par la seule volonté d'Enlil que le monde (qu'il a d'ailleurs créé) continue d'exister et de subvenir aux besoins des hommes et, partant, des dieux :

> « Sans Enlil, le "Grand Mont",
> Nulle cité ne serait construite, nul établissement fondé ;
> Nulle étable ne serait construite, nulle bergerie installée ;
> Nul roi ne serait élevé, pas un grand prêtre ne naîtrait...
> Les rivières,
>   leurs eaux de crue ne les feraient pas déborder ;
> Les poissons de la mer
>   ne déposeraient pas d'œufs dans la jonchaie ;

---

* En akkadien, les substantifs se terminaient d'abord en -um, -im ou -am selon qu'ils étaient au nominatif, génitif ou accusatif. A partir de la seconde moitié du deuxième millénaire, le m tend à disparaître et les mots se terminent en -u, -i ou -a.

> Les oiseaux du ciel
>   ne bâtiraient point de nids sur la large terre ;
> Dans le ciel
>   les nuages vagabonds ne donneraient pas leur humidité ;
> Les plantes et les herbes, gloire de la campagne,
>   ne pourraient pas pousser ;
> Dans le champ et la prairie,
>   les riches céréales ne pourraient pas fleurir ;
> Les arbres plantés en la forêt montagneuse
>   ne pourraient pas donner leurs fruits [9]... »

Plus subtile et mieux connue est la personnalité du troisième membre de la triade, Enki. Malgré les apparences, il n'est pas sûr que son nom signifie « seigneur-terre *(ki)* » et les linguistes discutent également du sens précis de son nom akkadien Ea. Toutefois, il est certain qu'Enki/Ea est le maître des eaux douces, sources et cours d'eau, d'où son importance en Mésopotamie. Sa caractéristique principale est son intelligence, sa « grandeur d'oreille » comme on disait alors, sans doute en souvenir du temps où tout savoir se transmettait oralement. Aussi est-il l'inventeur et le protecteur des techniques, des sciences et des arts, ainsi que le patron des magiciens. En outre, il détient les *me* qui semblent être les mots clés des éléments de la civilisation sumérienne, tels qu'ils ont été déterminés par les dieux mais qui jouent aussi un rôle dans la distribution des « destins » [10]. Grâce à son intelligence incomparable, Enki va appliquer les lois promulguées par Enlil. Un long poème trépidant de vie nous le montre mettant le monde en ordre, étendant sa bénédiction bienfaisante non seulement sur Sumer, ses étables, ses champs et ses villes, mais aussi sur Meluhha et Dilmun et sur les pasteurs nomades du désert syrien, les MAR.TU ; mué en taureau et remplissant le Tigre de l'« eau pétillante » de sa semence ; assignant à une douzaine de dieux mineurs leur tâche spécifique et finalement, confiant au dieu-soleil Utu la charge de l'« univers entier » [11]. Ce maître architecte, ce grand ingénieur qui dit de lui-même :

> « Je suis le comptable des cieux et de la terre ;
> Je suis l'oreille et le cerveau de tous les pays »,

est le dieu le plus proche de l'homme et son meilleur ami. C'est de lui qu'est venue l'idée géniale de créer l'humanité pour qu'elle se charge du travail des dieux et c'est lui qui, comme nous le verrons, la sauvera du Déluge.

Ce panthéon masculin se double d'un panthéon féminin comportant des divinités de tout rang, certaines simples épouses, d'autres chargées de tâches particulières, et à la tête duquel trônent Ninhursag, la déesse-mère (également appelée Ninmah ou Nintu) et la déesse Inanna (l'Ishtar des Sémites) qui, avec son amant préféré Dumuzi, joue un rôle considérable dans la mythologie sumérienne.

Inanna, la « maîtresse du ciel », est la Femme par excellence : jeune, belle, tendre, sensuelle, coquette, mais aussi perfide, capricieuse et sujette à de violentes colères qui font de cette déesse de l'amour une redoutable guerrière. C'est sous ces deux aspects qu'elle deviendra plus tard l'égale des plus grands dieux de Babylonie et d'Assyrie [12]. Dumuzi (« le fils légitime ») semble être issu de la fusion de plusieurs dieux préhistoriques, car s'il est avant tout le dieu protecteur des troupeaux, il semble être aussi, à certains moments, celui de la végétation qui meurt et renaît chaque année. Or, une très vieille croyance voulait que la reproduction du bétail et le renouveau des plantes et des fruits fussent assurés, à chaque Nouvel An, par un rite dans lequel ce dieu, représenté par le roi, s'unissait à Inanna, représentée par une de ses prêtresses. De magnifiques poèmes d'amour, alliant l'érotisme le plus franc aux sentiments les plus tendres, ont pour sujet ce mariage sacré [13], tandis que la cérémonie, telle qu'elle se déroulait sur terre, nous est racontée dans des hymnes royaux dont le plus explicite est l'hymne à Iddin-Dagan (1974-1954), troisième roi de la dynastie d'Isin [14]. Dans une chambre spéciale du palais, on a dressé un lit de joncs parfumé et jeté par-dessus une couverture confortable. La déesse s'est baignée et a répandu sur le sol de l'huile de cèdre odorante. Le roi s'avance alors :

> « Le roi s'approche, tête haute, de son giron sacré
> Il s'approche, tête haute, du giron sacré d'Inanna.
> Amma-ushumgal-anna* s'allonge à côté d'elle,
> Il caresse son giron sacré.
> Lorsque la Maîtresse s'est étendue sur le lit,
> dans le giron sacré (du roi),

---

* L'un des surnoms de Dumuzi.

Lorsque la pure Inanna s'est étendue sur le lit,
dans son giron sacré,
Elle fait l'amour avec lui, sur son lit.
Elle dit à Iddin-Dagan :
"Tu es vraiment mon bien aimé !" »

L'acte charnel accompli, on laisse entrer la foule chargée d'offrandes, ainsi que les musiciens. Un banquet est servi :

« Amma-ushumgal-anna étend la main pour manger et boire,
Le palais est en fête, le roi est joyeux ;
Le peuple passe la journée dans l'abondance. »

Cependant, les rapports entre Inanna et Dumuzi n'étaient pas toujours aussi tendres et un texte célèbre nous montre la déesse sous un jour beaucoup moins favorable. Il s'agit du mythe *La Descente d'Inanna* (ou d'Ishtar) *aux Enfers*, dont nous possédons deux versions, l'une sumérienne, l'autre assyrienne [15]. Dans la version sumérienne, la plus détaillée, Inanna descend, effectivement, dans ce qu'on appelait le « pays sans retour », se dépouillant d'un vêtement ou d'un bijou à chaque étape, pour arracher ce domaine à sa sœur Ereshkigal, la Perséphone sumérienne. Vaincue, elle est mise à mort puis ressuscitée avec l'aide d'Enki, mais elle n'est autorisée à retourner sur terre qu'en promettant de se trouver un remplaçant. Après avoir longtemps erré à la recherche d'une victime potentielle, c'est son insouciant amant qu'elle choisit. Saisi aussitôt par les démons, Dumuzi disparaît et est pleuré par sa sœur Geshtinanna, déesse de la vigne. Finalement, émue par les lamentations de son amant, Innana décide que Dumuzi passera la moitié de l'année sous terre et Geshtinanna l'autre moitié.

Le rite du mariage sacré, probablement originaire d'Uruk mais pratiqué dans d'autres villes, ne semble pas avoir survécu à la chute de la dynastie d'Isin (1794). Après cette date, Dumuzi, appelé Tammuz par les Sémites, tombe au rang de divinité secondaire, vaguement rattachée aux Enfers. On se souvient de lui comme de l'amant d'Ishtar, mais tandis que celle-ci brille au firmament en tant que planète Vénus, lui n'est que la constellation d'Orion. Un mois d'été porte son nom et continue d'ailleurs à le porter dans le monde arabe. Mais voici que dans les derniers siècles du premier millénaire son culte refleurit, cette fois dans l'Orient méditerranéen. Dieu de la végétation et plus ou moins assimilé à Osiris, il devient *adon*, le « Seigneur », cet Adonis dont les foules pleurent la disparition annuelle à Jérusalem, à Byblos, à Chypre et même, plus tard, à Rome. Selon une légende grecque, Perséphone et Aphrodite se disputaient le beau jouvenceau lorsque Zeus intervint et décida qu'il partagerait désormais l'année entre ces deux déesses[16]. Ainsi, le vieux mythe sumérien de la descente d'Inanna aux Enfers n'était pas tombé dans l'oubli ; par des voies que nous connaissons mal il avait atteint, comme tant d'autres mythes et légendes de Mésopotamie, les rives de la mer Egée.

Légendes de création

Les Mésopotamiens ne pouvaient concevoir l'univers qu'à l'image de ce qu'ils voyaient autour d'eux : un ciel immense, une vaste plaine et beaucoup d'eau. Pour eux, la terre *(ki)* était un disque plat flottant sur de l'eau douce *(abzu, apsû)* et entouré d'un grand océan bordé d'un anneau de montagnes. L'ensemble était contenu dans une sphère dont la moitié supérieure formait le ciel *(an)*, voûte solide couleur d'étain sur laquelle se mouvaient les astres, et la moitié inférieure, invisible et mystérieuse, le monde souterrain, les Enfers *(kur)*. Cette sphère elle-même était comme suspendue dans une « mer primordiale », éternelle et illimitée.

A la grande question de l'origine du monde et de l'homme, les Mésopotamiens ont donné des réponses qui variaient selon les traditions locales, les époques et le public auquel elles s'adressaient[17]. Il existait des cosmogonies populaires, très simplifiées, comme celle qui figure au début d'une incantation contre le « ver » responsable des rages de dent : Anu avait créé le ciel, le ciel avait créé la terre, et la terre les rivières, les rivières les canaux, les canaux le bourbier, et le bourbier le ver. Une autre légende, plus sérieuse parce qu'elle fait partie d'un rituel, indique qu'Anu avait créé le ciel et Ea (Enki), l'*apsû*, sa demeure. Un troisième récit, provenant de Sippar et d'assez basse époque, montre le dieu Marduk construisant un radeau à la surface des eaux et le recouvrant de poussière pour former la terre, ce qui est la façon dont les habitants actuels des marais du sud de l'Iraq bâtissent les îles artificielles sur lesquelles ils dressent parfois leurs huttes de roseaux[18]. Toute-

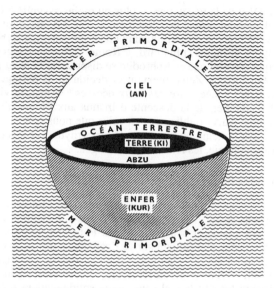

Samuel Noah Kramer, L'Histoire commence à Sumer, *Paris,
Arthaud, 1975.*

fois, la tradition « officielle » la mieux établie, celle qui a
prévalu et s'est perpétuée sous diverses formes jusqu'à l'extinction de la civilisation mésopotamienne et même au-delà
est, comme d'habitude, d'origine sumérienne.

A vrai dire, aucun mythe sumérien consacré à la création du
cosmos n'a encore été retrouvé, mais en assemblant des données éparses dans plusieurs textes, l'éminent sumérologue
S. N. Kramer est parvenu à reconstituer le schéma suivant [19] : la
mer primordiale, personnifiée par la déesse Nammu, a donné
naissance au ciel (An) et à la terre (Ki), étroitement unis en
une « montagne cosmique » ; de l'union d'An et de Ki sont nés
les grands dieux, les Annunaki, et notamment Enlil ; Enlil a
séparé le ciel et la terre, puis il a « emporté » cette dernière,
tandis qu'An « emportait » le ciel. Cette idée que la mer est
l'élément primordial et que l'univers est né de la séparation
par un tiers, de l'éclatement de ses propres constituants amal-
gamés – un « big bang », en quelque sorte – a été adoptée par

les Babyloniens et les Assyriens et est au cœur de la légende la plus complète et la plus détaillée que nous possédions : la grande épopée cosmique à laquelle on donne fréquemment pour titre (comme le faisaient les Mésopotamiens pour toutes leurs œuvres littéraires) les mots qui ouvrent le récit : *enuma elish*, « Lorsqu'en haut... »

Il s'agit d'un long poème en sept tablettes, probablement rédigé à Babylone sous le règne de Nabuchodonosor Ier (1124-1103), mais dont nous n'avons que des exemplaires datant du premier millénaire [20]. Le rôle principal y est joué par Marduk, mais dans une version assyrienne, le nom de ce dieu a été remplacé par celui d'Ashur. Peut-être Marduk a-t-il lui-même remplacé Enlil, démiurge le plus probable dans une version babylonienne ancienne encore hypothétique.

L'auteur du poème semble s'être inspiré d'un spectacle typique du Sud mésopotamien et qu'on peut encore contempler aujourd'hui en se plaçant, à l'aube d'un jour d'été, sur le rivage iraqien du Golfe, à l'embouchure du Shaṭṭ el-'Arab. Une brume épaisse masque l'horizon ; de grandes mares d'eau douce filtrant du sol détrempé se mêlent aux eaux du fleuve et de la mer ; des plages de vase qui s'étendent à l'infini, seuls quelques lambeaux sont pour l'instant visibles ; la mer, le fleuve, la terre, le ciel se confondent en un immense chaos liquide. Et c'est bien ainsi que débute le récit, au moment où rien encore n'a été nommé – c'est-à-dire « créé », car pour les Mésopotamiens, rien ne pouvait exister qui n'eût un nom – et où l'eau douce (Apsû) et la mer (Tiamat) forment encore un seul et unique élément :

> « *enuma elish la nabû shamamu...*
> Lorsqu'en haut le Ciel n'était pas encore nommé,
> Qu'en bas la Terre n'avait pas de nom,
> (Et) la génitrice Tiamat, qui les enfantera tous,
> Mêlaient en un seul tout leurs eaux,
> Qu'agglomérées n'étaient les pâtures, ni visibles les cannaies,
> Alors que des dieux aucun n'avait encore paru,
> N'était nommé d'un nom ni pourvu d'un destin,
> De leur sein, des dieux furent créés... »

Dans le paysage que nous venons de décrire, des zones d'alluvions émergent peu à peu de la brume à mesure que le soleil se lève et la dissipe, puis apparaît une ligne nette qui sépare les

eaux marines des eaux terrestres. Ainsi, les premiers dieux qui
émergent du chaos cosmique, Lahmu et Lahamu, personni-
fient l'alluvion [21] et sont suivis d'Anshar et de Kishar, qui sont
les horizons du ciel et de la terre. Anshar et Kishar s'unissent
pour engendrer Anu, lequel engendre Ea. D'autres dieux nais-
sent ensuite, mais on ne nous dit rien d'eux, sinon qu'ils sont
turbulents et bruyants et « perturbent le sein de Tiamat ». Tiamat, Apsû et son lieutenant Mummu décident de les anéantir,
mais Ea, ami des dieux comme il l'est de l'homme, fait
échouer ce complot. Il jette sur Mummu un sort qui le para-
lyse, endort Apsû, l'enchaîne, s'empare de sa couronne, puis
le tue. Il se retire alors dans sa demeure, fondée sur les abysses
de l'*apsû*, et, avec son épouse Damkina, engendre un fils,
Marduk, doué de qualités remarquables :

> « Splendide était sa stature, étincelant son regard…
> Inconcevablement merveilleuses étaient ses dimensions,
> Impossibles à penser, difficiles à imaginer !
> Quatre étaient ses yeux, quatre, ses oreilles ;
> Quand il remuait les lèvres, le Feu flamboyait.
> Quadruplement avait grandi sa faculté d'entendre,
> Et ses yeux, tout autant, voyaient l'ensemble de tout.
> Exalté parmi les dieux, supérieure était sa taille,
> Ses membres gigantesques… »

Mais Tiamat est toujours vivante et libre. Rendue folle de
rage par la mort d'Apsû, elle déclare aux dieux la guerre. Elle
crée des serpents géants « aux dents aiguës, aux mâchoires
impitoyables, au corps plein de venin au lieu de sang », des
dragons sauvages, de grands lions, des chiens écumants et
des démons-tempêtes et met un de ses fils, Kingu, à la tête de
cette armée de cauchemar. Informés par Ea de ce qui se prépare, les dieux sont atterrés ; Anshar « se frappe la cuisse et
se mord la lèvre » et déclare qu'il faut vaincre Tiamat. Ea,
puis Anu s'approchent de l'ennemi mais reculent épouvantés. Tous les autres dieux refusent de combattre, tous sauf
Marduk qui, pressenti par son père, accepte, mais à une
condition : que se réunisse la Cour du conseil, l'assemblée
divine ; qu'on le proclame prééminent ; qu'on lui confie le
soin de « proclamer les destins » ; que ses ordres ne soient ni
modifiés ni révoqués. Les dieux ne peuvent que s'incliner. A
l'issue d'un festin où « ils s'abreuvent de forte bière et de

douce cervoise », légèrement éméchés, « alanguis et joyeux », ils remettent à Marduk le sceptre, le trône et l'insigne de sa royauté « sur l'ensemble de l'univers ».

Marduk choisit ses armes : l'arc, l'éclair, le filet, les vents et les ouragans. Il revêt une « cuirasse d'épouvante », se coiffe d'une couronne « irradiant la terreur » et, monté sur son char-tempête, s'en va défier Tiamat en combat singulier. Il jette sur elle son filet et, comme elle ouvre la bouche pour hurler, précipite tous les vents dans ses entrailles ; puis il perce son cœur d'une flèche et lui fracasse le crâne de sa masse d'arme. Aussitôt, l'armée de monstres s'enfuit, son chef Kingu est capturé. Marduk fend alors le cadavre de Tiamat « comme un poisson séché » ; une moitié va tapisser le ciel, l'autre soutenir la terre. Et le voici qui crée le monde tel qu'il se présente. Sur la nouvelle voûte céleste, il fixe le chemin du soleil, de la lune et des étoiles ; sur la tête et les seins de Tiamat, il empile des montagnes ; de ses yeux crevés, il fait jaillir le Tigre et l'Euphrate ; de sa « bave », il fait naître la neige et la pluie. Puis, ayant assigné à chaque dieu sa tâche et ayant amnistié ceux qui s'étaient révoltés, il décide de « créer une belle œuvre » et s'ouvre de son projet à Ea :

> « Je veux faire un réseau de sang, une ossature.
> Et dresser un être humain et que son nom soit l'Homme !
> Je veux créer cet être humain, cet homme,
> Pour que, chargé du service des dieux, ceux-ci soient en paix. »

Sur le conseil d'Ea, on amène Kingu ligoté ; on le juge ; on le reconnaît coupable d'avoir fomenté la révolte ; on lui tranche la gorge :

> « De son sang Ea créa l'humanité,
> Lui imposa le service des dieux… »

Pour récompenser Marduk de ses exploits, les dieux prennent la brique et la truelle pour la dernière fois et construisent son temple de Babylone, l'Esagil. Puis, assemblés de nouveau dans un banquet, ils « proclament ses cinquante noms », les cinquante épithètes glorieuses qui serviront à le désigner.

Le but de ce grand poème était donc, manifestement, de chanter la gloire de Marduk et de justifier par son élection, sa

victoire et ses actes de créateur la place qu'il occupait alors
au sommet du panthéon. Mais sous ce thème central transpa-
raissent plusieurs concepts qui transcendent la simple apolo-
gie. C'est ainsi que la lutte des générations – ce phénomène
que nous croyons nouveau – est illustrée par ces dieux jeunes
et turbulents qui troublent la quiétude des vieilles divinités,
mais qui seront les dieux actifs et bénéfiques. La création du
cosmos est décrite, non plus comme l'acte gratuit et spontané
d'un dieu tout-puissant, mais comme l'issue d'un combat
gigantesque, comme la victoire de l'Ordre sur le Chaos, du
Bien sur le Mal. Tout le poème est d'ailleurs rempli d'une
grande violence, qui reflète peut-être l'époque troublée où il
a été composé. Alors que la plupart des mythes de création
nous montrent le premier homme né d'un couple divin ou
pétri dans l'argile par un dieu ou une déesse[22], deux grands
récits babyloniens exigent qu'intervienne le sang d'un dieu.
Nous ne savons pas qui était ce dieu Wê qu'on égorge dans
le mythe d'Atrahasis (dont nous reparlerons à propos du
Déluge) pour que la déesse Mami mêle son sang à de la terre
glaise, mais dans *enuma elish*, Kingu est un dieu mauvais, un
rebelle, un criminel, et son sang seul est utilisé pour donner
la vie à l'homme, comme pour souligner que ce dernier est à
la fois divin et démoniaque, fort et faillible. Comme le disent
les sages dans un poème sumérien que nous appelons
l'*Homme et son Dieu*, « nulle mère n'a jamais mis au monde
un enfant destiné à demeurer sans péché[23] ».

La vie, la mort et le destin

Cette mythologie passionnante et touffue, que nous avons
à peine effleurée, ne doit pas nous faire oublier l'élément
essentiel de la religion mésopotamienne : les rapports entre
l'individu et ses dieux et l'impact du divin sur sa vie quotidienne. Il n'y a aucun doute que ces rapports variaient selon
qu'il s'agissait de rois, de puissants dignitaires, de prêtres ou
du commun des mortels, mais c'est aller trop loin, croyons-
nous que de soutenir, comme on l'a fait, que le moyen et petit
peuple « vivait dans un climat religieux très tiède » et n'avait
de contact avec la divinité que par l'intermédiaire du clergé
ou comme spectateur de certaines grandes fêtes[24]. Les
noms théophores des Mésopotamiens – des noms comme

Ili-wedaku, « Mon dieu, je suis seul », *Iremanni-ili*, « Mon dieu a eu pitié de moi ! » *Adallal-Sîn*, « Je chanterai Sîn », et bien d'autres – sont souvent de véritables cris de l'âme exprimant le désarroi, l'appel, la reconnaissance ou la joie et témoigneraient, à eux seuls, de la piété des parents de ceux qui les portaient [25]. De cette dévotion populaire il existe d'ailleurs bien d'autres preuves éparses d'ordre épigraphique ou archéologique qu'il serait trop long d'énumérer ici. En outre, il est difficile de concevoir que l'aristocratie et la classe sacerdotale aient détenu le monopole de la pensée religieuse, alors que la population tout entière, à ces époques reculées, devait se sentir entourée de forces puissantes, bénéfiques ou maléfiques, qui exerçaient sur ses activités une profonde influence et qu'il fallait bien neutraliser, apaiser ou appeler à l'aide. Nous savons qu'en dehors des temples il existait dans les villes de petites chapelles dédiées à des dieux mineurs mais proches du petit peuple par leur nature même et c'est sans doute vers ces sanctuaires que, le cas échéant, on se dirigeait pour prier, par exemple, Gula, déesse de l'accouchement, ou Endursag, protecteur des voyageurs, et déposer à leurs pieds une modeste offrande de farine ou de dattes. Bien qu'aucun texte ne le dise expressément, il y a fort à parier que le paysan ou le pâtre mésopotamien ont dû, eux aussi, prier Ashnan, déesse de l'orge, ou Shumuqan, dieu du bétail, sur le lieu même de leur travail. N'avons-nous pas vu (page 26) le fermier sumérien modèle demander à Ninkilim qu'elle éloigne de son champ les bêtes nuisibles et les oiseaux ?

D'une façon générale, l'attitude des Mésopotamiens envers leurs dieux évoque celle de serviteurs envers de bons maîtres, étant faite de soumission et de crainte, mais aussi de respect, d'admiration et de confiance. Si le service ordinaire des dieux, l'accomplissement de rites multiples et compliqués et la célébration des grandes fêtes saisonnières ou annuelles restaient l'apanage des prêtres, tous, du monarque jusqu'au plus humble de ses sujets, avaient le devoir d'obéir aux dieux, de suivre scrupuleusement leurs prescriptions et de respecter les innombrables règles et tabous qui ponctuaient leurs journées. Transgresser ces lois n'était pas seulement une folie, mais un péché et tout péché, même involontaire (comme frôler un malfaiteur, s'asseoir sur la chaise d'un ensorcelé ou toucher une femme aux mains sales) pouvait être puni de ruine, de maladie ou de mort, châtiments décrétés ou permis par les dieux irrités et exécutés par l'un ou l'autre des multiples démons tapis dans l'ombre et toujours prêts à saisir leur victime. Pourtant, ce serait une erreur que de réduire la religion mésopotamienne à un formalisme tatillon et pesant, quand de nombreuses prières, écrites par des prêtres et récitées par eux à la demande de quiconque avait besoin de secours divin, expriment une authentique ferveur et, parfois même, une réelle émotion :

« Je me suis tourné vers toi, mon dieu, je suis venu en ta présence ; je t'ai cherché mon dieu, je me suis agenouillé à tes pieds ; accueille mon imploration… »

ou encore :

« Etoiles bienveillantes des cieux, étoiles bienveillantes de la terre…
Nombreux sont les gens en foule,
L'opprimé, l'opprimée ; le sans-pouvoir, la sans-pouvoir
Qui vous suivent sans cesse chaque jour.
Parce que vous savez faire ce geste de bonté,
Je vous ai appelées, je me suis tourné vers vous… »

Offrandes, libations, sacrifices, louanges n'étaient pas tout ce que les dieux exigeaient des humains. Leurs faveurs allaient de préférence à ceux qui menaient une vie exemplaire, qui étaient bons époux, bons parents, bons enfants, bons voisins, bons citoyens et qui pratiquaient des vertus aussi estimées alors qu'elles le sont aujourd'hui : bienveillance et compassion, droiture et sincérité, justice, respect des lois et de l'ordre établi. « Chaque jour rends hommage à ton dieu », dit un père à son fils (ou un maître à son élève) dans d'admirables *Conseils de sagesse* [26], mais aussi :

« A qui t'a fait du mal, rends le bien en échange,
Qui est méchant pour toi, reste juste avec lui…
Ceux qui sont dans l'épreuve, ne les prends pas en dédain…
Fais des gestes secourables, rends tous les jours service…
Ne calomnie pas, dis de bonnes paroles,
Ne tiens pas de méchants propos, n'aies que des mots de bonté… »

En récompense de leur piété et de leur bonne conduite, les dieux accordaient aux hommes aide et protection ; ils leur assuraient une situation sociale honorable, la prospérité, de nombreux enfants, une bonne santé, une longue vie, toutes choses dont beaucoup d'entre nous se contenteraient bien et que les Mésopotamiens, gens pratiques et qui savaient jouir de l'existence, appréciaient vivement.

Leur espoir le plus cher semble avoir été d'atteindre un âge avancé, mais les dieux avaient fixé à l'avance la date de leur décès, le moment où ils devaient, comme ils disaient, « aller à leur destin » et cette mort inéluctable, il fallait bien s'y résigner :

> « Seuls les dieux vivent à jamais sous le soleil.
> Quant à l'homme, ses jours sont comptés ;
> Quoi qu'il fasse, ce n'est que du vent [27] ! »

Que se passait-il après la mort ? Des milliers de tombes pourvues d'un mobilier funéraire plus ou moins riche témoignent d'une croyance universelle en une autre vie et le défunt, accompagné de vases et d'objets qui lui étaient chers, était régulièrement évoqué, nourri et abreuvé par sa famille. Ensevelir ses morts et leur rendre un culte était un devoir auquel nul ne pouvait se soustraire sans encourir le risque de voir leur spectre errer indéfiniment sur terre et tourmenter les vivants. Mais les quelques détails sur le sort de l'« esprit » des trépassés que l'on peut extraire d'une dizaine de textes sont assez vagues et souvent contradictoires [28]. Le « Pays sans retour », le Grand En-bas, l'*arallu*, était un immense espace souterrain qu'on situait volontiers vers l'occident et qui contenait une vaste cité entourée de sept murailles. Au centre de cette « Grande Ville » s'élevait un palais de lapis-lazuli où trônaient Ereshkigal, sœur d'Inanna/Ishtar, et son époux Nergal, dieu de la guerre et des épidémies, entourés de nombreuses autres divinités et d'une armée de gardes. Pour atteindre cette ville, le défunt devait se dévêtir, parcourir un effroyable désert puis, comme dans l'Hadès des Grecs, traverser un fleuve sur la barque du « batelier infernal ». Parvenu aux portes de l'enceinte, il subissait, semble-t-il, un jugement, ou plus exactement, il était l'objet d'une décision concernant son admission dans le monde des morts où il allait désormais, en compagnie des autres défunts, vivre éter-

nellement une vie morne et misérable. Un triste monde en
vérité, un monde de silence et d'ombre :

> « Où la poussière nourrit leur faim et leur pain est l'argile
> Où ils ne voient pas la lumière, ils restent dans les ténèbres,
> Ils sont vêtus, tels les oiseaux, d'un vêtement de plumes.
> Sur la porte et le verrou s'étale la poussière… »

Seuls, peut-être, les rois, entourés de nombreux trésors,
pouvaient acheter aux dieux des Enfers une vie d'outre-
tombe un peu moins lugubre [29].

La mort, bien entendu, n'était pas la seule préoccupation
des Mésopotamiens. Comme nous tous, ils avaient leur lot
de maladie, de revers, de chagrins et se demandaient parfois :
comment cela peut-il arriver quand des dieux présumés
justes et bienveillants gouvernent le monde ? Comment le
Mal peut-il prévaloir sur le Bien ? Certes, ces malheurs pouvaient souvent être attribués à quelque « péché », fût-il involontaire, mais il arrivait que l'homme le plus irréprochable
soit puni sans raison apparente et que les dieux paraissent se
comporter de façon incompréhensible. Un magnifique poème
babylonien intitulé *ludlul bêl nemêqi*, « Je veux louer le Seigneur de Sagesse » et que nous appelons le *Juste souffrant* [30]
nous dépeint en termes poignants les sentiments amers d'un
homme, jadis noble, riche et sain, qui se trouve brusquement
ruiné, méprisé de tous et, de surcroît, affligé de maladies terribles et mystérieuses. Le dieu Marduk finit par le prendre en
pitié et lui rend la santé et le bonheur, mais notre Job babylonien a eu le temps de douter de la sagesse divine :

> « Qui donc saura ce que veulent les dieux dans le ciel ?
> Qui comprendra ce que ruminent les dieux en enfer ?
> Comment les habitants de la terre connaîtraient-ils le plan
> divin ?
> Tel d'entre eux, hier florissant, agonise aujourd'hui
> Ou, brusquement assombri, il retrouve à l'instant l'enthou-
> siasme.
> En un clin d'œil, il chante un air joyeux,
> Le temps de faire un pas, le voilà qui gémit comme un lamen-
> tateur !
> Voilà devant quoi je m'interrogeais sans en comprendre le
> sens profond. »

Privé de l'espoir d'un Paradis, promis à un au-delà sinistre, soumis aux caprices de dieux aux desseins impénétrables, risquant à tout instant de commettre une faute qui attirerait sur lui leur colère, cherchant par de multiples moyens à connaître l'avenir mais rencontrant souvent des présages funestes[31], le Mésopotamien avait encore d'autres sujets d'inquiétude, non plus individuels mais collectifs : les guerres, les épidémies sans doute, mais aussi les dangers inhérents à son environnement naturel.

La nature, en Mésopotamie, est sujette à des sautes d'humeur brusques et imprévisibles. Les hivers, dans le Nord, peuvent être trop froids ou trop secs ; les humides vents d'est, favorables à la végétation dans le Sud, peuvent ne pas souffler, ou trop peu de temps. Un violent orage, une forte tempête de sable, une inondation majeure surtout peuvent, en quelques heures, dévaster les récoltes et décimer les troupeaux. Devant ces manifestations de forces, pour lui surnaturelles, l'Iraqien d'antan se trouvait dérouté et impuissant. Saisi d'anxiété, il sentait que l'ordre des choses, tel que l'avaient établi les dieux, était menacé. Les décisions divines, prononcées au moment de la création, devaient être réitérées périodiquement, particulièrement au début de l'année, juste avant ce terrible été oriental où la nature semble mourir sous un soleil implacable et où l'avenir apparaît lourd d'incertitude. La seule chose que pouvait faire l'homme dans ce moment critique était de provoquer par des actes magiques de nouvelles décisions des dieux, de faire en sorte qu'ils s'engagent à assurer la renaissance de la végétation, la survie du bétail et de l'espèce humaine, la permanence d'un environnement favorable, l'absence de catastrophes naturelles, la prospérité du pays et de ses habitants. Tel était, sans doute, le sens profond du mariage sacré et, plus encore plus tard, du grand drame rituel qui se déroulait chaque printemps dans plusieurs villes et principalement à Babylone et où tout, jusqu'au règne du souverain, était remis en cause, purifié et restauré. A la fin de cet *akîtu*, ou festival du Nouvel An, dont on lira plus loin la description (voir chapitre 24), l'assemblée des dieux réunis autour de Marduk « proclamait les destins », expression qui, dans ce contexte, transcende le sort des individus et semble désigner la nature intime, l'existence et le devenir de toute chose. Alors, le roi pouvait regagner son

palais, le marchand sa boutique, l'artisan son atelier, le pâtre
son troupeau, le paysan sa ferme. Tous se sentaient rassurés.
Pendant un an encore, les dieux de Sumer « tourneraient leur
face bienveillante » vers la Mésopotamie [32].

Le temps des héros

Si les Sumériens n'étaient pas à court de théories sur les origines du cosmos et de l'homme, ils étaient regrettablement plus discrets sur leurs propres origines. En cela ils n'étaient certes pas seuls, mais on a pu déceler, dans la littérature de certains peuples, des allusions à un habitat, sinon primitif, du moins antérieur à leur habitat classique. Pour ne citer que l'exemple le plus frappant et le plus proche de Sumer, les Israélites établis en Canaan se souvenaient que leur ancêtre Abraham était issu d'Ur et situaient le Paradis terrestre, le jardin d'Eden (mot d'ailleurs dérivé du sumérien *edin*, « plaine », « campagne ») entre le Tigre et l'Euphrate. Malheureusement, les deux seuls textes sumériens qui semblent nous parler d'un âge d'or ou d'un Paradis terrestre ne nous renseignent nullement sur un berceau ancestral présumé. Le premier est un passage du poème épique *Enmerkar et le seigneur d'Aratta*, dont nous reparlerons. Il y est fait allusion à une époque lointaine où n'existait encore aucun animal dangereux et où « les peuples à l'unisson rendaient hommage à Enlil en une seule langue ». Cette belle unité cessa après qu'Enki, jaloux d'Enlil, eut suscité des rivalités qui aboutirent à la confusion des langues, thème qu'on retrouve dans le récit biblique de la tour de Babel[1].

Le deuxième texte est le début d'un mythe ayant pour théâtre Dilmun (l'île de Bahrain et les régions avoisinantes) et pour protagonistes le dieu Enki et la déesse Ninhursag[2]. On y voit, en substance, Enki rendre Dilmun fertile en y faisant surgir des sources d'eau douce et Ninhursag créer des divinités guérisseuses, dont Enshag qui, sous la forme Inzak, figure dans des inscriptions retrouvées à Bahrain et près de Kuwait comme dieu titulaire de cette partie du golfe Arabo-Persique. Or, les premières lignes du mythe dépeignent Dil-

mun comme un pays propre, pur et « radieux », où sont
inconnues la vieillesse, la maladie et la mort, un pays où :

> « Le corbeau ne pousse pas son cri,
> L'oiseau *ittidu* ne pousse pas le cri de l'oiseau *ittidu*,
> Le lion ne tue pas,
> Le loup ne s'empare pas de l'agneau,
> Inconnu est le chien sauvage, dévoreur de chevreaux…
> Celui qui a mal aux yeux ne dit pas "j'ai mal aux yeux",
> Celui qui a mal à la tête ne dit pas "j'ai mal à la tête"
> La vieille femme ne dit pas : "je suis une vieille femme" etc.

On a longtemps considéré cette partie du mythe comme
évoquant un « Paradis », mais des analyses plus récentes et
profondes ont montré qu'elle décrivait, au contraire, une île de
Bahrain originellement privée d'eau douce, vide d'animaux
et d'habitants et en quelque sorte « inexistante », que le dieu
Enki va fertiliser, peupler et faire prospérer. Quant au but de ce
mythe, nous pensons, en accord avec plusieurs assyriologues [3],
qu'il est de placer Dilmun et ses dieux ancestraux sous la
tutelle du dieu mésopotamien des eaux et des techniques. En
termes plus prosaïques, il tend probablement aussi à justifier la
mainmise (au moins économique) des Sumériens sur cette île
extrêmement importante comme relais du commerce sur le
Golfe Arabo-Persique et au-delà.

A vrai dire, les Sumériens tenaient leur propre pays pour le
centre du monde et se considéraient comme les descendants
directs du premier être humain. Ils utilisaient le même idéogramme pour *kalam*, le « pays (de Sumer) » et *ukù* le « peuple
(de Sumer) ». Il est significatif que l'autre idéogramme pour
« pays », *kur*, figure et signifie la montagne et n'était guère
utilisé par eux qu'en relation avec des pays étrangers. Manifestement, ils s'identifiaient avec les plus anciens habitants de
la basse Mésopotamie et il n'est pas sans intérêt d'examiner
comment ils imaginaient leur « pré-histoire ».

D'« Adam » au Déluge

Nous avons vu que les Sumériens, suivis en cela par les
Babyloniens, croyaient généralement que le premier homme
avait été modelé dans l'argile, comme dans la Genèse, et l'on
peut inférer du mythe *Enki et Ninmah* et du poème d'*Atrahasis*

(ci-dessous, page 138), dans lesquels plusieurs êtres humains des deux sexes sont créés de cette façon, qu'il en était de même pour la première femme. Mais jusqu'à présent, la littérature sumérienne n'a rien offert de comparable au récit biblique du Paradis perdu et le seul document mésopotamien ayant quelque analogie avec ce dernier est une légende babylonienne composée, semble-t-il, vers le milieu du deuxième millénaire : la légende d'Adapa[4].

Créé par Ea (Enki) comme le « modèle des hommes » et considéré comme l'un des Sept Sages, Adapa était prêtre du temple d'Eridu où sa fonction était de pourvoir en nourriture son créateur et maître. Un jour, comme il pêchait en mer, le vent du sud, le *shutu*, se déchaîna avec une telle force que sa barque chavira et qu'il manqua de se noyer. Furieux, Adapa proféra une malédiction dont l'effet immédiat fut de briser les ailes du *shutu* qui, dès lors, ne souffla plus sur le pays. Or, il se trouve que ce vent du sud (ou, plus exactement, du sud-est) est d'une importance capitale pour l'Iraq méridional : chaud et humide, c'est lui seul qui en hiver y apporte quelques pluies et qui, en été, fait mûrir les dattes, principale culture de cette région[5]. C'est pourquoi, quand le grand dieu Anu eut appris ce qu'avait fait Adapa, il entra dans une grande colère et le somma de comparaître devant lui. Mais Ea vint à l'aide de son serviteur. Il lui expliqua qu'à son arrivée au ciel, à la « porte d'Anu », il rencontrerait deux dieux de la végétation, Dumuzi et Ningishzida, que son geste inconsidéré avait indirectement « tués ». Mais s'il revêtait un habit de deuil et manifestait son repentir, ces divinités seraient apaisées ; elles lui souriraient et même plaideraient en sa faveur. Anu traiterait alors Adapa, non plus comme un criminel, mais comme son hôte. Selon la coutume orientale, il lui offrirait nourriture, vêtements et huile pour oindre son corps. Cependant, ajoutait Ea :

> « Quand ils t'offriront le pain de mort, ne le mange pas.
> Quand ils t'offriront l'eau de mort, ne la bois pas.
> Le conseil que je t'ai donné ne le néglige pas.
> Les paroles que je t'ai adressées, retiens-les bien ! »

Tout se passa comme Ea l'avait prédit et mieux encore car Anu, touché par la contrition d'Adapa, lui offrit, non pas les aliments de mort, mais le « pain de vie » et l'« eau de vie ».

Hélas ! Adapa suivit à la lettre les conseils de son maître et refusa les dons d'Anu qui l'auraient rendu immortel. Le verdict du grand dieu ne se fit pas attendre :

« Emmenez-le et qu'il retourne sur terre ! »

Ea s'était-il trompé, malgré sa sagesse proverbiale, ou avait-il délibérément menti à son serviteur pour une raison impénétrable ? L'histoire ne le dit pas et il est difficile de se prononcer. Quoi qu'il en soit, Adapa, par son obéissance aveugle, avait perdu le droit d'accéder à l'immortalité, comme Adam l'avait perdu par sa désobéissance. Dans les deux cas, l'homme s'était lui-même condamné à la mort.

Un texte beaucoup plus ancien, une de ces joutes verbales dont raffolaient les Sumériens, oppose Ashnan, déesse du grain, à Lahar, déesse du bétail, en d'autres termes, le paysan et le pasteur, et c'est Ashnan qui l'emporte. Mais même si, en forçant beaucoup les choses, on voulait voir en Adapa un Adam babylonien et en ces deux déesses les équivalents de Caïn et d'Abel, le parallélisme biblique n'irait guère plus loin. Ni les Sumériens ni les Babyloniens n'éprouvaient cette passion des généalogies qui caractérise les Sémites nomades, qu'on retrouve dans la tradition arabe et qui s'exprime, dans l'Ancien Testament, par la liste ininterrompue des descendants d'Adam et Eve. Ils considéraient leur histoire sous un angle entièrement différent. Les dieux avaient créé les hommes pour les servir, fixant eux-mêmes les détails de ce service et « réglant parfaitement les rites ». Mais l'humanité n'était qu'un immense troupeau, une multitude à laquelle il fallait des guides, des bergers, des rois-prêtres choisis par eux pour appliquer les lois divines et seuls ces chefs comptaient. Dans des temps très anciens, donc, « la tiare altière et le trône de royauté » étaient descendus du ciel et depuis lors, une série de rois conduisait les destinées de Sumer au nom des dieux et pour leur plus grande gloire. Ainsi justifiait-on la théorie d'une monarchie de droit divin qui prévalut dans l'Iraq antique du début à la fin de son histoire.

Certains savants, toutefois, ont exprimé l'opinion que le système politique des Sumériens était, à l'origine, ce qu'ils appellent une « démocratie primitive ». La monarchie ne serait apparue que relativement tard au cours de la protohistoire, lorsque les chefs militaires, élus auparavant par une assemblée de citoyens pour de brèves périodes de crise, s'emparèrent du pouvoir et le gardèrent. Cette théorie, développée par un brillant sumérologue dans deux études remarquables[6], repose essentiellement sur le caractère fortement anthropomorphique de la religion mésopotamienne (souvenons-nous de l'élection de Marduk pour combattre Tiamat) et, accessoirement, sur l'existence, maigrement documentée, d'une « ligue de Kengir (Sumer) » au troisième millénaire. Elle est plausible mais largement hypothétique et ne s'appuie sur aucun document explicite. Certes, il existait, en Mésopotamie, à toutes les époques, des assemblées locales, en particulier des « Conseils d'Anciens », qui jouaient un rôle important dans l'administration de chaque ville et village. Mais ces assemblées *(ukkin)* semblent n'avoir joué qu'un rôle consultatif, même si elles ont parfois manifesté une certaine opposition envers le pouvoir royal et ses représentants[7]. On ne peut donc guère parler de « démocratie » au sens propre du terme. En outre, on ne trouve, dans la littérature sumérienne, aucune preuve que le gouvernement suprême ait jamais été exercé par des institutions collectives. Aussi loin que nous remontions dans le passé, nous ne rencontrons que des souverains portant des titres divers mais ayant en commun de ne relever que des dieux.

Par un heureux hasard, il se trouve que nous possédons une longue liste de rois censés avoir régné sur tout le pays de Sumer depuis les origines de la monarchie jusqu'au dix-huitième siècle avant notre ère : la célèbre Liste royale sumérienne établie à partir d'une quinzaine de tablettes différentes, la plupart provenant de Nippur[8]. Malgré ses imperfections, ce document est d'une valeur inestimable et va nous être très utile pour passer en revue un certain nombre de légendes qui marquent ce qu'on a baptisé l'âge héroïque de Sumer.

Selon la Liste royale sumérienne, la royauté « descendit du ciel » pour la première fois dans la ville d'Eridu, indication remarquable si l'on se souvient que les fouilles d'Eridu nous ont livré les traces d'un des plus anciens établissements présumériens (ubaidiens) en Mésopotamie méridionale. Puis, après la bagatelle de 64 800 ans, pendant lesquels deux souverains seulement régnèrent à Eridu, la royauté fut transférée à Bad-tibira (trois rois, dont un nommé « Dumuzi le Berger »,

pour un total de 108 000 ans) ; de là, elle passa successivement
à Larak (un roi, 28 800 ans), à Sippar (un roi, 21 000 ans) et à
Shuruppak (un ou deux rois selon les sources, 18 600 ans) [9].
Ces chiffres, dont le but est sans doute de souligner la très
grande ancienneté de ces événements, rappellent, en l'ampli-
fiant encore, l'incroyable longévité attribuée dans la Bible à
Adam et ses neuf premiers descendants. Et voici qui nous
ramène encore plus directement aux premiers chapitres de la
Genèse : ayant totalisé les années de règne de ces huit ou neuf
rois dans cinq villes (241 200 ans), les rédacteurs de la Liste
ont inséré une mention insolite : *amá-úru ba-ùr*, « le déluge
nivela (tout) ». Cette courte phrase nous oblige à ouvrir ici une
parenthèse et à nous pencher sur un sujet fascinant et qui a fait
couler beaucoup d'encre : le Déluge mésopotamien.

Le Déluge mésopotamien

En 1872, un jeune assyriologue, George Smith, travaillait
au British Museum où il assemblait et collait ensemble des
fragments de tablettes provenant de la bibliothèque d'Ashurbanipal à Ninive lorsqu'il tomba un jour sur un texte qui ressemblait étrangement au récit du Déluge qu'on lit dans la
Genèse [10]. La tablette qu'il avait en main n'était qu'un épisode d'un long poème épique connu sous le nom d'*Epopée
de Gilgamesh* et que nous résumerons plus loin. Le héros de
cette épopée, Gilgamesh, roi d'Uruk, est en quête du secret
de l'immortalité quand il rencontre un nommé Utanapishtim,
seul homme à qui les dieux avaient accordé la vie éternelle.
Utanapishtim est donné comme étant le fils d'Ubar-tutu, le
seul (ou premier) roi de Shuruppak mentionné dans la Liste
royale sumérienne. Or, voici, en résumé, ce que l'immortel
lui confie en grand secret.

A une époque lointaine, « lorsque les dieux habitaient à
Shuruppak », ils décidèrent d'exterminer l'humanité en la
noyant sous une immense inondation. Mais Ea prit pitié de lui
et, lui parlant à travers les parois de sa hutte de roseaux, il lui
donna l'ordre de détruire sa demeure, de construire un grand
bateau et d'y embarquer « toutes les espèces vivantes ». Le
lendemain, toute la population locale se mettait à l'œuvre et
bientôt, un énorme vaisseau à sept ponts était prêt à l'accueillir
avec ses richesses, sa famille, ses ouvriers, ainsi que des

troupeaux et des bêtes sauvages. Lorsque le temps devint
« effrayant à voir », notre Noé babylonien entra dans l'arche et
en ferma la porte. Alors :

> « Lorsque brilla le point du jour,
> Monta de l'horizon une noire nuée »

annonçant la plus effroyable tempête de vent, de pluie,
d'éclairs et de tonnerre que l'homme ait jamais connue. Les
digues s'effondrèrent, la terre fut plongée dans les ténèbres,
les dieux eux-mêmes furent épouvantés et se réfugièrent au
ciel d'Anu :

> « Les dieux étaient épouvantés par ce Déluge.
> Ils grimpèrent jusqu'au plus haut du ciel,
> Où, tels des chiens, ils demeuraient pelotonnés
> Et accroupis au sol.
> La Déesse* criait comme une parturiente,
> Bêlit-ili, à la belle voix, se lamentait, disant :
> "Ah, si je n'avais jamais existé ce jour-là,
> Où, parmi l'Assemblée des dieux je me suis
> prononcée en mauvaise part,
> Comment, dans cette Assemblée ai-je pu, de la sorte,
> Décider un pareil carnage pour anéantir les populations ?
> Je n'aurai donc mis mes gens au monde que pour en
> remplir la mer, comme une poissonnaille !" »

Six jours et six nuits le vent souffla et la tempête balaya la
terre. Le septième jour, les éléments s'étant calmés, Utanapishtim ouvrit une lucarne et pleura, lui aussi : toute l'humanité était devenue argile ; du paysage aussi plat qu'un toit,
seul émergeait le mont Niṣir [11] auquel l'arche était accrochée.
Il laissa s'écouler une semaine et lâcha une colombe, mais
elle revint ; puis il lâcha une hirondelle, qui revint aussi ;
enfin, il lâcha un corbeau, qui trouva à se poser et ne revint
pas. Utanapishtim sortit alors de l'arche, versa une libation
au sommet de la montagne et brûla, en sacrifice, des roseaux
et du bois de cèdre et de myrte :

> « Les dieux humant l'odeur, humant la bonne odeur,
> S'attroupèrent comme des mouches
> Autour de l'ordonnateur du banquet. »

* La Grande Déesse-Mère plutôt qu'Ishtar.

Si Ishtar se réjouissait, Enlil, qui avait décidé le Déluge et dont le plan venait d'échouer, devint furieux et s'en prit à Ea. Mais Ea plaida si bien sa cause et celle des hommes qu'Enlil fut ému. Il entra dans l'arche, bénit Utanapishtim et son épouse et dit :

> « Utanapishtim, jusqu'ici, n'était qu'un être humain :
> Désormais, lui et sa femme seront semblables à nous, les dieux !
> Mais ils demeureront au loin, à l'"Embouchure des Fleuves" ».

On imagine l'émoi que suscita la publication de cette tablette en Angleterre, puis dans le reste du monde, car les ressemblances avec le récit biblique sont frappantes et l'on peut considérer comme certain que les rédacteurs de la Genèse devaient connaître le récit mésopotamien. Par ailleurs, il existe de multiples indications que pour les Babyloniens et les Assyriens le Déluge était un événement important, marquant une coupure à l'aube de leur histoire [12]. Il était donc logique de se tourner vers l'archéologie et de lui demander s'il existait des traces matérielles d'un cataclysme de ce genre ayant affecté au moins une grande partie de la Mésopotamie et capable de laisser une impression forte et durable dans la mémoire de ses anciens habitants.

Jusqu'à ce jour, des dépôts sédimentaires d'origine fluviatile évoquant une inondation majeure et de longue durée n'ont été trouvés que sur trois sites de Mésopotamie : Ur, Kish et Shuruppak [13]. La moitié des quatorze puits de sondage creusés à Ur contenaient de tels dépôts. Le plus important (jusqu'à 3,72 mètres d'épaisseur) était aussi le plus profond ; il s'insérait dans la strate culturelle d'Ubaid et Sir Leonard Woolley, qui dirigea les fouilles d'Ur, a toujours voulu y voir le grand Déluge biblique. Les autres dépôts, plus minces, se situaient vers le milieu de la période Dynastique Archaïque, soit vers 2800-2600. C'est également au Dynastique Archaïque que remontent les trois dépôts découverts à Kish. Enfin, celui de Shuruppak (Tell Fara) est à dater du tout début de cette période, soit d'environ 2900. La présence de ces couches d'alluvions soulève de difficiles problèmes d'ordre géophysique [14], mais il est hors de doute qu'elles témoignent d'inondations d'une étendue limitée. Il est notable, par exemple, qu'on n'a trouvé aucun « déluge » sur d'autres sites et notamment à Eridu, pourtant situé à 12 kilomètres à peine d'Ur et fouillé jusqu'au sol vierge. On peut donc affirmer que l'archéologie a révélé des traces d'inondations *locales*, survenues à différentes époques, mais n'a pas confirmé la réalité d'un déluge affectant toute la Mésopotamie. Comment alors expliquer ce mythe et l'importance de l'*amaru* sumérien (*abûbu* en akkadien) dans la tradition mésopotamienne ?

Depuis la découverte mémorable de George Smith, d'autres récits mésopotamiens du Déluge ont été retrouvés. C'est ainsi qu'il en existe une version sumérienne, malheureusement très mutilée, dont le héros, Ziusudra, est probablement identique à Utanapishtim [15]. Dans une autre version, rédigée en akkadien vers 1600, le survivant du Déluge est appelé Atrahasis, le « Supersage », surnom qui s'applique sans doute à Ziusudra/Utanapishtim [16]. Long et relativement bien conservé, *Atrahasis* – dont le titre babylonien était *inuma ilû awîlum*, « Quand les dieux (étaient comme) l'homme... » – est d'une importance capitale, car en nous révélant la raison du Déluge, dont l'*Epopée de Gilgamesh* ne souffle mot, il va nous livrer une des clés du mystère.

Le récit commence au moment où les dieux sont las de travailler sur terre et se plaignent amèrement ; certains même se révoltent et se mettent en grève, brûlant leurs outils. C'est alors qu'Ea propose de créer l'homme « pour qu'il assume le dur labeur des dieux ». La réponse est un « oui » unanime. On sacrifie un certain dieu Wê (peut-être le meneur de l'insurrection) et, avec de l'argile mêlée à son sang, la déesse Mami (alias Nintu) façonne le premier homme. Ensuite, d'autres déesses génitrices fabriquent sept hommes et sept femmes et miment l'accouchement. Mais hélas :

> « Douze cents ans ne s'étaient pas encore passés
> Que le pays s'étendit, que se multiplia la population.
> La terre mugissait comme un taureau... »

et cette clameur (peut-être de révolte), empêche Enlil de dormir. Pour réduire au silence cette engeance braillarde, les dieux déchaînent une épidémie, puis une grande sécheresse, mais en vain : les humains ne cessent de se multiplier, même s'ils sont affamés au point de dévorer leurs propres enfants. Les dieux décident alors de frapper plus fort et provoquent un déluge, ne sachant pas qu'Ea avait prévenu son ami le Supersage et parviendrait à le sauver.

La description du Déluge dans *Atrahasis* semble être très proche de celle qu'on a lue plus haut, mais elle est écourtée par une malencontreuse cassure dans la tablette. Toutefois, c'est la fin du poème qui doit retenir notre attention, car Ea y apparaît comme un précurseur de Malthus, préconisant la stérilité, la mortalité infantile et le célibat pour lutter contre la surpopulation. Il dit, en effet, à Mami/Nintu :

« O déesse de la naissance, créatrice des destins...
Qu'il y ait parmi les gens des femmes fertiles et des femmes stériles,
Qu'il y ait parmi les gens un démon *pashittu*,
Qu'il saisisse le bébé sur les genoux de sa mère.
Etablis des prêtresses *ugbabtu*, des prêtresses *entu* et des prêtresses *igisitu**,
Elles seront tabou, et ainsi seront réduites les naissances. »

Ainsi, le Déluge aurait été utilisé par les dieux comme ultime moyen pour mettre fin à une « explosion démographique »[17]. C'était la « solution finale » par un moyen qui devait tout naturellement venir à l'esprit des Mésopotamiens quand on sait les ravages que provoque dans cette partie du monde une grande inondation, qu'elle soit due à un débordement des fleuves ou même à de très fortes pluies. Dès lors, à quoi bon rechercher au fond des tells un cataclysme géant improbable, quand l'imagination seule suffisait pour élever à l'échelle planétaire un phénomène naturel impressionnant et relativement fréquent[18] ?

Reste, cependant, le problème du Déluge mentionné dans la Liste royale sumérienne, phénomène bien précis, situé dans le temps et considéré par les Mésopotamiens comme historique. Pourquoi figure-t-il là et que représente-t-il ? Certes, le mot « déluge » peut être pris au sens figuré et s'appliquer ici, par exemple, à l'invasion massive de Sumer par des Sémites d'Akkad, mais ce que nous savons des rapports entre Sumériens et Akkadiens rend cette hypothèse improbable. Par contre, on ne peut manquer d'être frappé par la convergence de quatre données incontestables :

---

* Il s'agit de catégories de prêtresses cloîtrées et vouées au célibat.

1. dans la Liste, le Déluge marque la fin de la suprématie de Shuruppak sur l'ensemble des cités-États sumériennes ;

2. le héros des trois versions connues du Déluge mésopotamien est un roi ou prince de Shuruppak ;

3. on a trouvé à Shuruppak (Tell Fara) des traces d'une inondation importante au début de la période Dynastique Archaïque ;

4. enfin, Shuruppak, au troisième millénaire, était un grand centre culturel, comme l'atteste la collection des tablettes de Fara, bien connue des sumérologues.

Il n'est donc pas irrationnel de formuler l'hypothèse qu'une inondation catastrophique à Shuruppak, vers 2900, a peut-être coïncidé avec une défaite militaire qui lui a fait perdre la suprématie et que la conjonction exceptionnelle de ces *deux* désastres (sans nul doute attribués au courroux divin) a été enregistrée par les scribes locaux et, plus tard, ajoutée, avec la dynastie de Shuruppak, à la Liste royale sumérienne.

Peut-être même est-il permis d'aller plus loin dans le fil de cette hypothèse. Pour peu que Shuruppak, très étendue à cette époque [19], ait été surpeuplée et affamée au moment de cette catastrophe, les prêtres de cette ville avaient en main tous les ingrédients pour construire le prototype du récit didactique que nous lisons dans *Atrahasis*. Le Déluge-événement et le Déluge-mythe se rejoindraient alors. Mais des deux, c'est le mythe qui, comme son héros, est devenu éternel. Passé dans la tradition hébraïque, puis dans la tradition judéo-chrétienne, il ne cessera sans doute jamais de nous passionner et d'exciter notre curiosité.

Dynasties de surhommes

« Après que le Déluge eut (tout) nivelé », dit la Liste royale sumérienne, « lorsque la royauté descendit (à nouveau) du ciel, la royauté fut à Kish. » Cette grande et vénérable cité, située à une douzaine de kilomètres à l'est de Babylone, est aujourd'hui représentée par un groupe de tells dont les deux principaux sont Uhaimir et Ingharra. Elle est au centre de la région où le Tigre et l'Euphrate sont très proches l'un de l'autre, dans ce « goulet » mésopotamien, à mi-distance du Nord et du Sud, où se sont élevées successivement toutes les

grandes capitales de l'Iraq antique et moderne : Agade (sans
doute), puis Babylone, Dûr-Kurigalzu, Séleucie, Ctésiphon,
Baghdad. Les Sumériens appelaient cette région Uri et les
Sémites, Akkad. Une brève fouille française (1912), suivie
de onze campagnes menées par une mission anglo-américaine (1923-1933) ont mis au jour, à Kish, les vestiges d'une
très longue occupation, allant de l'époque d'Ubaid jusqu'au
cinquième siècle de notre ère [20].

Le fait que la Liste royale débutait originellement par cette
Ire Dynastie de Kish indique l'importance que revêtait celle-
ci aux yeux des Mésopotamiens. La Liste lui attribue vingt-
trois rois et une durée de « 24 510 ans, 3 mois et deux jours
et demi », ce qu'on peut raisonnablement réduire à cent-
cinquante ou deux cents ans. Ce qu'il y a de remarquable
dans cette longue série de monarques, c'est que douze d'entre
eux au moins portent des noms sémitiques dont certains,
comme *Kalbum*, « chien », *Qalumum*, « agneau » ou *Zuqaqip*,
« scorpion », se réfèrent sans doute à des constellations. Les
autres rois, par contre, ont des noms sumériens. Nous avons
donc ici la première attestation, non seulement d'une forte
proportion de Sémites dans cette région qui, quelque trois
cents ans plus tard, sera au cœur de l'empire sémitique d'Akkad, mais aussi de la présence de Sumériens, également nombreux, dans cette même région. C'est ce « goulet », passage
obligatoire que ne fermait alors nulle barrière ethnique, que
la civilisation sumérienne a dû nécessairement franchir, dès le
début du troisième millénaire sinon avant, pour se propager
le long du Tigre et de l'Euphrate et jusqu'en Syrie du Nord.

Il existe de fortes raisons de penser que la Ire Dynastie de
Kish est historique et doit sans doute être placée entre 2900
et 2700. Pourtant, l'un de ses rois, « Etana le berger, celui qui
monta au ciel », apparaît dans la Liste comme un personnage
mythique, même si la mention qui suit, « celui qui consolida
le pays », évoque une œuvre politique plus vraisemblable.
Par bonheur, il se trouve dans la littérature babylonienne un
joli « mythe d'Etana » qui nous donne plus de détails sur
cette mystérieuse ascension [21].

Le mythe commence comme une fable. Un serpent et un
aigle vivaient en bons voisins sur le même arbre, s'entraidant
et partageant leurs proies, lorsqu'il prit un jour à l'aigle de
dévorer les petits du serpent. Celui-ci s'en fut, pleurant,

devant le dieu-soleil Shamash qui lui conseilla de tendre un
piège au méchant oiseau. Le serpent se cacha donc dans le
ventre d'un bœuf mort et quand l'aigle s'approcha de son
morceau préféré, « le gras qui couvre les intestins », il le saisit, le pluma et le jeta dans un trou où il mourrait lentement
de faim et de soif. Or, un certain Etana, qui n'avait pas d'enfants, vint implorer Shamash de l'aider à s'emparer de la
« plante qui fait enfanter » et qui ne pousse qu'au ciel. Shamash, compatissant, l'avisa de tirer l'aigle de son trou, de
gagner son amitié et de l'utiliser comme véhicule pour monter au firmament. Etana suivit point par point ce conseil et
bientôt, accroché à la poitrine et aux ailes de l'aigle, il s'en-
volait dans les airs. Après plusieurs vols oniriques ou réels,
qui l'emmenèrent jusqu'aux portes des grands dieux, il fut
saisi de panique et quand la terre, puis la mer cessèrent d'être
visibles, il s'écria : « Mon ami, je ne veux plus monter au
ciel ! » et, lâchant prise, il dégringola suivi de l'aigle qui le
rattrapait par instants. La tablette, hélas, est brisée à ce
moment crucial, mais sans doute Etana finit-il par s'emparer
de la plante magique, car il eut un fils nommé Balih qui,
selon la Liste royale, lui succéda après qu'il eut régné mille
cinq cent soixante ans. Il semble que la leçon de ce mythe
(qui rappelle ceux de Ganymède et d'Icare) soit que la
royauté ne peut se transmettre de père en fils sans l'aide des
dieux.

   La Liste royale sumérienne donne l'impression que le dernier roi de la Iʳᵉ Dynastie de Kish, Agga (ou Akka), fut vaincu
par le premier roi de la Iʳᵉ Dynastie d'Uruk, mais nous savons
maintenant que les deux dynasties se chevauchent et qu'Agga
était, en fait, contemporain du *cinquième* roi d'Uruk, Gilgamesh. Nous devons ce renseignement à un court poème sumérien où l'on voit d'emblée Agga envoyer à Gilgamesh un
ultimatum exigeant qu'Uruk se soumette à Kish. L'ultimatum
est rejeté et Uruk assiégée, mais à la vue du puissant Gilgamesh apparaissant sur le rempart, l'armée de Kish est prête à
se débander. Finalement, les deux rois se réconcilient et la
paix est rétablie [22]. Si l'on prend la Liste au pied de la lettre, il
faut admettre que Kish a exercé une domination, au moins
nominale, sur le pays de Sumer (à l'exception d'Uruk et peut-
être d'autres cités) pendant de nombreuses années avant
qu'Uruk ne joue ce rôle. Mais bien que leur autorité eût été

limitée, les quatre premiers rois d'Uruk I* n'en étaient pas
moins des personnages remarquables. Du premier, Meskiang-
gasher, la Liste nous dit qu'il était fils du dieu-soleil Utu et
qu'il « alla dans la mer et en sortit pour gravir des montagnes ». Au second, Enmerkar, elle attribue la construction
d'Uruk. Le troisième, Lugalbanda, est qualifié de « divin » et
le quatrième est un second roi Dumuzi surnommé le Pêcheur.
Les exploits de deux au moins de ces héros et demi-dieux nous
sont devenus familiers grâce à quatre poèmes épiques sumériens qui faisaient partie d'un « cycle d'Enmerkar » et d'un
« cycle de Lugalbanda »²³. Tous ces poèmes ont un thème
commun : les relations diplomatiques et commerciales, tantôt
tendues, tantôt amicales, entre Uruk et Aratta, pays lointain,
séparé de Sumer par « sept montagnes » et manifestement en
Iran²⁴. Ce pays d'Aratta était gouverné par un roi-prêtre
entouré de hauts fonctionnaires (auxquels les scribes sumériens donnent, bien entendu, les titres correspondants dans leur
propre pays) et adorait une grande déesse (baptisée par eux
Inanna) et un dieu-pasteur (baptisé Dumuzi). Il était riche en
or, argent et pierres de toutes sortes, mais pauvre en grain, et
tout tourne autour des difficultés que rencontraient les rois
d'Uruk pour obtenir ces richesses et du chantage qu'exerçaient sur eux les souverains d'Aratta. Si ces récits légendaires
ont un fond de vérité – ce qui n'est guère douteux – ils nous
offrent un premier témoignage des rapports le plus souvent
difficiles qu'ont toujours eus les Mésopotamiens avec les
peuples des montagnes iraniennes et, particulièrement, la
confédération de royaumes qu'on groupe habituellement sous
le nom d'Elam.

Nous arrivons ainsi au cinquième roi d'Uruk I, Gilgamesh.
De ce personnage, dont les exploits évoquent ceux d'Ulysse et
d'Héraclès, la Liste royale sumérienne ne nous donne que la
filiation, mais nous savons par d'autres sources qu'il a été l'un
des plus populaires des héros mésopotamiens. Assimilé parfois à Nergal, on le considérait comme un dieu des Enfers et
on lui rendait un culte. Il figure, croit-on généralement, sous
forme d'un homme nu ou vêtu, domptant des animaux sau-

---

* Façon pratique de numéroter les « dynasties » mésopotamiennes, qui
ont des séries de rois ayant régné (apparemment) en succession et non pas
nécessairement des familles royales.

vages ou triomphant du géant Huwawa, sur de très nombreux monuments figurés, depuis les sceaux-cylindres archaïques jusqu'aux bas-reliefs des palais assyriens. Comme Enmerkar et Lugalbanda, Gilgamesh avait son « cycle » sumérien de légendes, dont cinq nous sont parvenues en relativement bon état [25], et ce sont ces légendes, amalgamées sans doute à d'autres encore inconnues, qui ont inspiré l'auteur d'un long poème épique en douze tablettes, rédigé en akkadien dans la première moitié du deuxième millénaire et remanié ensuite plusieurs fois, que nous appelons l'*Epopée de Gilgamesh*. Comme cette épopée, de l'avis unanime, constitue le plus pur chef-d'œuvre de la littérature mésopotamienne nous nous devons d'en donner un bref résumé, en souhaitant qu'il incite le lecteur à se reporter aux excellentes traductions qui en ont été faites [26].

L'« Epopée de Gilgamesh »

Fils de la déesse Ninsun et du demi-dieu Lugalbanda, Gilgamesh était jeune, beau, intelligent et « aussi fort qu'un buffle », mais il régnait sur Uruk en tyran. Bien des jeunes gens avaient dû être enrôlés pour construire la muraille qui entourait sa ville – ce mur long de 9,700 kilomètres qui encercle toujours les ruines de Warka – et le *ius primae noctis*, le « droit du seigneur » qu'exerçait le roi sur les filles promises au mariage, était très mal vu des habitants d'Uruk. De tout cela, ils se plaignirent au dieu Anu, qui aussitôt ordonna à la déesse génitrice Aruru de créer un homme semblable à Gilgamesh « pour qu'ils rivalisent l'un l'autre et qu'Uruk soit en paix ». Aruru s'en alla dans la steppe et là, elle façonna dans l'argile Enkidu, colosse velu et rustre très proche d'un animal :

« Ne connaissant ni concitoyen, ni pays,
Accoutré comme Shakkan*, en compagnie des gazelles il broutait ;
En compagnie de sa harde, il fréquentait l'aiguade ;
Il se régalait d'eau en compagnie des bêtes. »

* Shakkan (ou Shumuqan) étant le dieu des troupeaux et des animaux sauvages, sans doute Enkidu était-il vêtu de peaux de bêtes.

Or, un jour, un chasseur aperçut de loin Enkidu et comprit pourquoi ses pièges étaient toujours détruits et le gibier lui échappait sans cesse. Il rapporta la chose à Gilgamesh, qui décida de tendre à cette brute un piège d'un autre ordre. Il envoya une prostituée dans la steppe avec mission de séduire Enkidu et de le convertir à la vie civilisée. La fille n'eut aucun mal à accomplir sa mission. Après qu'ils se furent aimés « six jours et sept nuits », Enkidu voulut rejoindre sa harde, mais les animaux s'enfuirent et lui, épuisé, ne put les rejoindre. Alors, le prenant par la main,

« Laisse-moi t'emmener à Uruk-les-clos,
A la sainte demeure, résidence d'Anu et d'Ishtar,
Là où se trouve Gilgamesh à la vigueur accomplie,
Qui, pareil à un buffle, l'emporte sur les plus gaillards. »

Et voici Enkidu dans Uruk, où il s'habitue très vite à se baigner, se parfumer, se parer de beaux vêtements et s'abreuver de boissons fortes. Mais quand il apprend que Gilgamesh s'apprête à posséder une jeune mariée, il se dresse, indigné, et lui barre la route. Le terrible corps à corps qui s'ensuit se termine en une estime et une affection réciproques. Gilgamesh a trouvé un compagnon à sa mesure et Enkidu un maître. « Ils s'embrassèrent et firent amitié. »

Désireux d'accomplir de nouvelles prouesses et de se « faire un nom », Gilgamesh persuade alors Enkidu de l'accompagner jusqu'à la lointaine forêt des Cèdres, demeure du redoutable géant Huwawa « dont la bouche est le feu et le souffle la mort ». Ayant fourbi leurs armes et prié les dieux, nos deux amis s'en vont et, faisant en trois jours un trajet de six semaines, arrivent à destination :

« Immobiles à la lisière de la forêt, ils contemplaient
L'altitude des cèdres… En avant de cette montagne,
Les cèdres déployaient leur frondaison :
Délicieux était leur ombrage, et tout embaumé de parfums ! »

Ayant trompé la vigilance du gardien, ils pénètrent dans le domaine interdit et déjà Gilgamesh abat un arbre après l'autre lorsque survient Huwawa furieux. Il aurait massacré nos héros si Shamash n'était venu à leur secours. Il déchaîne huit vents contre le géant qui, paralysé, s'avoue vaincu et se soumet. Mais Gilgamesh et Enkidu le percent de leur glaive, lui tranchent la tête et la ramènent, triomphants, à Uruk.

A la suite de cet exploit, Ishtar elle-même tombe amoureuse de Gilgamesh et s'offre à lui, mais il n'en a cure. Rappelant à la perfide déesse le sort de ses nombreux amants, depuis Tammuz qu'elle a voué aux lamentations jusqu'au berger qu'elle a changé en loup et au jardinier de son père qu'elle a transformé en grenouille, il la couvre d'insultes :

> « Tu n'es qu'un fourneau qui s'éteint au froid ;
> Une porte branlante qui n'arrête ni courants d'air, ni vents…
> Une outre qui se vide sur son porteur…
> Une chaussure qui blesse qui la porte. »

Mortellement offensée, Ishtar implore Anu d'envoyer le Taureau céleste ravager Uruk et tuer Gilgamesh. La bête a déjà massacré des centaines de guerriers lorsque Enkidu la saisit par les cornes, puis par la queue, tandis que Gilgamesh la frappe de son épée « entre le cou, les cornes et le garrot ». Puis, il arrache son cœur pour l'offrir à Shamash et jette sa cuisse à la face d'Ishtar.

C'en est plus que les dieux peuvent tolérer. Ils décident qu'un des deux héros doit mourir. Enkidu tombe donc gravement malade puis, ayant maudit le chasseur et la prostituée et rêvé du « Pays sans retour », il expire, pleuré par son compagnon pendant sept jours et sept nuits, « jusqu'à ce que les vers lui tombent du nez ».

La perte de son ami a profondément bouleversé Gilgamesh. Pour la première fois, l'insouciant roi d'Uruk a vu le visage hideux de la mort. Est-il possible qu'il disparaisse ainsi, lui aussi ? Ne peut-il échapper au destin des hommes ?

> « Portant le drame de mon ami, j'ai longtemps vagabondé par la steppe !
> Comment me taire, comment demeurer coi ?
> Mon ami, que je chérissais est redevenu argile,
> Et moi, ne me faudra-t-il pas, comme lui, me coucher
> Pour ne me plus relever, jamais, jamais ? »

C'est alors qu'il se souvient d'Utanapishtim, l'homme qui a survécu au Déluge. Il décide de lui rendre visite et de lui arracher le secret de l'immortalité. Le voilà parti pour un long

voyage qui l'amène, tout d'abord, à la sombre montagne du
Soleil couchant, gardée par de dangereux hommes-scorpions.
Fort heureusement, sa réputation de héros et son ascendance
divine les impressionnent au point qu'ils le laissent passer et
admirer, au bout d'un long tunnel, un jardin merveilleux dont
les arbres sont des pierres précieuses. Puis, il rencontre Siduri,
« la cabaretière qui demeure au bord de la mer », et celle-ci
lui conseille d'oublier son chagrin et de jouir de la vie :

> « Toi (Gilgamesh), remplis-toi la panse, demeure en gaîté jour
> et nuit ;
> Fais quotidiennement la fête, danse et amuse-toi jour et nuit…
> Regarde tendrement ton petit qui te tient par la main,
> Et fais le bonheur de ta femme serrée contre toi !
> Car telle est l'unique perspective des hommes. »

Toutefois, puisqu'il l'exige, elle lui indique où il trouvera
Utanapishtim : sur l'autre rive d'une mer dangereuse que seul
Shamash peut traverser, car elle est barrée par « les eaux de
la mort ». Notre héros n'hésite pas. Il enrôle Urshanabi, jadis
pilote de l'arche, traverse la mer et rencontre enfin Utanapishtim, qui lui fait le récit du Déluge. Mais peut-il quelque
chose pour Gilgamesh ? Oui, qu'il se procure la plante de vie,
plante épineuse qui croît au fond de la mer, elle le rendra
éternel. Alors, Gilgamesh attache à ses pieds de lourdes
pierres – comme le faisaient, tout récemment encore, les
pêcheurs de perles du golfe Arabo-Persique – plonge et
cueille la plante. Hélas ! Sur le chemin du retour, tandis qu'il
se baigne dans un puits, un serpent sort de terre, s'en empare
et disparaît. Gilgamesh, « celui qui a tout vu » (*sha nagba
imuru*, titre akkadien du poème), ne sera jamais immortel.
Comme le lui avait dit la cabaretière :

> « La vie-sans-fin que tu recherches, tu ne la trouveras jamais !
> Quand les dieux ont créé les hommes, ils leur ont assigné la
> mort,
> Se réservant l'immortalité à eux seuls ! »

Conclusion pessimiste qui rejoint celle d'Utanapishtim :

> « Bâtissons-nous des maisons pour toujours ?…
> Le fleuve monte-t-il en crue pour toujours ?
> Tels des éphémères (?) emportés au courant,

De visages qui voyaient le soleil, tout à coup il ne reste plus rien !
Endormi et mort c'est tout un ! »

Gilgamesh-le-Héros est, certes, une légende, un très beau poème de l'amitié, du courage et de la mort qui fut célèbre dans tout l'Orient antique[27] et nous émeut encore, mais qu'en est-il de Gilgamesh-le-Roi ? On a longtemps douté qu'il eût jamais existé, mais comme on va le voir, il est extrêmement probable qu'un souverain de ce nom a vécu à Uruk dans la première moitié du troisième millénaire. Tout au long de ce chapitre, nous avons cheminé dans une zone floue où l'on distinguait mal la fiction de la réalité ; nous voici maintenant au seuil même de l'Histoire.

8
La période Dynastique Archaïque

L'histoire de la Mésopotamie est divisée, comme sa préhistoire, en plusieurs périodes que séparent des bouleversements
politiques majeurs, souvent accompagnés de changements
sociaux, économiques et culturels. La première de ces
périodes commence vers 2900 et se termine à l'avènement de
Sargon d'Akkad (2334), qui marque le début d'une flambée
d'expansion des Sémites de la région de Kish (période d'Akkad). Pour cette raison, on l'appelle souvent période présargonique, mais nous préférons l'expression Dynastique
Archaïque, calquée sur l'anglais « Early Dynastic », parce
qu'elle rend mieux compte de la nature de cette époque et ne
préjuge pas de sa fin. La période Dynastique Archaïque
(en abrégé DA) est elle-même divisée en trois parties :
DA I (2900-2750), DA II (2750-2600) et DA III (2600-2334) ;
DA III est subdivisé, à son tour, en III A (2600-2500) et
III B (2500-2334). Ces dates sont évidemment approximatives
et varient quelque peu selon les auteurs. A vrai dire, si pour
fixer le début de l'histoire mésopotamienne on prend pour critère la plus ancienne inscription d'un souverain de cette
région, seules une partie de DA II et la totalité de DA III sont
historiques ; DA I et les premières décennies de DA II restent
« préhistoriques » au sens propre du terme – à moins qu'on
ne découvre un jour une inscription royale qui fasse reculer ce
début dans le temps, comme cela s'est produit il y a environ
un tiers de siècle.
     Jusqu'à la fin des années 50, les deux plus anciens rois
sumériens attestés par leurs propres inscriptions étaient Ur-
Nanshe, roi de Lagash, et Mesannepadda, roi d'Ur. Le premier avait laissé cinq inscriptions sur pierre retrouvées au
cours des fouilles françaises de Tello (ou plus exactement
Tell Luh, le « tell des tablettes »), site de l'ancienne cité de

Girsu, longtemps appelée à tort Lagash[1]. Le second n'était
connu que par des textes laconiques provenant d'el-'Ubaid et
d'Ur. On estime que ces deux rois ont régné aux environs de
2500. Seul, Mesannepadda figure sur la Liste royale sumérienne, où il est cité comme fondateur de la Ire Dynastie d'Ur
qui succéda à celle d'Uruk I. Ur-Nanshe n'y figure pas, non
plus d'ailleurs que tous les autres souverains de l'Etat de
Lagash. Or, en 1959, l'assyriologue allemand Edzard découvrit dans les caves de l'Iraq Museum, à Baghdad, un fragment de vase d'albâtre sur lequel étaient gravés trois mots :
« Me-baràg-si, roi de Kish ». Edzard identifia ce monarque à
Enmebaragesi de la Liste royale, avant-dernier roi de Kish I
et père d'Agga qui, nous l'avons vu, était contemporain de
Gilgamesh[2]. Comme l'on a également trouvé une autre inscription d'Enmebaragesi à Khafaje (vallée de la Diyala),
dans un contexte archéologique évoquant DA II, et comme
les sept successeurs de Gilgamesh sur la Liste ont régné en
tout cent quarante ans avant que Mesannepadda ne mît fin
à la suprématie d'Uruk, on peut raisonnablement penser
qu'Enmebaragesi a vécu vers 2700 et prendre cette date
comme point de départ de l'histoire mésopotamienne.

Les vingt et un rois de Kish I qui ont précédé Enmebaragesi et à qui l'on peut assigner une durée globale de règne de
cent cinquante à deux cents ans, ainsi que leurs contemporains, les quatre rois d'Uruk I qui ont précédé Gilgamesh,
seraient alors à situer dans la période 2900-2700, jusqu'ici
dénuée d'inscriptions royales. Malgré leur caractère légendaire, il n'y a aucune raison de penser qu'ils n'ont jamais
existé, mais nous n'en avons pas la preuve. En dehors de
quelques tablettes archaïques d'Ur, purement « administratives », notre seule source d'information sur la sous-période
DA I est d'ordre archéologique.

La plupart des inscriptions royales du début du DA III sont
brèves et nous apprennent peu de chose. Ce n'est qu'à partir
de 2450 environ que certaines d'entre elles (notamment à
Girsu) deviennent beaucoup plus explicites. Un peu avant
cette date (vers 2500), apparaissent des ensembles de tablettes
administratives, des « archives » : celles de Fara (Shuruppak)
et d'Abu Salabikh d'abord, puis celles de Lagash (Girsu)[3].
D'autres tablettes du même genre, mais moins nombreuses,
proviennent de Nippur, Ur, Kish et Adab. Ce sont ces deux

catégories de documents, inscriptions royales et archives administratives, qui permettent d'esquisser, non sans difficultés et lacunes, une ébauche d'histoire « événementielle » et socio-économique de Sumer. On notera qu'à l'exception des inscriptions royales de Mari et de quelques fragments de vases et statues inscrits trouvés à Khafaje, tous ces textes proviennent de basse Mésopotamie, mais il ne faut pas perdre l'espoir de trouver un jour ailleurs, d'autres textes, car la découverte récente des archives royales d'Ebla a démontré que la recherche archéologique pouvait encore réserver d'extraordinaires surprises.

Pour apprécier pleinement la portée de cette découverte, il faut savoir qu'Ebla (Tell Mardikh) est située à 60 kilomètres au sud-ouest d'Alep, au centre d'une plaine constellée de tells dont très peu ont été explorés et que, jusqu'en 1974, on ne savait absolument rien sur la Syrie du Nord au troisième millénaire [4]. Or, cette année-là et au cours des deux années qui suivirent, les archéologues italiens qui fouillaient Tell Mardikh depuis dix ans, exhumèrent des ruines d'un palais – qu'ils datèrent de 2400 à 2250 –, quelque quinze mille tablettes et fragments portant des signes cunéiformes typiquement sumériens. Bien que certains mots ou phrases soient écrits en « logogrammes », les autres, écrits syllabiquement, ne laissent aucun doute : la langue des textes d'Ebla est une langue sémitique, baptisée « éblaïte », distincte à la fois de l'akkadien et des parlers ouest-sémitiques du deuxième millénaire (amorrite et cananéen, par exemple), et jusque-là inconnue.

Dès qu'une partie de ces tablettes eut été déchiffrée, on s'aperçut de leur importance. Non seulement elles nous révélaient une langue nouvelle, mais elles nous livraient de très nombreux renseignements sur la ville d'Ebla – dont seul le nom était connu auparavant par d'épisodiques mentions dans les textes mésopotamiens – ainsi que sur l'histoire, l'organisation, la structure sociale, le système économique, les relations diplomatiques et commerciales, les zones d'influence et les affinités culturelles avec la Mésopotamie du grand royaume dont elle était la capitale. Aucune cité sumérienne de l'époque Dynastique Archaïque ne nous a laissé des archives d'État aussi vastes, claires et précises. Mais si les textes d'Ebla projettent une vive lumière sur tout un monde

précédemment plongé dans une obscurité totale, leur contribution à l'histoire de la Mésopotamie, bien que notable, reste
limitée et soulève un certain nombre de problèmes chrono-
logiques. Peut-être serons-nous mieux renseignés lorsque
tous ces documents auront été publiés et analysés.

Le contexte archéologique

Jusqu'à présent, la Mésopotamie ne nous a rien livré de
comparable, pour la période Dynastique Archaïque, aux
archives royales d'Ebla et l'on peut dire que, dans l'ensemble,
la documentation écrite dont nous disposons reste maigre et
très fragmentaire. Il faut donc nous tourner vers l'archéologie
pour lui demander, non seulement les renseignements habituels sur l'art, l'architecture, les techniques et la vie quotidienne, mais aussi, si possible, quelques données susceptibles
de nous aider à reconstituer l'histoire de cette région entre
2900 et 2300 environ.

Les explorations de surface et les fouilles ont montré que
dès le début de cette période le processus d'urbanisation
entamé à l'époque d'Uruk a atteint son apogée. En basse
Mésopotamie, de nombreuses bourgades ont disparu au profit de villes dont certaines sont déjà vastes tandis que
d'autres, jusque-là modestes, s'agrandissent rapidement. A la
même époque, d'autres centres urbains apparaissent ou se
développent dans la moitié nord de la grande plaine mésopotamienne. C'est le cas de Mari (Tell Hariri)[5], sur le moyen
Euphrate, à mi-chemin entre deux zones clés : le grand coude
de ce fleuve en Syrie et le « goulet » mésopotamien, ainsi que
d'Assur (Qala'at Sherqat)[6], sur le Tigre, à 90 kilomètres au
sud de Mossoul, et d'autres sites importants dont nous ignorons le nom antique, notamment Tell Taya[7], non loin de
Mossoul, au pied du Jebel Sinjar, et Tell Khueira[8], sur la
frontière turco-syrienne, entre le Khabur et le Balikh. C'est
également le cas du bassin de la Diyala, à l'est de Baghdad,
où les surveys ont permis de dénombrer dix villes, dix-neuf
bourgs et soixante-sept villages dans une région de quelque
900 kilomètres carrés. Notons, incidemment, que ce sont les
fouilles américaines effectuées dans les années 30 sur trois
de ces sites, Khafaje (Tutub), Tell Asmar (Eshnunna) et Tell
'Aqrab, qui ont permis à l'archéologue Henri Frankfort de

diviser la période Dynastique Archaïque en trois parties, division universellement acceptée aujourd'hui [9].

A l'exception de Tell Taya, situé dans ce Nord-Est mésopotamien peu perméable aux courants culturels venus du Sud (voir ci-dessus, page 102), tous ces sites subissent peu ou prou une influence sumérienne qui se manifeste dans la statuaire, l'architecture religieuse et, parfois, la céramique et la glyptique. Par ailleurs, à l'exception de Mari et, dans une moindre mesure, Khafaje, aucun de ces sites n'a livré des textes antérieurs à la Dynastie d'Akkad. Or, si les inscriptions des statues de Mari sont en caractères sumériens, les noms de la plupart des personnages sont incontestablement sémitiques. L'écriture cunéiforme semble donc s'être propagée exclusivement le long de l'Euphrate et de là en Syrie du Nord, régions peuplées de Sémites, et cela ne saurait surprendre puisque les Akkadiens vivaient depuis longtemps au contact des Sumériens en basse Mésopotamie, berceau de cette écriture. Nous ne savons rien du substrat ethnique de la vallée du moyen et haut Tigre au troisième millénaire, mais les noms propres fournis par des textes plus tardifs suggèrent une population d'origine indéterminée, probablement mêlée de Hurrites et d'Elamites. Tell Khueira, tout au nord de la Jazirah, est un cas particulier. Plus encore que l'absence de textes, la présence de temples à portique de style anatolien et de grands complexes funéraires inconnus dans le Sud rend peu probable l'hypothèse d'une « colonie » sumérienne. Il est plus vraisemblable que cette ville était une étape sur une des routes reliant Sumer à l'Anatolie et que les sculpteurs locaux ont essayé d'imiter un style de statues alors très à la mode.

En règle générale, les villes de Mésopotamie étaient, à cette époque, entourées d'une muraille, parfois double, souvent pourvue de bastions, à l'intérieur de laquelle s'entassait une grande partie de la population. Ces puissantes fortifications trahissent des menaces de guerre et de conquête, ce que confirment d'ailleurs les inscriptions qui nous montrent les principautés sumériennes luttant entre elles et contre des envahisseurs étrangers. On ne sait de qui se protégeait Tell Taya, avec sa citadelle et son mur d'enceinte reposant sur une base de pierre haute de 3 mètres, mais on peut songer aux Lullubi ou aux Guti du Zagros dont parleront un peu plus tard les textes.

Les archéologues sont unanimes à déclarer que la culture
sumérienne présargonique prolonge la culture d'Uruk-Jem-
dat Nasr. C'est parfaitement exact dans les grandes lignes,
mais certaines discontinuités sont flagrantes et posent des
questions auxquelles il est difficile de répondre. C'est ainsi
que dans le Sud apparaît au DA II pour disparaître avant la
fin du DA III, un matériau de construction dont la seule raison d'être serait la rapidité de sa mise en place : la brique
« plano-convexe » (une face plate, l'autre bombée), placée de
champ et dont les rangées sont disposées en chevrons dont la
seule raison d'être serait la rapidité de sa mise en place. Plus
notable encore est la disparition des temples de plan « tripartite » classique et leur remplacement par des sanctuaires en
forme de bâtiments à cour centrale entourée de nombreuses
pièces, qui ne se distinguent guère des maisons qui les enser-
rent que par leurs dimensions, leur contenu et souvent leurs
murs à redans [10]. On voit également apparaître des sanctuaires
inscrits dans une enceinte ovoïde – comme l'énorme temple
de Khafaje et ceux, plus modestes, d'el-'Ubaid et de Lagash
– qui disparaîtront à la fin du Dynastique Archaïque [11].
   En dehors de quelques plaques votives, parfois inscrites, et
de rares mais remarquables stèles, dont la plus belle est celle
dite « des Vautours » (Girsu), la sculpture est surtout représentée par des statues d'adorants alignées sur les banquettes
d'argile qui entouraient la *cella*. Généralement debout, mais
parfois assis, chevelus et barbus ou crâne et menton rasés,
vêtus, les hommes d'une jupe de laine, les femmes d'une
sorte de sari, les mains jointes devant la poitrine, ces personnages regardent l'effigie divine de leurs yeux de coquille et
de lapis-lazuli entourés de bitume – ces yeux que nous avons
déjà rencontrés à Tell es-Sawwan. Or, ces statuettes sont de
qualité très inégale [12]. Celles de Tell Khueira sont frustes et
maladroites, celles d'Assur, médiocres, celles de Tell Asmar,
angulaires, rigides, sont, avec leurs yeux immenses, halluci-
nants, plus impressionnantes que belles. Par contre, les statues de Mari sont des merveilles d'habileté technique et de
sensibilité. Mais Mari est périphérique, très loin de Sumer, et
ces remarquables sculptures ne sauraient être considérées
comme représentatives de l'art sumérien pur ; œuvres, probablement, d'artistes locaux s'inspirant de Sumer, nous y ver-
rions volontiers le prélude à l'art raffiné et réaliste qui

s'affirmera sous la dynastie sémitique d'Akkad. Ce qui est étrange, c'est que les statuettes d'adorants trouvées à Nippur et à Girsu, par exemple, en plein pays de Sumer, donnent l'impression d'un travail rudimentaire, en série, et font pauvre figure à côté des chefs-d'œuvre de l'époque d'Uruk. Faut-il voir là des produits fabriqués dans des ateliers pour « pèlerins à bourse plate »[13], ou seulement l'inévitable déclin qui suit toute époque exceptionnelle dans l'histoire de l'art ?

Cela dit, il faut reconnaître que dans d'autres domaines l'art mésopotamien présargonique est loin d'être décadent. C'est ainsi qu'au *scarlet ware* – poterie peinte de motifs rouges sur fond beige et caractéristique du DA I sur les sites de la Diyala et des environs de Kish – succède une élégante céramique non peinte (jarres à anses verticales, plats sur haut support fenêtré) garnie de torsades et couverte d'incisions. Même progrès dans les sceaux-cylindres, où l'on passe de frises d'animaux ultra-schématisés à des scènes de banquets et de héros hybrides, moitié homme, moitié taureau, luttant contre des fauves, parfois accompagnées d'une courte inscription. Enfin, et surtout, le travail du métal se développe grâce à des innovations techniques (moulage du bronze à « cire perdue », repoussé pour les métaux précieux) et nous vaut de belles statuettes et ornements divers. Comme nous le verrons à propos du cimetière royal d'Ur, il atteint, pour les objets de luxe, une perfection jamais égalée depuis au Proche-Orient.

Tout indique que, malgré l'insécurité régnante à l'époque Dynastique Archaïque, le commerce est florissant, puisque le cuivre, l'argent, l'or, les pierres ordinaires, rares ou semi-précieuses, convergent vers Sumer, venant parfois de très loin. Mais les « vaisseaux de Dilmun » que les inscriptions d'Ur-Nanshe nous montrent, pour la première fois, amenant du bois à Lagash devaient en repartir chargés sans doute de céréales, de peaux, de tissus et d'objets manufacturés, car tous ces produits importés devaient se payer. Comment les principautés sumériennes étaient-elles organisées pour produire un tel surplus d'orge, de blé, de bétail, de textiles et diriger ce commerce ? L'archéologie nous le fait entrevoir en nous montrant, au sein des villes, de grands ateliers et centres administratifs, mais pour en savoir davantage, c'est vers les documents écrits qu'il faut maintenant nous tourner.

Les principautés de Sumer

A l'époque Dynastique Archaïque, dans cette petite région qu'était alors la basse Mésopotamie – 30 000 kilomètres carrés environ, soit la superficie de la Belgique ou de quatre ou cinq départements français – on ne compte pas moins de dix-huit villes occupant de 50 à 500 hectares. Ce sont, du nord au sud : Sippar, Akshak, Kish, Marad, Isin, Nippur, Adab, Zabalam, Shuruppak, Umma, Girsu, Lagash, Nina, Bad-tibira, Uruk, Larsa, Ur et Eridu – sans compter certains sites importants, comme Abu Salabikh ou el-'Ubaid, que nous ont révélés les fouilles mais dont le nom antique reste inconnu. Ces villes s'échelonnent le long de deux lits de l'Euphrate assez proches l'un de l'autre, seuls vestiges du lacis de cours d'eau des siècles précédents. Chacune d'elles est entourée d'une ceinture de jardins et de palmeraies à laquelle succède une zone de cultures céréalières où l'on trouve quelques villages et campements saisonniers d'ouvriers agricoles, le tout quadrillé de canaux d'irrigation. Au-delà de cette zone, des savanes herbeuses où paissent les troupeaux, des marais riches en poissons et roseaux, enfin, çà et là, des enclaves désertiques.

Politiquement, la basse Mésopotamie est divisée en principautés dont chacune a pour capitale l'une de ces villes et que l'on appelle souvent, pour cette raison, cités-Etats. Les documents dont nous disposons ne permettent pas d'affirmer que toutes les villes énumérées ci-dessus étaient des capitales, mais des souverains sont attestés pour une douzaine d'entre elles. Par ailleurs, nous savons que la principauté de Lagash, sans doute la plus vaste, comportait, à l'époque d'Akkad, dix-sept localités principales et huit chefs-lieux, dont Lagash-ville (el-Hiba), Girsu (Tello), Nina (Shurghul) et le port maritime d'Eninkimar, site non identifié [14].

Il est extrêmement difficile de brosser un tableau d'ensemble de l'organisation socio-économique de Sumer à l'époque Dynastique Archaïque, et ceci pour deux raisons. D'une part, la plupart des textes susceptibles de nous renseigner sont des tablettes comptables, parfois difficiles à interpréter et surtout, inégalement réparties dans l'espace et dans le temps, les plus nombreuses provenant des archives d'un seul temple de Girsu, celui de la déesse Baba, qui datent du DA III B ; il n'est aucunement certain que toutes les principautés sumériennes étaient organisées sur le même modèle. D'autre part, les diverses théories proposées [15] souffrent d'un défaut majeur, qui est d'appliquer à une société très ancienne et mal connue des concepts modernes (parfois teintés d'idéologie politique) probablement étrangers aux Sumériens. Le schéma présenté ici nous paraît être le plus plausible, mais il comporte de nombreuses lacunes et doit être considéré comme provisoire [16].

L'unité socio-économique de base en basse Mésopotamie semble avoir été la communauté villageoise, formée de familles de type nucléaire (père, mère et enfants non mariés) ou de type élargi. Sa structure précise nous échappe et a pu d'ailleurs varier d'une région à l'autre, mais il est très probable que le sol de la communauté a toujours été considéré comme appartenant à son dieu tutélaire, ce qui expliquerait le rôle économique extrêmement important qu'ont joué les temples, peut-être dès l'époque d'Ubaid.

Comme nous l'avons vu, c'est autour des grands centres religieux que tendent à se grouper ces communautés lorsqu'elles se multiplient, aux époques d'Uruk et de Jemdat Nasr. Au début du troisième millénaire, sous l'influence combinée de la pression démographique et de la raréfaction des cours d'eau et des terres cultivables, de nombreuses communautés disparaissent, leurs habitants allant peupler les villes qui s'agrandissent et parfois fusionnent, comme c'est le cas de Kullaba et d'Eanna qui, unies par Enmerkar, forment la grande cité d'Uruk. Chaque cité comporte alors plusieurs temples : celui de son dieu principal (Nanna à Ur, Zababa à Kish, Shara à Umma, Ningirsu à Girsu, etc.), ceux de sa famille et ceux d'autres divinités mineures. A la même époque, le chef religieux (grand prêtre, ou « prêtre-roi ») se double d'un chef séculier qui, on ne sait trop comment, devient le souverain de la principauté. L'ensemble des temples de la cité (le Temple) d'une part, le souverain (le Palais) d'autre part, constituent ce que nous appelons l'Etat. Mais le pouvoir suprême est aux mains du souverain. Il lui a été conféré par le dieu principal qui l'a « choisi » et dont il est le mandataire. C'est le souverain qui prend toutes les grandes décisions, peut-être après avis du Conseil des

Anciens, et c'est le Temple qui, sous ses ordres, administre la
vie économique, comme il l'a toujours fait.

La principauté – qui n'est à cet égard qu'une extension de
la communauté villageoise – continue d'appartenir à la divinité. Les pâturages, troupeaux et pêcheries, ainsi que le commerce et l'industrie, sont gérés par l'Etat conformément à la
volonté divine. Il en est de même des terres céréalières que le
Temple administre mais dont il n'est pas vraiment « propriétaire », car il ne peut les aliéner. Les seuls biens qui semblent
appartenir à des particuliers sont les maisons, les jardins, parfois des palmeraies et les biens mobiliers.

Les terres céréalières sont divisées en domaines dont chacun
est administré par un temple. Chaque domaine, à son tour, est
divisé en trois parties : le « champ du seigneur » (*gána-nì-en-
na*), qui nourrit le personnel du temple et qui est exploité par
des agriculteurs *(engar)* rattachés à ces institutions et/ou par
des corvées saisonnières représentant un « impôt » en travail
levé sur l'ensemble de la population ; le « champ affermé »
(*gána-uru₄-lá*) divisé en parcelles concédées contre redevance
d'une partie de la récolte ; enfin, le « champ de subsistance »
(*gána-shukura*), attribué en usufruit à certaines catégories de
dignitaires, fonctionnaires et employés.

Les revenus de l'Etat sont donc considérables et vont être
utilisés de plusieurs façons. Une partie est mise en réserve
pour les périodes de disette, une autre est échangée contre
des matières premières utilitaires ou de luxe importées de
l'étranger ; une troisième enfin – sans doute la plus importante – est redistribuée sous forme de rations à une très
grande partie de la population, y compris le souverain et sa
famille, les artisans, artistes et scribes et ces agents du commerce extérieur de l'Etat que sont les *damgar*, les militaires
de profession, les fonctionnaires subalternes, les journaliers
qui louent leurs services pour un travail déterminé, les
ouvriers et ouvrières travaillant dans les ateliers d'Etat,
les déshérités de ce monde (malades, infirmes, veuves, filles
mère, orphelins) que le Temple prend en charge comme
jadis l'Eglise en Occident. Le système des rations est très
complexe, car il est basé sur une échelle hiérarchique où
interviennent la fonction (c'est-à-dire essentiellement l'étendue du pouvoir de décision), mais aussi le « prestige », la
notoriété, les services rendus.

Tout cela exige une planification, un contrôle, une comptabilité énormes, mais les Sumériens, gens minutieux et pratiques, sont remarquablement organisés à cet égard. Non seulement leurs « bureaucrates » nous ont laissé des centaines de « feuilles de paie », reçus, listes de travailleurs et autres documents de ce genre, mais nous savons par les archives de Girsu et de Shuruppak que la spécialisation était poussée à l'extrême. C'est ainsi, par exemple, qu'il existait des pâtres différents pour les ânes et les ânesses, des pêcheurs d'eau douce, d'eau saumâtre et de mer et que même les charmeurs de serpents formaient une « corporation » ayant son propre chef[17]. Une armée de scribes, doublée d'une armée de contremaîtres (*ugula*), intendants (*nu-banda*), inspecteurs (*mashkim*), vérificateurs (*agrig*) et autres « cadres subalternes » sous l'autorité d'un personnage à la fois prêtre et administrateur en chef du temple, le *shanga*, faisait tourner cette lourde machine économique.

On voit combien il est difficile de donner à ce système un nom qui ne déforme pas la réalité et combien il est vain de vouloir distinguer dans cette société des « classes » en se basant sur des concepts modernes tels que « propriété foncière » ou « possession des moyens de production ». Mais il faut souligner, encore une fois, que notre information est fragmentaire, très localisée et comporte de nombreuses inconnues. C'est ainsi que des contrats provenant de Shuruppak nous montrent des individus de niveaux sociaux très divers achetant à des communautés familiales des champs d'étendue variable[18]. Existait-il, dans le Centre et le Nord de Sumer, des propriétés privées apparemment inconnues plus au Sud? Ou bien les acquéreurs de ces biens agissaient-ils pour le compte d'institutions d'Etat? Il est impossible, à l'heure actuelle, d'en décider.

La nature humaine étant ce qu'elle est, il n'est pas étonnant que certains personnages, au premier rang desquels le souverain, aient été tentés de s'approprier, à titre personnel, des terres et des biens appartenant aux dieux ou aux communautés familiales et de pressurer le menu peuple. C'est, semble-t-il, ce qu'a fait l'un des derniers souverains de Lagash, Lugalanda, et d'autant plus facilement qu'il était petit-fils de Dudu, *shanga* du temple de Ningirsu à Girsu. C'est en effet ainsi qu'on interprète aujourd'hui les célèbres « réformes »

d'Uru-inimgina*. Dans une série de textes [19], cet « homme
nouveau » qui succéda à Lugalanda vers 2350, nous décrit les
tracasseries administratives, les abus, les injustices de toutes
sortes qu'il attribue, sans le nommer, à son prédécesseur. Les
inspecteurs du Palais intervenaient dans toutes les affaires ;
de très lourdes taxes en orge étaient levées sur les mariages et
les funérailles ; de hauts fonctionnaires achetaient des maisons au-dessous de leur valeur réelle. La corruption régnait,
les pauvres étaient accablés ; le souverain lui-même s'appro-
priait de vastes domaines ; ses « jardins d'oignons et de
concombres » empiétaient sur les meilleures terres des dieux
et, comble d'impudence, il les faisait labourer par des bœufs
et des ânes appartenant aux temples. Uru-inimgina révoqua
de nombreux fonctionnaires, réduisit les impôts et « rétablit
Ningirsu dans les maisons et champs du souverain ». « Il fit
laver les domiciles des habitants de Girsu de l'usure, de l'ac-
caparement, de la famine, du vol et des attaques ; il fit ins-
tituer leur liberté. » Mais ces réformes, si elles furent
appliquées, n'eurent pas d'effet durable car sous le règne de
ce bienfaiteur, Lagash et Sumer tout entiers tombèrent entre
les mains de l'ambitieux souverain d'Umma pour passer,
quelques années plus tard, entre celles de Sargon d'Akkad.

Le souverain

Le souverain de la principauté est appelé *en*, *lugal* ou *ensi*.
Le titre d'*en*, « seigneur », qui s'applique aux dieux (En-lil,
En-ki) et aux grands prêtres (mais aussi parfois aux prêtresses) figure sur les tablettes archaïques d'Uruk ; il n'a
jamais été porté, semble-t-il, que par les maîtres de cette ville
et, curieusement, par les rois d'Ebla [20]. *Lugal*, littéralement
« grand homme », et *ensi*, lecture du complexe logogra-
phique PA.TE.SI de signification incertaine, sont généralement
traduits respectivement par « roi » et « gouverneur », mais
dans la mesure où il évoque une subordination à quelqu'un
d'autre qu'un dieu, le mot « gouverneur » est à proscrire pour
la période Dynastique Archaïque, où nous voyons les souve-

___

* Autrefois appelé *Urukagina*. Le signe *ka*, « bouche », peut se lire *inim*
« parole ». Ce nom signifierait « La ville (d'une) parole ferme » (appelle le
dieu…).

rains de Lagash, par exemple, porter tantôt le titre d'*ensi*, tantôt celui de *lugal* sans qu'on sache très bien pourquoi. Puisque l'origine et le sens précis de ces termes nous échappent, il est sans doute préférable de s'en tenir aux vocables sumériens[21]. Quel que soit le titre du souverain, son épouse porte parfois celui de *nin* qui signifie « dame et souveraine » et a, comme *en*, des connotations religieuses. La reine occupe un rang très élevé, possède ses biens propres et joue un rôle important dans la vie publique ; c'est ainsi qu'à Girsu elle gère les affaires du temple de la déesse Baba. Le pouvoir royal est héréditaire et passe normalement de père en fils, mais il existe un exemple de femme ayant effectivement détenu le pouvoir : Ku-Baba, seul souverain de l'éphémère IIIe Dynastie de Kish et, bizarrement, qualifiée de « cabaretière » dans la Liste royale sumérienne.

Le souverain gouverne la principauté en tant qu'exécutant des volontés divines. Il assure la fertilité et la fécondité du pays, mène les troupes au combat, conclut des alliances, rend la justice et ordonne les grands travaux publics. Mais sa tâche la plus sacrée, la plus méritoire à ses yeux, est de faire construire, entretenir, réparer et embellir les temples. La plupart des inscriptions rendent compte d'activités de ce genre, qui seront d'ailleurs celles de tous les rois mésopotamiens, et d'Ur-Nanshe à Ashurbanipal plusieurs monarques se feront représenter sur des bronzes, plaques votives, statues ou stèles portant sur leur tête un couffin contenant des briques destinées aux sanctuaires. Le souverain joue aussi un rôle important dans certaines fêtes, processions et autres cérémonies religieuses et dirige les multiples activités économiques du Temple.

Si l'*en*, prêtre-roi, a sans doute toujours vécu à proximité ou à l'intérieur d'un temple, le *lugal* ou l'*ensi* semblent avoir habité un palais (*é-gal*, « grande maison »). Malheureusement, il est très difficile au cours des fouilles de distinguer clairement une demeure royale d'une grande maison ordinaire, d'un grand complexe administratif, voire d'un arsenal fortifié. Jusqu'à présent, quatre bâtiments seulement ont été exhumés qui paraissent mériter le nom de palais et le seul d'entre eux qui soit situé dans le pays de Sumer, le palais d'Eridu, n'a été que partiellement dégagé ; les trois autres – le palais de Kish et les deux palais présargoniques successifs et superposés de Mari – se trouvent dans des régions peuplées exclusivement ou en majeure partie de Sémites[22]. Toutefois, la ressemblance entre les plans de ces quatre palais à peu près contemporains (DA III) est frappante : une grande cour entourée de pièces sur trois côtés et communiquant avec un grand « hall d'audience », le tout entouré de deux murs très épais séparés par un étroit corridor. A Kish, un bâtiment adjacent au palais comportait un hall et un portique à colonnes. A Mari, les palais contenaient des installations rituelles évoquant des chapelles royales. A Kish comme à Mari, on a retrouvé dans ces palais des panneaux de bois à fond de schiste ou de bitume sur lequel se détachent des personnages, animaux, chars et meubles découpés dans le calcaire ou la nacre et formant des scènes de guerre ou de paix. Improprement baptisés « étendards », ces panneaux étaient en fait des plaques murales analogues aux bas-reliefs des palais assyriens. La découverte, dans l'un des palais de Mari, d'une jarre remplie d'objets précieux, dont une perle de lapis-lazuli offerte par Mesannepadda, *lugal* d'Ur, semble confirmer qu'il s'agit bien d'une résidence royale.

Dans tout le Proche-Orient, les tombeaux royaux ont été violés et pillés dès l'Antiquité avec tant de régularité et, peut-on dire, de désinvolture que la découverte, en 1921, du célèbre « cimetière royal d'Ur » serait, à elle seule, un extra-ordinaire coup de chance. Mais les objets d'art que nous ont livrés ces tombes et les circonstances dans lesquelles ces « rois » et ces « reines » ont été inhumés donnent à cette découverte un caractère unique, à la fois merveilleux, horri-fiant et mystérieux.

Ce cimetière, qu'on peut dater de la fin du DA II (vers 2600), est représenté par dix-sept sépultures creusées profon-dément dans un talus au pied du mur d'enceinte de la ville : une simple fosse avec cercueil mais contenant un très riche mobilier funéraire et seize tombeaux voûtés, construits en pierre ou en brique, auxquels on accédait par un plan incliné suivi d'un vestibule. Six de ces tombeaux ont été trouvés détruits, ne laissant que la rampe d'accès et une grande cavité baptisée « fosse de la mort » *(death pit)* ; les dix autres com-portaient une ou plusieurs chambres. Il nous est impossible de décrire ici en détail le contenu de ces sépultures et nous ne pouvons que renvoyer le lecteur aux ouvrages que le chef de la mission archéologique d'Ur, Sir Leonard Woolley, a consacrés au cimetière royal[23].

Nul autre, en effet, que l'« inventeur » lui-même ne peut nous faire partager l'enthousiasme qui s'empara des fouilleurs quand ils ouvrirent ces tombeaux fermés depuis cinq mille ans et quand l'or, l'argent et les pierres semi-précieuses se mirent à ruisseler de l'argile. Nul autre, non plus, ne peut mieux décrire le soin, la minutie, la patience et l'habileté qu'il a fallu déployer pour dégager, préserver et restaurer aussi fidèlement que possible une grande partie des ornements et objets divers qui accompagnaient les squelettes et que se partagent aujourd'hui les musées de Baghdad et de Philadelphie et le British Museum. Citons simplement, parmi les pièces les plus notoires, les vases et coupes d'or et d'argent, les poignards d'or à pommeau d'argent ou de lapis-lazuli, les lyres décorées d'une très belle tête de taureau en métal précieux, la remarquable statuette du « bélier pris dans le buisson », en bois plaqué d'or et de lapis-lazuli, l'« étendard d'Ur », en nacre sur fond de cette même pierre, le diadème de feuilles d'or, les boucles d'oreilles d'or massif et le collier d'or, de lapis et de cornaline que portaient la reine « Shubad » (nom qu'on lit maintenant Pû-abi) et les femmes de sa cour, enfin, la splendide perruque de Meskalamdug façonnée dans une seule feuille d'or de quinze carats et finement ciselée. De quoi susciter autant d'étonnement et d'admiration que le tombeau de Tutankhamon, découvert à la même époque, mais plus jeune de douze siècles. Ni le « trésor de Priam » à Troie ni les trésors d'Alaca Hüyük et de Dorak en Turquie, légèrement plus récents que le trésor d'Ur, ne peuvent rivaliser avec ce dernier.

Outre le corps du principal personnage, la plupart de ces tombeaux contenaient les corps d'autres individus parfois nombreux (soixante-trois dans la « tombe du roi », soixante-quatorze dans la « Grande Fosse de la mort ») et en majorité féminins, manifestement morts par empoisonnement au moment des obsèques de leurs maîtres et enterrés avec eux. Et l'évocation par Woolley de ces étranges funérailles, où les soldats avec leurs armes, les cochers avec leurs chariots, les musiciennes avec leur lyre et les dames de la cour, sans doute très pâles sous leur parure, s'avançaient vers le lieu où les attendait une mort douce mais certaine ne peut que susciter

chez nous un sentiment d'horreur et de répulsion. Cette coutume d'inhumer les rois avec leurs serviteurs, leurs gardes et
leurs attelages est attestée dans d'autres pays et à d'autres
époques – en Egypte à l'époque thinite, parmi les Scythes
et les Mongols, en Chine et en Assam et même chez les
Comans de Russie au treizième siècle de notre ère – mais
jamais ni nulle part en Mésopotamie, en dehors d'Ur et peut-
être de Kish [24].

Qui étaient les personnages riches et puissants qu'on enter-
rait ainsi à Ur ? Les inscriptions sur vases de métal et sur
sceaux-cylindres retrouvées dans certaines tombes ont livré
les noms de huit hommes et de quatre femmes. Parmi les
hommes, un Meskalamdug – sans doute différent du prince
de ce nom à la perruque d'or – porte le titre de *lugal* et Akalamdug (peut-être son fils), celui de *lugal* d'Ur ; les autres
n'ont aucun titre royal. Deux des quatre femmes (Pû-abi et
Nin-banda) sont appelées *nin*, la troisième est expressément
désignée comme épouse *(dama)* d'Akalamdug et la quatrième, comme prêtresse du dieu Pabilsag. Ni Meskalamdug
ni Akalamdug ne figurent sur la Liste royale sumérienne,
mais cela ne signifie nullement qu'ils n'ont pas régné à Ur.
Pû-abi et Nin-banda ont pu être des reines, mais aussi des
grandes prêtresses, car le titre *nin* s'applique aux deux
fonctions. Il est à remarquer que sept tombes seulement
contenaient des inscriptions, que celles-ci n'étaient pas
nécessairement en rapport avec l'occupant principal et que
les titulaires des dix tombes restantes sont totalement inconnus. Encore une fois qui étaient ces gens et pourquoi ces
atroces funérailles collectives ? Les hypothèses ne manquent
pas : rois et reines divins ou semi-divins et traités comme
tels ? Rois et reines emmenant leurs richesses et leurs serviteurs dans la tombe pour s'attirer les bonnes grâces des dieux
des Enfers ? Rois et prêtresses sacrifiés après avoir joué les
rôles de Dumuzi et d'Inanna dans le mariage sacré ? Rite
funéraire associé uniquement au culte du dieu-lune Nanna,
patron d'Ur, dont les grandes prêtresses étaient traditionnellement de sang royal ? Soumises à l'analyse, aucune de ces
théories n'est pleinement satisfaisante et il faut avouer que,
soixante ans après la retentissante découverte du cimetière
royal d'Ur, le mystère reste entier [25].

Esquisse d'une histoire politique

Reconstituer la suite des événements qui se sont déroulés au cours de la période Dynastique Archaïque représente, pour l'historien, la plus difficile des tâches. La Liste royale sumérienne, qui devrait, en principe, servir de fil conducteur, présente comme successives et dans un ordre qui varie quelque peu d'une version à l'autre des « dynasties » qui ont dû nécessairement se chevaucher. A quelques exceptions près, les textes proprement dits « historiques » sont très concis et la chronologie incertaine. En dehors de quelques synchronismes et de quelques faits bien établis, tout ici est largement conjectural.

Comme toutes les histoires politiques, celle-ci est essentiellement faite de guerres. La plupart de ces conflits avaient, sans aucun doute, des motifs économiques, mais la religion, les ambitions, la gloire ont joué un rôle déterminant dans certains d'entre eux. Ainsi, s'emparer de Kish ou dominer cette cité d'une façon ou d'une autre a été l'ambition de nombreux rois de Sumer, non seulement parce que Kish commandait toutes les voies commerciales entre la basse et la haute Mésopotamie et au-delà, mais aussi parce que cette ville jouissait, pour une raison qui nous échappe, d'un immense prestige et parce que c'était unir sous un seul gouvernement Sumériens et Sémites. C'est pourquoi, le titre de « *lugal* de Kish » a été plus convoité que tout autre, étant, en fait, l'équivalent de « roi de Sumer et d'Akkad » qui apparaîtra dans les inscriptions royales de la IIIe Dynastie d'Ur. Autre pôle d'attraction, Nippur [26]. Bien que située au cœur du pays de Sumer, Nippur n'a jamais obtenu ni revendiqué le contrôle des autres principautés et ne figure même pas dans la Liste royale. Mais c'était le siège du dieu Enlil, la capitale religieuse, la Rome ou La Mecque de Sumer. Aussi, les *ensi* et *lugal* de tout le pays rivalisaient-ils à qui enverrait au sanctuaire d'Enlil les présents les plus somptueux et restaurerait ou embellirait ses temples. Tous les souverains ayant régné sur la totalité de Sumer se sont proclamés « élus d'Enlil » et lui ont attribué leur suprématie. Faut-il voir là un signe de ferveur religieuse ou bien, comme le croient les partisans d'une « démocratie primitive », une survivance de l'époque où, devant la menace d'une invasion étrangère, les délégués de toutes les cités sumériennes se réunissaient à Nippur pour désigner un chef militaire commun ? Ou bien encore, les prêtres et théologiens de Nippur exerçaient-ils sur les rois une influence occulte mais profonde, comme l'a fait, à certaines époques, le clergé d'Héliopolis en Egypte ? A ces questions, comme à tant d'autres, il n'existe pour l'instant aucune réponse définitive.

Nous avons dit, au début de ce chapitre, qu'Enmebaragesi de Kish était le père d'Agga et rappelé que ce dernier avait été vaincu par Gilgamesh, roi d'Uruk. Si l'on admet qu'Enmebaragesi a régné vers 2700, cet événement a dû avoir lieu vers 2650. Il représente, avec la mention dans la Liste royale sumérienne d'une victoire d'Enmebaragesi sur les Elamites (« Il emporta comme butin les armes d'Elam ») et les noms des deux rois d'Ur, Meskalamdug et Akalamdug, enterrés en grande pompe dans le cimetière royal, tout ce que nous savons sur le vingt-septième siècle.

Peu après 2600, sur un vase qu'il dédie au dieu Zababa, un *ensi* de Kish nommé Uhub se dit vainqueur de Hamazi, région ou ville qu'on situe au-delà du Tigre, entre la Diyala et le Zab inférieur. Vers 2550, apparaît un autre souverain de cette ville, le *lugal* Mesilim, qui semble bien être le suzerain d'au moins deux *ensi* de cités assez éloignées de Kish : celui de Lagash, Lugal-shag-engur, et celui d'Adab[27], Nin-kisalsi. Il construit le temple de Ningirsu à Girsu et arbitre une dispute entre Lagash et sa voisine Umma[28].

A peu près à la même époque (vers 2560), Mesannepadda (« Héros choisi par An ») fonde la Ire Dynastie d'Ur. Ur est alors une ville d'environ quatre mille habitants, plus petite qu'Uruk ou Lagash, et son territoire est étroit, mais c'est un port fluvial sur l'Euphrate, non loin du golfe Arabo-Persique, qui doit sa richesse au commerce maritime. Au cours d'un règne d'environ quarante ans, Mesannepadda va en faire une grande capitale. Il a la haute main sur Nippur, où il construit une partie du temple d'Enlil, puis, profitant d'une éclipse du pouvoir à Kish – provoquée sans doute par une incursion des Elamites d'Awan[29] –, il s'empare de cette ville, ce qui le rend théoriquement maître de toute la basse Mésopotamie. Son influence semble s'étendre encore plus loin, si l'on en juge par le « trésor d'Ur » retrouvé à Mari et qui témoigne de relations amicales entre le *lugal* d'Ur et l'un des rois présargoniques de cette ville. Mesannepadda meurt vers 2525. De son fils A-annepadda (« Père choisi par An ») nous ne savons rien, sinon qu'il a construit le temple, richement décoré, de Ninhursag à el-'Ubaid. C'est sous son règne que, peu après 2500, monte sur le trône de Lagash Ur-Nanshe, le premier d'une longue lignée d'*ensi* dont plusieurs nous ont laissé d'abondantes inscriptions. Malgré son nom (« Guerrier de Nanshe »), ce prince, peut-être vassal d'Ur, semble avoir vécu en paix. Il s'emploie à construire un rempart et plusieurs temples, fait creuser des canaux et commerce avec Dilmun, car il a, lui aussi, une « fenêtre » sur le Golfe, le port d'Eninkimar. Une plaque votive bien connue le représente portant dignement le panier sur sa tête, entouré de son épouse, de ses sept fils et de trois dignitaires. L'un de ces fils, Akurgal, lui succède vers 2465, mais de ses dix ans de règne nous n'avons qu'une seule inscription disant qu'il a construit l'Antasura, temple en bordure de Girsu. Un texte du début du deuxième millénaire nous apprend que son contemporain, Meskiagnunna, *lugal* d'Ur, a embelli, à Nippur, un sanctuaire appelé Tummal et y a fait entrer la déesse Ninlil [30].

Aucune inscription contemporaine ne fait allusion à une guerre, mais vers 2450, cette *pax sumerica* sous l'égide des rois d'Ur est brusquement troublée. Les troupes de Hamazi, conduites par leur chef Hatanish, traversent de nouveau le Tigre et s'emparent de Kish où elles vont rester six ans avant que le roi d'Akshak [31] ne la reprenne, tandis qu'à Lagash, Eannatum*, qui accède au trône vers 2455, doit faire face à une ou plusieurs coalitions où l'on trouve l'Elam et ses alliés de Transtigrine, ainsi qu'Ur, Uruk, Akshak, Kish et, chose inattendue, Mari.

L'histoire de Mari au troisième millénaire est très mal connue. Une « dynastie de Mari » figure sur la Liste royale sumérienne avec six rois, mais seuls les noms de deux d'entre eux sont lisibles. Par ailleurs, deux inscriptions d'Ur mentionnent un Ilishu, roi de Mari, et quatre statues d'adorants royaux, provenant des fouilles de Mari, portent leurs noms : Ikun-Shamash, Lamgi-Mari, Iblul-Il et Ishkun-Shamagan, mais on ne sait dans quel ordre ils ont régné. Il y

---

* « Digne de l'E-anna » (temple d'Inanna à Lagash).

a quelques années, un document des archives d'Ebla a jeté quelque lumière sur ce point d'histoire. Il s'agit d'une lettre d'un certain Enna-Dagan, qui se dit *en* de Mari, adressée à un *en* d'Ebla qui n'est pas nommé, lui rappelant les campagnes victorieuses menées en Syrie du Nord par trois de ses prédécesseurs, et en particulier par Iblul-Il qui semble avoir dévasté ou occupé de nombreuses villes du royaume d'Ebla [32]. Le but de cette lettre n'est pas explicité, mais il est évident que Enna-Dagan cherchait à faire pression sur son rival et à maintenir un certain contrôle sur son royaume. Cela semble être étayé par des textes administratifs d'Ebla indiquant que les rois de ce pays envoyaient régulièrement des « cadeaux » (à lire des tributs) d'or et d'argent à la cour de Mari, au moins jusqu'au règne d'Ebrium, le plus puissant des rois d'Ebla [33]. D'autres textes du même genre montrent que les rapports entre les deux royaumes n'étaient pas toujours mauvais : de nombreux artistes et artisans de Mari travaillaient à Ebla et ces deux grandes cités échangeaient des marchandises variées, soit pour leur propre usage, soit à titre de « relais commerciaux » entre la côte méditerranéenne et l'Anatolie d'un côté et la basse Mésopotamie et sans doute le Golfe de l'autre côté [34].

Quant à la chronologie des guerres Mari-Ebla, elle est impossible à établir en raison de l'absence de synchronismes entre les souverains de ces deux royaumes et ceux des Etats sumériens, et aussi des incertitudes qui plannent encore sur l'ordre et la durée de leur règne, la signification de leur titre et même la réalité de leur existence. Toutefois, pour des raisons trop complexes pour être développées ici, il semblerait que Iblul-Il de Mari, Arennum d'Ebla et Eannatum de Lagash aient été plus ou moins contemporains (environ 2460-2400).

Contre tous ses ennemis, Eannatum se bat comme un lion. Il chasse de Sumer les bandes d'Elamites, pille ou rase les villes de leurs alliés, vainc Mari, s'empare d'Ur et d'Uruk, arrache Kish à Zuzu, souverain d'Akshak, et « ajoute à l'ensiat de Lagash le lugalat de Kish ». Si ce qu'il dit est à prendre au pied de la lettre, il règne un moment sur tout Sumer et peut-être au-delà. Mais l'exploit d'Eannatum sur lequel nous sommes le mieux informés n'est pas cette grande guerre. C'est un conflit purement local, la vieille dispute entre Lagash et Umma à propos d'une région frontalière nommée Gu-edinna, dispute que Mesilim avait jadis arbitrée en érigeant sa stèle à la limite des deux Etats [35]. Sans doute à la faveur des troubles qui régnaient :

« Ush, l'*ensi* d'Umma, agit selon son discours grandiose ;
Il déplaça cette stèle et marcha vers la plaine de Lagash. »

Alors, conduits par leur souverain, les soldats de Lagash casqués de cuir, armés de lances et protégés par des grands boucliers s'avancent en rangs serrés, engagent la bataille et la gagnent. Le « filet de Ningirsu » s'abat sur leurs adversaires et sous vingt tumulus les cadavres s'amoncellent. La population d'Umma se révolte et tue son chef. Le nouvel *ensi* de cette ville, Enakalle, signe la paix. La frontière est fixée, nettement marquée par un talus couronné de bornes et de chapelles ; la stèle de Mesilim est remise en place. Eannatum commémore sa victoire – ou plutôt celle de Ningirsu sur Shara, dieu d'Umma – par la magnifique stèle dite « des Vautours » dont s'enorgueillit le Louvre [36].

La période qui suit la mort d'Eannatum (vers 2425) est assez confuse. Il semble qu'En-shakush-anna, *en* d'Uruk et Lugal-anne-mundu, *lugal* d'Adab, aient successivement occupé Kish et Nippur et se soient faits reconnaître suzerains de Sumer. A Lagash, le conflit avec Umma se rallume et par deux fois, sous les règnes d'Enannatum I, frère d'Eannatum, et de son fils Entemena, les *ensi* d'Umma franchissent la frontière et viennent piller les champs de Girsu. Ils sont repoussés et vaincus, mais inquiet sans doute, Entemena signe avec son puissant voisin Lugal-kinishe-dudu*, à la fois *en* d'Uruk et *lugal* d'Ur, un « traité de fraternité » dont on ne connaît pas moins de quarante-six exemplaires sur cônes d'argile. Quelque trente années plus tard, un coup d'Etat entraîne la chute de la dynastie qu'avait fondée Ur-Nanshe et porte sur le trône de Lagash une famille sacerdotale qui sera détrônée par Uru-inimgina, le réformateur. C'est alors qu'apparaît un *ensi* d'Umma nommé Lugalzagesi** qui va venger deux siècles de défaites. Il marche contre Girsu, s'en empare, la pille et l'incendie :

* « Roi qui fonce vers son but. »
** « Roi qui emplit le sanctuaire. »

« L'homme d'Umma a bouté le feu au talus-frontière. Il a
bouté le feu (au temple) Antasura et en a pillé l'argent et le
lapis-lazuli. Il a tué dans le palais de Tiras, il a tué dans
l'Apsu-banda, il a tué dans la chapelle d'Enlil et la chapelle
d'Utu… L'homme d'Umma, parce qu'il a détruit Lagash a
péché contre Ningirsu ! Que Nidaba, la déesse de Lugalzagesi,
ensi d'Umma, porte ce péché sur sa tête ! »

Mais cette malédiction, qu'on lit sur une tablette anonyme,
n'a pas d'effet immédiat. Après Lagash, Lugalzagesi s'empare d'Ur et d'Uruk, puis il conquiert tout le pays de Sumer
et bien plus encore, comme l'indique la longue inscription
qui couvre les nombreux vases de calcite qu'il dédie à Enlil
dans Nippur :

« Lorsque Enlil, le roi de tous les pays, eut donné à Lugalzagesi la royauté du Pays et l'eut justifié au regard du Pays, qu'il
eut mis tous les (autres) pays à son service et, du levant au
couchant, les eut soumis à sa loi ; alors, de la mer Inférieure,
par le Tigre et l'Euphrate, à la mer Supérieure, il rendit pour
lui les routes sûres. Les pays vivaient en paix, le peuple irri-
guait dans la joie ; tous les dynastes de Sumer et les princes
de tous les pays s'inclinaient, à Uruk, à sa loi princière… »

Il y a quelques années, on aurait pris cela pour des rodo-
montades, mais les exemples de Mari et de Lagash sous
Eannatum donnent à réfléchir. En ce temps-là, dans un
Proche-Orient où n'existait encore aucune puissance fortement structurée, un chef bien décidé à la tête de quelques milliers d'hommes pouvait, par la force et en jouant sur les
rivalités entre cités et royaumes, se créer un véritable, bien
qu'éphémère, « empire » [37]. Celui de Lugalzagesi ne dura que
vingt-quatre ans (2340-2316) avant de succomber, à son tour,
sous les coups d'un nouveau-venu, un Sémite de Mésopotamie, Sargon d'Akkad.

Les Akkadiens

Nous avons vu, à deux reprises, l'influence culturelle de Sumer s'étendre à la haute Mésopotamie, en particulier le long de l'Euphrate, de Kish à Mari et de Mari à Ebla. Perceptible dès l'époque de Jemdat Nasr, ce mouvement en tache d'huile se manifeste clairement pendant l'époque Dynastique Archaïque, à la fois dans l'art, l'écriture et la littérature, mais rien n'indique que la culture sumérienne a été véhiculée autrement que par des scribes, artistes, savants et marchands. Pendant près de quatre siècles, les souverains de Sumer se sont battus, le plus souvent chez eux, pour repousser des envahisseurs ou pour établir leur suprématie sur d'autres principautés de basse Mésopotamie. S'emparer de Kish, se faire reconnaître suzerains à Nippur et, dans certains cas, s'assurer un accès à la mer Inférieure ont été, semble-t-il, leurs seules ambitions. A beaucoup d'égards, la haute Mésopotamie est restée pour eux l'étranger.

Toutefois, vers la fin du vingt-quatrième siècle, la foudroyante campagne de Lugalzagesi en direction du nord-ouest donne le signal d'une politique d'expansion que vont reprendre presque immédiatement les Sémites de Kish. En quelques années, Sargon et ses successeurs vont soumettre tout le pays de Sumer, conquérir les vallées du Tigre et de l'Euphrate, envahir la Syrie du Nord, abattre Ebla, dominer l'Elam, lancer des expéditions sur le Golfe jusqu'en Oman, créer un véritable empire [1]. Pour la première fois, les deux moitiés de la Mésopotamie vont être réunies en un seul domaine qui s'étend du Taurus aux montagnes du Fars, du Zagros à la Méditerranée. Aux yeux des contemporains ce territoire est immense, pratiquement le monde entier, et l'on comprend que Narâm-Sîn, petit-fils de Sargon, se pare du titre de *shar kibrat arba'im*, « roi des Quatre Régions », à

savoir le « Haut » (le Nord), le « Bas » (le Sud), le Levant et
le Ponant. L'empire de ces Sémites, l'empire d'Akkad, ne
dure qu'un siècle (2300-2200 en chiffres ronds), mais il crée
un précédent qui ne sera jamais oublié. Reconstituer l'unité
de la Mésopotamie à leur profit, s'assurer le contrôle de
toutes les routes commerciales qui traversent cette région
dans tous les sens, s'ouvrir cette porte vers l'Occident que
constitue le rivage syrien sera désormais, pendant deux mille
ans, le rêve, le but suprême de nombreux monarques sumériens, puis assyriens et babyloniens.

Le moment est donc venu d'examiner de plus près ces
Sémites que nous avons déjà bien souvent mentionnés et qui
font alors une brillante entrée dans l'Histoire.

Les Sémites

L'adjectif « sémitique » fut inventé en 1781 par le philologue allemand Schlözer pour désigner un groupe de langues
étroitement apparentées [2] et l'on prit vite l'habitude d'appeler « Sémites » les peuples qui parlaient, et parlent encore,
ces langues. Les deux mots dérivent du nom d'un des fils de
Noé, Sem, frère de Cham et de Japhet et, selon la Bible,
ancêtre des Assyriens, Araméens et Hébreux. Parmi les
langues sémitiques vivantes, la plus répandue est l'arabe, suivie de l'éthiopien et de l'hébreu. L'akkadien et ses variétés
dialectales (akkadien ancien, assyrien, babylonien), ainsi que
les langues dites ouest-sémitiques (éblaïte, amorrite, cananéen, phénicien, moabite) sont depuis longtemps langues
mortes, tandis que l'araméen a survécu, très modifié, comme
langue liturgique de plusieurs Eglises orientales et sous
forme de dialectes parlés par de petites communautés du
Liban et du Nord de l'Iraq. Toutes ces langues, mortes ou
vivantes, ont de nombreux traits communs et forment une
famille très cohérente [3]. Une de leurs caractéristiques principales est que les verbes et de nombreux substantifs et adjec-
tifs dérivent de racines formées, le plus souvent, de trois
consonnes. Des voyelles brèves ou longues associées à ces
consonnes matérialisent et modulent le concept général
qu'exprime la racine. Par exemple, en arabe, le radical *k t b*
exprime l'idée vague d'écriture ; « il écrivit » (et aussi
« écrire », car l'arabe n'a pas d'infinitif) se dit *kataba* : « il

écrit », *yiktib* ; « c'est écrit », *maktub* ; « écrivain », *kâtib* ;
« livre », *kitâb*, etc. De même, en akkadien *ikashad*, « il
conquiert » : *ikshud*, « il conquit » : *kashâdu*, « conquérir » et
kâshid, « conquérant », dérivent de la racine *k sh d*, qui
exprime une idée d'approche et, par extension, de conquête.

Pendant toute l'Antiquité, les Sémites ont habité une zone
compacte et parfaitement définie du Proche-Orient, limitée
par des mers et des montagnes et comprenant essentiellement
la péninsule d'Arabie, la Syrie-Palestine et la Mésopotamie.
L'usage a donc prévalu de considérer les Sémites d'abord
comme une race puis, le concept de « race » s'avérant scientifiquement erroné, comme un groupe homogène de peuples
partageant non seulement le même type de langue, mais aussi
la même psychologie, les mêmes mœurs et coutumes, les
mêmes croyances religieuses. En outre, une théorie trop
longtemps répandue voulait que les Sémites aient été primitivement des nomades ayant pour berceau d'origine le *centre
géographique* de la zone définie ci-dessus, le grand désert
syro-arabe. Ils en étaient sortis à diverses époques, en
« vagues » successives, pour se sédentariser à la périphérie :
les Akkadiens en Mésopotamie centrale, probablement au
quatrième millénaire ; les Amorrites en Syrie et en Mésopotamie et les Cananéens en Syrie-Palestine au deuxième
millénaire ; les Araméens tout autour du Croissant fertile à
partir du douzième siècle avant J.-C. ; enfin, les Arabes au
septième siècle de notre ère [4].

Cette théorie est maintenant caduque. Toutes les études
paléoclimatologiques effectuées depuis une quarantaine
d'années montrent que depuis la fin du Paléolithique, le
centre de la péninsule d'Arabie et le triangle qui sépare la
Mésopotamie de la Syrie-Palestine ont été des déserts aussi
arides qu'aujourd'hui, les quelques épisodes pluvieux notés
entre le huitième et le troisième millénaire n'intéressant
guère que la ceinture montagneuse de l'Arabie, le long de la
mer Rouge et du golfe d'Oman [5]. Ce désert n'a manifestement pas pu nourrir des populations assez nombreuses pour
envahir en masse d'autres régions et, en fait, tout indique que
les seules parties du Proche-Orient habitées de façon relativement dense pendant la haute Antiquité ont été la Turquie,
le Levant, la Mésopotamie, l'Iran et, à un moindre degré, le
Hejaz, le Yemen et l'Oman, c'est-à-dire les zones situées à

la périphérie du grand désert syro-arabe. Par ailleurs, pour vivre (assez misérablement) dans de grandes zones désertiques, il faut pouvoir couvrir les énormes distances qu'exigent les migrations saisonnières à la recherche de points d'eau et de maigres pâturages. Or, l'on sait qu'avant le douzième siècle avant notre ère – date à laquelle l'usage du dromadaire a commencé à se répandre au Proche-Orient [6] –, les nomades élevaient des chèvres et des moutons et que leur seule monture était l'âne. Leur liberté de mouvements était donc beaucoup plus restreinte que celle des Bédouins actuels et toutes leurs migrations n'ont pu se faire qu'à l'intérieur de bandes de largeur variable situées soit au pied des montagnes, dans les limites de l'isohyète de 250 mm, soit le long des fleuves et des rivières, ainsi que dans certaines enclaves au cœur des régions urbanisées, toutes zones où la steppe à pâturages voisine avec les terres cultivées. C'est le nomadisme « fermé » qui s'oppose au nomadisme « ouvert » de l'Asie centrale.

Dans ces bandes et enclaves, les nomades, traditionnellement organisés en tribus, vivaient en permanence au contact de populations urbaines et agricoles et formaient avec elles ce qu'on a appelé une « société dimorphe [7] ». Les rapports entre nomades et sédentaires pouvaient prendre des aspects divers selon que le pouvoir urbain exerçait ou non un certain contrôle sur les nomades. Le plus souvent, les deux composantes de cette société vivaient en symbiose : les pasteurs rencontraient les agriculteurs dans des marchés aux portes des villes et villages, échangeaient leurs produits (viande sur pied, laitages, laine et peaux) contre des céréales, légumes, fruits et objets manufacturés, puis retournaient à leurs troupeaux, distants de quelques kilomètres à peine. Parfois, des nomades quittaient leur tribu à titre individuel pour s'engager comme ouvriers ou mercenaires. D'autres fois, le pouvoir affermait à un clan ou à une tribu des terres que la salinisation rendait impropres à la culture et il arrivait aussi que certaines tribus, clans ou familles devinssent semi-nomades, partageant l'année entre l'agriculture et l'élevage. Dans les périodes de troubles politiques, lorsque le pouvoir urbain était affaibli, des tribus ou confédérations de tribus occupaient des territoires plus ou moins vastes et s'y établissaient sous l'ordre de leurs propres chefs.

La sédentarisation des nomades a donc été un phénomène lent et discontinu, entrecoupé de poussées actives et compensé parfois par le retour de certaines tribus au nomadisme, par choix ou par force. Elle a pris la forme, non pas de grandes vagues centrifuges, mais d'une série de mouvements de la steppe à pâturages vers les terres cultivées. C'est donc dans le Croissant fertile même et en bordure de la péninsule d'Arabie qu'il faut chercher le « berceau » des peuples de langue sémitique. Ils vivaient là, autant qu'on puisse en juger, depuis les temps préhistoriques, mais ils ne se révèlent à nous qu'à partir de certains moments, soit par leurs propres textes (c'est le cas des Eblaïtes et des Cananéens d'Ugarit), soit lorsqu'ils apparaissent dans les écrits des sédentaires en tant qu'individus isolés dont les noms trahissent l'origine ou en tant qu'entités ethniques ou politiques (c'est le cas des Akkadiens, Amorrites, Araméens et Arabes préislamiques).

S'il est vrai que la plupart des nomades du Proche-Orient ancien parlaient des langues sémitiques, il ne s'ensuit pas nécessairement que tous les peuples parlant ces langues ont été des nomades. Il convient de noter que la plupart des caractéristiques qu'on attribue aux Sémites en général – leur « esprit fougueux, impatient, instable, émotif[8] », leurs « idées religieuses monothéistes, anti-mythologiques et anti-ritualistes[9] », leurs conceptions sociopolitiques modelées sur l'organisation tribale – s'appliquent essentiellement aux Sémites nomades et résultent en grande partie de leur mode de vie particulier. Or, si les Araméens et les Arabes semblent avoir été originellement nomades, ce n'est pas le cas de tous les Amorrites et absolument rien ne l'indique en ce qui concerne les Eblaïtes et les Akkadiens. Tout suggère, au contraire, que ces derniers étaient établis depuis très longtemps sur le moyen Euphrate et en basse Mésopotamie, en contact étroit, dans cette dernière région, avec les Sumériens dont ils partageaient le genre de vie, les coutumes et la religion et auxquels ils ont emprunté l'écriture cunéiforme pour l'adapter à leur propre langue – adaptation difficile puisque ces deux langues différaient autant l'une de l'autre que, par exemple, le français du chinois. Ils ont également adopté et « akkadianisé » un grand nombre de mots sumériens (*dub*, « tablette », devenu *ṭuppu*[m] ; *damgar*, « marchand », devenu *tamkâru*[m], etc.), alors que les Sumériens n'ont emprunté que certains vocables akkadiens, comme *hazi*, « hache », *shám*, « prix », *súm*, « oignon » et quelques autres.

Au cours de la période Dynastique Archaïque, il semble que les Sémites soient devenus progressivement majoritaires dans la région de Kish – région qui prendra plus tard le nom de la capitale qu'avait fondée Sargon, Agade ou Akkade (Akkad) – mais on les trouve également en plein pays de Sumer. Dès 2550 environ, plusieurs personnes citées dans les archives de Shuruppak et près de la moitié des scribes qui ont rédigé, en sumérien, les textes d'Abu Salabikh portent des noms sémitiques. Il en est de même de Pû-abi (« Bouche du père »), la célèbre *nin* du cimetière royal d'Ur, de l'épouse de Meskiagnunna, qui régnait sur cette ville vers 2480 et, pour certains, du père de Lugalzagesi [10]. Il faut également souligner qu'aucun texte sumérien de cette époque ne présente les Sémites de Kish comme des nomades, et si la question des rapports affectifs entre ces deux populations est toujours discutée, de nombreux assyriologues concluent à une absence d'inimitié réciproque [11]. L'attitude des Sumériens vis-à-vis des Akkadiens ne changera qu'au moment où, face à des rois qui ne sont pas les leurs et qui imposent leurs gouverneurs et leur propre langue, ils se sentiront menacés dans leur intégrité culturelle. Mais cette « saute d'humeur » sera momentanée et rien par la suite n'indiquera une haine persistante entre deux ethnies étroitement mêlées dans la basse vallée de l'Euphrate depuis des temps immémoriaux.

Sargon d'Akkad

Le règne de Sargon, premier roi de la Dynastie d'Akkad, fit sur ses contemporains une impression si profonde qu'il en resta entouré d'un halo de légende. C'est ainsi qu'un texte du septième siècle décrit sa naissance et son enfance dans des termes qui rappellent la merveilleuse aventure de Moïse et de quelques autres héros :

« Ma mère était une grande prêtresse. Mon père, je ne le connais pas. Les frères de mon père campent dans la montagne. Ma ville natale est Azupiranu*, qui est située sur les bords de l'Euphrate.

* Ce nom signifierait « (la ville du) safran ».

Ma mère, la grande prêtresse, me conçut et me mit au monde
en secret. Elle me déposa dans une corbeille de jonc, dont elle
ferma l'ouverture avec du bitume. Elle me jeta dans le fleuve
sans que j'en puisse sortir.
Le fleuve me porta; il m'emporta jusque chez Aqqi, le puiseur d'eau. Aqqi, le puiseur d'eau, en plongeant son seau, me
retira (du fleuve). Aqqi, le puiseur d'eau, m'adopta comme
son fils et m'éleva. Aqqi, le puiseur d'eau, me mit à son
métier de jardinier.
Alors que j'étais ainsi jardinier, la déesse Ishtar se prit
d'amour pour moi, et c'est ainsi que pendant cinquante-six
ans, j'ai exercé la royauté [12]. »

On ne peut que voir là, au mieux, de l'histoire fortement
romancée et cependant, nous savons par des sources plus
dignes de foi [13] que l'homme qui devait plus tard s'attribuer
le nom de *Sharru-kîn*, « Roi légitime » – sans doute parce
qu'il ne l'était pas – avait, effectivement, d'humbles origines.
De jardinier il devint serviteur d'Ur-Zababa, roi de Kish et
petit-fils de Ku-Baba, la cabaretière-reine, et parvint au rang
d'échanson [14]. C'est alors qu'il se révolta contre son bienfaiteur, réussit, on ne sait comment, à le détrôner et marcha sur
Uruk où régnait alors le tout-puissant Lugalzagesi. Ayant
conquis la ville par surprise, Sargon en détruisit le rempart,
puis affronta son adversaire. Lugalzagesi, qui avait pourtant
cinquante *ensi* sous ses ordres, fut défait et capturé. Sargon le
mit dans un carcan et l'emmena à « la porte (du temple)
d'Enlil », à Nippur, à la fois célébrant son triomphe et faisant
entériner son usurpation. Il s'empara ensuite successivement
d'Ur, du pays de Lagash et d'Umma. A Eninkimar, port de
Lagash, il tint à souligner qu'il détenait les clés du Golfe en
effectuant un geste symbolique que devaient répéter, plus
tard, bien d'autres monarques sur d'autres rivages : « Il lava
ses armes dans la mer. »
Devenu « roi du Pays (de Sumer) » et « roi de Kish », Sargon aurait pu se contenter de vivre dans cette ville prestigieuse, mais il voulut marquer que son règne inaugurait une
nouvelle époque et fonda, non loin de Kish, une nouvelle
capitale, Akkade ou Agade – la seule grande cité royale de
Mésopotamie dont l'emplacement exact demeure inconnu [15].
Il en fit un grand port fluvial où s'amarraient, à quelque
300 kilomètres du Golfe, « les bateaux de Meluhha, les

bateaux de Magan et les bateaux de Dilmun ». Autres innovations : l'akkadien devint de plus en plus écrit sans toutefois déloger le sumérien et l'on adopta le système de datation
par « noms d'années » (voir ci-dessus, page 44). Toutefois, le
nouveau monarque s'efforça de ne pas heurter de front la
sensibilité de ses sujets. Il semble que les *lugal* et *ensi* vaincus soient restés en fonction et que seuls les postes nouvelle-
ment créés aient été pourvus de gouverneurs akkadiens. De
même, les croyances et institutions religieuses des Sumériens
furent soigneusement respectées. Sargon se proclama « oint
d'Anum » et « vicaire d'Enlil » et nomma sa propre fille,
Enheduanna – une poétesse auteur d'un très bel hymne et
prière à Inanna [16] –, grande prêtresse du dieu-lune Nanna (Sîn
en akkadien) à Ur, inaugurant ainsi une tradition qui sera suivie par ses successeurs jusqu'à Nabonide, dernier roi de
Babylone.
   Ayant établi sa suprématie sur Sumer, Sargon entreprit de
neutraliser les deux puissances qui menaçaient son royaume,
Ebla et Awan, en les attaquant sur leur propre terrain. De la
campagne qu'il conduisit le long de l'Euphrate jusqu'en
Syrie du Nord, nous savons peu de chose. Le roi d'Akkad dit
simplement qu'en atteignant Tuttul [17] il se prosterna devant
Dagan, le grand dieu du moyen Euphrate et du pays d'Ebla,
et que Dagan « lui donna tout le haut pays, Mari, Iarmuti [18] et
Ebla jusqu'à la forêt des Cèdres et la montagne d'Argent »,
périphrases qui désignent l'Amanus et, très probablement, le
Taurus. Il semble que ni Mari ni Ebla ne furent détruites et
sans doute le conquérant se contenta-t-il d'un tribut et d'un
serment de vasselage. En accédant à ces montagnes, il s'assurait un approvisionnement en bois et métaux qui pouvaient
désormais être transportés sur l'Euphrate jusqu'aux quais
d'Agade sous l'œil vigilant d'officiers du roi postés tous les
55 kilomètres environ. Mais si la « guerre syrienne » paraît
– peut-être faussement – n'avoir été qu'une promenade militaire, il fallut à Sargon deux campagnes pour venir à bout du
royaume d'Awan et de son allié, le royaume de Warahshe.
Ces deux royaumes voisins étaient situés dans les montagnes
du Sud-Ouest de l'Iran et le plus puissant d'entre eux, Awan,
était entouré d'Etats vassaux dirigés par des « gouverneurs » ;
il devait plus tard être englobé, avec d'autres principautés,
dans la confédération élamite. Après de dures batailles, les

deux souverains ennemis furent vaincus mais maintenus en
place et persuadés, ou contraints, d'utiliser l'akkadien pour
leurs inscriptions. Les vainqueurs saccagèrent quelques villes
et recueillirent un énorme butin. Sargon entra dans Suse,
chef-lieu de la principauté d'Elam, et permit à son « vice-
roi » d'élever cette grosse bourgade commerçante sur les
rives de la rivière Karkheh au rang de capitale. Ce faisant, il
croyait sans doute affaiblir Awan et ne pouvait imaginer
qu'un roi d'Elam contribuerait un jour au déclin de la Dynastie d'Akkad et que, dans les siècles à venir, le nom de Suse
serait souvent, pour les Mésopotamiens, synonyme de défaite
et d'humiliation.

Ici s'arrêtent nos sources les plus authentiques, les inscriptions de Sargon. Notons qu'aucune ne fait allusion à une
campagne vers le nord de l'Iraq, le long du Tigre, et c'est
plutôt à ses successeurs qu'il faut laisser le mérite d'avoir
conquis et civilisé ces régions. Mais que faut-il penser des
nombreuses chroniques, œuvres littéraires et collections de
présages rédigées à diverses époques et dont certaines donnent une description détaillée et poétique d'autres aventures
guerrières ? Où finit l'histoire et où commence la légende
dans le récit qu'on appelle *L'Epopée du roi du combat* et qui
nous montre Sargon pénétrant jusqu'au cœur de l'Anatolie
pour protéger ses marchands des exactions du roi de Purushanda [19] ? Et pouvons-nous vraiment croire qu'il a traversé
la « mer de l'Ouest » et « dressé ses images » en Chypre et
même en Crète, comme semblent l'indiquer un présage
et une prétendue liste géographique de son empire [20] ? Le
souvenir de ce grand conquérant n'a jamais cessé de stimuler
l'imagination de ses compatriotes. Pour eux, le souverain qui
avait dit :

> « Maintenant, tout roi qui voudra se dire mon égal,
> Partout où j'ai porté mes pas, lui qu'il porte les siens [21] ! »

était parfaitement capable de tels exploits. Il faut, cependant,
se garder d'un extrême scepticisme comme d'une extrême
crédulité. Certains de ces récits – notamment l'expédition en
Anatolie – contiennent peut-être une part de vérité.

Le règne de Sargon ne dura pas moins de cinquante-cinq
ans (2334-2279). « Dans sa vieillesse », dit une chronique
babylonienne tardive [22], « tous les pays se révoltèrent contre

lui et l'assiégèrent dans Agade. » Mais le vieux lion avait encore griffes et dents : « Il sortit, engagea la bataille et les vainquit ; il les renversa et détruisit leur grande armée. » Un peu plus tard, « Subartu (l'ensemble des peuples du Nord mésopotamien) attaqua avec toutes ses forces et l'obligea à reprendre les armes. Sargon leur tendit une embûche, écrasa leur grande armée et envoya leurs possessions à Agade. »

L'empire d'Akkad

Tout cela n'était que le prélude de la grande révolte qui éclata dès que Sargon mourut et que son fils et successeur Rîmush réprima avec une brutalité qui justifiait pleinement son nom royal d'« Aurochs ». Il s'agissait, cette fois, des Sumériens eux-mêmes : les *ensi* de Lagash, d'Umma, Adab, Zabalam et Kazallu [23] avec, à leur tête, Kaku, *lugal* d'Ur. Les textes sont muets sur les causes de l'insurrection, mais on peut imaginer que de lourds impôts et les levées en masse des fils de Sumer pour des guerres lointaines, ainsi que la perte des taxes portuaires d'Ur et de Lagash au profit d'Agade n'y étaient pas étrangers. Les Elamites en profitèrent pour essayer de secouer le joug akkadien et Rîmush dut partir en campagne contre le roi de Warahshe auquel il infligea une sévère défaite, bien que les chiffres de dix-sept mille tués et quatre mille prisonniers dont il se vante soient probablement très exagérés. Mais son autorité semble avoir été contestée jusque dans son entourage. Après neuf ans de règne (2278-2270), « ses serviteurs », dit un présage, « le tuèrent avec leur *kunukku* », mot qui désigne habituellement à la fois le sceau-cylindre et la tablette scellée mais dont le sens, dans ce contexte, est sans doute différent [24].

A Rîmush succéda Manishtusu (2269-2255), peut-être son frère jumeau comme le suggère son nom « Qui est avec lui ? ». Les Sumériens, matés, restèrent calmes, mais le nouveau roi dut intervenir de nouveau dans le Sud-Ouest iranien, contre le royaume d'Anshan, qu'il faut situer autour de l'actuelle Shirâz [25], allié au pays de Sherihum, sur la côte de Perse, du côté de Bushir. Toutefois, l'événement le plus insolite et, croyons-nous, le plus significatif du règne fut une expédition maritime – la première de l'histoire – à travers le golfe Arabo-Persique, que le roi raconte ainsi :

« Manishtusu, le roi de Kish, lorsqu'il vainquit Anshan et Sherihum, fit traverser la mer Inférieure à des bateaux... Les
villes de l'autre côté de la mer, au nombre de trente-deux, se
liguèrent pour la bataille, mais il triompha et il vainquit leurs
villes, il tua leurs princes et enleva (...) jusqu'aux mines d'argent. Des montagnes au-delà de la mer Inférieure il tira des
pierres noires; il les chargea sur des bateaux et il les amarra
au quai d'Akkade. Il façonna sa statue et la voua à Enlil. Par
Shamash et Aba, je jure que ce ne sont pas des mensonges :
c'est absolument vrai [26] ! »

Il est très probable que ces « montagnes au-delà de la mer »
étaient celles de l'Oman, riches en minerais de toutes sortes
et en « pierre noire » (la diorite), et la raison de cette expédition semble inscrite dans le contexte politique de l'époque.
En effet, après le départ de Sargon, le royaume d'Ebla – qui
s'étendait, par vassaux interposés, jusqu'au Khabur et peut-
être en Anatolie – avait recouvré sa liberté. A l'est, toute la
région comprise entre Urkish (aux environs de Nisibin) et
Nawar (probablement l'ancien nom de Tell Brak) était occupée par un peuple qui devait jouer un rôle important dans
l'histoire mésopotamienne au milieu du deuxième millénaire : les Hurrites (voir chapitre 14). Plus à l'est encore, les
Lullubi étaient solidement installés dans le Kurdistan iraqien,
autour de Sulaimaniyah, et les Guti, probablement entre le
Zab inférieur et la Diyala. Au-delà, c'était le Warahshe,
l'Awan, l'Anshan, toute la partie montagneuse de l'Elam. Or,
tous ces peuples libérés, jamais encore soumis ou d'une fidélité douteuse tenaient pratiquement tous les cols qui, à travers
le Taurus et le Zagros, menaient d'Anatolie, d'Arménie et
d'Iran en Mésopotamie. C'est dire que cette dernière était
pratiquement coupée de ses sources traditionnelles d'approvisionnement en métaux et en pierres de taille ou semi-
précieuses. A ce grave problème, il n'y avait que deux solu-
tions : soit lutter dans le Nord et l'Est pour réouvrir ces cols
au commerce, soit s'approprier la seule autre source accessible et d'ailleurs connue par un trafic plusieurs fois cente-
naire, Magan, c'est-à-dire l'Oman, et c'est ce que fit
Manishtusu.

Narâm-Sîn (« Aimé de Sîn »), qui lui succéda, choisit la
lutte et la mena avec un tel succès qu'il put bientôt, sans
mentir, se proclamer « roi des Quatre Régions ». Plus encore,

dans la deuxième moitié de son règne, il fit précéder son nom
du signe de l'étoile, déterminatif des dieux. On l'appela
« dieu d'Agade » ; on prêta serment par lui. Certes, dans un
lointain passé, deux rois d'Uruk, Lugalbanda et Gilgamesh,
avaient été déifiés, mais longtemps après leur mort ; il le fut,
lui, de son vivant, inaugurant une pratique que suivirent son
successeur, puis plusieurs rois de la IIIᵉ Dynastie d'Ur et la
plupart des rois d'Isin et de Larsa. Mégalomanie ? Peut-être,
mais il faut noter qu'aucun des « empereurs » assyriens ou
babyloniens ne se sont faits passer pour des dieux. On a
pensé que le titre divin était réservé aux rois jouant le rôle de
Dumuzi dans le rite du mariage sacré, ou encore que Narâm-
Sîn avait trouvé ce moyen pour se faire obéir de ses vassaux
les plus rétifs. Il est également possible que, la royauté étant
d'origine divine et les rois se disant souvent fils de dieux ou
de déesses, ils aient glissé, tout naturellement, vers leur
propre déification. Mais il ne s'agit là que d'hypothèses et il
faut bien avouer que la signification exacte de ce phénomène
nous échappe [27].

Narâm-Sîn sut démontrer qu'il était de la même trempe
que son aïeul Sargon et, comme lui, devint un héros de
légende. Son long règne (2254-2218) fut souvent occupé par
des opérations militaires tout autour de la Mésopotamie. A
l'ouest, il « ravagea Arman (Alep ?) et Ebla grâce à l'arme
du dieu Dagan et il tint en domination l'Amanus, la montagne des Cèdres ». Les fréquentes mentions de cette campagne dans ses inscriptions et les traces d'incendies relevées
à Tell Mardikh et datées d'environ 2250 [28] confirment la véra-
cité du récit et l'importance attachée par le roi d'Akkad à la
destruction de la grande capitale rivale d'Agade. Cette victoire marque la fin, sinon de la ville d'Ebla (qui se releva vite
de ses ruines), du moins de la dynastie que nous ont fait
connaître les archives royales éblaïtes. Il semble qu'au passage, le palais présargonique de Mari ait également été
détruit [29]. Au nord, des expéditions contre les Hurrites sont
suggérées par une stèle de Narâm-Sîn à Pir Hussain, près de
Diarbakr, par la tête de bronze provenant de Ninive et par la
statue de bronze récemment découverte près de Mossoul,
tandis que la présence d'un « palais » de Narâm-Sîn à Tell
Brak, au cœur du bassin du Khabur, montre l'intérêt que
portait le roi à cette frontière cruciale [30]. Plus à l'est, une des

grandes affaires du règne a dû être la campagne victorieuse contre les Lullubi, car elle est commémorée par une sculpture rupestre à Darband-i Gawr, au sud de Sulaimaniyah, et par un des chefs-d'œuvre de la sculpture mésopotamienne : la célèbre stèle de victoire retrouvée à Suse et aujourd'hui au Louvre[31]. On y voit Narâm-Sîn, coiffé de la tiare à cornes des dieux, armé de l'arc, de la massue et du poignard, gravissant, à la tête de son infanterie, une montagne abrupte et boisée et foulant aux pieds les cadavres de ses ennemis ; debout devant lui, Satuni, roi des Lullubi, le supplie de lui laisser la vie sauve. Il est significatif que les dieux soient réduits à des symboles (une étoile et un disque solaire) : c'est manifestement le triomphe du roi plus que le leur. D'autres campagnes, sans doute importantes, sont mentionnées dans les inscriptions royales ainsi que dans des présages et chroniques et semblent avoir eu lieu en Syrie du Nord et sur le cours inférieur du Tigre. Enfin, toujours selon une chronique relativement tardive, Narâm-Sîn alla à Magan et captura Mannu-dannu, son roi, qui s'était probablement révolté. La réalité de cette expédition est confirmée par plusieurs vases de pierre portant le nom du roi d'Akkad et la mention « butin de Magan[32] ».

Ce règne glorieux s'acheva, semble-t-il, dans un semi-désastre. Un document du deuxième millénaire connu sous le nom de *Légende cuthéenne de Narâm-Sîn*[33] nous montre ce roi « plein de trouble, d'égarement et de tristesse, souffrant et gémissant » parce que son pays est menacé par la puissante armée d'Annubanini, roi des Lullubi, et de ses sept fils, mais finalement victorieux. Il aurait aussi repoussé par deux fois une attaque des Guti, « peuple oppresseur et ignorant le culte des dieux ». Ici, encore, le mélange de fiction et de réalité incite à la prudence, mais on ne peut douter que Narâm-Sîn ait été le dernier grand monarque de la Dynastie d'Akkad. A peine était-il mort que la pression aux frontières de l'empire s'accrut dangereusement. De son vivant, l'Elam était resté soumis et l'énergique gouverneur de Suse, Puzur-Inshushinak, avait même lutté contre les Guti au nom de son suzerain. Mais sous le règne de Shar-kallishari (« roi de tous les rois »), fils de Narâm-Sîn, il se proclama indépendant, abandonna la langue akkadienne pour l'élamite, agrandit son domaine en s'emparant de deux principautés voisines, fit une

incursion jusqu'au cœur du pays d'Akkad et osa même se
parer du titre de « roi des Quatre Régions ». Shar-kallishari
eut aussi à lutter dans le mont Basar (Jebel Bishri, près de
Mari) contre les MAR.TU, ou Amorrites, peuple sémitique qui
apparaît ici pour la première fois dans l'histoire mésopotamienne et y jouera bientôt un rôle de premier plan. Lorsqu'il
disparut en 2193, peut-être dans une révolution de palais,
l'empire d'Akkad s'effondra aussi vite qu'il s'était construit.
Un moment, l'anarchie dans la capitale fut telle que la Liste
royale sumérienne dit simplement :

> « Qui était roi ? Qui n'était pas roi ? Igigi était-il roi ? Nanium
> était-il roi ? Imi était-il roi ? Elulu était-il roi ? Leur tétrade
> était roi et elle a régné trois ans [34] ! »

Elulu et deux autres pseudo-rois d'Akkad nous ont laissé
de brèves inscriptions : des épaves dans une obscure tourmente. Les Guti avaient conquis la Mésopotamie et pendant
près d'un siècle les Sumériens allaient apprendre à prononcer
leurs noms barbares : Inkishush, Inimabakesh, Igeshaush,
Iarlagab... Mais ils ne se sentaient pas responsables de la
catastrophe. Un long et beau poème sumérien, *La Malédiction d'Agade* [35], l'attribue au geste sacrilège de Narâm-Sîn
qui aurait dévasté Nippur et le temple d'Enlil, d'où la colère
de ce dieu :

> « Gutium le peuple qui ne tolère aucun contrôle,
> Dont l'entendement est celui de l'homme, mais dont l'aspect
> et le langage balbutiant sont ceux d'un chien,
> Enlil les fit venir des montagnes.
> En grand nombre, comme des sauterelles, ils couvrirent la
> terre. »

L'essor et la chute de l'empire d'Akkad offrent une image
parfaite du sort de tous les empires mésopotamiens à venir :
de foudroyantes conquêtes, puis la révolte des peuples soumis, des guerres incessantes aux frontières, des révolutions
de palais, enfin le coup de grâce donné par les guerriers des
montagnes ou de la steppe attirés par les richesses accumulées entre le Tigre et l'Euphrate : Guti aujourd'hui, Elamites
et Amorrites demain, Hittites, Kassites, Mèdes et Perses plus
tard. Pourtant, malgré sa courte durée la période d'Akkad a
ouvert une ère nouvelle et marqué d'une empreinte indélé-

bile non seulement la Mésopotamie, mais une grande partie du Proche-Orient. La civilisation suméro-akkadienne a pénétré tout le long du Tigre et jusqu'aux vallées du Zagros. La langue akkadienne est devenue *lingua franca* dans toute la haute Mésopotamie, comme en témoignent les textes économiques trouvés dans la vallée de la Diyala, à Assur, à Gasur (la future Nuzi, non loin de Kirkuk), à Chagar Bazar, à Tell Brak et a été adoptée par les peuples voisins, au moins comme langue officielle. La stèle rupestre d'Annubanini, roi des Lullubi, retrouvée près de Sar-i Pul, sur la route de Baghdad à Hamadan, est rédigée dans cette langue, comme l'est la tablette de cuivre inscrite du Hurrite Arisen, « roi d'Urkish et de Nawar », et comme le sont les inscriptions de Puzur-Inshushinak, gouverneur de Suse et vice-roi d'Elam [36]. Plus encore, la tutelle akkadienne écartée, les rois hurrites et élamites conserveront l'écriture cunéiforme pour exprimer leur propre langue. Par ailleurs, les relations commerciales entre la Mésopotamie et les pays du Golfe se sont renforcées et étendues. Elles englobent maintenant le pays de Meluhha, c'est-à-dire la vallée de l'Indus où fleurit à cette époque la grande civilisation que nous ont révélée les fouilles d'Harappa et de Mohenjo-Daro et dont quelques objets caractéristiques, notamment des sceaux, ont été retrouvés en Iraq [37].

Au centre de l'empire, en basse Mésopotamie, l'influence akkadienne s'est manifestée de diverses façons. Dans le domaine de l'art, d'abord, où la tendance à un élégant réalisme apparaît dans la glyptique et la statuaire et où de véritables portraits – comme la splendide tête de bronze ciselé de Ninive [38], qui représente probablement Narâm-Sîn plutôt que Sargon – remplacent les personnages un peu gauches et plus ou moins stéréotypés de la période Dynastique Archaïque. Elle apparaît encore dans l'écriture cunéiforme, qui n'a jamais été aussi belle. S'il ne semble pas que la domination akkadienne ait modifié le système socio-économique des principautés de Sumer, les documents provenant du pays d'Akkad et des régions environnantes – notamment les contrats de vente d'esclaves, de champs, d'animaux et d'autres biens – nous font entrevoir un régime où la propriété privée joue un rôle beaucoup plus important que dans le Sud. Enfin, et surtout, il existe maintes indications que le pouvoir royal est nettement séparé du pouvoir religieux, que le roi n'est plus l'humble vicaire des dieux mais le maître suprême, que entouré de sa famille, de sa cour et de ses généraux et enrichi par ses conquêtes, il s'approprie, très légalement, de vastes domaines[39] et gouverne un peu comme un seigneur médiéval entouré de ses preux. Quelque chose a profondément changé entre le Tigre et l'Euphrate et même lorsque les Sumériens retrouveront leur suprématie après l'interlude sémitique, ils ne reviendront pas entièrement aux anciennes institutions et coutumes. A beaucoup d'égards, les rois d'Ur suivront le modèle dessiné par Sargon et ses successeurs.

Le grand royaume d'Ur

Sur ces Guti auxquels les Anciens attribuèrent la chute de l'empire d'Akkad mais qui n'en furent qu'un des nombreux facteurs, nous ne savons presque rien. La Liste royale sumérienne donne à la « horde du pays de Gutium » vingt et un rois ayant régné en tout quatre-vingt-onze ans et quarante jours, mais un seul d'entre eux nous a laissé une courte inscription et certains historiens modernes réduisent à quarante ou cinquante ans la durée de leur domination en Mésopotamie [1]. Probablement peu nombreux, quoi qu'en disent les textes, les envahisseurs détruisirent le temple d'Ishtar à Assur et le palais de Narâm-Sîn à Tell Brak, ravagèrent la basse vallée de la Diyala, occupèrent sans doute Agade (en fait, une assez longue inscription récemment publiée nous apprend qu'un de leurs rois, Erridu-Pizir, le premier sur la liste, combattit les Lullubi et les Hurrites du Kurdistan pour protéger le pays d'Akkad [2]), mais se contentèrent d'une suzeraineté nominale sur le pays de Sumer. La plupart des cités sumériennes restèrent donc libres et jouirent même d'une grande prospérité, comme on le verra plus loin. Pourtant, l'esprit d'indépendance, le sens de la communauté ethnique et culturelle très aigu chez les Sumériens devaient s'y maintenir, car lorsqu'en 2120 environ Utu-hegal, *lugal* d'Uruk, décida de marcher contre « Gutium, le serpent, le scorpion de la montagne », non seulement sa ville « le suivit comme un seul homme », mais d'autres cités se rangèrent à ses côtés. Le roi des Guti, Tiriqan, essaya en vain de parlementer ; on mit à ses ambassadeurs des menottes. On ne sait où eut lieu la bataille à l'issue de laquelle ses généraux furent faits prisonniers. Tiriqan se réfugia dans la ville de Dubrum, au nord d'Umma, dont les habitants le capturèrent et le livrèrent au roi d'Uruk dès qu'ils surent que ce dernier avait été « choisi par Enlil » :

« Tiriqan se prosterna aux pieds d'Utu-hegal. Celui-ci mit le pied sur sa nuque… Il restitua la royauté à Sumer [3]. »

Uruk, la grande cité qui, depuis le temps de Gilgamesh, au cours de quatre dynasties successives avait connu bien des hauts et des bas, se retrouvait donc en quelques jours maîtresse de toute la basse Mésopotamie. Mais sa Vᵉ Dynastie fut de courte durée. Après onze ans de règne (2123-2113), Utu-hegal fut détrôné par un de ses hauts fonctionnaires, peut-être son propre fils, Ur-Nammu, gouverneur d'Ur. Quatre ans plus tard, ce dernier se faisait couronner à Nippur et prenait le titre de « roi d'Ur, roi de Sumer et d'Akkad ». Ainsi fut fondée la IIIᵉ Dynastie d'Ur qui constitue l'une des périodes les plus brillantes de l'histoire mésopotamienne, car non seulement Ur-Nammu et ses successeurs surent reconstituer en partie l'empire d'Akkad dont ils avaient hérité, mais ils donnèrent à cette région du monde près d'un siècle de paix relative, de prestige et de richesse, rendirent sa primauté à leur propre langue et favorisèrent la renaissance de la culture sumérienne.

Ur-Nammu et Gudea

Comparée à la période d'Akkad, la période de la IIIᵉ Dynastie d'Ur – encore appelée Ur III ou néo-sumérienne – est relativement pauvre en inscriptions royales proprement historiques. Dans une certaine mesure, ce défaut est compensé par les « noms d'années » que portent les textes administratifs et contrats de l'époque, mais les tablettes datées du règne d'Ur-Nammu sont rares et les noms d'années sans grand intérêt, de sorte que nous sommes très mal renseignés sur les luttes que dut mener ce souverain pour consolider et agrandir son royaume. L'effondrement subit des Guti, suivi de la mort d'Utu-hegal noyé accidentellement, avaient laissé un vide politique à peu près total et l'on peut supposer qu'après quelques démêlés sanglants avec l'*ensi* d'Umma une grande partie de la Mésopotamie tomba rapidement entre ses mains.

La majeure partie du règne d'Ur-Nummu*, qui dura dix-

---

* « Guerrier de la déesse Nammu. » Le logogramme UR n'a rien à voir avec la ville d'Ur.

huit ans (2112-2095), semble avoir été consacrée à des activités pacifiques mais qui n'en étaient pas moins importantes et urgentes : rétablir l'ordre et la prospérité, faire régner la justice, honorer les dieux de Sumer dont tout dépendait. Soucieux d'« établir l'équité dans le pays » et d'en « bannir la malédiction, la violence et les conflits », ce roi – ou peut-être son fils Shulgi, comme le suggère une tablette récemment découverte [4] – promulgua le plus ancien recueil de « lois » connu jusqu'ici et dont nous possédons deux exemplaires, malheureusement incomplets : une tablette très endommagée découverte à Nippur et deux fragments provenant d'Ur [5]. Le peu qui reste de ce « Code » est pourtant d'un intérêt considérable. Il nous apprend, en effet, que son auteur fit fabriquer en bronze un étalon de mesure de volumes (le *silà*) et standardisa le poids de la mine et du sicle d'argent qui, depuis l'époque des Guti, servaient d'étalon monétaire [6]. Il protégea la veuve, l'orphelin et le pauvre contre la rapacité des riches et des puissants et l'épouse contre son renvoi pur et simple. Enfin et surtout certains crimes et délits, comme le viol de l'esclave d'un autre homme, le faux témoignage, la diffamation, les coups et blessures, n'étaient pas punis de mort ou de mutilation, comme ils le seront plus tard dans le « Code » de Hammurabi ou dans la loi hébraïque, mais donnaient lieu à une compensation en argent-métal, ce qui est le signe d'une société beaucoup plus civilisée qu'on ne l'aurait cru pour l'époque. Certaines de ces « lois », ainsi que les inscriptions d'Ur-Nammu, indiquent qu'il développa l'agriculture, fit creuser plusieurs grands canaux, rendit à Ur sa richesse de grand port commercial, releva des fortifications détruites ou délabrées, bâtit ou rebâtit un grand nombre de temples et leur adjoignit (notamment à Ur, Uruk, Larsa et Nippur) ces ziqqurats, pyramides à étages, qui, reconstruites, réparées ou rehaussées au cours des siècles, constituent aujourd'hui encore l'élément le plus distinctif de nombreux sites mésopotamiens [7].

La mieux préservée de ces ziqqurats – même avant la restauration dont elle a récemment fait l'objet – est celle d'Ur [8]. Construite en briques crues, mais revêtue d'un épais parement de briques cuites assemblées au bitume, elle mesure, à sa base, 60,50 sur 43 mètres. A l'époque d'Ur III, elle comportait trois étages de plus en plus petits et de moins en

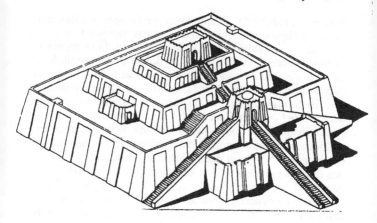

La ziqqurat d'Ur au temps de la IIIᵉ Dynastie. Reconstitution, Sir Leonard Woolley, Ur Excavations V, *1939.*

moins hauts, couronnés par une chapelle, auxquels on accédait par un triple escalier qu'on peut encore grimper pour découvrir toute la ville antique à ses pieds et, à l'horizon, la pointe aujourd'hui aiguë de la ziqqurat d'Eridu. Bien que seuls le premier étage et la moitié du second aient subsisté, la pyramide décapitée est toujours haute d'une vingtaine de mètres. Ses proportions harmonieuses, la forte pente de son premier étage, la convergence apparente, vue d'en bas, des contreforts qui décorent sa surface et le fait que toutes ses lignes soient un peu concaves donnent de cette masse énorme une étonnante impression de légèreté. Les nombreux orifices disposés en quinconces qui percent ses parois servaient, croit-on, à évacuer l'humidité entretenue par les bosquets d'arbres plantés sur ses terrasses. La ziqqurat d'Ur reposait sur une grande plate-forme (140 × 135 mètres) entourée d'un double mur avec chambres intramurales, à laquelle on accédait par un charmant petit édifice aux portes voûtées, à la fois dépôt d'archives et cour de justice, le Dublamah. Elle projetait son ombre sur les bâtiments voisins : le temple du dieu-lune Nanna, accolé à sa face nord-ouest ; la grande cour de Nanna, vaste espace en contrebas

entouré de magasins et de bureaux où les offrandes et redevances payées au temple étaient enregistrées et conservées ;
le grand Égipar aux salles et cours multiples, qui logeait la
grande prêtresse de sang royal et son entourage ; l'Enunmah,
à la fois double chapelle pour Nanna et son épouse Ningal et
réserve de trésors ; l'Ehursag, demeure du personnel du
temple et sanctuaire du roi Shulgi divinisé. A l'ouest enfin,
elle surplombait le mur d'enceinte de la ville et se reflétait
dans l'Euphrate.

Les ziqqurats des autres villes mésopotamiennes sont en
plus ou moins bon état. Elles varient dans leur plan au sol
(carré ou rectangulaire), leurs dimensions, leur orientation et
leurs rapports avec les temples qui les entourent, mais leur
forme générale reste essentiellement la même et l'on ne peut
manquer de se poser la question : pourquoi ces grandes pyramides à étages qui rappellent étrangement celles d'Amérique
centrale et qu'on ne trouve au Proche-Orient qu'en Mésopotamie et sur quelques sites d'Elam [9] ?

Les pionniers de l'archéologie mésopotamienne ont
d'abord cru qu'il s'agissait d'observatoires pour les astronomes « chaldéens », ou même de tours « pour procurer aux
prêtres de Bêl des nuits fraîches et sans moustiques », ce qui
est manifestement absurde. On a aussi pensé à des tombeaux
divins ou royaux, comme en Egypte, mais les ziqqurats
fouillées ou que les intempéries ont érodées n'ont révélé
aucune chambre funéraire. La philologie n'est ici d'aucun
secours, car le mot *ziqquratu(m)* (en sumérien, *u$_6$-nir*) vient
du verbe *zaqaru* qui veut dire « construire en hauteur », « élever », « rendre protubérant ». Deux points cependant sont
acquis : d'une part, les ziqqurats apparaissent sous forme de
massifs de briques crues à l'époque Dynastique Archaïque et
même peut-être beaucoup plus tôt ; d'autre part, elles sont
toujours associées à des sanctuaires et d'aucuns pensent
qu'elles dérivent des plates-formes sur lesquelles reposaient
les temples des époques d'Uruk et de Jemdat Nasr, et
qu'elles englobent généralement à l'époque d'Ur III. Il est
donc incontestable que ces pyramides avaient une signification religieuse, mais laquelle ? Les textes relatifs aux ziqqurats étant peu explicites et susceptibles d'interprétations
diverses, de nombreuses hypothèses ont été formulées. Pour
certains, les Sumériens, présumés originaires d'un pays mon-

tagneux, auraient voulu reproduire, dans ce plat pays mésopotamien qui était devenu le leur, les sommets sur lesquels
ils avaient jadis coutume d'adorer leurs dieux. Pour d'autres,
les ziqqurats étaient des autels ou des trônes divins surélevés,
ou bien des symboles cosmiques (astres, montagne terrestre).
D'autres encore y ont vu, avec plus de raison semble-t-il, un
gigantesque escalier reliant le « temple inférieur » où se
déroulaient les cérémonies ordinaires du culte, au « temple
supérieur » réservé à certains rites plus intimes laissant le roi
ou le grand prêtre face à face avec la divinité et l'on pense au
mariage sacré. Tout compte fait, la meilleure définition de la
ziqqurat est sans doute celle que donne la Bible à propos de
la Tour de Babel (la ziqqurat de Babylone) : « une tour dont
le sommet touche au ciel ». Dans l'esprit profondément religieux des Sumériens, ces massives structures s'effilant vers
le haut étaient probablement des « prières de brique »,
comme nos cathédrales gothiques sont des « prières de
pierre ». Elles invitaient les dieux à descendre sur terre et
l'homme à s'élancer vers le firmament pour y rejoindre le
divin.

La présence un peu partout en basse Mésopotamie de
briques dédicatoires portant le nom d'Ur-Nammu ou de ses
successeurs indique qu'à l'époque d'Ur III, construire des
temples ou des ziqqurats était le privilège du roi plutôt que
des *ensi* locaux réduits au rang de gouverneurs. Mais il suffit
de se transporter à Tello (Girsu) et de revenir une trentaine
d'années en arrière pour constater que c'était là une innovation.

Nous avons vu (page 169) qu'à la fin de la période Dynastique Archaïque, Lugalzagesi avait ravagé et brûlé Girsu et
pendant toute la période d'Akkad, une obscurité à peu près
totale enveloppe cette ville. Cependant, vers 2155, en pleine
période de domination gutienne, un certain Ur-Baba devint
ensi de Lagash et se donna pour mission de relever Girsu de
ses ruines et de rendre à sa principauté sa gloire et sa splendeur passées. Ce programme de reconstruction fut poursuivi
avec acharnement par sa famille et notamment par son
gendre Gudea* (2141-2122), célèbre pour ses magnifiques
statues, dont plusieurs ornent aujourd'hui le musée du

_____
* Nom qui signifie « l'Appelé ».

Louvre, et pour ses nombreuses, très longues et très poétiques inscriptions [10].

Gudea fit construire – ou plutôt reconstruire – une quinzaine de temples dans l'Etat de Lagash, mais aucun ne fut l'objet d'autant de soins et de dépenses que l'Eninnu, demeure de Ningirsu, dieu tutélaire de Girsu. Sur deux grands cylindres d'argile et dans les inscriptions gravées sur certaines de ses statues, il explique en détail pourquoi et comment il le construisit, nous livrant ainsi de précieux renseignements sur les rites compliqués qui entouraient l'érection des temples en Mésopotamie [11]. Il est caractéristique de la pensée religieuse sumérienne que la décision de bâtir un sanctuaire soit donnée, non pas comme un acte délibéré du souverain, mais comme la réponse à un désir divin, exprimé ici sous forme d'un rêve mystérieux :

> « En plein cœur d'un rêve voici un homme : sa stature égalait le ciel, sa stature égalait la terre... A sa droite et à sa gauche des lions étaient couchés. Il m'a dit de lui construire son temple, mais je n'ai pas compris son cœur (= son désir)... Voici une femme. Qui n'était-elle pas ? Qui était-elle ?... Elle tenait à la main un calame de métal flamboyant ; elle portait la tablette de la bonne écriture du ciel ; elle était plongée dans ses réflexions... »

Troublé et perplexe, Gudea se fait d'abord réconforter par sa « mère » la déesse Gatumdug, puis s'en va en bateau consulter la déesse Nanshe « interprète des rêves ». Celle-ci lui explique que l'homme est le dieu Ningirsu et la femme, Nisaba, déesse de la science. Elle lui conseille d'offrir à Ningirsu un chariot « orné de métal flamboyant et de lapis-lazuli » et de lui sculpter son emblème :

> « Alors, insondable comme le ciel, la science du Seigneur, de Ningirsu, le fils d'Enlil, t'apaisera. Il te dévoilera le plan de son temple et le Guerrier dont les décrets sont grands te le fera élever. »

Gudea obéit et, dans un autre rêve, Ningirsu lui exprime clairement son désir. Il n'a plus qu'à se mettre à l'œuvre. Ayant uni les citoyens de Lagash « comme les fils d'une même mère », et fait régner la paix dans chaque foyer, il lève les impôts nécessaires, purifie la cité, délimite l'enceinte sacrée, dresse le plan du temple et dessine le moule à briques, prend de l'argile « en un lieu très propre », purifie les fondations, façonne la première brique, la porte sur sa tête et la pose, tout cela étant accompagné de prières, libations et sacrifices. Puis on amène des artisans d'Elam et de Suse, on fait venir du bois de Magan et de Meluhha. L'*ensi* lui-même va dans le Haut-Pays, « dans des montagnes où personne n'avait encore pénétré », couper des cèdres qui sont flottés sur l'Euphrate « comme des serpents ». De Kimash[12], on lui livre du cuivre, de l'or en poudre, de l'argent, et de Meluhha, du porphyre. On met au travail les orfèvres, les forgerons, les lapidaires et, bien entendu, les maçons. En un an, le temple est construit, splendidement décoré et prêt à recevoir la statue de Ningirsu au cours d'une cérémonie solennelle.

« Le respect du temple emplit tout le pays », dit fièrement Gudea, « la crainte qu'il impose habite l'étranger ; l'éclat de l'Eninnu couvre l'univers comme un manteau ! »

De ce magnifique sanctuaire il ne reste pratiquement rien et l'on serait tenté d'accuser Gudea d'exagération si l'on n'avait de lui une trentaine de statues provenant pour la plupart de fouilles illicites[13]. Taillées dans la diorite dure et noire de Magan soigneusement polie, la plupart sont exécutées avec une pureté de lignes, une sobriété de détails, une sensibilité d'expression qui leur assurent une place de choix dans la sculpture mondiale. Puisque les sanctuaires de Girsu contenaient de tels chefs-d'œuvre, il est inconcevable que leur mobilier, leur décoration et leurs matériaux même aient été de pauvre qualité.

Ce jeune homme calmement assis, un léger sourire aux lèvres, les mains jointes devant la poitrine, le plan d'un temple ou la règle graduée sur les genoux, est le plus bel exemple d'un personnage appelé à disparaître bientôt : le parfait *ensi* de Sumer, pieux, juste, savant, fidèle aux anciennes traditions, dévoué à son peuple, rempli d'amour et de fierté pour sa cité et même, dans ce cas particulier et à vrai dire exceptionnel, pacifique, car les nombreuses inscriptions de Gudea ne mentionnent qu'une seule campagne militaire, au pays d'Anshan. Il n'y a guère de doute que le bois, les métaux et la pierre utilisés dans la construction des temples de Lagash avaient été achetés et non obtenus par la force et les grandes entreprises commerciales de l'*ensi* de Lagash témoignent de la prospérité presque incroyable d'au moins une principauté sumérienne après un siècle de gouvernement akkadien et théoriquement sous la férule des « barbares » du Gutium.

Shulgi, Amar-Sîn et l'Empire sumérien

« Abandonné sur le champ de bataille comme un pot écrasé », Ur-Nammu mourut on ne sait où dans une guerre dont on ne sait rien. Un long poème nous décrit ses funérailles à Ur et les trésors qu'il emporta dans la tombe pour s'attirer les bonnes grâces des dieux et demi-dieux des Enfers[14]. Son fils Shulgi (« Noble Jouvenceau ») lui succéda et régna quarante-huit ans (2094-2047). La première moitié de ce long règne est assez mal documentée mais semble avoir été consacrée à une réorganisation politique, militaire et administrative du royaume et à la construction, dans diverses cités de Sumer, de plusieurs temples, dont certains avaient été fondés par Ur-Nammu. A partir de la vingt-quatrième année de Shulgi, cependant, commence une série de guerres menées exclusivement sur deux fronts : le Kurdistan iraqien et le Sud-Ouest iranien.

Les guerres du Kurdistan furent les plus longues, n'exigeant pas moins de onze campagnes[15]. Le théâtre des opérations était la région comprise entre l'Adhem et le Grand Zab, affluents du Tigre – un triangle délimité par les villes de Shashrum (Shimshara), Urbilum (la ville actuelle d'Erbil, à l'est de Mossoul) et Harshi (probablement Tuz Kurmatli) et qui avait pour centre et principale forteresse Simurrum, qu'il faut situer aux environs d'Altun Köprü, à mi-chemin entre Erbil et Kirkuk. L'acharnement du roi d'Ur à s'emparer de cette région, très éloignée de la capitale, ne peut s'expliquer que par le fait qu'elle était peuplée de Lullubi et surtout de Hurrites, alors très puissants, qui menaçaient la vallée de la Diyala et commandaient la grande route commerciale qui remonte le Tigre vers l'Arménie. C'est sans doute contre leurs incursions que fut construite, entre deux des trois « guerres hurrites », une ligne fortifiée dite « mur des territoires non incorporés » *(bàd mada)*, quelque part à l'est de ce fleuve. Prise et reprise trois fois, Simurrum ne fut définitivement occupée et transformée en chef-lieu de province sumérienne qu'en l'an 44 de Shulgi (2051).

Du côté de l'Iran les choses furent plus faciles. Les Guti avaient mis fin au règne du redoutable Puzur-Inshushinak et plongé l'Elam dans une anarchie pire qu'en Mésopotamie[16]. Les princes du Luristan (Dynastie de Simashki), qui prétendirent diriger la confédération élamite, étaient alors peu puissants et Shulgi en profita pour pousser ses pions dans cette région. L'an 18 de son règne, il s'assurait l'alliance du Warahshe en donnant à son souverain une de ses filles en mariage. Dix ans plus tard, il reprenait possession de Suse, y installait un gouverneur sumérien et y élevait même un temple à Inshushinak, dieu suprême des Elamites. En l'an 32, une autre de ses filles épousait le gouverneur d'Anshan, mais cela n'empêcha pas cette fière province de se soulever et il fallut deux campagnes pour la soumettre (ans 34 et 35). Enfin, les montagnards d'Iran étant d'excellents guerriers, Shulgi les groupa en une sorte de « légion étrangère » chargée de défendre la frontière orientale de ce qui était devenu un empire.

Suivant l'exemple de Narâm-Sîn, Shulgi prit le titre de « roi des Quatre Régions » et se fit adorer comme un dieu. Des hymnes furent composés en son honneur : on lui éleva des temples[17] ; on déposa régulièrement des offrandes au pied de ses statues et le nom de « divin Shulgi » fut donné à un mois du calendrier sumérien. Ce grand roi, à la fois vaillant chef de guerre, fin diplomate, excellent organisateur et ami des lettres – il avait appris la science des scribes et fondé les écoles d'Ur et de Nippur auxquelles nous devons tant d'œuvres littéraires sumériennes –, mourut, soit assassiné, soit plutôt victime d'une épidémie, et fut enterré dans un tombeau digne d'un dieu : un splendide mausolée à deux étages dont on peut encore voir les hautes voûtes aiguës, situé en bordure de l'enceinte sacrée d'Ur, à proximité du cimetière royal.

Son fils Amar-Sîn* ne régna que neuf ans (2046-2038), le temps d'incorporer solidement Assur à l'empire en y nommant un gouverneur de grande classe et de mener deux campagnes au Kurdistan et une dans les montagnes d'Elam. Comme son père, il se déifia et, sans fausse modestie, se proclama « dieu soleil du Pays ». Trois présages affirment qu'il mourut d'une ampoule (infectée) causée par sa chaussure[18].

---

* « Taurillon du dieu Sîn ». Ce nom, autrefois lu *Bûr-Sin*, s'écrit souvent *Amar-Suen*, selon l'orthographe sumérienne.

Il fut inhumé dans le même mausolée que Shulgi ; les deux tombes ont malheureusement été pillées dans l'Antiquité.

C'est au temps de Shulgi et d'Amar-Sîn que l'Empire* sumérien atteint son apogée. Il est difficile d'en préciser les frontières, mais on peut y distinguer trois zones : à la périphérie, certains pays indépendants entrent plus ou moins dans l'orbite des rois d'Ur par une politique d'alliances matrimoniales inaugurée par Ur-Nammu à Mari [19] et poursuivie par ses successeurs ; d'autres régions, non moins lointaines, sont placées sous les ordres d'un gouverneur civil (*ensi*) ou militaire (*shagin* en sumérien, *shakkanakku(m)* en akkadien) généralement né dans le pays. C'est le cas pour Suse et Assur, mais il est peu probable qu'Ebla, Gubla (identifiée à Byblos, moderne Jebaïl sur la côte libanaise) et même Mari, villes pourtant citées dans les textes, aient été assujetties au roi d'Ur [20]. Si la haute Mésopotamie n'apparaît pas clairement dans les textes (mais tant de villes et pays cités sont impossibles à localiser !), la reconstruction du palais de Narâm-Sîn à Tell Brak, sous le règne d'Ur-Nammu, suggère une présence sumérienne dans cette région. Enfin, au cœur de l'empire (Sumer, Akkad, vallée de la Diyala), les anciennes unités territoriales persistent, mais les principautés d'antan sont maintenant des provinces. Il n'y a plus de *lugal* que d'Ur et les *ensi* sont devenus de simples administrateurs de territoires nommés par le roi. Ils maintiennent l'ordre, rendent la justice, font exécuter les grands travaux publics ordonnés par le souverain et veillent à la rentrée des taxes et redevances sur lesquelles ils prélèvent leur part. Certaines villes ou régions ont un chef militaire. L'empire d'Ur est donc bien organisé, ce qui ne l'empêchera pas de s'écrouler rapidement.

Pour relier entre elles les différentes parties de ce vaste territoire, Shulgi a mis en place un réseau de communications avec gîtes d'étape distants l'un de l'autre d'une journée de marche où les voyageurs reçoivent une ration dont l'importance varie selon leur rang. Ce sont des hauts fonctionnaires, des « courriers » *(lú-kasa$_4$)* et des *sukkal*, escortés de soldats et de gendarmes. On traduit généralement *sukkal* par « messager », mais il s'agit, en réalité, d'inspecteurs royaux, de

---

* Noter que le mot et l'idée d'« empire » n'ont jamais existé dans le Proche-Orient antique.

missi dominici, chargés de s'assurer du bon fonctionnement des administrations locales, ce qui explique que leur chef, le *sukkalmah*, occupe le poste le plus élevé dans le gouvernement central : c'est le « grand chancelier », dépendant directement du roi.

L'une des institutions les plus caractéristiques de la IIIe Dynastie d'Ur est le *bala* (littéralement « rotation »), système selon lequel chacun des *ensi* de Sumer et d'Akkad à tour de rôle verse mensuellement à l'État une redevance, généralement sous forme de bétail ovin ou bovin. Toutes ces redevances convergent vers un grand centre collecteur, Sellush-Dagan (parfois transcrit Puzrish-Dagan), aujourd'hui Drehem, situé à quelques kilomètres de Nippur, d'où une partie est dirigée sur cette dernière ville, plus que jamais capitale religieuse de Sumer, et l'autre sur Ur [21]. Les provinces lointaines, ainsi que certains pays apparemment sous tutelle sumérienne, paient un tribut *(gun)* consistant en argent-métal, bétail, peaux et objets divers ; mais ce mot peut également désigner des cadeaux diplomatiques, ce qui expliquerait les « tributs » de Mari, d'Ebla et de Gubla [22]. Bien entendu, chaque entrée et sortie est soigneusement enregistrée par les scribes.

Ces archives de Drehem, ainsi que d'autres provenant d'Ur, Nippur, Girsu et Umma, constituent une masse énorme de documents administratifs : environ trente-cinq mille textes publiés et sans doute autant qui dorment encore dans les musées, universités et collections privées. On pourrait croire qu'une telle documentation serait susceptible de nous faire connaître, dans ses moindres détails, le système socio-économique en vigueur, au moins au pays de Sumer, à l'époque d'Ur III, mais il faut savoir qu'à l'exception de quelques contrats, décisions judiciaires et lettres, la plupart de ces textes sont des pièces comptables provenant d'institutions d'Etat (temples, centres collecteurs, organismes de production) et non d'archives privées ni même royales. Ils nous fournissent donc une multitude de renseignements sur ces institutions, mais laissent tout le reste dans l'ombre. Par ailleurs, le nombre de textes à manier, l'incertitude qui entoure la signification précise de certains termes sumériens et les problèmes de méthodologie que soulève une telle entreprise, font que personne jusqu'à présent n'a tenté de réunir l'ensemble des données disponibles en une synthèse cohérente, pourtant désirable et attendue des historiens.

L'impression d'ensemble qui se dégage de ces documents est que l'organisation étatique que nous avons vu se développer lentement, puis se cristalliser autour du Temple et du Palais à l'époque Dynastique Archaïque (page 158) s'est perpétuée et renforcée. Du « goulet » mésopotamien au golfe Arabo-Persique, toute la basse Mésopotamie n'est, à cet égard, qu'une immense « principauté » sumérienne ayant Enlil pour dieu principal, Ur pour capitale et le *lugal* d'Ur pour souverain. Ce dernier exerce un pouvoir qu'on a appelé « patrimonial [23] » fondé sur ses qualités personnelles et sur le mandat que lui a confié Enlil et dont la seule limite est le respect des traditions – un respect qui laisse subsister des « dynasties » d'*ensi* et de *shagin* et permet même à un juge provincial de casser un jugement royal. Toutes les grandes décisions sont prises par le roi qui, par l'intermédiaire du *sukkalmah*, contrôle étroitement le fonctionnement du grand royaume dont il est le maître. Théoriquement propriétaire, au nom d'Enlil, de tous les biens et de toutes les terres, il semble ne disposer, en fait, que des « champs de subsistance » dans le territoire, très petit, de la ville d'Ur. En revanche, le Palais reçoit de partout des redevances, tributs et dons de toutes sortes qui suffisent à assurer au souverain, à sa famille et à sa cour des revenus très substantiels. Il est juste d'ajouter qu'une grande partie de ces revenus est utilisée pour financer la construction de temples, le creusement de canaux et autres grands travaux publics dans tout l'empire.

Comme aux époques antérieures, les terres céréalières sont cultivées et administrées par les temples dont le personnel, très nombreux, est dirigé par un « préfet » *(shabra)* entouré d'inspecteurs, de comptables et de scribes. La division tripartite des terres (« réserve », champs affermés et champs de subsistance) persiste. La production est considérable : à Girsu, en l'an 2 d'Amar-Sîn, on récolte près de 255 000 hectolitres de blé. Le secteur pastoral de l'économie, beaucoup moins bien documenté que le secteur agricole mais dont nous savons qu'il comporte d'immenses troupeaux, est géré par l'Etat. Il en est de même du secteur « industriel », terme qui ne désigne alors que la transformation des produits de l'agriculture et de l'élevage, seules ressources de la Mésopotamie, le travail du métal s'effectuant encore à l'échelle artisanale [24]. Les grandes manufactures de cuir, textile et farine sont des organismes d'Etat pourvoyant à leurs propres besoins, puisque les ateliers de production et leurs nombreux ouvriers (en majorité des femmes) voisinent avec les ateliers et le personnel nécessaire au fonctionnement et à l'entretien de l'ensemble. Quelques chiffres donneront une idée de leur importance. Des textes d'Ur font état d'une entrée, à un moment donné, d'environ 2 000 tonnes de laine dans les entrepôts royaux et dans la seule région de Girsu, l'industrie du textile emploie 15 000 femmes [25]. Dans la même région, une unité de transformation des céréales comporte non seulement des minoteries (où le grain est moulu à la main) et des boulangeries, mais aussi des malteries, brasseries, porcheries, pressoirs d'huile et ateliers où l'on fabrique des meules, mortiers et récipients en terre cuite, roseaux tressés et cuir. Elle emploie plus de 1 000 personnes (dont 134 spécialistes et 858 ouvriers, 86 hommes, 669 femmes et 103 adolescents) et fournit 1 100 tonnes de farine par an. Seule l'époque d'Ur III a connu des unités de production d'une telle importance.

S'il existe peut-être des commerçants et hommes d'affaires exerçant à titre privé [26], le commerce national et international est presque tout entier entre les mains de l'Etat, qui fournit le « capital » et la plupart des « marchands » *(damgar)* ne sont que des fonctionnaires servant d'intermédiaires. Les produits de luxe sont achetés directement à l'étranger par le Palais. L'argent-métal, encore rare, sert surtout d'étalon pour les échanges mais est parfois utilisé comme « monnaie ». Il est thésaurisé par des dignitaires et hauts fonctionnaires et ne circule qu'avec l'autorisation du Palais.

La société sumérienne, à l'époque d'Ur III, s'ordonne autour de deux axes : d'une part, le gouvernement central et provincial [27] qui comprend toute une hiérarchie de fonctionnaires, relativement peu nombreux, allant du *sukkalmah* au maire du village *(hazannum)* ; d'autre part, les grandes unités de production, qui emploient et font vivre l'immense majorité de la population. Ces unités comportent un personnel administratif, important et très diversifié, et une main-d'œuvre que l'absence de moyens techniques rend immense. Faite d'hommes *(gurush)* et de femmes *(gemé)* organisés en équipes, cette main-d'œuvre comprend des spécialistes et des non-spécialistes. Elle est employée tantôt en permanence ou pour de longues périodes, tantôt pour des travaux saisonniers (moissons, récoltes de roseaux ou de dattes) ou ponctuels (creusement et entretien de canaux, halage de bateaux, construction d'ouvrages défensifs). Pour certains grands travaux, on peut également faire appel aux *erén*, qui sont des soldats corvéables, voire mobiliser toute la population. Les esclaves *(arád)* sont peu nombreux et se recrutent exclusivement parmi les prisonniers de guerre[28]. Lorsqu'ils ne sont pas mis à mort après le combat, les prisonniers sont incorporés aux troupes d'*erén* ou aux équipes de *gurush*; leurs femmes et leurs enfants sont « voués » aux temples, alloués aux grandes manufactures comme domestiques ou employés. Absorbés dans la société, ils jouissent des mêmes droits que les autres travailleurs et peuvent être libérés.

Comme dans le passé, les « salaires » consistent en rations annuelles, mensuelles ou journalières dont la nature et l'importance varient selon le sexe, l'âge et le rang qu'occupe l'individu dans l'échelle sociale[29]. A titre d'exemple, la ration minimale d'un travailleur non spécialisé est d'environ 20 litres d'orge par mois et de 3,5 litres d'huile et 2 kilogrammes de laine par an. A quoi il faut ajouter les rations, plus faibles, que touchent sa femme et ses enfants et les distributions saisonnières ou occasionnelles de dattes, légumineuses, épices, poisson, viande et vêtements. Un *engar*, qui est un chef d'équipe de labour, mais aussi une sorte d'expert agricole, reçoit à peu près le double. En outre, il a son champ de subsistance et parfois un petit jardin sous les palmiers, où il cultive fruits et légumes, élève quelques oies et chèvres. Il bénéficie donc d'un surplus qu'il peut accumuler et utiliser pour acheter une ou deux domestiques, acquérir une maison pour ses enfants, offrir un bijou à son épouse. La plupart des habitants de Sumer et d'Akkad vivent donc assez modestement; beaucoup ne font que survivre. Il leur arrive souvent d'emprunter pour une dépense inhabituelle ou pour joindre les deux bouts et ils s'adressent alors à des prêteurs publics ou privés. Les taux d'intérêt (ou plutôt, de compensation) étant très élevés (33 % pour l'orge), les plus pauvres peuvent être obligés d'engager leurs enfants, voire leur femme, comme domestiques jusqu'à extinction de leur dette.

Nous ne saurons jamais ce que l'«homme de la rue», à Ur, Nippur ou Girsu, pensait de la société dans laquelle il vivait. S'il était parfois victime d'abus ou d'injustices de la part des riches et puissants [30], il est probable qu'il s'accommodait assez bien du système dont il était un rouage, puisqu'il n'en avait jamais connu d'autre et puisque ce système représentait pour lui l'ordre établi par les dieux. Au temps de Shulgi et d'Amar-Sîn, l'énorme machine économique qui assurait la vie de chacun ainsi que la prospérité et la richesse du pays de Sumer, tournait apparemment sans à-coups. Le *lugal* d'Ur était le plus puissant monarque du Proche-Orient, obéi ou respecté sur un vaste territoire. Aux yeux des contemporains, ce grand royaume faisait figure d'édifice bien ordonné et quasiment indestructible. Mais les *sukkal* qui renseignaient le roi et les soldats qui patrouillaient sur les pistes poussié-reuses du désert savaient que de grandes tribus de nomades armés s'étaient déjà mises en marche ; dans un avenir assez proche, elles allaient former un torrent impétueux que rien ne pourrait arrêter.

La chute d'Ur

C'est sous le règne de Shu-Sîn*, frère et successeur d'Amar-Sîn (2037-2029), que se manifestent les premiers signes d'une grave menace aux frontières occidentales de l'empire, jusque-là remarquablement calmes. Comme ses prédécesseurs, le nouveau *lugal* d'Ur restaure quelques temples et fait campagne en Iran, où il se vante d'avoir ravagé sept pays. En outre, il doit voler au secours du roi de Simanum (ville probablement située tout au nord de l'Iraq) dont le fils a épousé sa fille et qu'une révolte a détrôné ; les rebelles sont déportés et l'on construit pour eux une « ville » aux environs de Nippur : le premier « camp » de prisonniers de guerre [31]. Toutefois, la formule de la quatrième année de Shu-Sîn, répétée l'année suivante, a quelque chose d'inso-lite : « Le divin Shu-Sîn, *lugal* d'Ur, construisit le mur des MAR.TU, (appelé) "qui écarte Tidnum". » Selon l'un des experts qui en dressent le plan, cette ligne fortifiée ne mesure pas moins de 275 kilomètres ; elle est doublée d'un fossé

---

* « Celui de Sîn. » Ecrit aussi Shu-Suen et jadis lu Gimil-Sîn.

inondé et relie le Tigre et l'Euphrate quelque part au nord de l'actuelle Baghdad.

Les noms de MAR.TU en sumérien, *Tidnum et Amurrum* en akkadien, sont synonymes et s'appliquent à la fois à un pays et à un peuple [32]. Le pays, c'est la vaste région qui s'étend à l'ouest du moyen Euphrate, depuis ce fleuve jusqu'à la Méditerranée, et *Amurrum* désigne également un point cardinal : l'ouest. Les gens qui habitent cette région et que nous appelons Amorrhéens ou Amorrites parlent une langue ouest-sémitique distincte de l'éblaïte mais très proche du cananéen et que nous ne connaissons que par l'onomastique et quelques expressions adoptées par les Akkadiens. A l'époque d'Ur III, les tribus d'Amorrites se divisent en deux groupes. Les unes, sédentarisées depuis très longtemps sans doute en Syrie centrale (vallée de l'Oronte, Liban, Anti-Liban), sont alors en pleine expansion ; elles occupent progressivement la Syrie du Nord et la Palestine, non sans y provoquer de sérieuses perturbations (voir chapitre 14). Les autres, restées nomades, parcourent le désert syrien entre Palmyre et Mari et franchissent souvent l'Euphrate pour mener paître leurs troupeaux dans la steppe mésopotamienne. Or, ces Amorrites-là, tout proches, les Sumériens les connaissent depuis l'époque Dynastique Archaïque, soit en tant qu'individus émigrés dans leurs villes où ils se mêlent à la population, exerçant parfois des fonctions importantes, mais conservant leur nom ouest-sémitique ou portant, sur les textes, la mention « Untel, MAR.TU » ; soit en tant que « Bédouins » dont les mœurs, considérées comme grossières, sont l'objet de leur mépris et de leurs sarcasmes :

> « Les MAR.TU qui ne connaissent pas le grain… Les MAR.TU qui ne connaissent ni maison, ni ville, les rustres de la haute steppe… Le MAR.TU qui déterre les truffes*… qui ne se baisse pas (pour cultiver la terre), qui mange de la viande crue, qui n'a pas de maison pendant toute sa vie, qui n'est pas enterré (selon les règles) après sa mort… Les MAR.TU peuple ravageur aux instincts de bêtes sauvages [33]… »

Contre ces barbares qui razzient les villages et détroussent voyageurs et caravanes, on envoyait naguère des troupes qui

---

* Il s'agit de truffes sauvages (sumér. *gurun-kur*, akkad. *kam'atu*), qui poussent en hiver dans les dépressions humides du désert, et non de celles qui font les délices de nos gourmets.

ramenaient des prisonniers et des onagres et nous avons vu
(page 184) Shar-Kallishari poursuivre les MAR.TU jusque
dans leurs retranchements du Jebel Bishri. Mais voici que les
rôles sont inversés. Encouragés sans doute par les succès de
leurs congénères syriens, ces Bédouins attaquent en masse et
les Sumériens sont sur la défensive.

Au « divin » Shu-Sîn succède, en 2028, son fils, le non
moins « divin » Ibbi-Sîn* [34]. En l'an 3 de son règne, ce dernier mène une expédition « de routine » contre Simurrum et,
deux ans plus tard, marie sa fille au prince de Zabshali, petit
royaume du Luristan, dans le vain espoir de contrebalancer le
pouvoir croissant des rois de Simashki. A une date indéterminée, il déferle « comme l'ouragan » et soumet Suse,
Adamtu et le pays d'Anshan « en un jour ». Mais ces hauts
faits cachent une réalité infiniment plus dramatique. En effet,
à peine le nouveau roi d'Ur est-il monté sur le trône que
l'empire se morcelle, se désagrège, comme le montre l'abandon, sur les tablettes datées, des « noms d'année » d'Ibbi-Sîn
et leur remplacement par ceux d'*ensi* locaux devenus des
souverains. Cela commence, dès l'an 2, par Eshnunna, dans
la basse vallée de la Diyala, suivie de Suse (an 3), puis de
Lagash (an 5) et d'Umma (an 6). Dêr (près de Badra, à l'est
du Tigre) suivra plus tard leur exemple.

La perte de ces grandes et fertiles provinces porte un coup
très rude à l'économie de Sumer. C'est la disette et l'inflation galopante : 1 *gur* d'orge (122,4 litres) pour un sicle d'argent quelques années auparavant, 5 *silà* (4,25 litres)
maintenant. Lorsque en 2017 les MAR.TU crèvent la barrière
et pénètrent au cœur de Sumer, c'est la famine à Ur. Ibbi-Sîn
charge alors un de ses hauts fonctionnaires, Ishbi-Erra, natif
de Mari, d'aller acheter du grain à Isin et Kazallu. Celui-ci
s'exécute et écrit à son roi qu'il a acheté assez d'orge « pour
satisfaire pendant quinze ans la faim de son palais et de ses
villes ». Toutefois, ajoute-t-il, les MAR.TU coupent toutes les
routes et lui-même est enfermé dans Isin ; que le roi envoie
des bateaux pour transporter cette manne dans la capitale.
Nous ignorons la réponse d'Ibbi-Sîn, mais pour Ishbi-Erra,
la tentation est trop forte : il se proclame, lui aussi, indé-

---

* « Sîn a appelé. » Noter que ce nom est akkadien, comme l'est celui de
sa mère, Abi-simti.

pendant (2017). Puis, comme l'écrit au roi d'Ur Puzur-Numushda, *ensi* de Kazallu resté fidèle, il s'empare de Nippur, obtient d'Enlil le « pastorat du pays », rétablit l'ordre dans la région et – peut-être avec l'aide des Elamites – lutte victorieusement contre plusieurs Etats voisins. Ibbi-Sîn répond à son gouverneur en se plaignant qu'Enlil ait accordé la royauté « à un homme de rien, qui n'est pas même de souche sumérienne » et le supplie de tenir bon. Un jour peut-être, les MAR.TU abattront les Elamites et captureront Ishbi-Erra.

Mais ces souhaits ne se réaliseront pas. A partir de l'an 20 (2009), le royaume est effectivement coupé en deux : d'un côté Ibbi-Sîn à Ur, de l'autre Ishbi-Erra à Isin et c'est ce dernier, plus riche et plus fort, qui chasse bientôt les MAR.TU ou achète leur départ. C'est alors qu'interviennent les Elamites alliés aux gens du Nord (Subartu) et aux Su, qui pourraient être des Susiens. En l'an 22 (2007), ils traversent le Tigre et marchent sur Ur sous la conduite de Kindattu, roi de Simashki. Ibbi-Sîn s'enferme dans sa ville et se prépare à soutenir un siège mais Ishbi-Erra les refoule. Trois ans plus tard (2004), ils reviennent sous les ordres d'un autre chef et ravagent tout Sumer. En quelques jours ils sont sous les murs d'Ur, ces murs qu'Ur-Nammu avait construits « aussi hauts qu'une montagne resplendissante ». Ils attaquent la cité, la prennent, la pillent, l'incendient, puis s'en vont, laissant en place une petite garnison. Le malheureux Ibbi-Sîn est fait prisonnier et emmené « au fin fond du pays d'Anshan dont lui-même, comme un oiseau de proie, avait dévasté les villes [35] » ; c'est là qu'il mourra. Bien des années plus tard, alors qu'Ur s'est relevée de ses ruines, on se souviendra encore de sa destruction et on la pleurera, à juste titre, comme une catastrophe nationale [36] :

« O, père Nanna, cette ville s'est changée en ruines…
Ses habitants, au lieu de tessons, ont rempli ses flancs ;
Ses murs ont été rompus, le peuple gémit.
Sous ses portes majestueuses où l'on se promenait d'ordinaire, gisaient les cadavres ;
Dans ses avenues où avaient lieu les fêtes du Pays,
gisaient des monceaux de corps.
Ur – ses forts et ses faibles sont morts de faim ;
Les pères et mères restés dans leur demeure
ont été vaincus par les flammes ;

Les enfants couchés sur les genoux de leur mère,
comme des poissons, les eaux les ont emportés.
Dans la cité, l'épouse était abandonnée, l'enfant était
abandonné, les biens étaient dispersés.
O Nanna, Ur a été détruite, ses habitants ont été éparpillés ! »

11
Les royaumes amorrites

La chute d'Ur, peu avant l'an 2000, est un tournant crucial dans l'histoire mésopotamienne. Elle sonne le glas non seulement d'une dynastie et d'un royaume, mais d'une nation et d'un type de société. Délogés très tôt de la ville qu'ils avaient conquise, les Elamites ne recueillirent pas les fruits de leur succès et les véritables vainqueurs, dans l'affaire, furent les Sémites : d'abord les Akkadiens avec le roi d'Isin, puis les Amorrites que l'on voit, moins d'un siècle après le désastre, se tailler des royaumes un peu partout dans Sumer et Akkad déchirés. Certains de ces souverains étaient peut-être des chefs de ces MAR.TU qui, depuis l'époque d'Ur III, n'avaient cessé de s'infiltrer en Mésopotamie, mais dans bien des cas, il semble que nous soyons en présence soit d'anciens fonctionnaires au service des rois de Sumer, soit de chefs de tribus vivant depuis longtemps dans les villes, comme le font encore les cheikhs des grandes tribus arabes, et pénétrés de culture suméro-akkadienne [1].

La suprématie des Sémites va entraîner de profonds changements ethniques, linguistiques, politiques et sociaux. Sous l'influence de pressions démographiques et sans doute psychologiques, les Sumériens prennent des noms akkadiens, deviennent indiscernables, « disparaissent » peu à peu en quelque sorte. Leur langue cesse d'être parlée et se transforme en une langue de lettrés, de savants et de prêtres, comme le latin au Moyen Age. Par ailleurs, les Amorrites adoptent l'akkadien d'autant plus facilement qu'il s'apparente à leur propre langue et l'akkadien lui-même évolue pour atteindre la plénitude de sa forme classique dans ce qu'on appelle le « babylonien ancien ». Parallèlement, le fractionnement de la basse Mésopotamie en royaumes akkadiens et amorrites d'étendue variable et dont les capitales

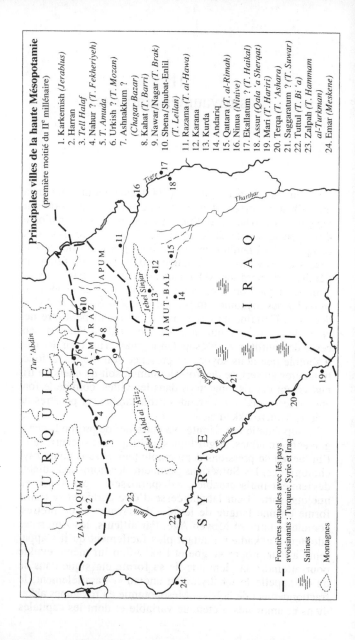

Principales villes de la haute Mésopotamie
(première moitié du IIᵉ millénaire)

1. Karkemish (Jerablus)
2. Harran
3. Tell Halaf
4. Nahur ? (T. Fekheriyeh)
5. T. Amuda
6. Urkish ? (T. Mozan)
7. Ashnakkum ?
   (Chagar Bazar)
8. Kahat (T. Barri)
9. Nawar/Nagar (T. Brak)
10. Shena/Shubat-Enlil
    (T. Leilan)
11. Razama (T. al-Hawa)
12. Karana
13. Kurda
14. Andariq
15. Qattara (T. al-Rimah)
16. Ninua (Ninive)
17. Ekallatum ? (T. Haikal)
18. Assur (Qala 'a Shergat)
19. Mari (T. Hariri)
20. Terqa (T. 'Ashara)
21. Saggaratum ? (T. Suwar)
22. Tuttul (T. Bi 'a)
23. Zalpah (T. Hammam
    al-Turkman)
24. Emar (Meskene)

Frontières actuelles avec les pays
avoisinants : Turquie, Syrie et Iraq

Salines

Montagnes

sont souvent des villes jusque-là sans grande importance efface toute trace des anciennes principautés sumériennes sur lesquelles étaient calquées les provinces d'Ur III. Si, comme par le passé, les nouveaux monarques prétendent devoir leur sceptre aux faveurs de leur dieu national (le dieu de leur capitale, notons-le, et non celui de leur tribu), le principe selon lequel nul ne peut régner sur Sumer et Akkad s'il n'a été élu par Enlil à Nippur devient caduc. Certes, certains rois se disent volontiers « aimés d'Enlil » ou « champions d'Enlil », mais ce n'est plus qu'une figure de style ; seuls leurs qualités physiques ou morales, leurs prouesses, leur influence, leur charisme justifient leur pouvoir. Après tout, ce sont tous des insurgés ou d'anciens « cheikhs » ayant conquis leur territoire à la force du poignet.

Ce changement de concepts politico-religieux se reflète dans l'organisation économique et sociale, telle qu'elle apparaît à travers des documents (lois et édits royaux, contrats, jugements, lettres, pièces administratives) presque aussi nombreux qu'à l'époque de la IIIe Dynastie d'Ur mais de nature différente et provenant beaucoup plus souvent d'archives gouvernementales ou privées que d'archives de temples [2]. En théorie, le sol du royaume est toujours censé appartenir aux dieux, mais le roi s'approprie de grands domaines qu'il fait exploiter par ses propres fermiers et ouvriers agricoles et distribue des terres aux membres de sa famille et de sa cour, à ses « serviteurs » (fonctionnaires et employés du Palais), et ceux-ci, essentiellement citadins, les afferment à leur tour. Nous voyons donc se constituer une société où voisinent de grands, moyens et petits propriétaires fonciers et des cultivateurs à bail qui forment la masse de la population. Certains groupes sociaux, les soldats notamment, reçoivent du roi, pour leurs services, non seulement des terres de subsistance sur lesquelles ils payent une taxe en nature, mais aussi des terres incultes qu'ils ont mission de travailler et dont ils gardent l'usufruit, devenant ainsi des sortes de « colons ».

Dans cette Mésopotamie longtemps divisée, le commerce [3] se fait de royaume en royaume, les royaumes situés aux frontières ou qui disposent d'un port sur le Golfe assurant la liaison avec les pays étrangers (Mari pour la Syrie, Assur pour l'Anatolie, Eshnunna pour l'Elam, Larsa pour Dilmun) et

prélevant de lourdes taxes au passage. Bien des guerres entre
Etats mésopotamiens ont sans doute eu pour but de suppri-
mer ces intermédiaires coûteux et susceptibles, s'ils le voulaient, de couper les approvisionnements en matériaux
indispensables, comme le bois ou le métal. Des commerçants
étrangers voyagent entre le Tigre et l'Euphrate. Les marchands locaux, les *tamkâru* œuvrent pour l'Etat, dont ils restent les agents, mais aussi pour eux-mêmes. Formés en
associations *(kârum)* dans toutes les grandes villes, ils groupent leurs capitaux pour de fructueuses opérations commerciales dont ils partagent les risques et les profits. Bénéficiant
d'avances du gouvernement, achetant tout ce que le Palais
n'utilise pas et le revendant au prix fort, consentant des prêts
à une population chroniquement endettée, ils s'enrichissent
au point de détenir entre leurs mains une grande partie de la
« masse monétaire », qu'il s'agisse d'orge ou d'argent-métal,
de plus en plus utilisé. Aussi jouent-ils dans la société de
cette époque un rôle important et complexe. On les verra, à la
fin du dix-septième siècle, percevoir pour l'Etat les loyers et
taxes agricoles – ainsi que ceux de l'élevage, pareillement
affermé – en même temps que les intérêts de leurs prêts.

L'industrie, sur laquelle nous sommes beaucoup moins bien
renseignés, semble suivre le modèle d'Ur III, mais les unités
de production sont beaucoup plus petites, tandis que se multiplient les ateliers d'artisans salariés. Enfin – et c'est là sans
doute le changement le plus significatif – le Temple et l'Etat
sont maintenant séparés. Ne conservant plus que leur propre
domaine et privés du contrôle qu'ils exerçaient jadis sur l'ensemble des terres céréalières, les grands sanctuaires cessent
de jouer un rôle majeur dans l'économie mésopotamienne. Ce
sont désormais « des propriétaires fonciers parmi d'autres, des
exploitants et des contribuables parmi d'autres [4] ». Pendant
que le souverain s'efforce de diriger par décrets la machine
économique et d'établir une « justice sociale », les prêtres se
contentent d'assurer le service des dieux – ces très anciens
dieux de Sumer qui, eux, survivent à tous les bouleversements.

Tout cela, bien entendu, ne s'est pas fait en quelques
années ni de façon uniforme. En particulier, la basse Mésopotamie semble avoir conservé très longtemps un système
socio-économique très semblable à celui d'Ur III [5] et l'on sait

que, dans cette région, le sumérien est resté la langue officielle des inscriptions royales jusqu'au règne de Hammurabi. Par ailleurs, le Nord mésopotamien, moins urbanisé que le Sud et de tradition différente, paraît avoir connu un système de type féodal reposant sur des communautés agricoles et englobant des tribus semi-nomades [6]. Les inscriptions royales y sont rédigées exclusivement en akkadien.

La période de l'histoire mésopotamienne qui fait suite à la IIIe Dynastie d'Ur porte en français le nom de période babylonienne ancienne ou paléo-babylonienne. Elle s'étale sur quatre siècles, de la chute d'Ur (2004) à la prise de Babylone par les Hittites (1595), et se divise classiquement en deux parties. La première, dite d'Isin-Larsa, dure environ deux cents ans et est extrêmement complexe. Elle se caractérise, en basse Mésopotamie, d'abord par près d'un siècle de paix relative sous l'égide des premiers rois d'Isin, puis par l'émergence du puissant royaume de Larsa et par les combats auxquels se livrent ces deux Etats voisins et rivaux pour la possession d'Ur et l'hégémonie sur l'ensemble de Sumer et d'Akkad, cependant que se forment, en divers endroits, des principautés amorrites, dont celle de Babylone. Dans le même temps, en haute Mésopotamie, les souverains d'Assur, d'Eshnunna, de Mari et d'Ekallâtum (sans parler de ceux d'Alep et de Qatna en Syrie) luttent également entre eux pour le contrôle des grandes routes commerciales qui traversent cette région, et c'est le roi d'Ekallâtum, l'Amorrite Shamshi-Adad, qui l'emporte, provisoirement. En 1792, Hammurabi devient roi de Babylone. Utilisant tantôt la force, tantôt la diplomatie, il parviendra en quelques années à se rendre maître de toute la Mésopotamie, bâtissant ainsi un second « empire » sémitique, hélas très éphémère. Le règne de ce grand monarque et de ses descendants constitue la sous-période dite de la Ire Dynastie de Babylone, ou Babylone I.

Isin, Larsa et Babylone

Selon une liste dynastique relativement tardive [7], le royaume de Larsa aurait été fondé huit ans avant qu'Ishbi-Erra se proclame indépendant dans Isin (soit vers 2025), par un Amorrite nommé Naplânum, mais nous ne possédons jusqu'ici aucune inscription, aucun nom d'année de ce souverain ni de ses trois

premiers successeurs. S'agit-il simplement d'ancêtres, ou bien
Larsa a-t-elle été longtemps vassale d'Isin, comme le suggère
un texte récemment publié [8] ? Peut-être certaines tablettes provenant des fouilles actuellement en cours dans ces deux capitales nous donneront-elles, un jour, la réponse à cette
question [9].

Outre Nippur, tombée très tôt entre les mains d'Ishbi-Erra,
le royaume d'Isin comprenait deux autres centres religieux
importants : Uruk et Eridu. En l'an 20 de son règne (1998),
soit six ans après la chute d'Ur, Ishbi-Erra chassa la garnison
élamite stationnée dans cette ville, ce qui permit à ses successeurs de porter les titres de « roi d'Ur, roi de Sumer et
d'Akkad ». De leurs hauts faits nous savons peu de chose,
sinon que Shu-ilishu (1984-1975) réussit, on ne sait comment, à ramener d'Elam la statue du dieu d'Ur, le dieu-lune
Nanna/Sîn, qu'Iddin-Dagan (1974-1954) occupa Dêr, ville
située à l'est du Tigre, au pied des contreforts du Zagros [10], et
que son fils Ishme-Dagan (1953-1935) attaqua sans succès
Kish, alors capitale d'un petit royaume indépendant.

Ishbi-Erra, on s'en souvient, était un Akkadien natif de
Mari, ce qui explique que le grand dieu de cette ville (et aussi
d'Ebla), le dieu-blé Dagan, figure dans le nom de deux de
ses héritiers. Pourtant, ces Sémites se considérèrent et se
comportèrent comme d'authentiques légataires des rois sumériens d'Ur, au point que certains historiens traitent de la
Ire Dynastie d'Isin comme d'un simple prolongement de
la IIIe Dynastie d'Ur. Tous se déifièrent et nous ne possédons
pas moins de trente-quatre hymnes composés pour ces rois
« divins », dont quinze pour Ishme-Dagan [11]. Beaucoup prirent
part au rite du mariage sacré ; plusieurs nommèrent leur fille
grande prêtresse de Nanna à Ur. Bien que résidant à Isin, ils
reconstruisirent et embellirent l'ancienne capitale avec autant
d'ardeur que l'aurait fait un Shulgi ou un Amar-Sîn. Ils
renouèrent des relations commerciales avec Dilmun, fortifiè-
rent leurs villes contre d'éventuelles incursions de MAR.TU
nomades et reprirent à leur compte la politique d'alliances
matrimoniales qu'avaient poursuivie avec insistance, mais
souvent sans succès, leurs prédécesseurs [12]. Dans le domaine
des arts – et notamment de la glyptique où prédominent les
scènes dites « de présentation [13] » – rien ne distingue cette
période de la précédente et l'on ne saurait assez souligner que

la quasi-totalité des grandes œuvres littéraires sumériennes découvertes à Ur et à Nippur ont été rédigées ou copiées à cette époque. Il en est de même de la fameuse Liste royale sumérienne, qui témoigne du désir qu'avaient ces dynastes akkadiens de se rattacher à la longue lignée des rois de Sumer remontant « à l'aube de l'histoire ». Rien ne montre mieux à quel point les deux ethnies dominantes en basse Mésopotamie étaient étroitement mêlées et partageaient la même civilisation. Sumer, à cette époque, fait penser à l'Empire romain déclinant où tout était latin, sauf les empereurs.

La suprématie d'Isin se poursuivit apparemment sans obstacles sérieux jusqu'au règne de Lipit-Ishtar (1934-1924), fils d'Ishme-Dagan et auteur d'un « Code » de lois dont une quarantaine d'articles, ainsi que le prologue et l'épilogue, sont parvenus jusqu'à nous [14]. Ces lois concernent essentiellement les esclaves, le droit matrimonial, les successions, le régime des terres de redevance, les contrats de louage de bateaux, de bœufs et de vergers et certains délits, nous donnant ainsi une idée de la structure sociale alors en formation. Comme celles d'Ur-Nammu, elles sont rédigées en sumérien et sanctionnent les délits par de simples indemnités. Mais à la fin de son règne, ce législateur pacifique entra en conflit avec un formidable adversaire, un guerrier dont le nom même résonne comme un roulement de tambour : Gungunum, cinquième roi de Larsa, considéré plus tard comme le véritable fondateur du royaume. Gungunum (1932-1906) avait déjà fait campagne en Elam, contribuant au déclin de la Dynastie de Simashki, lorsque, en l'an 8 de son règne, il attaqua le roi d'Isin et s'empara d'Ur. Au cours des années suivantes, il devint maître de Dêr, de Suse, de Lagash et peut-être d'Uruk, ce qui donnait à Larsa une bonne moitié de la basse Mésopotamie et une ouverture sur la mer Inférieure.

La perte de son port et de ces territoires fut pour Isin un désastre qu'allait encore aggraver l'extinction de la famille royale. En effet, Lipit-Ishtar, qui mourut l'année où Gungunum prit Ur, fut remplacé par un usurpateur nommé Ur-Ninurta (peut-être un Sumérien) qui, en 1896, fut vaincu et tué par Abi-sarê de Larsa. Le fils de ce dernier, Sumu-El (1894-1966), poursuivit la politique agressive de son père en battant les souverains de Kish et de Kazallu et en arrachant Nippur à son rival d'Isin, Errai-mitti, autre usurpateur.

La mort d'Erra-imitti, mérite d'être racontée, car elle nous offre le plus ancien exemple d'une étrange coutume méso-potamienne. Parfois, lorsque les présages étaient particulière-ment sombres et que le roi redoutait la colère des dieux, il démissionnait en quelque sorte et plaçait sur le trône un homme du commun, un « substitut royal » *(shar puhi)*, véri-table bouc émissaire qui, après avoir régné quelque temps, était exécuté et enterré en grande pompe[15]. Or, voici ce que dit le rédacteur, manifestement friand de détails piquants, d'une chronique babylonienne datant de l'époque kassite (quinzième siècle) :

> « Erra-imitti, le roi, installa Enlil-bâni, le jardinier, comme substitut royal sur son trône ; il plaça la tiare royale sur sa tête. Erra-imitti mourut dans son palais en avalant une soupe trop chaude. Enlil-bâni, qui occupait le trône, ne le rendit pas et devint ainsi souverain[16]. »

Ajoutons que l'heureux jardinier fut déifié, eut droit à au moins deux hymnes et parvint à gouverner pendant vingt-quatre ans (1860-1837) ce qui restait du royaume d'Isin, réduit à sa capitale et à ses environs immédiats, tandis qu'à Larsa Nûr-Adad se faisait construire un palais et que son fils Sîn-iddinam conquérait la vallée de la Diyala et poussait même une pointe le long du Tigre, jusqu'aux environs d'As-sur. Mais maintenant, les deux royaumes rivaux du Sud mésopotamien avaient un ennemi commun : Babylone.

Les premiers rois d'Isin avaient réussi à contrôler plus ou moins les tribus d'Amorrites, de plus en plus nombreuses, qui nomadisaient le long du Tigre et de l'Euphrate. Toutefois, un peu avant 1900, ces « Bédouins » s'infiltrèrent au cœur même de la basse Mésopotamie et, à la faveur des luttes qui opposaient Isin et Larsa, s'emparèrent de plusieurs villes comme Ilip, Marad, Malgûm, Mashkan-shapir et même Uruk. Ainsi furent créés plusieurs petits royaumes dont les querelles ajoutaient à la confusion régnante. En 1894, l'an-née même où Sumu-El montait sur le trône de Larsa, un prince amorrite nommé Sumu-abum s'installa dans une petite ville située sur la rive gauche de l'Euphrate, à quelque 20 kilomètres de Kish et d'Agade, dans ce « goulet » méso-potamien dont nous avons déjà souligné l'importance com-merciale et stratégique. Cette ville apparaît pour la première fois dans les textes d'Ur III ; elle était alors gouvernée par un *ensi* et contribuait au *bala*, mais ne jouait aucun rôle politique. Elle se nommait en sumérien *Kà-dingir-ra* et en akkadien *Babilim*, ces deux mots signifiant « Porte du dieu » ; nous l'appelons de son nom grec Babylone. Son dieu protecteur était Amar-Utu, en akkadien *Marduk*, humble divinité de la famille d'Enki gravitant dans l'orbite du dieu-soleil Shamash de Sippar, mais qui devait un jour concurrencer Enlil lui-même. Les premiers rois de Babylone étaient sans doute déterminés à faire de cette ville la capitale d'un grand royaume, mais leur ardeur était tempérée de prudence et ils mirent plus d'un demi-siècle à s'emparer du pays d'Akkad. Ils convoitaient Nippur, véritable clé de Sumer, lorsqu'ils se heurtèrent à la résistance du premier roi d'une nouvelle dynastie de Larsa.

Au sud-est de l'Iraq, entre le Tigre et le Zagros, s'étend une steppe semi-désertique appelée alors Iamutbal, du nom de la tribu d'Amorrites nomades ou semi-nomades qui l'habitait et dont le chef, en ce milieu du dix-neuvième siècle, portait le nom élamite de Kudur-Mabuk, sans doute parce que sa famille avait longtemps servi les rois d'Elam. Vers 1835, Kudur-Mabuk regarda de l'autre côté du fleuve et jugea que la conjoncture lui était favorable : plus que jamais, la guerre faisait rage entre Isin et Larsa et Nippur passait de l'une à l'autre ; en outre, Sîn-iqîsham de Larsa avait dû céder sa capitale au roitelet de Kazallu, chef d'une tribu ennemie de Iamutbal, ce qui était un excellent prétexte pour intervenir. Nous ne savons pas exactement ce qui se passa alors, mais en 1834 Kudur-Mabuk traversa le Tigre, établit sa résidence à Maskan-shapir[17] et devint maître de Larsa qu'il confia à son fils Warad-Sîn tout en s'associant à son œuvre. Sous cette corégence, puis sous le règne de Rîm-Sîn (1822-1763)[18], ce royaume allait enfin connaître de longues périodes de paix ainsi qu'une extraordinaire renaissance économique, culturelle et religieuse, car les nouveaux venus adoptèrent sans hésiter une civilisation avec laquelle ils étaient sans doute depuis longtemps familiers et agirent comme les rois d'Ur et d'Isin. On reconstruisit donc à tour de bras (pas moins de neuf temples et une douzaine d'autres monuments à Ur), on creusa de grands canaux jusqu'à la mer pour recruter des terres arables ; on favorisa la littérature sumérienne et l'art et,

bien entendu, on se défia. Mais tant qu'Isin était encore
indépendante et Babylone active, la paix ne pouvait durer
très longtemps au pays de Sumer. En 1809, Rîm-Sîn dut
combattre une dangereuse coalition dirigée par le Babylonien
Sîn-muballit et ce ne fut qu'en l'an 30 de son long règne
(1793) qu'il parvint enfin à conquérir Isin et à débarrasser
Larsa de sa vieille rivale. Un an plus tard, Hammurabi montait sur le trône de Babylone.

Arrivés à ce point, il nous faut abandonner un moment le
Sud et tourner nos regards vers la moitié nord de la Mésopotamie où bien des événements étaient survenus après la chute
d'Ur. Ici encore, nous allons rencontrer des « royaumes
combattants » engagés dans des luttes féroces, mais l'arrière-
plan culturel et les motifs de ces conflits seront sensiblement
différents.

Eshnunna et Assur

Issue d'une bourgade de l'époque d'Ubaid, bien connue, à
l'époque Dynastique Archaïque, grâce à une longue succession de temples et par les statuettes d'adorants aux yeux
énormes qui en proviennent, mal connue à l'époque d'Akkad
et ravagée par les Guti, la ville d'Eshnunna (Tell Asmar) apparaît, sous la IIIᵉ Dynastie d'Ur, comme le chef-lieu d'une
grande province et la plus importante des agglomérations qui
constellaient alors la vallée de la Diyala. Située à 15 kilomètres environ de cette rivière, elle se trouvait au carrefour
de deux grandes voies commerciales : celle qui, traversant le
Zagros, mène du « goulet mésopotamien » au plateau iranien
(la route actuelle de Baghdad à Téhéran) et celle qui, passant
à l'est du Tigre, reliait la haute Mésopotamie à l'Elam. Aussi
était-elle soumise à un triple courant d'influences culturelles et
politiques : suméro-akkadiennes au premier chef, mais aussi
élamites et hurrites (son dieu tutélaire, Tishpak, était probablement identique au dieu hurrite Teshup). Il n'est donc pas
étonnant qu'Eshnunna ait été l'une des premières cités pro-
vinciales à rompre avec les rois d'Ur III. Autant que nous
puissions le savoir, le passage à l'indépendance fut rapide et
facile. A partir d'Ilushu-ilia, qui fit sécession en l'an 2 d'Ibbi-
Sîn (2026) et prit le titre de « roi puissant, roi du pays de
Warum », les souverains d'Eshnunna se dirent « serviteurs

de Tishpak » et datèrent par leurs propres noms d'années. Le temple dédié au « divin » Shu-Sîn fut fermé au culte et rattaché à un grand palais, malheureusement assez mal conservé [19].

Ces premiers rois aux noms akkadiens ou d'étymologie inconnue ne tardèrent pas à agrandir leur territoire bien au-delà de ses anciennes limites. Profitant des troubles que provoquaient les Amorrites dans cette région comme dans tant d'autres, ils occupèrent toute la vallée de la Diyala, notamment l'importante ville de Tutub (Khafaje), et poussèrent même une pointe vers le nord, jusqu'aux environs de Kirkuk. Certains assyriologues ont attribué à l'un d'entre eux, Bilalama (vers 1980), une collection de lois rédigées en akkadien [20] et dont une soixantaine ont été préservées, mais il faut maintenant abaisser cette date d'au moins un siècle ce qui rapproche ce « Code » de celui de Hammurabi avec lequel il a de nombreux points communs. On notera que les « lois d'Eshnunna » n'ont pas été découvertes dans cette ville, mais à Shaduppum, aujourd'hui Tell Harmal, monticule englobé dans les faubourgs de Baghdad et fouillé par des archéologues iraqiens entre 1945 et 1949 [21]. Le fait que cette simple bourgade, chef-lieu administratif d'une région agricole du royaume d'Eshnunna, ait livré, outre ce « Code », des lettres, des contrats, des documents économiques, des listes de noms d'années et de très intéressantes tablettes mathématiques, en dit long sur la diffusion de la culture à cette époque.

Le règne de Bilalama fut suivi d'une période désastreuse pendant laquelle Eshnunna fut mise à sac par les troupes de Dêr, vaincue dans une guerre contre le roitelet de Kish et privée de la plupart de ses possessions. Mais plus tard, sous une dynastie de princes amorrites, le royaume recouvra sa prospérité. Avec Ibal-pî-El Ier (vers 1860), commença une nouvelle ère d'expansion marquée par l'occupation de Rapiqum sur l'Euphrate, d'Assur sur le Tigre, de Qabrâ dans la plaine d'Erbil et d'Ashnakkum sur le Khabur. La situation de ces villes indique clairement que les souverains d'Eshnunna entendaient conquérir toute la vallée du Tigre et la haute Jazirah, établir une tête de pont sur le moyen Euphrate et contrôler ainsi toutes les routes commerciales qui convergeaient vers leur capitale dans la direction générale de Suse. Mais leur mainmise sur ces cités ne fut que temporaire et les patients efforts des derniers princes d'Eshnunna pour recouvrer les territoires conquis puis perdus se soldèrent par un échec. Cependant, nous allons bientôt voir combien le royaume d'Eshnunna a joué un rôle important dans l'histoire mésopotamienne en cette première partie du dix-huitième siècle avant notre ère.

La naissance et le développement d'un royaume assyrien qui, à partir du treizième siècle, devait jouer un rôle de plus en plus important dans l'histoire de la Mésopotamie et de tout le Proche-Orient méritent qu'on les décrive [22]. La cité qui donna son nom au royaume, Assur – ou, plus exactement Ashshur* – était située dans une région de steppes plus propres à l'élevage du mouton qu'à l'agriculture, mais elle occupait une position stratégique de premier ordre [23]. Construite sur un éperon rocheux triangulaire émanant du Jebel Makhul qui domine la rive droite du Tigre à quelque 100 kilomètres au sud de Mossoul, protégée sur deux côtés par ce grand fleuve impétueux et sur le troisième par de puissantes fortifications, elle commandait la route la plus directe entre la basse et la haute Mésopotamie, entre Sumer-Akkad et le Kurdistan iraqien, l'Arménie et l'Anatolie. Fondée pendant la période Dynastique Archaïque et d'emblée sous l'influence culturelle de Sumer, comme en témoignent les deux premiers temples d'Ishtar et leur contenu, Assur fut occupée par Narâm-Sîn, roi d'Akkad, puis transformée par Amar-Sîn en province du royaume d'Ur III. Bien que nous possédions quatre versions d'une Liste royale assyrienne [24] prétendant remonter aux origines, il est extrêmement difficile, faute de synchronismes précis avec les rois de Sumer et d'Akkad, d'établir une chronologie absolue des souverains d'Assur antérieurs au dix-neuvième siècle. En tête de cette Liste royale figurent dix-sept rois, dont certains aux noms bizarres (Tudiya, Ushpia, Kikkia, Akia) et d'origine mal établie, qui « vivaient dans des tentes », ce qui suggère des chefs de tribus campant aux environs de la ville, et il semblerait que les derniers de ces « rois » se soient emparés d'Assur à la fin de l'époque d'Akkad, après qu'elle eut été dévastée par les Guti ou les Lullubi. Puis, à une date indéterminée mais correspondant

---

* Dans les textes cunéiformes, la cité, le royaume et leur dieu tutélaire sont tous trois écrits *Ash-shur*. Pour éviter toute ambiguïté, nous avons adopté les graphies *Assur* pour la cité et *Ashur* pour le dieu, réservant au royaume l'appellation traditionnelle d'Assyrie.

vraisemblablement au déclin de la IIIe Dynastie d'Ur, apparaît un certain Puzur-Ashur, fondateur d'une lignée de neuf souverains qui, eux, portent des noms typiquement akkadiens (il y a même un Sargon !) et se donnent le titre non pas de « roi » *(sharrum)*, mais d'*ishiakkum* (forme akkadienne du sumérien *ensi*) du dieu Ashur et de *waklum*, ou « leader », de l'Assemblée des citoyens. Quatre de ces rois nous ont laissé des inscriptions mentionnant la construction ou la restauration des temples d'Ashur, d'Adad et d'Ishtar, ainsi que des murailles de la ville. L'un d'entre eux, Ilushuma, dit avoir « purifié le cuivre » des Akkadiens et « établi leur liberté » à Ur, Nippur, Dêr et autres villes, mais le sens exact de ces expressions et la réalité de l'incursion au pays de Sumer qu'elles suggèrent sont très discutés [25]. Nous verrons plus loin (chapitre 14) que ces souverains d'Assur tiraient leur richesse du commerce de l'étain et du cuivre avec l'Anatolie et il n'est pas impossible qu'Ilushuma fasse allusion à des ventes massives de cuivre aux Akkadiens du Sud, les rendant ainsi indépendants de sources « indésirables », comme l'Elam.

Toutefois, les véritables fondateurs de ce qu'on a longtemps appelé l'« Ancien Empire assyrien » ne furent pas les descendants de Puzur-Assur, mais des chefs de tribus amorrites installés à Mari, sur le moyen Euphrate, Ekallâtum sur le Tigre et Shubat-Enlil sur un affluent oriental du Khabur. C'est à partir de ces trois capitales que des fils de « cheikhs » devenus rois ont contrôlé la politique et l'économie de tout le Nord mésopotamien, y compris la région connue plus tard comme l'Assyrie. Le grand et riche royaume qu'ont successivement acquis, étendu, gouverné et défendu trois monarques de grande envergure (Iahdun-Lim, Shamshi-Adad et Zimri-Lim), n'a duré guère plus qu'un demi-siècle (1820-1761), mais il a laissé tellement de traces, tant archéologiques qu'épigraphiques, que l'on peut dire sans hésiter qu'aucun royaume ou empire du Proche-Orient antique n'a été aussi profondément et minutieusement étudié sous tous ses aspects. Depuis le mois d'août 1933, date du premier coup de pioche dans le tell Hariri qui recélait Mari, ce site privilégié nous a livré, pour cette période, non seulement de nombreux et remarquables palais et temples, mais aussi des archives copieuses (environ 20 000 tablettes et fragments) qu'une équipe d'assyriologues français et belges spécialisés s'affaire à déchiffrer, traduire, analyser, dater et publier aussi rapidement que possible. Grâce à cette équipe, doublée d'une équipe archéologique très active, et à d'autres assyriologues travaillant sur les archives, moins volumineuses mais très importantes, provenant d'autres sites et à peu près de la même époque, tels que Shimshara, Tell al-Rimah et Tell Leilan [26], nous savons maintenant beaucoup de choses sur la ville de Mari, le royaume dit de la haute Mésopotamie et nombre d'Etats voisins. Cette information est aujourd'hui si vaste et si complexe que nous ne pouvons, dans le cadre de cet ouvrage « toutes époques », qu'en esquisser les grandes lignes et renvoyer les lecteurs plus « gourmands » aux excellents articles écrits par les mêmes savants, qui paraissent de plus en plus souvent dans des périodiques à grand tirage consacrés à l'histoire et à l'archéologie.

Mari et le royaume de haute Mésopotamie

Nos lecteurs se souviennent peut-être que nous avons laissé Mari vers 2250, au moment où le roi d'Akkad Narâm-Sîn, en route vers la Syrie du Nord, est supposé avoir détruit le palais « présargonique » de cette ville. Pendant les trois siècles qui suivent, Mari va être gérée par des gouverneurs appelés *shakkanakku* (littéralement « gouverneur militaire »), titre qu'ils ont initialement reçu de leurs maîtres akkadiens et qu'ils continuent à porter tout en agissant comme des rois [27]. Nous savons peu de chose sur cette longue période, sinon qu'un de ces gouverneurs-rois, nommé Apil-Sîn, a donné sa fille en mariage à Ur-Nammu, le fondateur de la troisième dynastie d'Ur. L'étude d'empreintes de sceaux inscrits et la découverte récente de deux listes dynastiques ont montré qu'après la chute de cette dynastie les *shakkanakku* ont continué à gouverner pendant près de 150 ans. A Mari même, il est resté de cette époque plusieurs statues de gouverneurs et environ 500 tablettes administratives écrites en un dialecte local. Des fouilles récentes ont révélé une grande tombe de deux chambres voûtées sous un beau bâtiment dit la « Grande Résidence ».

Entre la disparition apparente des *shakkanakku* et l'avènement du premier vrai roi de Mari que nous connaissons, il existe un hiatus impossible à combler et l'on a formulé l'hypothèse que ce « trou » correspondait à l'installation de tribus amorrites en haute Mésopotamie, ce qui ne pouvait qu'entraîner des bouleversements et notamment des changements de capitales. Et de fait, de nombreux textes des archives mariotes nous apprennent que la plus grande partie de cette région était alors occupée par des Amorrites appelés Hanéens *(Hanû)* répartis en deux grandes tribus : les *Beni-Iamina* ou Iaminites (littéralement « fils de la droite », c'est-à-dire du sud) et les *Bene-Sima'al* ou Simalites (« fils de la gauche », à savoir du nord) [28]. La majorité des Iaminites sont des semi-nomades transhumant dans les steppes à l'ouest de Mari, bien que plusieurs de leurs clans habitent des villes ou villages situés le long de l'Euphrate ou de la partie basse de son affluent le Khabur. Par contre, la plupart des Simalites sont sédentarisés en groupes de petits ou moyens « royaumes » dans le triangle du Khabur, y compris la féconde région d'Ida-maraz au pied du mont Tur Abdin, couronné aujourd'hui par la ville turque de Mardin.

Rien que dans cette région, on ne compte pas moins de douze « capitales » et dans la plaine du Sinjar résident les puissants monarques d'Andariq, de Qattara (Tell Rimah [29]) et de Karanâ, qui osent appeler « frères » les rois plus puissants. La partie orientale de la Jazirah et les rives du haut Tigre sont aussi peuplées d'Amorrites, mêlés d'Akkadiens et de Hurrites.

Aux environs de 1820, Iaggid-Lim, chef simalite dont on ne sait presque rien, établit des liens amicaux avec un autre chef du même groupe tribal : Ila-kabkabu, roi d'Ekallâtum [30], mais pour des raisons inconnues cette alliance ne dure pas longtemps : Ila-kabkabu attaque son ancien ami, détruit sa forteresse et emprisonne son fils Iahdun-Lim. Le roi d'Ekallâtum meurt quelques années plus tard, laissant le trône à l'un de ses fils, Shamshi-Adad*. Rien n'indique quand et comment Iaggid-Lim a quitté ce monde, ni quand son fils a été libéré, mais vers 1815 Iahdun-Lim, qui résidait alors probablement à Terqa, s'empare de Mari et prend le titre de « Roi de Mari et du pays des Hanéens ». La renommée de cette vieille et riche cité, ainsi peut-être que le charisme de son nouveau monarque, lui permettent d'exercer sa protec-

---

* « Le dieu Adad est mon soleil. » Ce nom est souvent écrit Samsi-Addu, qui est sa forme amorrite. Adad est le dieu de l'orage.

tion sur de nombreux petits Etats du Haut Pays. Bientôt maître
d'un territoire qui s'étend à l'ouest jusqu'à Tuttul (Tell Bi'a,
au confluent de l'Euphrate et du Balih), Iahdun-Lim est maintenant un assez grand roi et deux autres souverains se dispu-
tent son alliance : le roi du Iamhad (le royaume d'Alep qui
couvre tout le nord-ouest de la Syrie), dont il épouse une fille,
et le roi d'Eshnunna. Le premier l'aide en lui envoyant des
troupes pour écraser une rébellion de Beni-Iamina ; le second
– qui tient le moyen Euphrate de Rapiqum aux approches de
Mari – en se faisant accepter de lui comme son protecteur, en
lui vendant une ville entière et surtout en lui transmettant un
élément de sa culture : sous le règne de Iahdun-Lim, les
scribes de Mari remplacent le dialecte local par le babylonien
le plus classique et la forme de l'écriture cunéiforme eshna-
néene devient la leur. Pour sa part, Iahdun-Lim fait reconstruire les murailles de Mari et de Terqa, crée une ville qui porte
son nom et érige dans sa capitale un grand temple au dieu-
soleil Shamash. Puis, poussé par l'orgueil ou d'autres raisons,
il organise une expédition en Syrie du Nord jusqu'à la Méditerranée. Dans une longue inscription gravée sur les grandes
briques de fondation du temple de Shamash [31], il raconte qu'il a
atteint son but, offert à l'« Océan » de somptueux sacrifices,
permis à ses soldats de se baigner dans la mer et surtout fait
couper dans les hautes montagnes (Amanus ou Liban ?), pour
les transporter à Mari, d'énormes quantités de bois de cèdre et
de buis ; en outre, il impose aux habitants du littoral méditerranéen un tribut perpétuel. Tout cela ne plaît guère aux chefs de
tribus amorrites de la région, qui l'attaquent la même année, et
l'on comprend que Sumu-Epuh, roi d'Alep et maître de ces
territoires, leur accorde son aide. Iahdun-Lim se vante d'avoir
vaincu tous ses adversaires, y compris le monarque syrien, et
détruit une ville. D'autres textes nous apprennent que plus tard
Shamshi-Adad, roi d'Ekallâtum, envahit la partie orientale du
« triangle du Khabur » : le pays de Kahat. Iahdun-Lim se porte
à sa rencontre et le met en déroute aux portes de la ville de
Nagar (Tell Brak). Mais en 1796, il meurt dans des conditions
obscures après avoir régné quelque vingt ans. Son fils et successeur Sumu-Iamam n'occupe le trône que moins de deux
ans et ne nous a laissé que trente-cinq tablettes administratives [32]. Selon une lettre postérieure, il semble avoir été assassiné par ses serviteurs, peut-être soudoyés par Shamshi-Adad

qui, désormais maître du royaume, fait faire l'inventaire détaillé du palais avant d'en prendre possession.

Peu de temps après, le roi d'Eshnunna Narâm-Sin conduit une armée dans la vallée du Tigre, forçant Shamshi-Adad à fuir Ekallâtum pour se réfugier à Babylone dont le roi, Sîn-muballiṭ, lui donne asile. Quelque temps plus tard, il recouvre sa capitale, s'emparant en chemin de la prestigieuse ville d'Assur. Il nomme alors un de ses fils, Ishme-Dagan, vice-roi d'Ekallâtum et confie à une autre fils, Iasmah-Adad, la ville de Mari et son territoire. Quant à lui, il voyage un peu partout avant de s'installer dans la vieille ville de Shehna qu'il rebaptise Shubat-Enlil (« demeure du dieu Enlil »); c'est maintenant Tell Leilan, situé entre deux affluents orientaux du Khabur [33]. Sa principale tâche est d'obtenir, par diplomatie ou par force, la soumission de nombreux princes hanéens et de consolider son pouvoir sur toute la haute Mésopotamie. Il réussit si bien que la frontière de son royaume (si tant est qu'il en existait une) correspond plus ou moins, au nord, à celle qui sépare aujourd'hui la Syrie et la Turquie de l'Iraq, suit l'Euphrate depuis sa grande courbe jusqu'aux environs de Rapiqum (près de Ramâdi, à l'ouest de Baghdad), puis remonte à l'est le long de la Diyala et chemine au piémont du Zagros. Ce vaste territoire a souvent été appelé « l'Ancien Empire Assyrien », mais la tendance actuelle est de parler du « Royaume de haute Mésopotamie ». En effet, à cette époque la ville d'Assur et son territoire ne jouent pratiquement aucun rôle important dans l'histoire. Shamshi-Adad n'est nullement assyrien de naissance; il ne s'est jamais proclamé « Roi d'Assyrie »; s'il a importé le système assyrien du *limu* pour dater les ans, il n'a imposé à Mari (et ailleurs) ni le calendrier d'Assyrie ni le culte du dieu Ashur, et toutes ses inscriptions sont rédigées en babylonien au lieu de l'assyrien ancien. En réalité, ce grand monarque était un imposteur, mais sa renommée a été si grande qu'on a plus tard trituré la prestigieuse Liste royale assyrienne pour lui donner une place clé [34].

Le règne de Shamshi-Adad est un des mieux documentés de l'histoire mésopotamienne et ceci non pas grâce aux inscriptions officielles de ce monarque, peu nombreuses et d'un intérêt limité, mais grâce aux documents les plus précis, les plus fiables que puissent souhaiter les historiens : les lettres échan-

gées entre Shamshi-Adad et ses fils et entre Iasmah-Adad et
son frère ainsi que d'autres souverains, et les rapports de divers
hauts fonctionnaires à leurs maîtres ; en tout, quelque trois cent
tablettes provenant des archives royales découvertes dans le
palais de Mari. Si ces lettres, le plus souvent non datées, sont
difficiles à classer par ordre chronologique, elles éclairent
d'une vive lumière les activités quotidiennes de ces rois et de
leurs gouverneurs, ainsi que les rapports entre les cours de Shubat-Enlil, de Mari et d'Ekallâtum et les divers peuples, tribus et
royaumes qui les entouraient alors. Qui plus est – et ce n'est
pas le moindre de leurs mérites – elles dessinent le profil psy-
chologique des trois dynastes : pour la première fois, nous
sommes en présence, non plus de simples noms, mais de personnages vivants, avec leurs qualités et leurs défauts.

Ishme-Dagan, à qui son père a confié les régions les
plus difficiles (la frontière du Tigre et le Kurdistan), est un
guerrier-né comme lui, toujours prêt à marcher au combat et
fier d'annoncer ses victoires à son frère – « A Shimanahe,
nous nous sommes battus, à la suite de quoi j'ai pris le pays
tout entier. Réjouis-toi [35] ! » – mais parfois, le prenant sous
son aile, lui évitant des maladresses :

> « N'écris pas au roi. La région où je réside est proche (de la
> capitale). La chose que tu as l'intention d'écrire au roi, écris-
> la-moi, pour que moi-même je puisse te conseiller [36]. »

Car manifestement, Iasmah-Adad, qui gouverne Mari, est
un faible : docile, obéissant, certes, mais aussi indolent,
négligent, couard et, pour tout dire, quelque peu immature,
comme le lui reproche son père :

> « Tu restes petit, il n'y a pas de barbe à ton menton, et mainte-
> nant même, à l'âge de ta plénitude, tu n'as pas formé de mai-
> son [37]... »

ou encore :

> « Tandis que ton frère, ici, inflige des défaites, toi, là-bas,
> tu restes couché au milieu des femmes. Maintenant donc,
> quand tu iras à Qatanum avec l'armée, sois un homme !
> Comme ton frère établit un grand nom, toi aussi, dans ton
> pays, établis un grand nom [38] ! »

Quant à Shamshi-Adad, il apparaît comme un grand roi, sage, avisé et malin, veillant sur toutes choses jusqu'à la minutie, parfois plein d'humour, qui conseille, réprimande ou félicite ses fils et exerce sur Mari un contrôle très strict qu'un prince, plus mûr que Iasmah-Adad, aurait probablement mal toléré.

Parmi les fréquents problèmes auxquels se heurtent les gouverneurs de districts ou de provinces il faut noter d'une part, les disputes et parfois les guerres entre roitelets vassaux, qui se règlent par arbitration, et leurs rébellions contre le pouvoir central, qu'il faut écraser et d'autre part, l'indiscipline native de certaines tribus nomades ou semi-nomades, et notamment les Iaminites. Divisés en clans multiples, sans cesse en mouvement le long du Khabur ou de l'Euphrate, toujours prêts à razzier, ces « Bédouins » essaient d'échapper à tout contrôle, esquivent les recensements et l'enrôlement dans l'armée et ne craignent pas, éventuellement, de prêter assistance aux ennemis du royaume. Quant aux Sutéens *(Sutû)*, qui nomadisent au sud-ouest de l'Euphrate, ils apparaissent dans les lettres et rapports comme des brigands invétérés qui attaquent villes, campements et caravanes et contre lesquels il faut se défendre par les armes. Par ailleurs, au-delà du Tigre Ishme-Dagan a souvent maille à partir avec les Turukéens *(Turukkû)*, peuple du Zagros[39] qui semble être plus dangereux que les Lullubi et les Guti, surtout lorsqu'ils traversent le fleuve pour ravager l'Ida-maraz et d'autres régions. Afin de les contenir, il tente la diplomatie en mariant son fils avec la fille de Zaziya, leur chef, mais le plus souvent il doit les combattre farouchement.

Les relations entre Shamshi-Adad et ses « frères », les rois des grands Etats voisins, sont généralement hostiles et l'on peut dire que son règne est marqué par une série de guerres, plus ou moins longues et meurtrières – guerres pour lesquelles il est d'ailleurs bien préparé, avec son armée de taille moyenne formée principalement d'Hanéens bien entraînés, postés dans des forteresses et pourvus de machines de siège aussi perfectionnées que le seront, au premier millénaire, celles des Assyriens[40]. Ces guerres sont motivées par la nécessité de défendre un royaume très convoité et surtout par le désir d'acquérir ou de conserver le contrôle des grandes voies d'un fructueux commerce de transit : celles qui relient

l'Iran à l'Anatolie et la Babylonie, la Syrie au golfe Arabo-
Persique et la vallée de l'Euphrate à la Méditerranée, Mari
étant au carrefour des deux dernières. C'est très probable-
ment un conflit de cet ordre qui oppose Sumu-epuh, roi du
Iamhad (capitale Halab, aujourd'hui Alep) et son successeur
Iarim-Lim, maîtres du port d'Ugarit ouvert sur Chypre et la
Crète, à Ishhi-Adad de Qatna[41], maître du port de Gubla
(Byblos), sur la côte libanaise, où l'on commerce depuis très
longtemps avec l'Egypte. L'enjeu de ce conflit n'est pas
clair, mais on sait que Shamshi-Adad a décidé de soutenir le
Qatna. Dans une de ses inscriptions, il déclare avoir érigé une
stèle « dans le pays de Laban (le Liban), sur la rive de la
Grande Mer[42] », ce qui ne prouve pas qu'il a fait le voyage
Mari-Gubla via Tadmor (Palmyre) et Qatna et l'on apprend
par d'autres sources qu'il envoie, à plusieurs reprises, des
troupes à Ishhi-Adad et que ce dernier donne sa fille Beltum
en mariage à Iasmah-Adad, vice-roi de Mari, ville où elle
résidera désormais. Plus encore, Shamshi-Adad organise
une coalition dirigée contre le roi d'Alep et qui comprend,
outre Iasmah-Adad et son beau-père, les princes de petits
royaumes situés sur le grand coude de l'Euphrate (Karkemish) et un peu plus au nord (Urshum, Hashshum). Shumu-
Epuh réplique en fomentant une série de troubles dans le
territoire du royaume mésopotamien. Après sa mort (en
1781), son successeur Iarim-Lim poursuit la même politique
et en particulier suscite des révoltes dans certaines villes
au sud de Qatna. Shamshi-Adad répond en envoyant
20 000 hommes qui vont jusqu'aux alentours de Damas, puis
reviennent. Il obtient aussi le support du roi de Karkemish,
Aplahanda, qui ne cessera d'entretenir d'excellents rapports
avec le « grand roi » : il lui envoie de bons vins, des céréales
si nécessaires, des bijoux et des tissus fins et lui fait don de
mines de cuivre, lui proposant « tout ce qu'il désire »[43].

Parallèlement au conflit Alep-Qatna, dans lequel il joue un
grand rôle, Shamshi-Adad doit se battre dans la partie orientale de son royaume contre les Eshnunéens qui tentent à plusieurs reprises d'élargir leur domaine tantôt vers le nord, en
direction d'Assur et d'Ekallâtum, tantôt vers le nord-ouest en
direction de Mari. En 1781, leur roi Dâdusha, qui a succédé à
Narâm-Sin, est si menaçant que Shamshi-Adad prend l'offensive, atteint la Diyala, puis remonte vers le nord[44]. Il

s'empare d'abord de la ville d'Arrapha (la moderne Kirkuk)
où il fait maints sacrifices aux dieux locaux puis, comme le
décrit une de ses stèles maintenant au musée du Louvre[45], il
traverse le petit Zab, conquiert la ville de Qabrâ, fortement
défendue, qui semble être la clé de la grande et fertile plaine
s'étendant à l'est de Ninive, détruit les récoltes de cette
région, capture toutes les villes fortifiées du pays d'Urbel
(Erbil) et installe ses garnisons partout. Les Turukkû profitent de l'occasion pour se mettre en guerre et faire beaucoup
de dégâts. Shusharra, chef-lieu d'un district du Kurdistan, est
si perturbée qu'elle est considérée comme perdue. A la fin de
l'année, Shamshi-Adad retourne dans son domaine et obtient
un rapprochement avec l'ennemi eshnunéen, ce qui semble
être corroboré par une stèle de Dâdusha, récemment découverte à Tell Asmar (Eshnunna), qui parle d'une guerre contre
Bunnu-Eshtar roi d'Erbil et déclare qu'il a donné à Shamshi-
Adad le territoire conquis[46]. Peu de temps ensuite, Dâdusha
meurt, après avoir repris Qabrâ. Il est remplacé l'année suivante par Ibal-pî-El II (1779-1766). Cette année-là, Shamshi-
Adad arrête la guerre sur le front oriental pour faire face, à
l'ouest, à une poussée des Aleppins. Ibal-pî-El lui propose un
traité de paix et va jusqu'à lui prêter des troupes. L'année
1776 est marquée par une série de dures batailles dans le Zal-
maqum (la région de Harran) et la région d'Emar. L'année
suivante (1775), le créateur du Grand Royaume de haute
Mésopotamie, maintenant très âgé, succombe, épuisé par tant
de campagnes en quelque vingt ans (1796-1775). Iasmah-
Adad reste à Mari quelques semaines, puis abandonne son
palais et disparaît, alors que son frère Ishme-Dagan survit
comme roi d'Assur.

Pendant toute cette période, les relations entre Shamshi-
Adad et ses contemporains les rois de Babylone Sin-muballiṭ
(1812-1793) et Hammurabi (1792-1750) ont été bonnes,
car le premier n'a pratiquement rien fait et le second s'est
contenté (au moins à ce stade) d'annexer les villes-États de
Malgûm (quelque part sur le Tigre, au sud de Baghdad),
Rapiqum et Shalibi (sur l'Euphrate, près de Ramâdi), rien de
quoi effrayer le « grand roi » ou ses fils. A certains moments,
ces relations sont fraternelles, à en juger par les archives de
Mari. Ainsi, nous apprenons que Shamshi-Adad envoie à
Hammurabi des tablettes copiées à sa demande et exige de

Iasmah-Adad qu'il lui remette un prisonnier turukkû pour qu'il le livre au « Babylonien » qui le réclame. De son côté, le vice-roi de Mari s'empresse de faire suivre une caravane en marche vers Babylone et retenue, on ne sait pourquoi, dans sa ville[47]. Seule une lettre révèle une ombre d'anxiété : Iasmah-Adad a été informé de projets hostiles nourris par « l'homme de Babylone », mais après enquête, un de ses officiers le rassure :

> « Or ça, que le cœur de mon seigneur ne se tourmente pas car l'homme de Babylone ne commettra jamais de méfait à l'égard de mon seigneur[48] ».

Nul ne peut alors se douter qu'environ quatorze ans plus tard Hammurabi prendra et détruira Mari.

12
Hammurabi

Connu du grand public pour la belle stèle du Louvre qui porte son « Code » de lois, Hammurabi* a bien d'autres titres à l'attention des historiens. Vainqueur de quatre grands princes rivaux, il a réalisé l'exploit d'unifier sous son sceptre, ne fût-ce que pour quelques décennies, une Mésopotamie profondément divisée et déchirée par des luttes sanglantes depuis près de trois siècles, consacrant ainsi la suprématie de son royaume sur les autres royaumes amorrites et des Amorrites eux-mêmes sur les Akkadiens et les Sumériens. D'un seul coup et pour très longtemps Babylone s'élève au rang de grande capitale et Marduk au rang des plus grands dieux. Plus encore, ce long règne de quarante-trois ans (1792-1750) marque l'épanouissement, au deuxième millénaire, de la civilisation suméro-akkadienne adoptée et enrichie par les Sémites de l'Ouest et correspond à l'apogée d'une profonde évolution culturelle commencée au siècle précédent et qui se poursuivra jusqu'à la fin brutale de la Iʳᵉ Dynastie de Babylone, à l'aube du seizième siècle avant notre ère.

Cette évolution porte essentiellement sur l'art, la linguistique, la littérature et la philosophie. Si la sculpture officielle, issue en droite ligne de celles d'Akkad et d'Ur III et empreinte d'une beauté sobre et puissante [1], reste formelle, on voit naître un art « populaire », caractérisé par le naturalisme, le mouvement et l'apparition de sujets profanes à côté de motifs religieux. Nous pensons, en particulier, à certaines statuettes de bronze (comme cet « adorant de Larsa », genou en terre, ou ce dieu d'Ischâli à quatre faces, non plus figé mais

---

* En écrivant Hammurabi, nous sacrifions à une vieille tradition. L'orthographe moderne, de plus en plus utilisée, est *Hammurapi*, ce nom signifiant « le dieu Hammu, ou 'Ammu (divinité ouest-sémitique) guérit ».

marchant), à certaines stèles et sculptures en ronde-bosse (déesse respirant une fleur, têtes de guerriers, têtes de lions rugissants), aux cueilleurs de dattes escaladant un palmier, à l'oiseau prêt à s'envoler qui figurent sur la magnifique fresque du palais de Mari et surtout, à ces nombreuses plaques de terre cuite représentant des scènes de la vie quotidienne : chasse au cerf, menuisier au travail, forain montreur de singes, paysan chevauchant un zébu, chienne allaitant ses petits[2]. A aucune autre période, l'art mésopotamien n'a été aussi vivant, aussi libre.

L'époque de Hammurabi est aussi le moment où la langue akkadienne atteint sa perfection classique, tant dans sa syntaxe – fréquemment recopié dans l'Antiquité, le fameux « Code » a servi de modèle aux écoliers babyloniens comme à tous les étudiants en assyriologie – que dans sa forme matérielle, avec son écriture élégante, aux signes généralement nets et bien espacés même sur les tablettes. Désormais utilisé seul pour la plupart des inscriptions royales[3], ainsi que pour la correspondance et tous les documents juridiques et administratifs, le « babylonien ancien » devient une véritable langue littéraire, une langue dont « la vigueur et la fraîcheur n'ont jamais été égalées depuis[4] ». Certes, les scribes continuent à copier les grandes œuvres sumériennes, comme à l'époque d'Isin-Larsa, mais ils les traduisent maintenant, ou plutôt les adaptent librement en leur imposant l'empreinte de leur génie sémitique, en même temps qu'ils créent des œuvres originales. Et cela nous vaut ces pièces admirables que sont les légendes d'Etana et d'Anzû – l'oiseau-tempête divin qui vola à Enlil les tablettes du Destin[5] –, le mythe d'Atrahasis, l'*Epopée de Gilgamesh* et tant d'autres rédigées pour la première fois à cette époque et reproduites, plus ou moins modifiées, jusqu'aux derniers jours de la civilisation mésopotamienne.

Enfin, c'est le moment où s'affirme la religion personnelle, comme en témoignent d'innombrables effigies de dieux ou de démons en figurines ou sur plaques votives, de très belles prières et « lettres aux dieux », des chapelles de coin de rue. Mais si « l'individu compte pour Dieu, et Dieu l'aime personnellement et profondément[6] », l'homme commence à douter, à s'interroger, à réfléchir aux grands problèmes du Mal et de la Mort. Dévoré de curiosité pour le monde qui l'entoure, il affine et classifie ses connaissances, exerce son intelligence, cherche à prédire son propre avenir. D'où les premières ébauches de la littérature dite « sapientiale », qui atteindra son plein développement à l'époque kassite, et l'essor extraordinaire que connaissent alors les textes scientifiques : listes de signes et de mots, dictionnaires bilingues, recettes pharmaceutiques, problèmes mathématiques et surtout, écrits de toute sorte sur cette « science du futur » qu'est la divination – tous domaines sinon totalement inconnus, du moins peu exploités jusqu'ici.

Témoin de tant de changements, marqué par de grands succès diplomatiques et militaires et par d'importantes réformes administratives, religieuses et juridiques, le règne de Hammurabi, chef d'Etat et législateur célèbre, nous paraît bien mériter, à lui seul, un chapitre ; d'autres n'ont pas hésité à lui consacrer des ouvrages [7].

Le chef d'Etat

Lorsque Hammurabi monte sur le trône, en 1792, il hérite de Sîn-muballiṭ, son père, un royaume de dimensions modestes, long d'environ cent cinquante kilomètres et large d'une soixantaine, qui s'étend le long de l'Euphrate de Sippar à Marad [8] et correspond, en gros, à l'ancien pays d'Akkad. Ce royaume est entouré d'Etats beaucoup plus vastes gouvernés par des rois beaucoup plus puissants. Au sud, tout le pays de Sumer est dominé par Rîm-Sîn, roi de Larsa, qui, deux ans plus tôt (1794) s'est emparé d'Isin, mettant fin à la dynastie rivale. Au nord, l'horizon est barré par le Royaume de haute Mésopotamie. A l'est enfin, toute la rive gauche du Tigre au sud de la Diyala est occupée, jusqu'au Zagros, par le royaume d'Eshnunna où règne toujours Dâdusha que soutiennent les Elamites. En Elam même, la Dynastie de Simashki, progressivement tombée en quenouille depuis la chute d'Ur, a été remplacée, vers 1850, par une lignée de princes agressifs prêts à intervenir en Mésopotamie [9].

Le sixième roi de Babylone n'est pas moins déterminé que ses prédécesseurs à agrandir son territoire, mais il patiente cinq ans avant de faire le premier pas. Puis, lorsqu'il sent son pouvoir assez ferme et son armée assez forte, il attaque dans trois directions : vers le sud d'abord, où il arrache Isin au roi

de Larsa et occupe même Uruk et Ur (1787) ; vers l'est, où il
traverse le Tigre, fait campagne en Iamutbal (1786) et, deux
ans plus tard, « écrase l'armée et les habitants » de Malgûm,
ville clé de cette région ; vers l'ouest enfin, où il prend Rapiqum sur l'Euphrate, en amont de Sippar (1783). Après quoi,
les noms d'années de son règne [10] ne mentionnent plus aucun
exploit guerrier. Hammurabi semble consacrer tout son
temps à construire ou embellir des temples et faire creuser
des canaux, mais il n'en est pas moins attentif à ce qui se
passe autour de lui, notamment dans le nord, et par précaution, fortifie certaines villes frontières, comme Sippar.

Chose étonnante, ni Rîm-Sîn ni Ibal-pî-El II qui, en 1779, a
succédé à Dâdusha n'ont réagi aux coups de boutoir du roi de
Babylone, ce qui, joint à d'autres indices, a donné à penser
que ce dernier avait agi sur les ordres et pour le compte de
Shamshi-Adad (campagnes à l'est) et d'Ibal-pî-El (campagnes à l'ouest) [11]. Toutefois, la mort de Shamshi-Adad, survenue en 1775, va modifier la scène politique.

Dès que cet événement est connu, le royaume que Shamshi-
Adad avait créé et maintenu à grand-peine, se désintègre et
des dizaines de roitelets vassaux retrouvent leur indépendance. C'est alors qu'un certain Zimri-Lim*, qui se dit fils
de Iahdun-Lim mais est probablement son neveu [12], monte
sur le trône de Mari avec l'aide du roi d'Alep Iarim-Lim et
commence à reconstituer, non pas le vaste royaume de Shamshi-
Adad mais celui, plus gouvernable, de Iahdun-Lim, car il
occupe les vallées du moyen Euphrate et du Khabur, y compris son « triangle », tandis que la vallée du Tigre, ainsi que
le piémont du Zagros restent dans le domaine d'Ishme-
Dagan. Toutefois, reprendre en main ces populations qui se
croyaient libres ne va pas sans sursauts. En 1773, deux ans
après l'accession de Zimri-Lim au trône, plusieurs tribus de
Iaminites se révoltent et il faudra à l'armée du nouveau roi de
longs mois de guerre pour remporter finalement la victoire à
Saggaratum et à Dûr-Iahdun-Lim, dans la basse vallée du
Khabur. L'année suivante, ou même avant, c'est dans le
« Haut-Pays » que se soulèvent deux villes clés : Kahat (Tell
Barri [13]), au centre de grands pâturages, et Ashlakka, nœud de

---

* « Le dieu Lim (dieu syrien, probablement solaire) est mon
protecteur. »

routes très important situé un peu plus à l'est. Ici encore, il a fallu plusieurs campagnes avant que ces deux villes ne soient reprises. Effrayés, les petits rois de ces régions se réunissent à Nahur (Tell Fekheriyeh, près de Tell Halaf) et acceptent de reconnaître Zimri-Lim comme leur seigneur et « frère ». C'est dans cette période, sans doute, que le roi de Mari a recours à la politique d'alliances matrimoniales, si souvent pratiquée dans tout le Proche-Orient : il tente d'apaiser certains rois de l'Ida-maraz et autres régions en donnant à chacun comme épouse une de ses nombreuses filles [14]. Quant à lui, il épousera un peu plus tard Shibtu, fille du roi d'Alep, et fera d'elle sa reine préférée.

En 1771, alors que tout paraît calme, Ibal-pî-El, roi d'Eshnunna, lance à l'assaut des garnisons mariotes deux corps d'armée : l'un longe l'Euphrate jusqu'aux abords de Mari, l'autre longe le Tigre en direction d'Ekallâtum qui est prise, ainsi que Shubat-Enlil. La riposte de Zimri-Lim ne se fait guère attendre. Les Eshnunéens sont battus à Andariq, au piémont sud du Jebel Sinjar, et vers le milieu de l'année suivante, les deux rois signent un traité de paix, mais Zimri-Lim est forcé de reconnaître la suprématie de l'« homme d'Eshnunna » ; il est peu probable que le roi de Mari se soit tenu à la lettre de ce document [15].

Quelques années de paix s'écoulent, durant lesquelles Zimri-Lim consolide son pouvoir ou son influence en améliorant ses rapports avec ses vassaux [16] et se consacre à des œuvres pacifiques [17] : on remet en état les quais de ce port fluvial qu'est Mari, on drague le Khabur, on construit des barrages de pierres, on fabrique des trônes dédiés aux dieux de certaines villes et, très probablement, on travaille à agrandir et embellir les temples et surtout le palais royal que tout le monde admire. Au cours des siècles, et malgré bien des péripéties, la ville de Mari, située à mi-chemin entre la Méditerranée et le golfe Arabo-Persique et à la croisée de nombreuses routes qui mènent de la basse à la haute Mésopotamie et de la Syrie au plateau iranien, s'est enrichie essentiellement en prélevant des taxes sur le transit fluvial et terrestre de toutes sortes de marchandises [18]. Elle est devenue la capitale d'un royaume financièrement et militairement puissant et le souverain qui l'habite étale volontiers sa richesse et sa générosité : tous les voyageurs de marque qui font escale à

Mari sont ses hôtes et reçoivent des présents, mais ils parlent aussi, ce qui n'est pas pour déplaire à ce roi qui gouverne personnellement et veut être renseigné sur ce qui se passe dans son royaume et dans les royaumes voisins ; d'où un va-et-vient incessant de messagers porteurs de lettres (ces tablettes qui sont si utiles aux historiens modernes), ainsi que la présence d'ambassadeurs mariotes (et aussi d'espions) dans toutes les cours royales [19]. Zimri-Lim est un membre du « clan » des grands souverains orientaux dont le rang dépend du nombre de vassaux, comme le lui rappelle un de ses officiers :

> « Il n'y a pas un roi qui, à lui seul, soit puissant.
> Dix à quinze rois suivent Hammurabi, le sire de Babylone,
> autant Rîm-Sin, le sire de Larsa, autant Amût-pî-El, le
> sire de Qatna, vingt rois suivent Iarim-Lim, le sire de
> Iamhad (Alep) [20]. »

En 765, Zimri-Lim décide de rendre visite à son beau-père Iarim-Lim pour renforcer leur alliance. Il prend le long chemin de Mari à Alep, entouré par ses gardes et serviteurs et accompagné non seulement de ses bagages usuels, mais aussi de caisses contenant le trésor royal – pratique courante à l'époque, destinée à éblouir le confrère et sans doute à se protéger de vols éventuels au palais [21]. Iarim-Lim vient à sa rencontre avec son épouse et son fils qui se nomme Hammurabi. Les deux monarques échangent de somptueux cadeaux, puis se séparent. Mais le roi de Mari se dirige vers Ugarit, capitale d'un royaume vassal d'Alep [22], et y séjourne un mois sans aucune raison connue ; peut-être est-il intéressé par des rencontres commerciales avec des marchands et leurs interprètes.

Il est encore au bord de la Méditerranée lorsqu'il apprend qu'Ibal-pî-El, le redoutable roi d'Eshnunna, est décédé et que les Elamites se sont emparés de sa capitale, après quoi une de leurs deux armées est allée vers le nord où elle a déjà pris Ekallâtum et Shubat-Enlil, tandis que l'autre se dirige vers la Babylonie. Zimri-Lim retourne à Mari en toute hâte et conclut une alliance avec Hammurabi qui, avec l'aide de troupes mariotes et allepines, écrase les Elamites à Hiritum, en basse Mésopotamie ; les survivants se retirent à Suse. Dans ses inscriptions le roi de Babylone attribue à lui seul (et son dieu) la victoire :

« Le chef aimé de Marduk, ayant défait par la force des armes l'armée que l'Elam, depuis la frontière du Warahshe, ainsi que le Subartu, le Gutium, Eshnunna et Malgûm avaient levée en masse, consolida les fondations de Sumer et d'Akkad [23]. »

L'année suivante, Hammurabi réalise le plus cher de ses rêves : annexer le royaume de Larsa. En 1765, il avait rompu avec le vieux roi Rîm-Sin, prétendant que ce dernier avait envoyé des troupes envahir et piller une partie de son territoire. Vers la fin de 1764, il pénètre dans le Larsa, très au sud, et met le siège autour de sa capitale. Ce siège dure six mois et occupe 40 000 soldats, dont 2 000 envoyés par le roi de Mari à sa demande. Finalement, Larsa succombe (1763) ; Rîm-Sin s'enfuit mais est arrêté avec ses fils et conduit à Babylone où il disparaît. Sa vieille capitale n'est pas atteinte et seule sa muraille est démolie [24].

En 1762, nouvelle coalition contre Babylone, qui comprend, outre Eshnunna, le Subartu et le Gutium (lisez le « Haut-Pays » et les peuples du Zagros), le pays de Mankisum, quelque part sur le Tigre. Hamurrabi non seulement « culbute leur armée », mais avance le long du Tigre « jusqu'à la frontière du Subartu ». Cette triple série de victoires l'a-t-elle grisé au point qu'il se met à rêver des grandes conquêtes des rois d'Akkad ? Ou bien Zimri-Lim, le jugeant trop dangereux maintenant, s'est-il allié contre lui au seigneur de Malgûm ? Toujours est-il qu'un an plus tard Hammurabi marche contre l'ami qu'on croyait cher à son cœur : il lance ses troupes contre Mari. Elles pénètrent dans la ville, démantèlent ses remparts, pillent son beau palais et le détruisent systématiquement. Zimri-Lim disparaît à tout jamais, on ne sait où ni comment. Quant à son royaume, il est immédiatement dépecé : les textes de Tell Leilan nous apprennent que sa partie nord est annexée par le roi d'Alep (qui s'appelle aussi Hammurabi), tandis que se forme dans la vallée de l'Euphrate un petit royaume dit de Hana, dont la capitale est Terqa [25]. Cependant, le nom de Mari, maintenant bourgade, apparaît çà et là dans les textes jusqu'à l'époque séleucide.

Assur tombe probablement aux mains de Hammurabi soit en l'an 36 de son règne (1757), lors de la campagne victorieuse qu'il mène à l'est du Tigre, soit en l'an 38 (1755) lorsque « avec la puissance que lui ont donnée Anu et Enlil », il défait « tous ses ennemis » jusqu'au pays de Subartu. Quant à Eshnunna, Hammurabi s'en empare en 1756, probablement à l'aide d'une « inondation provoquée »[26].

Ainsi, en dix ans de luttes continuelles, Hammurabi est parvenu à éliminer tous ses rivaux et à bâtir un très grand royaume englobant toute la moitié sud de l'Iraq actuel, la vallée de l'Euphrate au moins jusqu'au confluent du Khabur et la vallée du Tigre jusqu'à Ninive et peut-être au-delà[27]. Mais ce royaume, cet « empire » si l'on préfère, sera très éphémère et c'est sans doute pour cela que le nom de ce grand monarque n'a jamais rejoint ceux de Sargon et de Narâm-Sîn dans la légende mésopotamienne.

Le législateur

Mort quatre ans après sa dernière victoire, Hammurabi n'a pas eu le temps, ni probablement les moyens, d'organiser en un tout cohérent les territoires conquis en haute Mésopotamie. Nous sommes assez mal renseignés sur ces contrées après la prise de Mari, qui clôt les archives royales mais il semble bien que le roi de Babylone se soit contenté de gouverner par vassaux interposés. C'est le cas en Assyrie, puisque Ishme-Dagan restera sur le trône jusqu'en 1741. C'est également le cas à Eshnunna, où Silli-Sîn, successeur d'Ibal-pî-El, abandonne le titre de *sharrum* (roi) pour celui d'*ishakkum* (gouverneur) de son pays, ainsi qu'à Qattara, où le roitelet local paie tribut à Hammurabi et semble être doublé d'un général babylonien. Les premiers souverains de la dynastie locale, dite des « rois de Hana », ont pu être contemporains de Hammurabi et probablement sous sa tutelle[28]. Mais si les textes sont rares dans le Nord, la basse Mésopotamie est assez bien documentée grâce à la correspondance échangée entre Hammurabi et deux fonctionnaires en poste à Larsa[29] et aux centaines de tablettes administratives, économiques et juridiques provenant de cette ville ainsi que de Sippar, Ur, Nippur et plusieurs autres sites. Il n'est pas question ici de royaumes vassaux, ni même de provinces, mais de l'extension jusqu'aux rives du Golfe du royaume babylonien.

Dans cette région – qu'on peut désormais appeler Babylonie sans commettre un anachronisme –, le système de provinces mis en place par les rois d'Ur III s'est effondré dès le début du deuxième millénaire pour être remplacé par les royaumes d'Isin et de Larsa, puis de Larsa seul, et par une poussière de principautés dont certaines minuscules et ne comportant guère qu'une ville et ses environs. Ces principautés absorbées et Larsa conquise, le roi de Babylone hérite des deux seuls systèmes administratifs qui, dans chaque cité, continuent à fonctionner côte à côte : celui des temples et celui de la ville, le système religieux et le système municipal. Ce dernier, beaucoup plus important pour lui puisqu'il assure l'ordre public, rend la justice et perçoit les impôts, se compose du maire *(rabiânum)* et parfois de maires adjoints ou ruraux *(hazannû)*, des « Anciens », de l'assemblée *(puhrum)* des citadins riches et influents, des opulents marchands groupés en une « chambre de commerce » *(kârum)* et de divers employés municipaux [30]. Hammurabi se garde bien de toucher à cette infrastructure efficace et utile, mais il effectue un certain nombre de réformes visant à centraliser entre ses mains toute l'autorité effective. Dans chaque cité de quelque importance, il nomme un gouverneur ou un préfet, mais surtout des petits ou moyens fonctionnaires directement sous ses ordres, officiellement chargés de gérer les domaines de la couronne, mais en fait tranchant certains litiges, faisant appliquer les ordres du roi et veillant à ce que soient assurées les ressources vitales de la région : agriculture, élevage, pêche et distribution des eaux [31]. Il y installe en outre une garnison formée de soldats de métier, de conscrits recrutés sur place et de mercenaires, le plus souvent étrangers. Ces troupes ont pour mission d'écraser d'éventuelles insurrections et de fournir un contingent à l'armée royale en campagne, mais aussi de lever et d'encadrer les grandes corvées de travaux publics. Elles sont sous les ordres d'un officier supérieur appelé *wakil amurri*, « inspecteur des Amorrites », titre qui en dit long sur le rôle joué par ces tribus dans la conquête. Désireux d'encourager le commerce national et international, Hammurabi confère au *kârum* plus d'autorité civile et judiciaire qu'il n'en avait auparavant et s'y fait représenter par un *wakil tamkari*, un « inspecteur des marchands ». Enfin, vers le milieu de son règne, il parachève cette œuvre centralisatrice en faisant passer sous son contrôle les juges des temples ; sur leurs sceaux-cylindres, ces derniers ne se disent plus « serviteurs de tel ou tel dieu », mais « serviteurs de Hammurabi [32] ».

Ce qui frappe le plus dans ce mode de gouvernement, c'est la polyvalence des fonctionnaires, la multiplicité et l'imprécision de leurs responsabilités, l'absence quasi totale de hiérarchie en dehors de l'armée, l'intervention occasionnelle de hauts dignitaires sans titres définis mais proches du souverain, l'attention que porte ce dernier à d'infimes détails. Ces caractéristiques, que d'autres ont déjà notées dans le système en cours à Mari au temps de Zimri-Lim [33], semblent propres aux royaumes amorrites. Sans doute faut-il y voir un « atavisme nomade », ces souverains gérant leur territoire comme leurs ancêtres « bédouins » dirigeaient leur tribu.

La prise du pouvoir par les Amorrites n'a provoqué aucun bouleversement dans le panthéon mésopotamien. Amurru, leur dieu patronyme, dieu des montagnes et de l'orage proche d'Adad, a ses propres sanctuaires et figure sur les sceaux-cylindres [34], mais c'est une divinité mineure ne faisant pas l'objet d'un culte royal. Il en est de même d'El et de Hammu, dieux typiquement ouest-sémitiques qui entrent dans les noms des souverains et d'un certain nombre de personnes, mais ne sont guère connus par ailleurs. En fait, ce sont les dieux de Sumer que continuent d'adorer, sous leur nom sémitique, les sujets de Hammurabi et ce roi lui-même ; et le seul phénomène notoire dans ce domaine est la promotion dont bénéficie l'un d'entre eux.

Dans ses inscriptions, Hammurabi attribue ses victoires et sa puissance à Marduk, dieu de sa capitale, ne faisant en cela que suivre une tradition générale remontant au troisième millénaire, mais il reconnaît la suprématie d'Anu et d'Enlil et sait rendre hommage aux dieux et déesses tutélaires des villes dont il restaure les temples. Dans le prologue de son « Code », Marduk figure parmi les grands dieux, les Igigi, mais ce sont Anu et Enlil qui sont censés l'avoir élevé à ce rang, le dotant de « toute-puissance sur la totalité des gens » et lui conférant une « éternelle royauté ». Certes, il a fallu de l'audace pour porter d'un seul coup ce petit dieu quasiment inconnu au troisième rang du panthéon, mais si « réforme religieuse » il y a, elle reste, pour l'instant, un exercice de style, car il ne faut surtout pas se mettre à dos le puissant clergé des grands sanctuaires de Sumer et d'Akkad. Les quelques temples de Marduk qu'on construit en dehors de Babylone sont des bâtiments modestes et rien par ailleurs n'indique que ce dieu devienne alors très populaire ou revête une grande importance dans le culte officiel[35]. Il faudra attendre plusieurs siècles, la fin de la période kassite et le « temps de la confusion » (chapitre 17), pour voir Marduk concurrencer Enlil et occuper sa place dans l'*Epopée de la création*.

Le fameux « Code » de lois promulguées par Hammurabi :

> « Pour proclamer le droit dans le Pays,
> Pour éliminer le mauvais et le pervers,
> Pour que le fort n'opprime pas le faible,
> Pour paraître sur les populations comme le Soleil
> Et illuminer le pays. »

ne peut être tenu, comme il l'a été longtemps, pour « le plus ancien du monde », puisque nous possédons aujourd'hui, outre les réformes d'Uru-inimgina, des recueils de lois signés d'Ur-Nammu et de Lipit-Ishtar ou provenant du royaume d'Eshnunna, mais c'est le plus complet, le plus riche en renseignements de tout ordre et à ce titre, il mérite plus qu'une brève mention[36]. Cependant, deux remarques préliminaires s'imposent. Tout d'abord, dans la mesure où il punit de mort des délits jusque-là justiciables de simples compensations et introduit en Mésopotamie la « loi du talion » qui semble propre aux Sémites occidentaux (elle figure dans l'Ancien Testament), le « Code » de Hammurabi apparaît comme une réforme juridique majeure ; cependant, rien n'indique qu'elle soit le fait de ce monarque et non de ses ancêtres ou d'autres souverains amorrites. En second lieu, ce « Code », comme tous ceux qui l'ont précédé, ne constitue en aucune façon un corpus exhaustif de dispositions légales logiquement ordonnées, analogue au *Digeste* et aux *Institutes* de Justinien ou au Code civil napoléonien et c'est pourquoi nous avons constamment mis le mot « Code » entre guillemets. En fait, le droit mésopotamien a toujours été un droit coutumier fondé sur la jurisprudence et modifié au cours des siècles par l'intervention des souverains pour l'adapter à l'évolution des mœurs et de la société. L'un des premiers actes du roi en montant sur le trône était de proclamer un édit de *mêsharum*, mot qui signifie justice mais qui, dans ce contexte, couvre également un certain nombre de décisions – annulation de dettes et obligations pesant sur certaines catégories sociales, fixation des prix de certaines denrées et de certains produits ou services – visant à résoudre des problèmes économiques ; l'édit d'Ammi-saduqa, quatrième successeur de Hammurabi, est un exemple typique de *mêsharum*. Pour tout le reste, le nouveau roi adoptait généralement les lois appliquées par ses prédécesseurs, mais il arrivait qu'il désirât corriger certains abus ou qu'il fût appelé à trancher sur ces cas particuliers pour lesquels la jurisprudence était muette, contradictoire ou inadaptée aux conditions prévalentes à l'époque. Ces « décisions royales » *(dînât sharrim)* constituaient l'un des privilèges et devoirs de sa fonction. Traditionnellement, le souverain était responsable devant les dieux de la justice au sens moral du terme et c'est pourquoi ses décisions étaient rassemblées, non pas au début mais à la fin du règne, pour servir de modèle aux rois à venir, gravées sur des stèles érigées dans les temples et simultanément copiées sur des tablettes à l'intention des juges [37].

C'est sous ces deux formes que nous est parvenu le « Code » de Hammurabi. L'une des stèles, placée initialement dans le temple de Shamash à Sippar et emportée à Suse comme butin de guerre par les Elamites au douzième siècle, fut retrouvée en 1901 au cours des fouilles françaises de ce site et transportée au musée du Louvre. Taillée dans le basalte, puis polie, haute de 2,25 mètres, elle a la forme d'un cône irrégulier. A sa partie supérieure, un bas-relief représente Hammurabi dans l'attitude de la prière dite « de la main levée » en face d'un dieu qui est sans doute Shamash, dieu du soleil et de la justice, assis sur son trône divin [38]. Le reste de la stèle est presque entièrement couvert d'un texte gravé avec art et disposé, de façon archaïsante, en colonnes verticales. Après un long prologue dans lequel le monarque chante ses propres louanges et énumère les œuvres pieuses accomplies dans diverses villes du royaume, viennent au moins deux cent quatre-vingt-deux lois [39] groupées autour de grands thèmes disposés dans un ordre assez déroutant : punitions pour faux témoignage, vol et recel, lois relatives au travail, à la propriété et au commerce, mariage, divorce, héritage, adoption, statut des femmes vouées aux temples, châtiment des blessures infligées aux personnes physiques, problèmes juridiques liés à l'agriculture, taux des salaires et locations, enfin, achat d'esclaves en Babylonie et à l'étranger.

Un long épilogue invite l'«opprimé» impliqué dans un procès à se faire lire la stèle «pour qu'il voie son cas, que son cœur se dilate»; il conjure les futurs rois d'observer ces décrets et appelle les châtiments divins sur quiconque mutilerait le monument ou altérerait les lois établies par le «roi du droit». Il est évidemment hors de question d'analyser ici toutes ces dispositions légales et nous nous bornerons à relever certains points d'intérêt général.

Le «Code» distingue trois catégories sociales : l'*awêlum*, le *mushkênum* et le *wardum*. Le mot *awêlum* signifie simplement «homme» et peut être lu comme tel dans certains articles du «Code»; ailleurs, il a un sens plus spécifique et a été traduit par «homme libre», «seigneur» ou «membre de l'élite». Le *wardum* est l'esclave, acheté à l'étranger ou recruté, comme jadis, parmi les personnes incapables de rembourser leurs dettes ou les prisonniers de guerre. L'esclave jouit de certains droits; il peut être affranchi ou adopté et même épouser la fille d'un homme libre (art. 175-176). Pourtant, le crâne rasé à l'exception d'une mèche, il est la propriété de son maître et la loi punit de mort quiconque l'aide à s'enfuir ou lui donne asile (art. 15-16). Le *mushkênum* se situe entre l'*awêlum* et l'esclave et semble être lié de façon assez vague au palais; il jouit de certains privilèges et est soumis à certaines obligations, mais on ne peut guère aller plus loin dans sa définition [40]. Nul ne sait s'il s'agit d'un fonctionnaire subalterne ou d'un de ces nombreux sujets du roi qui reçoivent de lui une terre et une maison inaliénables, mais transmissibles à leurs héritiers et, en contrepartie, sont soumis à certaines obligations, notamment aux corvées et au service armé (institution appelée *ilkum*).

Les différences entre ces trois catégories sociales apparaissent clairement dans les dispositions pénales du «Code» [41]. Ainsi, lorsqu'une femme enceinte avorte à la suite de coups qu'elle a reçus, son agresseur doit payer 2, 5 ou 10 sicles d'argent selon qu'elle est esclave, fille de *mushkênum* ou fille d'*awêlum*. Si la femme meurt, il doit «peser» un tiers de mine (66 g) d'argent dans le cas de l'esclave et est exécuté dans les deux autres cas (art. 209-214). De même, à quiconque crève un œil ou brise un os ou une dent d'*awêlum* on crève un œil, on brise un os ou une dent, mais les mêmes blessures sont payées d'une mine d'argent si la victime est

un *mushkênum* et de la moitié de son prix si c'est un esclave
(art. 195-199). Le plus surprenant, le plus grave aux yeux de
l'homme moderne, c'est que ces terribles châtiments, adaptés
non pas au crime mais au rang de la victime, s'appliquent à
des méfaits involontaires. Qu'un *awêlum* meure ou perde un
œil par suite d'une opération, le chirurgien a le poignet
coupé ; si son malheureux client est un esclave de *mushkênum*, il paie la moitié de son prix pour la perte de l'œil ou
remplace le mort par un nouvel esclave (art. 218-220).
Qu'une maison mal construite s'écroule, tuant le propriétaire
ou son fils, l'infortuné maçon, ou son propre fils, est mis à
mort ; si l'accident n'a tué qu'un esclave, il est tenu d'en
fournir un autre (art. 229-231). En fait, aucune tablette portant un jugement *réel* ne prononce de pareilles sentences
pour des délits de ce genre et il est probable qu'elles ont été
rarement appliquées en pratique ; mais il faut dire que ces
textes sont peu nombreux.

A bien d'autres égards, cependant, le « Code » de Hammurabi témoigne d'un sens de la justice qui fait honneur à son
auteur. En particulier, les lois concernant la famille représentent un louable effort pour protéger la femme et l'enfant
contre l'abandon, les sévices et la pauvreté ; et si les peines,
ici encore, sont parfois très sévères, elles sont adoucies par
la clémence et l'admission de circonstances atténuantes.
L'adultère de la femme est puni de mort, mais le mari peut
pardonner à son épouse et le roi à l'amant, leur évitant ainsi
d'être « liés ensemble et jetés dans le fleuve » (art. 129). Si
un homme déserte le foyer familial et que son épouse
« pénètre dans la maison d'un autre » parce qu'elle n'avait
pas de quoi manger, elle n'est pas coupable (art. 134). Un
homme peut répudier sa femme sans rien lui donner si elle se
conduit mal (art. 141), mais s'il divorce parce qu'elle est stérile, « il lui remettra de l'argent correspondant au montant de
sa *terhatum* et lui rendra la dot *(sheriqtum)* qu'elle avait
apportée de la maison de son père » (art. 138) [42]. Le mari dont
l'épouse est gravement malade peut prendre une autre
femme, mais il doit garder la malade chez lui « aussi longtemps qu'il vivra » (art. 148). A la mort du père de famille,
ses biens sont partagés entre ses enfants ; toutefois, sa veuve
en garde l'usufruit (art. 171) et peut disposer librement des
maisons, champs, vergers et meubles dont il lui avait fait don

(art. 150). Lorsqu'une femme meurt, sa dot n'est pas rendue à son père, mais passe à ses enfants (art. 162). Des dispositions similaires, mais évidemment plus complexes, favorisent les enfants de l'épouse en titre par rapport à ceux nés d'une concubine ou d'une esclave ; d'autres empêchent de déshériter les enfants sans raisons valables.

Telles sont, brièvement résumées, quelques-unes des principales lois de ce « Code » demeuré célèbre pour sa longueur, l'élégance de son style et surtout, la lumière qu'il projette sur une époque à la fois dure, cruelle et hautement civilisée. Rédigé sur les ordres, sinon sous la dictée, du roi vers la fin de sa vie, il semble couronner son long et glorieux règne. Contemplant l'ensemble de son œuvre, le vieil homme pouvait proclamer avec fierté :

« J'ai anéanti les ennemis au nord et au sud,
J'ai éteint les combats,
J'ai donné le bonheur au pays.
J'ai fait se prélasser les sédentaires dans de verts pâturages,
Je n'ai laissé personne les tourmenter.
Je suis le pasteur salvateur dont le sceptre est droit.
Mon ombre bienfaisante est étendue sur la ville.
J'ai serré sur mon sein les gens de Sumer et d'Akkad,
Grâce à ma Protectrice (Ishtar), ils ont prospéré.
Je n'ai cessé de les gouverner en paix ;
Grâce à ma sagesse, je les ai abrités [43]. »

13
Au temps de Hammurabi

Si fascinants que puissent être le spectacle qui se déroule, siècle après siècle, sur la scène politique et les lents changements du décor socio-économique, il est des moments où l'on se sent contraint d'interrompre le défilé de dates et de noms, de laisser de côté guerres, royaumes et dynasties et de s'interroger sur les petits événements de chaque jour, sur la façon dont on vivait alors dans ces maisons, ces temples, ces palais qui ne nous sont connus le plus souvent que par leurs murs, voire leurs fondations, et quelques objets épars sur le sol. Cette reconstitution du quotidien passé que tentent les préhistoriens à partir de modestes reliques, comme elle est plus facile, plus précise, plus vivante lorsque les textes sont là pour nous aider[1]!

En Mésopotamie, l'époque de Hammurabi – ou, plus exactement, les deux cents ans (1850-1650) qui embrassent son règne – est un de ces moments privilégiés tant nos sources épigraphiques et archéologiques sont abondantes et de qualité. Certes, on sait encore peu de chose sur les grandes capitales du Sud mésopotamien. Isin et Larsa commencent à dévoiler leurs secrets et dix-huit années de fouilles à Babylone n'ont fait que gratter la surface de cette vaste cité, la nappe phréatique, aujourd'hui très proche du sol, ayant empêché les fouilleurs de pénétrer au-dessous de la couche néo-babylonienne (609-539)[2]. Mais ailleurs, d'autres archéologues ont été plus heureux en exhumant, à Mari, Tell Asmar, Khafaje, Tell Harmal, Ur, Assur et Tell el-Rimah notamment, des palais, des temples et des maisons privées remarquablement bien conservés. Quant aux documents écrits, nous disposons de milliers de textes de tout genre provenant d'une dizaine de sites. Grâce à ces renseignements qui se complètent et s'éclairent mutuellement, on est en droit d'affirmer

sans exagération que, malgré d'inévitables lacunes, la Mésopotamie du dix-huitième siècle avant notre ère est maintenant
mieux connue que n'importe quel pays d'Europe au début du
Moyen Age. Il serait dommage de ne pas en profiter pour
essayer de pénétrer dans l'intimité d'un temple et d'un palais,
ainsi que dans la maison où vit le « Babylonien moyen »
contemporain (ou peu s'en faut) du grand Hammurabi.

Le dieu dans son temple

Le temple est, littéralement, la « maison » (*é* en sumérien,
bîtum en akkadien), la demeure terrestre du dieu. Aussi sa
forme, ses dimensions et la richesse de sa décoration varient-
elles selon l'importance de ce dernier. Certains temples,
comme celui de Endursag à Ur, ne sont que des chapelles
encastrées dans un bloc d'immeubles, guère plus qu'une cour
s'ouvrant sur la rue et pourvue d'un autel et d'une niche avec
piédestal pour la statue divine. D'autres, comme le temple de
Hani et Nisaba à Tell Harmal[3], sont des bâtiments de taille
moyenne isolés ou accolés aux maisons qui les entourent,
parfois aux murs de la cité, et comportant au moins une cour
et plusieurs salles. Enfin ceux des principaux dieux sont de
grands complexes à cours et pièces multiples, qui contiennent souvent des chapelles dédiées à leur parèdre et à des
divinités mineures plus ou moins apparentées[4]. La plupart de
ces grands temples reposent sur une plate-forme plus ou
moins élevée à laquelle on accède par des volées de marches.
Le temple du dieu tutélaire de la ville est soit adossé à la ziqqurat, soit proche d'elle.

Tous ces grands temples ont en commun plusieurs traits
architecturaux. Comme l'exige une vieille tradition, les murs
sont décorés de redans et de semi-colonnes engagées, parfois
ornées de torsades évoquant des troncs de palmiers[5]. Les
portes, voire même des galeries et des salles entières, sont
volontiers voûtées selon des techniques hardies longtemps
considérées comme beaucoup plus récentes[6]. L'entrée du
sanctuaire, parfois flanquée de lions rugissants, mène dans
une grande cour *(kisalmâhum)* entourée de pièces : logements, école de scribes, ateliers, bureaux et surtout magasins
où s'entassent les offrandes et le produit des terres et troupeaux du temple. Pendant les grandes fêtes, c'est là qu'on

réunit les statues divines partant en procession, mais le plus souvent cette cour est ouverte aux nombreuses personnes qui, à des titres divers, gravitent autour du temple et l'on se plaît à l'imaginer, non point vide et silencieuse, mais pleine de bruit et de mouvement, parcourue par les prêtres, les employés du temple, les élèves scribes, les courriers, les porteurs d'offrandes et de denrées, sous l'aveuglante lumière du soleil d'Orient.

Au centre d'une autre partie du bâtiment réservée au trésor du temple, à la bibliothèque et peut-être au logement des prêtres se trouve une autre cour. Plus petite, plus calme que le *kisalmâhum*, elle communique par deux pièces en enfilade (le vestibule et l'*ante-cella*) avec le cœur même du sanctuaire, le lieu du culte, le saint des saints, la *cella*. Au fond de la *cella*, une niche contenant un socle et sur ce socle, surmontée d'un dais, la statue divine en bois plaqué d'or, qui brille vaguement dans une demi-obscurité. Généralement assis, le dieu (ou la déesse) porte la tiare à cornes, des vêtements brodés, de lourds bijoux [7]. Des vases de fleurs, des brûle-parfums en terre cuite sont déposés à ses pieds. Le sol et les murs de la *cella* et de l'*ante-cella* sont recouverts de nattes, de tissus, de tapis, voire de mosaïques et de peintures murales. Les poutres sont en bois de cèdre comme le sont les vantaux des portes, parfois doublés de cuivre ou de bronze. Autour de ces deux pièces court une banquette d'argile qui supporte des statuettes de dieux et d'adorants, des stèles royales, divers ex-voto. Une table destinée aux repas sacrés, des vases à libations, des emblèmes de bronze ou de métaux précieux complètent le mobilier [8]. Dans la cour, un autel pour les sacrifices, un bassin d'eau lustrale. Aux quatre coins du temple, englobés dans les murs ou enfouis sous le sol, des tablettes, cônes et cylindres inscrits constituent, à cette époque, les « dépôts de fondation » qui authentifient et délimitent le domaine sacré, le *temmenum* [9].

Incarné dans sa statue, le dieu est traité comme un roi vivant [10]. On se prosterne devant lui, on le supplie, on chante ses louanges. Plus encore, on change ses vêtements, on renouvelle sa parure, on le parfume d'huiles odorantes, on lui « ouvre » et on lui lave la bouche, on le nourrit surtout : deux à quatre repas par jour, selon les moyens du temple, et au menu, viande, volaille, poisson, pains et gâteaux, miel et

fruits, eau, lait, bière, hydromel, vin. La fiction veut qu'il
« mange » ces repas derrière un rideau, mais bien entendu, ce
sont les prêtres et le personnel du temple qui se les partagent.
Outre ce service quotidien *(dullum)*, il y a les cérémonies de
purification et celles qui accompagnent certains actes occa-
sionnels. Ainsi, lorsqu'on recouvre à neuf le tympanon de
bronze du temple, le rituel prescrit, entre autres minuties,
qu'à travers un roseau on murmure une prière en sumérien
dans l'oreille droite, et en akkadien dans l'oreille gauche du
bœuf qui fournira la peau [11]. Et puis, il y a les fêtes annuelles,
saisonnières et mensuelles, ces dernières nombreuses et dont
la date varie de ville en ville [12]. C'est alors qu'on sort la statue
du dieu, qu'on la présente au peuple assemblé, qu'on la promène en char, en palanquin, en bateau. C'est alors que le
sang ruisselle sur l'autel, que le fumet de la viande grillée se
mêle à l'odeur de l'encens et que résonne plus que jamais
dans le sanctuaire, accompagné de tambours, flûtes, harpes,
lyres, sistres et cymbales, le chant grave et modulé des
hymnes, psaumes et prières – chant dont, grâce à des travaux
récents, nous croyons savoir qu'il ressemblait au chant liturgique des églises orientales et à notre chant grégorien [13].

A la tête des services administratifs du temple est le
shanga, personnage important qui, à l'époque de Hammurabi, semble être nommé par le roi. Il a sous ses ordres des
inspecteurs *(shatammû)* et des scribes *(ṭupsharru)* qui sur-
veillent et enregistrent tout ce qui entre et sort des greniers et
magasins, ainsi que des employés subalternes (gardiens,
chefs d'équipes de nettoyage et même barbiers) et des
esclaves. Les terres céréalières du sanctuaire sont administrées par des *ishakkû* (forme akkadienne du titre sumérien
d'*ensi*, décidément tombé très bas !) et travaillées par des
ouvriers agricoles et des corvées faisant appel à l'ensemble
de la population.

Le personnel sacerdotal, le clergé, est plus difficile à définir, d'une part parce que notre idée du « prêtre » est certainement différente de celle des Babyloniens, d'autre part parce
que nos connaissances dans ce domaine comportent encore
de grosses lacunes [14]. En théorie, le chef du clergé, le grand
prêtre, est l'*enum*, mot où l'on retrouve le sumérien *en*. Son
homologue féminin, l'*entum*, est logiquement grande prêtresse d'un temple de déesse, mais nous avons vu qu'une fille

du roi est à la tête du temple du dieu Sîn à Ur. Les fonctions pontificales sont assez floues et il semble que certains temples aient été dirigés entièrement par des *shanga*. En pratique, le membre le plus important du clergé est l'*urigallum*, originairement le « custode », dont nous verrons qu'il joue un rôle de premier plan dans la grande fête du Nouvel An (chapitre 24) sous le nom de *sheshgallu* (du sumérien SHESH.GAL, « grand frère »). Les prêtres chargés du culte – peut-être ceux que les textes appellent « qui entrent dans le temple » *(êrib bîti)* – ne sont pas hiérarchisés, mais spécialisés. Nous connaissons le *pashîshum* (« celui qui oint »), le *mashmashum*, à la fois incantateur et purificateur, le *ramkum* (« laveur »), qui préside aux rites d'ablution, le *nishakum*, qui verse les libations et le *kalûm*, lamentateur remplissant aussi d'autres fonctions et dont la science est tenue soigneusement secrète, mais il en existe d'autres, mal connus. Ces prêtres sont assistés par des auxiliaires, parmi lesquels le sacrificateur (*nash patri*, « porteur de glaive ») et les chantres et musiciens. Bien qu'il prenne part à certaines cérémonies culturelles, l'*âshipum* (conjurateur, exorciste) ne peut être considéré comme un prêtre au sens propre du terme, car il offre le plus souvent ses services au public, notamment aux malades. Il en est de même du *sha'ilum*, qui interprète les rêves et encore plus du *barûm*, ou devin, personnage très occupé et opulent dans une société où la divination sous ses multiples formes fait partie de la vie quotidienne. Issus de familles aisées, lettrés et savants, les prêtres et assimilés sont mariés et leurs fonctions se transmettent souvent de père en fils.

Il faut avouer qu'on ne sait pratiquement rien des prêtresses attachées aux temples des divinités féminines. Cependant, il est certain que les sanctuaires d'Ishtar, déesse de l'amour sous toutes ses formes, abritent un culte licencieux comportant chants, danses et pantomimes – exécutés par des femmes et des travestis –, et orgies sexuelles. A ces rites choquants pour nous mais sacrés pour les Babyloniens participent des hommes appelés *assinnû, kulu'u ou kurgarru* – tous homosexuels passifs et certains peut-être castrats –, ainsi que des femmes que trop d'ouvrages classiques groupent sous le terme générique de « prostituées ». De même que les homosexuels exercent également leur « profession » à titre privé, les authentiques prostituées *(harmâtu, kezrêtu, shamhâtu)*, comme celle

qui a séduit Enkidu, ne font que hanter les abords des temples
comme elles hantent les tavernes et les cabarets. Seules les
« vouées à Ishtar » *(ishtarêtu)* et les « consacrées » *(qash-
shâtu)* semblent faire partie du clergé féminin [15].

Egalement « vouées » et « consacrées », mais dans un
but diamétralement opposé, sont les *nadîtu* (littéralement
« femmes en friche ») dont un groupe – celui des *nadîtu* de
Shamash à Sippar – a fait l'objet d'études approfondies [16]. Il
s'agit de filles de bonne famille auxquelles la maternité est
interdite et qui, à l'âge où d'autres se marient, entrent dans
des communautés *(gagû)* que l'on appelle à tort « cloîtres »
et y passent toute leur vie. Rattachées au temple par des liens
assez ténus, ce ne sont ni des nonnes ni des prêtresses, mais
de remarquables femmes d'affaires qui s'enrichissent en
achetant maisons et terres qu'elles louent et font cultiver. A
leur mort, leur fortune revient à leur famille, ce qui a fait
penser que cette extraordinaire institution particulière à la Ire
Dynastie de Babylone avait pour objectif de limiter l'effrite-
ment des gros patrimoines consécutif au mariage des filles.

Qu'il soit sacerdotal ou laïc, le personnel des temples vit à
la fois de l'« autel », des « champs sacrés », encore très substantiels, et des terres que beaucoup possèdent à titre privé.
Si ces gens ont des contacts fréquents avec le reste de la
population (certains participent aux corvées ou font leur service militaire), ils forment un petit monde à part ayant ses
propres règles et coutumes, et jouissant d'une haute considé-
ration. Toutefois, l'époque où le Temple contrôlait toute la
vie sociale et économique de Sumer est depuis longtemps
révolue. Plus encore qu'au temps des *lugal*, des *ensi* et des
rois d'Ur, le centre vital, le pivot autour duquel tournent
toutes les activités du pays, c'est maintenant le palais.

Le roi dans son palais

Le développement architectural du palais *(ekallum,*
« grande maison ») est une des caractéristiques de la période
babylonienne ancienne. La concentration du pouvoir entre les
mains du souverain, les besoins d'une administration fortement centralisée, les exigences du prestige ont contribué à
transformer la résidence royale – bâtiment jusque-là de taille
assez modeste – en un grand complexe de salles de réception,

d'appartements, de bureaux et de pièces de service, entouré, pour d'évidentes raisons de sécurité, par une muraille fortifiée. A la fois château fort, manoir et centre administratif, le palais tend à devenir une ville en miniature au sein de la cité [17].

De ces demeures des rois amorrites, il n'est pas de meilleur exemple que le palais de Mari [18]. Retrouvé en assez bon état de conservation, c'est un monument remarquable, tant par ses dimensions (200 mètres de long, 150 mètres de large, deux hectares et demi de superficie), que par son plan intelligent et harmonieux, la beauté de sa décoration et la qualité de sa construction. C'est à juste titre qu'on l'a qualifié de « joyau de l'architecture orientale archaïque [19] » et sa réputation dans l'Antiquité était telle que le roi d'Ugarit, sur la côte syrienne, n'hésita pas à faire faire à son fils un voyage de 600 kilomètres dans le seul but de visiter la « maison de Zimri-Lim » [20].

Le mur d'enceinte du palais, épais de 2 à 15 mètres, reposant sur des fondations de pierre et renforcé de tours, n'était percé que d'une seule porte, dans sa partie nord. Le visiteur qui la franchissait traversait d'abord un vestibule gardé, puis une avant-cour où il laissait sa monture et sa suite, parcourait un couloir en chicane et débouchait, ébloui, dans une immense « cour d'honneur » (1617 mètres carrés) pavée de grandes briques cuites, sauf dans sa partie centrale présumée plantée d'arbres. En face de lui, de l'autre côté de la cour et précédée d'un perron arrondi de trois marches, s'ouvrait la large baie de la « salle d'audience », haute, profonde et décorée de fresques. Une porte ménagée dans le mur ouest de la cour d'honneur menait, par un couloir en L, dans une autre grande cour (754 mètres carrés), la « cour 106 » des archéologues, célèbre pour les belles compositions peintes qui rehaussaient ses murs blancs et qu'un dais de tissu, porté par des piliers de bois, protégeait de la pluie comme des chaleurs excessives. Ces fresques aux couleurs vives et dont une partie a survécu représentent des cérémonies du culte officiel : ici, un taureau qu'on mène au sacrifice, là le tryptique dit « de l'investiture » où le roi touche le sceptre et le cercle que lui tend Ishtar et où des déesses versant à flots l'eau bienfaisante, des animaux passant et une cueillette de dattes symbolisent la fertilité [21]. Au fond de cette cour deux grandes salles parallèles, longues et larges, communiquant par deux portes :

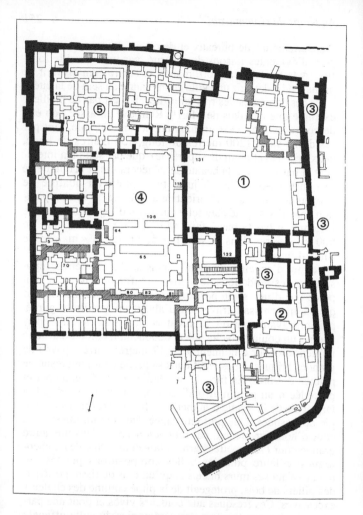

Plan du palais de Mari du second millénaire divisé en ses princi-paux secteurs. 1 : secteur de l'accueil – 2 : les temples – 3 : les réserves et dépendances – 4 : la Maison du Roi – 5 : la Seconde Maison, peut-être Maison des Femmes. *J.-Cl. Margueron*, Les Dos-siers de l'Histoire et Archéologie, *80, 1984, p. 39.*

la première contenait un podium muni de marches de chaque
côté qui supportait sans doute la statue de la belle « déesse
au vase jaillissant » retrouvée sur le sol non loin de là, décapitée par la soldatesque de Hammurabi [22] ; la deuxième donnait accès, par un majestueux escalier, à une tribune surélevée
tandis qu'à l'autre bout, une dalle de gypse marquait l'emplacement d'un trône.

Ces deux pièces et la cour 106 occupaient le centre du
palais, formant « son cœur et sa raison d'être » [23], car c'est
dans la vaste salle du trône qu'avaient lieu certains rites
royaux et les grands banquets. Le reste de cet énorme édifice
peut être divisé entre quatre ou cinq secteurs fonctionnels :
1) le secteur d'accueil (« cour d'honneur » et constructions
connexes) ; 2) le secteur d'habitation encerclant sur trois côtés
le noyau central et comprenant le complexe « Maison du
Roi » au sud-ouest et le complexe « Seconde Maison » (probablement le quartier des Femmes) au nord-ouest ; chacune
de ces deux « maisons » comprenait une unité d'habitation,
une zone administrative, une zone de réserves et un logement
pour le personnel ; 3) le secteur, dans l'angle sud-est, des
temples construits au-dessus de sanctuaires du troisième millénaire ; 4) enfin, le secteur des réserves et dépendances (cui-
sines, fours, celliers, magasins) distribué dans plusieurs
parties du palais et dans sa frange méridionale. Cours
et salles étaient reliées entre elles par d'étroits couloirs,
d'ailleurs peu nombreux pour raisons de sécurité. Le nombre
relativement grand de départs d'escaliers, ainsi que d'autres
indices architecturaux montrent qu'une importante portion
des secteurs d'habitation comportait au moins un étage.

La construction de la « maison de Zimri-Lim » n'était pas
moins remarquable que son plan. Les murs, généralement
épais, étaient faits de grandes briques crues revêtues de plusieurs couches d'argile et d'un épais enduit de plâtre. Dans
plusieurs parties de l'édifice s'ouvraient en haut des murs des
fentes, des orifices ronds ou même des galeries, qui assuraient
l'éclairage et l'aération. De nombreuses salles et cours étaient
dallées de briques cuites. Dans deux salles de bains dont une
contenait deux baignoires de terre cuite semblables aux nôtres,
avec toilettes à la turque, le sol et le bas des murs étaient rendus imperméables par une couche de bitume. Partout,
des caniveaux souterrains en briques cuites et des tuyaux de

poterie tapissés de bitume s'enfonçant jusqu'à dix mètres de profondeur assuraient l'écoulement des eaux. Ce système d'égouts avait été si bien conçu que les eaux d'un violent orage qui éclata un jour durant les fouilles furent évacuées en quelques heures sans causer les dommages qu'on redoutait [24].

Brûlés par l'incendie qui détruisit Mari ou simplement tombés en poussière, les meubles ont disparu et nous ne savons rien des trônes, des sièges, des tables et du lit du roi. En revanche, nous savons à peu près ce qu'il mangeait grâce au professeur Bottéro qui s'est penché sur ce sujet jusque-là méconnu : la cuisine babylonienne [25]. Les résultats de ses recherches sont étonnants. Dès le temps de Hammurabi (quatre des cinq documents connus à ce jour datent des années 1800-1700), l'art d'accommoder les aliments, de les « embellir », comme on disait joliment alors, était très développé et le cuisinier *(nuhatimmum)*, un artiste accompli. On ne peut qu'être frappé, en effet, par la diversité des denrées, des méthodes de cuisson (à l'eau parfois mélangée de graisse, à la vapeur, au four, sous la cendre ou la braise) et des ustensiles utilisés, par la complexité des opérations culinaires qu'imposait le mélange, dans le même mets, de multiples ingrédients, par la recherche de saveurs subtiles et de présentations appétissantes. Ce que les serviteurs de Zimri-Lim posaient sur sa table, c'était des viandes variées (bœuf, mouton, chevreau, cerf, gazelle), des poissons, des oiseaux, des volailles, grillés ou rôtis, certes, mais aussi bouillis dans des marmites en céramique ou cuits à petit feu dans des chaudrons de bronze et accompagnés de sauces riches en condiments où prédominait l'ail, des légumes savamment préparés, des soupes, des fromages variés, des fruits frais, secs ou confits, des gâteaux aromatisés de toutes tailles et de toutes formes, le tout arrosé de bière, dont il existait plusieurs qualités, et de vin provenant de Syrie [26]. L'absence de données chiffrées (quantités et temps de cuisson) et surtout notre ignorance du sens de certains noms akkadiens d'aliments font qu'il est impossible de reproduire aujourd'hui ces plats et peut-être est-ce tant mieux, car certains choqueraient notre goût. Il n'en reste pas moins que cette haute cuisine, ancêtre, sans nul doute, de la cuisine « turco-arabe » moderne, est un nouveau témoignage du niveau de civilisation atteint par les Mésopotamiens au début du deuxième millénaire.

En tant que chef de guerre et responsable devant ses dieux de l'issue du combat, le roi menait personnellement son armée à la bataille et risquait sa vie. Mais entre deux campagnes, il restait fort occupé. Personnage sacré, il devait prendre part aux principales cérémonies du culte dans les différents temples de la capitale et discuter avec ses architectes des travaux à effectuer dans les sanctuaires du royaume. Comme tout chef d'Etat, ancien ou moderne, il recevait des ambassadeurs et visiteurs de marque, parfois d'autres monarques, les hébergeait, leur offrait des festins et s'entretenait avec ses gouverneurs de provinces, ses hauts fonctionnaires, les dignitaires de sa cour. En tant que juge suprême, il lui fallait écouter les plaintes de certains de ses sujets, trancher de nombreux litiges. Enfin et surtout, il y avait l'énorme correspondance à dicter et à se faire lire, les ordres à donner, les décisions à prendre, les conseils à fournir par écrit non seulement dans un large éventail d'activités politiques, diplomatiques, militaires, judiciaires et économiques, mais encore dans le domaine de la vie quotidienne qui seule nous intéresse ici et dont voici quelques exemples entre mille, tirés des lettres de l'« interrègne assyrien » comme du règne de Zimri-Lim.

Confiées à Iasmah-Adad après l'expulsion de leur père, les filles de Iahdun-Lim « sont devenues des femmes » ; Shamshi-Adad écrit à son fils suggérant qu'il les envoie à Shubat-Enlil où on leur enseignera la musique. Les chariots fabriqués à Mari sont de meilleure qualité que ceux d'Ekallâtum ; Ishme-Dagan demande à son frère de lui en envoyer, ainsi que des charpentiers. Un vol de sauterelles vient d'apparaître à Terqa sans se poser : Kibri-Dagan, gouverneur de cette ville, envoie toutes celles qu'on a pu attraper à Zimri-Lim son maître qui, comme les Arabes de nos jours, apprécie cette nourriture rare et délicate [27]. Un habitant de cette même Terqa a conversé en rêve avec le dieu Dagan qui lui a promis de saisir les cheikhs des Iaminites « avec le harpon du pêcheur » et de les livrer à Zimri-Lim ; il raconte ce rêve à un fonctionnaire local, lequel s'empresse de le rapporter au roi [28]. Un certain Iaqqim-Addu, gouverneur de Sagaratim, écrit qu'on a capturé un lion dans une grange ; las de nourrir le fauve et sans réponse du roi sollicité de se prononcer sur son sort, il l'a fait mettre dans une cage de bois et le lui envoie par bateau. Le cadavre d'un enfant coupé en mor-

ceaux a été découvert près de Mari ; Bahdi-Lim, intendant du
palais, confirme par écrit que l'enquête suit son cours. Une
servante du palais royal d'Assyrie s'est enfuie ; Shamshi-
Adad enjoint à Iasmah-Adad de la faire rechercher ; si on ne
la trouve pas qu'on lui envoie le cuisinier qui, dit-on, l'a ren-
contrée, pour qu'on l'interroge. Une femme apparemment
bloquée dans Nahur, près de Harran, à cause d'une guerre,
trouve le temps bien long maintenant que les armes reposent
et supplie Zimri-Lim : « Que mon seigneur écrive qu'on me
ramène et que je revoie les traits de mon seigneur dont je suis
privée » et d'ajouter, à toutes fins utiles : « Autre chose : que
mon seigneur envoie sa réponse à ma tablette. [29] » Certaines
des filles de Zimri-Lim qu'il a mariées aux vassaux du
royaume se plaignent amèrement de leur nouveau statut et se
querellent entre elles ; il faut les apaiser et arbitrer leurs disputes [30]. Ainsi vont ces lettres écrites dans un style simple et
généralement clair, polies sans être obséquieuses, et qui commencent toutes par la formule consacrée : « A Untel dis ceci :
ainsi parle X [31]... » A lire ce courrier datant de trente-sept
siècles, on se sent vivre avec ces gens, on compatit à leurs
problèmes, on partage leurs soucis et leurs joies. Nul doute
que le palais de Mari et ses abondantes archives sont de merveilleuses machines à remonter le temps, mais nous allons
voir qu'il en existe une autre, moins spectaculaire peut-être
mais tout aussi efficace.

Le citadin dans sa maison

Les fouilles en Mésopotamie ont toujours été coûteuses et
c'est pourquoi les archéologues explorant des sites historiques ont généralement concentré leurs efforts sur les
bâtiments importants, tels que temples et palais, qui présentent un intérêt architectural et artistique et sont *a priori* susceptibles de livrer des inscriptions et des archives. Pour la
période paléo-babylonienne, les sites sur lesquels des maisons privées ont été systématiquement explorées se comptent
sur les doigts d'une main [32]. Pour connaître le cadre de vie du
« Babylonien moyen » au début du deuxième millénaire, il
nous faut quitter Mari et descendre l'Euphrate sur près de
mille kilomètres jusqu'à Ur, seul site où les vestiges de tout
un quartier, joints aux tablettes retrouvées *in situ*, nous four-

nissent d'amples renseignements. Par un heureux hasard, les
rues et les maisons situées entre la zone des temples et le mur
d'enceinte de la ville et qu'une mission anglo-américaine a
exhumées sur 8 000 mètres carrés, en 1930-1931, étaient
remarquablement bien conservées. Aujourd'hui encore, après
plus d'un demi-siècle d'exposition aux intempéries, elles
évoquent le passé avec une telle acuité que la comparaison
avec Pompéi et Herculanum vient immédiatement à l'esprit [33]. Il suffit d'un peu d'imagination – excusable en un tel
lieu – pour les peupler de leurs habitants.

Boueuses en hiver et poussiéreuses en été, souillées par les
détritus qu'on y jette quotidiennement et que personne ne
ramasse, les rues *(sûqu)* sont peu attrayantes. Elles serpen-
tent sans plan défini entre des blocs compacts d'habitations
de toutes tailles et de toutes formes dont les façades sans
fenêtres ne sont percées que de portes basses et étroites. Çà
et là, cependant, de petites boutiques [34] groupées en bazars
ou insérées entre les demeures mettent une note de gaieté
dans ces austères perspectives. Comme les boutiques des
« souks » de toute ville orientale, elles consistent en une
pièce profonde, largement ouverte sur la rue, et une arrière-
boutique. Qu'y vendait-on ? Nous ne le savons pas ; peut-être
de la poterie, des outils, des vêtements, des aliments. Ou bien
était-ce des boutiques de barbier, de cordonnier, de tailleur,
de teinturier-retoucheur, comme celui dont un texte de cette
époque raconte les démêlés avec un client pointilleux [35] ?
Ailleurs, la lueur rougeâtre d'un fourneau éclaire l'atelier
d'un forgeron. Plus loin, le comptoir de brique d'un « restaurant » avec brasiers et four à pain, où l'on s'arrêtait sans
doute en cours de route pour manger, debout, quelques
oignons ou concombres, un morceau de fromage, du poisson
séché arrosé de cette sauce analogue au nuoc-mâm vietna-
mien et qu'on appelle ici *shiqqum* [36]. A quelques pas de là,
une chapelle que signalent des bas-reliefs de terre cuite pen-
dus de chaque côté de la porte ; pénétrer dans la cour, déposer
sur l'autel une poignée de dattes ou de farine, adresser une
courte prière à la déesse qui sourit dans sa niche est l'affaire
d'un instant et assure une protection durable.

Très peu de circulation dans ces rues et ces impasses que
Sir Leonard Woolley, l'archéologue anglais qui dirigea les
fouilles d'Ur, a baptisées, faute de mieux, « Gay Street »,

« Paternoster Row », « Church Lane », etc., mais qui, comme les rues de Sippar, ont dû porter des noms du cru, tels que « rue d'Ishtar », « rue de l'*akîtum* », « rue de Shu-Ninsun » (un riche propriétaire), ou même « rue de la maison de la Femme-Esclave du Palais [37] ». La plupart sont trop étroites pour un chariot, voire un âne très chargé. Les rares passants fuient le soleil et rasent les murs, mais tôt le matin ou tard l'après-midi, un conteur récitant *Gilgamesh* (pourquoi pas ?) dans « Baker Square » provoque un attroupement, tandis que l'air tiède vibre du rire et des clameurs des enfants.

Si nous poussons une de ces portes – celle du « n° 3, Gay Street », par exemple, demeure typique d'un « petit-bourgeois » –, une agréable surprise nous attend : la maison est fraîche, confortable et plus grande qu'on ne l'aurait cru de l'extérieur. Nous descendons deux ou trois marches (car le niveau de la rue s'est élevé au cours des ans), lavons nos pieds dans un minuscule vestibule pourvu d'une cruche à cet effet, franchissons une autre porte encadrée de masques de Humbaba (Huwawa), qui protègent contre les mauvais sorts et entrons dans la cour. Nous notons qu'elle est dallée et qu'un tuyau d'écoulement s'ouvre en son centre ; on peut donc la laver à grande eau et les orages ne l'inondent pas. Les murs du bâtiment sont plâtrés et blanchis à la chaux, mais nous savons que leur partie supérieure est en briques crues et leur partie inférieure, jusqu'au linteau, en briques cuites soigneusement liées par un mortier d'argile. Un balcon supporté par des poteaux de bois entoure cette cour et la divise en deux étages : en haut, vit le propriétaire et sa famille, tandis que le rez-de-chaussée est réservé aux communs et aux visiteurs. C'est là qu'est la cuisine, reconnaissable à son double foyer et aux vases, bols, plats, marmites, meules à main et autres ustensiles qui l'encombrent [38]. Une femme s'en occupe et si les repas ne peuvent se comparer à la haute cuisine royale, soyons sûrs qu'ils n'ont rien de commun avec les mornes bouillies qu'on évoque si souvent. C'est là aussi que se trouvent la chambre des domestiques, la réserve, la salle d'ablutions avec cabinets à la turque et, au fond de la cour, la longue pièce rectangulaire où l'on reçoit les hôtes, le *diwan* des vieilles maisons turques et arabes. Le mobilier, aujourd'hui disparu comme d'ailleurs le premier étage, consiste en coffres, tables et tabourets de bois ou de roseaux tressés, en lits de sangles à matelas de laine, en coussins, tapis et nattes[39]. On s'éclaire avec des lampes à huile, on se chauffe en hiver avec des braseros.

Ce type de maison, tous ceux qui ont visité les vieux quartiers de Baghdad, d'Alep ou de Damas le reconnaîtront ; parfaitement adapté au climat et aux mœurs de l'Orient, il est resté le même au cours des millénaires. Pourtant, plusieurs demeures d'Ur comportent des annexes qui ont disparu depuis très longtemps. Sous le sol de certaines d'entre elles, on a retrouvé des tombeaux voûtés, parfois multiples, où reposaient les adultes de la famille au fur et à mesure qu'ils « allaient à leur destin », les petits enfants étant enterrés séparément dans des jarres. Dans d'autres, il existait une pièce spéciale pourvue d'un autel et d'une sorte de cheminée aveugle (pour brûler de l'encens ?) qu'on a interprétée comme une chapelle domestique, probablement consacrée aux « dieux personnels ». Si cette interprétation est exacte, elle ajoute un argument de poids en faveur de l'hypothèse d'une religion populaire florissante à cette époque.

Les objets, tablettes et installations découverts dans ces maisons nous fournissent de précieux renseignements sur la profession de leur propriétaire. Ainsi, les grandes cuves plâtrées profondes de 2 mètres dégagées sous le sol du « n° 3, Store Street » et aux parois desquelles adhéraient encore quelques grains suggèrent qu'il s'agissait d'un marchand d'orge. Au « n° 1, Old Street » vivait un nommé Ea-nâsir dont la principale activité, comme le révèlent ses tablettes, était d'aller acheter du cuivre à Dilmun, sans doute en majeure partie pour l'Etat. Au « n° 1, Broad Street », un certain Igmil-Sîn, prêtre ou scribe, avait transformé sa demeure en école et les quelque deux cents tablettes gisant sur le sol nous apprennent qu'il dictait des textes religieux et historiques et enseignait les mathématiques. Ceci confirme qu'en dehors des temples et des palais il existait des écoles plus ou moins privées. Ces écoles, nous les connaissons d'ailleurs par d'autres textes, aussi intéressants qu'amusants, qui nous renseignent sur les horaires des cours, le travail, les « vadrouilles » et les punitions à coups de trique des élèves scribes et nous parlent même des pressions, plus ou moins discrètes, qu'exerçaient certains pères sur le professeur pour que leur fils ait de meilleures notes[40].

Construit vers 1850, le quartier que nous venons de décrire
– ainsi d'ailleurs que toute la ville d'Ur – semble avoir atteint
l'apogée de sa prospérité sous le règne de Rîm-Sîn de Larsa
(1822-1763). Après la prise de Larsa par Hammurabi, il entre
dans une phase d'appauvrissement qu'ont notée les archéologues. Ce déclin ne peut s'expliquer que par l'abandon total
du commerce avec les pays du golfe Arabo-Persique, commerce déjà réduit à l'importation du cuivre de Magan avec
un relais à Bahrain (Dilmun)[41]. Les raisons de cet abandon
sont obscures, l'hypothèse la plus probable étant que Hammurabi obtenait ce métal d'Anatolie ou de Chypre par l'intermédiaire de la Syrie du Nord. Ainsi, si la conquête
babylonienne a apporté la paix dans l'extrême Sud mésopotamien, elle a aussi ruiné cette région. Cette paix même sera
de courte durée, une vingtaine d'années tout au plus, car dès
la mort du monarque, les guerres vont reprendre, plus violentes que jamais, et porter un coup terrible au grand port
qu'était jadis Ur. Toutefois, ces guerres purement locales ne
sont que des incidents relativement mineurs par rapport aux
bouleversements politiques qui affecteront bientôt, non seulement la Mésopotamie, mais le Proche-Orient tout entier et
qui ne peuvent être compris qu'en faisant un retour d'environ
six siècles en arrière.

14
Des peuples nouveaux

Entre 2300 et 2000, au temps des rois d'Akkad, des Guti et d'Ur III, des événements d'une importance capitale se déroulèrent au-delà du Taurus. Des peuples venus de contrées lointaines pénétrèrent en Anatolie, l'actuelle Turquie d'Asie, où l'un d'eux, connu sous le nom de « Hittites », allait bientôt fonder un Etat puissant aux visées ambitieuses. Vers la même époque sans doute, d'autres étrangers que nous nommons « Mitanniens » entrèrent en contact, probablement au Kurdistan, avec un groupe de Hurrites. Bien qu'ils n'en parlent pas, rien de tout cela n'a pu échapper aux monarques mésopotamiens, habituellement bien renseignés, mais ils étaient loin d'imaginer les répercussions qu'auraient un jour ces événements sur le destin de leur pays et des pays avoisinants. Les siècles passèrent, marqués par la chute d'Ur, l'expansion des Amorrites, les victoires de Hammurabi et le lent émiettement de son royaume. Et puis soudain, en 1595, les Hittites s'emparèrent de Babylone, mettant fin à sa Iʳᵉ Dynastie et ouvrant la porte aux souverains kassites, tandis que les Hurrites se taillaient peu à peu, en haute Mésopotamie, un grand royaume allant de la Méditerranée au Zagros.

Les Hittites et les Mitanniens appartenaient au vaste groupe ethnolinguistique des Indo-Européens et leurs migrations ne représentaient, en fait, qu'une partie des mouvements de ce groupe qui, à la fin du troisième millénaire, affectèrent également l'Europe occidentale, la Grèce, l'Inde et l'Asie centrale. Dans toutes ces régions, l'arrivée de ces peuples eut des conséquences multiples et profondes, dont les plus importantes, en ce qui nous concerne ici, furent l'émergence en Mésopotamie même et sur ses flancs nord et ouest de nations jeunes et agressives et l'entrée de l'Egypte sur le continent asiatique. A partir de 1600, les rivalités poli-

tiques au Proche-Orient s'élèvent à l'échelle internationale et
il n'est plus possible de parler de la Mésopotamie comme s'il
s'agissait d'un pays isolé – ou presque – du reste du monde.
La tragédie de l'histoire va désormais se jouer sur une scène
plus vaste et avec de nouveaux acteurs : Hittites et Hurrites
aujourd'hui, Mèdes, Perses et Gréco-Macédoniens demain.
Pour mieux comprendre ce qui va se passer dans les siècles à
venir, il nous faut, dès maintenant, rebrousser chemin et faire
un large tour d'horizon. Ayant évoqué les Indo-Européens et
leurs migrations, nous consacrerons le reste de ce chapitre à
résumer l'histoire de l'Anatolie, des Hittites et des Hurrites,
ainsi, que de la Syrie-Palestine et de l'Egypte entre le vingt-
troisième et le seizième siècle avant notre ère.

Les Indo-Européens

   Le terme « indo-européen » s'applique essentiellement à
une grande famille linguistique à laquelle appartiennent
toutes les langues modernes d'Europe (à l'exception du
basque et du finno-ougrien), ainsi que l'arménien, l'iranien,
le hindi et d'autres dialectes de l'Inde, comme lui appartenaient, dans l'Antiquité, les langues groupées sous le nom de
« hittites », le sanscrit, le grec, le latin et quelques autres
moins bien connues[1]. Toutes ces langues ont de nombreux
points en commun et dérivent d'un « proto-indo-européen »
bien évidemment théorique mais qu'on a pu reconstituer en
partie. En outre, en comparant les langues anciennes connues
et ce prototype, les linguistes ont abouti à la conclusion que
tous les peuples parlant des langues indo-européennes ont dû
partager à l'origine le même mode de vie, la même idéologie,
les mêmes institutions. Il aurait donc existé primitivement
une communauté d'Indo-Européens vivant dans une zone
définie et faite de pasteurs nomades éleveurs non seulement
de gros et petit bétail, mais aussi de chevaux, connaissant le
chariot, le bateau et le bronze et pratiquant l'agriculture sur
une modeste échelle. Groupés en familles, clans, tribus et
« nations », ces gens auraient adoré des dieux anthropomorphes et obéi à des chefs issus de l'aristocratie guerrière. C'est également à partir du vocabulaire primitif
commun et de la distribution géographique des langues indo-
européennes parlées dans l'Antiquité qu'on a situé dans les

vastes steppes de la Russie méridionale le centre de dispersion des Indo-Européens. Cependant, les difficultés commencent lorsqu'on tente d'attribuer à ces derniers l'une ou l'autre
des différentes cultures qui ont laissé des traces dans cette
région. Les opinions divergent sur ce point, mais de nombreux spécialistes pensent que les porteurs de vases décorés
par impression de cordes (céramique « cordée »), armés de
haches du type herminette, qui enterraient leurs chefs sous de
petits tumulus ronds (*kourganes* en russe) ont plus de titres
que d'autres à représenter les plus anciens Indo-Européens
connus. Cette céramique, ces haches et ces tumulus sont
caractéristiques des quatre cultures dites kourganes qui se
succèdent dans les basses vallées du Don et de la Volga entre
4400 et 2000 environ avant notre ère. On ignore quel était le
berceau d'origine des Indo-Européens, l'époque à laquelle
leurs langues se sont différenciées et les causes profondes de
leurs migrations. Il apparaît toutefois que ces dernières ont
revêtu des formes diverses (conquête brutale ou pénétration
pacifique), ont atteint différentes régions à différentes époques
et se sont échelonnées sur plusieurs siècles.

L'archéologie permet de suivre la marche des Guerriers à
la hache à travers l'Europe au cours du troisième millénaire.
On les retrouve en Ukraine, en Moldavie, dans les Balkans et
la haute vallée du Danube, qu'ils envahirent à trois reprises
et où ils se mélangèrent à des populations d'agriculteurs néolithiques beaucoup plus anciennes (elles remontaient au septième millénaire) et déjà très « civilisées », vivant dans des
villages ou villes et fabriquant une belle poterie peinte. D'où
une mosaïque de cultures « européennes », une différencia-
tion des langues et des déplacements de populations [2]. On sait
qu'ils traversèrent les plaines de Pologne et d'Allemagne et
atteignirent, vers 1600, les bords du Rhin où ils rencontrèrent
d'autres envahisseurs venus de la péninsule Ibérique. De leur
mélange avec des tribus danubiennes seraient issus les lointains ancêtres des Celtes de l'Age du fer. Ces grands migra-
teurs ont certainement contribué à la diffusion du bronze en
Europe occidentale, mais on ne sait s'ils tenaient eux-mêmes
ce métal du Caucase ou des Balkans.

Les Indo-Européens semblent avoir pénétré en Grèce par
mer, à partir des rives asiatiques de l'Egée et en deux vagues
successives, leur point d'impact étant chaque fois l'Argolide,

au nord-est du Péloponnèse [3]. Fécondée par de fréquents contacts, d'île en île, avec l'Anatolie occidentale et notamment la Troade, la péninsule Héllénique était entrée dans l'Age du bronze vers 3000 ou 2900. Dès 2600, elle avait atteint un degré de civilisation avancé dont témoignent les grandes demeures de pierre et de briques, les palais aux toits de tuiles, les bijoux d'or et d'argent retrouvés à Lerne, Tirynthe et Asinè, villes fortifiées au fond du golfe de Nauplie. A une date qu'on peut fixer entre 2100 et 2000, ces palais s'abîment dans les flammes, les remparts sont détruits ; aux belles maisons succèdent de petits logis à portique et abside et une nouvelle poterie remplace les « saucières » typiques de l'Helladique ancien. Vers 1900, une nouvelle vague d'envahisseurs, pacifique celle-ci, inaugure l'Helladique moyen (1900-1600), caractérisé par la céramique dite « minyenne », probablement d'origine anatolienne, de nouveaux modèles architecturaux et des tombes en puits. Cette culture s'étend rapidement à l'ensemble du Péloponnèse et à la Grèce centrale et se prolonge, sans changement notable, dans l'Helladique récent I (1600-1450), première phase de l'époque mycénienne. Or, depuis le déchiffrement génial par Michael Ventris, en 1953, de l'écriture dite « linéaire B » sur des tablettes découvertes à Pylos, Mycènes et Cnossos, nous savons que les Mycéniens – ou, plus exactement, les Achéens – parlaient une langue indo-européenne qui n'est autre que le grec sous sa forme la plus archaïque [4].

A la même époque s'épanouissait en Crète la merveilleuse civilisation minœnne. Située à mi-chemin de l'Egypte et de l'Anatolie, cette grande île devait à ces pays certains éléments culturels (notamment la double hache et le culte du taureau vraisemblablement d'origine anatolienne), mais il suffit d'examiner les magnifiques fresques du palais de Cnossos pour comprendre que la Crète a su amalgamer ces emprunts en une culture extrêmement originale. C'était en outre, il va de soi, un pays de marins habitués depuis toujours à sillonner les mers. A l'époque de l'apogée minoenne (1580-1450), leurs vaisseaux allaient dominer toute la Méditerranée orientale, exportant jusqu'en Egypte et en Syrie les produits de luxe des ateliers crétois. On sait qu'au milieu du quinzième siècle la civilisation minoenne fut brutalement détruite par d'énormes turbulences sociales et/ou politiques dont la nature exacte n'a pas encore été déterminée[5], puis conquise par les Achéens. Ces derniers reprirent à leur compte la thalassocratie minœnne et occupèrent certaines villes et régions de cette Anatolie occidentale dont ils étaient partis, cinq à six siècles auparavant. Ce sont eux, probablement, que les textes hittites désignent sous le nom de *Ahhiyawa*[6].

Pendant que les Achéens et les Guerriers à la hache envahissaient l'Europe, un autre groupe d'Indo-Européens – les ancêtres des Scythes et des Sarmates – pénétrait en Sibérie jusqu'au Yenisseï et au massif de l'Altaï. Aux environs de 1900, un quatrième groupe quittait les bords de la Volga, contournait la mer Caspienne par le nord et l'est et séjournait un certain temps dans la plaine de Gurgan, entre Téhéran et Meshed (sites de Tepe Hissar et Tureng Tepe). A partir de là, on a tenté de suivre ces Indo-Aryens à la trace en se basant sur certains indices archéologiques[7]. Chassés du Gurgan par des nomades de Transcaspienne, ils se seraient divisés en deux branches. La première se serait dirigée vers l'ouest, puis vers le sud, aurait rencontré des Hurrites autour de Tepe Giyan, en Iran occidental, et aurait vécu avec eux en « symbiose ». L'autre branche aurait marché vers l'est, soit à travers l'Iran, soit en longeant les montagnes qui séparent ce pays du Turkmenistan soviétique et serait parvenue dans la vallée de l'Indus par l'Afghanistan. Selon une théorie longtemps classique[8], ils auraient brutalement mis fin, vers 1550, à la brillante culture de Harappa qui occupait toute cette vallée (le pays de Meluhha des textes cunéiformes), avec ses grandes villes aux avenues rectilignes, ses confortables maisons de briques crues, sa belle céramique peinte et ses sceaux portant une écriture encore indéchiffrée. Mais récemment, d'autres hypothèses ont été formulées pour expliquer le désastre qui plongea la vallée de l'Indus dans une obscurité quasi totale pendant de longs siècles. Pour certains, il s'agirait d'une gigantesque inondation ; d'autres pensent plutôt à une invasion de tribus chalcolithiques d'Inde centrale et méridionale, qui serait survenue vers 1750[9]. Il n'en reste pas moins que les Indo-Aryens ont pénétré en Inde au cours du deuxième millénaire, sans qu'on sache très bien quand ni comment, et y ont introduit le sanscrit. Le *Rigveda* semble avoir conservé des échos de cette glorieuse épopée[10].

L'Anatolie et les Hittites

La péninsule d'Anatolie – l'Asie Mineure, comme on disait naguère – est essentiellement un haut plateau entouré d'arcs montagneux fusionnant à l'est dans le massif d'Arménie. Largement ouverte sur la mer Egée par sa côte occidentale, coupée de la péninsule balkanique par le Bosphore et les Dardanelles, bras de mer faciles à franchir, elle forme un pont large et compact entre l'Europe et le continent asiatique, mais ne communique avec ce dernier que par des vallées fréquemment étroites. Elle se présente à nous comme un monde à part, peu perméable aux influences étrangères. C'est un pays au climat rude à l'intérieur des terres, doux sur les côtes et aux paysages variés : plaines arides ou fertiles parcourues de fleuves et de rivières et parsemées de lacs, steppes propices à l'élevage, montagnes pelées ou boisées, souvent ensevelies sous la neige. C'est aussi l'une des régions les plus instables du globe, sujette à des éruptions volcaniques et à des séismes meurtriers. Mais cette malédiction a également fait sa richesse, car pendant toute l'Antiquité les Anatoliens n'ont cessé d'exploiter leurs roches éruptives et d'exporter leur obsidienne, leur cuivre, leur argent, leur plomb, puis leur fer dans tout le Proche-Orient et dans les pays égéens.

Inaugurée de façon spectaculaire par la découverte de Troie (Schliemann, 1870) et longtemps limitée à quelques sites majeurs, la recherche archéologique en Anatolie n'a vraiment pris son essor qu'après la Seconde Guerre mondiale, avec la multiplication des fouilles européennes et américaines et l'entrée en lice de savants turcs très compétents. Elle a déjà permis d'établir une longue séquence de cultures allant du Paléolithique inférieur à l'aube de l'Histoire et dont nous nous bornerons à rappeler les grandes lignes [11].

Dans l'état actuel de nos connaissances, il semble que ces cultures se soient développées d'abord dans la plaine de Cilicie (Mersin, Tarse), ainsi qu'à l'intérieur d'une bande large de 100 à 150 kilomètres, parallèle à la côte sud.

Le plus remarquable des sites néolithiques (7000-5400) est Çatal Hüyük, dans la région de Konya, véritable ville que caractérisent ses maisons accolées les unes aux autres et accessibles seulement par leur toit en terrasse, ses sanctuaires aux autels à cornes, aux murs ornés de fresques et de têtes de taureau, ses statuettes d'argile de la déesse-mère assise, plantureuse, entre deux lions [12]. Pendant la période chalcolithique (5400-3500), d'autres agglomérations apparaissent dans la vallée du Méandre (Beycesultan) et sur les rives du Bosphore, tandis que le plateau central commence à se peupler. La céramique brune ou noire, faite à la main, qui prévalait jusque-là est en partie remplacée par des céramiques peintes dont certaines s'inspirent des poteries de Halaf et d'Ubaid qui, venues par la Syrie du Nord, pénètrent en Cilicie.

L'Age du bronze commence ici vers 3500 et les deux premières phases du Bronze ancien sont marquées par un retour progressif aux céramiques monochromes rouges et noires soigneusement polies, faites au tour maintenant, et dont les formes élégantes (coupes tripodes, cruches au long bec verseur, bols à grandes anses) semblent imiter des vases de métal. Dans le Nord-Ouest et en Anatolie centrale, s'élèvent des cités fortifiées, dont les maisons aux murs de briques crues renforcés de poutres reposent sur des fondations de pierre. Plusieurs de ces cités sont de riches capitales, si l'on en juge par le fameux « trésor de Priam » découvert par Schliemann dans la deuxième ville de Troie et par les magnifiques vases, figurines, bijoux et « étendards » de bronze, d'argent et d'or qu'ont livrés les tombes de Dorak et d'Alaca Hüyük [13]. Dans le Sud-Ouest, le grand site de Beyce sultan préserve, dans ses sanctuaires, la tradition des autels à cornes. Dans l'Est et le Nord-Est, régions encore peu peuplées, prédomine une poterie noire à l'extérieur, rouge à l'intérieur, faite à la main et probablement originaire du Caucase, qui parviendra par la Syrie jusqu'en Palestine (céramique dite de « Khirbet Kerak »).

Soudain, à la fin du Bronze ancien II (vers 2200), une catastrophe sans précédent s'abat sur l'Anatolie occidentale et méridionale. Troie II, Beycesultan, Tarse et toutes les villes de la plaine de Konya sont incendiées, de vastes zones retournent au nomadisme. La tourmente semble venir des Balkans, car la Thrace aussi est ravagée, et la suite des événements donne à penser qu'elle est l'œuvre des Luwites, peuplade indo-européenne apparentée aux Hittites qu'on retrouve, au deuxième millénaire, dans le Sud de l'Anatolie [14].

Tandis que le Sud et l'Ouest se remettent lentement du désastre, l'Anatolie centrale poursuit son évolution. Vers 2200, une nouvelle culture y apparaît, caractérisée par une céramique aux formes proches des précédentes mais peinte de dessins géométriques brun-noir ou rouges, puis bicolores, sur fond clair et par de curieuses idoles d'albâtre en forme de disques plats d'où jaillissent de longs cous porteurs de têtes triangulaires très stylisées. On les appelle céramique et idoles cappadociennes parce que leur centre de diffusion est la région que les Grecs nommeront plus tard Cappadoce, au sud du Kizilirmak (Halys), et dont la métropole est Kültepe, près de Kayseri. De cette région, la culture cappadocienne s'étend aux cités situées dans la grande boucle du Kizilirmak (Alisar, Boghazköy, Alaca Hüyük) et, vers le sud, jusqu'à Zencirli, au-delà du Taurus. Toute cette zone, apparemment très prospère, est divisée en une dizaine de royaumes habités par des peuples autochtones mêlés de quelques Hurrites et Sémites et, pour la première fois, nous connaissons les noms de certaines villes et de certains souverains, car, au tout début du deuxième millénaire, l'Anatolie entre enfin dans l'Histoire, grâce aux Assyriens.

En fait, il y a très longtemps que la Syrie du Nord et la Mésopotamie, voisins immédiats de l'Anatolie, sont en rapports commerciaux avec elle. Un texte de Tell Mardikh mentionne Kanesh (Kültepe) parmi dix-sept pays qui sont « dans la main du roi d'Ebla [15] » et nous avons vu (page 179) que Sargon d'Akkad est peut-être allé secourir ses marchands jusqu'à Purushanda (ville non identifiée). Mais ces renseignements sont bien maigres comparés à ceux que nous fournissent les centaines de tablettes écrites en akkadien découvertes au cours des fouilles de Boghazköy (Hattusha), d'Alişar (Ankuwa) et surtout de Kültepe : les archives de colonies de commerçants assyriens installés en Anatolie entre les vingtième et dix-huitième siècles [16]. Il ressort de ces archives que pendant cette période les Assyriens achètent régulièrement aux Anatoliens de la laine et d'énormes quantités de cuivre et leur vendent de l'étain *(annakum)*, ainsi que des tissus fins, les paiements étant effectués en argent-métal. L'étain – très recherché parce que, allié au cuivre, il donne le bronze le plus solide – étant très rare en Anatolie et inexistant en Mésopotamie, il faut croire que les Assyriens eux-mêmes l'importent de l'Est, d'Iran ou du Bélouchistan [17], mais comme sa valeur marchande en Anatolie est sept fois celle du cuivre, on estime que leur bénéfice est d'au moins cinquante pour cent. Le capital nécessaire à ce fructueux commerce est fourni, en majeure partie, par des membres des riches familles d'Assur, souvent groupés en sociétés commanditaires. Des caravanes organisées et financées par des *tamkâru* (marchands) transportent les marchandises sur quelque 1500 kilomètres. En Anatolie, les transactions sont effectuées par d'autres *tamkâru* à partir d'un réseau de comptoirs assyriens *(kâru)* répartis entre une quinzaine de villes et les agences secondaires qui en dépendent. Tous ces comptoirs relèvent du *kârum Kanesh*, installé dans la ville basse de Kültepe, au pied de la citadelle qui renferme le palais du roi local. Leurs membres, pratiquement tous assyriens, restent sujets du roi d'Assyrie; ils vivent en permanence en Anatolie avec leur femme, leurs jeunes enfants et leurs domestiques, formant de véritables colonies. Les activités commerciales du *kârum Kanesh* sont dirigées par un organisme administratif, à la fois banque, chambre de commerce et consulat, le *bît kârim*, qui a son assemblée, son représentant, son secrétaire et ses chargés de mission. Moyennant l'observance de quelques règles très simples et le paiement de taxes aux autorités locales, les rapports entre Assyriens et Anatoliens sont en général excellents, le « bakchiche » étant là pour régler les petits problèmes [18].

Ce remarquable système, extrêmement efficace, paraît avoir été fondé, vers 1950, par l'un des premiers rois de la Dynastie de Puzur-Ashur (page 218). Environ un siècle plus tard, le *kârum Kanesh* est abandonné; il ne recommencera à fonctionner que sous le règne de Shamshi-Adad Ier et pendant quelques années seulement. On a attribué ce hiatus à l'invasion des Hittites, mais la présence, dans les textes de Kültepe, de noms hittites parmi les noms *hattiques* de la population indique que ceux-ci ont pénétré en Anatolie au cours du vingtième siècle.

Pris dans son sens le plus large, le mot « Hittite » couvre trois peuples parlant des langues indo-européennes très proches l'une de l'autre que la littérature hittite de l'époque classique appelle *luwili* (luwite), *palaumnili* (palaïte) et *nashili* (nésite, littéralement « langue de Nesha »). Comme

nous l'avons vu, les Luwites ont probablement fait irruption
en Anatolie vers 2300, venant de l'ouest; les deux autres
peuples sont arrivés deux ou trois siècles plus tard, venant
sans doute de l'ouest, par les Dardanelles ou le Bosphore.
Les Palaïtes – dont nous ne savons presque rien – se fixent en
Anatolie orientale, dans la région de Sivas, tandis que les
Nésites s'installent en Cappadoce; on pense que Nesha est le
nom qu'ils donnent à Kanesh. Plus tard, lorsqu'ils auront
conquis les territoires situés dans la boucle du Kizilirmak,
région que les autochtones appellent *Hatti*, leurs souverains
prendront le titre de « roi du Hatti » et c'est sous ce nom que
les Mésopotamiens désigneront ce royaume et ses habitants.
Le nom moderne « Hittite » est dérivé de ces « fils de Heth »
qui, selon la Bible, auraient habité les hauteurs de Canaan au
temps d'Abraham et au moment de la conquête israélite [19].

Les Luwites ont inventé leur propre écriture, le « hittite
hiéroglyphique » dont nous reparlerons (chapitre 17). Les
Hittites ont utilisé, pour exprimer leur propre langue, l'écriture cunéiforme empruntée, non aux Assyriens, mais aux
Nord-Syriens. La plupart des textes hittites en notre possession ne remontent qu'au quatorzième siècle, mais certains
font allusion à des événements beaucoup plus anciens. L'un
d'entre eux, notamment, parle de la conquête de cinq
royaumes d'Anatolie centrale – dont Purushanda, Zalpa
(Alaca Hüyük?), Hattusha (Boghazköy) et Nesha (Kanesh)
– par un certain Pithana, roi de Kussara (ville non identifiée)
et son fils Anitta. Ce récit n'a rien de mythique, puisque les
noms de ces souverains figurent dans les textes assyriens de
Kültepe et qu'un poignard gravé au nom d'Anitta a été
retrouvé dans la citadelle de cette ville, mais la date de la
conquête reste problématique. On ignore également s'il
existe un lien de famille entre ces deux princes et le roi
Labarnas Ier dont un autre texte affirme qu'il « vainquit tous
ses ennemis et fit de la mer leur frontière » et que la tradition
révère comme le fondateur de l'ancien Empire hittite (1650-
1530), première phase d'une longue période d'expansion et
de gloire pour le « peuple nouveau » qui vient d'entrer au
Proche-Orient.

Les Hurrites et les « Mitanniens »

On ne saurait donner ce qualificatif aux Hurrites *(Hurri)*, car ils font partie des couches ethniques les plus profondes de la Mésopotamie, mais le rôle politique majeur qu'ils vont jouer dans la seconde moitié du deuxième millénaire, justifie qu'on les examine de plus près. Disons tout de suite qu'en dépit des études dont ils ont depuis longtemps fait l'objet, ils restent assez mal connus et soulèvent certains problèmes [20].

Les textes cunéiformes en langue hurrite retrouvés en Syrie du Nord (Alalah, Ugarit, Meskene), en Mésopotamie (Mari) et en Anatolie (Boghazköy) sont relativement peu nombreux. La plupart sont des rituels, des incantations, des textes divinatoires abondant en termes obscurs et le seul qui présente un intérêt historique certain – une longue lettre de Tushratta, roi du Mitanni, au pharaon Thoutmosis III, découverte à Tell el-Amarna en Egypte – est rédigé en un jargon à peu près incompréhensible. Quelques mots et phrases hurrites dans les textes hittites, un fragment de traduction de l'*Epopée de Gilgamesh* et un vocabulaire sumérien-hurrite complètent cette documentation dont la majeure partie s'échelonne du quinzième au douzième siècle [21]. Pour reconstituer l'histoire de ce peuple, on ne peut donc s'appuyer que sur des textes mésopotamiens, hittites et égyptiens et sur cet outil très imparfait qu'est l'étude des noms de personnes, l'onomastique, dans telle ou telle ville ou région.

Le hurrite est une langue agglutinante apparentée aux langues caucasiennes et à l'urartéen, langue parlée en Urartu (Arménie) au premier millénaire [22]. Cela, joint au fait que certains des grands dieux hurrites – notamment Teshup, dieu des orages et des sommets, peut-être sa parèdre Hepat, et le dieu-soleil Shimegi – se retrouvent chez les Urartéens sous des noms légèrement différents, indiquant que le centre de dispersion des Hurrites a probablement été le plateau arménien. Vers le milieu du troisième millénaire, on les trouve en Syrie du Nord et en haute Mésopotamie. Deux mois du calendrier d'Ebla portent des noms de dieux hurrites et nous avons signalé (page 185) l'inscription en akkadien du Hurrite Arisen, « roi d'Urkish et de Nawar », c'est-à-dire du nord au sud du triangle du Khabur. Un dépôt de fondation au nom

de Tishatal, roi d'Urkish, provenant d'Iraq et datant, lui
aussi, de la période d'Akkad constitue la plus ancienne inscription en langue hurrite connue à ce jour[23]. A l'époque
d'Ur III, nous avons vu Shulgi mener campagne après campagne au Kurdistan iraqien contre des princes en grande partie hurrites (page 195). Au dix-huitième siècle, les lettres de
Mari permettent de dresser une liste de dix-neuf petits
royaumes hurrites répartis sur tout l'extrême Nord mésopotamien, entre le Jebel Sinjar et les contreforts du Taurus[24], tandis que les textes d'Alalah montrent qu'une douzaine de
villes nord-syriennes sont gouvernées par des Hurrites[25]. Ces
derniers sont également très nombreux dans le Nord-Est de
l'Iraq (Shimshara, Tell el-Rimah), en assez grand nombre à
Mari, au service de Zimri-Lim, et en Cappadoce, et on les
rencontre en tant qu'individus isolés jusqu'en Babylonie
(Dilbat, Tell ed-Dêr). Le nom du grand dieu d'Eshnunna,
Tishpak (Teshup), d'une part, la présence de foyers religieux
hurrites au Kizzuwatna (Cilicie orientale) et dans le royaume
hittite, d'autre part, marquent les points extrêmes de l'influence spirituelle de ce peuple, tandis que l'existence de
divinités suméro-akkadiennes au sein du panthéon hurrite
montre combien le contact avec les Mésopotamiens a été
étroit et prolongé.

Autre preuve de ce contact : l'adoption par les Hurrites de
l'écriture cunéiforme et de la langue akkadienne, leur propre
langue paraissant réservée aux textes religieux. C'est ainsi
que les quelque quatre mille tablettes datant du quinzième
siècle découvertes à Nuzi, ville du royaume hurrite d'Arrapha (Kirkuk) vassal du Mitanni et presque uniquement peuplée de Hurrites, sont toutes rédigées en babylonien. Or, ce
sont les seuls textes qui nous renseignent sur les institutions
hurrites, au moins dans cette région. Ils nous montrent des
« gens du palais », paysans et artisans travaillant pour le roi
et payés en rations comme à l'époque d'Ur III, voisinant
avec de riches possédants qui acquièrent des domaines en se
faisant adopter par leurs propriétaires moyennant un cadeau
– façon pratique de tourner les lois régissant la vente des
terres ou l'héritage. Le tribunal de la ville a fort à faire avec
les exactions de ces gens, mais même des crimes plus graves
ne sont sanctionnés que d'amendes. La femme occupe à Nuzi
une position privilégiée et jouit de droits très étendus[26].

A partir de 1600, toutes les petites principautés hurrites de haute Mésopotamie et de Syrie du Nord vont fusionner progressivement pour former un seul grand royaume que les textes appellent Mitanni et dont le centre se situe dans le Hanigalbat, entre le Tigre et l'Euphrate. On a longtemps cru que ce royaume avait été fondé par des Indo-Aryens (les soi-disant « Mitanniens ») qui auraient pénétré en Mésopotamie vers cette époque, y introduisant le cheval et le char de combat et imposant aux Hurrites leur aristocratie guerrière. Cette croyance reposait sur des arguments peu nombreux, mais qui paraissaient probants : certains noms de rois du Mitanni, comme Artatama, Parshashatar ou Tushratta, et le mot *mariannu*, qui désigne de jeunes nobles à la tête d'escadrons de chars légers, semblent être d'origine indo-aryenne ; dans le traité qu'il signe avec le roi hittite Suppiluliumas, le roi mitannien Mattiwaza invoque, à côté des dieux hurrites, les dieux védiques Mithra, Uruwa *(Varuna)*, Indar *(Indra)* et les Nassatiyana (les *Nasatiyas*) ; enfin, un ouvrage hittite sur le dressage du cheval, attribué au Hurrite Kikkuli, contient quelques termes aryens, notamment le nombre de tours que doit faire l'animal (par exemple, *penta vartana*, « cinq tours »). Cette théorie d'une « invasion aryenne » a été vivement combattue il y a quelques années [27], mais tout en soutenant que ces noms royaux ne sont que des « noms de trône » et ces mots, des « fossiles », les critiques les plus sévères ont dû admettre qu'il y avait bien eu à un certain moment, quelque part, des contacts entre un groupe de Hurrites et des Indo-Aryens. Quant au cheval et au char de guerre, on sait qu'ils étaient connus depuis très longtemps au Proche-Orient, mais peu utilisés. C'est en perfectionnant l'élevage et le dressage des chevaux et en améliorant le char à deux roues que les Hurri-Mitanniens auraient créé l'arme nouvelle et redoutable utilisée sur tous les champs de bataille orientaux à partir du quinzième siècle avant notre ère [28]. C'est là sans doute la seule contribution des Indo-Aryens à la civilisation mésopotamienne.

Les Hurrites avaient-ils un art qui leur fût propre ? Peu après 1600, apparaît dans toute la haute Mésopotamie et en Syrie du Nord une céramique beige ornée de bandes et de motifs géométriques rouges ou noirs : la céramique dite du « Khabur », mais il est peu probable qu'elle ait été introduite par les Hurrites, car elle a disparu bien avant l'apogée de leur puissance. Un siècle plus tard, on trouve autour de Mossoul et de Kirkuk, mais aussi à Tell Brak et en Syrie du Nord (notamment à Alalah), de très élégants gobelets à base étroite et à parois minces décorées de fleurs et d'oiseaux peints en blanc sur fond noir. Cette « poterie de Nuzi », peut-être inspirée de modèles iraniens, paraît plus spécifique des Hurrites. Quant à la glyptique et la sculpture, elles s'inscrivent dans un contexte culturel où se croisent des traditions mésopotamiennes, anatoliennes et syriennes et il n'existe aucun critère qui permette d'attribuer à coup sûr aux Hurrites telle ou telle statue, tel ou tel sceau-cylindre – ce qui ne veut pas dire qu'ils n'ont jamais fait œuvre d'art [29].

La Syrie-Palestine et l'Egypte

La longue bande de terres cultivables qui s'étire, le long de la Méditerranée, d'Alexandrette à Gaza est divisée en deux parties distinctes par une ligne correspondant d'assez près aux frontières libano-israélienne et syro-jordanienne actuelles : au nord, la Syrie, au sud, la Palestine [30]. La côte libano-syrienne, rocheuse et creusée de nombreuses baies et criques qui sont autant de ports naturels, est bordée par une chaîne discontinue de montagnes (Amanus, Jebel 'Akra, Jebel Ansarieh, Liban) jadis très boisées, dont l'altitude varie de 1 400 à 3 000 mètres ; tournée vers l'ouest, elle est faite pour accueillir les vaisseaux venus d'Egypte, de Chypre, de Crète et de Grèce. Derrière ces montagnes, de larges vallées (vallée de l'Oronte, plaine de la Beqa'a) débouchent au nord sur un grand plateau légèrement vallonné qui s'étend jusqu'aux premiers contreforts du Taurus et à la boucle de l'Euphrate, donne accès à l'Anatolie voisine et surtout, s'ouvre largement par ce grand fleuve à la civilisation suméro-akkadienne. A l'inverse, la Palestine est séparée de la Mésopotamie par un désert immense et de l'Egypte par la péninsule désolée du Sinaï ; le Jourdain et la mer Morte occupent le fond d'une faille profonde que surplombent à l'est les hauts plateaux de Transjordanie et à l'ouest les hauteurs caillouteuses et fragmentées de Galilée et de Judée ; au sud du Carmel, la côte palestinienne est basse, rectiligne et dépourvue d'abris pour les navires d'antan. Entourée au sud et à l'est de nomades, la Palestine fera longtemps figure de cul-de-sac où aboutiront des influx culturels venus du nord.

Les archives royales d'Ebla ont dissipé toute incertitude quant à la population de cette partie du Proche-Orient au troisième millénaire : partout prédominent les Sémites, même si l'onomastique et la toponymie permettent d'y déceler au nord des Hurrites et çà et là des éléments ethniques indéterminés et probablement très anciens. Les nombreux noms de villes qu'on relève sur ces tablettes – Karkemish, Ugarit, Alalah, Hama, Gublu (Byblos) etc. – sont déjà ceux que nous livreront des textes plus tardifs. Nul ne peut dire si ces « Proto-Cananéens » sont là depuis de nombreux siècles ou s'ils sont arrivés, venus d'on ne sait où, entre 3500 et 3000. Les fouilles ont révélé que la plupart de ces villes dérivent de villages fondés au quatrième ou au cinquième millénaire, parfois même à l'époque néolithique.

Pendant longtemps, la Syrie de la première moitié du troisième millénaire n'a été documentée que par les sondages stratigraphiques effectués à Hama et dans les tells de l'Amuq [31] et par les couches profondes de Tell 'Atchana (Alalah), avec leur succession de temples. Le plus profond niveau de Tell Mardikh (Ebla) a été daté par sa poterie (3500-2900), correspondant, en termes mésopotamiens, aux époques d'Uruk et de Jemdat Nasr [32]. Toutefois, vers 2400, cette ville apparaît comme une grande capitale autour d'un splendide palais. Le pouvoir politique des rois d'Ebla s'étend sur toute la Syrie septentrionale du Taurus à l'Oronte (Hama), de la méditerranée au moyen Euphrate, cependant qu'une partie de l'Anatolie, la Syrie centrale et méridionale et la haute Mésopotamie entrent dans leur orbite économique. L'influence Mésopotamienne à Ebla se manifeste avec éclat dans l'écriture, la sculpture et la glyptique. A cette Syrie à moitié unifiée s'oppose une Palestine divisée en multiples principautés dont chacune a pour capitale une petite ville perchée sur un piton rocheux. L'architecture, l'urbanisme et la qualité de la poterie témoignent d'une culture uniforme et développée ainsi que d'une certaine aisance, mais l'influence mésopotamienne y est pratiquement nulle et l'écriture inconnue ; elle n'a de liens notables qu'avec la côte libanaise et, de façon beaucoup plus lâche, l'Egypte. Vers 2500, l'apparition en Syrie et en Palestine de la céramique noire et rouge dite de

Khirbet Kerak (site palestinien) suggère l'arrivée pacifique d'un peuple venu d'Anatolie orientale.

Depuis que le roi Narmer a coiffé les couronnes du Nord et du Sud, l'Egypte de l'Ancien Empire (3100-2200) est à l'image de ses monuments : altière, d'un seul tenant, apparemment indestructible. Soumis au pharaon, dieu incarné dont la seule existence assure la prospérité du pays, et docile à ses ordres relayés par une pyramide de nobles, gouverneurs, fonctionnaires et contremaîtres, un peuple laborieux et tranquille vit et œuvre le long du Nil dont les crues régulières fertilisent l'étroite vallée et le large delta. Mais si l'Egypte est un riche pays agricole, elle manque de bois de construction et est pauvre en métaux. Elle va donc acheter le bois au Liban et à partir de 2700 apparaissent à Byblos [33] des vases portant les noms de pharaons célèbres (Khasekhemuy, Chéops, Mykérinos), témoignages des liens d'amitié qui les unissent à cette ville. Quant au cuivre, et à la précieuse turquoise, l'Egypte les tire des mines du Sinaï, et ainsi s'établissent entre elle et la Palestine des rapports assez ambigus. En effet, si les roitelets palestiniens exportent leur huile et leur vin en Egypte, les ouvriers du Sinaï ont fréquemment maille à partir avec les nomades, les « habitants des sables » qui hantent cette péninsule, attaquent leurs campements et pillent leurs caravanes. D'où des expéditions punitives de plus en plus fréquentes et lointaines montées par les Egyptiens. Sous Pepi Ier, par exemple (vers 2250), l'armée du général Weni pénètre à cinq reprises au cœur de la Palestine et ravage ce pays. Environ un siècle plus tard, le pouvoir absolu du pharaon s'écroule sous des révoltes et l'Egypte sombre dans une longue phase d'anarchie qu'on appelle Première Période intermédiaire (2191-1911) ; il n'est pas exclu que les nomades du Sinaï et les sédentaires de Palestine y aient contribué.

En effet, à la même époque (2200 à 2000) de violentes convulsions secouent la Syrie-Palestine. Toutes les villes palestiniennes sont brûlées et beaucoup sont désertées temporairement ou à jamais ; sur des sites nouveaux des nomades plantent leurs tentes ou construisent leurs huttes, creusent leurs tombes. Seule la Transjordanie semble épargnée. On rélève également des traces d'incendie sur la plupart des sites syriens. Byblos, dévastée, interrompt son commerce avec les Egyptiens qui s'en plaignent [34]. Vers l'an

2000, Ebla, qui s'était relevée des coups que lui avait portés Narâm-Sîn (ou Sargon d'Akkad), est détruite. Alalah, Hama, Qatna subissent le même sort. Or, c'est le temps où les MAR.TU attaquent le royaume d'Ur et ce synchronisme, joint au fait que la plupart des rois de Syrie et de Palestine, au début du deuxième millénaire, portent des noms ouest-sémitiques, indique que les envahisseurs sont très probablement, ici aussi, des Amorrites. Mais la présence sur certains sites dévastés de tombes riches en poignards, javelines et autres objets de bronze d'un travail remarquable suggère que ces Amorrites ont été précédés ou accompagnés de guerriers venus du Nord[35]. A titre d'hypothèse, on peut songer à des populations d'Anatolie méridionale expulsées par les Luwites.

Cependant, dès le début du deuxième millénaire, l'Egypte retrouve son unité, tandis que la Syrie-Palestine renaît lentement de ses cendres. Les pharaons de la XIIᵉ Dynastie (1991-1786) renouent leurs relations avec Byblos qui s'enrichit, construit des temples ornés de petits obélisques, entoure ses rois morts d'un mobilier luxueux, utilise l'écriture hiéroglyphique, puis la simplifie. Plus au nord sur la côte, un autre port, Ugarit (Ras Shamra)[36], accueille les marchands égyptiens qui y côtoient des commerçants crétois et leur splendide poterie de Camarès. Les Amenhemet et les Sésostris ont sur place des envoyés permanents ; ils comblent de présents (vases, sphinx, statues, bijoux) non seulement les souverains de ces deux ports, mais ceux de la Syrie adjacente, tous amorrites. Ebla, reconstruite, se protège par une grande muraille percée de quatre portes fortifiées ; elle se donne un nouveau palais et de nombreux temples[37]. Mais ce n'est plus la grande capitale de jadis, car vers 1850, la maîtrise de la Syrie du Nord passe à la ville d'Alep, cette ville que domine encore aujourd'hui un grand tell surmonté d'une citadelle médiévale qui interdit toute fouille archéologique, et dont nous ne connaissons l'histoire antique que par les archives d'Alalah[38], sa vassale, et de Mari et par de brèves références dans la littérature hittite. A ce puissant royaume de Iamhad, répondent d'autres royaumes indépendants, comme ceux de Karkemish, d'Emar et de Qatna et, dans la Beqa'a et la trouée de Homs, une fédération de dix principautés qui porte le nom de royaume d'Amurru.

278 La Mésopotamie

Dans une certaine mesure, la Palestine participe à la civilisation de la côte libano-syrienne. Elle aussi entretient avec l'Egypte des relations amicales, héberge ses ambassadeurs, reçoit quelques présents, copie ses vases et ses scarabées. Entre 1800 et 1600, elle connaît une période de prospérité sans précédent dont témoignent les grandes demeures patriciennes, l'élégante céramique, les belles armes de bronze et les bijoux en or qu'on retrouve dans une quinzaine de villes populeuses et puissamment fortifiées, comme Hazor, Tell Ta'anak, Megiddo, Sichem, Jéricho, Beit Mirsim, Tell ed-Duweir. C'est dans ce pays relativement opulent qu'arrivent et s'installent, probablement au dix-neuvième siècle, Abraham et sa famille venus d'Ur en passant par Harran, en haute Mésopotamie. De tels déplacements étant habituels à l'époque, il est probable que cet événement – dont les conséquences se font encore sentir au Proche-Orient – est passé inaperçu, mais rien ne permet de mettre en doute l'authenticité du récit biblique[39]. Pendant une cinquantaine d'années, on a cru retrouver dans les *habirû* ou *'apiru* que mentionnent les lettres de Tell el-Amarna en Egypte et certains textes égyptiens les *'ibri* (Hébreux) de la Bible, ce qui ramenait au quinzième siècle l'entrée de ces derniers en Palestine. Depuis, le terme *habirû* a été relevé dans de très nombreux textes d'origine mésopotamienne (Mari, Nuzi), anatolienne (Boghazköy) ou syrienne (Alalah) s'échelonnant de 2200 à 1200 environ, ce qui suffit à écarter cette hypothèse. En outre, il ressort d'études approfondies de ces textes que les *habirû* ne constituent ni une ethnie ni une tribu, mais une catégorie sociale : ce sont des réfugiés, des apatrides, des « marginaux », le plus souvent groupés en bandes armées s'adonnant au pillage et aux razzias, mais combattant parfois au service des pouvoirs établis[40]. L'équation *habirû* = Hébreux n'est pas à écarter absolument, une dépendance nominale restant possible, mais ce terme englobe une population beaucoup plus large que les seuls descendants d'Abraham.

Bien qu'officiellement en bons termes avec les Egyptiens, les Amorrites de Palestine semblent inquiéter ces derniers, si l'on en juge par le nombre de villes et chefs palestiniens qui figurent comme ennemis potentiels de l'Egypte dans les « textes d'exécration » de la XIIᵉ Dynastie[41]. Sans doute apprend-on à Memphis qu'ils cherchent à se débarrasser d'un protectorat humiliant et convoitent les richesses de la verte vallée, relativement proche. En fait, dès 1720, certains de ces roitelets y sont déjà installés. Quelques années plus tard, d'autres y pénètrent en masse, occupent la partie orientale du Delta, puis réussissent à s'emparer progressivement de toute la vallée du Nil. C'est la Deuxième Période intermédiaire, dite des Hyksôs[42], forme grecque de l'égyptien *hikau-khoswet*, « chefs des pays étrangers » ; elle dure, en principe, cent huit ans et se termine par leur expulsion, vers 1550. La tradition locale, transmise par le prêtre égyptien Manéthon (troisième siècle), présente de cette époque un tableau de barbarie extrême, probablement très exagéré. Mais l'invasion des « Asiatiques » *(Amu)* a eu au moins le mérite de faire sortir l'Égypte de son « splendide isolement » et de la rendre consciente qu'un grave danger pouvait la menacer à l'est. C'est pour prévenir ce danger que les pharaons de la XVIIIᵉ Dynastie entreprendront, au-delà de l'isthme de Suez, toute une série de campagnes visant à transformer la Palestine et la Syrie en provinces égyptiennes et se heurteront aux Hurrites, puis aux Hittites. Une phase nouvelle commencera alors pour l'Egypte et pour tout le Proche-Orient.

Notre tour d'horizon terminé, nous pouvons maintenant retourner en Mésopotamie et reprendre le fil de son histoire que nous avions laissé – on s'en souvient peut-être – à la fin du règne de Hammurabi.

15
Les Kassites

A la mort de Hammurabi en 1750 les événements que nous venons de décrire n'avaient pas encore porté tous leurs fruits. De l'autre côté du Taurus, les Hittites étaient en train de s'implanter en Anatolie centrale. Au-delà de l'Euphrate, les Amorrites occupaient fermement la Syrie-Palestine ; un autre Hammurabi gouvernait le grand royaume d'Alep. Aux confins septentrionaux de la Mésopotamie, les Hurrites, nullement hostiles, restaient divisés en petites principautés. Personne ne menaçait l'édifice que venait de bâtir le monarque défunt. Pourtant, moins de dix ans plus tard, cet édifice allait se fissurer sous la poussée, non pas de conquérants étrangers, mais de pressions internes, à la fois politiques et économiques, qui finiraient un jour par entraîner sa chute.

Le grand royaume, l'Empire babylonien était l'œuvre d'un seul homme. Il reposait sur sa puissante personnalité et sur un système administratif qui, peu à peu, évinçait les pouvoirs locaux pour renforcer celui du souverain. Formé en quelques années seulement, le grand royaume de Babylone comportait toute la basse Mésopotamie (Sumer et Akkad), ainsi que l'ancien royaume d'Eshnunna. La liste de cités que donne Hammurabi, vers la fin de sa vie, dans le prologue de son « Code », indique qu'il possède aussi Assur et Ninive, mais il semble n'avoir exercé qu'un vague contrôle sur cet axe du territoire assyrien que gardera Ishme-Dagan (le fils de Shamshi-Adad) jusqu'en 1741[1]. Il en est de même de la haute Mésopotamie et ses nombreux petits Etats soumis au roi Hammurabi I d'Alep, comme le montrent les tablettes trouvées à Tell Leilan (Shubat-Enlil), capitale du royaume d'Apum[2]. Cette même politique a été, semble-t-il, appliquée jusqu'en 1625 sur le moyen Euphrate, au royaume de Hana (capitale Terqa), pâle successeur du royaume de Mari[3]. Mais parmi les Etats soumis à Babylone, certains gardaient le souvenir récent de leur indépendance et n'attendaient que la disparition du vieux lion pour tenter de secouer le joug. Révoltes d'autant plus faciles que l'encadrement politique était lâche et d'autant plus populaires que le roi de Babylone et ses dignitaires possédaient de vastes domaines, que le marché de l'argent était aux mains de marchands-hommes d'affaires rapaces et que les provinces, notamment dans le Sud mésopotamien, s'appauvrissaient de plus en plus au profit de la capitale et de ses environs immédiats.

Les successeurs de Hammurabi essayèrent en vain de briser ces révoltes, puis se résignèrent au démembrement de l'empire, mais ils ne surent pas s'adapter aux conditions nouvelles [4]. Pour compenser leurs pertes en loyers de fermage et revenus fiscaux, ils tentèrent d'intensifier la production agricole dans le territoire restreint qu'ils possédaient encore. Pour remplacer les bénéfices d'un commerce extérieur très diminué, les marchands se firent volontiers banquiers. Agissant de concert avec le Palais, ils offrirent aux petits exploitants et petits commerçants des prêts d'équipement et, bien entendu, de rapport, et consentirent des « prêts de nécessité » aux plus pauvres, c'est-à-dire à la masse de la population laborieuse qui essayait de survivre et dont la puissance de travail se trouvait considérablement affaiblie [5]. Des milliers de familles s'endettèrent à tout jamais; de nombreux créanciers privés s'enrichirent au point de menacer le pouvoir de l'Etat. Plus encore : afin de produire davantage, on abandonna, semble-t-il, la pratique de la jachère, ce qui entraîna l'épuisement des sols et accéléra leur salinisation [6]. Ainsi la Babylonie passa-t-elle, en un siècle environ (1700-1600), de la désintégration politique au désordre économique aggravé d'un désastre écologique. Le royaume était vermoulu et il suffit d'un léger coup de boutoir, d'un raid sans lendemain des Hittites pour qu'il s'écroulât, ainsi que sa Ire Dynastie.

Paradoxalement, ce furent des princes supposés « barbares » établis depuis peu de temps en Mésopotamie, les Kassites, qui s'installant sur le trône vacant redressèrent la situation et peu à peu transformèrent la Babylonie en un royaume prospère, honoré et respecté de ses puissants voisins, auréolé de prestige. Ils régnèrent quelque quatre siècles et il est fort dommage que la pauvreté de nos sources fasse de

cette longue et intéressante période l'une des plus mal
connues de l'histoire mésopotamienne.

Les descendants de Hammurabi

Il semble que le fils de Hammurabi, Samsu-iluna* (1749-
1712), ait possédé, sinon l'envergure, du moins le courage et
la ténacité de son père, car il lutta farouchement contre les
forces qui tendaient à émietter son héritage. Mais c'était vouloir réparer une guenille : à peine un accroc était-il rapiécé
qu'un autre apparaissait. Dès la neuvième année de son
règne, un aventurier nommé (ou se faisant appeler) Rîm-Sîn,
comme le dernier et prestigieux souverain de Larsa, se
proclama roi de cette ville, entraîna tout le Sud derrière
lui, fomenta une insurrection en Iamutbal, berceau de ses
ancêtres, et ne fut vaincu que cinq ans plus tard devant Kish.
Le prince d'Eshnunna, qui avait fait cause commune avec
lui, fut capturé, emmené dans un carcan à Babylone, puis
étranglé. C'est au cours de cette guerre sanglante que Samsu-
iluna abattit les murailles d'Ur, pilla et incendia tous ses
temples et détruisit une partie de la ville [7]. Uruk subit un sort
semblable, ce qui donna aux Elamites l'occasion d'intervenir : au cours d'un raid audacieux, Kutir-nahhunte Ier pénétra
dans cette cité et emporta à Suse, parmi d'autres trésors, la
statue de la déesse Inanna qu'Ashurbanipal devait recouvrer
environ mille ans plus tard [8]. Après quelques années de
calme, un certain Iluma-ilum, qui prétendait descendre de
Damiq-ilishu, dernier roi d'Isin, leva l'étendard de la révolte
au pays de Sumer, s'empara de Nippur, repoussa deux
attaques du roi de Babylone et fonda une dynastie dite « du
pays de la Mer », parallèle à la sienne, qui dura jusqu'en
1460 [9]. Vers la même époque, l'Assyrie se rendit indépendante grâce à la rébellion d'Adasi, roitelet obscur et qualifié
de « fils de personne » (c'est-à-dire d'usurpateur), mais qui
resta célèbre pour avoir « mis fin à la servitude d'Assur ».
Outre cette succession de revers, Samsu-iluna dut faire face à
des agresseurs étrangers si l'on en juge par la mention laco-
nique, dans ses noms d'années, d'une « armée des Kassites »
(an 8) et d'une « armée d'*Amurru* » (an 36). Comme les

---

* « Samsu (forme amorrite de Shamash, le dieu-soleil) est notre dieu. »

noms d'années de son rival Rîm-Sîn II font allusion aux
« vils Kassites », ces derniers semblent avoir attaqué sur plusieurs fronts. Quant au terme *Amurru* (à lire peut-être
« Ouest » dans ce contexte), il est peu probable qu'il désigne
les Amorrites de Syrie et l'on pourrait songer à une révolte,
voire une campagne, des rois du Hana à partir de leur capitale Terqa. Quoi qu'il en soit, à la fin de ce règne long mais
désastreux, le royaume de Babylone, amputé de tout le pays
de Sumer ainsi que des territoires du haut Tigre et, peut-être,
du moyen Euphrate, était pratiquement revenu à ses frontières originelles : celles du pays d'Akkad. Seule la vallée de
la Diyala (pays de Warum ou d'Eshnunna) lui appartenait
encore. L'empire de Hammurabi avait, en fait, disparu de la
carte.

Les successeurs de Samsu-iluna parvinrent, tant bien que
mal, à maintenir l'intégrité de leur héritage. Abieshuh (1711-
1684) repoussa une seconde attaque des Kassites, toléra que
ces étrangers s'installassent à titre individuel comme ouvriers
agricoles à Dilbat et comme mercenaires à Sippar, mais ne
put empêcher le chef kassite Kashtiliash de monter sur le
trône du Hana, vers 1700. Poursuivant la lutte contre Iluma-
ilum, il tenta, en barrant le Tigre, de le déloger des marais
où il avait trouvé refuge mais fut incapable de le capturer.
Un nom d'année d'Ammi-ditana (1683-1647) mentionne la
prise de Dêr, mais il est probable qu'il réussit également
à reconquérir, au moins temporairement, une partie des
territoires perdus par Samsu-iluna, car le célèbre « édit de
justice » *(mêsharum)* de son successeur Ammi-saduqa (1646-
1626) nomme, parmi les provinces et villes sous sa juridic-
tion, Isin, Larsa, Uruk et Malgûm, la vallée du Tigre
(Ida-maraz, Iamutbal) et la région de Suhum entre Babylone
et Hana ('Anat), sur l'Euphrate. Toutefois, le principal intérêt
de cet édit est qu'il nous renseigne sur les tristes conditions
économiques de l'époque analysées plus haut, car il décrète,
pour l'ensemble de la population, l'annulation des dettes,
l'amnistie des arriérés, des loyers, des « prêts de nécessité »
et, pour certaines catégories de sujets, la suppression ou l'al-
légement des patentes et de certaines taxes ainsi que la levée
des contraintes par corps ; il va jusqu'à menacer de mort
les huissiers qui oseraient poursuivre les débiteurs[10]. De
Samsu-ditana (1625-1595), dernier roi de la dynastie, nous

ne connaissons que quelques noms d'années, plus ou moins authentiques. En dehors de leurs guerres, de moins en moins fréquentes, et de leurs efforts de redressement économique, tous les descendants de Hammurabi ont poursuivi les œuvres pieuses traditionnelles en Mésopotamie, creusé quelques canaux et surtout, construit des forteresses *(dûru)* aux quatre coins de leur royaume. Il est douteux que ces souverains, pour la plupart assez falots, aient soupçonné que la tempête qui allait balayer leur trône s'amassait très loin de Babylone, par-delà les cimes enneigées du Taurus.

Nous avons déjà dit (page 270) qu'au début du dix-septième siècle un prince hittite dont on sait peu de chose, Labarnas Ier, avait fondé en Anatolie un royaume qu'il gouvernait de la ville, non identifiée, de Kussara. Labarnas II, son fils (environ 1650-1620) lui ajouta le territoire du Hatti, dans la boucle du Kizilirmak, prit pour capitale Hattusha (Boghazköy) et se fit désormais appeler Hattusilis, l'« homme de Hattusha ». Doué d'un tempérament guerrier, ce monarque ne tarda pas à trouver ses frontières trop étroites et à se mettre en quête de terres à conquérir. C'est ainsi qu'il s'empara de Zalpa, port sur la mer Noire, et de la région appelée Arzawa, dans le sud-ouest de l'Anatolie. Puis après avoir traversé le Kizzuwatna (la Cilicie), il prit avec son armée la route du sud qui menait en Syrie et, au-delà, soit en Egypte, soit en Mésopotamie, pays fertiles entre tous et où mille ans de civilisation avaient accumulé des richesses réputées fabuleuses. Les annales, fragmentaires, de Hattusilis Ier [11] font état d'au moins deux campagnes dans cette direction, au cours desquelles Alalah fut ravagée, Urshu (ville importante non identifiée, au nord-est d'Alep correspondant peut-être à Gaziantep) investie et conquise et les troupes syriennes battues en Commagène ; toutefois, Alep elle-même (*Halpa* en hittite) ne fut pas attaquée. Peu après, Hattusilis mourut, laissant à son fils adoptif, Mursilis Ier (environ 1620-1590), le soin de poursuivre son œuvre, ce qu'il fit avec un succès inespéré :

> « Il détruisit la cité de Halpa, dit un texte hittite un peu plus récent [12], et il emmena de Halpa des prisonniers ainsi que des trésors. »

De la grande capitale syrienne, l'armée hittite rejoignit l'Euphrate, suivit le cours de ce fleuve et apparut soudain aux portes de Babylone. Les vaincus n'aiment guère parler de leurs défaites et seule une chronique babylonienne tardive fait allusion à cet événement pourtant capital [13].

« Au temps de Samsu-ditana, les hommes du Hatti marchèrent contre le pays d'Akkad. »

Mais le texte hittite cité plus haut enchaîne :

« Ensuite, il (Mursilis) alla à Babylone et il détruisit Babylone, et il vainquit les Hurrites et emmena des prisonniers et des biens de Babylone à Hattusha. »

Une prière hittite [14] datant d'une époque (quatorzième siècle) où ce pays était en proie aux attaques de peuples rebelles évoque avec nostalgie ce glorieux épisode :

« Aux temps anciens, le pays de Hatti, avec l'aide de la déesse-soleil d'Arinna, avait coutume de saisir les pays environnants comme un lion. Plus encore, des villes telles qu'Alep et Babylone qu'il détruisit, de tous ces pays on tirait des richesses, de l'or et de l'argent, ainsi que leurs dieux, et on les plaçait devant la déesse-soleil d'Arinna. »

Il est douteux que Babylone ait été « détruite » au sens propre du terme, mais elle fut certainement prise et pillée. Cela se passait en 1595 ou peu après. Cependant, les Hittites n'y séjournèrent pas longtemps. Rappelé en Anatolie par des révoltes de palais, Mursilis se replia, emportant les statues de Marduk et de Şarpanitum, sa parèdre. Quant à Samsu-ditana, il perdit sa couronne et sans doute la vie. Ainsi s'éteignit en quelques jours et apparemment sans combat la dynastie qu'avait fondée un petit cheikh amorrite et que le grand Hammurabi avait rendue glorieuse. Elle avait duré exactement trois cents ans (1894-1595).

Les rois de Karduniash

De tous les peuples ayant habité la Mésopotamie antique, les Kassites *(Kashshû)* sont incontestablement les plus malconnus [15]. Certains auteurs ont cherché leur origine dans le Sud-Ouest de l'Iran où, effectivement, ils se sont retirés plus tard, mais cette hypothèse, bien que plausible, repose sur des bases assez fragiles. Contrairement aux Hurrites, ils n'ont rien écrit dans leur propre langue et nous ne connaissons celle-ci que par quelques mots épars dans les textes akkadiens et par deux « vocabulaires », l'un donnant les équivalents suméro-akkadiens de plusieurs dieux kassites, l'autre la traduction, ou plutôt l'explication de certains noms propres. Tout ce que l'on peut dire, c'est que le kassite n'est pas une langue sémitique et n'a aucun lien de parenté avec le sumérien, le hurrite et d'autres langues parlées au Proche-Orient, ni avec les langues indo-européennes. Cependant, comme les Hurrites, les Kassites ont peut-être eu des contacts anciens, directs ou indirects, avec des Indo-Européens si l'on accepte – ce qui n'est pas admis par tous – que Buriash, leur dieu de la tempête, n'est autre que le dieu grec Boréas et que leurs dieux de la guerre (Maruttash) et du soleil (Shuriash) correspondent aux dieux aryens Marut et Suriya. Des vingt autres divinités que comportait le panthéon kassite, les principales étaient Harbe, dieu suprême, Shuqamuna et Shimaliya, dieu et déesse des montagnes et patrons de leur dynastie, et le dieu-lune Shipak.

Les Kassites sont apparus pour la première fois en Mésopotamie à l'époque babylonienne ancienne sous forme d'individus isolés ou en groupes, puis de tribus appelées « maisons » (en akkadien *bîtâtum*) de tel ou tel chef. Les plus anciennes références datent d'environ 1800. Un siècle plus tard, un Kassite nommé Kashtiliash devint roi du Hana. C'est à ce moment et dans cette région que commence alors la longue histoire de la dynastie kassite qui, selon la Liste royale babylonienne A, a compté trente-six rois ayant régné en tout, et presque sans interruption, 576 ans. Si Kashtiliash Ier, troisième roi de cette liste, est bien le même que le Kashtiliash du Hana et si le nombre d'années que donne la liste pour chaque règne est exact, le fondateur de la dynastie, Gandash, aurait vécu vers 1730 et serait donc contemporain de Samsu-iluna. Malheureusement, cette liste est en mauvais état ; elle comporte, en particulier, une énorme lacune entre le sixième et le vingt-cinquième roi et même si cette lacune a pu être en partie comblée grâce à certains recoupements et synchronismes, la chronologie et l'ordre de succession de ces monarques sont extrêmement incertains jusqu'au début du quatorzième siècle. Pour cette raison, et aussi par manque

d'autres textes, nous ne savons pas très bien quand ni comment les Kassites s'emparèrent de Babylone après le raid hittite qui mit fin à sa Ire Dynastie [16]. On admet généralement
que le premier souverain kassite de cette ville fut Agum II
(ou Agum Kakrime), neuvième successeur de Gandash. Dans
une longue inscription, ce roi nous apprend qu'il ramena
dans leurs temples respectifs les statues divines enlevées par
les Hittites, ce qui suppose une certaine collusion avec ces
derniers, mais il s'agit d'une copie de basse époque et dont
l'authenticité est douteuse [17].

  Nous ne sommes guère mieux renseignés sur l'organisation, l'administration, les structures économiques et sociales
de la Babylonie à l'époque kassite. Peut-être de futures
fouilles élargiront-elles un jour notre documentation, mais
pour l'instant nous ne disposons que d'environ deux cents
inscriptions royales – la plupart brèves, stéréotypées et sans
grand intérêt historique –, soixante-six *kudurru* (voir ci-
dessous) et quelque douze mille tablettes (lettres et textes
économiques) provenant en majorité de Nippur et couvrant
la période 1370-1230 ; moins de 10 % de ces tablettes ont été
publiées [18]. Tout cela est bien peu pour quatre siècles (l'inter-
valle de temps qui nous sépare d'Henri III), mais on peut
cependant en tirer un certain nombre de renseignements que
complètent les données archéologiques, la correspondance
entre rois kassites et pharaons retrouvée à Tell el-Amarna, en
Égypte (voir chapitre 16), et deux chroniques datant du septième siècle et rédigées, l'une par un scribe assyrien assez
partial *(Histoire synchronique)*, l'autre par un scribe babylonien assez objectif *(Chronique P)* [19].

  La pauvreté relative de nos sources pourrait donner l'impression que la période kassite a été une époque de stagnation, voire de décadence politique, économique et culturelle,
mais il n'en est rien. Tout indique, au contraire, que ce fut
une époque de stabilité, de prospérité, de puissance militaire,
diplomatique et commerciale, d'innovations et de progrès
dans de multiples domaines. Il n'y a pas de doute que les
Kassites ont restauré l'ordre et la paix dans un pays qui en
avait fort besoin, qu'ils ont immédiatement adopté la civilisation suméro-akkadienne, adhéré à des traditions plusieurs
fois millénaires, encouragé les lettres et les arts et qu'ils se
sont généralement comportés comme de bons souverains

mésopotamiens. Le geste d'Agum II rendant ses dieux à
Babylone eut pour premier effet de plaire à ses nouveaux
sujets, mais il signifiait aussi que cet étranger se posait en
successeur légitime de la dynastie amorrite défunte. De
même, lorsque Ulamburiash, vers 1460, profita d'une campagne en Elam d'Ea-gâmil, roi du « pays de la Mer », pour
lui ravir tout le pays de Sumer, il ne faisait que réaliser le
rêve des infortunés successeurs de Samsu-iluna ; mais du
même coup, il fusionnait en une véritable nation des régions
jusque-là considérées comme distinctes et simplement
soumises (en réalité ou en théorie) à Babylone. A partir de
son règne, les rois kassites ne s'intituleront plus « rois
de Babylone », mais « rois de *Karduniash* », nom qui dési-
gnait, dans leur langue, l'ensemble de la basse Mésopotamie.
En d'autres termes, le concept de « Babylonie » était né.

Le seizième siècle étant le plus obscur de l'histoire mésopotamienne, nous ne savons pas si les premiers rois kassites
ont dominé le moyen Euphrate, berceau présumé de leur
dynastie, mais il est probable qu'ils ont tenté à plusieurs
reprises et en vain d'imposer leur autorité sur le haut Tigre,
car l'*Histoire synchronique* nous apprend que Burnaburiash
Ier (vers 1530) signa avec Puzur-Ashur III d'Assyrie un traité
concernant la frontière qui, quelque part aux alentours de
Samarra, séparait les deux royaumes et qu'un accord du
même genre fut conclu plus tard entre le Kassite Karaindash
et l'Assyrien Ashur-bêl-nishêshu (1419-1411)[20]. Ainsi était
consommée la division de la Mésopotamie en deux grands
royaumes : l'Assyrie au nord, la Babylonie au sud, division
qui trouvait ses racines et en quelque sorte sa justification
dans la géographie et la préhistoire mais qui, doublée de rivalité, allait désormais peser lourd dans l'histoire de cette partie
du monde, comme on le verra dès le chapitre suivant.

Si l'on en juge par l'onomastique, il ne semble pas que
les Kassites aient envahi la Mésopotamie en masse. Plusieurs
tribus se sont sédentarisées, le mot « maisons » désignant
maintenant des territoires appartenant à des groupes qui se
réclament d'un ancêtre commun. L'aristocratie kassite formait le noyau noble de l'armée : les guerriers portés par des
chars légers que tiraient de rapides chevaux ; car ce peuple,
comme les Hurrites, était expert dans l'art d'élever et de
dresser le cheval, art qu'il tenait sans doute, lui aussi,

des Indo-Aryens. Ces combattants d'élite, ainsi que des
« ministres » *(sukkal)*, constituaient l'entourage permanent
du souverain et de sa famille. La Babylonie était divisée en
provinces confiées à des gouverneurs *(bêl pâhati ou shakin
ṭêmi)*, souvent d'origine locale ; les villes n'étaient plus
gouvernées par des *rabiânu* mais par de modestes *hazannû* ;
Nippur jouissait d'un statut spécial. Les fonctionnaires subalternes portaient sensiblement les mêmes titres qu'à l'époque
précédente, ce qui ne signifie pas qu'ils exerçaient nécessairement les mêmes fonctions.

Les *surveys* archéologiques ont montré pour cette époque,
dans toute la basse Mésopotamie, une diminution de la
superficie des grandes villes et une multiplication des grosses
bourgades et des villages[21]. Peut-être faut-il y voir le signe
heureux d'un « retour à la terre », d'une relance de la production agricole fondée, non plus sur l'exploitation à outrance,
mais sur une répartition plus large du travail. A côté de
petites et moyennes propriétés privées, il existait de grands
domaines appartenant à la couronne, aux temples (soumis au
contrôle royal) et aux dignitaires de la cour. Les seuls renseignements détaillés que nous possédons sur ce chapitre proviennent de chartes royales de donations de terrains et
d'immeubles au bénéfice d'importants personnages ou de
communautés. On appelle ces chartes des *kudurru* (il faudrait
dire des *kudurrêti*, pluriel akkadien), mot qui a quatre sens
différent[22] mais qui, dans ce contexte, signifie « limite, frontière ou territoire » et désigne une petite stèle de pierre généralement noire et dure (diorite), souvent de forme vaguement
ovoïde, que l'on conservait dans un temple, une copie sur
tablette étant remise au propriétaire. De nombreux *kudurru*
sont divisés en deux parties dont l'une porte, sculptée en
bas-relief, l'image du roi et des dieux ou de leur symbole
– le disque solaire pour Shamash, le croissant lunaire pour
Sîn, la houe pour Marduk – garantissant la donation, et
l'autre, une longue inscription donnant le nom du bénéfi-
ciaire, la situation précise, les dimensions et les limites du
domaine concédé, la liste des exemptions et privilèges qui lui
sont attachés, enfin, des malédictions hautes en couleur
contre « quiconque à l'avenir effacerait l'inscription, endom-
magerait ou détruirait la stèle ». Ces petits monuments (on en
connaît maintenant une centaine[23]) apparaissent au milieu de

l'époque kassite mais ne lui sont pas spécifiques : ils ont été largement utilisés pendant la période suivante et quelquefois même à l'époque néo-assyrienne.

On ne sait pratiquement rien de l'industrie au temps des Kassites et l'on ignore si le commerce était totalement ou partiellement monopole d'État, mais le fait que, pour la première et unique fois dans l'histoire mésopotamienne, les prix ont été basés sur l'étalon-or pendant un siècle montre combien il était florissant. Il débordait alors largement les limites de l'Iraq antique : on a retrouvé à Bahrain (Dilmun) des fragments de tablettes babyloniennes à côté d'une céramique de type kassite, à Thèbes de Béotie des sceaux-cylindres kassites, et à Tell 'Abiad, près de 'Aqar Quf, un lingot de cuivre en forme de peau de bœuf typiquement mycénien [24]. Au quatorzième siècle, les « cadeaux » échangés par les rois de Babylone et d'Égypte dépassent largement, en volume, les habituels témoignages d'amitié : ils constituent, en réalité, un véritable commerce de palais à palais par l'intermédiaire d'envoyés spéciaux *(mâr shipri)*.

Comme leurs prédécesseurs, les rois kassites ont restauré et comblé de présents de nombreux sanctuaires, notamment à Nippur, Larsa, Uruk et Ur, témoignant ainsi de leur attachement aux divinités suméro-akkadiennes, et il faut noter qu'aucun culte officiel ne semble avoir été rendu aux dieux proprement kassites, à l'exception de Shuqamuna et Shimaliya qui eurent leur temple à Babylone. Le roi Karaindash nous a laissé, dans l'Eanna d'Uruk, un monument tout à fait remarquable : un petit temple dont la façade était faite de briques cuites moulées de telle façon qu'une fois assemblées elles figuraient des dieux et déesses, en relief, hauts de 2 mètres, au fond de niches profondes encadrées de motifs stylisés, également en relief [25]. Cette ingénieuse technique, inspirée peut-être de sculptures rupestres, était chose nouvelle en Mésopotamie ; elle devait être utilisée plus tard par les rois « chaldéens » à Babylone (porte d'Ishtar, par exemple) et par les Achéménides à Suse et à Persépolis.

Le plus enthousiaste de ces rois constructeurs fut Kurigalzu Ier (vers 1400), car non seulement il reconstruisit tous les temples d'Ur ainsi que ses fortifications, mais il fonda une ville nouvelle qui devint sa capitale, ou tout au moins sa résidence privilégiée, et qu'il nomma sa « forteresse », Dûr-

Kurigalzu. Cette ville est aujourd'hui représentée par les ruines de 'Aqar Quf, situées à 30 kilomètres à l'ouest de Baghdad et notables par la grande tour (57 mètres) aux flancs irréguliers qu'on aperçoit de très loin projetant son ombre sur la plaine environnante. Cette tour est ce qui reste d'une immense ziqqurat dont les archéologues iraqiens ont dégagé la base et l'escalier monumental, en même temps qu'ils fouillaient trois temples étalés à ses pieds et une partie du palais royal[26]. Ce palais comportait une cour entourée d'un promenoir à piliers ; certaines de ses chambres étaient décorées de fresques en plinthe représentant des processions de personnages, qui évoquent les bas-reliefs des palais assyriens ; plusieurs pièces contenaient de splendides bijoux en or. Les temples, dédiés à Enlil, à Ninlil et à leur fils Ninurta, ont livré des objets d'un grand intérêt, notamment une statue de Kurigalzu plus grande que nature couverte d'une longue inscription et des figurines d'argile peintes d'une exécution admirable. Ici, encore, la présence de dieux sumériens dans la ville-résidence d'un souverain kassite montre à quel point ces étrangers avaient été assimilés. Remarquons que jusquelà aucun monarque mésopotamien ne s'était fait construire une capitale à son nom ; nous verrons que cette idée sera bientôt reprise par les rois d'Assyrie.

Bien d'autres innovations s'ajoutent à celles que nous avons déjà rencontrées. Elles vont des modes vestimentaires à la fabrication du verre (probablement inventé en Syrie) et à de nouvelles mesures agraires. L'une d'elles est le retour au système de datation le plus archaïque, mais aussi le plus simple, qui consiste à donner un numéro d'ordre à chacune des années de règne du souverain. Dans le domaine de l'art, la tendance au réalisme et au mouvement, amorcée à l'époque paléo-babylonienne, se précise et s'amplifie ; elle se manifeste surtout dans les figurines animales, nombreuses et souvent saisissantes de vie[27], ainsi que dans la glyptique. Sur les sceaux-cylindres, habituellement assez gros, des motifs géométriques nouveaux (losange, croix, croissant), des animaux jamais représentés jusque-là (mouche, abeille, sauterelle, chien, singe) et qui « bougent », des plantes qui « semblent emportées dans l'exubérance générale[28] » voisinent avec des motifs traditionnels. De nombreux cylindres portent de longues inscriptions donnant le nom, la parenté, la profession de leur propriétaire ou exprimant une prière ou une invocation.

En littérature, la période kassite est caractérisée par un effort considérable pour sauvegarder l'héritage d'une civilisation vénérable et vénérée, en même temps que par une nouvelle attitude envers les rapports entre l'homme et la divinité et les grands problèmes moraux [29]. Les observations scientifiques, médicales ou astronomiques enregistrées au cours des siècles précédents sont recueillies et groupées en de véritables ouvrages ; des dictionnaires, des syllabaires, des listes de signes cunéiformes sont établis. La plupart des mythes, légendes et récits épiques d'origine sumérienne ou paléo-babylonienne sont recopiés et parfois modifiés par des scribes sacerdotaux qui se succéderont de père en fils, de maître en élève jusqu'à l'époque parthe. Certains récits, comme la légende d'Adapa sont créés à ce moment-là. Tous ces textes sont écrits dans un dialecte précieux, volontiers archaïsant, le « babylonien standard », qui se distingue nettement de la langue des textes ordinaires, le « babylonien moyen » ou « médio-babylonien ». Les grands concepts religieux et philosophiques traditionnels sont préservés, mais les rapports entre l'homme et la divinité, et notamment le problème du mal, sont abordés avec beaucoup de franchise, voire de cynisme, pour aboutir, selon les cas, soit à une résignation frisant le désespoir, soit à une confiance aveugle en des dieux aux desseins impénétrables. Des œuvres telles que *Ludlul bêl nemêqi* (page 126), ou le *Dialogue du pessimisme* sont caractéristiques de cet état d'esprit. Par ailleurs, l'attachement de ces prêtres-scribes à la religion formelle, « sacramentelle », se traduit par la prolifération des hémérologies (calendriers des jours fastes et néfastes), des recueils d'incantations, de présages, de divination. Mais les chefs-d'œuvre de la littérature ne sont pas confinés à la Babylonie, aux bibliothèques des temples et des palais. C'est l'époque où, plus que jamais, ils sont recopiés, traduits ou adaptés dans tout le Proche-Orient, de l'Anatolie à l'Egypte, et où les Assyriens subissent l'influence religieuse babylonienne au point d'admettre Marduk dans leur panthéon. C'est également l'époque où la langue babylonienne remplace petit à petit le sumérien dans les inscriptions royales et devient *lingua franca* dans toutes les cours et chancelleries orientales ;

elle est utilisée par les monarques dans leur correspondance et même leurs traités et par les roitelets de Syrie et de Palestine lorsqu'ils expriment leurs doléances ou leur soumission à leur suzerain égyptien. S'il en est ainsi, c'est que la Babylonie jouit alors d'un immense prestige et ce prestige, c'est à ses rois d'origine étrangère et présumés « barbares » qu'elle le doit en partie. Dans l'immense clameur des nations qui emplit la seconde moitié du deuxième millénaire, leur voix ne se fait guère entendre, mais leur pays occupe le premier rang dans le domaine de la pensée.

16

Kassites, Assyriens
et « mêlée des empires »

Pendant trois des quatre siècles que couvre la période kassite, le Proche-Orient va être le théâtre de grands conflits
dont l'enjeu, au moins initialement, est la Syrie-Palestine et
le point de départ, au début du quinzième siècle, les campagnes du pharaon Thoutmosis III, visant à conquérir cette
région. Les Egyptiens se heurtent d'abord aux Hurrites du
Mitanni, qui occupent la Syrie du Nord, puis aux Hittites qui
l'ont arrachée à ces derniers. Au milieu du quatorzième
siècle, les Assyriens interviennent, se libèrent de la tutelle
hurrite, s'emparent du Mitanni et élèvent leur royaume au
rang de grande puissance. Les Kassites, qui jusque-là ont eu
la sagesse de se tenir à l'écart, vont se trouver entraînés dans
une lutte farouche avec leurs redoutables voisins, autre
facette de ce qu'on a appelé la « mêlée des empires ». Alors
que le conflit égypto-hittite se termine, en 1284, par une paix
durable, le conflit assyro-babylonien fait rage pendant tout le
treizième siècle, atteignant son point culminant lorsque, en
1235, Tukulti-Ninurta Ier s'empare momentanément de Babylone. Toutefois, ce siècle est également l'époque où les Elamites sortent d'une longue période de torpeur, donnent à leur
civilisation un éclat jamais égalé depuis, mais rallument la
vieille querelle qui les opposait aux Mésopotamiens depuis
deux mille ans. Ce sont eux, finalement, qui abattront les
Kassites en 1157.
Nous ne pouvons que résumer ici cette tranche d'histoire
relativement simple dans ses grandes lignes, mais extrêmement complexe dans le détail ; il ne manque pas d'excellents
ouvrages où l'on pourra puiser, si l'on veut, de plus amples
renseignements [1].

Egyptiens contre Mitanniens

A la lumière des maigres données que nous possédons, le seizième siècle apparaît comme une époque relativement stable pendant laquelle les nations qui s'affronteront plus tard sur les champs de bataille syriens pansent leurs plaies ou fourbissent leurs armes. En Egypte, les Hyksôs ne sont chassés du delta que sous le règne d'Amosis Ier (1576-1546), premier pharaon de la VIIIe Dynastie. En Anatolie, l'ancien Empire hittite se désagrège lentement, miné par des révolutions de palais autant que par des guerres avec ses voisins les plus proches, l'Arzawa aux bords de l'Egée, le Kizzuwatna en Cilicie. Vers 1590, Mursilis Ier, le roi qui vient de prendre Alep et Babylone, est assassiné par son beau-frère et la plupart de ses descendants subissent le même sort. L'Ancien Royaume hittite meurt vers 1530 dans une cascade de sang[2]. En Assyrie règnent les successeurs d'Adasi, le prince qui a secoué le joug babylonien, mais ils ne seraient pour nous que des noms sur une liste si nous n'avions d'eux quelques inscriptions[3] et une référence à Puzur-Ashur III dans l'*Histoire synchronique*. En Babylonie, les Kassites sont en train de s'installer, de réorganiser le royaume dont ils ont hérité et ne veulent ou ne peuvent s'abandonner à des rêves d'expansion. En définitive, le seul peuple oriental actif à cette époque semble être les Hurrites qui profitent du vide créé par la disparition du royaume d'Alep et de l'Empire hammurabien pour mettre la main sur des régions qu'ils ont depuis longtemps infiltrées et pour se regrouper en un vaste royaume. La crainte d'un retour en force des Hittites, auxquels ils se sont heurtés après la prise de Babylone, a probablement catalysé la fusion des multiples principautés hurrites sous le sceptre d'un seul chef – peut-être Kirta ou son fils Shuttarna Ier (vers 1560) – mais nous ne savons pas dans quelles circonstances[4].

Ce royaume du Mitanni a pour centre la grande steppe qui s'étend entre l'Euphrate et le Tigre, le long du flanc sud du Taurus, et c'est quelque part dans cette région qu'il faut sans doute situer sa capitale, Washshukanni, ville dont l'emplacement exact reste malheureusement inconnu[5]. Les frontières du Mitanni au seizième siècle étaient probablement aussi floues pour les Hurrites qu'elles le sont pour nous, mais nous savons par certains textes hittites que ceux-ci occupent une partie des hautes vallées du Tigre et de l'Euphrate. Au siècle suivant, toute la Syrie du Nord à l'ouest, ainsi que l'Assyrie et le Kurdistan iraqien à l'est, se trouvent sous domination mitannienne et l'influence des Hurrites se fait sentir jusqu'en Palestine où ils sont d'ailleurs assez nombreux. Le premier roi du Mitanni dont nous savons un peu plus que le nom, Parattarna (vers 1530), figure comme suzerain à la fois dans l'inscription de la statue d'Idrimi, roi d'Alalah [6] et sur un texte de Nuzi [7]. Un autre texte de Nuzi, relatif aux territoires du royaume d'Arrapha (Kirkuk) dont cette ville faisait partie, porte le sceau de son successeur Saustatar, qui a dû régner vers 1500 [8]. En outre, plusieurs documents indiquent que les rois d'Assur étaient, eux aussi, vassaux des Mitanniens ; lorsque l'un d'entre eux osa se révolter, Saustatar pilla leur capitale et emmena à Washshukanni « des portes d'argent et d'or [9] ».

C'est sous le règne de ce souverain que la situation change du tout au tout au Proche-Orient avec l'entrée en scène de l'Egypte. Certes, Amosis avait poursuivi les Hyksôs jusqu'aux frontières de la Palestine et en quelques campagnes foudroyantes, Aménophis Ier, Thoutmosis Ier et Thoutmosis II avaient traversé la Syrie et atteint l'Euphrate, ce fleuve qui, pour eux, coulait « à l'envers ». Mais ce n'étaient là que des expéditions punitives ou dissuasives dirigées, dans un esprit de revanche, contre les « Asiatiques » honnis qu'on venait d'expulser ; le plus important pour ces pharaons était de rétablir leur autorité sur toute la vallée du Nil et de faire face à des querelles dynastiques. Cette tâche accomplie, restait à tirer les conséquences du long et humiliant épisode des Hyksôs : pour qu'il ne se renouvelle plus jamais, il fallait combattre l'ennemi potentiel dans son propre pays, le réduire en servitude. C'est dans ce but que, quelques mois après son accession au trône, Thoutmosis III (1504-1450) entreprend de conquérir la Syrie-Palestine, ouvrant ainsi de nouveaux horizons aux ambitions égyptiennes et établissant un modèle de politique étrangère qui s'est perpétué à travers les siècles jusqu'à des jours récents [10]. Qu'il lui ait fallu dix-sept campagnes pour soumettre, en fin de compte, la Palestine et la côte syro-libanaise indique bien qu'il s'est heurté à des forces bien supérieures à celles des roitelets locaux et que ses adversaires ont reçu en abondance les chars et les chevaux que seul un Etat puissant pouvait alors leur fournir. Derrière les trois cent trente souverains palestiniens vaincus à Megiddo il y a les Mitanniens de Saustatar et ce sont ces Mitanniens eux-mêmes que Thoutmosis affronte à plusieurs reprises autour d'Alep, de Karkemish et de Qadesh. L'issue de ce long combat n'est qu'une demi-victoire : à la mort de Thoutmosis, ses ennemis conservent une grande partie de la Syrie du Nord et fomentent dans les districts perdus et en Palestine des rébellions assez sérieuses pour justifier trois campagnes d'Aménophis II (1450-1425).

Cependant, sous Thoutmosis IV (1425-1417), cet état d'hostilité quasi permanente prend fin. Mieux encore, des relations très cordiales s'établissent entre les cours de Thèbes et de Washshukanni : « cinq fois, six fois, sept fois » le pharaon demande au Mitannien Artatama Ier la main de sa fille [11] et Aménophis III (1417-1379) épouse Gilu-Hepa, fille de Shuttarna II [12]. Ce revirement soudain est généralement attribué à la crainte des Hittites et il est vrai que vers 1465, Tudhaliyas Ier a fondé à Hattusha une nouvelle dynastie et réaffirmé ses droits sur la Syrie en s'emparant temporairement d'Alep [13], mais il est douteux que ses successeurs immédiats, empêtrés dans d'interminables guerres anatoliennes, aient été considérés comme extrêmement dangereux. Il est plus probable que les Egyptiens ont renoncé à la Syrie et que les Mitanniens se sont résignés à leur laisser la Palestine et la majeure partie du littoral méditerranéen, régions dont ils occupent désormais plusieurs villes et qu'ils gouvernent par vassaux assermentés sous contrôle de leurs représentants. Ce *statu quo* dure environ un demi-siècle.

L'époque de Suppiluliumas

Après celle de Hammurabi, l'époque la mieux documentée du deuxième millénaire est incontestablement le quatorzième siècle. Les textes égyptiens, les archives de Boghazköy, capitale des Hittites, les inscriptions royales assyriennes, les chroniques assyro-babyloniennes et, surtout, les quelque quatre cents lettres adressées aux Aménophis III et IV par les souverains, petits et grands, du Proche-Orient et retrouvées à Tell el-Amarna en Egypte [14] projettent sur ces années de luttes armées et de subtiles tractations diplomatiques la plus utile des lumières. En outre, ces documents permettent de cerner avec précision quelques-unes des personnalités les plus remarquables du temps : Aménophis IV, par exemple, pharaon indolent et mystique, plus préoccupé de religion que de politique, et son célèbre successeur Tutankhamon, mort jeune et enseveli dans l'or ; Kurigalzu Ier et Burnaburiash II, probablement les plus grands rois kassites ; Ashur-uballit, le prince habile qui libéra l'Assyrie et en refit une grande puissance ; enfin, surpassant tous les autres, Suppiluliumas, l'énergique souverain hittite qui imposa sa marque sur près d'une moitié de ce siècle [15].

Entre 1400 et 1380, les liens matrimoniaux déjà tissés entre Mitanniens et Egyptiens se renforcent et s'étendent à d'autres nations, donnant au Proche-Orient l'allure d'une grande famille dans laquelle l'Egypte joue le rôle du parent riche et adulé. Les Assyriens voient en elle un allié possible contre l'oppresseur hurrite ; les Kassites – qui se souviennent du raid hittite sur Babylone et qu'inquiète le grand royaume mitannien à leur porte – ont depuis longtemps compris qu'ils ont tout intérêt à gagner l'amitié de cette nouvelle puissance qui s'installe de l'autre côté de l'Euphrate. Aussi, dès l'annonce des victoires de Thoutmosis III et d'Aménophis II en Syrie-Palestine, les uns et les autres leur ont-ils envoyé des ambassadeurs chargés de présents ; plus tard, Karaindash organise même un service de courriers réguliers entre son pays et l'Egypte. Sous Kurigalzu Ier, l'or égyptien finance la construction de 'Aqar Quf, sa nouvelle capitale, et s'entasse dans son palais [16]. Vers 1390, Kadashman-Enlil accorde à Aménophis III la main de sa sœur puis, après quelque hésitation, celle de sa fille ; elles rejoindront, dans l'opulent harem de Thèbes, Tadu-Hepa, fille du Mitannien Tushratta, qui vient de succéder à Shuttarna II [17]. Lorsque le vieux pharaon tombe malade, le même Tushratta lui envoie l'« image » d'Ishtar de Ninive, réputée capable de guérir les affections les plus graves.

Cependant, en 1380, monte sur le trône hittite un prince jeune, intelligent, déterminé, qui porte le nom de Suppiluliumas. Son premier acte va être de redresser la situation désastreuse que lui a léguée son père Tudhaliyas III et il lui faudra une bonne douzaine d'années pour imposer son autorité sur le puissant roi d'Arzawa, soumettre le pays d'Azzi (en Anatolie orientale) et tenir en échec les Gasga, barbares qui peuplent les montagnes du Pont, le long de la mer Noire et qui, sous le règne précédent, ont poussé l'impudence jusqu'à piller et brûler Hattusha. Cette lourde tâche achevée, Suppiluliumas prend la route du sud et pénètre en Syrie du Nord. On manque de détails sur cette « première campagne syrienne », mais on sait qu'elle s'est soldée par la prise d'Alep, la mise en vasselage, par traité, de nombreux souverains syriens et le report de la frontière hittite au Liban. C'est alors que l'alliance égypto-mitanienne aurait dû jouer, mais Aménophis III est mort en 1379, laissant la couronne à Aménophis IV (1379-1362), roi philosophe qui prétend faire du disque solaire Aten une sorte de dieu unique, prend le nom d'Akhenaten (« dévoué à Aten ») et fonde, loin de Thèbes, la ville d'Akhetaten (aujourd'hui Tell el-Amarna) où il s'installe ; il ne réagit donc pas. Quant à Tushratta, qui a été pris par surprise, il fait une démonstration militaire en Syrie, mais n'ose pas attaquer de front le Hittite et attend son départ pour organiser contre lui une vaste coalition englobant Alep, Alalah, Qatna, Qadesh[18] et même Damas qui est sous mouvance égyptienne. Cette coalition oblige Suppiluliumas à entreprendre une deuxième campagne, vers 1360. Mais cette fois, il veut frapper le Mitanni au cœur et fait un grand détour. Franchissant l'Euphrate près de Malatiya, il traverse le pays d'Alshe, entre ce fleuve et le Tigre, pille Washshukanni d'où Tushratta s'est enfui juste à temps, puis oblique à l'ouest, reprend Alep et toutes les villes des coalisés, à l'exception de Damas, et remplace certains rois rebelles par des hommes qui lui sont acquis. La Syrie du Nord est de nouveau entre ses mains. Les Mitanniens ne conservent plus qu'une tête de pont sur l'Euphrate, Karkemish, que les Hittites ont contournée. Encore une fois, l'Egypte, maintenant gouvernée par Tutankhamon (1361-1352), n'a pas bronché.

Durant toutes ces années, la Babylonie est restée neutre. Les Kassites, qui ne tiennent nullement à se laisser entraîner dans l'imbroglio syrien, n'ont pris parti pour aucun des protagonistes. Certes, ils entretiennent des rapports courtois avec les Hittites – la troisième femme de Suppiluliumas est une princesse babylonienne –, mais ils s'efforcent avant tout de rester en bons termes avec l'Egypte, source de richesses convoitées. Les archives d'el-Amarna nous renseignent sur les relations entre Kadashman-Enlil Ier et Burnaburiash II (1375-1347) d'une part, et leurs contemporains Aménophis III et Aménophis IV d'autre part. Les monarques des deux pays correspondent sur un pied d'égalité et se livrent à ce « commerce royal » fructueux auquel nous avons déjà fait allusion. Le Kassite « fait don » de chevaux, de chars, de lapis-lazuli, parfois de bronze et d'argent, que l'Egyptien paye en « faisant cadeau » d'ivoire, de meubles en ébène et autre bois précieux, de vêtements fins et surtout d'or. Une liste de « présents » offerts par Aménophis IV à Burnaburiash comporte plus de cinq cent cinquante-deux lignes réparties en quatre colonnes ! Il arrive, exceptionnellement, que la quantité d'or reçue à Babylone ne corresponde pas exactement à la quantité annoncée ; le roi de Karduniash se plaint alors amèrement à son « frère » des bords du Nil :

> « Parce que mon frère n'y a pas veillé lui-même mais qu'un officier de mon frère l'a scellé et expédié, l'or que mon frère m'a envoyé la dernière fois, les quarante mines (80 kg) d'or qu'on m'a apportées n'atteignaient pas le poids complet lorsque je les ai mises dans le creuset [19]. »

Mais ce sont là des vétilles. Malgré la distance et le climat – « la route est longue, nous sommes privés d'eau et le temps est chaud [20] » –, les messagers et convois royaux, probablement escortés de troupes, font régulièrement l'aller et retour entre les deux pays, voyage d'autant plus périlleux que les régions qu'ils doivent nécessairement traverser sont en effervescence.

En effet, les campagnes hittites ont eu de profondes répercussions en Syrie comme en Palestine. Certains roitelets se sont ralliés aux envahisseurs, d'autres sont restés fidèles à l'Egypte ; d'autres encore ont saisi l'occasion pour donner libre cours à leurs ambitions. C'est le cas, notamment, d'Abdi-Ashirta puis de son fils Aziru, rois d'Amurru, qui profitent de l'impuissance mitanienne et de la passivité égyptienne pour agrandir leur royaume – probablement situé entre Tripoli et Homs – en s'emparant de plusieurs villes côtières et en menaçant Byblos, étroitement liée à l'Egypte. La correspondance d'el-Amarna est pleine des cris d'alarme, des appels au secours du roi de Byblos, Rib-Addi, qui finira par

succomber, auxquels font écho les plaintes des princes palestiniens agressés par des prédateurs locaux et, de surcroît,
constamment attaqués par des bandes de *habirû*. La plupart
de ces lettres restent sans réponse. Finalement, vers 1354 le
pharaon se réveille et envoie une armée s'emparer de
Qadesh, clé de la Syrie, tandis que les Mitanniens tentent de
délivrer cette autre clé qu'est Karkemish, maintenant assiégée ; plusieurs princes syriens se révoltent. Suppiluliumas
doit intervenir encore une fois : il punit les rebelles, reprend
Qadesh, se saisit de Karkemish qu'il confie à l'un de ses fils
et met un autre fils sur le trône d'Alep. Son prestige est alors
tel que la veuve de Tutankhamon lui écrit pour lui demander
un fils en mariage. Il refuse d'abord, puis accepte – le trône
d'Egypte est bien tentant ! – mais le malheureux fiancé est
assassiné en chemin. Ayant désormais la Syrie bien en main,
le grand roi rentre en Anatolie, trop longtemps négligée, où
l'attendent des tâches urgentes. Il ne reviendra jamais plus.

Vers 1350, peu après la dernière campagne hittite en Syrie,
Tushratta, devenu impopulaire, est assassiné par un de ses
fils et les querelles de succession qui s'ensuivent vont entraîner, à brève échéance, la disparition de son royaume au profit
de l'Assyrie. A vrai dire, ces querelles sont anciennes, car
Tushratta devait sa couronne au meurtre, par quelqu'un
d'autre, de son frère aîné et tout au long de son règne, un
autre de ses frères, Artatama (II), s'était posé en prétendant [21].
Après sa mort, cet Artatama et son fils Shuttarna III se dressent contre l'héritier légitime, Mattiwaza*, et achètent au
prix fort le soutien du roi d'Alshe et du roi d'Assyrie Ashur-
uballiṭ (1365-1330). Le premier a peu d'importance, mais le
second a des troupes et des prétentions : n'a-t-il pas corres-
pondu jadis avec Aménophis IV, son « frère », et donné sa
fille en mariage à Burnaburiash II dans l'espoir que son petit-
fils régnerait un jour sur la Babylonie [22] ? Rusé, il comprend
vite tous les avantages qu'il peut tirer de la situation. Entre-
temps, Mattiwaza s'est enfui d'abord à Babylone, où Burnaburiash a refusé de lui donner asile, puis en territoire hittite,
où il a signé un traité avec Suppiluliumas. Mais ce dernier est
trop occupé dans son propre pays pour aider ce Mitannien a
recouvrer son trône. Mattiwaza lutte donc seul. Déjà, il s'est

---

* Ce nom peut également se lire Kurtiwaza ou Shattiwaza.

emparé de Harran et de Washshukanni lorsque Ashur-uballiṭ intervient, s'avance jusqu'au Khabur et le rejette à l'ouest. Le grand royaume du Nord mésopotamien est maintenant coupé en deux : d'un côté le Hanigalbat, avec Shuttarna III sous l'égide assyrienne, de l'autre, ce qui reste du Mitanni, avec Mattiwaza sous la tutelle hittite. Lorsque meurt Suppiluliumas, en 1336, Ashur-uballiṭ s'empare de ce petit Mitanni, effaçant ainsi jusqu'au nom du pays auquel ses ancêtres ont si longtemps payé tribut. Grâce à lui et à peu de frais, l'Assyrie s'étend maintenant jusqu'à l'Euphrate. Après quatre siècles d'obscurité, elle est redevenue une grande nation.

Le temps des trois conflits

Cette résurrection de l'Assyrie n'est pas sans inquiéter profondément les Kassites. Le Mitanni, royaume jeune, artificiel et qui n'avait des visées que sur la Syrie, ne les menaçait nullement, mais l'Assyrie est une vieille nation au passé glorieux, orgueilleuse, ambitieuse, redoutable. Ils savent que les Assyriens sont à la fois de rudes guerriers et d'habiles commerçants et craignent que, maîtres de toute la haute Mésopotamie et des grandes routes qui la traversent, ils ne leur interdisent l'accès aux pays méditerranéens et ne détournent à leur profit le fructueux commerce avec l'Egypte [23]. Ils savent aussi que leur frontière du nord-est est vulnérable et qu'en s'avançant jusqu'à la Diyala, les Assyriens fermeraient leur grande voie de communication avec l'Iran, source de chevaux et de pierres précieuses indispensables à ce commerce. Enfin, ils sont conscients du fait que les gens du Nord ont de tout temps convoité la grande plaine du Sud, grenier à grain du monde antique, avec ses grandes villes, ses ports sur le Golfe, sa prestigieuse civilisation. Jusqu'ici spectateurs de luttes qui ne les concernaient guère, les Kassites vont donc être obligés, eux aussi, de prendre les armes et de tout faire pour gêner les Assyriens et les maintenir à distance. A partir de 1330 environ, la rivalité entre Egyptiens et Hittites en Syrie-Palestine va se doubler de guerres – intermittentes, certes, mais sanglantes – entre Assyriens et Babyloniens en Mésopotamie tandis que, presque aussitôt, va reprendre le

très vieux combat entre Mésopotamiens et Elamites qui se
terminera par la victoire de ces derniers. A ces trois grands
conflits, il faut ajouter quelques querelles entre Assyriens et
Hittites, devenus voisins, et les premières luttes contre certains nomades du désert syro-mésopotamien aussi dangereux
que le furent jadis les Amorrites, luttes qui seront traitées au
chapitre suivant.

Le conflit égypto-hittite est le plus simple et le plus bref. A
la mort de Suppiluliumas tous ses vassaux anatoliens se
révoltent et, après le règne très court de son fils Arnuwandas
emporté par la peste, endémique à cette époque, son autre
fils, Mursilis II (1335-1310), passera le plus clair de son
temps à les soumettre par les armes, ainsi qu'à mettre au pas
deux princes syriens rebelles et à contenir les Assyriens
sur l'Euphrate. A la même époque, l'énergique et sage
Horemheb remet en ordre et renforce l'Egypte qui, sous
Aménophis IV et Tutankhamon, s'était considérablement
affaiblie. Il y réussit si bien que Séthi Ier (1317-1304), second
roi de la XIXe Dynastie, se met à rêver d'arracher la Syrie
aux Hittites. Au cours de campagnes contre de turbulents roitelets palestiniens, il s'avance jusqu'à Qatna et persuade le
roi d'Amurru d'abroger le traité qui liait cet Etat-tampon aux
Hittites [24]. Désormais, la guerre est inévitable. Elle devient
imminente quand monte sur le trône d'Egypte un jeune pharaon impétueux et assoiffé de gloire, Ramsès II (1304-1237).
L'un de ses premiers actes est de traverser la Palestine et
d'aller graver son nom, comme un défi, sur les rochers qui
surplombent le Nahr el-Kelb, près de Beyrouth. Le nouveau
souverain hittite, Muwatallis (1309-1287), se prépare à la
lutte en levant une armée qui, selon les Egyptiens, ne compte
pas moins de 35 000 hommes et 3 500 chars. Le choc a lieu
l'année suivante (1300) devant Qadesh, mais de cette bataille
maintes fois décrite [25] – c'est l'une des rares que l'on peut
reconstituer grâce aux inscriptions et bas-reliefs de Karnak –,
personne ne sort vainqueur et les tentatives faites ensuite par
Ramsès pour reprendre pied en Syrie restent sans résultats.
En 1284, il signe avec Hattusilis III (1286-1265) un traité
dont nous avons les deux versions, l'égyptienne et la hittite,
cette dernière en akkadien [26], et treize ans plus tard, épouse
la fille de son nouvel allié. La paix ne sera jamais rompue
jusqu'à l'écroulement de l'Empire hittite aux environs de

1200. Les deux adversaires étaient-ils las de la guerre, ou bien la menace assyrienne a-t-elle jeté Hattusilis dans les bras de Ramsès ? L'arrogance des Assyriens envers les Hittites sous son règne et les précédents et le traité qu'il signe avec le Kassite Kadashman-Turgu vers 1280[27] semblent étayer la seconde hypothèse.

Le conflit assyro-babylonien commence dès la mort de Burnaburiash II (1347). Le prince héritier est Karahardash, petit-fils d'Ashur-uballiṭ par sa mère, mais il est assassiné après quelques mois de règne et remplacé par un autre prince. Furieux, Ashur-uballiṭ entre en Babylonie et lui impose un autre roi, Kurigalzu II, qui, pense-t-il, sera à ses ordres. Toutefois, les années passent et voici que sous le règne d'Enlil-nirâri (1329-1320), successeur de son « protecteur », Kurigalzu attaque les Assyriens. L'issue de la bataille est sans doute indécise, car les deux adversaires « divisent les districts et fixent la frontière » qui semble suivre le cours du Zab inférieur. Nouveau conflit, environ vingt-cinq ans plus tard, entre Nazimarrutash et Adad-nirâri Iᵉʳ (1307-1275), le premier roi d'Assyrie de cette période dont les inscriptions donnent quelques détails historiques. Nouvelle bataille, mais cette fois l'Assyrien est victorieux et la frontière est reportée au sud du Zab. Par ailleurs, Adad-nirâri a bien du mal à conserver la haute Jazirah, l'ancien Mitanni, dont il doit reconquérir une partie sur les Hittites en même temps qu'il soumet Shuttarna III, roi du Hanigalbat mis en place par Ashur-uballiṭ, puis son fils Wasasatta, qui se sont successivement révoltés. Salmanasar Iᵉʳ (1274-1245) connaît les mêmes problèmes et, en battant Shattuara, fils de Wasasatta, met définitivement fin à cette petite dynastie de Hurrites obstinés dans la rébellion. C'est d'ailleurs un formidable guerrier qui ne craint pas de lancer ses troupes à l'assaut des hautes montagnes de l'Uruatri (Urarṭu, Arménie), ainsi que du pays des Guti « habiles au meurtre[28] ».

C'est à ce moment que se déclenche le troisième conflit, le conflit babylo-élamite qui en fait couvait depuis que Kurigalzu II avait vaincu, vers 1335, un certain Hurpatila, roi d'Elam, lequel avait osé le défier. Peu après cet épisode, s'est établie à Suse une nouvelle dynastie de princes bien déterminés à faire sortir leur pays de l'obscure quiétude où il s'était enlisé depuis quatre siècles, à assurer leur autorité sur leurs

vassaux iraniens et sur la Babylonie et à transformer l'Elam
en un royaume puissant et prospère. Sous le règne de
Kadashman-Enlil II (1279-1265), l'Elamite Untash-napirisha
– justement célèbre pour avoir construit, au sud-est de Suse,
la cité de Dûr-Untash (Choga Zanbil) et sa magnifique ziqqurat [29] – envahit la Babylonie et ravage le territoire d'Eshnunna. Désormais, les malheureux Kassites vont être pris
entre deux ennemis : les Elamites à l'est, les Assyriens au
nord.

Ce sont les Assyriens qui, les premiers, remportent une écla-
tante victoire. En 1235, en effet, Tukulti-Ninurta Ier, fils de
Salmanasar, répond à une attaque de Kashtiliash IV en marchant sur Babylone dont il s'empare. Cet événement sans précédent a naturellement rempli les vainqueurs d'une immense
fierté et est devenu le sujet d'un long poème épique connu
sous le nom d'*Epopée de Tukulti-Ninurta*[30]. Les origines et
péripéties de cette guerre y sont racontées en détail et, bien
entendu, les dieux y jouent un rôle de premier plan : la justice
(Shamash) est du côté de l'Assyrien, les dieux de son pays
conduisent ses troupes ; le Kassite perd la bataille parce que
les dieux de Babylone l'ont abandonné. De la capitale
conquise le roi ramène des trésors dont il orne les temples de
son pays, ainsi que de nombreuses tablettes – ces anciens
textes dont les gens du Nord, moins cultivés alors que ceux du
Sud, sont très friands. La victoire est narrée en quelques
phrases percutantes dans les inscriptions royales assyriennes :

> « Avec l'aide des dieux Ashur, Enlil et Shamash, les grands
> dieux, mes seigneurs, et avec l'aide de la déesse Ishtar, maî-
> tresse du Ciel et des Enfers, qui marche à la tête de mon
> armée, je forçai Kashtiliash, roi de Karduniash, à livrer
> bataille. Je défis son armée et décimai ses troupes. Au milieu
> du combat, je capturai Kashtiliash, roi des Kassites et son cou
> royal, je le foulai aux pieds comme si c'était un agneau. Je
> l'amenai, ligoté, devant Ashur, mon seigneur. (Ainsi) je
> devins maître de Sumer-et-Akkad dans sa totalité et fixai les
> frontières de mon pays sur la mer Inférieure, au soleil
> levant [31]. »

A ce trophée de choix, Tukulti-Ninurta ajoute, au cours de
son règne, les peuples du Zagros et des hautes vallées du
Tigre et de l'Euphrate, qu'il oblige à payer tribut. Il franchit
même la boucle de ce dernier fleuve et ramène de Syrie

« vingt-huit mille prisonniers hittites ». Son territoire ne s'étend pas seulement au golfe Arabo-Persique, mais embrasse toute la haute Mésopotamie ainsi que l'arc de cercle montagneux qui entoure l'Assyrie au nord et à l'est.

La Babylonie est entre les mains de gouverneurs assyriens pendant six ans, puis de souverains vassaux exposés aux attaques des Elamites qui s'avancent un moment jusqu'à Nippur. Mais, en 1218, les Babyloniens parviennent à rétablir eux-mêmes leur dynastie nationale : « Les dignitaires akkadiens de Karduniash se révoltèrent et mirent Adad-shuma-uṣur sur le trône de son père », dit la *Chronique P.* Quant au roi d'Assyrie, il meurt ignominieusement, dix ans plus tard, nul doute en punition de son crime :

> « Tukulti-Ninurta, qui avait réalisé ses criminels desseins envers Babylone, son fils Ashurnaṣirpal et les nobles d'Assyrie se révoltèrent contre lui, l'ôtèrent de son trône, l'enfermèrent dans une chambre à Kâr-Tukulti-Ninurta et le tuèrent [32]. »

Affaiblis par des querelles de famille et des guerres intestines, ses successeurs ne lancent plus qu'une ou deux maigres offensives contre les Babyloniens et le grand coup qui abattra à jamais les Kassites est porté par les Elamites en 1160. Cette année-là, en effet, Shutruk-nahhunte envahit la basse Mésopotamie à la tête d'une grande armée et la pille comme personne ne l'a fait jusqu'ici. Ces monuments célèbres que sont, parmi d'autres, la stèle de Narâm-Sîn et le « Code » de Hammurabi sont emportés à Suse d'où ils ne sortiront que trente et un siècles plus tard pour entrer au musée du Louvre. Kutir-nahhunte, fils aîné du roi d'Elam, est nommé gouverneur de Karduniash. Un dernier roi kassite portant le nom typiquement akkadien d'Enlil-nadin-ahhê (« Enlil donne des frères ») parvient à rester sur le trône pendant trois ans, puis est battu et capturé en 1157 après un farouche combat. Babylone est prise. La statue de Marduk est emmenée en captivité par les Elamites comme elle l'a été par les Hittites quatre cent trente-sept ans auparavant. Ainsi s'achève la plus longue dynastie qu'ait jamais connue la Mésopotamie [33].

La fin des Kassites marque une coupure naturelle dans l'histoire de ce pays, mais elle paraît presque insignifiante au regard des convulsions qui secouent l'ensemble du Proche-

Orient en ce début du douzième siècle. Mille ans après l'arrivée des Hittites en Anatolie et les premières poussées des
Amorrites sur la Syrie et la Mésopotamie, d'autres peuples
venus de très loin et d'autres turbulents nomades vont, une
fois encore, changer la face de cette partie du monde.

Le temps de la confusion

Les trois derniers siècles du deuxième millénaire furent marqués, comme ceux du précédent, par de vastes mouvements ethniques qui affectèrent, eux aussi, une grande partie de l'Eurasie et dont nous ignorons tout autant les causes. En Europe, des gens qui incinéraient leurs morts et enterraient les urnes funéraires – les peuples dits « aux champs d'urnes » et considérés par certains comme des proto-Celtes – envahirent toute l'Italie, puis la Provence et la péninsule Ibérique, tandis que des tribus prolifiques et agressives, les Illyriens et les Daces, pénétraient dans les Balkans. Ce sont elles, probablement, qui poussèrent les Thraco-Phrygiens vers le plateau d'Anatolie et lancèrent les Grecs « classiques » (Doriens, Eoliens, Ioniens) à l'assaut de la péninsule Hellénique et des rives asiatiques de l'Egée, où ils mirent fin à la domination mycénienne. La célèbre guerre de Troie chantée par Homère est peut-être liée à ces événements.

Ce double courant d'invasion devait bouleverser l'Anatolie de fond en comble. Les Phrygiens, ainsi qu'un autre peuple que les Assyriens allaient bientôt connaître sous le nom de Mushki[1], s'allièrent aux farouches Gasga, déjà sur place, pour balayer l'Empire hittite : Boghazköy (Hattusha), sa capitale, et bien d'autres cités s'abîmèrent dans les flammes ; les Luwites furent refoulés dans le Taurus et au-delà. Délogés des îles et rives de l'Egée, les peuples de la Mer[2] s'enfuirent vers le sud, à la fois sur mer et sur terre, et parvinrent aux portes de l'Egypte que sauva à grand-peine Ramsès III (1190). Certains s'engagèrent comme mercenaires au service du pharaon, d'autres – comme les Zakkala et les Philistins – refluèrent vers la frange maritime du pays de Canaan et s'installèrent entre le Carmel et Gaza. C'est des Philistins, probablement originaires de Crète mais venant d'Asie Mineure, que dérive le nom de « Palestine » créé par les auteurs grecs et étendu plus tard à toute la région comprise entre le Jourdain, la mer Morte et la Méditerranée [3].

Par ailleurs, entre 1200 et 1000, des peuples parlant des langues indo-européennes et que nous appelons Iraniens pénétrèrent en Iran en deux vagues successives et l'on a pu suivre leurs traces, comme celles des Indo-Aryens de jadis, grâce à des indices archéologiques, notamment leur poterie grise ou noire. Les premiers arrivés, les *Madai* (Mèdes) et les *Parsua* (Perses), entrèrent par le Caucase et se fixèrent d'abord autour du lac d'Urmiah qui resta longtemps le principal centre des tribus médiques. Au début du septième siècle, les Perses descendirent le long du Zagros pour aller s'établir dans la région de l'actuelle Shirâz. Quant aux Iraniens de la deuxième vague, les *Parthava* (Parthes) et les *Hairawa*, qui avaient suivi les rives orientales de la Caspienne, ils abordèrent l'Iran par le nord-est et se répandirent progressivement aux confins du Turkestan, en Afghanistan et au Béolouchistan [4].

Cette cascade de migrations, cette deuxième vague de « peuples nouveaux » ne toucha pas directement la Mésopotamie, mais elle coïncida avec un regain d'activité des Sémites nomades du désert syro-euphratéen : les Sutû, connus depuis longtemps et probablement de souche amorrite, les Ahlamû et surtout la grande confédération des tribus araméennes, qui apparaissent ici pour la première fois. Le vide politique qu'avaient créé la disparition de l'Empire hittite, puis du royaume kassite, et la faiblesse de l'Assyrie après le règne de Tukulti-Ninurta Ier allaient encourager les Araméens à occuper la Syrie, à franchir l'Euphrate et à pénétrer de plus en plus profondément en Mésopotamie, se sédentarisant à mesure qu'ils progressaient et formant bientôt, dans toute la corne occidentale du Croissant fertile, une série de grands et petits royaumes, cependant que les tribus restées nomades lançaient contre l'Assyrie et la Babylonie des attaques qui faillirent les submerger. Dès la deuxième moitié du treizième siècle, d'autres Sémites sortis du Sinaï, les Israélites, avaient profité de la décadence égyptienne, à la fin de la XIXe Dynastie, pour envahir par le sud et l'est le pays de Canaan et s'emparer de territoires de part et d'autre du Jourdain.

Alors que les textes égyptiens nous renseignent sur les peuples de la Mer et que nous pouvons, dans une certaine mesure, suivre la progression des Araméens en Mésopotamie et la conquête de Canaan par les Israélites grâce aux inscriptions royales assyriennes, aux chroniques babyloniennes et au récit biblique, le trajet et l'impact des autres envahisseurs ne peuvent être reconstitués qu'en confrontant les données de l'archéologie à celles de textes plus récents, car entre 1200 et 900 environ, la quasi-totalité du Proche-Orient est plongée dans une profonde obscurité. Les archives de Boghazköy se terminent brusquement sous le règne de Suppiluliumas II, le dernier roi hittite, et après le règne de Ramsès III, les rares documents que nous livre l'Egypte indiquent que ce grand pays est en pleine décadence avant de se diviser en deux royaumes rivaux à l'aube du onzième siècle. Lorsque la lumière se fait de nouveau, vers 900, la géographie politique de cette partie du monde est radicalement modifiée : l'Egypte n'a plus aucune influence en Asie ; les Israélites sont solidement implantés en Canaan ; la Syrie et la haute Mésopotamie sont constellées de principautés araméennes ; sur la côte libanaise, les « Phéniciens » ont succédé aux Mycéniens dans la maîtrise des mers ; au sein du Taurus et dans l'extrême Nord syrien fleurissent de multiples royaumes « néo-hittites » ; les rois de Babylone ont peu de pouvoir réel et les Elamites sont retombés en sommeil ; les Mèdes et les Perses installés en Iran n'y jouent encore aucun rôle majeur. En Assyrie, par contre, des princes énergiques desserrent l'étau araméen et commencent à construire un empire qui durera trois siècles et assurera à jamais la gloire de cette nation. Les royaumes et les peuples que nous venons de citer sont ceux que les Assyriens rencontreront, combattront et vaincront dans leur phase d'expansion. C'est pourquoi il importe de les mieux connaître.

Israélites et Phéniciens

Qui d'entre nous n'a pas gardé en mémoire les belles images d'histoire sainte qui ont émerveillé notre enfance : Joseph en Egypte et les sept plaies qui affligent ce pays ; l'exode sous la conduite de Moïse, la traversée de la mer Rouge à pied sec ; la montagne du Sinaï et les Dix Commandements ; l'entrée triomphale en Terre promise ; Josué arrêtant le soleil dans sa course et faisant s'écrouler les murs de Jéricho au son de la trompette ? On a beaucoup écrit sur cette série d'épisodes qui constituent la grande épopée, l'âge héroïque du peuple juif, mais rares sont aujourd'hui les savants qui ne voient, sous ce manteau de légende, des événements, assez différents, certes, mais parfaitement plausibles et sans doute historiques, qu'on peut même dater approximativement[5]. L'entrée en Egypte de certaines tribus descendues de Jacob (Israël), petit-fils d'Abraham, et la place éminente qu'occupe Joseph à la cour du pharaon s'inscriraient fort bien dans l'interrègne des Hyksôs (1684-1567). La plupart des auteurs situent l'exode aux alentours de 1260, sous le règne de Ramsès II et il n'y a aucune raison de douter qu'au cours d'un long séjour dans le désert du Sinaï un homme de génie portant le nom égyptien de Mose (Moïse) ait réussi à grouper ces tribus, encore enclines à un certain polythéisme, autour du culte d'un Dieu unique, ineffable et universel dont il avait eu la révélation : Yahwé. Beaucoup plus tard, Mohammed en a fait autant, avec le succès qu'on connaît. Quant à l'installation en Canaan, elle est incontestable, mais plutôt qu'une conquête rapide, ce fut une pénétration lente, difficile, tribu par tribu, s'échelonnant sur près d'un siècle.

Après une période de chefs élus ou « Juges » (en hébreu *shôphêṭ*), l'institution de la monarchie par Saül, puis les victoires de David (1010-970) sur les Philistins, les Cananéens, les Araméens et les royaumes de Transjordanie (Ammon, Edom, Moab) consacrèrent la suprématie du peuple d'Israël sur l'ensemble de la Palestine, et le règne de Salomon (970-931) fut sans aucun doute le moment où cette jeune nation atteignit son apogée. Pour la première fois dans sa longue histoire, le pays de Canaan obéissait à un seul maître dont l'autorité s'étendait de « Dan à Bersheba », du pied du mont Hermon aux confins du Negeb. A Jérusalem, vieille mais jusque-là modeste cité, près de vingt mille hommes, dit-on, travaillaient à la construction du Temple. L'armée israélite était amplement pourvue d'armes et de chars de guerre. D'Ezion-Geber, au fond du golfe d'Aqaba, les vaisseaux de Salomon faisaient voile vers l'Arabie et l'Ethiopie (le pays d'Ophir) dont ils revenaient chargés d'or. En dépit de sa

sagesse proverbiale, le roi lui-même vivait dans un somptueux palais entouré de « sept cents femmes et trois cents
concubines ». Ce luxe extravagant était plus que ne pouvaient supporter financièrement un petit pays et moralement
un peuple austère. Le règne se termina au milieu de révoltes
et, après la mort de Salomon, le royaume fut scindé en deux
par plébiscite : au nord, Israël, avec Samarie pour capitale, au
sud, Juda gouverné de Jérusalem. La période de monarchie
unitaire avait duré moins d'un siècle.

Au nord-ouest d'Israël, les Cananéens de la côte libano-
syrienne ont été parmi les premières victimes des grands
bouleversements du douzième siècle. Vers 1191, le grand
port du nord, Ugarit, fut détruit brutalement et à tout jamais
par les peuples de la Mer[6], tandis que Byblos, déjà ravagée
par des guerres locales à l'époque d'el-Amarna, se trouvait
ruinée par le déclin de son principal client, l'Egypte, sous les
successeurs de Ramsès III. Toutefois, au début du premier
millénaire, les choses s'améliorèrent considérablement. Trois
villes situées aux points où les routes traversant le Liban par
les vallées du Nahr el-Kebir et du Litani atteignent le rivage
méditerranéen, Arad (l'île de Ruad, au nord de Tripoli),
Sidunu (Sidon, l'actuelle Saïda) et Surru (Tyr, en arabe Sûr),
devinrent, avec Byblos, les ports naturels des royaumes araméens de Syrie. La plus méridionale d'entre elles, Tyr, béné-
ficia en outre de la proximité du royaume de Salomon auquel
elle fournissait du bois de cyprès et de cèdre, d'excellents
artisans et d'habiles marins. Rapidement enrichies par ce
commerce, ces villes allaient dès lors constituer les nouveaux
centres politiques, économiques et culturels de ce que les
Grecs ont appelé plus tard le pays de la pourpre (*phoinix*), la
Phénicie.

Cette côte accueillante, agréable a toujours été le lieu de
rencontre de l'Occident et de l'Orient. De longs siècles de
contacts étroits avec Chypre, la Crète et le monde mycénien
d'une part, l'Egypte et tous les pays du Proche-Orient d'autre
part, y avaient créé des conditions éminemment favorables
au développement d'une civilisation composite, certes, mais
brillante[7]. La principale contribution de ses habitants au progrès de l'humanité fut une idée apparemment simple mais
géniale qui ne pouvait germer que dans un milieu aussi
cosmopolite : débarrasser le système graphique des idéo-

grammes qui l'encombraient inutilement et isoler les pho-
nèmes primaires (essentiellement les consonnes) communs à
toutes les syllabes. L'invention de l'alphabet[8], au deuxième
millénaire, fut une véritable révolution, car elle mettait la
lecture, l'écriture et, partant, les sciences et la culture à la
portée de tous. On sait que l'alphabet linéaire phénicien, dont
l'exemple le plus ancien est l'inscription du sarcophage
d'Ahiram, roi de Byblos (onzième siècle ?), fut adopté, avec
quelques modifications, par les Grecs qui le diffusèrent en
Europe et par les Araméens qui le véhiculèrent dans toute
l'Asie. Ancêtre de notre propre alphabet, il finit par remplacer pratiquement toutes les écritures antérieures (à l'exception du chinois) et nous verrons que cela a contribué au
déclin de la civilisation suméro-akkadienne. Mais cet alphabet avait été précédé par d'autres dont le plus important fut
celui d'Ugarit (quatorzième et treizième siècles) en écriture
cunéiforme sur tablettes d'argile et comportant trente-deux
signes. Ce « cunéiforme alphabétique » servit de support, non
seulement à des lettres et textes administratifs, mais à une
abondante littérature mythologique et religieuse du plus
grand intérêt[9]. Des découvertes récentes montrent qu'il fut
utilisé dans d'autres villes de Syrie et même de Palestine.

Dans le domaine des arts, les Phéniciens ne furent pas
doués, semble-t-il, d'un esprit aussi novateur, mais ils se
montrèrent d'excellents élèves. Tirant leur inspiration à la
fois de la Mésopotamie et des traditions locales dont ce pays
était la source, de l'Egypte et, dans une moindre mesure, de
l'Egée, leurs artistes ont été, au premier millénaire, les plus
habiles de l'Orient. Ils tissaient de fines étoffes qu'ils bro-
daient ou teignaient de la fameuse pourpre sidonienne extraite
d'un coquillage local ; ils savaient fabriquer des flacons de
verre translucide, ciseler de délicats bijoux, d'exquises statuettes et plaques d'ivoire et étaient passés maîtres dans le
travail du bois et du métal. Leur pays produisait non seulement les meilleures essences d'arbres propres à la construction, mais aussi des vins et des huiles réputés. Toutes ces
marchandises précieuses, les marins de Phénicie pouvaient
désormais les transporter eux-mêmes à travers le monde, car
l'invasion des Grecs en Hellade avait mis fin à la thalassocratie mycénienne. Très vite, Tyriens, Sidoniens et Aradiens
se lancèrent dans un extraordinaire mouvement d'expansion

maritime et coloniale qui atteignit son point culminant entre le neuvième et le sixième siècle, avec la fondation de Carthage (814), la création de nombreux comptoirs en Méditerranée occidentale et l'exploration des côtes atlantiques d'Europe et d'Afrique.

Les néo-Hittites

On ne sait quel nom les Phéniciens donnaient aux habitants de la Syrie du Nord, ni même comment ceux-ci s'appelaient eux-mêmes, mais les Israélites parlaient de « Hittites » *(httym)* et les Assyriens du premier millénaire continuaient à nommer ce pays *Hatti*. Toutefois, ces Hittites-là étaient très différents des contemporains de Suppiluliumas et de Hattusilis III et c'est pourquoi les historiens modernes les ont baptisés « Syro-Hittites », ou « néo-Hittites » ou encore, « Hittites hiéroglyphiques [10] », ce dernier nom exigeant une explication.

On sait que les Hittites – ou, plus exactement, les Nésites – avaient emprunté aux Syriens l'écriture cunéiforme suméro-akkadienne pour exprimer leur propre langue et qu'ils l'utilisaient largement pour leur correspondance, leurs archives administratives, leurs textes religieux et certains de leurs traités. Mais à partir du quinzième siècle apparaît une autre écriture, totalement différente et pratiquement réservée à des inscriptions sur blocs de pierre ou sur sceaux. Cette écriture est faite de dessins facilement reconnaissables (personnages et parties du corps humain, têtes d'animaux) et de motifs géométriques (triangles, volutes, rectangles, etc.) sculptés en bas-relief. Elle ne ressemble en rien aux hiéroglyphes égyptiens ou crétois et paraît être une invention locale. La première inscription de ce genre a été découverte à Hama, en Syrie, en 1871, et depuis beaucoup d'autres ont été retrouvées en Anatolie et surtout en Syrie du Nord où la majorité d'entre elles datent du dixième au septième siècle [11]. Lent et difficile, le déchiffrement du hittite hiéroglyphique par une génération de savants a été confirmé et précisé par quelques inscriptions bilingues, notamment le long texte parallèle en phénicien de Karatepe, en Cilicie [12], et les sceaux associés à des textes akkadiens découverts à Ras Shamra (Ugarit) et à Meskene. Il a permis de diviser les signes de cette écriture en deux groupes – logogrammes (idéogrammes) et signes à valeur syllabique – et d'identifier la langue qu'elle exprimait : un dialecte luwite. Rappelons que les Luwites, cousins germains des Nésites, avaient pénétré les premiers en Anatolie vers 2200, s'étaient établis dans la partie méridionale de ce pays (royaume d'Arzawa), mais s'étaient aussi mêlés progressivement aux Hittites « classiques ». Il est probable qu'ils profitèrent de la chute brutale de l'Empire hittite pour s'emparer de la Syrie du Nord et l'occuper, prolongeant ainsi, en quelque sorte, la domination de leurs congénères sur cette région. Notons que les Turcs ont voulu raviver ce souvenir en nommant *Hatay* leur province ayant pour chef-lieu Antakiya (Antioche) et située, géographiquement, en Syrie.

A partir du douzième siècle, une mosaïque de royaumes « néo-hittites » s'étend donc du flanc nord du Taurus jusqu'à l'Oronte, couvrant un assez vaste territoire. C'est d'abord, en haute Cappadoce, la confédération du Tabal, groupant une dizaine de principautés, à laquelle répondent à l'est, le long de l'Euphrate, le Milid (capitale Milid, l'actuelle Malatiya), le Kummuhu (la Commagène des auteurs grecs et latins) et le Gurgum (capitale Marqasi, aujourd'hui Maraş). Plus au sud et d'ouest en est sur le même parallèle, la Cilicie (appelée plus tard Quê) habitée par les Dannuna et dont la capitale est Adana, le royaume de Ya'diya, autour de l'actuelle Zencirli, puis celui de Karkemish, tout aussi important qu'à l'époque précédente. En Syrie même et toujours d'ouest en est, on rencontre d'abord le Pattina (plus tard Unqi), qui correspond à peu près au Hatay et a pour villes principales Kinalua (site non identifié, mais probablement situé dans la riche plaine de l'Amuq) et Arpad (Tell Rifa'at), puis le royaume d'Alep, enfin, la principauté de Til Barsip (Tell Ahmar), seule ville située sur l'autre rive de l'Euphrate. A l'extrême sud, le royaume de Hama jouxte les territoires araméens.

Les fouilles effectuées depuis le début de ce siècle à Zencirli, Sakçe Gözü, Karkemish, Tell Taynat, Tell Ahmar, Karatepe et Malatiya notamment nous ont fourni de copieux renseignements sur l'art et l'architecture des néo-Hittites et nous ont permis de comprendre pourquoi les Assyriens ont eu du mal à s'emparer de ces petits royaumes. Les grandes cités, de plan approximativement circulaire, étaient entourées de deux solides murailles percées de portes à tenaille : l'une autour de la ville basse, l'autre autour de la citadelle. Cette dernière contenait le palais royal, généralement du type appelé par les Assyriens *bît hilâni*, c'est-à-dire précédé d'un portique dont les colonnes de bois reposaient sur des socles de pierre sculptés de lions ou de sphinx et comportant une série de pièces rectangulaires parallèles au grand axe du bâtiment. Les murs de l'avenue menant à la citadelle, ainsi que la façade du palais, étaient ornés de grandes plaques de basalte ou de calcaire (orthostates) portant en bas-relief des scènes de banquets ou de chasses royales ou des défilés de soldats. Ces sculptures, trop souvent grossières et maladroites, ne sont toutefois pas dénuées de vie et de mouvement; quelques-unes atteignent même une réelle beauté. La plupart des archéologues y voient une forme abâtardie de l'art hittite avec des influences assyriennes et égyptiennes.

Depuis qu'on sait mieux lire le hittite hiéroglyphique, l'histoire de ces royaumes, jusque-là connue uniquement par les textes assyriens, commence à se préciser, particulièrement en ce qui concerne la succession et la généalogie de leurs souverains [13]. Ils disparurent l'un après l'autre, sous les coups des rois d'Assyrie, entre 745 et 708, mais déjà certains d'entre eux avaient été absorbés par leurs voisins immédiats, les Araméens.

Les Araméens

Comme il est de règle en la matière, l'origine des Araméens [14] est entourée de mystère. Assez proche du cananéen et de l'amorrite, la langue araméenne appartient au groupe dit « ouest-sémitique », mais elle présente certaines affinités avec l'arabe, ce qui peut donner à penser que le peuple qui la parlait venait du pourtour de la péninsule Arabique ou y avait vécu. Toutefois, d'autres arguments sont en faveur d'un long séjour en bordure du désert syro-mésopotamien, particulièrement en haute Jazirah, et il ne faut peut-être pas considérer comme totalement anachronique la tradition biblique qui apparente les Araméens aux Hébreux et va jusqu'à faire de Jacob (Israël) un « Araméen errant [15] ». Autre sujet de controverse : le moment précis où les Araméens apparaissent dans les textes et entrent ainsi dans l'Histoire. Depuis l'époque d'Akkad jusqu'au quatorzième siècle, on rencontre dans les textes mésopotamiens, syriens et égyptiens des références isolées à des pays, villes ou personnes appelés *Aram* ou *Arami* (*ìrme* en égyptien), mais il peut s'agir de simples homonymes et on ne peut en tirer de fermes conclusions. En fait, la plus ancienne mention des Araméens en tant que groupe ethnique se trouve dans les inscriptions du roi d'Assyrie Teglath-Phalazar Ier (1115-1077) sous la forme d'ennemis appelés *Ahlamû-Aramâia*, ce qui pourrait se traduire par « (ceux des) Ahlamû (qui sont) araméens » et indiquer qu'à cette époque les Araméens faisaient partie d'un vaste groupe de tribus depuis longtemps établies dans le Croissant fertile. En effet, deux lettres du quatorzième siècle signalent des maraudeurs ahlamû en basse Mésopotamie[16] et au treizième siècle, Adad-nirâri Ier, Salmanasar Ier et Tukulti-Ninurta Ier les ont rencontrés *seuls*, les premiers en Jazirah, le troisième sur le moyen Euphrate[17]. Cependant, il est également possible qu'Ahlamû et Araméens, opérant dans les mêmes régions sans être nullement associés, aient été pris à tort par les Assyriens pour un seul et même peuple appartenant à la détestable engeance des pillards de la steppe[18].

Quoi qu'il en soit, il ne fait aucun doute que les Araméens étaient sédentarisés en Syrie centrale et méridionale dès le onzième siècle. On lit, en effet, dans la Bible que Saül et David ont combattu les royaumes araméens situés au nord d'Israël et qui représentaient pour ce dernier une sérieuse menace : Aram Ṣobah entre l'Anti-Liban et Palmyre, Aram Beth-Rehob dans la Beqa'a, Aram Maakah dans le Gaulan et le pays de Ṭob en Jordanie du Nord. Vers la fin du règne de Salomon, tous ces Etats furent incorporés dans le grand royaume de Damas *(Aram Dammesheq)* contre lequel ce souverain, puis ceux du (petit) royaume d'Israël eurent également à lutter[19]. A partir du dixième siècle, les Araméens étendirent progressivement leur domination sur la Syrie du Nord aux dépens des néo-Hittites, donnant souvent aux Etats qu'ils créaient le nom de l'ancêtre de la tribu conquérante : *bît(u)*, « maison », d'Untel. Ils s'emparèrent successivement d'Alep et d'Arpad, qui devint la capitale du Bît Agusi, de Til Barsip, désormais ville principale du Bît Adini, du Ya'diya rebaptisé Sam'al, enfin de Hama. Seuls les royaumes du Pattina et de Karkemish, ainsi que la Cilicie et les Etats néohittites du Taurus, parvinrent à rester libres. Ce processus de conquête et de sédentarisation gagna bientôt toute la région comprise entre la boucle de l'Euphrate et le Khabur, région qui prit globalement le nom d'*Aram Naharaïm*, l'« Aram des deux rivières ». On y trouvait le Bît Bahiâni (capitale Guzana, sur le très vieux site de Tell Halaf), le Bît Halupê sur le bas Khabur et, tout au nord, le Bît Zamâni ayant pour capitale Amedi, l'actuelle Diarbakr. Enfin, des tribus araméennes semi-sédentarisées occupaient toute la vallée du moyen Euphrate jusqu'aux environs de Hît (pays de Laqê, de Hindani et de Suhu). Nous décrirons bientôt la progression des Araméens restés nomades vers l'Assyrie et leur installation en basse Mésopotamie.

Comme tous les peuples venus de la steppe ou des montagnes qui, au cours des siècles, s'implantèrent dans le Croissant fertile et s'adonnèrent à la vie urbaine, les Araméens n'apportèrent rien si ce n'est leur ardeur au travail comme à la guerre, leur intelligence qui leur valut plus tard d'occuper des postes élevés dans l'administration des royaumes orientaux [20] et leur sens aigu du commerce. La rapidité et la facilité avec lesquelles ils adoptèrent la civilisation des pays où ils s'installèrent sont remarquables. C'est ainsi qu'il est pratiquement impossible d'isoler les éléments d'une religion proprement araméenne, tant leur panthéon est rempli de dieux suméro-akkadiens (Shamash, Nergal, Marduk, Ishtar appelée 'Atar et bien d'autres) et de dieux cananéens, comme le grand dieu El, le dieu de l'orage Hadad, la déesse Anat et divers Ba'als (« Maîtres »), divinités locales ou tribales. Il en est de même dans le domaine de l'art, car non seulement les rois de Damas ont dû faire appel à des artistes phéniciens pour décorer leur palais, mais à Zencirli, par exemple, rien dans l'architecture et la sculpture ne différencie nettement la période araméenne de la période néo-hittite. Il existe cependant une exception, semble-t-il. Le palais du roi de Guzana, Kapara, (neuvième siècle) [21] exhumé pendant les fouilles de Tell Halaf est bien du type *bît hilâni* et ses orthostates montrent les influences anatoliennes, mésopotamiennes et égyptiennes habituelles, mais les statues gigantesques qui formaient les « cariatides » du portique, l'énorme oiseau au gros bec qui le précédait, les hommes-scorpions qui gardaient l'entrée du palais et les déesses assises qui trônaient dans sa chapelle ne ressemblent à aucune autre sculpture en ronde-bosse du monde oriental. Certains ont voulu y voir une

survivance de l'hypothétique art « hurrite » ; d'autres tendent
à les considèrer comme des œuvres originales d'artistes araméens [22].

Ce furent pourtant ces « barbares », ces nomades fraîche-
ment sédentarisés, qui, dans la seconde moitié du premier millénaire, imposèrent leur langue à l'Orient tout entier. Cet
exploit, d'ailleurs involontaire, était dû à leur mélange avec les
populations autochtones – mélange favorisé par la politique de
déportations massives poursuivie par les rois d'Assyrie –, à
leurs activités commerciales et au fait qu'ils adoptèrent, en le
modifiant légèrement, l'alphabet linéaire phénicien, beaucoup
plus simple et pratique que l'écriture cunéiforme. Dès le
milieu du huitième siècle, l'araméen devenait langue officielle
à côté de l'akkadien en Assyrie même. Vers 500 av. J.-C.,
lorsque les Perses achéménides se mirent en quête d'une
langue qui pût être comprise de tous les peuples de leur vaste
empire, ils choisirent l'araméen. A la fin de l'ère préchrétienne, alors que l'hébreu avait rejoint le sumérien au paradis
des langues mortes, que l'akkadien agonisait lentement et que
le grec était réservé à l'intelligentsia, l'araméen était parlé,
écrit et lu de l'Inde à l'Egypte, du Caucase à l'Arabie ; il était
entré dans la Bible (livres d'Ezra et de Daniel) et l'on sait que
Jésus s'exprimait dans cette langue. Il devait régner sans
conteste jusqu'à la conquête arabe. L'écriture arabe elle-même
dérive d'une forme cursive de l'écriture araméenne, ainsi
d'ailleurs que de nombreux systèmes graphiques utilisés en
haute Asie. Ajoutons qu'au sixième siècle de notre ère l'araméen donna naissance à une littérature chrétienne extrêmement riche, la littérature syriaque que les missionnaires
nestoriens exportèrent jusqu'en Mongolie, et que le syriaque
a survécu comme langue liturgique de plusieurs églises orientales. Aujourd'hui encore, on parle des dialectes araméens
dans certains villages de l'Anti-Liban et dans les communautés chrétiennes de l'Iraq. Peu de langues au monde peuvent
se réclamer d'une aussi longue tradition.

Mais il est temps de revenir à la Mésopotamie que nous
avons laissée à la fin de la dynastie kassite (1157) pour ouvrir
cette longue mais, croyons-nous, indispensable parenthèse.

Les sombres années de la Mésopotamie

Les Élamites ne surent pas plus exploiter leur victoire sur les Kassites que celle qu'ils avaient remportée sur les Sumériens d'Ur III, huit siècles et demi auparavant. Devenu roi d'Elam à la mort de son père, Kutir-nahhunte quitta Babylone, confiant cette ville à un gouverneur. Il mourut d'ailleurs peu après et la couronne passa à son frère Shilhak-Inshushinak (environ 1150-1120) qui dirigea ses efforts vers le nord et, dans une longue série de campagnes, parvint à conquérir tous les territoires situés entre le Zagros et le Tigre jusqu'aux environs d'Arrapha (Kirkuk) ; mais il n'osa pas s'attaquer à la capitale assyrienne toute proche. Au sud, il ne tenait en fait que le pays d'Akkad et il commit l'erreur de négliger Sumer, où la résistance s'était organisée, dès la prise de Babylone, autour de la ville d'Isin qui jouissait d'un prestige historique. En 1130, le troisième roi de la « IIe Dynastie d'Isin [23] », Ninurta-nadin-shumi, profita de ce que l'Elamite était occupé ailleurs pour reprendre Babylone et lorsque l'Elam sombra dans l'anarchie après le règne de Shilhak-Inshushinak, son fils Nabuchodonosor* (1124-1103) décida d'attaquer chez lui l'« ennemi héréditaire ».

Il subit d'abord un cuisant échec – « l'Elamite me poursuivit et je fuis devant lui ; je me couchai sur un lit de tristesse et de gémissements [24] » –, mais la défection d'un chef élamite nommé Shitti-Marduk qui lui prêta ses troupes et combattit à ses côtés fit de sa deuxième campagne un succès. La description de cette guerre sur un *kudurru* accordant des terres et des privilèges à Shitti-Marduk en récompense de son aide est l'un des rares récits militaires de l'Antiquité qui soit empreint de poésie [25] :

> « De Dêr, cité sainte d'Anu, il (le roi de Babylone) fit un bond de trente *bêru* (320 kilomètres). Au mois de Tammuz (juillet-août), il prit la route. La lame des piques brûle comme le feu ; les cailloux de la piste flambent comme brasier. Les wadis sont à sec et sont taris les points d'eau. L'élite des plus forts chevaux s'arrête et des jeunes vaillants se dérobent les jambes. (Mais) il va, le roi élu, les dieux le soutiennent. Il avance, Nabuchodonosor, le sans-rival... »

* Nabû-Kudurri-uṣur : « O Nabû, protège mes descendants ! »

La bataille eut lieu au bord de l'Ulaia (le Karun) :

« Les deux rois s'affrontèrent et engagèrent le combat. Entre
eux brûlait comme un feu. Par leur poussière, la face du soleil
était obscurcie ; les ouragans tourbillonnaient, la tempête faisait rage... Hulteludish, le roi d'Elam, s'enfuit et disparut à
jamais et le roi Nabuchodonosor se dressa dans la victoire. Il
s'empara de l'Elam et en pilla les trésors. »

Parmi ces trésors se trouvait la statue de Marduk, ramenée
en grande pompe à Babylone, ce qui conféra à Nabuchodonosor une auréole de gloire et valut peut-être à Marduk d'être
enfin porté au sommet du panthéon babylonien [26]. Mais
l'Elam, bien que gravement touché, ne fut pas vraiment
« pris » et les successeurs de ce valeureux monarque eurent à
combattre, non pas pour s'emparer de pays étrangers, mais
pour défendre le leur contre leurs rivaux assyriens.

Malgré de graves crises de succession et la perte temporaire
de leurs provinces orientales au profit des Elamites, les
Assyriens connurent au onzième siècle une période de prospérité. Ashur-dân Ier et Ashur-rêsh-ishi, contemporains des
premiers souverains d'Isin II, obligèrent les Sutû à payer tribut, tinrent les Ahlamû à distance, portèrent la frontière
assyro-babylonienne sur l'Adhem, proche de la Diyala, et res-
taurèrent de nombreux temples et bâtiments à Assur et à
Ninive. Mais à la fin du siècle, des tempêtes commencèrent
de s'amasser de toute part, qui auraient détruit l'Assyrie
sans l'énergie infatigable d'un des deux ou trois plus
grands monarques assyriens depuis Shamshi-Adad : Teglath-
Phalazar* Ier (1115-1077). Au nord, les Mushki avaient franchi
le Taurus avec vingt mille hommes et descendaient la vallée
du Tigre en direction de Ninive. A l'est, les tribus du Zagros,
les Lullumê (Lullubi) et les Qutû (Guti), se montraient franchement hostiles. A l'ouest, les Araméens – cités ici pour la
première fois – étaient établis en force le long de l'Euphrate et
avaient commencé à franchir ce fleuve. Au sud enfin, Mar-
duk-nadin-ahhê, roi de Babylone, avait non seulement
repoussé la frontière sur le Zab inférieur, mais aussi pris et

---

* Teglath-Phalazar est la forme hébraïque de Tukulti-apal-Esharra,
« Ma confiance est dans le fils de l'Esharra (temple d'Ashur) ». Dans la
Bible, il s'agit de Teglath-Phalazar III.

pillé Ekallatê (Ekallâtum), sur le Tigre et non loin d'Assur.
Teglath-Phalazar fit face à toutes ces menaces. Il marcha
d'abord contre les Mushki et les massacra avec leurs alliés.
Puis, soucieux de protéger sa frontière septentrionale, il monta
sur « les hautes collines et les sommets escarpés des montagnes du Naïri », s'enfonça en Arménie et parvint jusqu'à
Malazgrid, au nord du lac de Van, où il érigea une stèle [27]. Lors
d'une autre campagne, il châtia les pays de Muṣri et de Qummani, dans la plaine qui sépare Harran du Taurus. Les Araméens furent rejetés de l'autre côté de l'Euphrate et poursuivis
jusqu'au Jebel Bishri, mais le désert syrien fourmillait de ces
ennemis nombreux et tenaces :

> « Vingt-huit fois », dit le roi, « j'ai combattu les Ahlamû-
> Araméens ; (une fois) j'ai (même) traversé l'Euphrate deux
> fois dans l'année. Je les ai vaincus de Tadmur (Palmyre) au
> pays d'Amurru, à 'Anat dans le Suhu et jusqu'à Rapiqu, qui
> est en Karduniash. J'ai ramené leur butin et leurs biens dans
> ma ville d'Assur [28]. »

C'est au cours d'une de ces campagnes que Teglath-Phalazar « conquit » la Syrie et atteignit la côte phénicienne où il
reçut le tribut d'Arad, Byblos et Sidon, ainsi qu'un crocodile
et une « grande guenon [29] ». Enfin, ce fut la guerre victorieuse
contre Babylone :

> « Je marchai contre le Karduniash... Je m'emparai des palais
> de Babylone appartenant à Marduk-nadin-ahhê, roi de Karduniash. Je les incendiai...
> Deux fois, j'établis une ligne de chars contre Marduk-nadin-
> ahhê, roi de Karduniash, et je le battis [30]. »

Ce grand guerrier se doublait d'un grand chasseur, amateur
de gros gibier : quatre taureaux sauvages « puissants et d'une
taille monstrueuse » abattus dans le Hanigalbat, dix « puissants éléphants [31] mâles dans le pays de Harran et dans le district du Khabur », neuf cent vingt lions, dont cent vingt tués à
pied avec ces nouvelles et solides épées de fer et même un
dauphin et un narval « qu'on appelle cheval de mer », dans
les eaux de la Méditerranée, au large d'Arad [32].

La mort du roi mit fin à cette époque de gloire et inaugura
de sombres années. Marée montante de l'invasion araméenne, efforts désespérés des Assyriens pour l'endiguer,

décadence irrémédiable de la Babylonie, Sumer et Akkad largement ouverts aux nomades, guerres étrangères, guerres
civiles, inondations, famines, tel est le tableau pitoyable
qu'offre la Mésopotamie au dixième siècle. S'il fut jamais un
temps de « troubles et de désordres[33] », de confusion et de
souffrances, ce furent bien les cent soixante-six ans qui
s'écoulèrent entre la mort de Teglath-Phalazar (1077) et
l'avènement d'Adad-nirâri II (911).

Les annales, fragmentaires, des successeurs de Teglath-
Phalazar nous permettent de suivre la progression des Araméens en Mésopotamie[34]. Sous le règne d'Ashur-bêl-kala
(1074-1057), ils poussèrent une pointe vers le Tigre et atteignirent les environs d'Assur, ce qui décida ce roi à faire la
paix avec les Babyloniens[35] ; mais le gros de leurs forces était
encore sur la rive droite de l'Euphrate. Cinquante ans plus
tard, ils avaient franchi ce fleuve et fondé des royaumes dans
toute la vallée du Khabur. Encore quelques décennies, et
nous les rencontrons à Nisibin, à mi-chemin entre cette
rivière et le Tigre. Ashur-dân II (934-912) tenta de les chasser et se vante de grandes victoires, mais les inscriptions
d'Adad-nirâri II indiquent clairement qu'ils occupaient toujours la Jazirah. Assaillie par ces « Bédouins » et en proie à
l'hostilité des peuples du Taurus et du Zagros, l'Assyrie était
menacée d'asphyxie.

En Babylonie, la situation était pire, comme le montrent les
anciennes chroniques[36]. Sous le règne du quatrième successeur de Nabuchodonosor Ier, Adad-apla-iddina (1067-1046),
les Sutû pillèrent et détruisirent l'un des plus grands sanctuaires d'Akkad, le temple de Shamash à Sippar – événement
qui inspira peut-être l'auteur du grand poème babylonien de
guerre et de ruine qu'on appelle l'*Epopée d'Erra*[37]. Entre
1024 et 978, Babylone n'eut pas moins de sept rois répartis
en trois dynasties. La première, dite « IIe Dynastie du pays de
la Mer », fut fondée par un Kassite nommé Simbar-Shipak ;
la deuxième (dynastie de Bazi), par le chef d'une tribu instal-
lée à l'est du Tigre ; la troisième (qui ne comporte qu'un seul
roi), par un soldat d'origine élamite. Pendant toutes ces
années, les chroniques signalent une éclipse de soleil (toujours de mauvais augure), des phénomènes étranges, des
inondations, des incursions de bêtes sauvages jusqu'aux
abords des villes, des périodes de famine accompagnées de

désordres sociaux, des attaques fréquentes de nomades, notamment les Sutû. Sous le règne de Nabû-mukin-apli (977-942) « les Araméens devinrent hostiles ». Ils coupèrent la capitale de ses faubourgs, de sorte que pendant plusieurs années consécutives la fête du Nouvel An – qui comprenait des mouvements des statues divines hors de Babylone – ne put être célébrée : « Nabû ne vint pas (de Barsippa) et Bêl (Marduk) ne sortit pas (de Babylone)[38]. » Les monarques qui suivirent ne firent guère que passer sur le trône et ne sont pratiquement que des noms sur une liste, mais ce fut peut-être à cette époque obscure que plusieurs tribus dont parlent des textes assyriens plus tardifs – les Litaû, les Puqudû, les Gambulû – s'installèrent entre le cours inférieur du Tigre et la frontière d'Elam et que les Kaldû (Chaldéens) envahirent le pays de Sumer[39]. Nul n'aurait pu alors imaginer que trois siècles plus tard les Chaldéens donneraient à Babylone son plus grand roi depuis Hammurabi : Nabuchodonosor II. Mais dans ce laps de temps relativement court, l'Empire assyrien avait grandi, atteint son apogée, puis s'était effondré.

L'essor de l'Assyrie

En cette fin de dixième siècle, l'Assyrie était tombée très bas. Le manque d'unité parmi ses ennemis et les coups de boutoir d'Ashur-dân II l'avaient sauvée d'une destruction rapide, mais sa situation économique était telle que, de l'aveu même de ce roi, des Assyriens avaient dû s'expatrier pour fuir « la misère, la faim et la famine[1] ». Ses artères vitales – les grandes routes commerciales qui traversaient la Jazirah, le Taurus et le Zagros – étaient aux mains de tribus araméennes et de montagnards résolument hostiles. Les Babyloniens, on ne sait trop quand ni comment, avaient réussi à s'emparer d'Arrapha et de Lubdu[2], dangereusement proches d'Assur. Le territoire assyrien était réduit à une bande longue de 160 kilomètres environ et large au maximum de 80 le long du Tigre et presque entièrement sur sa rive gauche. Ce n'était plus le grand royaume de Teglath-Phalazar Ier, mais un petit pays encerclé et pratiquement étranglé.

Pourtant, ce pays restait libre et ni Assur ni Ninive n'étaient tombées aux mains de l'ennemi. Il possédait une réserve d'armes, de chars et de chevaux. Rompus au combat par des années de luttes, ses rudes paysans restaient d'excellents soldats et sa lignée dynastique demeurait ininterrompue, la couronne s'étant transmise de père en fils ou en frère pendant près de deux siècles[3]. Dans le monde chaotique d'alors, aucun autre Etat ne pouvait se prévaloir d'une telle continuité, d'un tel potentiel militaire. La Babylonie était en partie occupée et régulièrement pillée par les Araméens. Depuis la victoire de Nabuchodonosor Ier sur « Hulteludish » (Hutelutush-Inshushinak), l'Elam avait momentanément disparu de la scène politique ; les Mèdes et les Perses en Iran, les Phrygiens en Anatolie occidentale ne devaient y apparaître que beaucoup plus tard. En Arménie, le grand adver-

saire de demain, l'Urarṭu, commençait tout juste à prendre
forme. Enfin, la lointaine Egypte, depuis longtemps retirée
de l'Asie, était partagée entre des pharaons libyens régnant
sur le Delta et les grands prêtres d'Amon gouvernant la haute
Egypte à Thèbes. Malgré les apparences, l'Assyrie était sans
conteste la plus forte, la plus redoutable de toutes les nations
du Proche-Orient et les observateurs de l'époque devaient
penser que le jour où elle s'éveillerait, nul ne pourrait rivaliser avec elle [4].

L'Assyrie s'éveilla en 911. Le roi qui monta sur le trône
d'Assur cette année-là, Adad-nirâri II*, ne figure pas parmi
les plus illustres et son nom n'est jamais passé à la postérité
comme ceux de Sargon II ou d'Ashurbanipal, mais c'est lui
qui desserra l'étreinte araméenne et qui, à son insu, ouvrit le
dernier, mais aussi le plus brillant chapitre de la longue histoire du royaume du Nord. La guerre qu'il entreprit et gagna
était, à ses propres yeux, une guerre de libération nationale.
Les Araméens furent chassés de la vallée du Tigre et délogés
des monts Kashiari (Tur ‘Abdin, massif volcanique escarpé
situé au nord de Nisibin). Plusieurs cités de Jazirah orientale,
jadis « arrachées au dieu Ashur », furent reprises et démante-
lées ou, au contraire, puissamment fortifiées contre d'éventuelles attaques. D'autres campagnes conduisirent l'armée
assyrienne au Kurdistan dont les habitants furent « fauchés
par monceaux » ou repoussés dans leurs montagnes. Enfin,
le Babylonien Shamash-mudammiq fut attaqué et vaincu à
deux reprises, perdant non seulement ses possessions à l'est
du Tigre, mais ses villes-frontières de Hît et Zanqu sur le
moyen Euphrate. Une autre campagne contre son successeur
Nabû-shuma-ukîn (899-888) fut apparemment moins heu-
reuse mais se termina par un traité qui assura la paix entre les
deux royaumes pendant quatre-vingts ans ; chacun des deux
souverains épousa la fille de l'autre. Tukulti-Ninurta II (890-
884), apparemment aussi énergique que son père, ne vécut
pas assez longtemps pour agrandir notablement son domaine,
mais il reconstruisit la muraille d'Assur « de sa base à son
sommet » et une grande tournée dans les territoires de l'ouest
reconquis par Adad-nirâri lui valut le respect des Araméens
établis sur l'Euphrate [5]. A sa mort, les frontières de l'Assyrie

* « Le dieu Adad est mon aide. »

englobaient tout le Nord-Est mésopotamien du Zagros au Khabur, de Nisibin à 'Anat et aux environs de Samarra. Le jeune Ashurnaṣirpal II, son fils, hérita de ce royaume déjà respectable et entama le processus qui devait ultérieurement le transformer en un immense empire.

Genèse d'un Empire

Il ne semble pas que la formation de l'Empire assyrien ait été le fruit d'un projet longuement mûri, d'une entreprise préméditée et de longue haleine visant à grouper sous un même souverain des pays extrêmement divers dans leur langue, leur religion, leurs traditions et leur histoire. Ce fut plutôt le résultat final et l'on peut dire inespéré d'une longue série de guerres menées par les rois d'Assyrie depuis le dernier tiers du deuxième millénaire et relevant de causes multiples et entremêlées[6].

On ne peut nier que certaines de ces guerres ont été des opérations défensives ou préventives, destinées à protéger l'étroite plaine riveraine du Tigre qui constituait le territoire propre de la ville d'Assur et de son dieu, contre des ennemis réels ou potentiels et à maintenir ouvertes les routes d'un commerce indispensable à sa survie. Ces routes couraient vers l'ouest à travers la Jazirah, franchissaient les cols du Taurus et du Zagros au nord et à l'est et longeaient le fleuve vers le sud. A la fin du dixième siècle, date à laquelle commence l'épopée qui allait aboutir à l'Empire assyrien, elles étaient coupées ou menacées par des peuplades montagnardes farouchement indépendantes et volontiers pillardes, par des tribus d'Araméens belliqueux et par la Babylonie, grand Etat à la fois convoité pour ses richesses, vénéré parce qu'il était l'héritier des grandes traditions suméro-akkadiennes et redouté, car depuis Sargon d'Akkad les rois du Sud n'avaient jamais cessé de revendiquer le Nord mésopotamien, comme le montrent ces éternelles « guerres de frontière » dont ils furent souvent responsables. Lutter sur tous ces fronts était donc le prix que devaient payer les Assyriens pour leur liberté politique et économique. Mais s'ils étaient partout victorieux, ces mêmes routes devenaient voies de pénétration et tous les espoirs étaient permis, y compris l'accès à la Méditerranée et au Golfe – n'oublions pas que de

toutes les nations de l'Orient antique l'Assyrie était la seule à
ne pas avoir une « fenêtre » maritime.

Mais il ne suffisait pas de survivre, il fallait aussi s'enrichir, financer de grands travaux, assurer aux dieux et aux rois
le luxe auquel ils avaient droit. Ce surplus nécessaire, le
commerce d'Etat à Etat l'avait procuré aux Assyriens pendant une grande partie du deuxième millénaire jusqu'à ce que
l'équilibre économique qui transparaît sous les rivalités politiques des quinzième et quatorzième siècles ait été définitivement détruit par les grandes invasions des alentours de l'an
1200. Depuis, les campagnes de Tukulti-Ninurta Ier et de
Teglath-Phalazar Ier avaient démontré que des raids audacieux pouvaient être payants et qu'il importait de se réserver
un terrain de chasse, « une aire géographique où l'on pouvait
razzier sans rencontrer d'opposition réelle[7] » et se procurer,
en même temps que des richesses, une main-d'œuvre abondante et bon marché sous forme de prisonniers de guerre et
de civils déportés. Aussi longtemps que de petites principautés relativement proches d'Assur et de Ninive pouvaient être
pillées et forcées de payer annuellement la rançon de leur
indépendance, il n'était point besoin de les annexer, de les
gouverner directement.

A ces motifs économiques, il faut ajouter l'ambition, parfois
effrénée des souverains d'Assyrie, leur désir bien oriental de
se couvrir de gloire, de briller aux yeux de leurs sujets. En
outre, ils se sentaient obligés, en tant que grands prêtres et
représentants terrestres du dieu de leur pays considéré comme
souverain suprême[8], d'étendre la domination d'Ashur sur tous
les peuples ce qui, naturellement, ne pouvait se faire sans
recourir à la force, voire à la terreur. Qu'importait d'ailleurs,
puisque les ennemis du roi étaient *ipso facto* les ennemis du
dieu, des « mécréants », des gens foncièrement mauvais qui,
quoi qu'ils fissent, méritaient d'être châtiés[9]. Ainsi, brigan-
dage et massacres trouvaient leur justification dans l'idéologie
politico-religieuse des Assyriens. Les guerres défensives ou
préventives et les campagnes de pillage se doublaient de
croisades.

Chaque année, ou presque, généralement au printemps, le
roi d'Assyrie mobilisait ses troupes « sur l'ordre d'Ashur »
et les conduisait sur les pistes poussiéreuses de la grande
plaine mésopotamienne ou sur les sentiers pierreux du Taurus

ou du Zagros. Au début du neuvième siècle, ses adversaires n'étaient que des chefs de tribus ou des petits princes locaux. Certains se battaient bravement, le plus souvent en vain ; d'autres cherchaient refuge dans le désert ou sur des sommets inaccessibles ; beaucoup « baisaient les pieds » du souverain, lui apportaient des présents et promettaient un tribut annuel. Mais malheur à ceux qui ne tenaient pas leur promesse ! Au cours d'une campagne ultérieure, une tempête de fer et de feu s'abattait sur leur pays : les chefs rebelles étaient torturés, la population massacrée ou réduite en servitude, les villes et villages incendiés, les récoltes brûlées, les arbres fruitiers déracinés. Terrorisés, les roitelets voisins s'empressaient de faire leur soumission, de payer le tribut occasionnel, le « don spectaculaire de faste » ou *tâmartu*. Puis, chargée de butin, suivie d'une longue file de captifs, l'armée regagnait ses bases et se dispersait. A titre d'exemple, voici le *tâmartu* qu'Ashurnaṣirpal ramena d'un certain district du Bît Zamâni où il était allé venger un de ses protégés déposé et tué par un rival [10] :

> « 40 chars avec leur équipement pour troupes et chevaux ; 460 chevaux "habitués au harnais", 2 talents d'argent, 3 talents d'or, 100 talents d'étain, 200 talents de bronze, 300 talents de fer, 1 000 casseroles de bronze, 2 000 bols et récipients de bronze ; 1 000 vêtements de lin aux garnitures multicolores, des plats, des coffres, des couches d'ivoire décorées d'or, trésors de son palais, 2 000 bœufs, 5 000 moutons », sans compter « sa sœur avec sa riche dot et les filles de ses nobles avec leur riche dot. »

L'usurpateur fut écorché et le nouveau prince installé par le roi d'Assyrie dut payer un tribut annuel *(madattu)* de 2 talents d'or, 3 talents d'argent, 1 000 moutons et 2 000 *gur* d'orge [11].

Notons qu'il s'agissait dans ce cas d'une population « amie ». Au cours de la même campagne, Ashurnaṣirpal recueillit des « présents » et tributs de cinq régions et neuf cités de moyenne importance.

Très rapidement, le « terrain de chasse » s'agrandit. Derrière les petits Etats relativement proches, les Assyriens rencontrèrent des royaumes plus grands et plus puissants : ceux des néo-Hittites et des Araméens de Syrie d'abord, puis l'Uraṛtu, plus tard ceux des Mèdes, les Elamites, les Egyptiens. Les guerres de rapine firent place à des guerres de conquête. L'Assyrie était devenue plus forte, mais ses ennemis plus importants et plus coriaces. Malgré l'installation çà et là, dès le règne d'Ashurnaşirpal, de petites colonies militaires assyriennes chargées d'assurer le bon fonctionnement d'«échanges commerciaux» singulièrement unilatéraux, l'accroissement des distances rendait de plus en plus aléatoires la perception du *madattu* et le contrôle de populations très souvent réfractaires dès que l'ennemi avait le dos tourné. Il fallut, dans beaucoup de cas, remplacer les chefs locaux par des gouverneurs assyriens et diviser un royaume devenu trop vaste en provinces et en Etats vassaux. Ainsi se forma peu à peu et par nécessité l'Empire assyrien avec sa lourde mais généralement efficace machine administrative. Toutefois le détournement, dans les territoires conquis, de toutes les activités commerciales et industrielles au profit de l'Assyrie «nucléaire», l'extorsion de tributs et le recouvrement des taxes, le transfert régulier, systématique des richesses de la périphérie vers le centre restèrent les fondements de la domination assyrienne[12]. S'il est indéniable que les Phéniciens, longtemps ménagés parce que irremplaçables, bénéficièrent énormément de la clientèle de luxe qui leur était offerte[13] et si certains districts très arriérés acquirent un vernis de civilisation, il ne semble pas que les Assyriens aient fait beaucoup d'efforts pour développer l'économie de leurs provinces lointaines ni pour améliorer, même indirectement, le bien-être de leurs habitants. Si l'Etat était riche, la plupart des peuples gouvernés souffraient d'une misère chronique génératrice de révoltes qu'il fallait sans cesse réprimer. Le système économique à sens unique sur lequel reposait l'Empire faisait à la fois sa force et sa faiblesse et portait en lui l'un des germes de sa destruction.

Ashurnaşirpal

Le fils de Tukulti-Ninurta II est le premier des grands monarques de la période néo-assyrienne (911-609). Ambition, énergie, courage, vanité, cruauté, magnificence, Ashurnaşirpal II* (883-859) réunit de façon caricaturale toutes les

---

* Ashur-nâşir-apli, « le dieu Ashur est le gardien du fils aîné ».

qualités et tous les défauts des infatigables et impitoyables bâtisseurs d'empire, ses successeurs. Aucun sourire, aucune piété, quasiment pas d'humanité dans sa statue du British Museum[14], mais la pose rigide d'un arrogant despote, le nez aquilin d'un prédateur, le regard dur d'un chef qui exige une obéissance absolue et, dans ses mains, la masse d'arme et le glaive à lame courbe, la *harpé*.

A peine est-il sur le trône depuis un an que, sans l'ombre d'un prétexte, il part ravager les hauteurs de l'extrême Nord mésopotamien. Il parvient au pays de Kadmuhu, dans la haute vallée du Tigre, et y reçoit le tribut des princes locaux et des Mushki dont les avant-postes occupent le flanc méridional du Taurus. Mais la nouvelle lui parvient que les Araméens d'une ville vassale, située dans la basse vallée du Khabur, ont tué leur gouverneur et se sont donné un autre chef. Aussitôt, il fait volte-face et parcourt quelque trois cents kilomètres de steppe et de désert, probablement en plein été :

« Je m'approchai de la cité Suru, qui fait partie du Bît Halupê. La terreur (qu'inspire) la splendeur d'Ashur, mon seigneur, les terrassa. Les nobles et les anciens de la ville vinrent à moi pour sauver leur vie. Ils enlacèrent mes pieds et dirent : "Si c'est ton plaisir, tue ! Si c'est ton plaisir, laisse vivre ! Si c'est ton plaisir, fais ce que tu veux !" Je capturai Ahi-iababa, fils d'un homme de rien, qu'ils avaient fait venir du Bît Adini. Avec mon courage et mes armes terribles, j'assiégeai la cité. Ils saisirent tous les soldats coupables et me les livrèrent[15]. »

La ville prise, les rebelles sont massacrés ; leur chef, emmené à Assur, est écorché vif ; Suru a livré un énorme tribut. Dans une seconde campagne cette année-là, les révoltés ne sont pas des Araméens mais des Assyriens installés depuis cent cinquante ans dans une ville du Nord nommée Halzilua. La répression est tout aussi brutale : six cents soldats abattus par l'épée, trois mille captifs brûlés vifs, le chef de la garnison écorché lui aussi[16].

Plusieurs autres campagnes, dans la première partie du règne, sont menées aux quatre coins de l'horizon : dans le massif du Kashiari, dans la région de Zamua (autour de Sulaimaniyah), sur le moyen Euphrate. Puis, c'est le premier pas en direction de la Syrie. Entre le Balikh et la grande boucle de l'Euphrate s'interpose le royaume araméen du Bît Adini. Ashurnaṣirpal l'envahit et « au moyen de sapes, de béliers et d'engins de siège » s'empare de Kaprabi (peut-être la moderne Urfa), « ville bien fortifiée et suspendue au ciel comme un nuage ». Ahuni, roi du Bît Adini, paye tribut et laisse des otages aux mains des Assyriens. La voie est libre pour la campagne du printemps suivant.

Les annales royales décrivent en détail cette mémorable expédition, qui a eu lieu entre 878 et 866 [17], et nous pouvons suivre le roi et son armée pas à pas, par étapes d'environ trente kilomètres, de Karkemish à la plaine de l'Amuq (Pattina), puis dans la vallée de l'Oronte et finalement « sur les pentes du mont Liban jusqu'à la Grande Mer du pays d'Amurru », où Ashurnaṣirpal accomplit le rite traditionnel des souverains des terres arides arrivant devant les flots bleus :

« Je lavai mes armes dans la Grande Mer et offris des sacrifices aux dieux.
Je reçus le tribut des rois de la côte, des pays des gens de Tyr, de Sidon, de Byblos, de Mahallatu, de Maizu, de Kaizu, d'Amurru et de la cité d'Arad, qui est (une île) dans la mer : de l'argent, de l'or, de l'étain, du bronze, un récipient de bronze, des vêtements de lin aux garnitures multicolores, une grande guenon, une petite guenon, de l'ébène, de l'ivoire et des *nahiru*, créatures de la mer. Ils enlacèrent mes pieds [18]... »

Les Assyriens retournent par l'Amanus. Ils y coupent des arbres et le monarque y érige sa stèle. Pris par surprise, les néo-Hittites et les Araméens de Syrie du Nord n'ont pas tenté de résister. Ils ont même comblé l'envahisseur de présents, ce qui fait de cette marche triomphale, non pas une conquête comme le prétend Ashurnaṣirpal, mais une gigantesque razzia. Par ailleurs, elle a servi à tâter le terrain et montre à son successeur la route à suivre.

En Mésopotamie, ce souverain n'a pas notablement agrandi le domaine du dieu Ashur, mais il l'a protégé en fondant à Tushhan sur le haut Tigre, à Kâr-Ashurnaṣirpal et Nebarti-Ashur sur le moyen Euphrate [19] des forteresses pourvues de garnisons, qui sont peut-être aussi des comptoirs commerciaux. En outre, il a consolidé l'emprise assyrienne sur l'Iraq septentrional et transformé en vassaux les petits États de l'arc montagneux qui l'entoure. Désormais, toutes les populations du Proche-Orient savent que les Assyriens sont de nouveau en marche et tremblent de peur.

Elles ont toute raison de trembler, car Ashurnaṣirpal est précédé d'une solide réputation de cruauté. Certes, cette époque était dure et cruelle et, manifestement, quelques exécutions spectaculaires pour l'exemple, une « atrocité calculée [20] » largement diffusée par le texte et l'image et sans nul doute transmise de bouche à oreille s'avérait nécessaire pour obtenir le respect et imposer l'obéissance. Tous les conquérants et tyrans de l'Antiquité (et plusieurs dans les temps modernes) ont pratiqué peu ou prou une politique de terreur, mais Ashurnaṣirpal s'en est peut-être trop vanté. Non seulement les chefs rebelles ont été torturés avec des raffinements sadiques, mais un certain nombre de captifs désarmés, de femmes et d'enfants ont péri dans ces répressions, sans qu'on puisse toutefois parler de génocides systématiques :

> « Je bâtis un pilier devant la porte de la ville et j'écorchai tous les chefs qui s'étaient révoltés contre moi et j'étalai leur peau sur le pilier. Certains d'entre eux, je les emmurai dans le pilier, d'autres, je les empalai sur des pieux sur le pilier, d'autres (encore) je les empalai sur des pieux autour du pilier. J'en écorchai beaucoup à travers mon pays et je drapai leur peau sur les murs...
>
> « Je brûlai beaucoup de prisonniers parmi eux. Je capturai beaucoup de soldats vivants. De certains, je coupai les bras ou les mains ; d'autres, je coupai le nez, les oreilles et les extrémités. J'arrachai les yeux de nombreux soldats. Je fis une pile de vivants et une autre de têtes. Je pendis leurs têtes à des arbres autour de la cité. Je brûlai leurs adolescents, garçons et filles...
>
> J'abattis six mille cinq cents de leurs guerriers par l'épée et le reste, l'Euphrate les consumma à cause de la soif dont ils souffrirent dans le désert [21]... »

Ce sont des textes de ce genre qui ont donné aux Assyriens une épouvantable réputation. Certains historiens de la vieille époque en ont été profondément offusqués et l'un d'entre eux n'hésita pas, en 1906, à terminer une longue diatribe en disant : « Il faut feuilleter l'histoire entière du monde pour trouver çà et là, dans les époques les plus troublées, des crimes publics dont l'odieux soit comparable aux horreurs commises journellement par les Ninivites au nom de leur

dieu [22]. » Depuis, bien d'autres textes sont sortis du sol, qui
nous montrent les Assyriens sous un jour beaucoup plus
nuancé, et avec tout ce que nous avons vu et voyons encore
dans notre siècle dit « civilisé », il nous est difficile de nous
ériger en juges.

En toute justice, il faut ajouter qu'Ashurnaṣirpal n'a sans
doute fait que proclamer très haut ce que d'autres pratiquaient aussi et que d'autres aspects de ce monarque sont
beaucoup plus attrayants. Sa soif apparente de sang, il l'a en
partie étanchée par des exploits cynégétiques que ses sculpteurs ont immortalisés [23]. Amateur des choses de la nature, il
a ramené « des pays où il avait voyagé et des montagnes
qu'il avait traversées » toutes sortes d'animaux sauvages
ainsi que des arbres et des plantes exotiques pour distraire et
émerveiller ses sujets. En outre, il était possédé de cette
« passion de la brique » qui caractérise tous les grands
monarques mésopotamiens [24]. Sans négliger les traditionnels
travaux de restauration et d'embellissement des temples
d'Assur et de Ninive, il décida de se faire construire une
« résidence royale » loin de la capitale. L'invasion des Araméens avait-elle démontré qu'Assur, située sur la rive droite
du Tigre, était vulnérable aux attaques venues de l'ouest ?
Désirait-il se tenir à l'écart d'une vieille cité jalouse de ses
libertés et volontiers frondeuse – comme devaient le prouver
des événements ultérieurs – et d'un grand clergé un peu trop
dominateur ? Ou n'était-il motivé que par son orgueil ? Il
est impossible d'en décider, mais le site choisi pour cette
résidence, Kalhu (la Calah biblique, aujourd'hui Nimrud, à
35 kilomètres de Mossoul), était remarquablement bien situé
dans un triangle de terres fertiles protégé par le Tigre à
l'ouest et par le Zab supérieur au sud. Au treizième siècle,
Salmanasar Ier avait fondé là un petit centre administratif provincial, mais cette bourgade était depuis longtemps tombée
en ruine. Le roi mobilisa des milliers de prisonniers et de
déportés. Pour irriguer la plaine, on creusa un canal dérivé
du Zab qu'on baptisa *babilat nuhshi*, « porteur d'abondance ». Puis, on nivela le monceau de ruines, le *tell*, et l'on
entoura la zone urbaine de 360 hectares d'une puissante
muraille longue de 7,5 kilomètres et haute d'une quinzaine
de mètres. Dans un angle de cette zone, un second mur fut
construit, délimitant ainsi un espace rectangulaire de 20 hec-

tares, la « citadelle », qui dominait le Tigre d'un énorme mur de pierre haut de 8 mètres. C'est là que s'élevaient les principaux bâtiments de la ville : le sanctuaire de sa divinité protectrice Ninurta, dieu de la guerre, accolé à une ziqqurat, d'autres temples, quelques habitations privées, enfin le palais d'Ashurnaṣirpal, ou « palais du nord-ouest » des archéologues :

> « A l'intérieur (de la ville) je fondai un palais de cèdre, de cyprès, de genièvre *daprânu*, de buis, de térébinthe et de tamaris comme résidence royale et pour mon plaisir souverain à jamais. Je fis des copies de bêtes des montagnes et de la mer en calcaire blanc et en albâtre *parûtu* et je les postai à ses portes. Je le décorai de façon splendide. Je l'entourai de clous de bronze à large tête. Je pourvus ses entrées de vantaux de cèdre, de cyprès, de genièvre *daprânu* et de bois de *meskannu*. Je réunis et y déposai de grandes quantités d'argent, d'or, d'étain, de bronze et de fer, butins des pays sur lesquels j'avais étendu ma domination[25]. »

Ce palais fut l'un des premiers monuments fouillés en Iraq. Entre 1845 et 1851, Layard y travailla à plusieurs reprises et en exhuma, au grand effroi de ses ouvriers, d'énormes taureaux ailés à tête humaine, des statues impressionnantes, des bas-reliefs et des dalles couvertes d'inscriptions[26]. Certaines de ces merveilles allèrent au British Museum, d'autres furent ensevelies sur place et retrouvées, un siècle plus tard, par d'autres archéologues britanniques[27]. Le bâtiment, couvrant plus de deux hectares, était divisé en trois parties : les pièces d'apparat (grand hall de réception et salle du trône), l'aile réservée aux appartements royaux, avec son harem et ses salles d'ablutions, enfin, le quartier administratif regroupant de multiples pièces autour d'une grande cour. Dans la partie consacrée aux cérémonies officielles, les entrées principales étaient flanquées de grands *lamassû*, ou génies protecteurs, les murs de briques crues étaient décorés de fresques et d'orthostates, les sols pavés de briques cuites estampillées au nom du roi. Détail intéressant, dans beaucoup de grandes pièces s'ouvraient des sortes de cheminées (« portes à vent » en assyrien) creusées dans les murs, qui amenaient l'air frais des toits en terrasse. Ce système de « climatisation » est encore utilisé dans certains villages du nord de l'Iraq sous le nom de *bargilâ*[28]. Bien entendu, les portes en bois précieux

ont disparu depuis longtemps, mais nombre d'objets ont survécu, notamment des panneaux d'ivoire finement ciselés qui
décoraient le mobilier royal, des armes et outils de bronze et
de fer, des jarres de terre cuite et de nombreuses tablettes. Ce
palais a été récemment restauré à l'intention des touristes et
nul doute qu'en le visitant, en errant dans ce labyrinthe de
pièces et d'étroits couloirs pour déboucher soudain sur un
magnifique monstre de pierre, ils imagineront sans peine
l'émotion, l'admiration et la crainte que devaient ressentir les
ambassadeurs étrangers et certains Assyriens appelés à comparaître devant « le roi fort, le grand roi, le roi de l'univers, le
roi du pays d'Assur ».

Parmi les précieuses reliques découvertes dans le palais
d'Ashurnaṣirpal à Nimrud figure une grande stèle de pierre
jaune portant l'effigie du roi entouré de symboles divins et
une longue inscription relatant les festivités qui accompagnè-
rent la cérémonie d'inauguration, vers la fin de son règne. Un
gigantesque banquet, dont les ingrédients sont minutieusement énumérés avec leur nombre ou quantité, fut alors offert
par le roi « au dieu Ashur » et à 69 574 personnes, dont
47 074 invités venant de différentes régions du royaume,
5 000 représentants des pays étrangers, 1 500 fonctionnaires
et 16 000 habitants de Kalhu. Et ce banquet dura dix jours.
La jolie phrase qui clôt cette inscription mérite d'être citée,
car elle nous fait oublier les aspects déplaisants de ce grand
monarque :

> « Les heureux peuples de tous les pays, ainsi que les gens de
> Kahlu, je les ai régalés pendant dix jours, je les ai abreuvés de
> vin, baignés, oints et honorés et je les ai renvoyés chez eux
> dans la paix et dans la joie [29]. »

Salmanasar III

Constamment sur les champs de bataille, partant en
campagne de Ninive ou d'une des forteresses de la frontière,
Salmanasar* III (858-824), fils d'Ashurnaṣirpal, ne passa
guère, semble-t-il, que les dernières années de sa vie à Kalhu.
Pourtant, c'est de cette ville que proviennent ses principaux

---

* Shulmânu-asharêdu, « le dieu Shulmânu est prééminent ».

monuments. L'un d'eux, connu sous le nom d'« obélisque noir », a été découvert par Layard et se trouve aujourd'hui au British Museum [30]. C'est un bloc d'albâtre gris foncé, haut de 2 mètres et se terminant en gradins, comme une ziqqurat en miniature. Une longue inscription résumant les guerres du règne court tout autour du monolithe tandis que, sur chacune de ses quatre faces, cinq panneaux superposés représentent les souverains étrangers faisant leur soumission et apportant des offrandes ; parmi eux, on note Jéhu, roi d'Israël, prosterné aux pieds de l'Assyrien. Les fouilles plus récentes de Nimrud ont mis au jour une belle statue du roi dans l'attitude de la prière [31]. Elles ont également dégagé un énorme bâtiment qu'il fonda en dehors de la citadelle, dans l'angle sud-est de l'enceinte urbaine, et qu'utilisèrent tous ses successeurs jusqu'à la chute de l'empire. Ce bâtiment, surnommé « fort Salmanasar » par les archéologues, est l'*ekal masharti* des inscriptions royales, à la fois palais, caserne et arsenal, bâti « pour l'intendance du camp, l'entretien des étalons, des chars, des armes, des équipements militaires et le dépôt du butin pris sur les ennemis de tout genre [32] ». C'est dans ses trois vastes cours entourées de magasins, d'ateliers et de logements pour les officiers, qu'étaient rassemblées, équipées et inspectées les troupes partant en guerre. Autre témoin notable de ce règne, les fameuses portes de bronze découvertes en 1878 par Hormuzd Rassam, assistant de Layard, à Balawat (Imgur-Enlil), petit tell situé à 15 kilomètres au nord de Nimrud [33]. Ashurnaṣirpal s'y était fait construire un petit palais, une « résidence secondaire » en quelque sorte, occupé plus tard par son fils. Les vantaux des portes de ce palais étaient décorés de bandes de bronze, larges de 25 centimètres, sculptées en repoussé et représentant certaines campagnes de Salmanasar ; de courtes légendes accompagnent les images [34]. Outre leur intérêt architectural ou artistique, le fort Salmanasar et les portes de bronze de Balawat nous fournissent de nombreux renseignements sur la vie quotidienne des soldats et les techniques militaires des Assyriens du neuvième siècle. Le fort a également livré des tablettes et des ivoires sculptés en grand nombre.

Par le nombre et l'envergure de ses campagnes, Salmanasar III surpasse son père. Trente et une des trente-cinq années de son règne ont été consacrées, non pas à des opérations punitives ou de pillage, mais à de véritables guerres extérieures, pour la plupart délibérées, orientées vers l'ouest et visant à dominer, sans toutefois les conquérir et les occuper, la Syrie du Nord et les pays environnants [35]. Elles semblent refléter des ambitions économiques plus que politiques. Pendant ce tiers de siècle, les troupes assyriennes ont été conduites beaucoup plus loin qu'auparavant : en Cilicie, en Arménie, en Palestine, au-delà du Zagros, sur les rives du golfe Arabo-Persique. Elles envahirent de nouveaux pays, assiégèrent de nouvelles cités, se mesurèrent avec de nouveaux ennemis. Mais comme ces derniers étaient beaucoup plus puissants que les cheikhs araméens de Jazirah ou les petits princes du Nord mésopotamien, leurs victoires furent mêlées de défaites et l'impression qui se dégage de l'ensemble du règne est celle d'une tâche laissée inachevée, d'un effort gigantesque pour d'assez maigres résultats.

Au nord, par exemple, Salmanasar s'avança au-delà de la « mer du Naïri » (le lac de Van) et pénétra dans le territoire de l'Urarṭu, royaume qui venait de se former sur les hauts plateaux d'Arménie et dont nous reparlerons. Dans ses inscriptions, le roi se prévaut, comme il est d'usage, d'un succès complet et décrit le sac de plusieurs villes appartenant au roi d'Urarṭu, Arame, et la prise de sa capitale, Arsashku. Mais il doit avouer qu'Arame lui échappa et nous savons qu'au cours du siècle suivant l'Urarṭu se développa au point de devenir le principal adversaire de l'Assyrie. De même, une série de campagnes à l'est, vers la fin de son règne, amena Salmanasar ou son général en chef, le *turtânu* Daiân-Ashur, au contact des Mèdes et des Perses installés depuis peu de temps autour du lac d'Urmiah. Ici encore, la lutte fut brève et la « victoire » assyrienne sans résultats durables : Mèdes et Perses restèrent libres de consolider leurs positions en Iran.

Les efforts réitérés de Salmanasar pour dominer la Syrie se soldèrent également par un échec. Depuis l'incursion surprise d'Ashurnaṣirpal, les néo-Hittites et les Araméens de cette région avaient eu le temps de rassembler leurs forces et le principal résultat de la nouvelle offensive assyrienne fut de les unir contre l'ennemi venu de l'est. Il fallut à Salmanasar trois campagnes pour anéantir le royaume de Bît Adini et établir une tête de pont sur l'Euphrate. En 855, Til Barsip (Tell Ahmar), capitale de cet Etat, fut enfin prise, peuplée d'Assyriens et rebaptisée Kâr-Salmanasar, Port Salmanasar. Au sommet de la colline qui domine à cet endroit le fleuve, le roi fit construire un palais que d'autres devaient plus tard orner de fresques remarquables [36]. La frontière de l'Euphrate fut consolidée par la création de forteresses assyriennes, notamment à Nampii (l'actuelle Membij), Pitru et Mutkînu. Pour atteindre la Cilicie, les Assyriens durent lutter contre une coalition des rois du Sam'al, du Pattina et de Karkemish. De même, lorsque Salmanasar, en 853, pénétra dans les plaines de Syrie centrale, il ligua contre lui Irhuleni, roi de Hama, et Adad-idri (le Ben-Hadad I de la Bible), roi de Damas, appuyés par les ports phéniciens du nord (Usnu, Shianu, Arqa, Byblos) et même les Egyptiens qui envoyèrent 1 000 soldats. A son armée les alliés opposaient, selon lui, 69 200 fantassins, 1 900 cavaliers, 3 900 chars et 1 000 dromadaires offerts par Gindibu d'Arabie. La bataille eut lieu à Qarqar, sur l'Oronte [37]. Salmanasar proclame :

> « Je tuai 14 000 de leurs guerriers, fondant sur eux comme Adad lorsqu'il fait pleuvoir l'orage. Je répandis leurs cadavres partout et remplis la plaine de leurs soldats en fuite... La plaine était trop petite pour [...texte obscur...] les enterrer. Avec leurs cadavres je remplis l'Oronte d'une rive à l'autre avant qu'il y eût un pont [38]. »

Mais même s'il fut vainqueur, ce qui est très douteux, ce ne fut qu'à demi. Ni Hama ni Damas ne furent conquises et l'expédition se termina prosaïquement par une petite promenade en Méditerranée. Quatre, cinq et huit ans plus tard, d'autres campagnes furent menées contre la même coalition avec le même succès partiel. Les Assyriens prirent, pillèrent et brûlèrent de nombreuses villes et bourgades, mais pas les grandes cités. En 841, nouvelle attaque dirigée, cette fois, contre le grand royaume araméen de Damas. Adad-idri ayant été assassiné et remplacé par un certain Hazaël, « fils de personne [39] », l'occasion était propice. Mais Hazaël, vaincu au pied du mont Sanir (Hermon), s'enferma dans sa capitale et Salmanasar ne put que ravager les vergers et jardins qui entouraient déjà Damas et piller la riche plaine à céréales du Hauran. Il prit alors la route de la côte et sur le mont Carmel reçut le tribut de Tyr, de Sidon et de *Iaua mâr Humri* (Jéhu, fils d'Omri), roi d'Israël, le premier personnage biblique qui

figure dans les textes cunéiformes. Après une dernière tentative pour s'emparer de Damas, en 838, Salmanasar dut
avouer implicitement son échec en laissant la Syrie en paix
pendant le reste de son règne.

Il fut plus heureux en Babylonie bien que, ici encore, il ne
sut exploiter son succès. Le traité signé par Adad-nirâri II et
Nabû-shuma-ukîn était resté en vigueur et même Ashurnaşirpal avait épargné le grand royaume du Sud, donnant ainsi à
son contemporain Nabû-apla-iddina (887-855) le temps de
réparer une partie des dégâts infligés par les Araméens et les
Sutû pendant « le temps de la confusion [40]. » Mais en 850, un
conflit éclata entre son successeur Marduk-zakir-shumi et
son propre frère soutenu par les Araméens. Ce roi fit appel
à l'aide assyrienne. Salmanasar défit les rebelles, entra dans
Babylone « lieu du ciel et de la terre, demeure de vie »,
offrit des sacrifices à Marduk dans son sanctuaire, l'Esagil,
ainsi que dans les temples de Kutha et de Barsippa, et traita
les habitants de ces lieux saints avec une bienveillance
extrême :

> « Pour les gens de Babylone et de Barsippa, les protégés, les
> *awêlu* des grands dieux, il prépara une fête, il leur donna de la
> nourriture et du vin, il les habilla de vêtements brillamment
> colorés et leur offrit des présents [41]. »

Puis, s'avançant vers le sud à travers l'ancien pays de
Sumer, il chassa les ennemis du roi, les Araméens, « jusqu'aux rives de la mer qu'on appelle la rivière amère *(nâr
marratu)* ». Mais cette affaire ne fut qu'une opération de
police. Marduk-zakir-shumi prêta serment d'allégeance à son
protecteur et resta sur son trône [42]. Salmanasar aurait pu unir
la Mésopotamie sous son égide à peu de frais ; il se contenta
d'une suzeraineté nominale sur Babylone. L'Adhem au sud,
l'Euphrate à l'ouest et les montagnes du nord et de l'est mar-
quaient les limites de sa souveraineté. L'Assyrie demeurait
un royaume purement nord-mésopotamien et l'empire restait
à conquérir.

La fin de ce long règne fut assombrie par de graves
troubles internes. En 827, l'un des fils de Salmanasar, Ashur-
dannin-apli, se révolta et avec lui, vingt-sept cités dont Assur,
Ninive, Arba'ilu (Erbil) et Arrapha. Le vieux roi, qui ne sor-
tait plus guère de son palais de Kalhu, confia à un autre de

ses fils, Shamshi-Adad, le soin de mater la révolte. La guerre civile faisait encore rage lorsque Salmanasar mourut et Shamshi-Adad (V) monta sur le trône (824), inaugurant une période non pas désastreuse mais difficile pour l'Assyrie et qui allait durer quatre-vingts ans.

L'Empire assyrien

La grande révolte de 827 n'était pas une crise de succession banale comme l'Orient en a tant connues, mais une vague de protestation de la petite noblesse rurale et des principales cités d'Assyrie contre les « grands barons » du royaume, les riches et puissants gouverneurs des vastes provinces créées dans les régions de haute Mésopotamie récemment annexées et certains hauts dignitaires de la cour, comme le *turtânu* Daiân-Ashur qui depuis cinq ans conduisait toutes les campagnes à la place du roi et avait poussé l'arrogance jusqu'à remanier en sa faveur la liste des éponymes. Ce que voulaient les insurgés, c'était une répartition plus équitable des charges et des privilèges, mais toute réforme dans ce sens, à cette époque, aurait secoué jusque dans ses fondations un Etat encore jeune et fragile.

Il fallut à Shamshi-Adad V trois ans en tant que prince et quatre ans après son accession au trône, en 824, pour venir à bout des vingt-sept cités dans lesquelles son frère avait « semé la sédition et la rébellion et (fomenté) d'infâmes complots ». A peine s'était-il acquitté de cette tâche qu'il dut reprendre les armes, cette fois contre des ennemis extérieurs [1]. Entre 820 et 815, il mena trois campagnes au pays de Naïri, au sud du lac de Van, et une dans le pays de Manna, au sud du lac d'Urmiah, où il se heurta aux Perses *(Parsuai)* et aux Mèdes *(Madaï)* qui lui livrèrent un grand nombre de chevaux. Mais comme nous le verrons, ces guerres avaient une raison plus profonde que les habituelles razzias : il s'agissait de protéger les routes qui reliaient l'Assyrie à l'Iran à travers le Zagros contre l'Urarṭu qui commençait à s'étendre dans cette direction. Puis, Shamshi-Adad se tourna contre les Babyloniens, car si ceux-ci l'avaient aidé dans sa lutte contre les rebelles, c'était au terme d'un traité qui, pratiquement, faisait de l'Assyrie un vassal du « Karduniash ». En trois campagnes, il vainquit son adversaire Marduk-balassu-iqbi, entra dans Babylone, reçut le tribut de « tous les rois des Kaldû » et prit le titre de « roi de Sumer et d'Akkad[2] ». Lorsqu'il mourut, en 811, tout danger venant du nord et de l'est était momentanément écarté; l'Assyrie était pacifiée et son honneur vengé. Mais rien n'avait été fait pour modifier la structure administrative du royaume, ni pour reprendre en main les vassaux syriens qui, bien entendu, avaient profité de la grande révolte pour cesser de payer tribut. C'est à cette dernière tâche que devait s'attaquer son fils avec un succès remarquable, mais ses petits-fils n'eurent pas la même envergure et pendant près de quarante ans l'Assyrie, luttant avec plus ou moins de bonheur sur tous les fronts, en proie à des épidémies et à d'autres révoltes, allait traverser une des périodes les plus difficiles de son histoire.

L'éclipse assyrienne

Adad-nirâri III (810-783), fils de Shamshi-Adad était encore bien jeune lorsque mourut son père et pendant quatre ans l'Assyrie fut gouvernée par sa mère Sammuramat[3] assimilée à la légendaire Sémiramis.

Comment cette reine, qui n'a laissé que peu de traces dans le corpus des inscriptions assyriennes, a acquis la réputation d'être « la plus belle, la plus cruelle, la plus forte et la plus luxurieuse des reines de l'Orient[4] » est un problème pas encore résolu. La légende de Sémiramis[5], telle que l'a racontée, au premier siècle avant J.-C., Diodore de Sicile – qui la tenait des *Persica*, perdues depuis longtemps, de Ctésias, écrivain grec qui fut médecin à la cour d'Artaxerxès II (404-359) – est celle d'une femme androgyne, née d'une déesse syrienne, qui devint reine d'Assyrie en épousant Ninos, le fondateur mythique de Ninive, fondit Babylone, fit construire d'étonnants monuments en Perse, conquit la Médie, l'Egypte, la Libye et la Bactriane, conduisit une expédition militaire en Inde et se transforma en colombe à sa mort. Cette légende contient plusieurs ingrédients : une confusion possible avec Naqi'a/Zakûtu, l'épouse de Sennacherib qui dirigea la reconstruction de Babylone détruite par son mari, ainsi que le souvenir des conquêtes de Darius Ier, de l'expédition

d'Alexandre le Grand en Inde et de la cour des Achéménides
au temps où y sévissait la redoutable reine-mère Parysiatis.
Sémiramis partage aussi certains traits de l'Ishtar guerrière
qui, comme elle, supprimait ses amants. A première vue,
cette histoire mirobolante n'a rien en commun avec la mère
d'Adad-nirari, telle que nous la connaissons, si ce n'est que
le prêtre-historien babylonien Bérose (deuxième siècle avant
J.-C.) appelle Sémiramis la reine d'Assyrie correspondant à
Sammuramat sur le ruban chronologique[6]. Quel était donc le
lien entre ces deux femmes ? Cette légende a une saveur
iranienne plus que mésopotamienne. Il est possible que Sammuramat ait fait quelque chose qui aurait surpris et impressionné les Mèdes, contre lesquels elle a pu mener une ou
plusieurs campagnes. Les prouesses de cette femme peuvent
avoir été transmises, déformées et enjolivées, par des
conteurs itinérants avant de parvenir aux oreilles de Ctésias
qui l'emmena en Grèce, d'où elle parvint en Europe occidentale où elle connut un énorme succès jusqu'au début de ce
siècle. Cette hypothèse semble plausible, mais, comme les
autres, elle ne peut pas être prouvée. Quoi qu'il en soit, il est
amusant de constater que le souvenir des monarques assyriens, on ne peut plus virils, est passé à la postérité sous les
traits d'une femme.

Dès qu'il fut en âge de faire son métier de roi, Adad-nirâri
III montra qu'il était énergique et capable[7]. La première
année de son règne effectif (805), il mobilisa ses troupes,
franchit l'Euphrate, affronta le roi d'Arpad, alors tout-
puissant en Syrie du Nord, le vainquit et le déposa de son
trône. Au cours des trois années qui suivirent, il s'empara de
Hazâzu ('Azaz, à 45 kilomètres au nord-ouest d'Alep), traversa la Syrie centrale et atteignit la Méditerranée. Il érigea
sa stèle dans l'île d'Arad, reçut le tribut des Phéniciens,
monta sur le Liban où il fit couper « cent cèdres mûrs nécessaires à son palais et à ses temples » et rentra à Kalhu. En
796, il revint en Syrie et cette fois, s'attaqua directement à
Ben-Hadad II, roi de Damas. Assiégé dans sa capitale, ce
dernier se soumit et livra à l'Assyrien « sa propriété et ses
biens en quantités incommensurables[8] ». Ravis d'être débar-
rassés de leur ennemi, « Ia'u le Samaritain » (Joas, roi d'Israël) et les Edomites de Transjordanie s'empressèrent de
payer tribut. Par ailleurs, Adad-nirâri mena au moins trois

campagnes dans le Taurus et six dans le Nord-Ouest iranien.
Bien que officiellement dirigées contre le pays de Hubushkia
(vallée du Bohan Su, affluent du Tigre) et contre les Mèdes,
ces campagnes visaient au même but que celles de son père :
desserrer l'étau urartéen. Il fit ses dévotions à Babylone,
Kutha et Barsippa et même introduisit en Assyrie le culte de
Nabû, dieu babylonien des lettres et des sciences. Toutes ces
campagnes n'étaient en fait que des opérations défensives ou
destinées à alimenter le trésor royal. Elles n'eurent aucun
effet durable et la mort de ce digne descendant de Salmanasar III marque le début d'une longue période de stagnation
assyrienne.

Adad-nirâri avait trois fils qui régnèrent l'un après l'autre.
Du premier, Salmanasar IV (782-773), nous n'avons aucune
inscription. La Chronique des éponymes [9] mentionne cinq
campagnes contre l'Urarṭu, expressément nommé maintenant, une contre les Itu' (nomades araméens ou chaldéens de
la vallée de l'Adhem) et deux en Syrie, mais nous savons que
la plupart d'entre elles furent conduites par son *turtânu*
Shamshi-ilu grâce à la longue inscription que celui-ci fit graver sur les deux lions de pierre qui gardaient la porte du
palais de Kâr-Salmanasar (Til Barsip) [10]. Le ton royal de cette
inscription et le fait que le nom du souverain n'y est même
pas mentionné soulignent l'importance de ce personnage et
le peu d'autorité du roi. Le règne de son frère, Ashur-dân III
(772-755) fut marqué par deux épidémies de peste, des
révoltes à Assur, Arrapha et Guzana (Tell Halaf) et une
éclipse de soleil. Rappelons que c'est cette éclipse, dûment
notée sur la liste des éponymes et datable du 15 juin 763, qui
a permis d'établir sur une base solide la chronologie mésopotamienne du premier millénaire. Quant au troisième fils,
Ashur-nirâri V (754-745), il se contenta d'une campagne
contre Arpad qui aboutit à un traité d'alliance avec le roi de
ce pays [11] et de deux opérations de police au Kurdistan. Le
reste de son temps, il le passa « au pays », n'osant guère quitter son palais. C'est pourtant à Kalhu qu'éclata, en 746, la
révolte qui mit fin à son règne et probablement à ses jours et
porta sur le trône d'Assyrie Teglath-Phalazar III, dont on ne
sait pas très bien s'il était son frère, son fils, un autre membre
de la famille royale ou un vulgaire usurpateur.

A l'issue de cette période de trente-six ans (782-746) pendant laquelle l'Assyrie s'est trouvée pratiquement paralysée et en quelque sorte éclipsée, la Babylonie ne faisait pas meilleure figure. Vers 800, elle était tombée dans un état d'anarchie qui rappelle les pires décennies du dixième siècle. Pendant plusieurs années, « il n'y eut pas de roi dans le pays » avoue une chronique. Vers 769, Eriba-Marduk, Chaldéen du Bît Iakîn dans l'extrême Sud de Sumer, monta sur le trône et dut intervenir contre des Araméens qui s'étaient emparés de champs et de vergers appartenant aux habitants de Babylone et de Barsippa ; son règne fut suivi d'émeutes sanglantes dans ces deux villes. En Syrie, Adad-nirâri III avait peut-être été obligé d'aider son seul fidèle allié, Zakir, roi de Hama, attaqué par Ben-Hadad II à la tête d'une coalition de néo-Hittites et Araméens du Nord[12]. Humiliés plus tard, ce même roi de Damas ainsi que le roi d'Arpad devinrent tributaires des Assyriens, mais il est peu probable qu'ils aient continué à verser leur contribution annuelle à de si faibles monarques. Il en était sans doute de même des cités phéniciennes et des royaumes d'Israël et de Juda, d'autant plus que ces derniers, depuis qu'avait été levée la tutelle damascène, avaient recouvré leur vigueur et étaient en pleine expansion. Mais l'élément nouveau et capital de l'époque fut l'entrée en force de l'Urarṭu sur la scène politique[13].

Ce royaume est sans doute né au treizième siècle, car il apparaît sous le nom d'*Uruatri* dans les inscriptions de Salmanasar Ier, mais il n'a acquis une certaine importance qu'au début du neuvième siècle et nous avons vu Salmanasar III chasser son roi Arame de sa capitale Arsashku, au nord du lac de Van. C'est à partir de Sardur Ier, successeur d'Arame, que l'Urarṭu commence à s'étendre. Ce souverain transfère sa capitale à Tushpa (la ville de Van) et, dans une inscription en assyrien gravée sur le mur de sa citadelle, se proclame « roi du pays de Naïri », c'est-à-dire de toute la région montagneuse située au sud de Tushpa. Ishpuhini (824-806) fait un pas de plus en s'emparant de la ville et du pays de Muṣaṣir, probablement situés entre les lacs de Van et d'Urmiah, et du pays de Parsua, aux alentours de ce dernier lac, peuplé de Mèdes et de Mannéens *(Mannaï)*. Son fils Menua (805-788) conquiert l'Alzi (jadis appelé Alshe) entre le haut Tigre et l'Euphrate, puis traverse ce fleuve et reçoit le tribut du roi de Milid (Malatiya). Argishti Ier (787-766) tourne son attention

vers le nord : il occupe la haute vallée de l'Araxe, en Transcaucasie, et y fonde des villes royales telles qu'Irbuni (Arin-
Berd, près de la moderne Yerevan) et Argishtihinli
(Armarvir, sur la frontière turco-soviétique). Sous son règne,
l'Urarṭu atteint son maximum d'expansion : il s'inscrit dans
le triangle Malatiya – lacs de Cildir et de Sevan – pointe sud
du lac d'Urmiah et, en fait, est beaucoup plus vaste que l'Assyrie. Mais bientôt, son successeur Sardur II (765-733) élar-
git encore ces frontières en rangeant sous sa tutelle le Milid
et le Kummuhu, sur la rive droite de l'Euphrate, très près de
la Syrie ; il parvient même à détacher le roi d'Arpad de l'alliance qu'il vient juste de conclure avec Ashur-nirâri V.
Aucune des nombreuses campagnes menées par les Assyriens contre l'Urarṭu et ses vassaux n'a empêché ce royaume
d'occuper progressivement toute la partie orientale de la Turquie actuelle et les provinces du nord-ouest de l'Iran.

Les fouilles effectuées depuis le début de ce siècle tant en
Arménie turque qu'en Arménie soviétique nous ont fourni
d'abondants renseignements sur l'histoire et la civilisation de
l'Urarṭu, civilisation qui, sans mésestimer ses caractères
propres, devait beaucoup aux peuples environnants : Hurrites, Hittites, néo-Hittites et Assyriens. Apparentés aux
Hurrites par leur langue et étroitement mêlés à eux pendant
des siècles, les Urartéens avaient adopté leurs dieux Teshup
et Hepat (appelés Teisheba et Huba) qui, avec la divinité
solaire Shimegi (Shivini), occupaient le deuxième rang du
panthéon après leur dieu national Haldi et son épouse Aru-
bani. C'est sans doute des Hittites qu'ils ont appris à entourer
de murailles cyclopéennes leurs principales villes souvent
perchées sur des pitons rocheux et dominées par une vaste
citadelle qui contenait le palais et ses magasins regorgeant
de grain, d'huile et d'armes. Cependant, les fresques qui
ornaient ces palais sont nettement d'inspiration assyrienne,
comme le sont les très beaux objets de métal sculpté –
casques, boucliers, ceintures, carquois, chaudrons aux anses
élégantes, figurines et statues de bronze – qui constituent
l'essentiel du patrimoine artistique de l'Urarṭu. Enfin, c'est
aux Assyriens que les Urartéens ont emprunté l'écriture
cunéiforme pour raconter, dans leur propre langue, les
prouesses de leur souverains sur des douzaines de stèles et
roches inscrites réparties sur l'ensemble du royaume [14]. Le

plateau d'Arménie, au pied de l'Ararat (nom manifestement dérivé d'Urarṭu), se prêtait admirablement à l'élevage, y compris celui de chevaux, et la fertile vallée de l'Araxe, à l'agriculture. En outre, l'Urarṭu détenait ou contrôlait de nombreuses mines de cuivre et de fer en Géorgie, en Azerbaijian et en Arménie et exportait ses œuvres d'art jusqu'en Crète, en Grèce et en Etrurie [15].

L'émergence à sa porte même d'une nation aussi vaste, prospère, puissante et agressive et son influence sans cesse croissante sur l'équilibre économique et surtout politique du Proche-Orient ont constitué pour l'Assyrie une source constante de soucis et de luttes, mais aussi un puissant stimulant. Il nous paraît incontestable qu'elles ont joué un rôle déterminant dans la formation de l'Empire. En effet, l'expérience ayant montré qu'il n'était pas possible d'attaquer de front ce nouvel ennemi, il fallait d'une part le contenir sur la frontière nord, d'autre part l'empêcher de progresser davantage en Syrie et en Iran, d'où la nécessité de conquérir et d'occuper, pour les tenir fermement, ces deux axes de l'expansion urartéenne. L'Assyrie n'avait qu'un choix : s'étendre ou risquer de périr.

Teglath-Phalazar III

Fort heureusement, après tant de faibles monarques l'Assyrie eut enfin un roi capable de faire face à cette situation. Intelligent, méthodique et combatif, Teglath-Phalazar III (745-727) sut en mesurer la gravité et prendre aussitôt les mesures qui s'imposaient. Non seulement il « fracassa comme des pots », selon sa propre expression, tous ses ennemis et mit en échec l'Urarṭu, mais il fut le premier à intégrer au territoire assyrien un certain nombre des pays qu'il soumit au-delà de l'Euphrate et à ce titre, mérite d'être considéré comme le véritable fondateur de l'empire. En même temps, il réorganisa l'armée et en augmenta considérablement la puissance, léguant ainsi à ses successeurs l'instrument de leurs futures conquêtes. S'il semble leur avoir laissé le soin d'effectuer la réforme administrative tant attendue, qui consistait à rapetisser les provinces de la Jazirah assyrienne en les multipliant, il sut freiner les ambitions démesurées des hauts dignitaires et leur imposer son autorité [16].

En dehors de l'Assyrie proprement dite, les Etats que les victoires de Teglath-Phalazar avaient rangés sous sa tutelle furent, chaque fois que possible et souhaitable, privés de leurs souverains et transformés ou découpés en provinces. Chaque province était confiée à un gouverneur appelé tantôt *bêl pihâti* (littéralement, « maître de circonscription »), tantôt *shaknu* (« préposé ») – sans que nous puissions percevoir une différence de fonction entre ces deux titres – et était divisée en districts *(qannu)* dirigés par des « chefs de villes » *(râb alâni)* relevant du gouvernement[17]. Les Etats qui, pour une raison quelconque, ne pouvaient être incorporés conservèrent leurs propres rois, mais ils étaient surveillés de près par les gouverneurs des provinces voisines. Un réseau de communications extrêmement efficace reliait la capitale aux provinces les plus lointaines. Des courriers ordinaires ou des messagers spéciaux apportaient au roi ou au « grand chancelier » *(sukkâllu dannu)* les lettres et rapports des gouverneurs et de leurs subordonnés et retournaient porteurs des ordres du souverain *(amat sharri*, « parole du roi »). Dans certains cas, le roi envoyait un de ses « proches » *(qurbûtu)* enquêter sur place. Les gouverneurs de provinces jouissaient de pouvoirs administratifs, militaires, judiciaires et financiers étendus mais tempérés par la surveillance constante et les fréquentes interventions du gouvernement central. Bien entendu, l'une de leurs principales fonctions était de percevoir le tribut annuel *(madattu)* et de l'acheminer vers la capitale, tâches dans lesquelles les assistaient des « contrôleurs » *(qîpu)* venus tout exprès de Kalhu. Ils étaient en outre chargés de maintenir l'ordre, de veiller à l'exécution des grands travaux publics et de lever sur place des troupes stationnées en permanence dans leur province et prêtes, soit à intervenir à l'échelon local ou régional, soit à renforcer l'armée royale en campagne.

Cette dernière fonction était d'une importance capitale pour la défense et l'expansion de l'empire. Jusque-là, le gros de l'armée assyrienne était formé, selon une tradition millénaire, de dépendants de la couronne accomplissant leur service militaire au titre de l'*ilku* (voir ci-dessus, page 241) et de conscrits recrutés dans la population générale pour la durée de la campagne annuelle. Teglath-Phalazar conserva ce système, mais il le doubla d'une armée permanente, d'une

armée de métier appelée *kiṣir sharrûti* (« lien de la royauté »)
et constituée en grande partie de contingents prélevés dans
les provinces périphériques. Certaines tribus, comme les Itu',
fournissaient d'excellents mercenaires. Autre innovation
dans ce domaine : l'importance désormais attribuée à la cavalerie au détriment des chars relégués au rang de moyens de
transport[18]. Ce changement était sans doute dicté par la fré-
quence des combats en terrain montagneux à cette époque
contre des ennemis qui, comme les Mèdes, utilisaient surtout
des troupes à cheval.

C'est également Teglath-Phalazar qui introduisit en Mésopotamie la pratique des déportations en masse avec brassage
des populations[19]. Déporter les habitants des pays insoumis
n'était pas chose nouvelle, mais jamais ces opérations
n'avaient atteint de telles dimensions. C'est ainsi qu'au cours
des campagnes syriennes du début du règne, 30 000 habitants
de la région de Hama furent transplantés dans le Zagros et
remplacés par 18 000 Araméens de la rive gauche du Tigre.
On est surpris d'apprendre que ces déplacements forcés tou-
chèrent particulièrement la Babylonie d'où 65 000 hommes,
femmes et enfants en 744 et 150 000 en 729 furent transférés
en Assyrie. Cette politique fut poursuivie par les successeurs
de Teglath-Phalazar et l'on a estimé à quatre millions et demi
le nombre total de personnes déplacées par les Assyriens à
l'intérieur de l'empire en trois siècles environ[20]. Sur certains
bas-reliefs de l'époque on voit des soldats assyriens enca-
drant de longues files d'hommes marchant, un baluchon sur
l'épaule et tenant par la main leurs enfants émaciés, tandis
que femmes et bébés suivent sur des charrettes[21]. Spectacle
pitoyable, certes, et sans doute réel, mais noirci pour la propagande, car si l'un des buts de ces déportations était de
punir les « rebelles », de briser leur moral et d'éliminer tout
esprit national, elles répondaient aussi à d'autres impératifs :
peupler des villes nouvelles dans les pays conquis et en
Assyrie même, repeupler des régions abandonnées pour y
développer l'agriculture, et enfin, procurer aux Assyriens
non seulement des soldats et une main-d'œuvre affectée aux
travaux pénibles, mais aussi – puisque les rafles étaient
larges – des artisans et des artistes, voire des hommes d'affaires, des scribes et des savants. Nous savons par les textes
que les gouverneurs étaient tenus d'assurer le ravitaillement

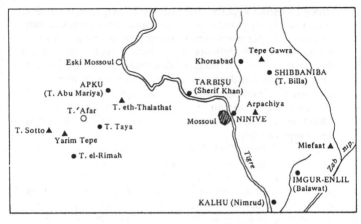

Principaux sites des environs de Mossoul.

et la sécurité des déportés qui traversaient leur province, que beaucoup des déracinés s'habituèrent vite à de nouveaux horizons et restèrent fidèles à leurs maîtres et que certains d'entre eux accédèrent à des postes élevés dans l'administration de l'empire. Les déportés n'étaient nullement des esclaves ; répartis selon les besoins, ils ne possédaient aucun statut particulier mais étaient simplement « comptés parmi le peuple assyrien ». Cette politique a largement contribué à l'« aramaïsation » de l'Assyrie, phénomène aux conséquences multiples et qui, avec l'internationalisation de l'armée, a probablement joué un certain rôle dans la chute de l'empire.

Les guerres entreprises par Teglath-Phalazar III sont, elles aussi, marquées au coin de son esprit méthodique [22]. Dès 745, une expédition en basse Mésopotamie à la demande du roi de Babylone, le Chaldéen Nabûnâṣir (Nabonassar), soulage ce dernier de la pression araméenne et donne au roi d'Assyrie l'occasion de lui rappeler qu'il reste son protecteur [23].

L'année suivante, une campagne dans le Namri et le Bît Hamban, régions du Zagros peuplées surtout de Kassites assez turbulents, lui assure la paix sur ses arrières. En 743, il s'attaque enfin au problème syrien [24]. Plus précisément, il vient assiéger Arpad dont le roi Mati'-El est maintenant l'allié de Sardur II d'Urarṭu et de ses vassaux néo-hittites du Milid, du Gurgum et du Kummuhu. Sardur vole au secours de ses amis, mais il est vaincu près de Samosate, sur l'Euphrate, et fuyant ignominieusement « sur une jument », se réfugie de nuit dans une montagne escarpée[25]. La coalition se disloque. Arpad résiste pendant trois ans, finit par succomber et devient le chef-lieu d'une province assyrienne (741). Entre-temps, une campagne contre Azriyau, roi de Ya'diya (Sam'al), et Tutammu, roi d'Unqi (Pattina), et ses alliés de la côte syrienne aboutit à l'annexion du Nord-Ouest syrien et à la mise en vasselage de la Phénicie (742). Ces victoires ont un retentissement énorme. Pris de peur, de nombreux princes de Syrie et de Palestine s'empressent de présenter tributs et cadeaux. On note parmi eux les rois de Karkemish, du Quê (Cilicie) et de Hama, Rasunu (Razin), roi de Damas, Menahem, roi d'Israël et une certaine Zabibê, « reine des Arabes », ce qui confirme la pénétration de ce peuple dans la corne occidentale du Croissant fertile. Le point de départ de ces campagnes syriennes est probablement Hadâtu (moderne Arslan Tash) entre Karkemish et Harran, où des fouilles ont dégagé un palais provincial de Teglath-Phalazar III, ressemblant étroitement, en plus petit, au palais d'Ashurnaṣirpal à Nimrud. Près de là, un temple dédié à Ishtar a livré d'intéressantes sculptures et inscriptions, tandis qu'un autre bâtiment contenait des panneaux d'ivoire ciselé, butin ou tribut du roi de Damas Hazaël, emporté par Salmanasar III[26].

Ayant ainsi mis fin aux visées de l'Urarṭu sur la Syrie du Nord, le roi d'Assyrie se tourne vers l'Iran, non sans avoir consolidé sa frontière septentrionale. En 737 et 736, il conduit deux campagnes au-delà du Zagros, au cœur du pays occupé par les « Mèdes puissants » et pousse même jusqu'au mont Biknî (Demavend, dans le massif de l'Elburz) et au « désert de sel » (le Dasht-i Kavir, au sud-est de Téhéran). Jamais auparavant l'armée assyrienne n'est allée aussi loin dans cette direction. Les débris d'un palais fortifié à Tepe Giyan, près de Nehavend, et surtout une stèle découverte en Iran témoignent de ces campagnes et de l'intérêt qu'a porté le roi à ce pays[27]. En 735, les Assyriens pénètrent en Urarṭu et parviennent jusqu'à sa capitale Tushpa (Van) qu'ils assiègent, mais sans succès.

Cependant, la situation sur la côte méditerranéenne se détériore. Les Tyriens et les Sidoniens s'agitent, car l'Assyrie leur a interdit tout commerce avec la Philistie et l'Egypte ; les Itu' doivent intervenir et « faire ramper craintivement le peuple [28] ». Plus grave encore, les princes philistins d'Ascalon et de Gaza ont monté contre les Assyriens une coalition comprenant tous les souverains de Palestine et de Transjordanie. En 734, Teglath-Phalazar lui-même vient châtier les rebelles. Le roi d'Ascalon est tué au combat ; l'« homme de Gaza » s'enfuit en Egypte « comme un oiseau » ; l'Ammon, l'Edom, le Moab et Juda, ainsi qu'une autre reine des Arabes nommée Samsi, sont forcés de payer tribut. Deux ans plus tard, Achaz, roi de Juda, pressé par les Damascènes et les Israélites, appelle les Assyriens à l'aide. Teglath-Phalazar prend Damas et l'annexe, ravage Israël, dont le roi est assassiné, et reçoit la soumission de son successeur Osée (732) [29].

En basse Mésopotamie, la mort de Nabû-nâṣir, en 734, a été suivie de coups d'Etat en cascade et en 731, c'est un Araméen nommé Ukîn-zêr qui s'empare du pouvoir. Les Assyriens essayent de convaincre les habitants de Babylone de se soulever contre lui et promettent d'exempter d'impôts les Araméens qui déserteraient, mais ces manœuvres échouent [30]. Teglath-Phalazar envoie alors ses troupes contre l'usurpateur qui est tué, ainsi que son fils, et décide de gouverner personnellement la Babylonie. En 728, « il prend la main de Bêl (Marduk) » au cours de la fête du Nouvel An et se proclame roi de Babylone sous le nom de *Pûlu*. Mais, l'année suivante il meurt ou, selon l'expression akkadienne, « il va vers son destin », après un règne relativement court (dix-huit ans) mais bien rempli.

Sargon II

De Salmanasar V, fils de Teglath-Phalazar, on sait fort peu de chose, car il n'a régné que cinq ans (726-722) et n'a pas laissé d'inscription [31]. Le seul exploit qu'on puisse lui attribuer est la prise de Samarie, motivée par la révolte d'Osée, et la disparition du royaume d'Israël transformé en province assyrienne et plus tard peuplé d'Arabes et de Babyloniens. On n'en sait guère plus sur les origines de son successeur et les circonstances de son accession au trône. L'hypothèse la plus probable est qu'il appartenait à une branche collatérale de la famille royale et qu'il évinça Salmanasar. C'est sans doute pour cela qu'il tint à affirmer ses droits à la couronne en prenant le nom de *Sharru-kîn* (Sargon), « Roi légitime », nom qu'avaient porté jadis un obscur souverain de la dynastie de Puzur-Ashur (voir page 218) et l'illustre fondateur de la Dynastie d'Akkad [32].

Quelques années auparavant, deux événements s'étaient produits au Proche-Orient qui devaient infléchir notablement la stratégie politique et militaire des Assyriens : le réveil de l'Elam après trois siècles de léthargie et un regain d'intérêt de l'Egypte pour les affaires syro-palestiniennes. Tous deux étaient la conséquence directe des victoires de Teglath-Phalazar III, car l'expansion de l'Assyrie, sa mainmise sur la Babylonie, sa conquête de la Syrie et de l'Iran septentrional et la pression qu'elle exerçait sur les « Etats-tampons » de Palestine et de Transjordanie ne pouvaient qu'inquiéter les autres puissances orientales. De plus, l'interdiction faite aux Phéniciens de commercer avec l'Egypte touchait durement cette dernière et il est permis de penser que l'occupation du Nord-Ouest iranien non seulement gênait les communications entre l'Elam et l'Urarṭu, mais faisait craindre aux Elamites une migration en masse des peuples de cette région vers le sud jusqu'aux confins de leur propre territoire – c'est, en effet, le chemin qu'allaient prendre les Perses vers 700. Mais comme ni les Egyptiens ni les Elamites ne se sentaient assez forts pour affronter le « géant en marche », ils adoptèrent une politique de harcèlement consistant à fomenter des révoltes parmi les vassaux de l'Assyrie et à soutenir militairement et financièrement tous les peuples qui désiraient se libérer. On vit alors l'Elam, oubliant quelque trois mille ans de haines et de guerres, s'allier aux Babyloniens et les Egyptiens aider les Philistins et autres « vils Asiatiques » qui leur avaient jadis donné tant de mal. A partir du règne de Sargon l'histoire de l'Assyrie va pratiquement se résumer à une lutte contre d'incessantes révoltes et contre ceux qui les attisaient.

Toutefois, c'est au cœur même de la vieille Assyrie que commencèrent les troubles dès l'avènement de Sargon, certainement contesté (722). Pendant deux ans, il dut faire face à la rébellion d'un grand nombre de ses sujets et de certaines

villes, notamment Assur. L'ordre ne fut rétabli qu'après qu'il
eut maté les rebelles et libéré par décret les habitants d'Assur
« des appels sous les armes », des taxes, corvées et travaux
forcés qu'ils n'avaient jamais connus et que leur avait imposés, selon lui, Salmanasar V [33]. Immobilisé par ce grave
problème, le nouveau souverain ne put se rendre à Babylone
pour s'y faire couronner. Marduk-apla-iddina* (le Merodach-
Baladan de la Bible), chef des Chaldéens du Bît Iakîn, sur les
rives du golfe Arabo-Persique, et qui jouissait d'une grande
influence, en profita pour se faire élire roi de Babylonie et
s'allia aussitôt avec le roi d'Elam Humban-nikash. En 720,
Sargon, enfin libre de ses mouvements, marcha contre ses
ennemis et les rencontra près de Dêr. Dans ses inscriptions, il
n'hésite pas à s'attribuer la victoire, mais une chronique dit
très clairement qu'elle fut remportée par Humban-nikash
avant même l'arrivée des troupes babyloniennes. Merodach-
Baladan, lui, déclare fièrement avoir « abattu la vaste armée
du Subartu (l'Assyrie) et fracassé ses armes [34]. » Détail amusant, cette inscription du roi de Babylone a été retrouvée à
Nimrud ; Sargon l'y avait amenée d'Uruk en 710, la remplaçant dans cette ville par un cylindre d'argile portant sa propre
version de l'événement. On le voit, la « désinformation »
n'est pas une technique nouvelle. Il n'y a cependant pas de
doute que les Assyriens furent battus ou tout au moins tenus
en échec, puisque Merodach-Baladan continua à régner à
Babylone pendant onze ans (721-710). Cependant, une lettre
de Nimrud, non encore publiée, montre que Merodach-
Baladan avait aidé les Assyriens pendant la révolte d'Ukin-
zer et il se pourrait qu'il fut accepté comme pro-assyrien. Il
se comporta d'ailleurs comme un excellent monarque et a
laissé des traces de ses activités de bâtisseur.

En cette même année 720, mais en Syrie, Ilu-bi'di, roi de
Hama, brisa les liens qui l'attachaient aux Assyriens et tenta
d'entraîner derrière lui les gouverneurs de quatre provinces
syriennes (dont Arpad et Damas), tandis que se révoltait
également le roi de Gaza Hanuna, appuyé par une armée
égyptienne. Mais là, Sargon fut plus heureux. Il écrasa Ilu-
bi'di à Qarqar, incorpora Hama à l'empire et y envoya ceux
qui s'étaient rebellés contre lui en Assyrie. Ilu-bi'di fut cap-

* « Le dieu Marduk m'a donné un héritier. »

turé et écorché vif. Hanuna fut pris par Sargon lui-même et emmené à Assur. Quant au général égyptien Sib'e, « il s'enfuit seul et disparut comme un berger dont on aurait volé le troupeau [35] ». Huit ans plus tard, nouvelle révolte dans le Sud-Ouest, dirigée par Iamâni, roi d'Ashdod, suivi par Juda, le Moab et l'Edom et soutenu par « Pir'u de Musru », à traduire « le pharaon d'Egypte », qui était probablement Bocchoris, de la XXIVe Dynastie. Nouvelle victoire de Sargon et annexion d'Ashdod. Iamâni chercha refuge en Egypte, mais Bocchoris fut renversé par le Nubien Sabakho, qui jugea plus sage de l'extrader : « Il le chargea de chaînes, d'entraves et de bandes de fer et on l'amena en Assyrie, un long voyage [36] ! » La Palestine resta calme jusqu'à la fin du règne de Sargon.

Cependant, l'Urartu, vaincu mais non abattu par Teglath-Phalazar, restait le principal ennemi des Assyriens et ne cessait de fomenter des révoltes parmi les Mèdes, les Mannéens et les Zikirtu des environs du lac d'Urmiah. Il suffit de parcourir la correspondance royale pour constater le soin avec lequel les officiers de Sargon postés dans les districts frontaliers du Nord et du Nord-Est « montaient la garde du roi » et le tenaient informé des moindres mouvements du souverain d'Urarṭu et de ses généraux, des moindres variations dans les allégeances politiques des peuples environnants [37]. Malgré des interventions répétées de Sargon dans ces régions et dans le Zagros central, le roi Rusa d'Urarṭu avait réussi à remplacer les princes mannéens soumis à l'Assyrie par des créatures à lui. En 714, les Assyriens lancèrent une vaste contre-offensive. Cette grande campagne de la huitième année de Sargon, brièvement relatée dans ses annales, est racontée entièrement dans une lettre de plus de cinq cents lignes adressée « à Ashur, le père des dieux, aux dieux des destins et aux déesses qui habitent son temple et la ville d'Assur », ainsi qu'à « la Ville et sa population ». Ces « lettres aux dieux » étaient en fait destinées à être lues en public lors de la cérémonie officielle qui marquait la fin d'une importante campagne, afin de faire valoir le courage et la sagesse du souverain. Il faut noter que les deux autres exemples qui ont survécu à l'état de fragments proviennent de Salmanasar IV et d'Assarhaddon, rois contestés comme Sargon [38]. Dans la campagne de 714, la configuration du terrain non moins que la résistance de l'en-

nemi rendaient la marche exceptionnellement difficile et
notre texte abonde en passages poétiques propres à créer une
forte impression dans l'audience :

> « Le Simirria, grand pic qui, comme un fer de lance, se
> dresse ; qui élève sa tête au-dessus des montagnes séjour de
> Bêlit-ilâni* ; dont en haut la tête soutient le ciel, dont en bas la
> racine atteint le centre des enfers ; qui, en outre, comme une
> arête de poisson, n'a pas de passage d'un côté à l'autre ; dont
> devant et derrière l'ascension est difficile ; sur les flancs
> duquel des gouffres et des précipices se creusent ; dont la vue
> inspire la crainte ; qui pour la montée des chars et la fougue
> des chevaux n'est pas propice, dont les chemins sont difficiles
> pour le passage des fantassins – avec l'ouverture d'entende-
> ment et le souffle intérieur que m'ont attribués Ea et Bêlit-
> ilâni qui ont ouvert mes jambes pour aller abattre les pays
> ennemis, de forts pics de bronze j'avais chargé mes pionniers ;
> les rochers des hautes montagnes, ils firent voler en éclats
> comme de la pierre de taille, ils améliorèrent le chemin. Je
> pris la tête de mes troupes : les chars, la cavalerie, les combat-
> tants qui vont à mes côtés, comme des aigles vaillants, je
> les fis voler au-dessus de ce mont. Les hommes de peine,
> les sapeurs, je fis suivre ; les chameaux, les ânes de charge,
> comme des bouquetins élevés dans la montagne, bondirent
> par-dessus sa cime. Aux massives troupes d'Ashur je fis heu-
> reusement gravir ses pentes difficiles ; au sommet de ce mont
> je retranchai mon camp [39]. »

Sargon et son armée franchirent donc rivières et montagnes, se frayèrent un chemin par les armes autour du lac
d'Urmiah, enfin s'emparèrent de la grande cité fortifiée de
Muṣaṣir qui livra un énorme butin et la statue du grand dieu
Haldi. De cette défaite, l'Urarṭu ne se releva jamais. Lorsqu'il apprit la chute de Muṣaṣir, clé de voûte de tout son
appareil militaire à l'est, Rusa fut rempli de honte : « Avec sa
propre épée de fer, comme à un porc, il se perça le cœur et
mit fin à sa vie [40]. »
Mais les Urartéens avaient eu le temps de dresser d'autres
pays contre les Assyriens. En 717, le roi de Karkemish,
encore indépendant, complota contre Sargon et vit son
royaume envahi et transformé en province de l'empire. Au
cours des cinq années qui suivirent, le Quê (Cilicie), le Gur-

* « Maîtresse des dieux », épithète de la déesse Ishtar.

gum, le Milid, le Kummuhu et une partie du Tabal, en un mot tous les Etats néo-hittites du Taurus, subirent le même sort. Derrière tous ces « complots » et toutes ces « révoltes » on trouve la main non seulement de l'« homme d'Urartu », mais aussi de Mitâ de Mushki (Midas, roi de Phrygie) que Rusa avait réussi à entraîner dans sa sphère d'influence.

Au début de 710, Sargon était vainqueur sur tous les fronts ; seule Babylone, aux mains de Merodach-Baladan, demeurait une épine au flanc de l'Assyrie et cette année-là, il l'attaqua pour la deuxième fois. Le Chaldéen, qui avait rallié autour de sa personne toutes les tribus établies dans l'ancien pays de Sumer, résista pendant deux ans, puis, enfermé dans Dûr-Iakîn [41] et blessé, « il se glissa par la porte de sa cité comme une souris dans son trou » et se réfugia en Elam. Sargon entra dans Babylone et, comme ses deux prédécesseurs, « prit la main de Bêl », faisant ainsi de cette capitale le second fleuron de sa couronne. Cette victoire eut d'étonnantes répercussions : Midas le Phrygien lui offrit son amitié ; Upêri, roi de Dilmun, « entendit parler de la puissance d'Ashur et envoya des présents » ; sept rois de Iatnana (Chypre), « dont les lointaines demeures sont à sept jours de voyage sur la mer du soleil couchant », prêtèrent serment d'allégeance au monarque assyrien dont une stèle a, effectivement, été trouvée à Kition (Larnaka) [42]. Les efforts de ses ennemis pour saper les fondations de l'Empire avaient été vains ; il était plus vaste et apparemment plus solide que jamais.

Sargon avait d'abord vécu à Kalhu, capitale militaire de l'Assyrie, où il avait réparé, modifié et occupé le palais d'Ashurnaṣirpal. Mais, poussé par son orgueil – ou par la crainte d'autres révoltes domestiques –, il décida bientôt d'avoir sa propre résidence dans sa propre cité. En 717, fut fondée Dûr-Sharrukîn, « la forteresse de Sargon », sur un site vierge situé à 24 kilomètres au nord-est de Ninive, près du village moderne de Khorsabad. Ce fut, rappelons-le, la première ville mésopotamienne jamais fouillée, l'endroit où, en 1843, le consul de France à Mossoul, Paul-Emile Botta, « découvrit » les Assyriens [43]. La ville formait un carré de plus d'un kilomètre et demi de côté et ses remparts étaient percés de sept portes fortifiées. Dans sa partie nord, une muraille entourait la citadelle qui contenait le palais royal, communiquant avec le temple de Nabû par un splendide pont de pierre, une ziqqurat dont les sept étages étaient peints de couleurs différentes et les somptueuses maisons des hauts dignitaires. La demeure royale s'élevait sur une terrasse haute de quinze mètres surplombant le rempart et ne comportait pas moins de deux cents pièces et trente cours. Elle était, comme il se doit, richement décorée : de gigantesques taureaux à tête humaine gardaient ses portes – comme d'ailleurs celles de la ville et de la citadelle –, des fresques aux couleurs vives ou des briques émaillées de bleu égayaient la plupart des chambres et chapelles privées ; des orthostates portant des bas-reliefs et inscriptions se déroulaient le long des murs sur quelque deux mille mètres. Des milliers de prisonniers de guerre et déportés, des centaines d'artistes et artisans ont dû travailler à Dûr-Sharrukîn, puisque la cité tout entière a été construite en dix ans. Tout indique pourtant qu'elle fut peu peuplée et rapidement abandonnée. Dans une de ses inscriptions, Sargon proclame :

> « Pour moi, Sargon, qui habite ce palais, puisse-t-il (le dieu Ashur) décréter longue vie, santé du corps, joie du cœur, bien-être de l'âme [44]. »

Mais le dieu n'exauça pas sa prière. En 705, un an après la cérémonie d'inauguration, Sargon « marcha contre le Tabal » et fut tué dans cette campagne [45]. Dûr-Sharrukîn ne fut pas abandonné et persista jusqu'aux derniers jours de l'empire, occupé par de hauts fonctionnaires, tels que des éponymes, mais aucun des derniers rois d'Assyrie n'y a vécu [46].

Les Sargonides

Les descendants de Sargon II – les Sargonides, comme on les appelle souvent – ont gouverné l'Assyrie pendant près d'un siècle (704-609) portant à leur apogée sa puissance, son étendue et sa culture. Pourtant, les guerres de Sennacherib, d'Assarhaddon et d'Ashurbanipal, que les inscriptions royales, dans leur style ampoulé, présentent comme de triomphales conquêtes, n'étaient, au mieux, que des contre-offensives couronnées de succès. A la fin du règne de Sargon, l'Urarṭu était neutralisé. Directement ou indirectement, les rois d'Assyrie dominaient tout le Croissant fertile, ainsi qu'une partie de l'Iran et de l'Anatolie. Ils possédaient une fenêtre sur la Méditerranée, une autre sur le golfe Arabo-Persique, contrôlaient en majeure partie les cours du Tigre et de l'Euphrate et toutes les grandes voies commerciales traversant le Taurus, le Zagros et la Syrie. Comblés de biens et de richesses par leurs sujets, leurs vassaux et leurs alliés, ils vivaient dans la prospérité et auraient pu connaître la paix sans les révoltes incessantes que provoquait leur politique égocentrique, leur « impérialisme » comme on dit volontiers aujourd'hui, et qu'encourageaient et soutenaient – au moins en Palestine, en Phénicie et en Babylonie – les Egyptiens et les Elamites. La conquête de l'Egypte par Assarhaddon et la destruction de l'Elam par Ashurbanipal ne furent, en fin de compte, que des mesures visant à mettre fin à une situation intenable, l'aboutissement de longs et durs conflits imposés à l'Assyrie par ses adversaires plus que voulus par elle. Dans ces luttes continuelles, les Assyriens épuisèrent leurs forces, ruinèrent leurs propres possessions, mais ne purent empêcher la formation, derrière l'écran du Zagros, d'un puissant royaume médique, futur instrument de leur perte. Vers 640, alors que la victoire semblait totale et qu'Ashurbanipal se dressait dans sa gloire au-dessus de tous ses ennemis, il apparut soudain que le colosse avait des pieds d'argile.

Sennacherib

Comme l'indique son nom, Sennacherib – *Sîn-ahhê-erîba*, « le dieu Sîn a compensé (la mort des) frères » – n'était pas le premier fils de Sargon, mais le survivant de plusieurs enfants décédés. Elevé dans la « maison de succession » et chargé, encore jeune, d'importantes fonctions administratives et militaires, il était bien préparé à son métier de roi lorsque, en 704, il monta sur le trône d'Assyrie[1].

Tout au long de son règne, les confins septentrionaux de l'empire restèrent relativement calmes. Les victoires de Sargon au Kurdistan, en Arménie et dans le Taurus avaient porté de tels coups aux Urartéens et aux Phrygiens qu'il n'y avait plus lieu de les considérer comme des agresseurs éventuels. D'ailleurs, ces deux peuples subissaient alors les attaques d'ennemis imprévus : les Cimmériens (Gimirraia en akkadien)[2], cavaliers nomades originaires de Crimée et d'Ukraine qui, dans la dernière moitié du huitième siècle, avaient franchi le Caucase et pénétré au Proche-Orient. Etablis d'abord dans l'actuelle Géorgie soviétique, ils s'étaient soulevés contre le roi d'Urarṭu, maître de ces terres, lui infligeant une sévère défaite[3], puis s'étaient divisés en deux branches dont l'une, s'avançant vers l'ouest, menaçait la Phrygie, tandis que l'autre, marchant au sud, s'alliait aux Mannaï et aux Mèdes dans l'angle nord-ouest de l'Iran. Sennacherib était, sans aucun doute, informé de leurs mouvements, mais il lui était impossible d'intervenir si loin de ses bases. Les quatre campagnes qu'il lança vers le nord et vers l'est à différents moments de son règne furent d'importance et de portée moyennes. Elles étaient dirigées contre des tributaires rétifs : princes du Zagros central et du Kurdistan, roitelets de Cilicie – apparemment aidés par des troupes ioniennes – et l'un des rois du Tabal.

En fait, toute l'attention du roi d'Assyrie était accaparée par les régions méditerranéennes et la Babylonie où, dès l'annonce de la mort de Sargon, de très graves révoltes avaient éclaté. En Phénicie et en Palestine, la propagande égyptienne était parvenue à persuader Lulê, roi des Sidoniens, Sidka, roi d'Ascalon, Ezechias, roi de Juda, et les habitants d'Ekron de briser les liens qui les unissaient aux Assyriens. En 701, Sennacherib partit châtier les rebelles [4]. Il chassa de Sidon Lulê, qui s'enfuit à Chypre, captura Sidka et l'envoya en Assyrie, battit une armée égyptienne venue au secours d'Ekron et installa dans toutes ces villes des princes présumés plus souples. Puis, il s'attaqua à Juda, assiégea et prit la place forte de Lakish et envoya trois hauts dignitaires – le *turtânu*, le *rab shaqê* et le *rab sha rêsh* – parlementer à Jérusalem. Ici se place la scène que décrit, de façon si vivante, le deuxième Livre des Rois [5]. Arrivés devant la ville, les envoyés du roi rencontrent le secrétaire, l'archiviste et le chef de la maison d'Ezechias. Ces derniers préféreraient converser en araméen pour que la foule, massée sur les remparts, ne comprenne pas, mais les Assyriens n'en ont cure et emploient « le (parler) judaïque ». Ils se moquent des Juifs qui ont placé leur confiance dans l'Egypte et pris pour soutien « ce roseau cassé, qui pénètre et perce la main de quiconque s'appuie dessus », promettent deux mille chevaux s'ils capitulent et finalement se font menaçants. Mais Ezechias, encouragé par le prophète Isaïe, refuse obstinément d'ouvrir les portes de Jérusalem. On arrive à un compromis : les Assyriens se retirent et la ville est épargnée, mais à quel prix : Ezechias a dû livrer trente talents d'or, huit cents talents d'argent, « toutes sortes de trésors précieux, ainsi que ses filles, son harem, ses musiciens hommes et femmes » et même, selon la Bible, « les lames d'or dont il avait couvert les portes et les linteaux du temple de l'Eternel ». Il a aussi dû évacuer plusieurs de ses cités et les donner aux Philistins.

En Babylonie, la situation était pire qu'en Palestine [6]. Sennacherib avait hérité ce royaume en même temps que celui d'Assyrie, mais dès 703, une révolution donna la couronne à un Babylonien. Il ne la garda que quelques semaines. Merodach-Baladan revint d'Elam, où, nous l'avons vu, il s'était réfugié, et avec l'aide de troupes élamites et le concours de toute la population entra dans la capitale et reprit le pouvoir. La réplique de Sennacherib ne se fit guère attendre : quelques mois plus tard, il écrasait les rebelles sous les murs de Kish. Encore une fois, le Chaldéen parvint à s'échapper, alla se cacher au sein des marais qui, comme aujourd'hui, couvraient l'extrémité sud de la basse Mésopotamie, et resta introuvable. Sennacherib pilla son palais, fit de nombreux prisonniers et déporta 208 000 Babyloniens, Chaldéens et Araméens en Assyrie. Puis, il confia le royaume à un nommé Bêl-ibni, natif de Babylone, qui, dit-il, « avait grandi dans mon palais comme un jeune chiot ». Trois ans plus tard, cependant, Merodach-Baladan sortit de son repère et suscita assez de désordres pour justifier une deuxième intervention assyrienne. Sennacherib détrôna Bêl-ibni pour incompétence ou collusion avec les rebelles et le remplaça par son propre fils aîné, Ashur-nadin-shumi. Mero-dach-Baladan évita le combat, « rassembla tous les dieux de son pays dans leurs sanctuaires, les chargea sur des bateaux et s'enfuit comme un oiseau dans la région marécageuse de Nagite, qui est au milieu de la mer [7] ».

Six années de paix s'écoulèrent, puis, en 694, Sennacherib décida de s'emparer des cités élamites « de l'autre côté du fleuve Amer (le golfe Arabo-Persique), où les gens du Bît Iakîn s'étaient dispersés devant les armes d'Ashur », et organisa une formidable opération amphibie destinée à écraser une fois pour toutes ces Chaldéens décidément tenaces. Une flotte construite à Ninive par des charpentiers syriens et pourvue de marins phéniciens et chypriotes descendit le Tigre jusqu'à Upâ (Opis), où elle fut transférée sur le canal Arahtu, puis sur l'Euphrate, car à cette époque, le Tigre se perdait dans de vastes marais et son cours inférieur n'était pas navigable. L'armée suivait sur la terre ferme ; elle rejoignit la flotte à Bâb-Sali-mêti, près de l'embouchure du fleuve [8]. Les troupes embarquèrent, traversèrent le sommet du Golfe, pillèrent quelques villes d'Elam et retournèrent chargées de butin. Il n'est soufflé mot de Merodach-Baladan, qui dut mourir en exil. Mais les Elamites réagirent immédiatement : Hallushu (Halutush-Inshushinak), leur roi, envahit la Babylonie et s'empara de Sippar. Les Babyloniens se saisirent alors d'Ashur-nâdin-shumi et le lui livrèrent ; il fut emmené en Elam et disparut, sans doute assassiné. L'Elamite mit sur le trône de Babylone l'un de ses protégés, vite chassé par les Assyriens, mais remplacé par un prince chaldéen choisi par la population locale : Mushêzib-Marduk. Et de nouveau, ce fut un soulèvement général de tous les habitants de la Babylonie qui achetèrent, avec les trésors du temple de Marduk, l'aide du nouveau roi d'Elam, « Umman-menanu » (Humban-nimena). Le choc avec les Assyriens eut lieu en 691 à Hallulê, sur le Tigre. Les annales de Sennacherib en font une grande victoire ; ce fut, en réalité, une défaite [9]. Rendu fou de rage par ce revers et, encore plus, par la disparition de son fils, excédé par ces révoltes continuelles, Sennacherib décida d'en finir, de se venger sur Babylone elle-même. En 689, il osa accomplir l'impensable : détruire la cité illustre et sacrée, seconde métropole de l'empire et source de sa civilisation, que ses prédécesseurs avaient souvent haïe, mais généralement traitée avec une patience et un respect infinis :

> « Comme s'avance l'ouragan, je l'attaquai et, comme la tempête, je l'abattis... Ses habitants, jeunes et vieux, je ne les épargnai pas et, de leurs cadavres, je remplis les rues de la ville... La cité elle-même, ses maisons, de leurs fondations à leurs toits, je les dévastai, je les détruisis, je les renversai par le feu... Afin qu'à l'avenir on oublie même l'emplacement de ses temples, je la ravageai par l'eau, je la changeai en pâturages. Pour apaiser le cœur d'Ashur, mon seigneur, pour que les peuples s'inclinent en soumission devant sa haute puissance, j'enlevai la poussière de Babylone en guise de présent aux peuples les plus éloignés et, dans ce temple du Nouvel An (à Assur), j'en conservai une partie dans une jarre couverte [10]. »

Le « cancer babylonien » extirpé par cette opération radicale, Sennacherib se tourna vers l'ouest, résolu à mettre fin au problème palestinien en conquérant l'Egypte. C'est sans doute à ce moment-là qu'il faut placer une expédition en Arabie destinée à se procurer des chameaux, mais aussi à punir le cheikh arabe Haza'el qui avait aidé les Babyloniens [11]. Revenu sur la côte méditerranéenne, Sennacherib s'avança vers l'isthme de Suez. Il avait atteint Péluse [12], lorsque son camp fut ravagé « par l'ange de l'Eternel », dit la Bible, « qui sortit cette nuit-là et frappa 185 000 hommes dans le camp des Assyriens », « par un flot de rats des champs qui se répandit chez eux pendant la nuit, rongeant les carquois, rongeant les arcs et aussi les courroies des boucliers », raconte Hérodote, « par une pestilence » (épidémie), dit l'historien juif Flavius Josèphe, plus terre à terre [13]. Les annales assyriennes sont évidemment muettes sur ce triste épisode dont l'existence même est controversée et rejetée par de nombreux assyriologues.

Cependant, les grands dieux de Sumer et d'Akkad ne pouvaient laisser impunie la destruction de Babylone. En 681, le vingtième jour du mois de Tebêtu (janvier), alors qu'il priait dans le temple de Nabû à Ninive, Sennacherib trouva la mort qu'il méritait : il fut poignardé par un de ses fils ou, selon une autre tradition, écrasé par un des taureaux ailés qui gardaient le sanctuaire [14].

Sennacherib a parfois été sévèrement jugé. On l'a qualifié de velléitaire borné, brutal et lâche [15], et il est vrai que beaucoup de ses campagnes ont été menées par ses lieutenants. Mais il faut lui rendre justice : le roi qui détruisit Babylone fut, en Assyrie, un grand constructeur en même temps qu'un esthète, un ami des lettres et de la nature. On lui doit, en particulier, la transformation de la très ancienne cité de Ninive (Ninua) en capitale digne de l'empire qu'elle commandait. En quelques années, son périmètre fut quadruplé, passant de 3 à 12 kilomètres. Sa muraille de gros blocs calcaires, « haute comme une montagne » et percée de quinze portes dont chacune portait le nom d'une divinité, englobait deux districts séparés par une petite rivière, le Tebiltu (le Khosr) et représentés aujourd'hui par les deux tells jumeaux de Kuyunjik et de Nebi Yunus, sur la rive gauche du Tigre, en face de Mossoul [16]. C'est à Kuyunjik que s'élevait la vieille résidence royale, peut-être fondée par Shamshi-Adad Ier, mais elle avait été négligée et les crues du Tebiltu avaient ruiné ses fondations. Le cours de la rivière fut détourné, le bâtiment démoli et sur une grande terrasse jetée sur l'ancien lit, fut construite la magnifique demeure de Sennacherib, le « palais sans rival » :

> « Des poutres de cèdre, produit de l'Amanus ramené avec peine de ces lointaines montagnes, je les jetai au travers les toits. De grands vantaux en cyprès, dont l'odeur est agréable quand on les ouvre et les ferme, je les liai d'une bande de cuivre brillant et les fixai dans les portes. A l'intérieur, pour mon royal plaisir, je construisis un portique selon le modèle des palais hittites et qu'on appelle *bît hilâni* en langue amorrite [17]. »

Coulés dans des moules « comme des pièces d'un demisicle », d'énormes piliers de cuivre reposant sur des lions de bronze vinrent orner les portails du palais. On installa « aux quatre vents » des génies protecteurs en argent, cuivre ou pierre. On traîna à travers les portes de grandes dalles de cal-

caire sculptées de scènes de guerre pour les dresser le long
des murs. Enfin, à côté du palais, fut ouvert « un grand parc,
comme sur l'Amanus, planté de toutes sortes d'herbes et
d'arbres fruitiers ». Dans la ville elle-même, les places furent
agrandies, les rues et avenues, pavées et « rendues éclatantes
comme (la lumière du) jour ». Toute la campagne environnante fut transformée en un immense verger en captant l'eau
de collines distantes d'une cinquantaine de kilomètres et en
l'amenant à Ninive par un long canal qui franchissait un val-
lon par un magnifique aqueduc dont les restes sont encore
visibles près du village de Jerwan [18].

Fier de sa personne et de son œuvre, Sennacherib aimait à
se faire représenter sur les hauteurs de ce pays d'Ashur
auquel il était fanatiquement dévoué. A Bavian, près de Jerwan, à Maltaï, non loin de Dohuk, et sur le Judi Dagh, à la
frontière turco-iraqienne [19], existent toujours, taillés dans le
roc, les portraits gigantesques du « roi puissant, souverain de
peuples lointains », représenté debout, rendant hommage à
son dieu national et apparemment insoucieux du dieu de
Babylone qu'il avait si gravement offensé.

Assarhaddon

Le meurtre de Sennacherib marque le point culminant
d'une des crises de succession les plus graves qui ait jamais
secoué l'Assyrie [20]. Le roi défunt avait eu au moins quatre
fils. L'aîné ayant disparu en Elam, le prince héritier aurait
normalement dû être Arad-Ninlil [21], son puîné, mais Sennacherib choisit le plus jeune. Assarhaddon, né de sa deuxième
épouse Zakûtu (Naqi'a) qui exerçait sur lui une forte
influence. Emportés par la jalousie, Arad-Ninlil et son frère
(ou ses frères) s'agitèrent et complotèrent tellement que le roi
préféra éloigner le jeune prince « dans un endroit caché »,
tout en maintenant sa décision. C'est pourquoi il fut assassiné. A peine était-il mort, cependant, que les frères meurtriers se disputèrent la couronne, « se battirent entre eux
comme de jeunes chevreaux », s'aliénant le support de la
population. Assarhaddon* s'empressa de revenir vers Ninive
pour y faire valoir ses droits. Les troupes qui devaient lui

---

* Ashur-aha-iddin, « Le dieu Ashur a donné un frère ».

barrer le chemin passèrent de son côté et « le peuple d'Assyrie vint baiser ses pieds ». Faisant « sauter son armée pardessus le Tigre comme s'il s'agissait d'un fossé », il entra dans la capitale et, en mars 681, « s'assit joyeusement sur le trône de son père ». Ses frères s'enfuirent en Urarṭu, mais les officiels qui les avaient aidés furent mis à mort avec leur progéniture.

Le premier geste du nouveau souverain [22] fut d'expier le péché qu'avait commis Sennacherib en détruisant Babylone : il décida de la reconstruire. Les dieux, dans leur colère, avaient décrété que la ville devait rester en ruine pendant soixante-dix ans, mais les prêtres trouvèrent un moyen de contourner cet obstacle : « Marduk le miséricordieux retourna la tablette des Destins et ordonna que la cité soit restaurée dans la onzième année » ; en effet, en écriture cunéiforme le chiffre 70 renversé devient 11, comme notre chiffre 9 devient 6. Toute la population de Babylone fut mobilisée pour « porter le couffin » et Babylone fut non seulement reconstruite, mais « agrandie, élevée jusqu'aux cieux et rendue magnifique [23] ». La ville n'avait peut-être pas été entièrement rasée, comme le prétendait Sennacherib, mais certainement très endommagée, car sa reconstruction occupa tout le règne et Marduk, retenu prisonnier à Assur, ne put regagner son temple qu'en 668, un an après la mort du roi. Par cet acte de piété, mais aussi de justice et de sagesse, Assarhaddon conquit le cœur de la plupart de ses sujets babyloniens. A l'exception d'une tentative avortée du fils de Merodach-Baladan pour s'emparer d'Ur et de deux soulèvements des Araméens Dakkurû, vite réprimés, les provinces du Sud restèrent calmes. Mieux encore, ce furent les Babyloniens eux-mêmes qui repoussèrent le roi d'Elam Humban-haltash quand, en 675, il envahit leur pays [24].

En Phénicie, autre point chaud de l'empire, Assarhaddon utilisa la manière forte. En 676, il captura et fit décapiter Abdi-milkuti, roi de Sidon, qui s'était révolté ; la ville fut « déchirée en morceaux et jetée dans la mer », ses habitants déportés en Assyrie et son territoire transformé en province ayant pour chef-lieu une ville nouvelle baptisée Kâr-Assarhaddon. Quelques années plus tard, il imposa à Ba'al, roi de Tyr, un traité [25] le mettant entièrement sous la coupe des Assyriens, qui contrôlaient désormais eux-mêmes tout le commerce phénicien. Ces mesures énergiques assurèrent –

au moins temporairement – la paix sur la côte méditerranéenne et permirent à Assarhaddon de s'occuper des graves problèmes qui commençaient à se poser au nord et à l'est.

Au début du septième siècle, des groupes de Scythes (en assyrien Ishkuzaï), peuple de cavaliers nomades qui transhumaient dans les steppes au nord de la mer Noire, entre le Dniepr et la Volga [26], avaient franchi le Caucase et s'étaient mêlés aux Cimmériens, déjà établis en Asie Mineure et en Iran. L'arrivée de ces tribus guerrières donna un nouvel élan aux activités prédatrices de ces derniers, conduits par un certain Teushpa. En 679, Cimmériens et Scythes firent irruption sur le flanc sud du Taurus, menaçant les garnisons assyriennes installées au Tabal et suscitant des rébellions parmi les princes de Cilicie vassaux des Assyriens. Dans une contre-attaque foudroyante, Assarhaddon « foula aux pieds la nuque » des Ciliciens et « faucha de l'épée » Teushpa et ses hordes, les forçant à battre en retraite. Elles se retournèrent alors contre le royaume de Phrygie qu'elles devaient renverser trois ans plus tard. Heureux de voir leur flot détourné de ses territoires, le roi d'Assyrie fit la paix avec les Cimmériens et donna l'une de ses filles en mariage au Scythe Bartatua (le Protothyès d'Hérodote). En 673, il repoussa sans difficulté une faible attaque de Rusa II d'Urartu.

A l'est, cependant, les efforts répétés des Assyriens pour obtenir des Mannaï – maintenant mêlés de Cimmériens et de Scythes – qu'ils payent régulièrement le tribut se soldèrent par un échec. Non moins rétifs étaient les Mèdes, qui occupaient tout le plateau iranien au sud et à l'est du lac d'Urmiah et que Kashtaritu (Khashathrita, Phraorte) commençait à rassembler en une ébauche de royaume. Assarhaddon fit ce qu'il put pour remédier à une situation dont l'effet immédiat était de réduire considérablement l'approvisionnement en chevaux de l'armée assyrienne et dont il percevait peut-être vaguement les conséquences à long terme : il lança contre les Mèdes plusieurs raids à longue distance et prit sous sa protection trois de leurs grands princes qui avaient sollicité son secours contre leurs propres vassaux. Plus au sud, une série de campagnes dans le Zagros central lui donna l'Ellipi (région de Kermanshah) et il s'allia aux Gambulû, tribu araméenne de la rive gauche du Tigre, pensant créer ainsi des Etats-tampons entre l'Elam et la Mésopotamie. L'Elam n'était d'ailleurs pas à craindre à cette époque. En 674, Urtaki avait succédé à son frère Humban-haltash, mort subitement, et faisait montre de dispositions amicales envers l'Assyrie, allant jusqu'à rendre des statues divines prises par ses prédécesseurs et à nommer un ambassadeur permanent à Ninive [27].

Tout en pratiquant cette politique alliant la force à la diplomatie et qui conférait une certaine stabilité à l'empire, Assarhaddon ne perdait pas de vue son grand dessein : conquérir l'Egypte [28]. Les circonstances paraissaient plus favorables que jamais. L'Egypte était alors divisée en de multiples royaumes, dont le plus important était celui de Saïs, dans le Delta, gouverné par Necho (Nikku), descendant d'un pharaon libyen. Mais depuis 715, tous ces rois obéissaient aux souverains de la XXVe Dynastie originaire du pays de Kush (la haute Nubie, le Soudan actuel), qui résidaient à Thèbes. A l'époque d'Assarhaddon, ce pharaon s'appelait Taharqa ; il régnait depuis 689. Or, les Egyptiens détestaient les Kushites et le roi d'Assyrie dut penser qu'il lui suffirait de se poser en libérateur pour qu'ils se rangent à ses côtés, faisant de sa campagne une simple promenade militaire. En quoi il se trompait profondément. Dès 679, il avait « tâté le terrain » en reprenant la ville frontière d'Arza, sur le « Ruisseau d'Egypte » (Wadi el-Arish, au Negeb), conquise puis perdue par Sennacherib. Taharqa n'avait pas bougé, mais six ans plus tard, Assarhaddon s'était heurté à ses troupes venues secourir Ascalon révoltée et avait perdu la bataille. Entre-temps, il s'était efforcé de gagner l'amitié des Arabes établis autour de la mer Morte, car sans leur coopération – ou tout au moins leur neutralité – il s'exposait, s'il attaquait l'Egypte, à ce qu'ils le harcèlent au passage ou coupent ses voies de communication. Il avait donc rendu à Haza'el son épouse et ses dieux, dont Sennacherib s'était jadis emparé, et défendu son fils Uatê (Yata') contre un rival moyennant tribut. Mais les fiers Arabes nomades n'ont jamais aimé être tributaires et, plus tard il avait dû écraser une révolte de ce même Uatê [29].

En 671, Assarhaddon rassembla une grande armée et se lança enfin à l'assaut de l'Egypte. Longeant la mer par Rapihu (Tell Rifah, au sud de Gaza), les Assyriens traversèrent, pour la première fois, le désert du Sinaï – aventure exaltante et terrifiante, dont le récit tient du conte de fées : ne virent-ils pas des « serpents à deux têtes dont l'attaque signi-fie la mort » et « des animaux verts battant des ailes » ? Puis, ils pénétrèrent dans le delta du Nil. L'armée de Taharqa offrit une résistance opiniâtre et la conquête se fit pas à pas, nul doute au prix de lourdes pertes :

> « De la ville d'Ishupri jusqu'à Mempi (Memphis), sa rési-dence royale, une distance de quinze jours (de marche), je livrai chaque jour, sans exception, de très sanglants combats contre Tarqû (Taharqa), roi d'Egypte et de Kush, maudit par tous les dieux… J'assiégeai Mempi, sa résidence royale, et la pris en une demi-journée au moyen de sapes, de brèches et d'échelles d'assaut. Sa reine, les femmes de son palais, Ursha-nahuru, son « héritier apparent », ses autres enfants, ses pos-sessions, ses chevaux innombrables, son bétail gros et petit, je les emmenai en Assyrie comme butin. Tous les Kushites, je les déportai hors d'Egypte, n'en laissant aucun pour me rendre hommage. Partout en Egypte je nommai d'autres rois, des gouverneurs, des officiers, des contrôleurs de ports, des fonctionnaires, du personnel administratif. J'instaurai des redevances sacrificielles à perpétuité pour Ashur et les autres grands dieux, mes seigneurs. Je leur (aux Egyptiens) imposai le tribut qui m'est dû, en tant que leur souverain, annuelle-ment et sans cesse [30]. »

Mais Taharqa ne se tint pas pour battu. Deux ans plus tard, il revint de haute Egypte, où il s'était réfugié, reprit Mem-phis et fomenta une révolte contre les Assyriens dans le Delta. Assarhaddon était de nouveau en route pour la vallée du Nil lorsque, arrivé à Harran, il tomba gravement malade et mourut (669).

Trois ans auparavant, en mai 672, il avait rassemblé le « peuple d'Assyrie », ainsi que les ambassadeurs étrangers et les représentants de toutes les régions de l'empire, et avait solennellement proclamé son fils Ashurbanipal prince héri-tier et un autre de ses fils, Shamash-shuma-ukîn, roi de Baby-lone. Il avait également fait signer aux princes vassaux des traités de loyauté *(adê)* dont un, relatif aux princes des Mèdes, a été découvert à Nimrud [31]. A une date indéterminée – peut-être immédiatement après sa mort – la reine mère Zakûtu jeta le poids de son autorité dans la balance en impo-sant à Shamash-shuma-ukîn et à ses autres frères, « aux princes de sang, aux grands, qu'ils soient gouverneurs ou

commandants, aux officiers de police, à tous les responsables
du pays et aux Assyriens, hommes et femmes » un serment
de fidélité envers son petit-fils Ashurbanipal [32]. Assarhaddon,
souverain maladif et vivant entouré de devins et médecins,
mais avisé et brave, s'était toujours souvenu de ses difficiles
débuts ; il avait tenu à s'assurer qu'aucune crise de succession ne suivrait son décès.

Ashurbanipal

Effectivement, le changement de règne s'effectua sans
heurts. Ashurbanipal* s'assit sur le trône de Ninive un mois
après la mort de son père et Shamash-shuma-ukîn** sur celui
de Babylone dès l'année suivante. Malgré les apparences,
l'empire n'était nullement divisé. En confiant la Babylonie à
un prince de sang, Assarhaddon avait sans doute voulu couper court à toute revendication de sa part, éviter bien des tra-
cas à son successeur légitime et apaiser les Babyloniens en
leur donnant un semblant d'autonomie. Mais il avait fait
comprendre clairement à tous ses sujets qu'Ashurbanipal
aurait le pas sur son frère, régnerait sur l'ensemble du territoire assyrien et serait responsable des relations extérieures
et des opérations militaires d'intérêt national. Le système
adopté était peut-être boiteux, mais il était nouveau et méritait d'être essayé. Il fonctionna parfaitement pendant environ
seize ans [33].

Avec la couronne d'Assyrie, Ashurbanipal héritait de la
lourde tâche que la disparition subite de son père avait laissée
inachevée : reprendre en main l'Egypte [34]. Restant à Ninive
pour affirmer d'abord son pouvoir dans son propre royaume,
il dépêcha vers ce pays lointain son *turtânu* à la tête d'une
unité de combat qui affronta Taharqa et ses troupes dans la
plaine au sud de Memphis. Les Assyriens furent victorieux
et reprirent la ville, mais Taharqa leur échappa comme il
avait échappé à Assarhaddon. Ashurbanipal comprit qu'il ne
pourrait s'en défaire qu'en envahissant la haute Egypte et
que la lutte serait alors longue et dure. Aussi donna-t-il

---

* Ashur-ban-apli : « Le dieu Ashur est le créateur du fils. »
** Shamash-shuma-ukîn : « Le dieu Shamash a établi un nom (une
lignée) légitime. »

l'ordre d'organiser sur place une vaste armée composée d'un noyau d'Assyriens renforcé de Phéniciens, Syriens et Chypriotes, mais aussi de soldats égyptiens recrutés dans les royaumes du Delta. Cette armée quitta Memphis en direction de Thèbes mais s'arrêta en chemin lorsqu'elle apprit la nouvelle que les princes de basse Egypte envisageaient de se soulever :

> « Tous les rois parlèrent de rébellion et parvinrent à la décision impie : "Taharqa a été chassé d'Egypte, comment, nous, pouvons-nous y rester ?" Et ils envoyèrent des messagers à cheval à Taharqa, roi de Kush, pour jurer un serment d'alliance : "Qu'il y ait la paix entre nous et venons-en à un accord mutuel : nous diviserons le pays entre nous et aucun étranger ne commandera parmi nous [35]". »

Trahis par un des leurs, les conjurés furent capturés. Certains furent exécutés ; d'autres – et notamment Necho, roi de Saïs – furent envoyés à Ninive. Les Assyriens ne pouvaient marcher sur Thèbes en laissant derrière eux la basse Egypte en ébullition. En outre, ils se trouvaient à quelque 2 000 kilomètres de leur patrie, au cœur d'un pays inconnu et hostile dont la langue, les coutumes, la religion leur étaient totalement étrangères et qu'ils ne pouvaient, de toute façon, gouverner directement faute de personnel administratif et de troupes en nombre suffisant. La seule solution était de pardonner aux rois du Delta, de les cajoler, de se les attacher coûte que coûte en espérant que la haine du Kushite ferait le reste. Ashurbanipal libéra donc les prisonniers et misa sur Necho, dont les ancêtres avaient jadis régné sur toute l'Egypte. « Il le vêtit d'habits resplendissants » et le renvoya à Saïs chargé de riches cadeaux. Il n'aurait pu faire un meilleur choix.

Deux années passèrent pendant lesquelles Taharqa mourut en exil. En 664, son fils Tanutamôn (que les Assyriens appellent Tandamane) entra dans Thèbes qui l'accueillit les bras ouverts, puis descendit le Nil en bateau et apparut devant Memphis. Il se heurta à un mince rideau de troupes en majeure partie égyptiennes et les vainquit. Necho fut tué dans la bataille ; les autres chefs se retranchèrent dans les marais du Delta que le Kushite tenta en vain de soumettre avant de se replier. C'est alors que la grande armée assyrienne, stationnée quelque part au sud de Memphis, reçut l'ordre de marcher sur Thèbes. Elle pénétra dans la ville mal défendue, la pilla, la dévasta « comme une inondation » et emporta « un lourd butin, impossible à compter », dont deux grandes colonnes (ou obélisques) d'électrum pesant chacune près de trente-huit tonnes. La grande métropole du Sud ne se releva jamais de ce désastre. L'Assyrie était désormais maîtresse des deux Egyptes avec, pour principal vassal et allié, Psammétique Ier, fils de Necho et, pour l'instant, aussi fidèle que l'avait été son père.

Bien que les inscriptions d'Ashurbanipal soient rédigées le plus souvent à la première personne, il est douteux que le roi lui-même se soit rendu en Egypte pour diriger les opérations. En revanche, il paraît certain qu'il intervint personnellement à deux reprises en Phénicie : d'abord en 667 pour « placer sous son joug » Iakinlu, roi d'Arad, qui forçait les navires étrangers à débarquer leurs marchandises dans son port personnel plutôt que dans le port assyrien, puis en 662 contre Ba'al, roi de Tyr, qui s'était révolté. Tyr, alors bâtie sur une île, comme Arad, mais beaucoup plus proche de la côte, était réputée imprenable : elle fut investie, affamée et forcée de se rendre. Dans ces deux villes – sans doute parce que le gros de son armée était sur les bords du Nil et qu'il ne pouvait se permettre de perdre ses vassaux phéniciens –, Ashurbanipal traita les rebelles avec une mansuétude inhabituelle : il se contenta de leur hommage, de leurs cadeaux et de leurs filles pour son harem. Toujours à cause du manque de troupes, il resta sourd à l'appel de Gygès (Gugu), roi de Lydie en Anatolie occidentale – « un endroit lointain dont les rois, mes pères, n'avaient jamais entendu le nom » –, aux prises avec les Cimmériens. Gygès se défendit tout seul et tint à prouver sa valeur en envoyant deux prisonniers de guerre à Ninive [36].

Les succès assyriens en Egypte et en Phénicie donnèrent au roi quelques années de répit à l'ouest, mais non à l'est. La chronologie de son règne est très incertaine et les auteurs qui ont étudié ce problème ont abouti à des dates assez différentes [37]. C'est probablement entre 665 et 655 qu'il faut situer la lutte contre Urtaki, roi d'Elam, qui, brisant le traité conclu avec Assarhaddon, « envahit Akkad comme une nuée de sauterelles » et fut repoussé, ainsi que les campagnes dans le

Zagros et contre les Mannaï et les Mèdes. Par contre, il semble bien que l'alliance des Cimmériens avec le roi du Tabal et leur offensive vers le sud, brisée par les Assyriens, aient eu lieu entre 650 et 640, après leur victoire sur la Lydie et la mort de Gygès, tué au combat.

Vers le milieu du septième siècle, les dieux, qui jusque-là s'étaient toujours tenus aux côtés d'Ashurbanipal, parurent soudain l'abandonner. En 653, Psammétique leva l'étendard de la révolte dans le Delta et, peut-être avec l'aide de mercenaires ioniens, cariens et lydiens, expulsa les Assyriens qu'il poursuivit jusqu'à Ashdod en Palestine. Nous devons cette information à Hérodote car, bien entendu, les documents cunéiformes sont extrêmement discrets sur ce point ; seul un passage du « cylindre Rassam » dit que Gygès « envoya ses forces à l'aide de Tushamilki (Psammétique), roi d'Egypte, qui avait rejeté le joug de ma souveraineté ». En d'autres temps, Ashurbanipal aurait sans doute envoyé une armée contre Psammétique et l'Egypte n'aurait pas été perdue si facilement, mais il était alors engagé dans une lutte féroce contre l'Elam et fut obligé d'abandonner la vallée du Nil pour sauver celle des deux fleuves. Le roi d'Elam était Tept-Humban (le Teumman des textes assyriens), membre d'une famille rivale de la dynastie régnante. Il s'était emparé du trône une dizaine d'années auparavant, obligeant tous les princes de la famille d'Urtaki à se réfugier en Assyrie. La guerre éclata quand Teumman demanda leur extradition, qu'Ashurbanipal refusa. Les Elamites attaquèrent, aidés par les Gambulû infidèles à la parole donnée à Assarhaddon. Refoulés dans leur pays, ils furent battus à Tulliz, dans la vallée de la Karkheh. Teumman périt dans la bataille ; on lui coupa la tête, on la ramena à Ninive et on la pendit à un arbre dans le jardin du palais royal, comme on peut le voir sur un bas-relief célèbre[38]. Les Gambulû furent châtiés, et l'Elam divisé entre un fils d'Urtaki et un autre prince. Là, comme en Egypte, les Assyriens ne voulurent ou ne purent pas placer le pays vaincu directement sous leur contrôle et cette demi-mesure ne leur laissait finalement le choix qu'entre l'abstention ou la lutte à mort.

Cet épisode de la guerre élamite était à peine terminé que Babylone se révoltait. Pendant seize ans, Shamash-shuma-ukîn s'était comporté loyalement envers son frère, mais peu à

peu le virus du nationalisme babylonien l'avait atteint et il en
vint à penser qu'après tout Babylone avait autant de titre que
Ninive à dominer le monde. En 652, il ferma aux Assyriens
les portes de Sippar, de Babylone et de Barsippa et commença d'organiser une vaste coalition comprenant les Phéniciens, les Philistins, les Judéens, les Arabes du désert syrien,
les Chaldéens du pays de la Mer et les Elamites. Si tous ces
ennemis avaient attaqué ensemble, l'Assyrie aurait été submergée. Par bonheur, le complot fut découvert à temps. Dans
une proclamation formulée en termes énergiques, Ashurbanipal avertit les Babyloniens :

> « Quant aux paroles vaines de ce faux frère, j'ai entendu tout
> ce qu'il a dit. Elles ne sont que du vent. Ne le croyez pas.
> N'écoutez pas un seul moment ses mensonges. Ne souillez
> pas votre bonne renommée, qui est sans souillure pour moi et
> pour le monde entier et ne péchez pas contre la divinité [39]. »

Mais les Babyloniens refusèrent de l'écouter et le roi d'Assyrie dut marcher contre son propre frère. Pendant trois ans
la guerre fit rage avec des victoires et revers de part et
d'autre, tandis que la famine s'abattait sur ce malheureux
pays. Finalement, Shamash-shuma-ukîn, assiégé dans sa
capitale, perdit tout espoir. La légende veut qu'il ait mis le
feu à son palais ; il périt dans les flammes (648) [40]. Sumer et
Akkad retrouvèrent le calme. L'année précédente, Ashurbanipal avait mis sur le trône de Babylone un obscur personnage nommé Kandalânu [41].

Restait à punir les alliés de Shamash-shuma-ukîn. Dès 650,
Ashurbanipal s'était attaqué aux Arabes [42], se laissant ainsi
entraîner dans une guerre interminable aux péripéties multiples, contre des ennemis insaisissables qui combattaient
bravement, puis disparaissaient dans un désert terrifiant « où
la soif brûlante est chez elle, où il n'y a même pas d'oiseaux
dans le ciel ». Cependant, ici encore, l'armée assyrienne
accomplit des miracles. Uatê et ses alliés, les Nabatéens –
déjà installés au sud de la mer Morte – furent vaincus. Lui-
même fut capturé et, un collier au cou, forcé de garder le verrou d'une porte de Ninive. Abi-Iatê, chef de la grande tribu
des Qedar, fut encerclé avec ses troupes qui, coupées de leurs
puits, durent « fendre leurs chameaux et boire du sang et de
l'eau fétide pour apaiser leur soif ». Le butin de ces cam-

pagnes en hommes et en animaux fut tel, dit Ashurbanipal,
que :

> « On achetait des chameaux dans mon pays pour moins d'un
> sicle d'argent sur la place du marché. La cabaretière recevait
> des chameaux et même des esclaves comme cadeau, le bras-
> seur pour une petite jarre (de bière), le jardinier pour un panier
> de dattes fraîches [43]. »

Entre-temps, la guerre avec l'Elam avait repris, car le roi
de Suse, protégé d'Ashurbanipal, avait, lui aussi, porté
secours au rebelle de Babylone. Les vicissitudes de ce dernier épisode de la guerre élamite, les révolutions qui portèrent successivement trois rois sur le trône de Suse (le dernier
étant Humban-haltash III) sont autant de détails fastidieux
dans lesquels nous ne pouvons entrer [44]. Disons seulement
qu'en 647 les Assyriens gagnèrent la dernière bataille.
L'Elam fut tout entier dévasté et sa capitale complètement
pillée. Juste retour des choses, puisque les Assyriens y trouvèrent « l'argent, l'or, les possessions et les biens de Sumer
et d'Akkad et tous ceux de Babylone que les anciens rois
d'Elam avaient emportés en quelque sept raids ». La ziqqurat
de Suse fut rasée, ses sanctuaires violés, ses dieux emmenés
en captivité et « jetés aux vents ». Les Elamites vaincus
furent pourchassés jusqu'au-delà de leurs tombeaux, et leur
pays rayé symboliquement de la carte :

> « Les tombeaux de leurs rois anciens et récents, qui n'avaient
> pas craint Ishtar ma Dame et qui avaient donné du tourment
> aux rois mes pères, je les dévastai, je les détruisis, je les expo-
> sai au soleil et j'emportai leurs ossements vers le pays d'As-
> sur. J'imposai à leurs *etemmu* (ombres) de ne jamais se
> reposer, les privant d'offrandes funéraires et de libations
> d'eau. Durant une marche d'un mois et vingt-cinq jours, je
> transformai en désert la province d'Elam, je semai dans sa
> campagne le sel et le *sihlu* (mauvaise herbe)... De la terre de
> Suse, de Madaktu, de Haltemash et d'autres de leurs villes
> saintes je recueillis et j'emportai au pays d'Assur. Les ânes
> sauvages, les gazelles, toutes les bêtes sauvages sans excep-
> tion habitèrent en paix dans ces villes grâce à moi. Des voix
> humaines, du pas du gros et du petit bétail, du cri joyeux de
> l'oiseau *allalu* (rollier ?) je privai leurs champs [45]. »

Ainsi furent vengés d'innombrables affronts et réglée définitivement la querelle qui, depuis trois millénaires au moins,
opposait les Elamites aux Mésopotamiens [46].

Ashurbanipal pouvait maintenant célébrer son triomphe.
De son somptueux palais de Ninive, ce grand monarque lettré contemplait le « monde entier » prosterné à ses pieds. Le
roi d'Elam vaincu et son fils, ainsi qu'un roi des Arabes
étaient, littéralement, attelés à son char. Son traître de frère
avait trouvé la mort que méritaient ses crimes et la Babylonie
était pacifiée. Les fiers marchands de Tyr et d'Arad, les Juifs
« à la nuque raide [47] », les Araméens rétifs, les Mannaï
avaient été écrasés et les Cimmériens tenus à distance. Les
princes de Cilicie et de Tabal, d'abord hostiles, avaient
conduit leurs filles à la couche royale. Pour avoir aidé Psammétique, Gygès avait vu son pays mis à feu et à sang par les
sauvages guerriers du Nord et perdu la vie, mais maintenant,
Ardys, son fils, demandait comme une faveur de porter le
joug assyrien. Ravi de voir l'Elam détruit, Cyrus Ier, roi des
Perses, avait envoyé des présents, de même – qui l'eût cru ? –
que Rusa II d'Urarṭu. Ninive débordait du butin pris à Memphis, à Thèbes et à Suse et le grand nom d'Ashur était craint
et respecté des vertes rives de l'Égée aux sables brûlants
d'Arabie. L'Assyrie apparaissait toute-puissante. Pourtant,
que d'ombres à ce tableau ! La grande et riche Egypte perdue
à tout jamais ; l'Elam conquis mais en ruine ; Babylone
déchirée entre anti- et pro-assyriens ; les Phéniciens réduits
en esclavage et voyant leur empire maritime passer peu à peu
aux mains des Grecs ; les princes vassaux peu sûrs ; l'armée
épuisée par des siècles de luttes sanglantes ; les frontières de
l'Assyrie ramenées du Nil à la mer Morte, de l'Ararat aux
premiers contreforts du Taurus, de la mer Caspienne au
Zagros ; et au-delà de cette montagne, des alliés douteux –
les Scythes – et de redoutables ennemis – les Mèdes. Sous le
brillant vernis des dernières victoires, l'empire était plus
faible que jamais et beaucoup devaient penser tout bas ce
qu'osaient proclamer les prophètes hébreux :

« Tous ceux qui te verront fuiront loin de toi
Et l'on dira : Ninive est détruite ! Qui la plaindra ?...
Là, le feu te dévorera,
L'épée t'exterminera...

Il n'y a point de remède à ta blessure,
Ta plaie est mortelle.
Tous ceux qui entendront parler de toi
Battront des mains sur toi,
Car quel est celui que ta méchanceté n'a pas atteint [48] ? »

21

La gloire de l'Assyrie

Au moment où Ashurbanipal célébrait son triomphe, l'Assyrie n'avait plus qu'une trentaine d'années à vivre. Nous décrirons sa chute comme nous avons décrit son essor, mais il nous faut d'abord faire une pause pour contempler l'empire à son apogée, au temps des Sargonides, ce qui soulève un certain nombre de questions. Que savons-nous, par exemple, des structures socio-économiques dans cette vaste unité politique qui engloba longtemps tout le Croissant fertile et une partie de l'Anatolie et de l'Iran et qui s'étendit un moment des rives de la mer Caspienne à celles du Nil? Quels étaient les matériaux, les routes et le volume de son commerce intérieur et international? Quels rapports les Assyriens entretenaient-ils en temps de paix avec leurs sujets des provinces lointaines et les Etats vassaux? Quelle influence la domination assyrienne a-t-elle exercé sur la vie matérielle et intellectuelle des peuples du Proche-Orient? En un mot, qu'était, que représentait aux yeux de ses contemporains ce que nous appelons l'empire d'Assyrie?

Pour répondre à ces questions (et à bien d'autres) avec toute la précision désirable, il faudrait embrasser du regard l'empire *dans sa totalité*. Or, nous avons peu de documents sur les régions périphériques. Beaucoup de centres administratifs assyriens au-delà du Taurus, du Zagros et de l'Euphrate ne peuvent même pas être localisés sur la carte; la plupart des sites identifiés n'ont pas été fouillés et les rares sites qui l'ont été (comme Arpad ou Hama) n'ont livré aucun texte de cette époque. Alors qu'il serait si utile de posséder les archives de quelque gouverneur de province en Syrie, en Palestine ou en Anatolie [1], l'essentiel de notre information provient, pour l'instant, de celles d'Assur, de Ninive et de Kalhu, ainsi que de documents officiels et, plus rarement,

privés découverts dans ces capitales et dans quelques cités
d'Assyrie proprement dite et de Babylonie. Ces textes sont
assez nombreux et souvent fort intéressants, mais ils ne donnent que de brefs aperçus sur les territoires conquis et
comportent bien des silences sur certains sujets très importants[2]. En définitive, les seuls éléments sur lesquels nous
possédons d'assez amples renseignements sont le roi et sa
cour, le gouvernement central, l'armée et – grâce à de magnifiques monuments figurés – les arts. C'est donc sur ces éléments que nous concentrerons d'abord notre attention et ceci,
d'autant plus volontiers qu'ils représentent à peu près tout ce
qui a fait la puissance de l'Assyrie et aussi sa gloire. Dans un
second chapitre, la célèbre bibliothèque d'Ashurbanipal à
Ninive nous donnera l'occasion de passer en revue les
sciences mésopotamiennes telles qu'elles se présentent à
nous au septième siècle, au terme d'une longue évolution sur
laquelle il nous faudra parfois revenir. Outre leur intérêt
intrinsèque, ces textes ont le mérite de corriger l'image qu'on
se fait trop souvent des Assyriens à travers des inscriptions
royales faites – ne l'oublions pas – pour exalter les qualités
héroïques du roi et la suprématie d'Ashur et pour inspirer le
respect et la crainte. Ce serait, en effet, une erreur que de
considérer comme « une meute de loups » (Byron) un peuple
intelligent et souvent raffiné, beaucoup moins assoiffé de
sang que de savoir et de culture.

L'Etat assyrien

« Grand roi, roi puissant, roi de la totalité, roi du pays
d'Assur », l'homme qui porte ces titres et occupe le trône à
Ninive incarne l'invincible puissance d'une nation conquérante et rassemble entre ses mains tous les pouvoirs. Il est, à
lui seul, l'Etat assyrien. Les dignitaires qui l'assistent, les
officiers qui conduisent ses troupes, les gouverneurs et fonctionnaires qui exécutent ses ordres ne sont que ses « serviteurs » *(ardâni)* au même titre que l'ensemble de la
population. Le clergé n'a guère d'importance politique ou
économique et, d'ailleurs, il en est le chef ; la « noblesse »
n'est pas héréditaire, mais faite et défaite par lui ; les villes
« libres » ne le sont que par sa volonté. Aucun contrepoids,
donc, à son autorité, sinon sous la forme occulte, mais qui

peut être pernicieuse, d'intrigues, de machinations et de complots [3]. Pourtant, ce qui différencie un Ashurbanipal, maître absolu de multitudes, d'un Eannatum, *ensi* du petit Etat de Lagash au troisième millénaire, c'est l'étendue de son pouvoir et non sa nature. Le roi d'Assyrie est lui-même « serviteur » du dieu Ashur, à la fois son grand prêtre et l'administrateur *(shangu)* de son domaine terrestre qu'il est chargé d'agrandir et de rendre prospère. Ce très ancien principe sumérien de l'élection divine semble toutefois tempéré ici par un élément de consensus populaire, probablement hérité du temps où les rois « qui vivaient sous la tente » étaient encore des cheikhs élus par leur tribu [4]. Cela expliquerait le système du *limu* et la coutume – empruntée à d'autres nomades, les Araméens [5] – de lier la population au souverain en lui faisant prêter serment de fidélité *(adû)* à différentes occasions. Lorsqu'il désigne son successeur, le roi prend soin de justifier son choix par la « décision indubitable » des dieux ; il le fait ensuite confirmer par des oracles et ratifier, sous forme d'*adû*, par la famille royale, les grands dignitaires et le « peuple d'Assyrie ». L'accord n'est pas toujours unanime, comme en témoignent les révolutions de palais qui ont marqué la fin des règnes de Shamshi-Adad V et de Sennacherib, mais dans l'ensemble les usurpations ont été rares en Assyrie, alors qu'elles furent très fréquentes en Babylonie, surtout au premier millénaire. Ce désir de se faire « plébisciter », en quelque sorte, n'est probablement pas étranger à l'attitude du roi envers plusieurs cités d'Assyrie (notamment Assur et Harran) et même de Babylonie. S'il les exempte d'impôts, de taxes et de corvées, ce n'est pas seulement pour sacrifier à d'anciennes traditions, c'est parce qu'il est conscient du fait que l'intelligentsia urbaine, prompte à la révolte, supporterait mal d'être pressurée par l'Etat.

Une fois choisi et accepté des dieux et des hommes, le prince héritier entre dans la *bît redûti*, la « maison de succession » qui, sous les Sargonides, est située à Tarbişu (Sherif Khan) sur le Tigre, à quelques kilomètres en amont de Ninive [6]. Là, on le prépare à ses fonctions royales en parachevant son instruction et en lui confiant des tâches administratives et protocolaires savamment graduées. Certains princes ont reçu une éducation très poussée, comme le raconte Ashurbanipal :

« J'ai acquis l'art du maître Adapa : les trésors cachés de tout
le savoir des scribes, les signes du ciel et de la terre... et j'ai
étudié les cieux avec les savants maîtres de la divination par
l'huile. J'ai résolu les laborieux problèmes de la division et de
la multiplication, qui n'étaient pas clairs. J'ai lu l'écriture
artistique des Sumériens et l'akkadien obscur, difficile à maîtriser, prenant plaisir à lire les pierres d'avant le Déluge...
Voici ce que je faisais chaque jour : je montais mon coursier et
chevauchais joyeusement ; j'allais au pavillon de chasse (?).
Je tenais l'arc et faisais voler les flèches, signe de ma valeur.
Je projetais de lourdes lances comme des javelines. Tenant les
rênes comme un conducteur de char, je faisais tourbillonner
les roues. J'ai appris à manier les boucliers *aritû* et *kababu*
comme un archer lourdement armé... En même temps, j'ap-
prenais le cérémonial, marchant comme doivent marcher
les rois. Je me tenais derrière le roi, mon père, donnant des
ordres aux dignitaires. Sans mon consentement aucun gouverneur n'était nommé ; aucun préfet n'était installé en mon
absence [7]. »

Lorsque le roi meurt il est enterré, non pas à Ninive ou à
Kalhu, mais dans la capitale traditionnelle, la vieille ville
d'Assur. Nous ne connaissons pas tous les tombeaux royaux,
mais on a retrouvé, dans des chambres voûtées sous-jacentes
à l'ancien palais d'Assur, cinq lourds sarcophages de pierre
pillés dans l'Antiquité, qui avaient contenu les corps d'Ashur-
bêl-kala, d'Ashurnasirpal, de Shamshi-Adad V et, semble-
t-il, de Sennacherib et d'Esarhamat, épouse d'Assarhaddon [8].
Une tablette récemment publiée semble indiquer que dans son
sarcophage le corps du roi baignait dans l'huile [9]. Par ailleurs,
la découverte en 1989 à Nimrud, par des archéologues
iraqiens, de sépultures royales nous donne une idée des trésors qu'elles pouvaient renfermer. Là, sous le sol de l'aile
domestique du palais d'Ashurnaṣirpal, ont été trouvées trois
tombes qui avaient échappé au pillage. La première a livré le
squelette d'un homme accompagné de 200 bijoux d'or. La
deuxième tombe renfermait les corps de deux femmes identi-
fiées comme étant Taliya, épouse de Sargon II, et Yaba, probablement l'épouse de Salmanasar V. Selon un rapport digne
de confiance [10], cette tombe contenait environ 200 bijoux d'or,
tels que colliers, boucles d'oreille et pendantifs, bracelets de
poignet et de cheville, agrafes de vêtements, ainsi que des
centaines de petits joyaux décoratifs et trois grands bols d'or

massif ayant encore des restes d'aliments d'offrandes votives. La troisième tombe était celle de Mulisu, épouse d'Ashurna-ṣirpal, mais le grand sarcophage de pierre qu'elle contenait était vide, suggérant que le corps de cette reine avait été transféré ailleurs. Néanmoins, 440 objets d'or, y compris une couronne royale, ont été ramassés dans deux cercueils de bronze entourés des restes de plusieurs squelettes. Au total, on a estimé à 57 kilos le poids de l'or que recélaient ces tombes. Cependant, la valeur de ces objets réside en leur beauté, en l'harmonieux mariage de l'or avec l'ivoire, l'albâtre, le verre coloré, les pierres semi-précieuses, et surtout en l'habileté des joailliers : sur des pièces en filigrane, certains fils sont si fins qu'ils ne peuvent être vus qu'avec une lentille grossissante. D'autres fouilles à la recherche de nouvelles tombes étaient prévues lorsqu'éclata la « Guerre du Golfe ».

Peu de temps après le décès de son père, le prince héritier est couronné, toujours à Assur, dans une cérémonie d'une extrême simplicité [11]. Transporté sur un trône léger et précédé d'un prêtre qui crie « Ashur est roi ! » il gagne l'Ekur, temple du dieu national, pénètre dans le sanctuaire, offre un bol d'or empli d'huile, une *mine* d'argent et un vêtement brodé. Puis, prosterné devant la statue divine, il est oint par le prêtre qui lui remet les insignes du pouvoir royal, « la couronne d'Ashur et le sceptre de Ninlil », en prononçant ces mots :

> « Le diadème sur la tête, qu'Ashur et Ninlil, les seigneurs du diadème, le mettent sur toi pendant cent ans.
> Ton pied dans l'Ekur et tes mains tendues vers Ashur, ton dieu, qu'ils soient favorisés.
> Devant Ashur, ton dieu, que ta prêtrise et la prêtrise de tes fils reçoivent un accueil favorable.
> Avec ton sceptre, agrandis ton pays.
> Qu'Ashur t'accorde rapide satisfaction, justice et paix [12]. »

Le nouveau souverain se rend alors au palais où l'attendent les grands dignitaires. Ils lui rendent hommage et lui remettent les insignes de leur fonction – geste le plus souvent symbolique, car la plupart sont réinstallés sur-le-champ, mais qui leur rappelle qu'ils ne sont que ses serviteurs et peuvent être révoqués à tout instant. Il semble que la cérémonie ait été suivie de réjouissances populaires.

Les tâches quotidiennes du roi d'Assyrie sont sensiblement les mêmes que celles d'un Zimri-Lim ou d'un Hammurabi : on l'informe des nouvelles importantes ; il donne ses ordres, rend certains jugements, reçoit des ambassadeurs et de hauts fonctionnaires, et répond à son courrier. Ses lettres sont dictées par le secrétaire du palais *(ṭupshar ekalli)* à de nombreux scribes dont beaucoup possèdent plusieurs langues, y compris l'égyptien. Toutefois, le roi est beaucoup plus aidé que ces anciens monarques ; il laisse davantage d'initiative à ses subordonnés et consacre beaucoup plus de temps à la chasse et à ses devoirs religieux. Ces derniers sont si astreignants qu'on s'est demandé comment il pouvait s'en acquitter. En effet, à la fois prêtre et roi, il prend part à de multiples cérémonies et fêtes traditionnelles, non seulement dans plusieurs villes d'Assyrie, mais aussi en Babylonie, et joue le rôle principal dans certains rituels qui semblent avoir été créés spécialement pour lui [13] : la *tâkultu*, par exemple, banquet offert à tous les dieux en échange de leur protection, ou le bain royal accompagné de prières qui a lieu dans le *bît rimki*, la « maison de bains [14] ». En outre, il représente son peuple devant les dieux et, comme tel, est « manipulé comme un talisman ou devient le bouc émissaire de tous les péchés de la communauté [15] », d'où des humiliations périodiques comportant jeûnes et rasages rituels. L'antique subterfuge du « substitut royal » est attesté plusieurs fois, notamment à Babylone sous le règne d'Assarhaddon, en faveur d'un prince assyrien [16]. Persuadé, comme ses contemporains, que tout ici-bas est déterminé par la volonté divine, le roi vit entouré de devins et d'astrologues et ne prend aucune décision importante sans les consulter, quitte à passer outre lorsque les présages sont équivoques et que l'intérêt du royaume est en jeu [17].

Pour gouverner son vaste empire, le roi d'Assyrie s'appuie sur une administration centrale comparable, à beaucoup d'égards, à celle de l'Empire ottoman, mais certainement plus efficace [18]. Le rang le plus élevé dans la hiérarchie des dignitaires est occupé par le général en chef, le *turtânu*, mais comme les armées sont très dispersées sous les Sargonides (et aussi peut-être par mesure de précaution contre un abus d'autorité), il y a, en fait, deux *turtânu* : le principal, dit « de droite » et son assistant, dit « de gauche ». Viennent ensuite le grand échanson *(rab shaqê)*, le héraut du palais *(nagir ekalli)*, le grand intendant *(abarakku rabû)*, le « vizir » *(sukkallu)* et le *rab rêshê*, littéralement, « général ». La plupart de ces dignitaires appartiennent à de riches familles assyriennes, certains même à la famille royale. Leurs fonctions – qui ne correspondent pas nécessairement à ces titres traditionnels – sont souvent difficiles à définir. Il semble que l'*abarakku rabû* soit essentiellement chargé de l'enregistrement et de la répartition du tribut provenant de toutes les régions de l'empire et que le *rab rêshê*, chef des eunuques (nombreux à la cour), supervise l'administration provinciale et le réseau de communications. Tous sont gouverneurs de provinces frontalières et, à ce titre, ont des responsabilités militaires. A l'échelon inférieur, on rencontre le *sha pân ekalli*, ou grand chancelier, le *rab ekalli*, responsable de l'administration interne du palais, les *qurbûtu*, représentants du roi chargés de missions spéciales, et quelques autres hauts fonctionnaires.

Le gouvernement central et les gouvernements provinciaux vivent essentiellement du tribut et de taxes prélevées sur le secteur privé (taxes agricoles et commerciales, péages, etc.)[19]. La part du gouvernement central est comptabilisée dans des départements spéciaux gérés par une nuée de fonctionnaires subalternes ; elle sert à entretenir l'administration et l'armée. Le butin ramené des campagnes militaires et les « cadeaux » plus ou moins volontaires des souverains vassaux consistent essentiellement en métaux lourds ou précieux et produits de luxe. Tout cela est conservé dans le trésor royal, réparti entre la famille du souverain, les palais provinciaux et les temples, ou distribué en présents à ceux que le roi veut récompenser. L'Etat tire d'autres revenus des terres qu'il possède (domaines royaux ou « nobiliaires »), des crédits qu'il consent, de ventes d'esclaves et de confiscations.

Nous savons peu de chose sur le commerce intérieur de l'empire, sans doute parce que, à partir du huitième siècle, beaucoup de documents d'affaires sont rédigés en araméen sur parchemin ou papyrus, matériaux qui n'ont pas survécu. Le commerce extérieur n'est guère mieux documenté et il est difficile de démêler ce qui est le fait du Palais et celui de marchands privés. Encouragé par les rois[20] il s'étend à l'Egypte, au golfe Arabo-Persique via Dilmun et sans doute

aux pays de l'Egée, voire de la Méditerranée occidentale, par
l'intermédiaire des Phéniciens : il porte surtout sur des
métaux et des marchandises rares, telles que coton et lin,
teintures, pierres précieuses, ivoire [21]. Il faut noter, toutefois,
que leurs conquêtes ont donné aux Assyriens libre accès à
certains gisements de minerais, notamment de fer (Liban) et
d'argent (Anatolie) – l'argent-métal est d'ailleurs monnaie
d'échange courante dans l'empire. Cependant, l'industrie est
toujours artisanale, répartie entre artisans privés sous contrat
(ishkâru) et ateliers royaux, et la base de l'économie reste
l'agriculture et l'élevage, l'unité de production étant le village. Le régime des terres est assez mal connu [22], mais il
semble que la petite propriété ait été très répandue. Le roi et
son entourage, ainsi que les gouverneurs et dignitaires, possèdent de grands domaines qu'ils font exploiter par des
esclaves et des citoyens libres accomplissant leur *ilku*. Autre
caractéristique de l'époque : la concentration des populations
(et des richesses) dans cinq ou six grandes villes d'Assyrie et
dans les chefs-lieux de provinces, phénomène qui a sans
doute facilité la désagrégation rapide de l'empire.

On peut, en gros, diviser la population de l'empire – ou
tout au moins de l'Assyrie – en trois catégories : les hommes
libres (quel que soit leur niveau social et y compris les
nomades), les individus dépendant entièrement de l'Etat ou
de riches particuliers (appelés par certains « hélotes », ce
sont sans doute les *mushkênu* mentionnés dans de très rares
textes) et les esclaves. Comme toujours, ces derniers sont
recrutés parmi les gens endettés et les prisonniers de guerre,
plus nombreux que jamais : mais ils ne jouent aucun rôle
majeur dans l'économie de l'empire et, selon les vieilles traditions, jouissent de droits légaux et peuvent même accéder à
des postes assez élevés dans l'administration. Il est remarquable que, pour désigner les habitants de l'Assyrie comme
du reste de l'empire, les textes officiels n'utilisent que des
termes très vagues, tels que *nishê* (« gens »), *napshâti* (« êtres
humains ») ou *ardâni* (« sujets soumis », « serviteurs »), sans
distinction de rang, de fonction ou de profession. C'est sans
doute parce que aux yeux des bureaucrates de l'époque, toute
la population est considérée comme une masse humaine
entièrement au service du roi *(dullu sharri)* [23], service qui
comprend, non seulement les corvées de travaux publics,

mais aussi la participation obligatoire (sauf dispense accordée par le monarque) à ce qu'on a appelé l'« industrie nationale » de l'Assyrie : la guerre.

L'armée assyrienne

Utilisée constamment pour la plus grande gloire d'Ashur, promenée, selon les besoins, des sommets enneigés d'Arménie ou d'Iran aux sables brûlants d'Arabie ou d'Egypte, des doux rivages de Phénicie aux étouffants marais du « pays de la Mer », infatigable et presque toujours victorieuse, l'armée assyrienne au temps des Sargonides est la première du monde, comme le seront plus tard les phalanges macédoniennes et les légions romaines [24].

Depuis Teglath-Phalasar III, les troupes qui la constituent se divisent, en ce qui concerne leur recrutement, en trois catégories que nous appellerons : soldats de métier, « disponibles » et « supplétifs ». Les soldats de métier, recrutés et stationnés dans toutes les provinces de l'empire, forment l'armée permanente *(kiṣir sharrûti)*. Si certains d'entre eux sont Assyriens de naissance, la plupart ne peuvent qu'être originaires de pays jadis indépendants, comme la Babylonie ou les royaumes syriens. Les Araméens prédominent et parmi ces derniers, deux tribus, les Itu' et les Gurraia, fournissent des troupes de choc nombreuses et fort appréciées. On y trouve aussi, et de plus en plus, des « auxiliaires » ou contingents étrangers (Mèdes, Cimmériens, Arabes et même Elamites) d'engagés plus ou moins volontaires. Certaines unités de l'armée permanente constituent la garde royale, « ceux qui marchent à mes côtés », dit Sargon. Les « disponibles » se divisent, à leur tour, en deux groupes : « soldats du roi » et « réservistes ». Les soldats du roi *(ṣabê sharri)* sont des hommes jeunes et vraisemblablement sélectionnés accomplissant leur service militaire au titre de l'*ilku* [25]. Recrutés, eux aussi, dans tout l'empire et dans toutes les couches de la société, mais pour une durée déterminée, ils reçoivent une ration journalière et attendent, chez eux ou dans des camps, d'être appelés sous les armes le temps d'une campagne. Les réservistes *(sha kutalli*, « ceux de derrière ») reçoivent également des rations, mais ne sont mobilisés qu'en cas de nécessité, sans doute pour combler les pertes.

Enfin, les « supplétifs » sont fournis par la levée en masse de
la population dans une ou plusieurs régions de l'empire pour
une campagne d'exceptionnelle envergure ou pour repousser
une grande offensive de l'ennemi. Dans certains cas, comme
la deuxième guerre d'Egypte, le roi d'Assyrie demande aux
souverains vassaux de mettre leurs forces armées à sa disposition.

Ce système de recrutement présente d'énormes avantages.
Tout d'abord, il y a des troupes partout, prêtes à intervenir
immédiatement à partir des villes où elles tiennent garnison
pour mater une révolte locale, ou, à partir d'une des nombreuses forteresses qui jalonnent la périphérie de l'empire,
pour faire face à une attaque soudaine aux frontières. En
second lieu, l'existence d'une armée permanente permet,
d'une part de regrouper rapidement autour d'elle les forces
nécessaires à une opération importante, d'autre part d'effectuer des opérations de longue durée, alors que la levée saisonnière de troupes, seul système connu auparavant, obligeait à
écourter certaines campagnes pour renvoyer les hommes aux
travaux des champs [26]. Ajoutons que l'armée assyrienne possède d'autres atouts majeurs, notamment un système de communications par courriers rapides (avec gîtes d'étape et relais
de chevaux) et parfois par signaux à feux, ainsi qu'un service
de renseignements et d'espionnage qui n'a rien à envier à celui
des Etats modernes [27].

Malgré l'abondance de textes relatifs à la guerre, il est très
difficile d'évaluer la taille de cette armée et d'appréhender sa
structure et ses tactiques. Nos sources ne mentionnent que
très rarement les effectifs engagés dans un combat et passent
sous silence le nombre de morts et de blessés du côté assyrien. Nous savons, toutefois, que l'armée de Salmanasar III, à
Qarqar, ne pouvait être inférieure aux 70 000 hommes que lui
opposait l'ennemi et qu'une seule province de l'empire
était capable de fournir 1 500 cavaliers et 20 000 archers [28].
S'il faut avancer un chiffre global, on peut estimer, sans trop
se tromper, qu'au septième siècle le roi d'Assyrie pouvait,
sans faire appel aux supplétifs, mobiliser de 400 000 à
600 000 combattants. Notre connaissance de la structure de
l'armée assyrienne présente encore de nombreuses lacunes.
On connaît, par les grades de leurs officiers (« dizainier »,
« cinquantenier », « centenier », « chef de mille »), l'ordre de

grandeur des principales unités de combat et certains textes donnent même leur composition exacte, mais au-dessus du « colonel » (chef de mille) et jusqu'au *turtânu* le système hiérarchique nous échappe entièrement, car si l'on rencontre des « chefs de la cavalerie » ou des « chefs de la charerie », on ignore le nombre d'unités dont ils étaient responsables. Quant aux batailles, elles sont décrites en termes grandiloquents mais extrêmement vagues et seuls quelques récits de campagnes – en particulier la huitième campagne de Sargon – parlent d'embuscades, de coups de main, d'attaques surprise, de forces ennemies coupées en deux tronçons et autres détails de ce genre. Par bonheur, les bas-reliefs sont là, très nombreux, pour compléter les données écrites et nous livrer, sous une forme précise et vivante, d'amples renseignements sur l'armement [29], l'équipement et les activités de l'armée au repos comme en action.

L'élite des combattants, en majorité Assyriens de bonne souche, sert dans la cavalerie et les chars [30]. Coiffés d'un casque conique se terminant en pointe, vêtus d'une tunique à manches courtes et parfois d'une cotte de mailles ou d'une cuirasse, chaussés de demi-bottes à lacets, les cavaliers montent, sans selle ni étriers, de fougueux coursiers provenant, le plus souvent, du plateau iranien. Ils sont armés soit d'une lance, soit d'un arc et, dans ce dernier cas, vont par paires, un des deux hommes tenant les brides des deux chevaux tandis que l'autre tire ses flèches. L'équipage des chars de combat comporte quatre hommes : un aurige, un archer et deux « tiers-charistes » protégeant ce dernier de leurs boucliers. L'infanterie, où prédominent les Araméens, se divise en « lourde » (lanciers et archers) et « légère » (archers et frondeurs). Les uniformes varient quelque peu selon l'époque et aussi, peut-être, selon l'origine des fantassins [31]. Certains portent des tuniques longues avec ou sans cuirasse, d'autres des jupes ou des pagnes. Ils sont coiffés tantôt d'un casque à pointe, tantôt d'un casque à crête évoquant le casque grec classique, ou portent simplement un bandeau autour de leurs cheveux enroulés en chignon sur la nuque. La chaussure varie de la demi-botte à la sandale ; bon nombre vont pieds nus. Les lanciers s'abritent eux-mêmes derrière des boucliers, alors que ces derniers sont portés par des non-combattants qui accompagnent les archers au long carquois à bec. Il existe deux types de bouclier : l'un petit et rond, l'autre très grand et rectangulaire. En règle générale, les archers et frondeurs de l'infanterie légère n'ont ni casque, ni bouclier : ce sont eux les éclaireurs de la colonne en marche, son avant-garde et son flanc-garde, ses groupes de « commandos ». Outre leurs armes distinctives, la plupart des soldats sont munis d'un glaive pour les corps à corps. Les officiers sont habituellement vêtus de longues robes brodées et tiennent une masse d'arme.

Le soutien logistique de l'armée est très élaboré. Chaque unité a ses hommes de peine *(hupshu)*, ses magasiniers, ses échansons, ses cuisiniers, panetiers et pâtissiers. Les troupes sont accompagnées de musiciens, de porte-insignes, de scribes, d'interprètes, de devins, de messagers, d'officiers du « deuxième bureau » et même de bétail sur pied. Les forces assyriennes sont remarquablement bien équipées pour assiéger et enlever les villes fortifiées en territoire ennemi : il existe un véritable « service du génie », avec ses spécialistes, ses charpentiers et ses sapeurs qui comblent les fossés, dressent des talus de terre à gradins et des échelles contre les remparts, fabriquent des tours de bois roulantes, creusent des tunnels, enfoncent les portes et les murailles au moyen de béliers ou les bombardent avec des catapultes, puis se chargent de démanteler la cité à coups de pioche avec l'aide de soldats [32]. C'est sans doute ce même service qui procure les outres de nage individuelles *(mashkirû)* et les radeaux ronds et légers sur flotteurs *(kalakkû)* sur lesquels les troupes traversent fleuves et rivières [33]. Mais à côté de très nombreux reliefs représentant des soldats qui défilent, combattent, tuent ou mutilent, démolissent des murailles et escortent des prisonniers, il en est d'autres – hélas rares – qui nous montrent ce dont les textes ne parlent jamais : des soldats au repos, dans leur camp, soignant leurs chevaux, abattant leur bétail, mangeant, buvant, jouant, dansant au son de harpes et de tambourins. Et voici que ces terribles images de guerre s'adoucissent d'une lueur d'humanité émouvante, car derrière le combattant, l'impitoyable tueur d'il y a vingt-sept siècles, nous reconnaissons celui qui, pour beaucoup d'entre nous, fut un compagnon de jeunesse : l'humble, l'éternel « troufion » de toutes les armées et sans doute de tous les temps.

Que cette formidable machine de guerre qu'était l'armée assyrienne ait été mise en déroute en quelques semaines par les Babyloniens et les Mèdes laisse songeur. Trop vaste et trop cosmopolite, a-t-elle perdu en cohésion, en loyauté ce qu'elle avait gagné en effectifs ? Est-elle devenue, comme on l'a suggéré, « une cohue à Xerxès [34] » ? Les troupes se sont-elles mutinées ou ont-elles déserté en masse ? Les chefs sont-ils passés dans le camp ennemi ? Rien ne le faisait prévoir, pourtant, et il faut admettre que quelque chose a dû survenir pendant la période troublée qui a suivi la mort d'Ashurbanipal, mais quoi ? Peut-être le saurons-nous un jour grâce à la découverte, fortuite comme toujours, de nouveaux textes qui éclaireront la deuxième moitié du septième siècle, encore si obscure pour nous.

L'art assyrien

Depuis que les grandes dalles et les colosses de pierre « dont les yeux glacés avaient contemplé Ninive », sont entrés, pour la première fois, dans les musées d'Europe, l'expression « art assyrien » évoque immédiatement la sculpture, ou plus précisément le bas-relief, car la sculpture en ronde-bosse est très mal représentée sur les bords du Tigre au premier millénaire. Assur, Nimrud, Khorsabad et Ninive ont livré très peu de statues royales ou divines et les meilleures d'entre elles sont stéréotypées, froides et rigides et très inférieures aux œuvres des grands maîtres akkadiens ou néo-sumériens, voire de l'époque kassite. En revanche, les bas-reliefs sont nombreux, toujours intéressants, le plus souvent admirablement exécutés et parfois d'une grande beauté. Renvoyant le lecteur aux livres d'art où ils sont décrits, analysés et illustrés d'excellente façon [35], nous nous bornerons à quelques remarques.

Dans l'Assyrie du premier millénaire, la technique du bas-relief est appliquée à deux catégories de monuments d'origine, de signification et de vocation différentes, bien que convergeant vers la personne du roi : les stèles et leurs variantes (sculptures rupestres, « obélisques », génies protecteurs en demi ronde-bosse) et les orthostates. Indépendantes l'une de l'autre et faites pour être « lues » verticalement, les stèles s'inscrivent dans le grand courant culturel de Sumer et

d'Akkad et sont de nature essentiellement religieuse. Elles
apparaissent dès le troisième millénaire en basse Mésopotamie, où elles sont toujours placées dans des temples, et portent constamment une image divine : d'abord le dieu seul, ou
tout au moins dominant (stèle des Vautours d'Eannatum),
puis le roi face à face avec un ou plusieurs dieux, que ceux-ci
soient sous la forme humaine (« Code » de Hammurabi) ou
suggérés par leurs symboles (stèle de Narâm-Sîn, la plupart
des *kudurru*). Passé le bel élan de l'époque d'Akkad il ne
s'agit plus que d'un acte rituel : le dieu est debout ou assis, le
souverain toujours debout, immobile, l'arc au poing ou le
plus souvent les mains vides faisant un geste de prière ou
versant une libation. Le but de la stèle est d'exprimer sa piété
envers le dieu qui l'a choisi, qui l'inspire, le guide et l'assiste
dans ses victoires comme dans ses actes bienfaiteurs. Les
stèles royales d'Assyrie restent fidèles à ce modèle mais présentent deux caractéristiques particulières à ce pays : en règle
générale, les dieux n'y figurent qu'à l'état de symbole et surtout, ces monuments sont érigés plus fréquemment dans des
palais que dans des sanctuaires, associant ainsi Ashur à la
politique « impérialiste » de son représentant sur terre.

Ces stèles de grande taille et fixées pour l'éternité que sont
les sculptures rupestres ont, elles aussi, un long passé en
Mésopotamie du Nord puisqu'elles remontent au temps des
rois d'Akkad, mais à l'époque néo-assyrienne, les dieux
anthropomorphes qui y sont représentés debout sur leurs animaux-attributs suggèrent fortement une influence anatolienne, ou plus précisément hittite [36]. C'est également aux
Hittites qu'il faut attribuer l'idée de donner des ailes et une
tête humaine à certains des animaux gardant les portes des
palais, des temples et des villes, cette tête et l'avant-train se
détachant en ronde-bosse du mur ou du bloc de pierre dans
lequel est taillée la bête [37]. Cependant, la prédilection pour le
taureau (sans doute parce qu'il est l'animal d'Adad, second
dieu d'Assyrie) et le goût pour le gigantisme sont spécifique-
ment assyriens, de même que le style et la perfection de ces
œuvres impressionnantes. Enfin, ce qu'on appelle l'« obélisque » – type de monument d'assez courte durée qui apparaît au treizième siècle et disparaît après Salmanasar III – est
en réalité une stèle à quatre faces. Sa forme en ziqqurat et les
scènes rituelles des panneaux supérieurs soulignent bien son

caractère religieux, alors que les « bandes dessinées » accompagnées de brèves légendes qui s'étagent sur ses flancs ont une vocation nettement narrative qui rejoint celle des orthostates.

Contrairement aux stèles, les orthostates – grandes dalles sculptées et dressées le long des murs des pièces et des couloirs du palais – sont destinées à être lues horizontalement et à la suite l'une de l'autre. Inconnues en basse Mésopotamie à toutes les époques, elles ont été, elles aussi, empruntées aux Hittites et plus particulièrement aux néo-Hittites qui les utilisaient largement [38]. Mais le génie assyrien en a fait des chefs-d'œuvre et malgré quelques défauts – relief trop faible, absence de perspective, répétition de motifs stéréotypés –, on ne peut qu'être impressionné par l'équilibre de leur composition, l'acuité d'observation qu'elles révèlent – notamment en ce qui concerne le règne animal – et le mouvement qui les anime. C'est là incontestablement du grand art, surpassant tout ce que la Mésopotamie a produit dans le domaine du bas-relief et qui mérite pleinement sa réputation mondiale. Mais c'est un art essentiellement profane, chose qui ne s'était jamais vue dans la sculpture monumentale de ce pays. Même si l'on y rencontre quelques génies ailés aspergeant un « arbre de vie » schématisé à l'extrême, ou encore le roi versant une libation devant un autel, les dieux sont absents, sous quelque forme que ce soit. Le but de cette suite de scènes de guerre entrecoupées de tableaux de paix – le roi déjeunant sous la treille avec la reine, recevant dignitaires et officiers, chassant le lion à l'arc ou à l'épieu – n'est pas d'exalter la piété du monarque, mais de mettre en valeur sa vaillance, de raconter ses prouesses et celles de son armée et, partant, d'emplir le spectateur d'admiration et de crainte. Notons qu'à l'inverse du pharaon, surhumain en taille comme en héroïsme sur les bas-reliefs de Louxor, le roi d'Assyrie ne se distingue des personnages qui l'entourent que par son costume, sa coiffure (une sorte de fez muni d'une pointe) et son attitude. C'est qu'il n'est pas, lui, d'essence divine mais simplement un homme appelé par le dieu de son pays à gouverner l'humanité. Ainsi donc, qu'il s'agisse de statues royales, de stèles ou d'orthostates, que le roi soit représenté comme prêtre et instrument d'Ashur ou comme chef d'Etat et de guerre, tout l'art assyrien officiel reflète des motivations politiques. Comme on l'a dit très justement, le palais du souverain d'Assyrie n'est qu'un « ensemble massif de propagande personnelle[39] ».

On peut faire les mêmes remarques à propos d'autres éléments décoratifs appliqués aux murs des palais, mais aussi à ceux des temples, de riches demeures privées et même aux portes des principales villes : les panneaux de briques émaillées multicolores découverts notamment à Assur et à Khorsabad[40] et d'admirables peintures murales dont les plus nombreuses proviennent de Til Barsip (Tell Ahmar)[41]. Ici encore, les Assyriens ont utilisé l'art sacré et l'art profane, pour imposer l'idée de leur invincibilité et de leur droit à dominer le monde. Sur les fresques, les thèmes militaires sont traités d'une façon encore plus libre, plus vivante que sur les bas-reliefs, tandis que les motifs religieux ou cérémoniaux des panneaux émaillés sont soulignés de larges bandes à dessins géométriques et motifs floraux ou animaliers stylisés qui annoncent ceux de Babylone et de Suse.

Les Assyriens ont été – ou ont employé – des experts dans l'art de travailler le métal. Outre les splendides portes de bronze de Balawat, dont les sujets guerriers relèvent évidemment de la propagande, ils nous ont laissé de très beaux objets de bronze (plaques et statuettes magiques, petites stèles, poids en forme d'animaux couchés) et de magnifiques bijoux, plats et récipients divers en bronze repoussé ou gravé, en argent ou en or[42]. Leurs ouvrières aux mains habiles, ont orné tapis et vêtements de broderies dont la finesse peut s'apprécier sur les seuils de portes et sur les orthostates, qui en reproduisent les moindres détails[43]. Leurs lapidaires ont su marier les motifs mythologiques classiques à des motifs rituels purement assyriens ; les sceaux-cylindres de l'époque, gravés avec une adresse parfaite, sont empreints d'une beauté froide mais fascinante[44]. Toutefois, c'est incontestablement aux ivoires qu'il faut donner la première place parmi les arts dits « mineurs ».

Connu en Mésopotamie dès l'époque Dynastique Archaïque[45], puis longtemps abandonné pour une raison qui nous échappe (peut-être la rareté du matériau, très probablement importé de l'Inde), le travail de l'ivoire est réapparu au Proche-Orient vers le milieu du deuxième millénaire dans les pays sous influence égyptienne : Palestine (ivoires de Megiddo et de Lakish) et côte méditerranéenne (Ugarit). La prospérité des cités phéniciennes, du royaume d'Israël et des États araméens de Syrie, tous en relations commerciales avec l'Egypte (autre source possible d'ivoire), explique le développement extraordinaire qu'a connu cette forme d'art au début du premier millénaire, non seulement en Syrie-Palestine (Samarie, Hama), mais aussi en Iran (Ziwiyeh), en Arménie (Toprak Kale) et en Assyrie. Il n'y a guère de doute qu'une grande partie des objets en ivoire découverts à Assur, à Khorsabad, à Arslan Tash et surtout à Nimrud[46] proviennent de tributs ou de butins prélevés dans les régions occidentales de l'empire, mais plusieurs de ces objets ont dû être fabriqués dans des ateliers d'Assyrie par des artistes syriens, phéniciens ou même locaux.

Qu'il fût utilisé pour décorer des chaises, trônes, lits, écrans ou portes, ou pour fabriquer des boîtes, bols, vases, cuillers, peignes, épingles ou poignées, l'ivoire était travaillé selon de multiples techniques : gravé, sculpté en relief, en ronde-bosse ou en filigrane, simplement poli ou incrusté de pierres semi-précieuses, peint ou plaqué d'or. La variété des sujets traités n'est pas moins remarquable. A côté de motifs purement égyptiens, comme la naissance d'Horus ou la déesse Hathor, on trouve des « femmes à la fenêtre », des vaches, des daims et des griffons apparemment de style phénicien, ainsi que des combats d'animaux, des « Gilgamesh » maîtrisant des bêtes sauvages, des déesses et femmes nues, des scènes de chasse et des processions, considérés par les experts comme des sujets en partie syriens et en partie assyriens. Or, ces sujets, il faut le souligner, sont exclusivement pacifiques. Certaines pièces représentent le roi d'Assyrie seul ou accompagné de soldats, mais aucune ne porte une scène de guerre, et il faut avouer que ces femmes souriantes – comme la célèbre « Mona Lisa » de Nimrud –, ces gais danseurs et musiciens, ces sphinx énigmatiques et calmes, ces vaches allaitant leur veau et, dans un mouvement gracieux et empli de douceur, tournant leur tête pour le lécher sont agréablement délassants. Même s'ils ont été exécutés ailleurs qu'aux bords du Tigre ou par des étrangers, l'abondance de ces ivoires dans les demeures des Assyriens montre combien ceux-ci étaient sensibles au charme et à la délicatesse, tout comme leurs bibliothèques témoignent de leur goût pour les sciences et les lettres.

Les scribes de Ninive

En 1849, Sir Henry Layard, pionnier de l'archéologie britannique en Mésopotamie, fouillait le palais de Sennacherib à Ninive lorsqu'il ouvrit « deux grandes salles dont toute la surface était couverte, sur plus d'un pied, de tablettes entassées[1] ». Trois ans plus tard, et sur le même site, son assistant, Hormuz Rassam, faisait une découverte analogue dans le palais d'Ashurbanipal. Au total, quelque 30 000 tablettes et fragments furent ainsi recueillis et envoyés au British Museum où ils constituent une collection de textes cunéiformes unique au monde. Or, il apparut au premier examen qu'un cinquième seulement de cette fameuse « bibliothèque d'Ashurbanipal* » était formé de documents d'archives, tels qu'inscriptions royales, lettres et textes administratifs. Le reste comprenait des textes littéraires (mythes, épopées et légendes), relativement peu nombreux, et surtout des textes religieux et « scientifiques » au sens où on l'entendait à l'époque, c'est-à-dire embrassant la divination et l'exorcisme. Il apparut également, d'après l'aspect de l'écriture, que si certaines des tablettes du second groupe étaient bien des copies de textes sumériens et babyloniens faites par des scribes assyriens, d'autres avaient été rédigées en Babylonie même. D'ailleurs, plusieurs lettres des archives royales confirment que les Assyriens, avides de culture, se procuraient des inscriptions de tout genre et de toute époque dans ces foyers de civilisation qu'étaient pour eux les pays de Sumer et d'Akkad. Ce fut notamment le cas d'Ashurbanipal, monarque épris de belles-lettres qui, profitant de ce qu'il

---

* La plupart des tablettes trouvées dans le palais de Sennacherib appartenaient en fait à son petit-fils Ashurbanipal qui l'avait habité dans sa jeunesse.

avait les mains libres en Babylonie après la mort de son
frère Shamash-shuma-ukîn, enrichit sa bibliothèque par
des confiscations et des « dons » plus ou moins volontaires[2] :

> « Quand tu recevras cette missive – écrit-il à l'un de ses offi-
> ciers – emmène avec toi trois hommes et les lettrés de Bar-
> sippa et cherche toutes les tablettes, toutes celles qui sont dans
> leurs maisons et toutes celles qui sont déposées dans le temple
> Ezida... Recherche les tablettes de valeur qui sont dans vos
> archives et qui n'existent pas en Assyrie et envoie-les-moi.
> J'ai écrit aux fonctionnaires et aux inspecteurs... et personne
> ne peut refuser de te livrer une tablette. Et si tu vois un texte
> ou un rituel à propos duquel je ne t'ai pas écrit, mais dont tu
> crois qu'il pourra être utile dans mon palais, cherche-le,
> prends-le et envoie-le-moi[3]. »

En dehors des palais royaux, il existait en Assyrie, comme
en Babylonie, d'importantes bibliothèques non pas dans les
temples, comme on l'a cru longtemps, mais dans les palais et
dans certaines maisons privées. Les fouilles de Sultan Tepe,
site de l'ancienne cité de Harran, ont mis au jour une belle
collection d'ouvrages religieux et littéraires appartenant à un
certain Qurdi-Nergal, prêtre du dieu Sîn[4]. Elle comprenait
non seulement des grands classiques, comme l'*Epopée de
Gilgamesh* et le *Poème du Juste souffrant*, mais aussi des
textes inédits, dont l'amusante histoire du *Pauvre Homme de
Nippur* et de ses démêlés avec le maire de cette ville qui
l'avait éconduit et qu'il parvint, par divers subterfuges, à ros-
ser trois fois[5].
    Au lieu de graver sur des tablettes d'argile les signes petits
et très serrés de l'époque, les scribes néo-assyriens pouvaient
imprimer leur stylet sur des plaques de cire contenues dans
des cadres en bois ou en ivoire. Ces tablettes s'appelaient
daltu lorsqu'elles étaient isolées et *lê'u* quand elles étaient
reliées les unes aux autres par des charnières métalliques,
formant des sortes de livres s'ouvrant en accordéon. Plus
légères, mais plus coûteuses que les tablettes d'argile, elles
étaient relativement peu utilisées. Toutes ont disparu à l'exception de quelques-unes découvertes en 1953 à Nimrud, au
fond d'un puits où elles avaient été jetées lors du sac de la
ville ; certaines portaient encore les traces d'un texte astro-

logique [6]. Il semble qu'aucun texte littéraire ou scientifique n'ait été écrit sur parchemin ou papyrus.

Dûment enregistrées à leur entrée dans la bibliothèque, les tablettes étaient rangées sur des planches, comme nos livres, alors qu'on conservait généralement les textes administratifs et commerciaux dans des jarres ou des paniers munis d'étiquettes d'argile. Beaucoup de textes anciens étaient recopiés avec une rigueur digne de louanges, le scribe notant en marge « vieille cassure » *(hepû labiru)* ou avouant sa perplexité *(ul idi*, « je ne comprends pas »). Les textes étaient classés par ouvrages et par catégories de sujets. Chaque tablette faisant partie d'une série était numérotée ou sa dernière phrase était reprise au début de la tablette suivante. Ainsi, la phrase : « Ils créèrent pour lui une chambre princière », qui termine la tablette IV de l'*Epopée de la création (enuma elish)* se retrouve au début de la tablette V. En outre, la plupart des tablettes de ces ouvrages portent au bas, nettement séparé par une ligne, un « colophon » plus ou moins long donnant un certain nombre de détails dont, souvent, le nom du scribe [7]. A titre d'exemple, voici le colophon de cette même tablette IV d'*enuma elish* sur une copie faite à Babylone :

> « 146 lignes. Tablette IV d'*enuma elish*, incomplète, selon une tablette dont le texte était abîmé. Écrite par Nabû-bêl-shu, fils de Na'id-Marduk, le métallurgiste. Pour la vie de son âme et pour la vie de sa maison (famille), il l'a écrite et déposée dans le temple Ezida [8]. »

L'ardeur qu'ils mettaient à collectionner ces précieuses reliques et le soin avec lequel ils les préservaient font honneur, non seulement aux scribes de Ninive, mais aussi aux rois d'Assyrie, leurs maîtres. Paradoxalement, c'est à ces Assyriens qui ont tant détruit que nous devons une grande partie de l'héritage spirituel de Sumer et d'Akkad.

La « science des listes »

Il est peu probable que la bibliothèque d'Ashurbanipal ait beaucoup servi au roi lui-même, si lettré fût-il. S'il a pu s'amuser à déchiffrer les « pierres d'avant le Déluge » ou à lire *Gilgamesh* et autres grands classiques de la littérature d'alors, il n'avait probablement ni le temps ni l'envie de se plonger dans les dizaines de milliers de tablettes rassemblées sur ses ordres. Les collections des palais de Ninive devaient être accessibles à divers « spécialistes », tels que médecins, devins, exorcistes, astronomes ou astrologues appartenant ou non à la maison royale, autant qu'au « scribe du roi » *(ṭup-shar sharri)*. Les documents qu'elles contenaient ne sont pas moins intéressants pour nous qu'ils l'étaient pour eux, mais s'ils nous offrent l'occasion de survoler les sciences méso-potamiennes, ils ne peuvent, à eux seuls, nous fournir tous les renseignements désirés. Il nous faudra donc faire appel à des sources plus anciennes ou plus récentes que les tablettes de Ninive et en particulier, aux textes scientifiques provenant de Nippur, de Tell Harmal, d'Assur et d'Uruk, qui s'échelonnent de la fin du troisième millénaire au troisième siècle environ avant notre ère[9].

Les Grecs, qui connaissaient et admiraient les « Chal-déens » en tant que magiciens et fabricants d'horoscopes ont beaucoup nui à leur réputation. Il est exact que la magie au sens large du terme a toujours été partie intégrante de la reli-gion « sacramentelle » de Sumer et d'Akkad et qu'à partir du troisième millénaire la divination a été élevée, en Mésopota-mie, à l'état de science[10], mais leur vulgarisation n'a pris son essor que vers la fin de l'ère préchrétienne. Loin de représen-ter le summum de la sagesse babylonienne, la sorcellerie et l'astrologie populaire sont apparues comme des symptômes de décadence dans une civilisation en train de mourir lente-ment. En réalité, tout ce que nous savons des Mésopotamiens indique qu'ils étaient doués de presque toutes les qualités qui font d'authentiques savants, à commencer par cette curiosité insatiable qui les poussait à essayer de pénétrer les secrets du passé, à ramener dans leur pays des animaux et plantes exo-tiques, à se passionner pour les mouvements des astres et les propriétés des nombres. Nous avons vu avec quelle honnê-teté intellectuelle ils copiaient les tablettes. Ils possédaient en outre une patience, une attention aux détails qui apparaît dans toutes leurs activités, de leur comptabilité à leurs œuvres d'art. Pourvus d'un sens aigu de l'observation, ils ont enre-gistré une masse énorme de données, moins dans un but pra-tique que pour le plaisir, la fierté de savoir et, dans certains domaines, ont fait d'importantes découvertes. Enfin, leurs mathématiques montrent à quel point ils étaient capables de raisonner dans l'abstrait. Ce qui leur a manqué, semble-t-il, c'est l'esprit de synthèse.

L'éducation scolaire en Mésopotamie ne pouvait que développer ces qualités[11]. Dès qu'il était en âge de fréquenter l'école (*bît ṭuppi*, « maison de la tablette »), le futur scribe devait apprendre à manier le calame et à maîtriser à la fois le sumérien et l'akkadien, car même à l'époque néo-assyrienne tous les textes en akkadien étaient truffés de logogrammes sumériens dont il était indispensable de connaître la lecture et le sens. Il lui fallait copier de nombreuses tablettes pour se faire la main et mémoriser des centaines de signes avec leur nom, leur prononciation, leur signification et leurs multiples valeurs idéographiques et syllabiques. Il s'aidait pour cela de « syllabaires », listes de signes à deux puis trois colonnes groupés par syllabes ou selon leur forme, et de « vocabulaires » suméro-akkadiens. D'autres tables lui donnaient des éléments de grammaire sous forme de paradigmes (conjugaison de verbes, apposition de suffixes, etc.) et d'expressions toutes faites. Même les opérations d'arithmétique élémentaire n'étaient « pas claires », comme disait Ashurbanipal, pour les raisons qu'on verra plus loin. Si l'on croit un récit satirique sumérien, la discipline était sévère. Le maître n'hésitait pas à fouetter ses élèves plusieurs fois par jour si nécessaire… à moins qu'il ne fût amadoué par un bon repas et quelques présents[12]. Ce bagage acquis au bout d'un ou de deux ans, le jeune homme passait dans une autre classe (ou une autre école) pour se perfectionner, se familiarisant avec divers genres de textes (juridiques, épistolaires, religieux, par exemple), traduisant des textes sumériens et apprenant des langues étrangères (hittite, kassite, araméen, égyptien ou grec selon l'époque), en s'appuyant sur de véritables « dictionnaires » bilingues. A la fin de ce second cycle d'études, il pouvait opter pour le métier de scribe-secrétaire ou se spécialiser dans une profession de son choix, ce qui exigeait encore des années d'efforts mais faisait de lui un *ummânu*, un expert, un « savant ». L'instruction, la culture et la science en général étaient du domaine d'Enki-Ea et les scribes et savants étaient placés sous la protection de Nabû, fils de Marduk. L'importance du culte de Nabû en Assyrie indique combien le savoir était apprécié dans ce pays.

Ce système d'éducation incitait les experts à présenter

leurs connaissances à leurs confrères et à leurs élèves sous
forme de listes [13]. C'est ainsi qu'il existe toute une série de
vocabulaires suméro-akkadiens et des sortes de dictionnaires
descriptifs concernant ce que nous appelons aujourd'hui
la botanique, la zoologie et la minéralogie. De même, les
notions de géographie que possédaient les Mésopotamiens
nous sont connues par des listes de fleuves, de montagnes, de
pays et de cités. Nous ne savons pas s'ils faisaient usage
de cartes sur parchemin, mais les fouilles ont livré quelques
plans de temples, de terrains et de villes sur tablettes d'argile,
notamment un plan de Nippur qui correspond exactement à
celui qu'ont établi les archéologues [14]. Une prétendue « carte
du monde » datant du sixième siècle a survécu. La terre est
représentée par un disque entouré du « fleuve Amer » et partagé en deux par l'Euphrate ; Babylone en occupe le centre,
comme Jérusalem sur nos plus anciennes cartes médiévales ;
de brèves légendes aux quatre pointes du compas décrivent
les pays situés aux confins de la terre et, chose remarquable,
le plus septentrional d'entre eux est appelé « l'endroit où l'on
ne voit pas le soleil », ce qui peut signifier, soit que les Babyloniens avaient entendu parler de la nuit arctique, soit, plus
probablement, que le soleil, vu de la latitude de la Mésopotamie, ne passe jamais par la portion septentrionale du
ciel [15]. L'histoire était également présentée sous forme
de listes royales, listes de dynasties, parfois synchroniques et
listes d'éponymes ; même les chroniques babylonienne
et assyrienne peuvent être considérées comme des listes
d'événements. Des tables mathématiques et astronomiques,
des listes de symptômes et de pronostics, de jours fastes et
néfastes et de présages, ainsi, bien entendu, que des listes de
temples et de dieux complètent ce qu'on a surnommé, avec
un brin de dérision, la « science des listes ». Mais il est évident que toutes ces colonnes de mots et de chiffres ne sont
que des aide-mémoire accompagnant un enseignement oral
qui dépassait largement ces données brutes et que cet enseignement était très développé. Le transport et l'érection
d'énormes blocs de pierre, la construction de grands palais et
de temples, de ponts et d'aqueducs, par exemple, exigeaient
une connaissance approfondie de certaines lois de physique.
De même certains principes de chimie empirique devaient
présider à l'élaboration de médicaments et de pigments, à la

fabrication de verres colorés et d'objets émaillés[16]. Enfin, en mathématiques et en astronomie – domaines dans lesquels les Mésopotamiens étaient passés maîtres –, d'autres textes nous permettent de reconstituer une démarche intellectuelle ressemblant d'assez près à l'approche scientifique moderne.

Mathématiques et astronomie

Les plus anciens textes mathématiques découverts en Mésopotamie datent du début du deuxième millénaire et témoignent de l'extraordinaire degré de développement qu'avait déjà atteint cette science[17]. Ces textes se divisent en deux catégories : d'une part des tables de nombres permettant d'effectuer non seulement des divisions et des multiplications, mais aussi des calculs d'une grande complexité ; d'autre part des problèmes destinés à l'enseignement. Or, si beaucoup de ces problèmes sont essentiellement pragmatiques, ayant trait, par exemple, à des travaux de terrassement ou de creusement et d'élargissement de canaux, un certain nombre d'entre eux ne répondent à aucune nécessité pratique. Ce sont manifestement des jeux de l'esprit, des exercices de gymnastique intellectuelle. En voici deux exemples :

Problème n° 1
« J'ai trouvé une pierre, mais je ne l'ai pas pesée ; puis j'ai ajouté un septième et j'ai ajouté un onzième. J'ai pesé : une mine. Quel était le poids originel de la pierre ? Le poids de la pierre était 2/3 de mine, 8 sicles et 22 lignes et demie[18]. »

Problème n° 2
« Si quelqu'un te demande : j'ai creusé en profondeur autant que le côté du carré que j'ai tracé et j'ai extrait un volume de terre d'un *musharu* (60^3) et demi. Ma surface, je l'ai rendue carrée, quelle profondeur ai-je atteint ?
Toi, dans ton calcul, opère avec 12. Prends la réciproque de 12 et multiplie par 1. 30.0.0 qui est ton volume. Tu vois (tu obtiens) 7. 30.0. Quelle est la racine cubique de 7. 30.0 ? La racine cubique est 30. Multiplie 30 par 1 et tu obtiens 30. Multiplie 30 par un autre 1 et tu obtiens 30. Multiplie 30 par 12 et tu obtiens 6.0 (360). 30 est le côté de ton carré et 6.0 est ta profondeur[19]. »

L'énoncé du premier problème montre qu'il est purement théorique ; la solution est donnée, mais non la façon d'y parvenir ; elle a dû être expliquée verbalement à l'élève, alors qu'elle est développée point par point dans le second problème. On voit que la notion de racines était familière aux Mésopotamiens ; elles étaient d'ailleurs calculées avec une précision remarquable, aboutissant à 1,414213 (au lieu de 1,414214) pour la racine carrée de 2.

La formulation des calculs du second problème met en lumière les deux caractéristiques principales des mathématiques mésopotamiennes : notation positionnelle et système sexagésimal. Alors que tous les systèmes de numérotation dans l'Antiquité étaient basés sur le principe de juxtaposition (comme dans les chiffres romains), le système positionnel signifie que le chiffre a une valeur variable selon la place qu'il occupe dans le nombre. C'est celui que nous utilisons actuellement lorsque nous écrivons, par exemple, 333, où le chiffre 3 vaut successivement 300, 30 et 3, et celui qu'employaient les Mésopotamiens, avec cette différence importante que sur la base sexagésimale (60), 333 est à lire $(3 \times 60^2) + (3 \times 60) + 3$, soit au total 10 983. La notation positionnelle et le système sexagésimal présentent des avantages considérables pour effectuer des calculs, le chiffre 60 étant divisible par plus de nombres que le chiffre 10, mais malheureusement, en Mésopotamie, les unités de ce système étaient subdivisées selon un modèle décimal et le zéro – utilisé par les traducteurs modernes pour rendre le texte intelligible – n'existait pas. Il n'est apparu qu'à l'époque séleucide pour être placé avant les nombres, jamais après. Cela ne gênait guère les calculateurs d'antan, qui connaissaient l'ordre de grandeur des unités de leurs problèmes et devaient les communiquer verbalement à leurs élèves, mais le déchiffrement de ces textes en est singulièrement compliqué, le chiffre 1, par exemple, pouvant se lire 1 ou 1.0 (= 60) ou 1.0.0 (= 3 600). Les experts en la matière ont également noté que, sans faire usage de symboles, ces anciens mathématiciens opéraient par des méthodes algébriques plutôt qu'arithmétiques [20]. L'énoncé de certains problèmes ou les calculs indiqués pour parvenir à les résoudre impliquent la résolution d'équations du deuxième degré et le maniement de relations exponentielles et logarithmiques.

Curieusement, il semble que les Mésopotamiens aient été moins avancés en géométrie qu'en algèbre. Ils connaissaient certaines propriétés fondamentales du rectangle, du triangle et du cercle – y compris le théorème d'Euclide illustré par un graphique sur une tablette de Tell Harmal (dix-huitième siècle) – mais non la manière correcte de les démontrer et procédaient par approximations pour évaluer les surfaces polygonales. Cependant ils avaient calculé 3 pour la valeur de π et même 3,375 sur une tablette de Suse. Par ailleurs, étant donné la perfection de certaines de leurs œuvres architecturales, il est possible que le nombre limité et le caractère exclusivement didactique des textes mathématiques nous fasse sous-estimer leurs connaissances géométriques.

On pourrait croire que les mathématiques ont trouvé de bonne heure un champ d'application privilégié dans cet autre domaine où les Mésopotamiens se sont distingués : l'astronomie [21] mais il n'en est rien. L'astronomie véritablement scientifique n'est apparue que dans la seconde moitié du premier millénaire. Le plus ancien texte astronomique mésopotamien connu jusqu'à présent est une liste d'observations des levers et couchers héliaques de la planète Vénus pendant vingt et un ans sous le règne d'Ammi-ṣaduqa (1646-1626), roi de Babylone [22]. Le désir d'observer les astres et de noter leurs mouvements a été le fruit d'une double préoccupation : métaphysique et chronologique. Pour des raisons évidentes, dès la plus haute Antiquité le soleil, la lune, certaines constellations et la plus notable de ces myriades d'étoiles qui scintillent avec tant d'éclat dans le ciel du Proche-Orient, Vénus (Ishtar), ont été considérés comme des divinités. Et dans un contexte philosophique qui voyait dans la terre comme un reflet des cieux, il était normal qu'on établisse une relation entre les événements célestes et le sort de l'humanité. D'emblée donc, l'astronomie mésopotamienne s'est trouvée étroitement liée à l'astrologie [23], mais cette dernière n'a acquis un caractère déterminant pour le destin de l'individu qu'à partir du moment où il est devenu possible d'établir la configuration astrale au moment de sa naissance, ce qui exigeait une multitude d'observations et de corrélations. C'est pourquoi l'astrologie *horoscopique* n'a prospéré que très tardivement.

Cependant, les Mésopotamiens se trouvaient confrontés au

problème du calendrier. En Mésopotamie, l'année commençait à la première nouvelle lune qui suivait l'équinoxe du printemps. Elle était divisée en douze mois de vingt-neuf ou trente jours selon la durée du cycle lunaire. La journée débutait au coucher du soleil et se divisait en douze *bêru* ou doubles heures, elles-mêmes subdivisées en 12 doubles minutes. Ce système s'appliquait également au cercle et, dans ces deux cas, il est toujours en vigueur parmi nous. Toutefois, l'année lunaire est plus courte que l'année solaire d'environ onze jours, de sorte qu'après sept ans la différence équivaut à une saison. Pour corriger ce décalage, les souverains décrétaient qu'il y aurait, telle ou telle année, un ou deux mois supplémentaires, mais à ces décisions arbitraires, il fallait substituer, si possible, un système de rattrapage régulier et infaillible. Autre difficulté : le mois commençait au moment où le croissant de la nouvelle lune devenait visible et tous ceux qui ont vécu en Iraq savent que la brume dans le Sud, la poussière dans le Nord et les vents de sable partout rendent souvent ce moment précis impossible à déterminer. Il importait donc que les astronomes officiels puissent calculer à l'avance le début de chaque mois et de chaque année, ce qui revenait à découvrir les lois régissant le cycle lunaire et le cycle solaire.

C'est dans le deuxième quart du premier millénaire que les premiers progrès ont été réalisés dans cette voie grâce à des observations continuelles effectuées en divers points de l'Empire assyrien, puis centralisées[24], grâce à l'invention de l'horloge à eau (clepsydre) et d'un cadran solaire du type appelé « polos » par les Grecs (petite boule suspendue projetant son ombre sur une demi-sphère) ; grâce aussi aux mathématiques qui permettaient d'établir des corrélations entre toutes ces données et d'extrapoler les résultats. Les astronomes ayant remarqué que 235 mois lunaires faisaient exactement 19 années solaires, en 747 le roi Nabû-nâṣir, à Babylone, décida l'introduction de sept mois supplémentaires étalés sur une période de 19 ans ; toutefois, ce « calendrier de Nabonassar » ne fut standardisé qu'entre 388 et 367[25]. Entre-temps, les astronomes avaient découvert le zodiaque avec ses douze « maisons » et établi des éphémérides solaires, lunaires et stellaires. Ils étaient aussi parvenus à prédire les éclipses de lune et de soleil avec grande exactitude. Les tables des nouvelles lunes, pleines lunes et éclipses dressées par Nabû-rimânni (le « Naburianus » de Strabon), au début du quatrième siècle, sont incroyablement précises et le plus grand des astronomes babyloniens, Kidinnu (« Cidenas »), qui exerçait vers 375, a pu établir la durée de l'année solaire avec une erreur de 4 minutes et 32,65 secondes seulement. Son erreur dans le calcul du déplacement nodal du soleil est, en fait, moindre que celle de l'astronome moderne Oppolzer, en 1887 [26].

Quelle que soit l'admiration que puisse inspirer l'astronomie mésopotamienne, il faut bien avouer qu'il lui manque ce que nous appellions plus haut l'esprit de synthèse. Au contraire des astronomes grecs, contemporains des derniers et meilleurs d'entre eux, les astronomes babyloniens n'ont jamais tenté de regrouper le nombre considérable de données qu'ils possédaient en une théorie cosmique analogue au système héliocentrique d'Aristarque de Samos ou au système géocentrique d'Hipparque. On a l'impression que leurs travaux n'avaient pour but que de satisfaire leur curiosité naturelle et leur goût pour les mathématiques et d'établir un calendrier tel que les fêtes et rites puissent être célébrés au juste moment. « Les Grecs étaient à la fois philosophes et géomètres, les Chaldéens, empiristes et subtils calculateurs [27]. » Comme on va le voir, la médecine mésopotamienne a, elle aussi, souffert du même défaut (dans la mesure où ç'en était un).

Médecine

Bien que très éloignée de ces sciences exactes, la médecine mésopotamienne mérite une place spéciale dans ce chapitre parce qu'elle est copieusement documentée, extrêmement intéressante et souvent méconnue [28]. Les Mésopotamiens voyaient dans les maladies des punitions infligées par les dieux aux hommes pour leurs péchés, le mot « péché » signifiant ici non seulement un acte répréhensible ou un crime mais aussi, et le plus souvent, la violation involontaire de quelque tabou. Aussi appelait-on les maladies « main » de tel ou tel dieu ou déesse. Les dieux offensés pouvaient frapper le pécheur eux-mêmes ou permettre aux mauvais démons de s'emparer de son corps et le torturer. La maladie était donc

une tache, une souillure morale autant que physique qui rendait le patient impur et relevait d'un traitement magico-
religieux. On demandait au devin *(bâru)* de déterminer, si
possible, l'origine de l'affection, le péché généralement
inconnu du malade lui-même ou de son entourage, et à
l'*âshipu* d'exorciser le ou les démons responsables par des
rites et cérémonies magiques et par des conjurations dont on
connaît plusieurs séries *(maqlû, shurpu, lipshur, namburbû)*
et même un catalogue complet[29]. On essayait aussi d'apaiser
le courroux des dieux par des prières et des sacrifices.

Si l'art de soigner les malades en Mésopotamie n'avait
consisté qu'en cette catharsis, ce lavage de l'âme en quelque
sorte, il ne mériterait pas le nom de médecine. Mais nous
savons qu'il y avait dans ce pays – quoi qu'en dise Hérodote[30] – d'authentiques cliniciens et thérapeutes qui, tout en
respectant des concepts fermement ancrés dans les mœurs
depuis la préhistoire et qu'on rencontre encore aujourd'hui
chez la plupart des peuples dits « primitifs », connaissaient le
rôle étiologique de certains agents naturels, observaient les
symptômes avec précision, savaient les grouper en syn-
dromes ou maladies et appliquaient des traitements pharmaceutiques ou chirurgicaux empiriques, certes, mais très
souvent rationnels. Parallèlement à la médecine « sacramentelle » *(âshipûtu)*, il existait incontestablement une médecine
pragmatique *(asûtu)* remarquablement évoluée et pas très différente de celle qu'on pratiquait en Europe il y a seulement
deux siècles. Ce qui demeure obscur, c'est l'importance relative que les malades eux-mêmes accordaient à ces deux
formes de traitement. Consultaient-ils d'abord un devin et/ou
un exorciste pour se confier ensuite aux mains d'un médecin
en cas d'échec, ou était-ce l'inverse ? Il y a fort à parier que
cela variait selon les cas et les préférences individuelles[31].

Le médecin *(asû)* n'était ni un sorcier ni un prêtre, mais un
professionnel qui, après avoir reçu l'éducation générale que
nous avons décrite à propos des scribes, avait appris son
métier auprès d'un ou de plusieurs maîtres pour accéder au
rang d'expert, d'*ummânu*. Il était tenu en haute estime et
fixait sans doute lui-même le niveau de ses honoraires. Les
médecins renommés, les « grands patrons » de l'époque,
étaient très recherchés et les cours royales se les arrachaient.
Nous savons que le Mitannien Tushratta avait envoyé l'un de

ces spécialistes à Aménophis III et que des médecins de Babylone s'étaient rendus au chevet du roi hittite Hattusilis III. D'ailleurs, les rois d'Assyrie et de Babylonie avaient leurs médecins personnels.

De nombreuses listes de symptômes et prescriptions, ainsi que des lettres adressées à des médecins ou écrites par eux ont survécu. Il y a une trentaine d'années, le grand assyriologue français René Labat a publié un « traité » de diagnostics et pronostics [32] reconstitué à partir de textes datant du septième au cinquième siècle, mais faisant partie d'une même série qui comprenait quarante tablettes et était divisée en cinq « chapitres ». Le premier chapitre, destiné en réalité aux exorcistes mais s'appliquant sans doute aussi aux médecins, fournit une interprétation de certains signes omineux qu'ils pouvaient rencontrer en se rendant au chevet des malades :

> « Lorsque l'exorciste se rend à la maison d'un malade… s'il voit soit un chien noir, soit un cochon noir : ce malade mourra… S'il voit un cochon blanc : ce malade guérira ; (ou bien) la détresse le saisira. S'il voit un cochon rouge : ce malade (mourra ?) le 3e mois (ou) le 3e jour [33]…. »

Ce préambule déconcertant est suivi de la description, beaucoup plus rationnelle, de symptômes groupés par organe, par maladie ou par ordre d'apparition. Six tablettes au moins sont consacrées aux affections gynécologiques et aux maladies infantiles, probablement très fréquentes. Tout au long du traité, l'accent est mis sur le pronostic et le traitement n'est que rarement indiqué. Des textes semblables, isolés ou groupés en collections, portent uniquement sur les maladies de certaines parties du corps ; d'autres s'attachent à la thérapeutique. Voici deux exemples choisis parmi les affections faciles à identifier :

Epilepsie
> « Si sa nuque (du malade) se tourne sans cesse vers la gauche, si ses mains et ses pieds sont tendus, si ses yeux, face au ciel, sont largement ouverts, si la bave lui coule de la bouche, s'il ronfle, s'il perd connaissance, si, à la fin (de la crise…) : c'est une crise de haut mal ; "main" de Sîn [34]. »

Ictère grave
« Si un homme, son corps est jaune, son visage est jaune et
noir et si la surface de sa langue est noire, c'est (la maladie)
ahhâzu... Contre cette maladie, le médecin ne peut rien : cet
homme mourra : il ne peut être guéri [35]. »

Un certain nombre de textes ont trait à des affections psy-
chiatriques, y compris la « dépression », qui n'est pas un mal
aussi moderne qu'on l'imagine [36].

Alors que les diagnostics et pronostics des médecins mésopotamiens sont un subtil mélange de superstition et de bonne
observation clinique, leur thérapeutique ne doit rien à la
magie. La plus ancienne « pharmacopée » connue est une
collection de recettes datant de la IIIe Dynastie d'Ur ; elle
décrit la préparation d'onguents, de lotions et de potions à
base de minéraux et de plantes et aurait pu être écrite il y a
deux ou trois cents ans [37]. A quelques exceptions près, les
formes sous lesquelles ces médicaments étaient administrés
sont sensiblement les mêmes qu'aujourd'hui : sirops, inhala-
tions, fumigations, instillations, pommades, liniments, cata-
plasmes, lavements et même suppositoires. Il est parfois
impossible d'identifier certaines herbes entrant dans leur
composition, mais dans bien des cas on peut y reconnaître
des ingrédients toujours utilisés ou qui ont cessé de l'être
récemment. Dans l'ordonnance suivante, par exemple, on
retrouve l'opium par voie buccale et des émollients en appli-
cations locales pour le traitement de ce qui paraît être une
affection vésicale ou urétrale :

« Ecrase des graines de pavot dans de la bière et fais-la boire
au malade. Broie un peu de myrrhe, mélange-la avec de
l'huile et insuffle-la dans son urètre avec un tube de bronze.
Donne au malade des anémones écrasées dans une décoction
d'algues [38]. »

Et voici la formule complexe d'un cataplasme à appliquer
en cas de « resserrement des poumons » :

« Prends (...) parties d'un rein de mouton ; 1/2 *qa* de dattes ;
15 *gín* de térébenthine de sapin, 15 *gín* de laurier, 13 *gín*
d'opopanax, 10 *gín* de résine de galbanum, 7 *gín* de moutarde,
2 *gín* de cantharide...
Broie ces ingrédients dans un mortier avec de la graisse et des

dattes. Verse le mélange sur une peau de gazelle. Plie la peau. Applique-la sur la région douloureuse et laisse-la en place pendant trois jours. Pendant ce temps, le malade boira de la bière sucrée. Il prendra sa nourriture très chaude et se tiendra dans un endroit chaud. Le quatrième jour, enlève le cataplasme [39]… » etc.

Dans certains cas, le traitement était manuel ou instrumental, le médecin étant en même temps chirurgien. Dans une lettre adressée à Ashurbanipal par son médecin personnel, Arad-Nanna, ce dernier critique un confrère et exprime, sur le traitement de l'épistaxis, une opinion que ne désavouerait pas un oto-rhino-laryngologiste de notre époque :

« En ce qui concerne le saignement de nez… les pansements ne sont pas correctement appliqués. Ils ont été placés sur le côté du nez, de sorte qu'ils gênent la respiration et que le sang coule dans la bouche. Le nez doit être bouché jusqu'au fond afin d'empêcher l'air d'entrer et le saignement cessera [40]. »

Enfin, nous apprenons que les médecins mésopotamiens du dix-huitième siècle avant notre ère reconnaissaient l'existence d'épidémies – qu'ils appelaient *ukultu*, « manducation », les dieux étant supposés dévorer la population – et les signalaient régulièrement aux « autorités », c'est-à-dire au roi. Mieux encore, ils avaient la notion de contagion et des mesures d'hygiène nécessaires pour l'éviter, comme le prouve cette extraordinaire lettre dans laquelle le roi Zimri-Lim, éloigné de Mari, prodigue ses conseils à son épouse Shibtu :

« J'ai entendu dire que Dame Nanname était frappée de maladie. Or, elle a beaucoup de rapports avec les gens du Palais, et elle rencontre, dans sa propre demeure, de nombreuses femmes. Maintenant donc, donne des ordres sévères pour que personne ne boive dans la coupe où elle boit, pour que personne ne s'asseye sur le siège où elle s'assied et pour que personne ne se couche dans le lit où elle se couche. Qu'elle ne rencontre plus de nombreuses femmes dans sa propre demeure. Ce mal est contagieux (*mushtahhiz*, du verbe *ahâzu* "attraper, saisir") [41]. »

Ainsi, la médecine mésopotamienne, bien qu'encore entachée de magie, présentait déjà certaines des caractéristiques de

la médecine moderne. Sans doute transmise aux Grecs en
même temps que la médecine égyptienne, elle a frayé la voie
à la grande réforme hippocratique du cinquième siècle avant
notre ère. Pourtant, au cours de ses deux à trois mille ans
d'existence, elle a fait peu de progrès. Les médecins mésopotamiens ont fondé leur art sur des concepts métaphysiques
dont ils n'ont jamais su se dégager entièrement, fermant ainsi
la porte à la recherche d'explications rationnelles. S'ils ont
admirablement observé les malades et individualisé de nombreuses affections, ils ne se sont jamais posé les questions
essentielles : pourquoi et comment ? A l'instar des astronomes, ils n'ont pas construit de grandes théories mais modestement – et peut-être sagement – se sont contentés de recueillir
des données et de soigner leurs patients au mieux de leur
compétence. Ces derniers, après tout, n'en demandaient pas
plus.

23
Les Chaldéens

En 612 avant notre ère, trente-cinq ans seulement après la prise de Suse qui marqua l'apogée du règne d'Ashurbanipal, les palais de Ninive s'abîmaient dans les flammes et, avec eux, s'effondrait la puissance assyrienne. Responsables, avec leurs alliés les Mèdes, de cette destruction soudaine, violente et radicale, les Chaldéens de Babylonie restèrent seuls maîtres de la Mésopotamie et héritèrent des débris de l'empire qu'ils s'efforcèrent de conserver. Délaissant l'Assyrie en ruine, ils concentrèrent leurs efforts sur leur propre pays qui devint un immense chantier de construction en même temps qu'un foyer de renaissance politique, économique, culturelle et religieuse. Jamais, depuis le temps de Hammurabi, Babylone – maintenant la plus vaste, la plus belle de toutes les cités du Proche-Orient – n'avait connu un tel prestige, une telle renommée. Mais cette brillante période néo-babylonienne[1] fut de courte durée. A Nabuchodonosor II, dernier des grands monarques mésopotamiens, succédèrent des princes faibles ou irresponsables, incapables de s'opposer au nouvel et redoutable ennemi qui venait de surgir à l'est, on eût dit presque à leur insu. En 539, Babylone tomba sans résistance aux mains de Cyrus, roi des Perses.

Tels sont en résumé, dans leur tragique simplicité, les événements qui remplissent le dernier chapitre de l'histoire d'une Mésopotamie indépendante et qui méritent d'être examinés de plus près.

La chute de Ninive

Sans qu'on sache pourquoi, les inscriptions d'Ashurbanipal s'arrêtent brusquement vers 639, plongeant les dernières années de son règne dans une obscurité d'autant plus profonde qu'aucune chronique, aucune liste d'éponymes ne couvre les années 639-627. Notre seule source d'information pour cette période est, en fait, Hérodote, heureusement assez bien renseigné sur l'histoire des Mèdes et des Perses [2]. Au début de son ouvrage il raconte que Phraorte, roi des Mèdes, attaqua les Assyriens mais trouva la mort sur le champ de bataille et fut remplacé par son fils Cyaxare (de son vrai nom Uvarkhshatra). Bientôt, cependant, les Mèdes tombèrent sous la domination des Scythes qui dura, dit-il, vingt-huit ans. Ces derniers franchirent le Zagros, traversèrent en trombe l'Assyrie et la Syrie-Palestine et seraient entrés en Egypte si Psammétique n'avait acheté leur retraite. Finalement, Cyaxare recouvra sa liberté en massacrant leurs chefs ivres au cours d'un banquet. A propos d'un autre épisode, Hérodote affirme que les Scythes brisèrent une attaque des Mèdes contre Ninive, ce qui est assez plausible si l'on se souvient des liens d'amitié que les Sargonides avaient établis avec eux ; toujours selon Hérodote, Ashurbanipal aurait signé un traité d'alliance avec leur chef Madyès. Il serait imprudent de se fier entièrement au « Père de l'Histoire », mais s'il dit vrai, il est étonnant que les cavaliers scythes aient pu parcourir d'un bout à l'autre le territoire gouverné par l'Assyrie et rentrer en Iran sans rencontrer d'opposition. Faut-il penser que l'armée assyrienne était occupée ailleurs ou qu'elle fut prise de court ?

On admet généralement qu'Ashurbanipal mourut en 627 la même année, semble-t-il, que Kandalânu, le roi fantoche qu'il avait élevé sur le trône de Babylone. Mais si nous sommes un peu mieux documentés à partir de cette date, la chronologie des événements qui suivirent ne repose que sur deux chroniques babyloniennes comportant des lacunes et séparées par un hiatus de six ans et sur les dates de contrats provenant de diverses villes de Babylonie. Aussi a-t-elle donné lieu à des interprétations quelque peu divergentes [3]. Selon la dernière en date et peut-être la plus plausible des reconstitutions proposées, Ashurbanipal, âgé, malade et voulant éviter une crise de succession, aurait abdiqué en 630, confiant le sceptre d'Assyrie à son fils Ashur-eṭil-ilâni* tout en gardant une souveraineté théorique sur Babylone par

---

* « Ashur (est le) héros des dieux. »

l'intermédiaire de Kandalânu. Mais à peine ce dernier était-il décédé que les choses se gâtèrent dans le royaume du sud. Un général assyrien, rapidement éliminé, puis un autre de ses fils, Sîn-shar-ishkun*, se proclamèrent successivement rois de Babylonie, tandis que surgissait un troisième prétendant en la personne de Nabû-apla-uṣur** (Nabopolassar), membre de la tribu des *Kaldû* (Chaldéens) et gouverneur du pays de la Mer[4]. Refoulé dans sa région d'origine, ce dernier dut se contenter au début de régner sur quelques villes de Sumer, mais Sîn-shar-ishkun s'installa dans la capitale. Le roi d'Assyrie, son frère, lança ses troupes contre lui et pendant quatre ans une guerre civile aux multiples péripéties ensanglanta les deux tiers de la Babylonie. En 623, Ashur-eṭil-ilâni intervint lui-même et fut tué dans un combat aux environs de Nippur. Le vainqueur prit le chemin de Ninive, entraînant avec lui une armée assyrienne qui devait lui barrer le chemin, et s'assit sur le trône. Le Chaldéen avait désormais les mains libres en basse Mésopotamie.

Pendant ce temps, en Iran, Cyaxare réorganisait son armée sur le modèle assyrien et en faisait une machine de guerre efficace. De sa capitale Ecbatane (Hamadan), il gouvernait les « trois Médies », c'est-à-dire pratiquement tout le plateau iranien, et, plus au sud, les Perses ses vassaux, en même temps qu'il menaçait le pays de Manna autour du lac d'Urmiah et convoitait l'Uraṛu que les Scythes avaient ravagé et affaibli. D'autre part, l'Empire assyrien commençait à se désagréger à la faveur des luttes qui opposaient les deux fils d'Ashurbanipal. A l'est, les Elamites avaient recouvré un certain degré d'indépendance et la ville-frontière de Dêr s'était révoltée. A l'ouest, d'autres révoltes secouaient les cités phéniciennes et le contrôle qu'exerçait l'Assyrie sur la Palestine s'était relâché à tel point que Josias, roi de Juda et fervent yahviste, put impunément « renverser les autels et pulvériser les idoles » dans la province assyrienne de Samarie, ancien royaume d'Israël[5].

Devenu roi d'Assyrie, Sîn-shar-ishkun[6] ne pouvait tolérer longtemps que la Babylonie lui échappât. Il déclara la guerre à Nabopolassar et pendant sept ans encore ce malheureux

* « Le dieu Sîn a installé le roi. »
** « O Nabû, protège (mon) fils ! »

pays fut le théâtre d'attaques et contre-attaques ayant pour
objectifs les places fortes qu'y détenaient toujours les Assyriens. Le Chaldéen résista, s'empara de Nippur et parvint à
libérer tout le pays de Sumer et d'Akkad. En 616, c'est lui
qui prit l'offensive et, par bonheur pour nous, c'est à cette
date que commence une chronique, babylonienne claire et
précise nous permettant de suivre, mois par mois et parfois
jour par jour, les événements jusqu'à la chute de Ninive [7].

Nabopolassar tâte d'abord l'adversaire. Il remonte l'Euphrate jusqu'au confluent du Khabur, reçoit la soumission
des tribus araméennes établies sur ses rives, met en déroute
une troupe d'Assyriens et de Mannaï envoyée contre lui et la
poursuit jusqu'aux environs de Harran. Enhardi par ce succès, quelques mois plus tard il lance successivement deux
attaques vers le nord, atteint le Zab inférieur près d'Arrapha
et assiège même un moment Assur avant de se replier devant
une forte armée ennemie. Sans doute ne se sent-il pas assez
puissant pour vaincre seul les Assyriens. Quelques années
auparavant, pendant la « guerre des deux frères », il a tenté
de gagner l'amitié des Elamites en leur rendant leurs dieux
prisonniers à Uruk, mais n'a pas réussi à s'assurer leur soutien effectif. De son côté, Sîn-shar-ishkun, maintenant sur la
défensive, a sollicité et obtenu l'alliance des Egyptiens qu'inquiète le pouvoir grandissant des Babyloniens et des Mèdes.
Le fait que les anciens conquérants de l'Egypte l'appellent
maintenant à leur secours en dit long sur l'état de faiblesse
dans lequel est tombée l'Assyrie. Mais l'Egypte est bien loin
et Psammétique, peu désireux de s'engager à fond dans le
conflit. L'aide qu'il apportera aux Assyriens sera dérisoire et
ne modifiera nullement le cours des choses.

Sîn-shar-ishkun se serait peut-être résigné à perdre la Babylonie et aurait fait la paix avec le Chaldéen si Cyaxare, agissant
pour son propre compte, n'avait jeté son épée dans la balance.
Vers la fin de l'an 615, les Mèdes envahissent soudain l'Assyrie et enlèvent la ville d'Arrapha. Au cours de l'hiver 614, ils
marchent en direction de Ninive, s'emparent de Tarbiṣu, puis,
faisant mouvement vers le sud, tombent sur Assur :

« Ils (les Mèdes), dit notre chronique, firent une attaque contre
la ville et détruisirent (ses remparts ?)... Ils infligèrent une
grande défaite sur une grande partie de la population, pillèrent
la cité et emmenèrent des prisonniers [8]. »

Les Babyloniens, alertés, arrivent trop tard pour prendre part à l'action. Nabopolassar rencontre Cyaxare (Umakishtar pour les Babyloniens) sous les murs d'Assur et « ils établirent entre eux une amitié et une paix réciproques ». Cette alliance sera scellée plus tard par le mariage de Nabuchodonosor, fils de Nabopolassar, et d'Amytis, fille de Cyaxare [9]. Désormais, Mèdes et Babyloniens vont combattre côte à côte : l'Assyrie est condamnée.

En 613, les troupes babyloniennes guerroient seules sur le moyen Euphrate, repris en main par les Assyriens, mais échouent devant 'Anat. C'est seulement pendant l'été de 612 que les alliés joignent leurs forces pour l'assaut final contre Ninive. Mal protégée par des fortifications incomplètes mais vaillamment défendue, la ville soutient un siège de trois mois, puis succombe :

> « Ils lancèrent une forte attaque contre la cité et au mois d'Abu (juillet-août), le… énième jour, ils s'en emparèrent, infligeant une grande défaite à une grande partie de la population. Ce jour-là, Sîn-shar-ishkun, le roi assyrien… (fut tué ?). Ils emportèrent un grand butin de la ville et des temples et transformèrent la cité en un tell *(tîlu)* et en un monceau de ruines [10]. »

A la fin de cette année fatale, les trois capitales de l'Assyrie – Assur, la métropole religieuse, Kalhu, le quartier général des armées [11], et Ninive, le centre du gouvernement – ainsi que la plupart de ses autres villes ont été prises et détruites. Après la mort (ou la fuite) de Sîn-shar-ishkun, un de ses officiers prend le pouvoir sous le nom d'Ashur-uballiṭ, le même nom, ironiquement, que celui du grand monarque qui, au treizième siècle, avait libéré l'Assyrie de la tutelle hurrite. Ralliant ce qui reste de l'armée, il s'enferme dans Harran avec quelques troupes égyptiennes envoyées *in extremis*. En 610, les Babyloniens et les Umman-manda [12] (Mèdes) marchent contre cette cité qui tombe aux mains des Mèdes, tandis que les troupes assyro-égyptiennes se réfugient de l'autre côté de l'Euphrate. En 609, après une tentative infructueuse pour reprendre Harran, Ashur-uballiṭ disparaît.

Ainsi finit misérablement en trois ans seulement le géant qui, pendant trois siècles, a fait trembler le monde, le premier grand empire du Proche-Orient. En quelques mots pleins de dédain et de haine, Nabopolassar a rédigé son épitaphe :

« J'ai massacré le pays de Subartu ; j'ai transformé ce pays
hostile en un monceau de ruines. L'Assyrien qui, depuis des
jours lointains, avait gouverné tous les peuples et dont le joug
pesant avait infligé des blessures à toute la population du
pays, je détournai ses pieds d'Akkad, je secouai son joug[13]. »

Nabuchodonosor

Il ne semble pas que les Mèdes se soient appropriés une
partie du royaume qu'ils avaient puissamment contribué à
abattre ; seule Harran resta longtemps entre leurs mains,
peut-être parce qu'ils y voyaient un point d'appui pour cette
conquête de l'Asie Mineure dont ils caressaient le projet.
Restés seuls possesseurs de l'Assyrie, les Babyloniens ne s'y
installèrent pas, ou n'occupèrent que quelques centres provinciaux épargnés par la guerre, comme Arba'ilu (Erbil)[14].
Tout le reste n'était qu'un champ de ruines, une terre désolée
dont la plupart des habitants, ayant échappé au massacre,
s'étaient enfuis et dont les dieux avaient été emmenés en captivité. Elle n'intéressait nullement les rois de Babylone qui
n'avaient que deux ambitions : d'une part, réparer les dommages subis par leur propre pays et lui rendre sa grandeur
passée, sa puissance politique, son prestige culturel et religieux ; d'autre part récupérer les morceaux de choix de ce qui
avait été l'Empire assyrien.
L'Elam ne posait aucun problème, les alliés se l'étaient
simplement partagé : la plaine de Susiane aux Babyloniens
et la région montagneuse d'Anshan aux Mèdes, ou plutôt
à leurs vassaux, les Perses, alors établis dans son voisi-
nage immédiat[15]. En revanche, la Syrie-Palestine n'avait été
débarrassée du joug assyrien que pour tomber sous la tutelle
de l'Egypte. Sous prétexte d'aller secourir les Assyriens,
Necho II, fils de Psammétique, l'avait envahie en 609, vain-
quant et tuant Josias qui avait follement tenté de lui barrer la
route[16]. Maintenant, les troupes égyptiennes occupaient Karkemish, et tenaient solidement le passage de l'Euphrate. La
possession de cette ville clé et le contrôle de la côte phénicienne et de son arrière-pays étaient aussi importants pour les
Babyloniens qu'ils l'avaient été pour les Assyriens, puisque
c'était par là que se faisait la majeure partie du commerce
international. S'ils laissaient volontiers aux Mèdes les pays

au-delà du Zagros et du Taurus, ils ne pouvaient tolérer d'être privés des riches provinces du Levant et de voir leur accès à la Méditerranée bloqué par les Egyptiens, les Araméens de Syrie ou les Phéniciens eux-mêmes. Les campagnes au « pays de Hatti », au Liban et en Palestine que racontent les inscriptions néo-babyloniennes étaient essentiellement motivées par des raisons économiques.

Après son ultime victoire sur les Assyriens, Nabopolassar, qui avançait en âge, confia de plus en plus la conduite des opérations militaires à son fils Nabû-kudurri-uṣur, le célèbre Nabuchodonosor II[17]. En 607, ce jeune prince fut chargé de déloger les Egyptiens de Syrie. Après deux années de tentatives infructueuses pour établir des têtes de pont sur la rive droite de l'Euphrate aux environs de Karkemish, il rassembla une grande armée et, en mai-juin 605, attaqua directement cette ville. La garnison égyptienne, renforcée de mercenaires lydiens et lybiens, offrit une vive résistance, mais fut finalement submergée, anéantie ou faite prisonnière.

> « Quant au reste de l'armée égyptienne, qui avait échappé à la défaite (si vite) qu'aucune arme n'avait pu l'atteindre, les troupes babyloniennes les rejoignirent dans le district de Hama et les battirent si bien que pas un seul homme ne rentra dans son pays[18]. »

La porte de la Syrie-Palestine était maintenant largement ouverte aux Babyloniens. Ils s'y engouffrèrent et traversèrent ce pays de bout en bout pour bien montrer qu'ils en étaient désormais les maîtres. Ils avaient atteint Péluse, sur la frontière d'Egypte, lorsque Nabuchodonosor apprit la mort de son père. Immédiatement, il rebroussa chemin, regagna Babylone dans le temps record de vingt-trois jours et fut couronné dès son arrivée dans la capitale, le 23 septembre 605.

Les rois chaldéens devaient savoir que s'il était relativement facile d'envahir ces régions, une fois le verrou égyptien sauté, il allait être plus difficile de s'y maintenir. Les moins dociles de leurs habitants, en particulier les Phéniciens, les Philistins et les Judéens n'accepteraient pas volontiers de verser à Babylone un tribut annuel qu'ils venaient tout juste de cesser de payer – bien à contrecœur et seulement contraints et forcés – à Ninive. En outre, l'Egypte, qui avait

vu son vieux rêve de « colonie asiatique » se matérialiser puis
s'évanouir en quatre ans, allait, plus que jamais, jeter de
l'huile sur le feu. Nabuchodonosor fut bientôt obligé d'utiliser ses troupes presque chaque année dans les régions méditerranéennes et de mater une rébellion après l'autre, comme
l'avaient fait les Sargonides. Douze mois après la bataille de
Karkemish, il était de retour dans l'ouest pour percevoir le
tribut de Damas, Tyr, Sidon et Jérusalem, mais aussi pour
détruire Ascalon dont le roi s'était révolté. Pour l'année 601,
la chronique babylonienne fait état d'une bataille importante
mais indécise quelque part dans cette région entre les rois de
Babylone et d'Egypte : « Ils luttèrent l'un contre l'autre sur le
champ de bataille et s'infligèrent mutuellement une défaite
majeure. » En 599, depuis l'un de ses camps en Syrie, Nabuchodonosor « envoya son armée dans le désert piller les possessions, animaux et dieux de nombreux Arabes [19] ». L'année
suivante, Joiaqîm, roi de Juda, sourd aux avertissements du
prophète Jérémie, refusa de payer tribut, puis mourut juste
à temps pour ne pas subir la punition babylonienne. Le
16 mars 597, Jérusalem fut prise, son jeune roi Joakîn
déporté ainsi que 3 000 Juifs, et remplacé par Mattaniah, surnommé Sédécias [20]. Une malencontreuse lacune dans la série
des chroniques interrompt ici le récit, mais nous savons par
d'autres sources que Psammétique II, successeur de Necho,
conduisit une expédition en Syrie vers 600 et que le pharaon
Apriès (588-568) s'empara de Gaza et attaqua Tyr et Sidon.
C'est sans doute la proximité d'une armée égyptienne, sur
laquelle il croyait pouvoir compter, qui incita Sédécias à se
révolter à la fin de 589 ou au tout début de 588. De son quartier général situé à Ribla, près de Homs, Nabuchodonosor
dirigeait les opérations. Après un siège de dix-huit mois,
Jérusalem fut enlevée d'assaut le 29 juillet 587. Sédécias, qui
fuyait vers Jéricho, fut rattrapé et capturé :

> « Ils saisirent le roi et le firent monter vers le roi de Babylone
> à Ribla ; et l'on prononça contre lui une sentence. Les fils de
> Sédécias furent égorgés en sa présence ; puis on creva les yeux
> à Sédécias, on le lia avec des chaînes d'airain, et on le mena à
> Babylone [21]. »

De nouveau, des milliers de Juifs furent déportés avec leur
roi ; d'autres se réfugièrent en Egypte. Le chef des gardes du

roi de Babylone entra dans Jérusalem, « brûla la maison de Yahwé, la maison du roi et toutes les maisons de quelque importance » et fit démanteler la ville. On nomma un gouverneur indigène assassiné plus tard par ses compatriotes. Ainsi, cent trente-cinq ans après Israël (Samarie), « Juda fut emmené captif loin de son pays ».

Le dernier fait d'armes de Nabuchodonosor en Syrie-Palestine dont nous ayons des échos est un siège de Tyr qui dura, dit-on, treize ans et se termina par la capture de cette ville et de son prince. Un fragment de tablette fait allusion à une campagne contre le pharaon Amasis, en 568, et mentionne une ville égyptienne, mais ceci ne prouve nullement que Nabuchodonosor ait pénétré dans la vallée du Nil. Dix ans au moins avant la fin de son règne, tout l'Ouest était pacifié et le Liban, source inépuisable de bois de construction, était soumis à une exploitation quasi industrielle :

> « J'ai rendu ce pays heureux en éliminant tous ses ennemis. Tous ses habitants dispersés, je les ai ramenés dans leurs habitations. Ce qu'aucun roi précédent n'avait fait, je l'ai accompli : j'ai coupé des montagnes escarpées, j'ai fendu des rochers, j'ai ouvert des passages et j'ai construit des routes droites pour (le transport) des cèdres. J'ai fait vivre les habitants du Liban tous ensemble, en sécurité et n'ai pas permis que quiconque les incommode [22]. »

Pendant ce temps, les Mèdes progressaient vers le nord-ouest, envahissant successivement l'Urarṭu (vers 590), puis la Cappadoce. En 585, lorsque Cyaxare et Alyatte, roi de Lydie, s'affrontèrent à la « bataille de l'Eclipse » et se révélèrent incapables de résoudre leur conflit par les armes, Nabuchodonosor s'offrit comme arbitre, négocia un armistice entre les deux pays et fixa la frontière sur le fleuve Halys (le Kizilirmak) [23]. Avec ou sans l'accord de son allié, il occupa la Cilicie et fortifia plusieurs villes « le long de la frontière de l'Urarṭu ». Peut-être se méfiait-il de Cyaxare.

Les dernières années du règne de Nabuchodonosor sont mal connues, faute de documentation, de nombreux textes à cette époque étant écrits en araméen sur des supports périssables. Il mourut de maladie en 562. Son fils Amêl-Marduk (l'Evil-Merodach de la Bible) n'occupa le trône que deux ans. Selon Bérose [24], « il gouverna les affaires publiques de façon illégale et incorrecte » et fut déposé par son beau-frère Nergal-shar-uṣur (« Nériglissar »), homme d'affaires à qui Nabuchodonosor avait confié des fonctions officielles [25]. En dehors des reconstructions de temples et des travaux publics que mentionnent ses inscriptions, le seul exploit militaire de son règne, qui dura quatre ans (559-556), fut une campagne contre un roi de Cilicie. Lorsqu'il mourut à son tour, son fils Labâshi-Marduk lui succéda. Ce n'était qu'un enfant, mais il manifesta déjà de si mauvaises tendances, paraît-il, que ses amis conspirèrent contre lui et, neuf mois plus tard, le torturèrent à mort. Les conjurés se réunirent alors et décidèrent de mettre sur le trône l'un des leurs nommé Nabû-na'id* (Nabonide) (556). Mais déjà, quatre ans auparavant, un événement était survenu en Iran qui allait bientôt changer la face du monde antique.

La chute de Babylone

De tous les monarques mésopotamiens, Nabonide est bien le plus bizarre, le plus énigmatique et pour cela, l'un des plus fascinants [26]. On ne sait pratiquement rien de son père, sinon qu'il appartenait à la noblesse babylonienne sans être de sang royal. Par contre, il nous a laissé une sorte de biographie de sa mère Adad-guppi, écrite après sa mort [27]. Née en 651 à Harran, elle était pieusement dévouée au dieu-lune Sîn dont cette ville renfermait un sanctuaire aussi célèbre que celui d'Ur. Apparemment veuve de bonne heure, elle quitta Harran après sa prise par les Mèdes et se réfugia à Babylone, introduisant Nabonide à la cour de Nabuchodonosor où elle occupait, semble-t-il, une position relativement élevée. Elle mourut en 547, âgée de cent quatre ans. Douée d'une forte personnalité, elle exerça sur son fils qui l'adorait une profonde influence, lui inculquant un vif intérêt pour toutes les choses religieuses et une dévotion toute particulière envers Sîn, ce qui lui valut plus tard d'être assez mal vu par le clergé de Marduk.

Après la prise de Babylone par les Perses, les « collaborateurs » de l'époque s'efforcèrent de salir leur ancien roi pour flatter le nouveau. Ils rédigèrent un pamphlet l'accusant de

---

* « Le dieu Nabû a exalté (le roi). »

toutes sortes de méfaits dont le principal était d'avoir introduit dans le temple de Babylone, sous le nom de Sîn, « l'image d'une divinité que nul n'avait vue dans ce pays » et qui, selon eux, participait de la magie noire, car lorsqu'il l'adorait « il prenait l'aspect d'un démon couronné d'une tiare [28] ». Ces accusations graves connurent un succès que leurs auteurs eux-mêmes n'auraient pu espérer. Elles donnèrent naissance, par confusion de noms, à la légende de la « folie de Nabuchodonosor » qu'on lit dans le livre de Daniel et trouvèrent un écho jusque dans les manuscrits de la mer Morte [29]. Il faut avouer, cependant, qu'elles contiennent un grain de vérité. Certaines inscriptions de Nabonide suggèrent qu'il tenait Sîn en plus haute estime que le dieu national Marduk et accordait une attention toute spéciale à ses sanctuaires. Non seulement il restaura en grande partie la grande ziqqurat d'Ur et plusieurs bâtiments de cette ville [30], mais son idée fixe, pendant des années, fut de reconstruire le temple de Sîn à Harran, détruit par les Mèdes. Toutefois, rien ne prouve qu'il voulut remplacer Marduk par ce dieu à la tête du panthéon, comme certains l'ont pensé. Nous savons que d'autres sanctuaires de Mésopotamie – y compris l'Esagil, le grand temple de Marduk à Babylone – bénéficièrent de ses largesses et le soin avec lequel il faisait rechercher, avant de reconstruire, les dépôts de fondation authentifiant le sol sacré témoigne de son attachement aux traditions religieuses de Sumer et d'Akkad.

En raison des fouilles laborieuses que nécessitaient ces recherches, Nabonide a été parfois surnommé « le roi archéologue », bien que ses méthodes et, dans ce cas, ses objectifs n'eussent aucun rapport avec l'archéologie. Il n'en reste pas moins que ce roi partageait avec ses sujets l'intérêt pour le passé qui caractérise son époque. Pendant toute la période néo-babylonienne – ainsi d'ailleurs que sous les Achéménides et les Séleucides –, les scribes n'ont cessé de copier d'anciens rituels, d'anciennes chroniques, d'anciennes listes dynastiques et l'on se mit à collectionner des antiquités. C'est ainsi qu'en fouillant à Ur le palais de Bêl-shalṭi-Nannar (nom maintenant lu En-nigaldi-Nanna) – fille de Nabonide qu'il avait, selon la tradition, nommée grande prêtresse de Sîn dans cette ville –, Woolley fut tout étonné d'y trouver, au même niveau d'occupation, des objets d'époques aussi dif-

férentes qu'un *kudurru* kassite, un fragment de statue de
Shulgi et un cône d'argile d'un roi de Larsa. Il comprit plus
tard qu'il avait exploré le musée privé de cette princesse [31].

A ce doux rêveur, à ce roi confit en dévotion s'oppose en
tout point la formidable personnalité de Cyrus II, « Grand
roi, l'Achéménide, roi de Parsumash et d'Anshan », qui
monta sur le trône de Perse en 559, trois ans avant le couronnement de Nabonide.

De langue indo-européenne comme les Mèdes, les Perses
étaient entrés en Iran en même temps qu'eux à la fin du
deuxième millénaire. Ils avaient d'abord séjourné à leur côté
non loin du lac d'Urmiah, puis s'étaient déplacés vers le sud-
est pour occuper la partie septentrionale de ce prolongement
du Zagros qu'on appelle les montagnes du Fars. Vers la fin
du septième siècle, au moment où ils apparaissent dans l'histoire grâce à Hérodote, ils étaient divisés en deux royaumes
gouvernés par les descendants de Teispès, fils d'Achéménès
(Hahamanish). Sur la Perse proprement dite (pays de Parsumash), à savoir la région qui s'étend actuellement entre Isfa-
han et Shirâz, régnait la famille d'Ariaramnès, fils aîné de
Teispès, tandis que, plus à l'ouest, le pays d'Anshan était
gouverné par la famille de Cyrus Ier, frère d'Ariaramnès. Ces
deux royaumes étaient vassaux des Mèdes. Pendant une ou
deux générations, la « maison » d'Ariaramnès avait dominé
celle de Cyrus Ier, mais le fils de ce dernier, Cambyse Ier (vers
600-559) renversa le rapport des forces et augmenta son
prestige en épousant la fille de son suzerain Astyage, roi de
Médie. De ce mariage naquit Cyrus II. Au début du règne de
Nabonide, de son palais de Pasargades, Cyrus (Kuriash) gouvernait une région assez vaste, bien que relativement isolée,
et payait tribut à son grand-père. Mais il ne manquait ni d'intelligence ni d'ambition. Il avait déjà réduit à l'obéissance les
tribus iraniennes environnantes et agrandi peu à peu son
royaume lorsque le roi de Babylone lui fournit l'occasion
d'acquérir un empire.

Nous avons vu que le plus grand désir de Nabonide était
de rebâtir le temple de Sîn à Harran, ville qui, outre la valeur
sentimentale qu'elle possédait pour lui, était un grand centre
commercial et stratégique au croisement des routes qui
reliaient la Mésopotamie à l'Anatolie. Malheureusement,
Harran était entre les mains des Mèdes depuis 610 et contre

ces derniers, Nabonide était impuissant. Voyant dans les Perses les successeurs des Elamites dont les Babyloniens, au premier millénaire, avaient de temps à autre obtenu le secours, il demanda à Cyrus de l'aider à reprendre cette ville. Cyrus accepta. Astyage eut vent du complot, convoqua son petit-fils à Ecbatane, mais se heurta à un refus. Une guerre s'ensuivit, qui se termina par la victoire des Perses. Trahi par son propre général, Astyage fut fait prisonnier par Cyrus qui, en un seul jour, se trouva maître des deux royaumes perses et de celui des Mèdes (550). Cet événement capital, connu depuis longtemps des auteurs classiques [32], figure également dans les textes cunéiformes contemporains. Dans une de ses inscriptions, Nabonide raconte que Marduk lui apparut en rêve et lui ordonna de reconstruire l'Ehulhul, le temple de Sîn à Harran. Comme il objectait que Harran était aux mains des Umman-manda (Mèdes), Marduk lui répondit :

« Ces Umman-manda dont tu as parlé, eux, leur pays et tous les rois leurs alliés n'existeront plus.
(Et en effet), la troisième année, Marduk fit se lever contre eux Cyrus, roi d'Anshan, son jeune serviteur, et lui (Cyrus) dispersa la multitude des Umman-manda avec sa petite armée. Et il captura Ishtumegu (Astyage), roi des Umman-manda, et l'emmena prisonnier dans son pays. »

On trouve également dans la *Chronique de Nabonide* un récit plus sec et plus précis :

« Le roi Ishtumegu mobilisa ses troupes et marcha contre Cyrus, roi d'Anshan, pour le saisir... L'armée d'Ishtumegu se révolta contre lui et il fut fait prisonnier. Ils le livrèrent, enchaîné, à Cyrus [33]. »

Après sa victoire sur les Mèdes, Cyrus entreprit une série de brillantes campagnes qui, en dix ans, lui donnèrent un empire plus vaste que ce que le monde avait connu jusque-là. Son premier objectif fut la Lydie, où régnait alors Crésus, célèbre pour sa richesse. Au lieu de traverser le massif d'Arménie, le roi de Perse conduisit son armée le long du flanc sud du Taurus, à travers la haute Jazirah. Il franchit le Tigre au sud de Ninive, marcha vers l'ouest via Harran et occupa la Cilicie, alors vassale de Babylone, brisant ainsi l'alliance

qu'il venait de conclure avec Nabonide et le rejetant dans le
camp des Lydiens et de leurs alliés égyptiens. Mais Crésus
dut affronter seul les Perses et fut battu à Pteryum (547). La
Lydie absorbée, les cités grecques d'Ionie tombèrent les unes
après les autres aux mains des conquérants. Puis, Cyrus se
tourna dans la direction opposée, s'emparant successivement
de la Parthiène et de l'Arie, en Iran oriental, de la Sogdiane
et de la Bactriane, au Turkestan et en Afghanistan, et de la
haute vallée de l'Indus. L'Empire perse s'étendait maintenant
de l'Egée au Pamir, sur quelque quatre mille kilomètres. En
face d'un tel géant, la Babylonie n'avait aucun espoir de survivre.

Pendant ce temps, Nabonide était en Arabie. On lit dans la
chronique de son règne que dans sa deuxième année il se rendit à Hama et l'année suivante dans l'Amanus, d'où il envoya
son armée en Adummu (Edom) [34]. Rien de plus banal que cette
« tournée de percepteur » dans les provinces occidentales,
mais de sa septième à sa onzième année au moins (car il existe
une lacune couvrant les années 12 à 16), la même chronique
répète continuellement « le roi était à Temâ » et déplore qu'en
raison de son absence la fête du Nouvel An n'ait pu être célébrée à Babylone. Temâ (en arabe Teima) est une oasis dans le
nord-ouest de la péninsule Arabique, à 230 kilomètres à vol
d'oiseau de la mer Rouge et, de là, Nabonide pouvait parcourir (en conquérant, selon un autre texte) tout le Hejaz, jusqu'à
Iatribu (Médine) [35]. La raison de ce long séjour en plein désert,
très loin de Babylone, est un des plus grands mystères de l'histoire de la Mésopotamie. Plusieurs explications d'ordre politique, stratégique, économique et religieux – Temâ était un
grand sanctuaire du dieu-lune des Arabes – ont été proposées [36] et Nabonide lui-même affirme avoir abandonné volon-
tairement Babylone en proie à la guerre civile et à la famine.
Mais aucune hypothèse n'est pleinement satisfaisante et surtout, ne rend compte de cette absence d'au moins cinq ans qui
empêcha même le roi d'assister aux obsèques de sa mère.
Nabonide avait laissé le gouvernement aux mains de son fils
Bêl-sharra-uṣur (le « Balthazar » de la Bible), bon soldat, peut-
être, mais piètre politicien dont l'autorité était contestée par un
parti pro-perse de plus en plus influent. En effet, dans presque
tous les pays qu'il conquérait, Cyrus s'efforçait de gagner
l'amitié de ses nouveaux sujets plutôt que de s'imposer par la

force ; il se présentait en libérateur, traitait les vaincus avec mansuétude et respectait, ou même encourageait, les traditions et coutumes locales. Il était donc très populaire dans tout le Proche-Orient et de nombreux Babyloniens pensaient qu'ils n'auraient rien à perdre à devenir les sujets d'un si bon prince au lieu de ce fou de Nabonide, que beaucoup haïssaient. Il était évident que Babylone serait pour les Perses une proie facile.

Cyrus attaqua Babylone à l'automne de 539. Nabonide, qui était enfin revenu d'Arabie, ordonna à Balthazar de déployer ses troupes le long du Tigre, en amont de la capitale, afin de barrer la route aux Perses. Mais ceux-ci possédaient une supériorité numérique écrasante. En outre, Ugbaru (Gobryas), gouverneur du Gutium, chargé de protéger le flanc gauche de l'armée babylonienne, passa à l'ennemi. Les événements qui suivirent sont décrits en détail dans la *Chronique de Nabonide* [37] :

> « Au mois de Tashrîtu (septembre-octobre), quand Cyrus livra bataille à l'armée d'Akkad à Upê (Opis), au bord du Tigre, les Akkadiens battirent en retraite. Il pilla et massacra des gens. Le quatorzième jour, Sippar fut prise sans combat. Nabonide s'enfuit...
> Le seizième jour, Ugbaru, gouverneur du Gutium, et l'armée de Cyrus entrèrent dans Babylone sans combat. Ensuite, Nabonide revint et fut capturé. Jusqu'à la fin du mois, les Guti porteurs de boucliers entourèrent les portes de l'Esagil, mais il n'y eut aucune interruption (des rites) dans l'Esagil ni dans les (autres) temples...
> Le troisième jour du mois d'Arahsamnu (octobre-novembre), Cyrus entra dans Babylone. (Les rues ?) furent remplies devant lui. La paix régna dans la cité tandis que Cyrus saluait tout Babylone. »

Balthazar fut tué à Opis. On ne sait ce que devint Nabonide, mais selon certains auteurs classiques, Cyrus l'aurait nommé gouverneur de Carmanie, au centre de l'Iran [38]. Loin d'être détruite ou même pillée, Babylone fut traitée avec le plus grand respect. Dès leur premier jour d'occupation, les Perses prirent soin de n'offenser en rien les Babyloniens et de faire régner l'ordre dans tout le pays. Les dieux de Sumer et d'Akkad restèrent dans leurs temples et même les dieux d'Assyrie, jadis capturés par les Mèdes, furent restitués.

Cyrus fit savoir à tous qu'il se considérait comme le successeur de leurs rois nationaux, qu'il était prêt à adorer Marduk,
à « louanger joyeusement sa grande divinité ». Aussi faut-il
sans doute le croire lorsque, dans une inscription en akkadien, il proclame que les Babyloniens l'ont accueilli et
accepté avec enthousiasme :

> « Tous les habitants de Babylone, ainsi que de tout le pays de
> Sumer et d'Akkad, (avec) ses princes et ses gouverneurs, s'in-
> clinèrent devant lui (Cyrus) et baisèrent ses pieds, heureux de
> ce qu'il eût reçu la royauté. Et, le visage radieux, ils le saluè-
> rent avec plaisir comme un maître grâce auquel ils étaient pas-
> sés de la mort à la vie et avaient échappé aux dommages et
> aux désastres. Et ils vénérèrent son nom [39]. »

La splendeur de Babylone

Malgré sa courte durée (626-539), le temps des Chaldéens a laissé d'importantes traces en basse Mésopotamie. De nombreux et beaux monuments, un corpus substantiel d'inscriptions royales, une quantité considérable de textes économiques et juridiques nous fournissent d'assez amples renseignements sur ce que fut le grand royaume néo-babylonien. De cet ensemble de données deux points émergent clairement : cette époque a été le témoin d'une extraordinaire activité architecturale à prédominance religieuse et de la résurgence des temples en tant qu'unités socio-économiques apparemment majeures.

Les circonstances et la volonté de ses gouvernants avaient fait de l'Assyrie une nation essentiellement guerrière et expansionniste tandis que la Babylonie, longtemps repliée sur elle-même, était devenue l'héritière et la gardienne des vieilles traditions suméro-akkadiennes, la « zone sacrée » de Mésopotamie reconnue comme telle et généralement respectée par les Assyriens en dépit de leur inimitié profonde. La renaissance babylonienne du sixième siècle ne pouvait donc qu'être teintée d'un fort élément religieux et l'on comprend que les souverains chaldéens aient consacré tant de soin, de temps et d'argent à reconstruire et orner les principaux sanctuaires, à célébrer les grandes fêtes rituelles avec un éclat fastueux. Il est notable que leurs inscriptions commémorent leurs œuvres pieuses plutôt que leurs exploits militaires et qu'aux titres orgueilleux de leurs anciens maîtres assyriens, ils ont préféré ceux de « favori de Marduk », « aimé des dieux », « pasteur fidèle » ou « pourvoyeur » de tel ou tel temple – titres qu'on retrouve sur des milliers de briques dispersées dans toute la moitié sud de l'Iraq. Leur gigantesque travail de restauration et de reconstruction s'est étendu à

toutes les grandes villes de Sumer et d'Akkad, de Sippar et
Barsippa à Uruk et Ur, mais c'est évidemment leur capitale
qui en a bénéficié le plus. Renouvelée, agrandie, embellie et
puissamment fortifiée, elle était considérée comme l'une des
merveilles du monde. Jérémie, tout en prédisant sa chute, ne
pouvait s'empêcher de l'appeler « une coupe d'or dans la
main de Yahwé, qui enivrait toute la terre » et Hérodote, qui
la visita (peut-être) vers 460 et la décrivit longuement, s'ex-
clamait qu'en magnificence elle surpassait toutes les autres
villes[1].

La grande cité méritait-elle cette réputation ? En dépit des
reconstitutions à visées touristiques (ou autres) effectuées ces
dernières années, ses ruines ne sont pas particulièrement
impressionnantes et mieux vaut se reporter aux publications
de Robert Koldewey et de ses collaborateurs qui fouillèrent
Babylone de 1899 à 1917[2]. Il a fallu à ces archéologues allemands dix-huit ans d'un travail acharné, été comme hiver,
pour retrouver le plan général de la ville et exhumer ce qui
restait de ses principaux monuments. Quelques recherches
ont été poursuivies plus récemment[3], mais beaucoup reste
encore à faire. Cependant, ce qui est acquis permet de confirmer, compléter ou corriger la description de l'historien grec
et de partager son enthousiasme.

Babylone, la grande cité

Sans aucun doute, Babylone était une très grande ville, la
plus grande de toute la Mésopotamie et peut-être du monde à
cette époque. Elle couvrait une superficie d'environ 850 hectares et contenait, disait-on, 1 179 temples et chapelles. On a
estimé sa population à quelque 100 000 habitants, mais elle
pouvait en abriter facilement deux fois plus. La ville proprement dite, la cité, de plan sensiblement carré, était divisée en
deux parties inégales par l'Euphrate, la plus petite se trou-
vant sur sa rive droite. Elle était entourée d'une enceinte
mais « afin que les mauvais et les méchants n'oppriment pas
Babylone », Nabuchodonosor en avait fait construire une
seconde à distance, « haute comme une montagne » et longue
d'environ 8 kilomètres. La plaine qui s'étendait entre ces
deux enceintes formait une ceinture de verdure avec ses jardins et ses palmeraies sans doute constellés de villas, de mai-

sonnettes et de huttes de roseaux. Elle ne contenait, semble-t-il, qu'un bâtiment officiel : le « palais d'été [4] » de Nabuchodonosor dont les ruines forment le tell de Bâbil, à l'extrémité nord de la ville. Le *bît akîti*, ou temple du Nouvel An, non encore localisé avec certitude, doit probablement être recherché plus loin, dans la campagne.

Les deux enceintes de Babylone étaient des œuvres remarquables, très admirées dans l'Antiquité [5]. Renforcées de tours et protégées par des fossés, elles étaient formées de plusieurs murs parallèles épais de 3 à 8 mètres. L'enceinte de la cité comportait deux murs de briques crues séparés par un espace de 7 mètres qui servait de route militaire ; son fossé, large d'une cinquantaine de mètres, était rempli d'eau dérivée de l'Euphrate. L'enceinte extérieure, celle de la grande Babylone, consistait en trois murs, dont deux en briques cuites ; l'espace entre ces murs était rempli de décombres et de terre tassés, de sorte que le sommet du rempart, large d'environ 25 mètres, formait un véritable boulevard admettant jusqu'à trois chars de front et permettant de transporter rapidement des troupes d'une partie de la ville à l'autre. Mais, lorsqu'il fut mis à l'épreuve, ce formidable système défensif, doublé de forteresses et de casemates, révéla son inutilité. Si l'on en croit Hérodote – et il n'y a guère de raison d'en douter – les Perses, guidés par leurs partisans, entrèrent dans Babylone par le lit de l'Euphrate à basses eaux et s'en emparèrent par surprise.

L'enceinte de la cité était percée de huit portes dont chacune avait reçu le nom d'un dieu ou d'une déesse. A cheval sur la muraille, elles consistaient en deux ou trois paires de tours rectangulaires, l'une derrière l'autre, se projetant à l'intérieur du passage et le divisant en tronçons faciles à garder. La mieux conservée au moment des fouilles était celle du nord-ouest, ou porte d'Ishtar, haute d'environ 25 mètres et remarquable par sa splendide décoration [6]. Sa façade nord et toute la surface des parois intérieures étaient couvertes de briques émaillées d'un beau bleu lapis-lazuli sur lesquelles se détachaient en bas-relief des dragons (symbole de Marduk) et des taureaux (symbole d'Adad) de couleur blanche rehaussée de vert, de jaune ou de bleu, disposés en rangées horizontales. Des bandes jaunes et des rosettes blanches ornaient le bas des murs et l'encadrement des passages voûtés. On estime à cinq

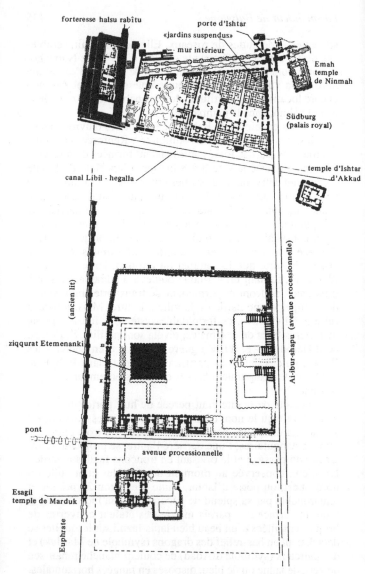

Plan de la partie centrale de Babylone. Montage et dessin de l'auteur fondés sur les plans de R. Koldewey. Das wieder erstehende Babylon, *1925*.

cent soixante-quinze le nombre total d'animaux représentés. La partie inférieure de la porte, premier stade de construction qui fut enterrée lorsqu'on éleva le niveau de la rue, était également décorée de cent cinquante dragons et taureaux en relief, mais sur briques cuites ordinaires. Démontée par les archéologues allemands, la vraie porte d'Ishtar est maintenant au musée de Berlin, mais elle a été récemment reconstituée *in situ* par le département des Antiquités d'Iraq et constitue le principal centre d'attraction du site.

On accédait à la porte d'Ishtar par le nord en suivant une avenue appelée *Ai-ibur-shapû*, « l'ennemi ne passera pas », mais connue aujourd'hui sous le nom de « Voie processionnelle ». Large de plus de 20 mètres, pavée de dalles de calcaire et de brèche et bordée de murs épais, cette avenue était, elle aussi, décorée d'animaux en relief sur fond bleu, mais il s'agissait cette fois de lions (symbole d'Ishtar) de couleur blanche à la crinière jaune ou rouge, soixante au moins de chaque côté. Derrière ces murs se cachaient, à l'est, un grand bastion protégeant l'entrée de la cité et, à l'ouest, le « palais du Nord[7] ». Construit par Nabuchodonosor vers la fin de son règne et incomplètement fouillé, ce palais s'est révélé contenir un musée et une bibliothèque. C'est de là qu'est sorti, en 1776 de notre ère, l'énorme « lion de Babylone » en basalte, d'origine et de style difficiles à déterminer, qui se dresse aujourd'hui sur un socle à l'entrée du site. La Voie processionnelle se poursuivait, un peu moins large, en deçà de la porte d'Ishtar et traversait toute la cité en ligne droite jusqu'au sud du terre-plein de la ziqqurat ; là, elle faisait un coude et se dirigeait vers l'ouest, pour franchir l'Euphrate sur un pont de six piles en forme de bateaux. Cette grande artère divisait la cité en deux parties : d'un côté, le dédale de petites rues formant le quartier résidentiel, encore en partie enfoui sous la colline de Merkes[8], mais aussi les temples d'Ishtar et de la déesse Ninmah ; de l'autre, les grands bâtiments officiels : palais royal, ziqqurat, temples de Marduk, de Ninurta, de Gula et sans doute d'autres dieux, encore inexplorés.

La « Résidence resplendissante », l'« Habitation de Majesté », le « Centre du pays », en d'autres termes, le palais du Sud construit par Nabuchodonosor par-dessus la demeure, plus petite, de son père, était situé immédiatement derrière le mur d'enceinte, près de la porte d'Ishtar[9]. Ce vaste bâtiment s'ou-

vrait sur la Voie processionnelle par une seule porte monumentale fortifiée et contenait cinq grandes cours, l'une derrière l'autre, chacune entourée de salles de réception,
d'appartements royaux, de services et de communs. La salle
du trône était immense (52 mètres × 17 mètres), très haute et
très probablement voûtée. A l'inverse des palais assyriens,
aucun colosse de pierre n'en gardait les portes, aucune ortho-
state n'en garnissait les murs ; la seule décoration – mais elle
était splendide – consistait en immenses panneaux de briques
bleues portant des palmiers et des fleurs stylisés au-dessus
d'une plinthe de lions passant. En sous-sol dans l'angle nord-
est du palais, un complexe de quatorze petites pièces s'ouvrant sur un couloir central – et dont une contenait un triple
puits qui aurait pu servir à un chapelet hydraulique –, a
d'abord été interprété comme l'infrastructure des fameux
« jardins suspendus de Babylone » créés par Nabuchodonosor pour le plaisir de son épouse Amytis[10] ; à l'heure
actuelle, on y voit plus prosaïquement les réserves d'archives
d'un centre administratif[11]. Contiguë au palais, à l'ouest, une
énorme forteresse *(halşu rabîtu)* aux murs épais de 25 mètres
surplombait le cours de l'Euphrate.

Au sud du palais royal, au milieu d'un vaste espace libre
entouré de murs à redans, se dressait la véritable tour de
Babel, la grande ziqqurat appelée *Etemenanki*, « temple fondation du Ciel et de la Terre ». Probablement aussi vieille que
Babylone elle-même, détruite par Sennacherib, reconstruite
successivement par Assarhaddon, Ashurbanipal, Nabopolassar et Nabuchodonosor, détruite encore une fois par Xerxès
selon la légende, mais en réalité par le pillage régulier auquel
ont été soumis pendant des siècles les restes de Babylone
pour réutiliser ses belles briques cuites, cette ziqqurat n'existe
plus ; il n'en reste que le fossé creusé tout autour de ses fondations pour en extraire les dernières briques. On ne peut
donc se baser, pour la reconstituer par la pensée, que sur la
description d'Hérodote et sur un document akkadien assez
obscur appelé « tablette de l'Esagil[12] ». C'était certainement
une construction colossale, 91 mètres de côté et peut-être
autant de hauteur, comportant de cinq à sept étages. Elle était
couronnée par une chapelle *(shahûru)* rehaussée de briques
d'« émail bleu resplendissant » qui, selon Hérodote, contenait une table en or et un grand lit :

« Aucune statue de divinité n'est placée en ce lieu, et aucun être humain n'y passe la nuit, si ce n'est une seule femme du pays que le dieu a choisie entre toutes, à ce que disent les Chaldéens, qui sont les prêtres de ce dieu. Ces mêmes Chaldéens disent – et pour ma part je ne puis croire ce qu'ils disent – que le dieu en personne vient dans le temple et repose sur le lit [13]. »

Cette histoire bizarre semble faire allusion à quelque *hieros gamos*, quelque rite du type « mariage sacré », mais il faut avouer qu'il n'existe aucun texte attestant l'existence d'un tel rite à l'époque néo-babylonienne.

Le temple de Marduk, dieu tutélaire de Babylone et divinité suprême du panthéon babylonien après Anu, se nommait *Esagil*, « le temple à la tête élevée ». C'était un grand bâtiment de 6 700 mètres carrés situé, non pas au pied de la ziqqurat, mais de l'autre côté de l'avenue qui menait au pont de l'Euphrate. Tous les rois de Babylone ont accordé leurs faveurs au plus célèbre de leurs sanctuaires, au « palais du Ciel et de la Terre, siège de la royauté », et Nabuchodonosor n'a pas failli à cette tradition :

« De l'argent, de l'or, de coûteuses pierres précieuses, du bronze, du bois de Magan, tout ce qui est cher en profusion resplendissante ; les produits des montagnes, les trésors de la mer, de grandes quantités de biens, des cadeaux somptueux, je les amenai à ma ville de Babylone devant lui (Marduk)... L'*Ekua*, chapelle de Marduk, Enlil des dieux, je fis briller ses murs comme le soleil. Avec de l'or resplendissant, comme si c'était du plâtre, avec du lapis-lazuli et de l'albâtre j'ai tapissé son intérieur... Mon cœur me pousse à rebâtir l'Esagil ; je pense à lui constamment. Les meilleurs cèdres que je ramenai du Liban, la noble forêt, je les choisis pour le toit de l'Esagil. A l'intérieur du temple, ces solides poutres de cèdre, je les couvris d'or étincelant... Pour la construction de l'Esagil, j'ai prié tous les jours [14]. »

Après avoir décrit la ziqqurat, Hérodote parle d'un « autre temple » où se trouvaient une statue de « Zeus » en or assise sur un trône en or à côté d'une grande table d'or – en tout huit cents talents (cinq tonnes et demie) de ce métal précieux – ainsi qu'un autel (pas en or, celui-là), où l'on brûlait chaque année mille talents d'encens. Ces chiffres sont peut-être exa-

gérés, mais ils montrent à quel point la richesse du temple de
Marduk était devenue proverbiale.

Au moment où les archéologues s'attaquaient à cette partie
du site, l'Esagil était enfoui sous plus de vingt mètres de
terre. Ils parvinrent à grand-peine à dégager le sanctuaire
principal qui comprenait une avant-cour et une cour centrale
entourée de plusieurs salles, dont la chapelle de Marduk
(Ekua), celle de sa parèdre Sarpanitum et celles d'Ea et de
Nabû. D'un sanctuaire adjacent, plus petit, ils ne purent
retrouver que les murs et les portes[15]. Complètement pillé
dans l'Antiquité – qui s'en étonnerait ? – l'Esagil n'a livré
aucun objet de grande valeur. Au sommet d'un tertre voisin,
le tombeau d'Amran ibn 'Ali, compagnon du Prophète, perpétue pour les musulmans le caractère sacré de ce district de
Babylone.

La fête du Nouvel An

C'est dans le cadre de cette grande et belle ville, dans son
somptueux Esagil, puis dans sa riante campagne que l'on
célébrait au printemps de chaque année la plus importante, la
plus solennelle des fêtes du calendrier babylonien : la fête du
Nouvel An[16].

Cette fête résultait de la confluence de deux courants de
pensée religieuse : un culte de fertilité et un concept cosmogonique. Le premier, dont on peut imaginer qu'il remontait à
l'époque néolithique, se manifestait par des cérémonies
rituelles (d'ailleurs très mal connues) de caractère magique
pratiquées à certains moments cruciaux du cycle agricole.
Ces fêtes s'appelaient en sumérien *á-ki-ti* et en akkadien
akîtu[17]. Deux d'entre elles sont attestées à Ur dès l'époque
d'Akkad et une à Nippur à partir de la IIIe Dynastie d'Ur, ce
qui ne signifie pas nécessairement qu'elles ne se déroulaient
que dans ces villes. On ignore l'étymologie et le sens exact
du mot *akîtu*, mais le caractère agraire des fêtes qu'il dési-
gnait est clairement indiqué par les qualificatifs « *akîtu* des
semailles » et « *akîtu* de la moisson d'orge » et par le fait que
partout et à toutes les époques le temple de l'*akîtu (bît akîti)*
était situé en dehors de la ville, en pleine campagne et généralement au bord d'un canal. A ce culte de fertilité se rattache
le rite du « mariage sacré » dont nous avons déjà parlé

(page 115), qui semble avoir été, au moins à l'origine, étroitement lié à la ville d'Uruk et au culte d'Inanna/Ishtar et qui disparut, apparemment, dans la première moitié du deuxième millénaire.

Plus artificiel que le premier, puisqu'il reposait sur un concept cosmogonique élaboré de toutes pièces par les prêtres d'Enlil à Nippur, mais tout de même enraciné, croyons-nous, dans un contexte écologique spécifique à la basse Mésopotamie le second courant impliquait une remise en cause annuelle de l'ordre du monde et, par conséquent, de l'avenir de chacun avec menace d'un retour au chaos originel. Cette menace ne pouvait être conjurée que par des pratiques magiques très particulières (annulation des fautes et péchés du passé, évocation par la parole et par un drame théâtral du combat victorieux d'Enlil contre Tiamat et les forces du Mal) et le retour à l'ordre assuré par la « proclamation des Destins ». Et quel meilleur moment pour célébrer ces rites dans un pays essentiellement agricole que celui où la nature s'éveille (mais pourrait ne pas s'éveiller) du long sommeil de l'hiver et où les premières pousses sortent du sol, à savoir le « seuil de l'année » (sumérien *zag-mu(k)*, akkadien *zagmukku*), le début du mois de *nisannu*, à cheval sur nos mois de mars et d'avril ? On rejoignait par ce biais le culte de fertilité, englobant en un seul rite toutes les fêtes *akîtu*, et si la fête du Nouvel An, telle qu'elle se célébrait en Babylonie et en Assyrie au premier millénaire, comportait une cérémonie dans le *bît akîti*, et portait généralement le nom d'*akîtu*, on l'appelait aussi parfois fête du *zagmukku*.

A Babylone – et vraisemblablement ailleurs[18] – cette fête commençait le premier jour de *nisannu* et durait onze ou douze jours. Le seul texte qui nous en donne un programme détaillé – un rituel d'époque séleucide mais d'origine certainement plus ancienne[19] – est malheureusement incomplet et comporte d'importantes lacunes, mais il nous permet d'en suivre plus ou moins, jour par jour, les étapes pendant les cinq premiers jours.

Le début de la tablette du rituel est très endommagé, ne laissant entrevoir que l'ouverture de la « porte majestueuse » de l'Esagil et de sa grande cour. Le second jour, le grand prêtre *(sheshgallu)* se lève deux heures avant l'aube, se lave avec de l'eau de l'Euphrate, écarte le rideau qui cachait la

statue de Marduk et récite une prière secrète demandant au
dieu d'accorder ses faveurs à Babylone et à ses habitants.
Puis il accueille les prêtres « entrants », les *êrib bîti*, ainsi que
les incantateurs *(kalû)* et les chantres, qui « exécutent leurs
rites devant Bêl (Marduk) et Beltia (Şarpanitum) de la façon
traditionnelle ». Ce qui suit est trop fragmentaire pour être
intelligible, mais semble se référer à des époques troublées,
parlant de « rites oubliés », d'« ennemis », de « malédiction
de Marduk ».

Le troisième jour commence comme le second, mais
« trois heures après le lever du soleil » le *sheshgallu* fait
venir un forgeron, un menuisier et un orfèvre et leur ordonne
de fabriquer deux statuettes, « hautes de sept travers de
doigt », l'une en bois de cèdre, l'autre en bois de tamaris,
ornées de pierres précieuses et vêtues d'habits rouges. Une
statuette tiendra un serpent, l'autre un scorpion et on les pla-
cera dans la chapelle du dieu Madânu [20]. Les rations de
viande sacrificielle distribuées à chacun des artisans sont
minutieusement spécifiées.

Le matin du quatrième jour, le *sheshgallu* offre d'abord une
prière à Marduk et une à sa parèdre, puis se rend dans la cour
et, tourné vers le nord, bénit l'Esagil avant de faire entrer les
autres prêtres et les chantres. Dans la soirée, « après le second
repas de la fin de l'après-midi », il récite devant Marduk tout
l'*enuma elish*, l'*Epopée de la création*. Pendant cette longue
récitation, la tiare d'Anu et le siège d'Enlil doivent être couverts – sans doute par déférence envers ces dieux, et surtout le
second dont Marduk assume le rôle.

Après les prières et incantations rituelles du petit matin,
une partie du cinquième jour va être consacrée à la purification du temple par un prêtre spécialisé, le *mashmashu*. Muni
d'un encensoir et d'une torche, celui-ci asperge les murs du
sanctuaire d'eau de l'Euphrate et du Tigre et oint ses portes
avec de la résine de cèdre, tandis qu'on bat le tambour et
qu'on fait brûler des plantes aromatiques. Puis, il fait venir
un boucher pour qu'il décapite un bélier dont on promène le
corps dans le temple avant de le jeter, avec la tête, dans le
fleuve « en regardant à l'ouest ». C'est le « bouc émissaire »
qui emporte au fil de l'eau tous les péchés de l'année précédente. Après quoi, le boucher et le *mashmashu* quittent
Babylone ; ils n'y reviendront qu'après la fête. Le *sheshgallu*

– qui s'est tenu à l'écart de ces rites expiatoires pour ne pas devenir impur – demande alors aux ouvriers de couvrir le temple de Nabû d'un voile d'étoffe bleue brodé d'or. C'est qu'en effet Nabû arrive en bateau à Babylone, venant de Barsippa (Birs Nimrud), sa ville, distante de quelques kilomètres.

Le soir même, le roi – dont la présence est nécessaire à la célébration de la fête – se rend à l'Esagil, se lave les mains, mais n'entre pas à l'intérieur du sanctuaire. Il remet au grand prêtre les insignes de sa royauté (sceptre, cercle, couronne et masse d'arme), qui sont aussitôt déposés dans la *cella* de Marduk. Le prêtre revient alors et ici se place une scène extraordinaire [21] : il gifle le monarque, le traîne par les oreilles devant Marduk et l'oblige à se prosterner jusqu'au sol :

> « Le roi dira ce qui suit une fois (seulement) : "Je n'ai pas péché, Seigneur du Pays, je n'ai pas négligé (ce qu'exige) ton règne divin. Je n'ai pas détruit Babylone ; je n'ai pas ordonné sa chute. Je n'ai pas… l'Esagil. Je n'ai pas oublié les rites. Je n'ai pas fait pleuvoir des soufflets sur les joues d'un (de mes) subordonnés… Je ne les ai pas humiliés". »

Le *sheshgallu* rassure le roi :

> « Ne crains rien… Le dieu Bêl écoutera ta prière, il magnifiera ta seigneurie, il exaltera ta royauté. Le dieu Bêl te bénira pour toujours. Il détruira ton ennemi, il abattra ton adversaire. »

Il rend au roi ses insignes, puis le frappe de nouveau sur la joue ; sa réaction aura valeur de présage :

> « Il (le prêtre) frappera la joue du roi. Si, lorsqu'il frappe la joue du roi les larmes coulent (c'est que) le dieu Bêl est amical ; si aucune larme n'apparaît, le dieu Bêl est fâché : l'ennemi se dressera et provoquera sa chute. »

Cette journée de purification, d'humiliation royale se termine par le sacrifice (?) d'un taureau devant un feu de roseaux. Tout ce qu'on sait du sixième jour, c'est que les deux « statuettes de malheur » fabriquées par les artisans sont décapitées et brûlées devant Nabû.

Notre tablette du rituel s'arrête là, mais certains textes se rapportant à la fête du Nouvel An indiquent que d'autres dieux arrivent à Babylone, notamment ceux de Sippar, de

Kutha et de Kish. Le neuvième jour, le roi entre dans la *cella*
de Marduk, lui « prend la main [22] » et l'installe, ainsi que les
autres dieux, dans une chapelle spéciale appelée *ubshukinna*.
C'est là que l'assemblée divine proclame Marduk roi et fixe
pour la première fois les Destins. Un grand cortège se forme
alors, conduit par le roi, avec les statues de tous les dieux et
déesses et à leur tête Marduk sur son char étincelant d'or et
de pierres précieuses. Il parcourt la Voie processionnelle
devant le peuple plein de joie, de respect et d'admiration, sort
de la ville par la porte d'Ishtar, atteint la rive de l'Euphrate et,
après un court voyage sur le fleuve, parvient au *bît akîti*,
temple empli de plantes et de fleurs au milieu d'un grand
parc [23]. Nous ignorons ce qui se passait dans ce temple, mais
il est très probable qu'on y rappelait la victoire de Marduk
sur Tiamat, le triomphe des forces de l'Ordre contre celles du
Chaos [24]. Après avoir passé deux jours dans le *bît akîti*, les
dieux revenaient dans l'Esagil le onzième jour de nisannu et
s'assemblaient de nouveau pour décréter les « Destins du
pays ». On ne sait pas exactement ce que recouvre cette
expression vague. Peut-être les dieux prononçaient-ils des
oracles concernant le règne du monarque ou des événements
précis, tels que guerres, famines, inondations, etc., ou peut-
être réaffirmaient-ils simplement leur protection du pays et
du roi, de Babylone et de ses habitants. La journée se termi-
nait par un grand banquet accompagné de musique, de chants
et de prières. Le douzième jour, tous les dieux qui étaient
venus à Babylone rentraient dans leurs villes respectives, les
prêtres dans leurs temples et le roi dans son palais. La grande
fête du Nouvel An était finie, l'avenir de Sumer et d'Akkad
assuré.

Temples et banques

De ces exaltants sommets de ferveur religieuse à la morne
plaine des réalités économiques [25], la distance, en Babylonie
chaldéenne, n'est pas si grande qu'on pourrait le croire. C'est
que cette époque est marquée non seulement par le rajeunis-
sement matériel de nombreux sanctuaires, mais aussi par le
rôle majeur qu'y jouent les temples comme unités de production agricole et d'activités commerciales, rôle qui n'est pas
sans rappeler celui qu'ils jouaient à l'époque Dynastique

Archaïque. A partir de la IIIe Dynastie d'Ur, nous avons assisté à une diminution progressive des pouvoirs et privilèges du Temple au profit du Palais, des grands du royaume et, dans une moindre mesure, des petits et moyens propriétaires terriens, et l'on peut s'interroger sur les raisons de ce retour à un état de choses périmé depuis près de deux millénaires. Nous sommes très mal renseignés sur la basse Mésopotamie entre le onzième et le neuvième siècle, mais il ne semble pas déraisonnable d'émettre l'hypothèse que, dans cette terrible période d'invasions, de guerres, de famines et d'anarchie, les temples ont pris en charge une grande partie des domaines royaux et nobiliaires constitués pendant la période kassite, tandis que les fermiers et petits possédants se mettaient sous leur protection, avec leurs terres et troupeaux. Un phénomène analogue s'est produit en Europe à la fin de l'Empire romain [26]. La Babylonie n'a émergé du « temps de la confusion » que pour entrer dans une longue période d'instabilité politique et de faiblesse du pouvoir royal face aux puissantes tribus chaldéennes, le tout aggravé par des déportations massives et par la mainmise des Assyriens sur Sumer et Akkad. Or, les Assyriens s'appuyaient surtout, dans cette région, sur les grandes cités religieuses – c'est-à-dire essentiellement sur les temples –, par des actes de *kidinnûtu*, accordant à ces villes des exemptions de taxes et de corvées et garantissant à leurs habitants la propriété de leurs terres [27]. Lorsque Nabopolassar secoua le joug assyrien, la primauté économique des grands sanctuaires était depuis longtemps solidement établie.

Ces grandes cités religieuses sont peu nombreuses à l'époque néo-babylonienne : Babylone (Marduk), Barsippa (Nabû), Sippar (Shamash), Dilbat (Anu) et Uruk (Ishtar). On notera l'absence de Nippur – ravagée dans la guerre de libération menée contre les Assyriens et de surcroît victime d'un changement de cours de l'Euphrate [28] – ainsi que d'Ur, ville située dans une région peu fertile et vivant surtout du commerce maritime. On remarquera en outre que toutes, sauf une, sont situées dans le Nord du pays. Pourtant, c'est sur Uruk qu'au risque de fausser les données par un exemple atypique on est obligé de s'appuyer pour évaluer la richesse des temples, parce qu'aucun autre sanctuaire n'a livré des archives aussi importantes que celui d'Ishtar, l'Eanna [29]. Il apparaît de ces documents que l'Eanna possède alors un immense domaine comparable à celui d'un palais assyrien et occupant sans doute la majeure partie du territoire de cette province. Aux palmeraies et terres céréalières s'ajoutent de grands troupeaux (5 000 à 7 000 bovins, 100 000 à 150 000 ovins [30]), ainsi que des ateliers et des services commerciaux dont l'importance est moins bien connue, mais dont le rôle économique n'est sans doute pas négligeable. Les terres du temple sont cultivées par des colons *(errêshu)* qui lui versent une part de leurs revenus et par des fermiers à bail *(ikkaru)*, dont certains sont d'importants personnages, possédant leurs propres esclaves. Les palmeraies sont exploitées par des colons et des entreprises sous contrat [31]. Une partie des offrandes est distribuée en prébendes *(isqu)* au personnel sacerdotal et administratif dont les membres les revendent et se constituent ainsi de substantiels patrimoines aliénables et transmissibles par héritage. Enfin, autour du temple et rattachés à lui par des liens plus ou moins ténus, gravitent de nombreux « oblats » *(shirku)*, personnes des deux sexes vouées à la divinité, appartenant à toutes les couches de la société et exerçant des professions allant de domestique à grand marchand ou fonctionnaire [32]. Le statut d'oblat étant héréditaire [33], il est probable que la plupart d'entre eux descendent de Babyloniens voués par leurs parents ou amis en périodes de troubles et de famines. Les affaires du temple sont gérées par un triumvirat composé d'un administrateur *(qîpu)*, d'un trésorier également responsable des activités commerciales *(shatammu)* et d'un « scribe du temple » *(ṭupshar bîti)*. Outre leurs activités économiques, ces trois personnages siègent au tribunal de la ville à côté des notables et du représentant du roi, ce qui leur confère une certaine autorité sur le plan social [34].

A cette structure administrative des temples, propre à la Babylonie, se superpose, sur l'ensemble de l'empire des Chaldéens, celle du gouvernement royal. Sur de nombreux points, ce gouvernement reprend le système assyrien, avec ses serments de fidélité *(adê)*, ses gouverneurs de provinces *(bêl pihâti* et *shaknu)*, ses rois vassaux et ses villes franches. A noter toutefois, parmi les dignitaires de la cour, la disparition du *turtânu* et le remplacement du « grand échanson » *(rab shaqê)* par le « grand cuisinier » *(rab nuhatimmu)*. Les

« Grands du pays d'Akkad » sont en majorité des chefs de tribus chaldéennes, ce qui équivaut à une noblesse héréditaire que n'a pas connue l'Assyrie. Il est significatif de la primauté des temples que les villes soient administrées par des grands prêtres *(shangû)* assistés de *qîpu* royaux. Il n'existe d'ailleurs pas de frontière très nette entre les administrations religieuse et civile, les mêmes personnes pouvant être membres de l'une et de l'autre.

L'Etat tire ses revenus de dîmes et offrandes régulières qu'il reçoit des temples après évaluation forfaitaire des récoltes, des tributs des souverains vassaux, et des taxes et impôts prélevés sur la population. Mais comparés à ceux des opulents sanctuaires, ces revenus apparaissent comme modestes si l'on songe qu'il doit entretenir une armée permanente et supporter les frais d'une partie des grands travaux publics. Sous le règne de Nabonide, le besoin d'argent est devenu si pressant que ce roi est obligé de prendre des mesures radicales [35]. Un an après son accession au trône, en 556, il crée des postes de fermiers généraux dont les domaines sont pris sur ceux des temples. Deux ans plus tard, il supprime le scribe du temple, le remplace dans le triumvirat par un administrateur royal *(rêsh sharri)* ayant préséance sur le *qîpu* et le *shatammu* et nomme un « officier préposé à la cassette royale », qui a la haute main sur les finances du sanctuaire. Ce renforcement du contrôle royal sur les temples est d'autant plus impopulaire que tout leur personnel, artisans compris, appartient aux grandes « familles » du pays. Il a certainement contribué à augmenter l'hostilité des Babyloniens envers ce souverain, déjà suspect d'hérésie, et sans doute incité un certain nombre de notables à se rallier au parti favorable aux Perses.

Ce sont ces notables, ces *mâr banî* (quelque chose comme « fils bien né »), comme on les appelle, qui constituent le deuxième élément caractéristique de la société babylonienne à l'époque des Chaldéens. Ils sont groupés en « familles » se réclamant d'un ancêtre commun, mais il s'agit en fait d'associations socio-professionnelles admettant des individus n'ayant entre eux aucun lien de parenté [36]. Il y a parmi eux des scribes, des artisans, des fonctionnaires, des administrateurs de temples, des fermiers généraux, des commerçants, des hommes d'affaires. Le seul point qu'ils aient en commun est d'être riches de leurs prébendes, des revenus de leurs propres domaines, des profits résultant de leurs activités commerciales et financières et de chercher à s'enrichir davantage. Ce sont les premiers vrais « capitalistes » et leurs opérations vont être facilitées par la généralisation, au sixième siècle, de l'argent-métal comme base d'échange et bientôt, par l'introduction de la monnaie proprement dite : des pièces de métal dont le poids et la finesse sont garantis par le poinçon royal – système dont l'invention est généralement attribuée aux rois de Lydie et remonte au septième siècle mais qui n'a été diffusé que plus tard par les Perses [37]. A l'époque néo-babylonienne, la mieux connue de ces dynasties de capitalistes est la famille Egibi à Babylone, qui édifia une fortune colossale dans les transactions immobilières, le commerce des esclaves, les prêts à intérêts, la fondation de sociétés commerciales et agricoles, enfin la création de véritables banques de dépôt [38].

La conquête de la Babylonie par Cyrus n'a pas profondément modifié le système socio-économique en vigueur à l'époque des Chaldéens. Les familles de banquiers-hommes d'affaires continuent à prospérer sous les Achéménides, et si les temples tombent de plus en plus sous la tutelle impériale, ils n'en restent pas moins pendant longtemps les principaux producteurs de richesses agricoles. Mais surtout, ils vont maintenir en vie pendant encore six siècles certains des éléments fondamentaux de la vieille civilisation suméro-akkadienne, notamment la religion et les sciences. Par une remarquable coïncidence, cette civilisation mourra lentement comme elle est née : sous l'aile des dieux.

Mort d'une civilisation

Il n'y a guère plus d'un siècle, la grande cité que nous venons de décrire et tous les autres villages et villes de Mésopotamie étaient enfouis sous une épaisse couche de terre. Çà et là sur ces tells gisaient quelques briques inscrites que personne ne pouvait lire. Des grandes œuvres d'art et d'architecture, de littérature et de science, créées pendant trois mille ans entre le Tigre et l'Euphrate, on ne savait pratiquement rien. La civilisation mésopotamienne était morte et oubliée. Mais depuis que les archéologues et les assyriologues l'ont en partie ressuscitée, qui ne s'est jamais demandé quand, comment et pourquoi elle mourut ?

Si les Perses avaient traité Babylone comme les Mèdes ont traité Ninive, il n'y aurait guère lieu de s'interroger. Le Proche-Orient offre assez d'exemples, outre l'Assyrie, de nations et de cultures disparues en quelques années, voire en quelques semaines, victimes de guerres dévastatrices : le royaume hittite, par exemple, ou encore l'Elam, l'Urarṭu, la Phrygie. Mais les Perses n'ont pas détruit Babylone et il existe assez de monuments et de textes postérieurs à sa chute pour témoigner d'une survie, de plus en plus limitée et précaire, de la civilisation mésopotamienne jusqu'aux premiers siècles de notre ère, ce qui soulève la question : sous quelles influences cette civilisation a-t-elle décliné progressivement avant de s'évanouir dans le brouillard des temps ?

Il y a, semble-t-il, deux raisons pour lesquelles cet important problème n'a pas encore reçu toute l'attention qu'il mérite. En premier lieu, il se situe au point de rencontre d'au moins trois spécialités dans le cadre de l'histoire antique. Les historiens de la Mésopotamie sont tous des assyriologues fondant, comme il se doit, leurs travaux sur des textes qu'ils sont à même de lire et d'interpréter de manière critique. Il est donc

normal et tout à l'honneur de leur probité scientifique qu'ils
hésitent à pénétrer dans des domaines qui leur sont moins
familiers. Les mêmes remarques s'appliquent aux iranistes et
hellénistes en ce qui concerne les textes des basses époques
mésopotamiennes, mais à cela s'ajoute chez eux une tendance,
bien naturelle, à considérer la Mésopotamie comme un sujet,
sinon de second plan, du moins en marge du centre de leurs
recherches. En second lieu, le déclin et la mort de toute civilisation sont des phénomènes complexes résultant de multiples
facteurs politiques, économiques, ethno-linguistiques, culturels et parfois même écologiques, facteurs souvent très difficiles à identifier et dont certains – particulièrement pour la
région qui nous intéresse ici – demeureront toujours inconnus, faute de documentation.

   En dépit de toutes ces difficultés, il nous a semblé qu'ayant
décrit longuement comment est née la civilisation mésopotamienne, nous devions tenter de la suivre jusqu'à sa disparition.
Dans ce dernier chapitre, qui commence le 23 octobre
539, jour où Cyrus entra dans Babylone, nous résumerons
l'histoire de la Mésopotamie pendant une période de domination étrangère d'environ sept siècles divisée en trois
époques : l'époque achéménide (539-331), l'époque séleucide (331-126), enfin l'époque parthe arsacide (126 avant à
227 après J.-C.).

L'époque achéménide

   Aux yeux de nombreux Babyloniens, la conquête de leur
capitale par les Perses, sans destruction et presque sans effu-
sion de sang, dut apparaître au premier abord comme un
simple changement de règne. Presque aussitôt, la vie reprit
son cours normal avec une seule différence : au lieu d'être
datées des années de Nabonide, les tablettes juridiques et
économiques étaient maintenant datées de celles de Cyrus
(Kuriash) « roi de Babylone, roi des Pays [1] ». Le gouvernement de la Babylonie fut d'abord confié à Gobryas (Ugbaru),
le général qui avait trahi Nabonide, mais il mourut un an plus
tard et Cambyze (Kambuziya) fils de Cyrus, qui, au printemps de 538, avait « pris la main de Bêl » dans l'Esagil et
conduit la procession du Nouvel An [2], devint vice-roi de
Babylone avec pour résidence Sippar et pour entourage des

dignitaires babyloniens. En 530, après que Cyrus eut trouvé
la mort sur un champ de bataille lointain, Cambyze monta
sur le trône de Perse. La documentation dont nous disposons
sur son règne se réduit à quelques contrats ou reçus datés,
bien entendu, des années de Kambuziya, et l'on ignore si le
nouveau souverain se fit représenter en Babylonie par des
gouverneurs perses ou locaux. On sait par d'autres sources
qu'un contingent de troupes babyloniennes prit part à la campagne de 525 qui donna l'Egypte aux Achéménides. Il ne
semble pas que l'ordre ait été troublé à Babylone pendant
toute cette période. La mort de Cambyze, en 522, marque la
fin de cette lune de miel. Bardiya, son frère, qui avait usurpé
le trône, fut battu et tué quelques mois plus tard par Darius,
mais bien que ce dernier fût de sang royal – il descendait, lui
aussi, d'Ariaramnès – son autorité fut aussitôt contestée. Plusieurs gouverneurs (satrapes) nommés par Cyrus refusèrent
de lui obéir, tandis qu'un second Phraorte en Médie et un
faux Bardiya en Perse ralliaient de nombreux partisans. Les
Babyloniens, jusque-là soumis, furent d'autant moins longs à
rejoindre le camp des insurgés qu'il se trouvait parmi eux des
hommes dont le cœur brûlait encore de passion pour l'indépendance. Dans la célèbre inscription trilingue – vieux perse,
babylonien et élamite – en signes cunéiformes qu'il fit graver
sur le rocher de Behistun pour commémorer ses victoires
contre ses ennemis[3], Darius raconte qu'un Babylonien
nommé Nidintu-Bêl avait recruté une armée en se présentant
comme « Nabuchodonosor, fils de Nabonide » et s'était
emparé de la royauté à Babylone. Le roi de Perse en personne marcha contre lui, dispersa ses troupes sur le Tigre et
l'Euphrate et le poursuivit jusque dans sa capitale, où il fut
pris et exécuté[4]. Des reçus datés de « Nabuchodonosor (III) »
indiquent qu'il régna d'octobre à décembre 522[5]. Cependant,
dès l'année suivante, alors que Darius défendait son trône en
Iran, les Babyloniens « rompirent la trêve pour la deuxième
fois ». Le prétendant au trône de Babylone, qui se parait, lui
aussi, du nom de « Nabuchodonosor, fils de Nabonide », était
un « Arménien » (Urartéen) nommé Araka, fils de Haldita.
Darius dépêcha contre lui un de ses généraux, Vindafârna :

« Je lui dis : "Va ! Combats cette armée babylonienne qui ne se
déclare pas pour moi !" Vindafârna marcha contre Babylone

avec l'armée (perse). Ahuramazda me prêta son assistance.
Par la volonté d'Ahuramazda, Vindafârna combattit les Babyloniens et les fit prisonniers. Vingt-deux jours du mois de
magazana s'étaient écoulés lorsqu'il captura Araka et les
nobles, ses principaux partisans. Sur quoi, je donnai l'ordre :
"Cet Araka et les nobles, ses principaux partisans, seront
empalés à Babylone[6] !" »

« Nabuchodonosor IV » subit cette mort atroce le 27 no-
vembre 521. Selon les tablettes datées, il avait « régné » à
Babylone depuis le mois d'août de cette même année[7].
    Au début de 520, Darius, enfin débarrassé de tous ses
ennemis, était reconnu roi dans la quasi-totalité du Proche-
Orient. Il entreprit alors toute une série de réformes majeures
visant à consolider son pouvoir et à unifier l'Empire perse,
vaste mais disparate. Il remodela le système administratif, en
grande partie sur le modèle assyrien, augmenta le nombre
des satrapes tout en limitant leurs pouvoirs, en leur adjoi-
gnant des gouverneurs militaires, des collecteurs d'impôts et
des inspecteurs dépendant directement du Palais et créa un
vaste réseau de routes sur lesquelles ses courriers pouvaient
chevaucher rapidement de l'Egée au golfe Arabo-Persique.
Une loi commune, dont le style évoque le « Code » de Hammurabi, fut imposée à tous les peuples conquis. Les divers
moyens de paiement utilisés dans l'empire furent remplacés
par un système monétaire unique : la *darique* d'or, qui valait
vingt sicles d'argent. Réorganisée, pacifiée, lourdement taxée
et soumise à un strict contrôle, la Babylonie demeura paisible
pendant le long règne du grand Darius (522-486).
    Dans la quatrième année du règne de Xerxès, toutefois, les
Babyloniens firent une dernière tentative pour recouvrer leur
liberté. Des documents datés provenant de Babylone, Barsippa et Dilbat indiquent que Bêl-shimanni et Shamash-erîba
furent successivement reconnus rois de Babylone, le premier
en août, le second en septembre 482[8]. La révolte dut être
sérieuse, puisqu'on sait par d'autres sources que le satrape
Zophyrus fut tué et que Xerxès, furieux, envoya son beau-
frère Mégabyze pour la mater. Les rebelles furent torturés et
mis à mort, mais il est peu probable que Babylone ait été
démantelée et ses temples rasés jusqu'au sol, comme le prétendent Arrien, Ctésias et Strabon. Hérodote dit simplement
que Xerxès s'empara de la statue d'or de Marduk qui se trou-

vait dans l'Esagil et s'il a vraiment visité Babylone quelque vingt ans plus tard, rien dans la description qu'il en fait n'indique que la ville ait beaucoup souffert[9].

L'échec des Babyloniens dans leurs tentatives de restaurer une monarchie nationale eut des conséquences à long terme beaucoup plus profondes qu'une simple perte de prestige. Depuis que la « royauté était descendue du ciel », les souverains mésopotamiens s'étaient toujours sentis responsables devant les dieux du bien-être et de la prospérité de leurs sujets. Les cités leur devaient leurs temples, leurs palais, leurs fortifications et souvent leurs parcs et jardins, et ils avaient rarement manqué à leurs devoirs envers l'ensemble du pays. Les rois de Sumer et d'Akkad, en particulier, et leurs successeurs, les rois de Babylone, avaient sans cesse fait creuser et entretenir des canaux d'irrigation, construire les digues et les levées de terre nécessaires pour maîtriser, dans la mesure du possible, les caprices des fleuves nourriciers, et encouragé l'agriculture de diverses façons. Tous avaient arbitré les disputes et veillé à ce que les lois soient respectées. Quelle que fût la bonne volonté des souverains étrangers, il leur était impossible, puisqu'ils avaient à gérer de grands empires, d'accorder à ces tâches toute l'attention qu'elles exigeaient. Seul un roi né et vivant dans ce pays et sans cesse conscient de ses besoins pouvait le faire et mobiliser, s'il le fallait, l'ensemble de la population pour des travaux de grande envergure sans risquer une révolution. Privée de ses souverains nationaux, la Mésopotamie, réduite maintenant à la Babylonie, ne pouvait que dépérir.

Mais cette évolution fut très lente. Reconnaissant leurs devoirs envers une province qui comptait parmi les plus riches de leur empire, les premiers rois achéménides firent beaucoup pour elle, en particulier dans les villes. C'est ainsi que Cyrus répara l'enceinte du temple de Sîn et le temple de Nanna/Sîn et Ningal à Ur et commença la restauration de l'Eanna d'Uruk, poursuivie par Darius. A Babylone, devenue sa résidence d'hiver, ce dernier construisit un arsenal, un palais pour le prince héritier et un grand hall à colonnes, un *apadana*, pour son propre palais[10]. Mais il ne semble pas que Xerxès et ses successeurs, engagés dans une longue guerre contre la Grèce, se soient beaucoup occupés de leur satrapie babylonienne. Toute la période comprise entre l'avè-

nement de Xerxès (485) et la conquête d'Alexandre (331) est
extrêmement pauvre en vestiges archéologiques et en inscriptions commémorant des constructions. Des documents
d'affaires retrouvés *in situ* attestent que Babylone, Barsippa,
Kish, Nippur, Uruk et Ur sont bien vivantes et même assez
prospères[11], mais aucun monument n'a été restauré ou construit dans ces villes pendant ces cent cinquante-quatre ans.
Quant à l'Assyrie, elle ne s'est pas relevée des coups terribles que lui ont infligés les Mèdes entre 614 et 609. Une
lettre nous apprend que vers 410 cinq villes de cette région
sont des centres administratifs et qu'un noble perse y possède
un domaine, mais à l'exception d'Arba'ilu (Erbil), il ne s'agit
que de grosses bourgades en marge de la vallée du Tigre[12].
En 401, Xénophon longe ce fleuve avec les dix mille mercenaires grecs qu'il ramène chez eux. Il passe devant Nimrud
pour noter que les habitants des villages voisins, effrayés par
cette soldatesque, se sont réfugiés dans ses ruines, mais il
ignore son nom, ainsi que celui de Ninive « vastes fortifications laissées sans défense » près de Mespila (la future Mossoul) ; pour lui, ce sont des villes médiques désertes[13].
Manifestement, pas plus que les Babyloniens, les Perses ne
se sont souciés de faire revivre l'Assyrie.

Dès le cinquième siècle, des facteurs économiques défavo-
rables à la Babylonie sont à l'œuvre. La principale artère de
l'Empire achéménide, la « route royale » de Suse à Sardes,
court au pied du Zagros en évitant Babylone. Le commerce
avec l'Est est monopolisé par les Perses, plus proches de ces
régions et qui ont une large fenêtre sur le Golfe. D'abord rattachés à la Babylonie, les territoires « de l'autre côté du
fleuve » *(ebir nâri)*, c'est-à-dire à l'ouest de l'Euphrate, en
sont séparés par Xerxès, ce qui veut dire que le commerce
phénicien – particulièrement actif à cette époque[14] – échappe
au contrôle babylonien. Réunie à l'Assyrie, qui n'est plus
rien, pour former la neuvième satrapie[15], la Babylonie supporte d'énormes charges fiscales : elle paye à la Couronne un
tribut annuel de mille talents (trente tonnes) d'argent-métal –
le plus élevé de toutes les provinces – et nourrit le roi et
sa cour pendant un tiers de l'année[16]. Tout cela est, bien
entendu, prélevé sur la population sous forme d'impôts. Non
moins lourd est le poids d'un gouvernement provincial particulièrement cupide : si l'on en croit Hérodote, le satrape de

Babylonie sous Xerxès reçoit chaque jour en argent le contenu d'une *artaba* (environ 57 litres) et entretient aux frais de la capitale 800 étalons et 16 000 juments[17] ! La tendance a l'inflation, déjà perceptible à la fin du règne de Nabonide, ne fait qu'augmenter. Un siècle après la mort de Darius, le coût de la vie a doublé sans augmentation correspondante des salaires. Le prix d'une maison ordinaire passe de 15 sicles par *qanu* (3,5 mètres carrés) sous les Chaldéens à 40 sicles sous Artaxerxès Ier (464-424) et l'on note une augmentation du même ordre pour le prix des terrains[18]. Aussi, l'endettement est-il général, affectant toutes les couches de la population, toutes les professions, à l'exception des hommes d'affaires et des usuriers, qui accaparent la masse monétaire. C'est le cas pour la firme Murashû opérant à Nippur entre 455 et 403. Non seulement elle prête (à 40 ou 50 % d'intérêt) aux pauvres gens qui ne peuvent payer leurs dettes ou leurs impôts, mais elle se charge de mettre en valeur les terres appartenant à des dignitaires perses ou à des collectivités *(haṭru)* de militaires et fonctionnaires, fournissant les bœufs de labour, les outils agricoles et l'eau d'irrigation moyennant une forte proportion du produit des récoltes[19].

L'accentuation d'autres facteurs préexistants, d'ordre linguistique et ethnique, va contribuer au déclin progressif de la civilisation mésopotamienne pendant l'époque achéménide. La population de la Babylonie, déjà mêlée de Mèdes, d'Arabes, de Juifs, d'Egyptiens, de Syriens et d'Urartéens depuis l'époque néo-assyrienne, reçoit un fort afflux de Perses sous Darius et Xerxès. Beaucoup reçoivent des domaines, d'autres se voient attribuer des postes de juges et de fonctionnaires, et avec eux, les dieux d'Iran pénètrent dans la vallée du Tigre et de l'Euphrate. Rien n'indique que ces dieux aient reçu un culte officiel et il est certain que le décret de Xerxès[20] interdisant d'adorer d'autres dieux qu'Ahuramazda n'a jamais été appliqué ; mais quelques Babyloniens troquent leur nom sémitique pour un nom iranien[21]. Pour tous ces étrangers de langue et d'origine différentes, il ne peut y avoir qu'un langage commun : l'araméen. Déjà parlé dans tout le Proche-Orient, facile à apprendre et se prêtant parfaitement à l'écriture sur papyrus ou parchemin, adopté par Darius comme *lingua franca* de l'empire, l'araméen tend de plus en plus à remplacer le babylonien dans les bureaux, les boutiques et même les familles. Seuls, les savants et les scribes des temples peuvent encore lire et écrire l'akkadien et le sumérien. Le nombre relativement élevé de textes religieux, historiques et littéraires copiés à cette époque, ainsi que les remarquables travaux d'astronomes tels que Nabû-rimânni et Kidinnu (voir page 411) montrent que la culture suméro-akkadienne est encore bien vivante, mais uniquement dans ces cercles étroits. Pour la majeure partie de la population, les tablettes gravées de signes cunéiformes sont incompréhensibles et l'histoire nous a appris qu'un peuple qui oublie sa langue oublie du même coup son passé et perd vite son identité.

Opprimée, appauvrie et partiellement « dénationalisée », telle apparaît la Mésopotamie vers le milieu du quatrième siècle, peu avant qu'Alexandre ne vienne lui redonner un nouveau souffle de vie, mais d'une vie totalement différente.

L'époque séleucide

La bataille de Gaugamèles, à l'est de Ninive [22], le 1er octobre 331, ouvrit à Alexandre la route de Babylonie et d'Iran comme la bataille d'Issos, deux ans auparavant, lui avait ouvert celle de Syrie et d'Egypte. La garnison perse de Babylone se rendit sans combat et le conquérant macédonien fit une entrée triomphale dans la vieille métropole sémitique. Convaincu, comme Cyrus, qu'il ne pouvait gouverner « cent nations différentes » sans acquérir leur cœur, il offrit des sacrifices à Marduk et donna, dit-on, l'ordre de reconstruire les temples présumés détruits par Xerxès [23]. Les Babyloniens l'acclamèrent comme un libérateur et reconnurent immédiatement son droit à la souveraineté. Après s'être reposé un mois dans cette ville, il partit pour Suse, puis entreprit la grande expédition vers l'est qui allait l'emmener jusqu'au Gange. Quand il revint neuf ans plus tard, son esprit fourmillait de projets grandioses : Babylone et Alexandrie d'Egypte seraient les deux capitales de son empire, reliées l'une à l'autre par une route maritime contournant la péninsule d'Arabie qu'il projetait de conquérir ; l'Euphrate – dont le cours inférieur, à cette époque, s'était déplacé vers l'est et transformé en un lacis de cours d'eau peu profonds – serait rendu à nouveau navigable jusqu'au Golfe ; il construirait un

grand port à son embouchure et un autre dans la capitale.
Mais aucun de ces projets ne vit le jour. Le 13 juin 323,
Alexandre mourut à Babylone, probablement de paludisme ;
il n'avait que trente-deux ans.

A cette date, son fils unique, Alexandre IV, n'était pas
encore né et le frère du conquérant, Philippe Arrhidaios, fut
proclamé roi de Macédoine. Mais l'autorité de ce prince très
jeune et de surcroît débile d'esprit resta purement nominale.
Le pouvoir réel était aux mains des Diadoques, les généraux
d'Alexandre, qui, après s'être partagé l'empire, devaient se
battre pendant quarante-deux ans pour empêcher que l'un ou
l'autre ne le construise à son profit. Pendant cette période –
l'une des plus compliquées de l'histoire antique [24] – Babylone
changea plusieurs fois de maître. Elle fut d'abord le siège
d'une sorte de junte militaire présidée par le régent Perdiccas
puis, ce dernier ayant été assassiné, les Diadoques s'accordè-
rent en 321 pour l'attribuer à leur collègue Séleucos, chef de
la cavalerie macédonienne. Cinq ans plus tard, Antigonos
Monophtalmos (« le Borgne »), l'ambitieux satrape* de Phrygie, délogea Séleucos de Babylone, l'obligeant à se réfugier
auprès de Ptolémée en Egypte. Mais il revint en 312, recouvra
sa satrapie et pendant quatre années consécutives, la protégea
des attaques répétées d'Antigonos et de son fils Démétrios.
Ce fut une guerre farouche, dont la Babylonie souffrit terri-
blement : « Il y avait des larmes et des deuils dans le pays »,
répète, comme un leitmotiv, une chronique babylonienne de
l'époque [25]. Finalement, Antigonos fut vaincu et tué à Ipsos, en
Phrygie (301), et Séleucos prit le titre de Nicator, « le Victorieux ». En septembre 281 [26], quelques mois après avoir vaincu
un autre concurrent, Lysimaque de Thrace, il mourut poignardé par un fils de Ptolémée. Il avait été reconnu roi de
Babylone en 305, mais pour ses sujets, l'ère séleucide – « les
années de *Silukku* », comme ils disaient – avait commencé le
premier jour du Nouvel An après son retour d'Egypte : le
3 avril 311. C'était la première fois qu'un système de datation
continu était utilisé en Mésopotamie.

Sa victoire d'Ipsos avait donné à Séleucos la majeure partie
de l'ancien empire perse : un vaste territoire qui s'étendit un

---

* Les Diadoques avaient repris le titre perse de « satrape » en tant que
gouverneurs de province au nom de Philippe Arrhidaios.

moment de la frontière de l'Inde à celle de l'Egypte et de la
mer Noire au golfe Arabo-Persique. Mais à peine était-il né
que cet immense royaume commençait à se désagréger sous
l'effet de poussées internes que le vieux général macédonien
était impuissant à combattre. En 200, ses successeurs avaient
perdu pratiquement toutes leurs provinces et protectorats
au-delà du Taurus et du Zagros et, après la conquête de la
Babylonie par les Parthes (126), il ne leur restait plus qu'un
petit royaume en Syrie du Nord dont les Romains s'emparèrent facilement en 63. En réalité, depuis que Séleucos avait
fondé Antioche sur l'Oronte, en 300, son royaume avait été
essentiellement syrien. Non seulement les Séleucides résidaient volontiers dans cette belle ville dont le climat et le paysage évoquaient leur terre ancestrale, mais à l'exception d'une
tentative infructueuse d'Antiochos III (222-187) pour recouvrer les provinces orientales, ils consacrèrent tous leurs efforts
diplomatiques et militaires à un interminable conflit avec les
Ptolémées d'Égypte dont l'enjeu était la possession des ports
phéniciens. Les Babyloniens jouissaient d'une longue période
de paix, mais Babylone avait perdu sa situation privilégiée de
capitale d'un grand royaume syro-mésopotamien. Le centre
de gravité politique, économique et culturel du Proche-Orient
était passé des bords de l'Euphrate à ceux de la Méditerranée
et cela pour très longtemps.

L'œuvre la plus remarquable et la plus durable d'Alexandre
et de ses successeurs a été la création en Egypte et en Asie
occidentale de nombreuses cités conçues sur le modèle des
poleis grecques et peuplées d'Orientaux aussi bien que de
Macédoniens et de Grecs. Voulaient-ils simplement établir un
réseau de points d'appui politiques et militaires, ou bien dési-
raient-ils faire bénéficier leurs sujets de la culture hellénique ?
On en a longtemps débattu [27], mais le résultat final est évident :
le Proche-Orient s'est « hellénisé » peu ou prou selon les
régions et la vie urbaine dans cette partie du monde s'en est
trouvée radicalement transformée. Pour la seule Mésopotamie [28], on connaît une douzaine de ces villes nouvelles sous
leurs noms successifs, depuis Antioche-Edesse (l'actuelle
Urfa), dans l'extrême Nord-Ouest, jusqu'à Alexandrie-
Charax (ou Charax Spasinou) dans l'extrême Sud-Est, à l'embouchure du Pasitigris (le Karun) [29]. La plupart d'entre elles
étaient issues de camps militaires et si beaucoup avaient été

construites sur les ruines, ou à proximité, d'anciennes cités ou villages, leur plan et leur architecture étaient entièrement différents. Fondée peu après 301 [30] sur le site probable d'Upâ (Opis) et peuplée de quelque 600 000 habitants, Séleucie du Tigre (Tell 'Umar, en face de Ctésiphon) était la plus vaste de ces villes. Les photographies aériennes montrent nettement sa grande enceinte ovalaire et ses blocs d'immeubles séparés par des rues ou avenues rectilignes se coupant à angle droit. Les fouilles [31] effectuées sur ce site avant la Seconde Guerre mondiale mais surtout depuis 1964 ont mis au jour plusieurs bâtiments, une belle rue à portique, une grande bibliothèque contenant des tablettes [32], et de nombreux objets de style hellenisant (statues, figurines d'argile, bijoux, poterie, pièces de monnaie). Cette cité d'époque séleucide était recouverte d'une autre ville, au moins aussi vaste, d'époque parthe. A Dura-Europos, sur l'Euphrate [33], ont été retrouvés, également sous une ville parthe, une forteresse, un palais et un temple séleucides.

Il est intéressant de noter que la plupart de ces villes neuves étaient situées sur les grandes routes commerciales reliant l'Asie centrale à la Méditerranée. Séleucie, en particulier, se trouvait au carrefour de deux routes venant de l'Inde – l'une par la Bactriane et le nord de l'Iran, l'autre par l'Arachosie, Persépolis et Suse –, de la vieille route maritime du Golfe et de pistes venant d'Arabie. De Séleucie, l'or, l'ivoire, l'encens, les épices et les produits de la Mésopotamie elle-même (orge, blé, dattes, laine, bitume) étaient acheminés vers la Syrie et les ports phéniciens, soit le long de l'Euphrate par Dura-Europos et Séleucie-Zeugma [34], soit le long du Tigre et à travers la Jazirah par Antioche de Mygdonie (Nisibin) et Edesse. Les relations commerciales entre l'Asie, l'Europe et une partie de l'Afrique se développèrent énormément à cette époque et le royaume séleucide dans son ensemble en tira de gros bénéfices. Les renseignements d'ordre économique que nous possédons sur la Mésopotamie sont maigres – la plupart des textes administratifs et commerciaux étant alors en araméen sur papyrus ou tessons – mais les quelques tablettes publiées (en particulier celles d'Uruk) indiquent une certaine activité commerciale entre les vieilles villes en même temps qu'une baisse des prix par rapport à l'époque achéménide [35].

Ces nouvelles conditions économiques et démographiques ont des répercussions majeures, bien que diverses, sur les anciennes cités mésopotamiennes. L'Assyrie commence à se repeupler peu à peu et si Assur et Ninive n'ont livré que quelques restes, assez misérables, de cette époque[36], un gros village séleucide s'élève sur les ruines de Kalhu (Nimrud)[37]. Même une ville comme Mari, morte depuis mille cinq cents ans, retrouve un peu de vie sous forme d'une modeste bourgade[38]. En revanche, à l'autre bout de la Mésopotamie, Ur s'est vidée de ses habitants, tuée par le déplacement de l'Euphrate[39]. L'impression que donne la Babylonie est beaucoup plus nuancée. Il est certain que les Séleucides ont fait des efforts sporadiques pour raviver et moderniser la vieille capitale. Dans la dernière inscription royale en akkadien que nous possédons, Antiochos Ier (281-260) s'intitule « pourvoyeur de l'Esagil et de l'Ezida », comme les rois chaldéens, et déclare qu'il « a formé de ses augustes mains et a amené du Hatti (Syrie) les premières briques de ces temples[40] ». Une tablette datée du règne de Séleucos III (225-223) montre qu'on fait encore des offrandes à plusieurs dieux dans leurs sanctuaires. Des restes d'architecture hellénistique ont été découverts sur le tell de Bâbil, au-dessus du palais d'été de Nabuchodonosor. Sous Antiochos IV (175-164), grand promoteur de la culture grecque, Babylone reçoit un gymnase et un remarquable théâtre agrandi plus tard par les Parthes[41]. La ville est pourtant moins peuplée qu'auparavant, beaucoup de ses habitants ayant été transférés à Séleucie lors de son inauguration[42], et certains quartiers tombent probablement en ruines. Sippar, Kish et Nippur n'ont pratiquement rien livré de cette période, mais toute une série de petits sites aux environs de Baghdad comportent un niveau séleucide caractérisé par sa poterie, ses figurines et ses pièces de monnaie. A Uruk, une immense terrasse construite autour de l'Eanna transforme complètement cette zone sacrée entre toutes et l'on a construit deux nouveaux temples dans une autre partie de la ville : l'*Irigal* (ou *Eshgal*), dédié à Ishtar, et le *Bît rêsh*, consacré à Anu[43]. Tous deux sont conformes au plan traditionnel, mais la longue inscription sur briques émaillées qui entoure la *cella* de l'Eshgal est en araméen et les noms des deux notables d'Uruk bienfaiteurs de ce temple sont typiques de l'époque : Anu-uballiṭ Nikarchos et Anu-uballiṭ Kephalon.

Des contrats sur tablettes et des bulles* rédigés en grec ou en araméen indiquent la présence à Orchoï (Uruk) d'une forte population grecque ou, tout au moins, portant des noms grecs, mais aussi la persistance des anciennes lois et coutumes.

Les temples semblent jouir d'une grande autonomie. Comme par le passé, ils effectuent des opérations commerciales diverses, mais tous les habitants de la ville peuvent participer aux bénéfices par un système très proche de nos actions boursières [44]. L'existence de temples semi-indépendants est bien attestée en Asie Mineure à l'époque hellénistique et il est probable que le cas d'Uruk n'était pas unique en Mésopotamie.

C'est dans des sanctuaires comme ceux de Babylone et d'Uruk que la culture suméro-akkadienne est encore pieusement préservée. Pendant toute l'époque séleucide, les astronomes-prêtres continuent de noter soigneusement les mouvements des astres sur leurs tablettes d'argile, tandis que les scribes enregistrent les événements nationaux sous forme de chroniques [45] et copient de très anciens mythes, rituels, hymnes et présages. On peut être tenté d'imaginer que la culture grecque, très avancée à cette époque, a exercé une forte attraction sur les moins conservateurs des intellectuels babyloniens, mais si l'on peut dresser une longue liste d'auteurs grecs natifs de Mésopotamie [46], nul ne peut dire quels sont parmi eux les Orientaux hellénisés et les « Babyloniens » d'origine macédonienne ou grecque. Par ailleurs, il ne semble pas que les Grecs d'Asie ou d'Europe, à l'exception de quelques spécialistes, se soient intéressés aux œuvres littéraires ou scientifiques des Babyloniens, malgré les efforts de Sudinès, qui traduisit en grec les écrits de Kidinnu et autres astronomes, et ceux de Bérose, prêtre de Marduk, qui rédigea lui-même dans cette langue ses *Babyloniaca* dédiées à Antiochos Ier. Sans doute existait-il, entre la pensée grecque et la pensée mésopotamienne, une barrière difficile à franchir [47]. En réalité, ce furent les sous-produits les moins recommandables de cette civilisation, la magie et l'astrologie, qui passionnèrent les Occidentaux contemporains et envahirent, en l'adultérant, leur propre religion.

---

* Petites boules d'argile inscrites attachés par un cordon à des documents officiels sur parchemin ou papyrus.

L'époque parthe

Les Parthes *(Parthava)*, peuple d'origine indo-iranienne et apparenté aux Scythes, entrent dans l'histoire en 250, lorsque sous la conduite de leur chef Arsacès ils quittent les steppes du Turkestan pour pénétrer sur le plateau iranien [48]. Vers 200, ils sont solidement établis entre le défilé des « Portes caspiennes » (Hécatompylos) et la région de Meshed (Nisaia). De 160 à 140, Mithridate Ier conquiert la majeure partie de l'Iran, traverse le Zagros, franchit le Tigre, entre dans Babylone (144) et installe son camp à Ctésiphon, en face de Séleucie. Le Séleucide Démétrios II parvient à reprendre Babylone et à réoccuper la Médie pendant quelques années, mais en 126 Artaban II réaffirme son autorité sur cette région et à partir de cette date – hormis une brève occupation romaine sous Trajan et Septime Sévère –, la Mésopotamie va rester aux mains des Parthes jusqu'à ce qu'elle tombe, avec le reste de leur empire, sous la domination des Sassanides, en 227 après J.-C.

Pour gouverner les pays conquis, les Parthes ne peuvent compter que sur leur aristocratie guerrière, valeureuse, certes, mais peu nombreuse. Aussi vont-ils ménager les populations, s'appuyer sur les institutions existantes et tolérer la formation de royaumes vassaux, comme l'Osrhoène, autour d'Edesse, l'Adiabène, correspondant sensiblement à l'ancienne Assyrie, et la Characène, au bord du golfe Arabo-Persique. Au premier siècle de notre ère, la ville de Hatra, née d'une grosse bourgade caravanière sur le wadi Tharthar, à 58 kilomètres à l'ouest d'Assur, devient la capitale d'un royaume de petite dimension, mais apparemment très prospère, connu sous le nom d'Araba.

En arrachant aux Séleucides leur grande province orientale et en lui ajoutant l'Iran, les Parthes ont repris à leur compte et considérablement élargi le contrôle des grandes routes commerciales d'Asie Antérieure. La Mésopotamie va profiter d'autant plus de cette manne que les rois arsacides ont pour seule capitale Ctésiphon et y résident en permanence et que les roitelets vassaux s'empressent d'imiter leur suzerain en investissant leurs richesses dans le développement de leurs petits royaumes. Saisis d'admiration pour les cités nouvelles

de l'époque séleucide et pour la civilisation mi-orientale mi-
hellénique qui s'offre à leurs yeux, ces nomades d'hier
deviennent des bâtisseurs enthousiastes. Il n'est pratiquement
aucun tell mésopotamien qui ne contienne un niveau parthe,
qu'il s'agisse d'humbles villages ou de villes comme Séleucie, Babylone, Kish, Uruk, Nippur et même Girsu (Tello),
endormie depuis de longs siècles [49]. Mais le plus remarquable
est l'étonnante résurrection de l'Assyrie. Ninive, en partie
rebâtie et repeuplée, devient un important centre commercial,
de même qu'Arba'ilu (Arbèles, Erbil), capitale de l'Adiabène,
Shibbaniba (Tell Billa), Kakzu (Saidawa) et Nuzi (Yorgan
Tepe). Assur est de nouveau une grande cité, pourvue d'une
agora, d'un très beau palais et de plusieurs temples où l'on
honore toujours les dieux d'antan, y compris Ashur [50]. Quant
à Hatra, c'est une magnifique cité ronde, de deux kilomètres
de diamètre, entourée d'une double enceinte renforcée de
tours et si bien défendue que les Romains l'assiégeront à
deux reprises sans succès. En son centre, un vaste espace rectangulaire (435 mètres × 321 mètres) est divisé en deux parties dont l'une renferme de nombreux temples et l'autre, en
contrebas, est la place du marché bordée de boutiques [51].
Toutes ces villes sont de plan quadrillé et souvent construites
en moellons ou en grosses pierres soigneusement taillées.
Les palais et les temples comportent généralement un ou plusieurs *iwans*, grandes salles de réception très profondes,
s'ouvrant largement sur l'extérieur par un de leurs petits
côtés et couvertes d'une haute voûte en plein cintre. Leur
façade est percée de niches contenant des statues et ornée de
reliefs décoratifs de type gréco-romain. Tout cela est grandiose, bien qu'un peu « nouveau riche », et aussi différent de
l'architecture mésopotamienne ancienne que les statues des
rois de Hatra, de style gréco-iranien, sont différentes de
celles de Gudea ou d'Ahurnasirpal.

Ces données archéologiques, associées aux données épigraphiques et à l'onomastique, indiquent l'arrivée massive de
populations étrangères. A l'époque précédente, les immigrants
macédoniens et grecs, probablement en petit nombre, semblent avoir vécu côte à côte avec les Babyloniens, un peu
comme les Anglais vivaient en Inde, préservant leurs institutions, leurs coutumes, leur langue, leur mode de vie et n'ayant
avec la population locale que des contacts assez superficiels.

Mais à l'époque parthe, les nouveaux venus – en majeure partie Araméens de l'Ouest et Arabes – sont manifestement très nombreux et se mêlent aux gens du pays d'autant plus aisément que ce sont des Orientaux parlant des langues sémitiques. Ce mélange se reflète d'une façon frappante sur le plan religieux par un extraordinaire syncrétisme dans lequel les dieux grecs, déjà sur place, sont juxtaposés ou assimilés aux dieux d'Iran, d'Arabie, de Syrie et, bien entendu, de Mésopotamie. C'est ainsi qu'à Dura-Europos, le niveau parthe a livré deux temples grecs, un sanctuaire araméen, une chapelle chrétienne, une synagogue et un temple de Mithra [52]. La triade divine qui préside aux destinées de Hatra est composée de Shamash, assimilé à Hélios, de Nanaï (Inanna-Ishtar) assimilée à Artémis et d'un dieu-fils qui n'est autre que Dionysos. Toujours dans cette ville, le dieu de l'orage Ba'al shamîn et sa parèdre Atargatis sont des divinités typiquement syriennes, mais la déesse Allat est représentée tantôt avec les armes d'Athéna, tantôt debout sur un lion, comme Ishtar ; le dieu-lune Shahiru est d'origine arabe ; seul Nergal a conservé son nom akkadien [53]. Même à Uruk, ville sainte d'Anu et d'Inanna, s'élève au premier siècle de notre ère un charmant petit sanctuaire de style gréco-romain dédié au dieu iranien Gareus et on y a également retrouvé les vestiges d'un bâtiment à abside qu'on croit être un temple de Mithra [54].

Ce déluge humain, ce syncrétisme religieux, cette fusion de plusieurs peuples et cultures vont balayer ce qui reste de la civilisation suméro-akkadienne. Une poignée de contrats, environ deux cents textes astronomiques ou astrologiques, deux ou trois fragments de chroniques et quelques vocabulaires akkadien-grec sur tablettes, voilà en quoi consiste aujourd'hui toute la littérature de cette époque [55]. Le dernier texte cunéiforme connu est un éphéméride astral écrit en 74-75 après J.-C. [56]. Il n'est pas impossible que les prêtres et astronomes babyloniens aient continué à écrire en araméen ou en grec sur parchemin ou papyrus, mais il y a peu de chances qu'on retrouve de tels documents. Si le culte de Nabû a persisté à Barsippa jusqu'au quatrième siècle de notre ère, rien n'indique qu'il en a été de même pour Marduk à Babylone. L'Esagil et la ville elle-même ont probablement souffert bien davantage dans la répression qui suivit la révolte d'un certain Hymèros en 127 ou dans la guerre civile entre Mithridate II et Orodès en 52 que sous Xerxès. Lorsque l'empereur Trajan, en 116 de notre ère, s'empare de Ctésiphon et entre dans Babylone, ce n'est pas pour « prendre la main de Bêl », mais pour sacrifier aux mânes d'Alexandre. En 197, Septime Sévère trouve la ville complètement déserte[57].

Nous sommes moins bien renseignés sur la Mésopotamie à l'époque des Sassanides (224-651)[58]. Les auteurs grecs et latins nous apprennent que sa partie septentrionale fut ravagée au cours de quatre siècles de guerres entre Romains, puis Byzantins, et Arsacides, puis Sassanides[59]. Des traces de l'ancien *limes* romain (enceintes fortifiées, casernes, castella) ont été retrouvées dans cette région, notamment à Beled Sinjar (Singara) et à 'Ain Sinu (Zigurae), entre cette ville et le Tigre[60]. Au cours de ces guerres, Assur fut détruite aussi radicalement par les Sassanides en 256 après J.-C. qu'elle l'avait été par les Mèdes en 614. Le seul beau monument qui reste de cette époque est l'impressionnant *iwan*, large de 27 mètres et haut de 37 mètres, du palais de Shapur Ier (241-272) – et non de Chosroès Ier (531-579) comme le veut la légende et comme le suggère son nom actuel de Taq-i-Khusraw, à Ctésiphon[61]. A Kish, ont été découverts les restes, beaucoup plus modestes, du palais d'un autre souverain sassanide[62] et à Uruk, non loin de la grande muraille créée par Gilgamesh, on a retrouvé la tombe d'un prince local (?) et sa belle couronne de feuilles d'or[63]. Nous savons d'autre part que de nombreux chrétiens habitaient la haute Mésopotamie et que d'importantes colonies de Juifs étaient installées à Babylone et à Nippur. Des tessons de poterie et quelques objets sans grand intérêt témoignent de l'occupation de plusieurs sites antiques.

L'impression générale qui se dégage de tout cela est que cette époque fut beaucoup plus prospère que l'époque arsacide. Mais au tournant du sixième et du septième siècle de notre ère, peu de temps avant la conquête islamique, l'habituelle combinaison de guerres civiles et étrangères et de crises économiques entraîna le déclin du royaume sassanide et la ruine de l'antique Mésopotamie. Ce qui se passa alors exactement reste du domaine de l'hypothèse, mais l'exemple d'Ur à l'époque séleucide en offre sans doute un modèle. Très probablement, les canaux non entretenus s'asséchèrent et les fleuves changèrent encore une fois de lit. La population abandonna ces villes à demi ruinées et maintenant privées d'eau pour s'éparpiller dans les villages environnants et les vieilles cités mésopotamiennes disparurent assez rapidement sous le sable du désert et l'alluvion d'une plaine autrement très fertile.

Celles qui survécurent ont été très endommagées par la formation, en l'an 629, du « Grand Marais » qui, pendant tout le Moyen Age, inonda pratiquement tout le pays de Sumer [64], et par les destructions, terribles et systématiques, que les Mongols infligèrent à ce malheureux pays au treizième siècle. Le pillage des antiquités a fait le reste. Prions Dieu que les armes modernes n'anéantissent pas les derniers témoignages de cette grande et fascinante civilisation.

Epilogue

Ainsi périt l'une des plus vieilles et des plus remarquables civilisations de l'Ancien Monde. Brutalement détruite en Assyrie à la fin du septième siècle avant J.-C., elle survécut en Babylonie pendant environ six cents ans pour disparaître, avec la dernière inscription en écriture cunéiforme, au tout début de notre ère. Née pendant les périodes d'Uruk et de Jemdat Nasr (3750-2900), elle a duré près de quatre millénaires.

Dans son lent déclin à partir du cinquième siècle, les facteurs économiques semblent avoir joué un rôle moins important qu'on serait tenté de le croire et les facteurs écologiques – déplacement des cours d'eau, envasement des canaux, salinisation du sol –, responsables de l'abandon des grandes villes et de nombreux villages n'ont guère été déterminants que vers la fin de l'époque sassanide (cinquième et sixième siècle de notre ère.) En dernière analyse, la décadence et la mort de cette civilisation paraissent relever de trois grandes causes : l'absence prolongée d'un gouvernement national, ayant ses racines dans le pays même ; l'hellénisation de la Mésopotamie par Alexandre et ses successeurs et surtout, les changements profonds d'ordre ethnique, linguistique, culturel et religieux introduits par des vagues successives d'envahisseurs, le plus souvent pacifiques – Perses, Grecs, Araméens de Syrie, Arabes pré-islamiques –, qui ne purent être assimilés. Au cours de sa longue histoire, la Mésopotamie avait été envahie maintes fois, mais les Guti, les Amorrites, les Hurrites, les Kassites, les Araméens de la première vague et les Chaldéens avaient trouvé dans la vallée du Tigre et de l'Euphrate une culture relativement jeune et vigoureuse, infiniment supérieure à la leur et l'avaient invariablement adoptée. Or, qu'avaient à offrir les Babyloniens aux Grecs très civilisés du troisième siècle avant notre ère, aux disciples de Platon et d'Aristote, si ce n'est la science abstruse de leurs astronomes et mathématiciens ? En outre, rien n'était moins adapté aux besoins de la société de plus en plus cosmopolite qui se formait alors en Mésopotamie que cette écriture cunéiforme, encombrante et compliquée au point que les Babyloniens eux-mêmes étaient en train de l'abandonner. Ce que les Macédoniens, les Grecs et les immigrants orientaux trouvèrent dans ce pays, c'était une civilisation à beaucoup d'égards sclérosée, perpétuée par quelques prêtres dans quelques temples. Créativité et spontanéité étaient absentes de la littérature depuis le temps de Hammurabi ou, tout au plus, des Kassites ; la grande sculpture était morte avec les Assyriens ; l'architecture produisait encore de beaux monuments, mais strictement conformes aux normes traditionnelles ; quant aux sciences, à l'exception de l'astronomie, elles avaient apparemment atteint leur point culminant sans jamais pénétrer la substance même des choses. La fidélité aux traditions, qui semble avoir été la caractéristique dominante de la civilisation suméro-akkadienne, avait assuré sa stabilité, sa cohésion, sa continuité pendant trois millénaires ; elle était maintenant un handicap plutôt qu'un avantage. La période cruciale pour la Mésopotamie, l'époque hellénistique, peut être comparée à notre Renaissance ou à l'époque où nous vivons. Le nouveau monde qu'inaugura la conquête d'Alexandre était un monde évoluant rapidement, caractérisé par l'élargissement des relations humaines à trois continents, par une curiosité à la fois dévorante et critique, par la remise en cause de la plupart des anciennes valeurs éthiques, religieuses, scientifiques et artistiques [1]. Dans ce monde-là, il n'y avait pas de place pour une littérature que seuls les savants pouvaient encore lire, pour un art qui tirait son inspiration de modèles et d'idéaux démodés, pour une science qui tournait le dos aux explications rationnelles, pour une religion qui n'admettait pas le scepticisme. La civilisation mésopotamienne, tout comme la civilisation égyptienne, était condamnée. S'il était possible de résumer un phénomène extrêmement complexe en une formule unique et nécessairement inexacte, on pourrait dire qu'elle est morte de vieillesse.

Cependant, les civilisations meurent rarement sans laisser

aucune trace et nous-mêmes, hommes et femmes du vingtième siècle, devons reconnaître notre dette envers les Mésopotamiens. Au moment où nous utilisons l'atome à des fins
pacifiques ou effroyablement guerrières, où nous explorons
le système solaire et sondons le cosmos, il est bon de se souvenir que nous leur devons les principes fondamentaux de
nos mathématiques et de notre astronomie, qu'ils ont inventé
la numération « positionnelle » et que nous mesurons toujours comme eux les arcs de cercle et le temps qui s'écoule.
Nous leur devons aussi – mais faut-il s'en réjouir ? – une
astrologie qui n'a rien perdu de son attrait pour beaucoup de
nos contemporains. A quoi il faut ajouter les premiers systèmes administratifs efficaces, certaines institutions comme
le couronnement des rois et la gestion autonome des villes,
plusieurs symboles encore utilisés, surtout dans l'art religieux, comme la croix de Malte, le croissant lunaire, l'« arbre
de vie », quelques mots [2] qui nous sont parvenus par l'intermédiaire du grec, de l'arabe ou du turc – des mots comme
canne (akkadien *qânu*), alcool *(guhlu)*, gypse *(gaṣṣu)*, myrrhe
(murru), naphte *(napṭu)*, safran *(azupiranu)*, dragoman *(tar-
gumanu)*, corne *(qarnu)*, ou mesquin *(mushkênu)* – enfin, et
surtout, les multiples éléments mésopotamiens qu'on peut
déceler dans la Bible et dont l'exemple le plus classique est
l'histoire du Déluge.

Tout cela peut paraître bien léger lorsqu'on le compare à la
masse énorme de notre héritage gréco-romain, mais des listes
de ce genre sont loin de rendre justice au rôle qu'a joué la
Mésopotamie dans le développement culturel de l'humanité.
Ne tenir compte que des bribes qui ont survécu équivaudrait
à compter les meubles ou les petites cuillères héritées de
lointains ancêtres en oubliant que nous leur devons notre
existence même, qu'ils nous ont fait ce que nous sommes.

Quelque soixante-dix siècles avant notre ère, les habitants
de Mureybet et de Jarmo, dans le Nord mésopotamien, ont
pris une part active à cette révolution capitale pour le sort de
l'humanité qu'à été l'invention de l'agriculture, et leurs descendants immédiats ont été parmi les premiers à fabriquer et
décorer la poterie, mouler la brique, travailler le métal. C'est
sur les bords du Tigre et de ses affluents, à Tell es-Sawwan et
Choga Mami, qu'ont été effectuées, vers 5500, les premières
expériences d'agriculture par irrigation, innovation bientôt

reprise et perfectionnée dans la basse vallée de l'Euphrate, où sont nés aussi la roue, la voile et l'araire, ainsi que les premières grandes cités groupées autour de temples et/ou « demeures de prestige », les premières œuvres d'art, d'emblée quasi parfaites. Aux environs de 3300, les Sumériens inventent l'écriture, autre révolution fondamentale qui va permettre à l'homme d'affiner et d'approfondir sa pensée, de la transmettre intacte de génération en génération, de la rendre d'autant plus immortelle qu'elle a ici pour support un matériau pratiquement indestructible. Avec les Sémites (Akkadiens, Babyloniens, Assyriens), ils vont utiliser ce merveilleux outil non seulement pour mieux gérer leurs domaines et leurs Etats, ce qui semble avoir été sa destination première, mais aussi pour communiquer entre eux, pour garder le passé en mémoire, pour organiser en un tout cohérent des concepts religieux jusque-là disparates, pour honorer et servir leurs dieux selon des rites imprescriptibles et tenter de leur arracher le secret des destins, pour glorifier leurs princes, pour codifier le droit, pour classifier, afin de mieux l'appréhender, le monde qui les entoure et les fascine et poser les premières bases de la recherche scientifique, pour exprimer dans de captivants mythes, légendes, poèmes épiques et « conseils de sagesse » leur réflexion sur des thèmes proprement philosophiques, allant du mystère de la création du cosmos et de l'homme au problème du bien et du mal et pour mille autres choses encore qu'on ne peut toutes énumérer, car aucun peuple de l'Antiquité préclassique ne nous a laissé des textes aussi nombreux et aussi divers. Si riche et si vivace est cette civilisation plus spirituelle que matérielle qu'elle est aussitôt adoptée, avec les légères retouches qu'exigent les conditions et croyances locales, par tout le Proche-Orient asiatique, de la Palestine à l'Anatolie, de la Syrie à l'Iran, et qu'elle étend son influence jusqu'à l'Egypte et la vallée de l'Indus. C'est cela, le véritable « héritage » mésopotamien et non pas seulement quelques institutions, quelques symboles, quelques mots. C'est à cette série impressionnante de découvertes techniques majeures et d'exploits intellectuels que la Mésopotamie doit « sa place *organique* dans la lignée de notre propre passé [3] ».

Car ne nous y trompons pas, la civilisation qui fleurit entre les deux fleuves n'est pas née et morte en vase clos, dans le cadre relativement étroit que lui imposaient les mers et les montagnes environnantes. Elle est parvenue en Europe et finalement jusqu'à nous en deux temps : d'abord de proche en proche au cours de la préhistoire en ce qui concerne certains de ses aspects purement techniques, puis par le double canal de la tradition judéo-chrétienne et de la civilisation grecque pour ce qui est de son contenu spirituel et artistique.

Longtemps éblouis par le « miracle grec », dont il n'est pas question de nier l'excellence, les historiens de l'Antiquité classique reconnaissent maintenant tout l'impact des influences orientales sur la pensée et les arts helléniques [4]. Bien avant qu'Alexandre n'introduise la Grèce en Asie, les pays de l'Egée ont eu des contacts directs et fréquents, d'une part avec le versant maritime de l'Anatolie préhittite, puis hittite, d'autre part avec la Syrie-Palestine et, à travers elle, l'Egypte et la Mésopotamie. Dès le début du deuxième millénaire, sinon plus tôt, des marchands, artisans et artistes, parfois accompagnés d'ambassadeurs et de scribes, n'ont cessé de franchir, dans un sens et dans l'autre, la mer, jamais très vaste et jalonnée d'îles, qui sépare la Crète et l'Hellade du continent asiatique. Entre 1500 et 1200, des marins et commerçants mycéniens vivaient à Ugarit, sur la côte syrienne et des sceaux-cylindres d'époque classique ont été découverts à Thèbes en Béotie (il s'agissait sans doute de cadeaux de rois assyriens) [5] tandis que les mythes et légendes de Babylone étaient lus sur les bords du Nil dans leur langue et leur écriture [6]. Il n'est donc pas étonnant que la civilisation grecque ait été bâtie « sur des fondations est-méditerranéennes [7] », c'est-à-dire, en fin de compte, essentiellement mésopotamiennes. Il y a tout lieu de penser que la médecine assyro-babylonienne a dans une certaine mesure ouvert la voie à la réforme hippocratique [8] et il est extrêmement probable que les premiers grands mathématiciens grecs, comme Pythagore au sixième siècle avant J.-C., ont beaucoup emprunté à leurs prédécesseurs des rives de l'Euphrate. S'il est assez difficile d'analyser les influences orientales sur la littérature hellénique, on admet généralement au minimum, que les fables d'Esope ont des antécédents suméro-akkadiens, que Gilgamesh est très probablement le prototype à la fois d'Héraclès et d'Ulysse et que le mythe d'Etana préfigure celui d'Icare [9]. Quant à l'art, il suffit d'examiner, même superficiellement,

quelques statues, figurines et reliefs grecs de la période
archaïque pour que sautent aux yeux de grandes affinités
avec l'art mésopotamien plus ancien ou contemporain [10].

Puisque la Mésopotamie a exercé, directement ou indirectement, une forte influence sur la Grèce antique, il est permis
de penser qu'elle a encore plus profondément marqué les
pays du Proche-Orient à sa porte. On l'a prouvé surabondam-
ment en ce qui concerne les Hittites, les Cananéens, les
Hébreux, l'Urartu et la Perse achéménide, mais qu'en est-il
de l'Iran parthe ou sassanide, de l'Anatolie hellénistique,
romaine ou byzantine ? De l'Arabie, de la religion et des institutions islamiques ? De l'Iraq lui-même, son propre berceau, depuis l'époque parthe jusqu'à nos jours ? Allant
encore plus loin, l'archéologue M. Rostovtzeff écrivait, il y a
près d'un demi-siècle : « Nous apprenons progressivement
combien grande a été l'influence de l'art babylonien et perse
sur le développement artistique de l'Inde et de la Chine [11]. »
Le matériel est abondant, bien que très dispersé ; pourtant,
personne, à notre connaissance, ne semble avoir entrepris ce
genre d'étude comparative. Mais il reste encore tant de sites
mésopotamiens à fouiller, tant de textes cunéiformes à traduire et analyser, tant de lacunes à combler dans nos connaissances actuelles qu'il faut laisser ces recherches délicates,
mais passionnantes, aux savants des générations futures.

Notes

Liste des abréviations

AAA	*Annals of Archaeology and Anthropology*, Liverpool.
AA(A)S	*Annales archéologiques (arabes) de Syrie*, Damas.
AAO	H. Frankfort, *The Art and Architecture of the Ancient Orient*, Harmondsworth, 1954.
AASOR	*Annual of the American Schools of Oriental Research*, New Haven, Conn.
ABC	A. K. Grayson, *Assyrian and Babylonian Chronicles*, Locust Valley, N. Y., 1975.
ABL	R. F. Harper, *Assyrian and Babylonian Letters*, London/Chicago, 1892-1914.
AfO	*Archiv für Orientforschung*, Graz.
AJA	*American Journal of Archaeology*, New Haven, Conn.
AJSL	*American Journal of Semitic Languages and Literature*, Chicago.
AM	A. Parrot, *Archéologie mésopotamienne*, Paris, 1946-1953.
ANET[3]	J. B. Pritchard (Ed.), *Ancient Near Eastern Texts Relating to the Old Testament*, Princeton, N. J., 1969, 3e éd.
Annuaire	*Annuaire de l'Ecole pratique des Hautes Etudes, Sciences historiques et philologiques*, Paris.
AOAT	*Alte Orient und Altes Testament* (série), Neukirchen-Vluyn.
ARAB	D. D. Luckenbill, *Ancient Records of Assyria and Babylonia*, Chicago, 1926-1927.
ARI	A. K. Grayson, *Assyrian Royal Inscriptions*, Wiesbaden, 1972-1976.

ARMT	*Archives royales de Mari*, traductions, Paris, 1950 s.
BaM	*Baghdader Mitteilungen*, Berlin.
BASOR	*Bulletin of the American Schools of Oriental Research*, New Haven, Conn.
BBS	L. W. King, *Babylonian Boundary Stones*, London, 1912.
Bi. Or	*Bibliotheca Orientalis*, Leiden.
Bo. Stu	*Boghazköy Studien*, Leipzig.
*CAH*³	*Cambridge Ancient History*, Cambridge, 3ᵉ éd.
EA	J. A. Knudzton, *Die El-Amarna Tafeln*, Leipzig, 1915.
*HCS*²	S. N. Kramer, *L'Histoire commence à Sumer*, Paris, 1975, 2ᵉ éd.
IRSA	E. Sollberger et J. R. Kupper, *Inscriptions royales sumériennes et akkadiennes*, Paris, 1971.
JAOS	*Journal of the American Oriental Society*, New Haven, Conn.
JCS	*Journal of Cuneiform Studies*, Cambridge, Mass.
JESHO	*Journal of the Economic and Social History of the Orient*, Leiden.
JNES	*Journal of Near Eastern Studies*, Chicago.
JRAS	*Journal of the Royal Asiatic Society*, London.
JSS	*Journal of Semitic Studies*, Manchester.
King, *Chronicles*	L. W. King, *Chronicles concerning Early Babylonian Kings*, London, 1907.
MAOG	*Mitteilungen der Altorientalischen Gesellschaft*, Leipzig.
MARI	*Annales de recherches interdisciplinaires*, Paris.
MDOG	*Mitteilungen der deutschen Orient-Gesellschaft*, Leipzig puis Berlin.
MDP	*Mémoires de la délégation en Perse*, Paris.
MVAG	*Mitteilungen der vorderasiatisch-ägyptischen Gesellschaft*, Berlin.
NBK	S. Langdon, *Die neubabylonischen Königsinschriften*, Leipzig, 1912.
OIC	*Oriental Institute Communications*, Chicago.
OIP	*Oriental Institute Publications*, Chicago.
PKB	J. A. Brinkman, *A Political History of Post-Kassite Babylonia*, Roma, 1968.

POA   P. Garelli et V. Nikiprowetzky, *Le Proche-Orient asiatique*, Paris, 1969-1974.

PSBA   *Proceedings of the Society of Biblical Archaelogy*, London.

RA   *Revue d'assyriologie et d'archéologie orientales*, Paris.

RAI   *Rencontre assyriologique internationale*

RB   *Revue biblique*, Jérusalem/Paris.

Religions   R. Labat, A. Caquot, N. Sznycer, M. Vieyra, *Les Religions du Proche-Orient asiatique*, Paris, 1970.

RGTC   *Répertoire géographique des textes cunéiformes*, Wiesbaden, 1974 s.

RHA   *Revue hittite et asiatique*, Paris.

RIM   *Royal Inscriptions of Mesopotamia*, Toronto.

RIMA   *Royal Inscriptions of Mesopotamia, Assyrian Periods*, Toronto.

RISA   G. A. Barton, *The Royal Inscriptions of Sumer and Akkad*, New Haven, Conn., 1929.

RLA   *Reallexikon der Assyriologie*, Berlin, 1937-1939, 1957 s.

SAA   *State Archives of Assyria*, Helsinki.

SKL   T. Jacobsen, *The Sumerian King List*, Chicago, 1939.

UE   *Ur Excavations*, London, 1927 s.

UET   *Ur Excavations Texts*, London, 1928 s.

UVB   *Uruk Vorlaüfige Berichte (= Vorlaüfiger Berichte über die... Ausgrabungen in Uruk-Warka)*, Berlin 1930 s.

VDI   *Vestnik Drevney Istorii (Journal d'histoire ancienne)*, Moskva.

Wiseman,
Chronicles   D. J. Wiseman, *Chronicles of Chaldaean Kings*, London, 1956.

WVDOG   *Wissenschaftliche Veröffentlichungen der Deutschen Orient-Gesellschaft*, Leipzig, puis Berlin.

ZA   *Zeitschrift für Assyriologie*, Berlin. Sauf indication contraire, les volumes cités ici appartiennent à la nouvelle série (Neue Folge).

ZZB   D. O. Edzard, *Die zweite Zwischenzeit Babyloniens*. Wiesbaden, 1957.

Chapitre 1

1. A défaut de travaux d'ensemble sur la géographie physique de la Mésopotamie, on se reportera aux grands traités de géographie générale ou à l'ouvrage de W. B. Fisher, *The Middle East, London*, 1978, 7ᵉ éd. Pour la géographie historique, on peut maintenant se référer au *Répertoire géographique des textes cunéiformes* (abrégé *RGTC*), série annexe du *Tübinger Atlas des Vorderen Orients*, Wiesbaden, en cours de publication depuis 1977. M. Roaf, *Atlas de la Mésopotamie et du Proche-Orient Ancien*, Brepols, 1991, est superbe et très utile.

2. Sur la faune, voir E. Douglas Van Buren, *The Fauna of Ancient Mesopotamia as represented in Art*, Roma, 1939 ; B. Landsberger, *The Fauna of Ancient Mesopotamia*, Roma, 1960 (étude philologique) ; F. S. Bodenheimer, *Animal and Man in Bible Lands*, Leiden, 1960 ; B. Brentjes, *Wildtier und Haustier im alten Orient*, Berlin, 1962. Pour la flore : R. Campbell Thompson, *A Dictionary of Assyrian Botany*, London, 1949 (étude philologique) ; M. Zohari, *Geobotanical Foundations of the Middle East*, 2 vol., Stuttgart, 1973 ; E. Guest *et al., Flora of Iraq*, Baghdad, 1966 ; M. B. Rowton, « The woodlands of ancient western Asia », *JNES*, 26, 1967, pp. 261-277.

3. K. W. Butzer, *Quaternary Stratigraphy and Climate of the Near East*, Bonn, 1958 ; *CAH³*, I, 1, pp. 35-62 ; J. S. Sawyer (Ed.), *World Climate from 8000 to 0 B.C* , London, 1966 ; W. Nützel, « The climate changes of Mesopotamia and bordering areas, 14000 to 2000 B. C. », *Sumer*, 32, 1976, pp. 11-24 ; W. C. Brice (Ed.), *The Environmental History of the Near and Middle East since the last Ice Age*, New York/London, 1978.

4. Sur ce nom et sa signification à diverses époques, voir : J. J. Finkelstein, « Mesopotamia », *JNES*, 21, 1962, pp. 73-92.

5. Hérodote, II, 5. L'auteur de cette phrase serait en réalité Hécatée de Milet.

6. Ebauchée dès le premier siècle de notre ère par Pline l'Ancien, *Histoire naturelle*, VI, 31, 13, cette théorie a été codifiée par J. de Morgan dans *MDP*, 1, 1900, pp. 4-48.

7. G. M. Lees et N. L. Falcon, « The geographical history of the Mesopotamian plains », *Geographical Journal*, 118, 1952, pp. 24-39. Les données récentes sur ce problème ont été rassemblées par C. E. Larsen, « The Mesopotamian delta region : a reconsideration of Lees and Falcon », *JAOS*, 45, 1975, pp. 43-47.

8. M. Sarnthein, « Sediments and history of the post-glacial transgression of the Persian Gulf and north-west Gulf of Oman », *Marine Geology*, 12, Amsterdam, 1971 ; W. Nützel, « The formation of the Arabian Gulf from 14000 B. C. », *Sumer*, 31, 1975, pp. 101-109.

9. G. Roux, « Recently discovered ancient sites in the Hammar Lake district », *Sumer*, 16, 1960, pp. 20-31.

10. Carte dans T. Jacobsen, « The waters of Ur », *Iraq*, 22, 1960, pp. 174-185. Ce sujet est traité en détail par R. C. McC. Adams, *Heartland of Cities*, Chicago, 1981, pp. 1-26.

11. P. Buringh, « Living conditions in the lower Mesopotamian plain in ancient times », *Sumer*, 13, 1957, pp. 30-46 ; R. C. McC. Adams, « Historic patterns of Mesopotamian agriculture », dans T. E. Downing et McC. Gibson, *Irrigation's Impact on Society*, Tucson, Ariz., 1974, pp. 1-6.

12. T. Jacobsen et R. C. McC. Adams, « Salt and silt in ancient Mesopotamia », *Science*, 128, 1958, 1251-1258. Sur l'abandon de la jachère au dix-huitième siècle avant notre ère, voir chapitre 15, n. 6.

13. M. Ionides, *The Regime of the Rivers Euphrates and Tigris*, London, 1939 ;

14. S. N. Kramer, *The Sumerians*, Chicago, 1963, pp. 105-109 ; pp. 340-342 ; *HCS*[2], pp. 88-90.

15. Pour plus de détails sur ce point, voir J.-L. Huot, *Les Sumériens*, Paris, 1989, pp. 91-98.

16. V. H. Dawson, *Dates and Date Cultivation in Iraq*, Cambridge, 1923 ; B. Landsberger, *The Date-Palm and its By-Products according to Cuneiform Sources*, Graz, 1967 ; D. Coquerillat, *Palmeraies et Cultures de l'Eanna d'Uruk*, Berlin, 1968.

17. J. Laessøe, « Reflections on modern and ancient oriental waterworks », *JCS*, 7, 1953, pp. 5-26 ; M. S. Drawer, « Water supply, irrigation and agriculture », dans C. Singer, E. J. Holmyard et A. R. Hall (Ed.), *A History of Technology*, London, 1955.

18. Selon R. Ellison, « Diet in Mesopotamia », *Iraq*, 43, 1981, pp. 35-43 ; l'alimentation en Mésopotamie à diverses époques fournissait en moyenne 3 495 calories par jour.

19. C. P. Grant, *The Syrian Desert*, London, 1937.

20. On trouvera une bonne étude géographique sur cette région dans L. Dilleman, *La Haute Mésopotamie orientale*, Paris, 1962, pp. 1-128.

21. Sur cette région, voir A. M. Hamilton, *Road through Kurdistan*, London, 1958, 2ᵉ éd. ; R. J. Braidwood et B. Howe, *Prehistoric Investigations in Iraqi Kurdistan*, Chicago, 1960, pp. 12-17.

22. W. Thesiger, « The marshmen of southern Iraq », *Geographical Journal*, 120, 1954, pp. 272-281 ; *The Marsh Arabs*, London, 1964.

23. Récemment, le géochimiste J. Connan et son équipe d'Elf Aquitaine ont mis au point une analyse chromatographique permettant d'identifier l'origine de bitumes archéologiques. Ils ont pu démontrer, par exemple,

que les bitumes des baumes de momies provenaient soit de la mer Morte, soit de la Mésopotamie (région de Hît). Importante littérature technique. Vue d'ensemble dans *La Recherche* (Paris), 229, 1991, pp. 152-159 ; 238, 1991, pp. 1503-1504.

24. Sur le commerce extérieur de la Mésopotamie : A. L. Oppenheim, « The seafaring merchants of Ur », *JAOS*, 74, 1954, pp. 6-17 ; W. F. Leemans, *Foreign Trade in the Old Babylonian Period*, Leiden, 1960 ; K. Polanyi, C. A. Arensberg et H. W. Pearson (Ed.), *Trade and Market in Early Empires*, New York, 1957, pp. 12-26 ; *Trade in the Ancient Near East*, London, 1977, collection d'articles parus dans *Iraq*, 39, 1977.

25. R. J. Forbes, *Metallurgy in Antiquity*, Leiden, 1950 ; H. Limet, *Le Travail du métal au pays de Sumer*, Paris, 1960 ; J. D. Muhly, *Copper and Tin*, Hamden, Conn., 1973 ; K. R. Maxwell-Hyslop, « Sources of Sumerian gold », *Iraq*, 39, 1977, pp. 84-86.

26. J. E. Dickson, J. R. Cann et C. Renfrew, « Obsidian and the origin of trade », dans *Old World Archaeology*, San Francisco, 1972, pp. 80-88 ; G. Hermann, « Lapis-lazuli : the early phases of its trade », *Iraq*, 30, 1968, pp. 21-57.

27. Sur ces routes : J. Lewy, « Studies in the historic geography of the ancient Near East », *Orientalia*, 21, 1952, pp. 1-12 ; pp. 265-292 ; pp. 393-425 ; A. Goetze, « An Old Babylonian itinerary », *JCS*, 7, 1953, pp. 51-72 ; W. W. Hallo, « The road to Emar », *JCS*, 18 (1964), pp. 57-88 ; D. O. Edzard et G. Franz-Szabo, article « Itinerare » dans *RLA*, V, pp. 216-220. Voir également les articles de L. Le Breton, P. Garelli et T. Jacobsen dans *RA*, 52, 1958.

28. Shubat-Enlil a été fermement identifié à Tell Leilan, dans la partie orientale du bassin du Khabur. Emar a été fouillé par une mission française : D. Beyer (Ed.), *Méskéné-Emar · dix ans de travaux*, Paris, 1982 (avec bibliographie).

29. Sur le commerce Mésopotamie-Dilmun-Magan-Meluhha d'après les textes : A. L. Oppenheim, article cité n. 24 ; I. J. Gelb, « Makkan and Meluhha in early Mesopotamian sources », *RA*, 64, 1970, pp. 1-8 ; E. C. L. During-Caspers, « Harrapan trade in the Arabian Gulf », *Mesopotamia*, 7, 1972, pp. 167-191 ; « Coastal Arabia and the Indus valley in protoliterate and Early Dynastic eras », *JESHO*, 22, 1979, pp. 121-135. Pour une vue d'ensemble sur les fouilles récentes en Arabie, dans les Emirats arabes unis et en Oman, voir l'ouvrage de D. T. Potts, *The Arabian Gulf in Antiquity*, vol. I, Oxford, 1990 (copieuse bibliographie).

Chapitre 2

1. Les ouvrages d'archéologie à proprement parler (synthèses des résultats des fouilles pour une région ou un pays donnés) sont très peu nombreux. Ceux de G. Contenau, *Manuel d'archéologie orientale*, Paris, 1927-1947, 4 vol., et d'A. Perrot, *Archéologie mésopotamienne*, Paris, 1946-1953, 2 vol., sont dépassés et pratiquement introuvables ; celui de Seton Lloyd, *The Archeology of Mesopotamia*, London, 1978 est à notre avis trop concis. Les ouvrages sur l'art mésopotamien, en revanche, sont nombreux et souvent superbes. Citons, en français : A. Parrot, *Sumer*,

Paris, 1981, 2ᵉ éd. ; *Assur*, Paris, 1969, 2ᵉ éd. ; P. Amiet, *L'Art antique du Proche-Orient*, Paris, 1977 ; J.-Cl. Margueron, *Mésopotamie*, Paris, 1965 ; L. Laroche, *Merveilles du monde, Moyen-Orient*, Paris, 1979 B. Hrouda, *L'Orient ancien*, Paris, 1991 ; en anglais : H. Frankfort, *The Art and Architecture of the Ancient Orient* (abrégé *AAO*), Harmondsworth, 1954 ; Seton Lloyd, *Art of the Ancient Near East*, London, 1960 ; en allemand : E. Strommenger et M. Hirmer, *Fünf Jahrtausende Mesopotamien*, München, 1962 (trad. fr., *Cinq Millénaires d'art mésopotamien*, Paris, 1964).

2. Les villes modernes d'Erbil (l'Arbèles des auteurs classiques), dont le nom évoque *Arbilum* ou *Urbillum* des textes cunéiformes, et de Kirkuk, l'ancienne *Arrapha* (prononcer *Arrap-kha*), occupent le sommet de grands tells qui, malgré leur intérêt historique certain, n'ont pu être fouillés.

3. Du mot akkadien *tîlu*. On trouve souvent dans les inscriptions royales assyriennes des phrases comme : « Je transformai cette ville en tell *(tîlu)* et en monceau de ruines *(karmu)*. »

4. Sur ces méthodes, voir A. Parrot, *AM*, II, pp. 15-78 ; Sir Mortimer Wheeler, *Archaeology from the Earth*, London, 1956 ; Seton Lloyd, *Mounds of the Near East*, Edinburgh, 1962.

5. Pourtant, de petits tells peuvent recéler de grandes richesses. C'est le cas de Tell Harmal, petite butte dans un faubourg de Baghdad, qui a livré un « Code de Lois » jusque-là inconnu et de nombreux textes d'un très grand intérêt (voir chapitres 11 et 22). Les fouilles archéologiques étant de plus en plus onéreuses, on utilise parfois, sur certains sites, une méthode qu'on pourrait appeler « de balayage ». Elle consiste à n'enlever que la couche superficielle jusqu'à ce que les murs (ou fondations) soient visibles, ce qui donne rapidement et à peu de frais une sorte de « plan » de la ville et permet de repérer les zones qui méritent d'être véritablement fouillées. Tell Taya, en Iraq du Nord, en est un exemple (voir : J. Curtis (Ed.), *Fifty Years of Mesopotamian Discovery*, London, 1982, fig. 57 et 58).

6. M. B. Rowton, *CAH*³, I, 1, pp. 194-197. Sur le *bala* sumérien, voir chapitre 10. Liste des *limu* dans A. Ungnad, article « Eponymen », *Reallexikon der Assyriologie (RLA)*, II, pp. 412-457, et dans *ARAB*, II, pp. 427-439.

7. On trouvera une liste complète et à jour de ces documents dans D. O. Edzard et A. K. Grayson, article « Königlisten und Chroniken », *RLA*, VI, pp. 77-135.

8. *ANET*³, pp. 269-271.

9. *ANET*³, p. 271.

10 *RLA*, II, pp. 428-429 ; *ARAB*, II, p. 433.

11. T. Jacobsen, *The Sumerian King List*, Chicago, 1939. Bibliographie de fragments publiés depuis dans *ABC*, p. 269.

12. F. Schmidtke, *Der Aufbau der babylonischen Chronologie*, Münster, 1952. Le Canon de Ptolémée est reproduit dans S. M. Burstein, *The Babyloniaca of Berosus*, Malibu, Calif., 1978, p. 180.

13. Voir le résumé donné par A. Parrot dans *AM*, II, pp. 332-438.

14. Dates proposées par Sidney Smith, *Alalakh and Chronology*, London, 1940.

15. Les dates que nous donnons à partir de la Dynastie d'Akkad sont celles de J. A. Brinkman dans A. L. Oppenheim, *Ancient Mesopotamia*, Chicago, 1964, pp. 335-352. Pour la période Dynastique Archaïque, nous avons adopté la chronologie proposée par E. Porada dans R. W. Ehrich (Ed.), *Chronologies in Old World Archaeology*, Chicago, 1965, pp. 167-179.

16. W. F. Libby, *Radio-Carbon Dating*, Chicago, 1955. Détails sur les techniques, limites et problèmes de cette méthode dans C. Renfrew, *Before Civilization*, Harmondsworth, 1976, pp. 53-92 ; pp. 280-294. Listes de dates relatives au Proche-Orient dans P. Singh, *Neolithic Cultures of Western Asia*, London et New York, 1974, pp. 221-227 ; J. Mellaart, *The Neolithic of the Near East*, London, 1975, pp. 283-289, et D. and J. Oates, *The Rise of Civilization*, Oxford, 1976, Appendice.

17. On trouvera l'essentiel sur ces méthodes ainsi que sur le radiocarbone dans les *Dossiers de l'archéologie*, Fontaine-lès-Dijon, 39, 1979, pp. 46-81.

18. S. A. Pallis, *Early Exploration in Mesopotamia*, Copenhagen, 1954. Voir également *AM*, I, pp. 13-168. La bibliographie des sites cités ici est donnée en note au fur et à mesure que nous mentionnons ces sites dans le texte.

19. Xénophon, *Anabase*, III, 4 ; Strabon, *Géographie*, XVI, 5.

20. La saga de ces pionniers de l'archéologie mésopotamienne est remarquablement bien racontée et illustrée par Seton Lloyd, *Foundations in the Dust*, London, 1980.

21. Pour l'histoire du déchiffrement de l'écriture cunéiforme voir C. Bermant et M. Weitzman, *Ebla, an Archaeological Enigma*, London 1979, pp. 70-123 ; B. André-Leicknam, « Le déchiffrement du cunéiforme », dans *Naissance de l'Ecriture*, ouvrage collectif (Exposition au Grand Palais en 1982) Paris, 1979, pp. 360-368 ; C. B. F. Walker, *Reading the Past Cuneiform*, London, 1987, pp. 48-52 ; J. Bottéro et M. J. Stève, *Il était une fois la Mésopotamie*, Paris, 1993, pp. 13-59.

22. S. N. Kramer, *The Sumerians*, Chicago, 1963, p. 15.

23. A l'exception d'un ouvrage de synthèse : J. C. Margueron (Ed.), *Le Moyen Euphrate*, Leiden, 1980, ces fouilles ont été publiées séparément dans de nombreux articles et livres. J. N. Postgate a donné des résumés dans la rubrique « Excavations » du périodique *Iraq*, Londres.

Chapitre 3

1. H. Field, *Ancient and Modern Man in Southwestern Asia*, Coral Gables, Calif., 1956.

2. R. J. Braidwood et B. Howe, *Prehistoric Investigations in Iraqi Kurdistan*, Chicago, 1960.

3. R. Solecki, *Shanidar, the Humanity of Neanderthal Man*, London, 1971.

4. H. E. Wright Jnr., « Geologic aspects of the archaeology of Iraq »,
Sumer, 11, 1955, pp. 83-90 ; « Climate and prehistoric man in the eastern
Mediterranean », dans Braidwood et Howe, *op. cit.*, pp. 88-97.

5. M. L. Inizan, « Des indices acheuléens sur les bords du Tigre, dans le
nord de l'Iraq », *Paléorient*, 11, 1985, pp. 101-102.

6. Naji el-'Asil, « Barda Balka », *Sumer*, 5, 1949, pp. 205-206 ; H. E.
Wright Jnr. et B. Howe, « Preliminary report on soundings at Barda
Balka », *Sumer*, 7, 1951, pp. 107-110 ; Braidwood et Howe, *op. cit.*,
pp. 31-32, pp. 61-62, pp. 164-165.

7. D. A. E. Garrod, « The Palaeolithic in Southern Kurdistan : excavations in the caves of Zarzi and Hazar Merd », *American School of Prehistoric Research*, Bulletin 6, New Haven, 1930.

8. Rapports préliminaires dans *Sumer*, 8 (1952) à 17 (1961). Voir également : R. Solecki, « Prehistory in Shanidar valley, northern Iraq », *Science*,
139, 1963, pp. 179-193, et l'ouvrage cité ci-dessus n. 3.

9. E. Trinkhaus, « An inventory of the Neanderthal remains from Shanidar Cave, northern Iraq », *Sumer*, 23, 1977, pp. 9-47 ; G. Kurth, « Les
restes humains wûrmiens du gisement de Shanidar, N-E Iraq », *Anthropologie*, 64, 1980, pp. 36-63.

10. A. Leroi-Gourhan, « The flowers found with Shanidar V, a Neanderthal burial in Iraq », *Science*, 190, 1975, pp. 562-564.

11. D. Perkins Jnr., « Prehistoric fauna from Shanidar », *Science*, 144,
1964, pp. 1565-1566 ; R. Solecki, *Science*, 139, 1963, pp. 184-185.

12. D. A. E. Garrod, *op. cit.* n. 7 ci-dessus ; Braidwood et Howe,
op. cit., pp. 57-60.

13. K. V. Flannery, « Origin and ecological effects of early domestication in Iran and the Near East », dans P. J. Ucko et G. W. Dimbleby (Ed.),
The Domestication and Exploitation of Plants and Animals, London, 1969,
pp. 73-100.

14. Les principaux ouvrages sur le Mésolithique et le Néolithique du
Proche-Orient sont ceux de P. Singh, de J. Mellaart et de D. et J. Oates
cités chapitre 2, n. 16. Signalons le résumé concis, mais très précis, de
J.-P. Grégoire, « L'origine et le développement de la civilisation mésopo-
tamienne du IIIe millénaire avant notre ère », dans *Production, Pouvoir et
Parenté dans le monde méditerranéen*, Paris, 1981, pp. 27-101.

15. R. Solecki, *An Early Village Site at Zawi Chemi Shanidar*, Malibu,
Calif., 1980.

16. D. Ferembach, « Étude anthropologique des ossements humains
protonéolithiques de Zawi Chemi Shanidar (Irak) », *Sumer*, 26, 1970,
pp. 21-64.

17. Braidwood et Howe, *op cit.*, pp. 27-28, 50-52.

18. M. Van Loon, « The Oriental Institute excavations at Mureybit,
Syria », *JNES*, 27, 1968, pp. 264-290 ; J. Cauvin, *Les Premiers Villages de
Syrie-Palestine du IXe au VIIe millénaire avant J.-C.*, Lyon/Paris, 1978 ;
« Les fouilles de Mureybet (1971-1974) et leur signification pour les ori-

gines de la sédentarisation au Proche-Orient », *AASOR*, 24, 1979 ; O. Aurenche, dans J.-Cl. Margueron (Ed.), *Le Moyen Euphrate*, Strasbourg, 1980, pp. 33-53.

19. J. Mellaart, *The Neolithic of the Near East*, London, 1975, pp. 46-47.

20. F. Hole, K. V. Flannery, J. A. Neely et H. Helbaek, *Prehistory and Human Ecology in the Deh Luran Plain : an Early Village Sequence from Khuzistan, Iran*, Ann Arbor, 1969.

21. V. G. Childe, *New Light on the Most Ancient East*, London, 1952, 2ᵉ éd., p. 23.

22. Braidwood et Howe, *op. cit.*, pp. 26, 38-50, 63-66, 170-173, 184.

23. P. Mortensen, *Tell Shimshara : The Hassuna Period*, Copenhagen, 1970.

24. Les deux principales sources d'obsidienne au Proche-Orient, l'Anatolie (Acigöl, Çiftlik) et l'Arménie (Nemrud Dagh, Bingöl), peuvent être différenciées par l'analyse spectrographique. Cf. J. E. Dickson, J. R. Cann et C. Renfrew dans *Old World Archaeology*, San Francisco, 1972, pp. 80-88.

25. R. M. Munchaev, N. Y. Merpert, N. D. Bader, « Archaeological studies in the Sinjar valley, 1980, *Sumer*, 43, 1984, pp. 32-53.

26. D. Schmandt-Besserat, « The use of clay before pottery in the Zagros », *Expedition*, 16, 1974, pp. 11-17.

27. J. R. Harlan et D. Zohary, « Distribution of wild wheat and barley », *Science*, 153, 1966, pp. 1075-1080 ; J. R. Harlan, « A wild harvest in Turkey », *Archaeology*, 20, 1967, pp. 197-201.

28. D'une étude des pollens du lac Zeribar, sur le flanc est du Zagros, M. Van Zeist, *Science*, 140, 1963, pp. 65-69, a conclu à un environnement de steppe froide vers 11000, remplacé ensuite par des forêts de chênes et de pistachiers. Toutefois, il semble aventureux d'extrapoler ces résultats au flanc ouest du Zagros et, *a fortiori*, au reste du Proche-Orient.

29. L. R. Binford, « Post-Pleistocene adaptations » dans S. R. et L. R. Binford (Ed.), *New Perspectives in Archaeology*, Chicago, 1968, pp. 313-342.

30. Voir à ce sujet les remarques pertinentes de J. Cauvin, *Les Premiers Villages...*, *op. cit.*, pp. 139-142.

Chapitre 4

1. Seton Lloyd et Fuad Safar, « Tell Hassuna », *JNES*, 4, 1945, pp. 255-289.

2. T. Dabbagh, « Hassunan pottery », *Sumer*, 21, 1965, pp. 93-111.

3. M. E. L. Mallowan, « The prehistoric sondage at Nineveh, 1931-32 », *AAA*, 20, 1933, pp. 71-186.

4. R. J. et L. Braidwood, J. C. Smith et C. Leslie, « Matarrah, a southern variant of the Hassunan assemblage », *JNES*, 11, 1952, pp. 1-75.

5. Voir ci-dessus, chapitre 3, n. 23

6. Fouillé par une mission soviétique depuis 1969. Pour une vue d'ensemble des résultats jusqu'en 1973, N. Y. Merpert et R. M. Munchaev, « Early agricultural settlements in the Sinjar plain, northern Iraq », *Iraq*, 35, 1973, pp. 93-113 ; « The earliest levels at Yarim Tepe 1 and Yarim Tepe 2 in northern Iraq », *Iraq* 46, 1987, pp. 1-36.

7. Rapports préliminaires par D. Kirkbride dans *Iraq*, 34 (1972) à 37 (1975). Voir également D. Kirkbride, « Umm Dabaghiyah », dans J. Curtis (Ed.), *Fifty Years of Mesopotamian Discovery*, London, 1982, pp. 11-21.

8. Fouillés par la mission soviétique de Yarim Tepe. Résumés dans *Iraq*, 35, 1973, p. 203 ; 37, 1975, p. 66 ; 38, 1976, p. 78 ; 39, 1977, pp. 319-320.

9. Fouilles japonaises de 1956 à 1965, reprises en 1976. Rapports préliminaires dans *Sumer*, 12 (1957) à 22 (1966) et 33 (1977). Publication définitive par N. Egami *et al.*, *Tulul eth-Thalathat*, Tokyo, 1959-1974, 3 vol.

10. H. de Contenson et W. J. Van Liere, « Premier sondage à Bouqras », *AAAS*, 16, 1966, pp. 181-192 ; P. A. Akkermans, H. Fokkens et H. Waterbolk, « Stratigraphy, architecture and layout of Bouqras », dans J. Cauvin et P. Sanlaville (Ed.), *Préhistoire du Levant*, Paris, 1981, pp. 485-501.

11. H. Hertzfeld, *Die Ausgrabungen von Samarra*, V., Berlin, 1930.

12. Rapports préliminaires par B. Abu es-Soof, K. A. el-'Adami, G. Wahida et W. Yasin dans *Sumer*, 21 (1965) à 26 (1970). Sur l'agriculture, voir : H. Helbaek, « Early Hassunan vegetable food at es-Sawwan, near Samarra », *Sumer*, 20, 1964, pp. 45-48. Vue d'ensemble des résultats dans J. Mellaart, *The Neolithic of the Near East*, London, 1975, pp. 149-155. Revue critique par C. Bréniquet, « Tell es-Sawwan, réalités et problèmes », *Iraq*, 53, 1991, pp. 75-90.

13. J. Oates, « The baked clay figurines from Tell es-Sawwan », *Iraq*, 28, 1966, pp. 146-153. Cf. A. Parrot, *Sumer*, 2ᵉ éd., fig. 115-118.

14. R. du Mesnil du Buisson, *Baghouz, l'ancienne Corsôtê*, Leiden, 1948 ; R. J. et L. Braidwood, J. G. Smith, C. Leslie, « New chalcolithic material of Samarran type and its implications », *JNES*, 3, 1944, pp. 47-72.

15. Rapports préliminaires de J. Oates dans *Sumer*, 22, 1966, pp. 51-58, et 25, 1969, pp. 133-137, et dans *Iraq*, 31, 1969, pp. 115-152 et 34, 1972, pp. 49-53. Du même auteur : « Choga Mami », dans *Fifty Years of Mesopotamian Discovery*, pp. 22-29. Très belles photos dans D. and J. Oates, *The Rise of Civilization*, London pp. 62-68.

16. M. Freiherr von Oppenheim, *Der Tell Halaf*, Leipzig, 1931 ; *Tell Halaf*, I, *Die prähistorischen Funde*, Berlin, 1943.

17. M. E. L. Mallowan et C. Rose, « Prehistoric Assyria : the excavations at Tall Arpachiyah, 1933 », *Iraq*, 2, 1935, pp. 1-78 ; M. E. L. Mallowan, *Twenty-five Years of Mesopotamian Discovery*, London, 1968, pp. 1-11 ; J. Curtis, « Arpachiyah » dans *Fifty Years , op cit*, pp. 30-36.

18. M. E. L. Mallowan, « The excavations at Tall Chagar Bazar and an archaeological survey of the Habur region », *Iraq*, 3, 1936, pp. 1-86 et 4, 1937, pp. 91-117 ; *Twenty-five Years…*, *op. cit.*, pp. 12-23 ; J. Curtis, « Chagar Bazar », dans *Fifty Years.. , op. cit.*, pp. 79-85.

19. A. Speiser et A. J. Tobler, *Excavations at Tepe Gawra*, Philadelphia, 1935-1950, 2 vol.

20. M. E. L. Mallowan, *Twenty-five Years of Mesopotamian Discovery*, pp. 39-41 et fig. 16.

21. J. Mellaart, *Earliest Civilizations of the Near East*, London, 1965, 1965, pp. 94-97 et fig. 80, 84-86.

22. T. E. Davidson et H. Mc Kerrell, « The neutron activation analysis of Halaf and 'Ubaid pottery from Tell Arpachiyah and Tepe Gawra », *Iraq*, 42, 1980, pp. 155-167.

23. H. R. Hall et C. L. Woolley, *Al-'Ubaid* (*UE* I), London, 1927.

24. Fuad Safar, Mohammed Ali Mustafa et Seton Lloyd, *Eridu*, Baghdad, 1982.

25. J. Mellaart, *The Neolithic of the Near East*, pp. 170-172 ; D. et J. Oates, *The Rise of Civilization*, p. 122.

26. Sur Tell el-Oueili, fouillé par une mission française en même temps que Larsa, voir J.-L. Huot *et al.*, *Larsa et Oueili . Rapport préliminaire*, Paris, 1983. Sur les fouilles iraqiennes de Tell Abada, voir Sabah Abboud Jasim, « Excavations at Tell Abada, a preliminary report », *Iraq*, 45, 1983, pp. 165-185.

27. H. Lenzen, *UVB*, 9, 1938, pp. 37 *sq.* ; 11, 1940, pp. 26 *sq.* ; C. Ziegler, *Die Keramik von der Qal'a Haggi Mohammed*, Berlin, 1953.

28. D. Stronach, « Excavations at Ras al-'Amiyah », *Iraq*, 23, 1961, pp. 95-137 ; « Ras al 'Amiya », dans *Fifty Years...*, *op. cit.*, pp. 37-39.

29. D. T. Potts, *The Arabian Gulf in Antiquity*, vol. I, Oxford, 1990, pp. 56-58.

30. Y. Calvet, « La phase Oueili de l'époque d'Obeid » dans J. L. Huot (Ed.) *Préhistoire de la Mésopotamie*, Paris, 1987, pp. 129-139.

31. J. Oates, « Ur and Eridu, the prehistory », *Iraq*, 22, 1960, pp. 35-50 ; M. E. L. Mallowan, *CAH* [3] I, 1, pp. 327-328.

32. Les principaux « surveys » ont été publiés par R. C. McC. Adams, *Land behind Baghdad . a History of Settlement on the Diyala Plains*, Chicago, 1965 ; R. C. McC Adams et H. J. Nissen, *The Uruk Countryside*, Chicago, 1972 ; McG. Gibson, *The City and Area of Kish*, Miami, 1972. Remarquable étude analytique et synthèse de ces travaux par R. C. McC. Adams, *Heartland of Cities*, Chicago, 1981.

Chapitre 5

1. Parmi les principaux travaux consacrés à l'urbanisation de la basse Mésopotamie, citons les études de R. C. McC. Adams, J. Oates et T. Young dans P. P. Ucko, R. Tringham et G. W. Dimbleby (Ed.), *Man, Settlement and Urbanism*, London, 1972. Voir également F. Hole, « Investigating the origins of Mesopotamian civilization », *Science*, 153, 1966, pp. 605-611 ; M. B. Rowton, *The Role of Watercourses in the Growth of Mesopotamian Civilization* (*AOAT*, I), Neukirchen-Vluyn, 1969 ; McG. Gibson, « Population shift and the rise of Mesopotamian civiliza-

tion », dans C. Renfrew (Ed.), *The Explanation of Cultural Changes · Models in Prehistory*, London, 1973. Voir également, H. J. Nissen, *Grundzüge einer Geschichte der Frühzeit des vorderen Orients*, Darmstadt, 1983.

2. Cette hypothèse repose sur un déplacement de densité des agglomérations de la partie nord à la partie sud de la basse Mésopotamie au cours de la période d'Uruk (R. C. McC. Adams, *Heartland of Cities*, Chicago, 1981, p. 70) et sur la faible probabilité d'autres sources d'immigrants ; le Khuzistan, en particulier, subissait aussi un afflux de population (*ibid.*).

3. R. C. McC. Adams et H. J. Nissen, *The Uruk Countryside*, Chicago, 1972.

4. Les divers modèles régionaux d'urbanisation sont très clairement résumés par J.-P. Grégoire dans *Production, Pouvoir et Parenté*, Paris, 1981, pp. 58-67.

5. Seton Lloyd, « Uruk pottery », *Sumer*, 4, 1948, pp. 39-51 ; B. Abu es-Soof, « Note on the late prehistoric pottery of Mesopotamia », *Sumer*, 30, 1974, pp. 1-9.

6. Fouilles allemandes (1912-1913, 1928-1939 et depuis 1953). Résultats préliminaires dans une série de publications dont le long titre est habituellement abrégé en *Uruk vorlaüfige Berichte (UVB)*. Certains aspects particuliers sont traités dans les monographies de la série *Ausgrabungen der Deutschen Forschungsgemeinschaft in Uru-Warka*. Un excellent résumé en anglais a été donné par R. North, « Status of Warka excavations », *Orientalia*, 26, 1957, pp. 185-256. Voir également *AM*, I, pp. 331-354 et II, pp. 212-236.

7. H. Lenzen, « Die Architektur in Eanna in der Uruk IV Periode », *Iraq*, 36, 1974, pp. 111-128. Cf. M. Beek, *Atlas of Mesopotamia*, London, 1977, p. 33, fig. 53.

8. Seton Lloyd et Fuad Safar, « Tell Uqair », *JNES*, 2, 1943, pp. 131-158.

9. H. Lenzen, *UVB*, XXIII, 1967, p. 21 ; J. Schmidt, « Zwei Tempel der Obeid-Zeit in Uruk », *BaM*, 7, 1974, pp. 173-187.

10. Fouilles iraqiennes. Rapports préliminaires par B. Abu es-Soof et I. H. Hijara dans *Sumer*, 22 (1966), 23 (1967) et 29 (1973).

11. Fouilles allemandes. Rapports préliminaires par H. Heinrich *et al.* dans *MDOG*, 101 (1969) à 108 (1976). Ouvrage d'ensemble : E. Strommenger, *Habuba Kabira, eine Stadt von 5000 Jahren*, Mainz, 1980.

12. Seton Lloyd, « Iraq Government soundings at Sinjar », *Iraq*, 7, 1940, pp. 13-21.

13. P. Amiet, *La Glyptique mésopotamienne archaïque*, Paris, 1980, 2ᵉ éd. Pour une excellente vue d'ensemble de la glyptique du Proche-Orient antique, voir D. Collon, *First Impressions : Cylinder Seals in the Ancient Near-East*, London, 1987.

14. J. G. Février, *Histoire de l'écriture*, Paris, 1959, 2ᵉ éd. ; M. Cohen, *La Grande Invention de l'écriture et son évolution*, Paris, 1958, 2 vol. ; I. J. Gelb, *A Study of Writing*, Chicago, 1952 ; et *Pour une théorie de*

l'écriture, Paris, 1973. Le catalogue de l'exposition « Naissance de l'écriture », Paris, 1982, est remarquablement bien fait. Voir aussi C. B. F. Walker, *Reading the Past : Cuneiform*, London, 1987.

15. A. Falkenstein, *Archaische Texte aus Uruk*, Leipzig, 1936. Noter que des tablettes de la même période ne portant que des chiffres ont été découvertes à Khafaje (*OIC*, 20, 1936, p. 25) et à Habuba Kabira (*AfO*, 24, 1973, fig. 17). L'hypothèse d'Uruk capitale administrative de la basse Mésopotamie à cette époque a été formulée par H. J. Nissen, « The context of emergence of writing », dans J. Curtis (Ed.), *Early Mesopotamia and Iran : Contact and Conflict 3500-1600 B. C.*, London, 1993, pp. 54-71.

16. D. Schmandt-Besserat, *An Archaic Recording System and the Origin of Writing*, Malibu, Calif., 1977.

17. E. Mackay, *Report on Excavations at Jemdet Nasr, Iraq*, Chicago, 1931 ; H. Field et R. A. Martin, « Painted pottery from Jemdet Nasr », *AJA*, 39, 1935, pp. 310-318. Pour des fouilles plus récentes, voir R. J. Matthews, *Iraq* 51 (1989), pp. 225-248 et *Iraq* 52 (1990), pp. 25-40. Les récentes controverses concernant la nature de cette culture ont été publiées par U. Finkbeiner et W. Röllig (Ed.), *Gamdat Nasr : Period or Regional Style ?* Wiesbaden, 1986.

18. Vase : I. E. Heinrich, *Kleinfunde aus den Archaischen Tempelschichten in Uruk*, Leipzig 1936, pl. 2, 3, 38 ; A. Parrot, *Sumer*, 1981, 2e éd., fig. 101, 102 ; T. Jacobsen (*The Treasures of Darkness*, Yale, 1976, pp. 24, 43) voit dans le personnage masculin du vase le dieu Dumuzi et dans l'ensemble de cette scène le prélude au « mariage sacré » entre ce dieu et Inanna (voir chapitre 6). Tête de femme : *UVB*, XI, 1940, pl. 1, 21, 32 ; A. Parrot, *Sumer*, 2e éd., frontispice, fig. 121.

19. P. Merrigi, *La Scrittura Proto-Elamica*, Roma, 1971-1974, 2 vol. Exemples dans P. Amiet, *Elam*, Auvers-sur-Oise, 1966. Pour une comparaison des sculptures mésopotamiennes et proto-élamites, cf. A. Parrot, *Sumer*, 1960, fig. 93-98 A et 102-104.

20. A. Falkenstein, « Zu den Tontafeln aus Tartaria », *Germanica*, 43, 1965, pp. 269-273 ; M. S. F. Hood, « The Tartaria Tablets », *Antiquity*, 41, 1967, pp. 99-113 ; C. Renfrew, *Before Civilization*, London, 1973, pp. 73-74 et 193-194.

21. K. Frifelt, « Jemdat Nasr graves in the Oman », *Kuml*, 1970, pp. 376 *sq.*

22. W. A. Ward, « Relations between Egypt and Mesopotamia from prehistoric times to the end of the Middle Kingdom », *JESHO*, 7, 1974, pp. 121-135 ; I. E. S. Edwards, dans *CAH*[3], I, 2, pp. 41-45.

23. Fouilles anglaises en 1937-1938 : M. E. L. Mallowan, « Excavations at Brak and Chager Bazar, Syria », *Iraq*, 9, 1947, pp. 1-259 ; *Twenty-five Years of Mesopotamian Discovery,* London, 1956, pp. 24-38 ; D. Oates « Tell Brak », dans J. Curtis (Ed.), *Fifty Years of Mesopotamian Discovery*, London, 1982, pp. 62-71. Les fouilles ont été reprises en 1976.

24. On trouvera réunis les principaux travaux sur ce sujet dans T. Jones, *The Sumerian Problem*, New York, 1969. Voir également *AM*, II, pp. 308-331.

25. B. Landsberger, « Die Sumerer », dans *Ankara Fakültesi Dergisi*, 1, 1943, pp. 97-102 ; 2, 1944, pp. 431-437 ; 3, 1945, pp. 150-159. Cf. S. N. Kramer, *The Sumerians*, pp. 40-43. On a proposé d'appeler ce peuple

« Subaréens » (I. J. Gelb, « Sumerians and Akkadians in their ethno-linguistic relationship », *Genava*, 8, 1960, pp. 258-271) ; d'autres y voient des « Ubaidiens » (S. N. Kramer, *op. cit.*).

26. Une opinion analogue est exprimée, plus ou moins explicitement, par M. E. L. Mallowan, *CAH ³*, I, 1, p. 344 ; C. J. Gadd, *CAH ³*, I, 2, pp. 94-95 ; J. Oates, *Iraq*, 22, 1960, p. 46 : D. et J. Oates, *The Rise of Civilization*, p. 136 ; R. Braidwood, *The Legacy of Sumer*, p. 46 ; McG. Gibson, *ibid.*, p. 56.

27. H. Frankfort, *The Birth of Civilization in the Near East*, London, 1954, p. 50, n. 1.

Chapitre 6

1. Parmi les principaux ouvrages consacrés à la religion mésopo-tamienne, citons : E. Dhorme, *Les Religions de Babylonie et d'Assyrie*, Paris, 1945 ; J. Bottéro, *La Religion babylonienne*, Paris, 1952 ; S. N. Kramer, *Sumerian Mythology*, New York, 1961, 2ᵉ éd. ; W. H. P. Römer, « The Religion of Ancient Mesopotamia », dans J. Bleeker et G. Windengren (Ed.), *Historia Religionum*, I, Leiden, 1969 ; R. Jestin, « La Religion sumérienne », et J. Nougayrol, « La Religion babylonienne », dans H. C. Puech (Ed.), *Histoire des religions*, I, Paris, 1970 ; J. Van Dijk, « Sumerisches Religion », et J. Laessøe, « Babylonisches und Assyrisches Religion », dans J. P. Asmussen et J. Laessøe (Ed.), *Handbuch der Religiongeschichte*, I, Göttingen, 1971 ; H. Ringgren, *Religions of the Ancient Near East*, London, 1973, pp. 1-123 ; T. Jacobsen, *The Treasures of Darkness · a History of Mesopotamian Religion*, London, 1976. En français, l'ouvrage le plus récent et le plus complet est celui de J. Bottéro et S. N. Kramer, *Lorsque les Dieux faisaient l'Homme*, Paris, 1989. L'ouvrage de J. Black et A. Green, *Gods, Demons and Symbols*, London, 1992, est un utile dictionnaire sur tous les aspects de la religion mésopotamienne.

2. J. Bottéro, « Les divinités sémitiques anciennes en Mésopotamie », dans S. Moscati (Ed.), *Le Antiche Divinità Semitiche*, Roma, 1958 ; J. J. M. Roberts, *The Earliest Semitic Pantheon*, Baltimore/London, 1972.

3. J. Van Dijk, dans S. S. Hartman (Ed.), *Syncretism*, Stockholm, 1970, p. 179.

4. On trouvera réunies d'excellentes traductions de textes sumériens et akkadiens dans : R. Labat, A. Caquot, M. Sznycer et M. Vieyra, *Les Religions du Proche-Orient* (cité *Religions*), Paris, 1970 ; J. B. Pritchard (Ed.), *Ancient Near Eastern Texts Relating to the Old Testament*, Princeton, 1969, 3ᵉ éd. *(ANET ³)* ; A. Falkenstein et W. von Soden, *Sumerische und Akkadische Hymnen und Gebete*, Stuttgart, 1953 ; S. N. Kramer, *L'histoire commence à Sumer*, Paris, 1975, 2ᵉ éd. *(HCS ²)* ; M. J. Seux, *Hymmes et Prières aux dieux de Babylonie et d'Assyrie*, Paris, 1976. J. Bottéro et S. N. Kramer, *Lorsque les Dieux faisaient l'Homme*, Paris, 1989.

5. W. G. Lambert, « The historical development of the Mesopotamian pantheon » dans H. Goedicke et J. J. M. Roberts (Ed.), *Unity and Diversity*, Baltimore/London, 1975, p. 192.

6. E. Cassin, *La Splendeur divine*, Paris, 1968.

7. H. Vorländer, *Mein Gott* (*AOAT*, 23), Neukirchen-Vluyn, 1975. Ce dieu personnel, qui peut d'ailleurs être un des grands dieux, est fréquemment représenté sur les sceaux-cylindres de l'époque de la IIIe Dynastie d'Ur.

8. T. Jacobsen, *The Treasures of Darkness*, p. 20.

9. Hymne à Enlil : *ANET* [3] p. 575 ; *HCS* [2], pp. 111-114.

10. Liste des *me* dans J. Bottéro, *Dictionnaire des Mythologies*, II, 1981, pp. 102-114, et dans S. N. Kramer, *The Sumerians*, p. 116.

11. Mythe « Enki et l'Ordre du Monde » : S. N. Kramer, *Sumerian Mythology*, pp. 59-62 ; *The Sumerians*, pp. 172-183 ; *HCS* [2], pp. 115-117. J. Bottéro, S. N. Kramer, *Lorsque les Dieux…, op. cit.*, pp. 165-188.

12. W. W. Hallo et J. Van Dijk, *The Exaltation of Inanna*, New Haven/London, 1968 (cf. *ANET* [3], pp. 579-582). Voir également les hymnes et prières à Ishtar réunis par R. Labat, *Religions*, pp. 227-257, et M. J. Seux, *Hymnes et Prières, passim*.

13. S. N. Kramer, *The Sacred Marriage Rite*, Bloomington, 1969 ; *Le Mariage sacré* (trad. fr. de J. Bottéro), Paris, 1983. Voir également : J. Renger, article « Heilige Hochzeit », *RLA*, IV, pp. 251-259. Principaux textes dans *ANET* [3], pp. 637-645 ; S. N. Kramer, *HCS* [2], pp. 156-167 ; T. Jacobsen, *The Treasures of Darkness*, pp. 25-47.

14. D. Reisman, « Iddin-Dagan's sacred marriage hymn », *JCS*, 25, 1973, pp. 185-202.

15. Version sumérienne dans *ANET* [3], pp. 52-57 ; cf. S. N. Kramer, *Sumerian Mythology*, pp. 83-96 ; *HCS* [2], pp. 156-167. Version assyrienne dans *ANET* [3], pp. 106-109, J. Bottéro, S. N. Kramer, *Lorsque les Dieux…*, pp. 275-300 et 318-330.

16. R. Graves, *The Greek Myths*, Harmondsworth, 1955, I, p. 70 ; H. Ringgren, *Religions of the Ancient Near East*, p. 136.

17. Sur ces légendes, voir A. Heidel, *The Babylonian Genesis*, Chicago, 1959 ; P. Garelli, *Sources orientales : la naissance du monde*, Paris, 1959 ; S.G.F. Brandon, *Creation Legends of the Ancient Near East*, London, 1963.

18. W. Thesiger, *Geographical Journal*, 120 (1954), p. 176.

19. S. N. Kramer, *Sumerian Mythology*, pp. 30-41 ; *The Sumerians*, pp. 112-113 ; *HCS* [2], pp. 101-103.

20. R. Labat, *Le Poème babylonien de la Création*, Paris, 1935 ; *Religions*, pp. 36-70, d'où sont tirées nos citations ; A. Heidel, *op. cit.* ; *ANET* [3], pp. 60-72 ; pp. 501-503 ; J. M. Seux dans J. Briend (Ed.), *La Création du monde et de l'homme d'après les textes du Proche-Orient*, Paris, 1981, pp. 7-40 ; W. G. Lambert, article « Kosmogonie », *RLA*, VI, pp. 218-222. J. Bottéro, S. N. Kramer, *Lorsque les Dieux… op. cit.*, pp. 602-679.

21. T. Jacobsen, *The Treasures of Darkness*, p. 256, n. 332.

22. Dans la tradition sumérienne, tantôt l'humanité surgit « comme des herbes » de la terre fécondée par le ciel (J. Van Dijk, *Acta Orientalia*, 28, 1964, pp. 23-24), tantôt l'homme est modelé dans l'argile par une déesse

(mythe « Enki et Ninmah » : S. N. Kramer, *Sumerian Mythology*, pp. 68-72 ; *HCS ²*, p. 126). Cette dernière méthode de création est la seule que connaisse la tradition babylonienne.

23. S. N. Kramer, « Man and his God », *ANET ³*, pp. 589-591 ; *The Sumerians*, pp. 125-129.

24. A. L. Oppenheim, *Ancient Mesopotamia*, pp. 176, 182.

25. M. J. Seux, *Hymnes et Prières aux Dieux de Babylonie et d'Assyrie*, Paris, 1976. Noms théophores sumériens dans H. Limet, *L'Anthroponymie sumérienne dans les documents de la Troisième Dynastie d'Ur*, Paris, 1968.

26. W. G. Lambert, *Babylonian Wisdom Literature*, Oxford, 1960, pp. 96-107 ; R. Labat, *Religions*, pp. 346-349.

27. Gilgamesh, version babylonienne ancienne, III, ɪv, 6-8 : *ANET ³*, p. 79 ; R. Labat, *Religions*, p. 164.

28. Sur ce sujet, voir J. Bottéro, « La mythologie de la mort en Mésopotamie ancienne » dans B. Alster (Ed.), *Death in Mesopotamia*, Copenhagen, 1980, pp. 25-52.

29. S. N. Kramer, « The death of Ur-Nammu and his descent to the Netherworld », *JCS*, 21, 1967, pp. 104-122.

30. W. G. Lambert, *Babylonian Wisdom Literature*, pp. 21-56 ; *ANET ³*, pp. 596-600 ; R. Labat, *Religions*, pp. 328-341. Sur le problème du mal en Mésopotamie, voir l'article de J. Bottéro dans le *Dictionnaire des mythologies*, II, Paris, 1981, pp. 56-64.

31. Sur le vaste sujet de la divination en Mésopotamie, que nous ne pouvons aborder ici, voir les articles de J. Nougayrol, A. Falkenstein, G. Dossin, A. Finet, C. J. Gadd, A. K. Grayson et A. L. Oppenheim dans J. Nougayrol (Ed.), *La Divination en Mésopotamie ancienne et dans les régions voisines*, Paris, 1968, ainsi que A. Caquot et M. Leibovici, *La Divination*, Paris, 1968, et surtout J. Bottéro, « Symptômes, Signes, Ecriture » dans R. Guidieri (Ed.), *Divination et Rationalité*, Paris, 1974, pp. 70-196. Du même auteur, *Mésopotamie, l'Ecriture, la Raison et les Dieux*, Paris, 1987, pp. 157-169.

32. Cette interprétation de la fête du Nouvel An doit beaucoup aux idées exprimées par T. Jacobsen et H. Frankfort dans *The Intellectual Adventure of Ancient Man*, Chicago, 1977, 2ᵉ éd.

Chapitre 7

1. S. N. Kramer, « The Babel of tongues : a Sumerian version », dans W. W. Hallo (Ed.) *Essays in Memory of E. A. Speiser*, New Haven, 1968, pp. 108-111.

2. S. N. Kramer, « Enki and Ninhursag : a Paradise myth », *ANET ³*, pp. 37-41. Sur les points de contact avec le Paradis biblique, voir *HCS ²*, pp. 168-173.

3. Notamment B. Alster, « Dilmun, Bahrain, and the alleged paradise in Sumerian myth and literature », dans D. T. Potts (Ed.), *Dilmun, New Studies in the Archaeology and Early History of Bahrain*, Berlin, 1983, pp. 39-75.

4. *ANET ³*, pp. 101-103 ; R. Labat, *Religions*, pp. 287-294 ; S. A. Picchioni, *Il Poemetto di Adapa*, Budapest, 1981.

5. G. Roux, « Adapa, le vent et l'eau », *RA*, 55, 1961, pp. 13-33. Parmi les commentaires récents sur ce mythe citons : P. Xella, « L'inganno di Ea nel mito di Adapa », *Oriens Antiquus*, 13, 1973, pp. 257-266 ; G. Buccellati, « Adapa, Genesis and the notion of the faith », *Ugarit Forschungen*, 5, 1973, pp. 61-66.

6. T. Jacobsen, « Primitive democracy in ancient Mesopotamia », *JNES*, 2, 1943, pp. 159-172 ; « Early political development in Mesopotamia », *ZA*, 52, 1957, pp. 91-140, repris dans W. L. Moran (Ed.), *Towards the Image of Tammuz*, Cambridge, Mass., 1970, pp. 132-156 ; pp. 366-396.

7. Sur ce sujet, voir notamment les comptes rendus des deux colloques : *La Voix de l'opposition en Mésopotamie*, Bruxelles, 1973, et *Les Pouvoirs locaux en Mésopotamie et dans les régions adjacentes*, Bruxelles, 1980.

8. T. Jacobsen, *The Sumerian King List*, Chicago, 1939.

9. Bad-tibira a été identifié à Tell Medaïn (ou Medinah), près de Tello (V. E. Crawford, *Iraq*, 22, 1960, pp. 197-199). Larak est peut-être Tell el-Wilaya, aux environs de Kut el-Imara (*Sumer*, 15, 1959, p. 51). Shuruppak est Tell Fara, environ 65 km au sud-est de Diwaniyah, fouillé par les Allemands en 1902-1903 (H. Heinrich et W. Andrae, *Fara*, Berlin, 1931) et par les Américains en 1931 (E. Schmidt, *Museum Journal*, 22, 1931, pp. 193-245).

10. *Gilgamesh*, XI, 97-196. Traduction de J. Bottéro. Sur ce sujet en général, voir A. Parrot, *Déluge et Arche de Noé*, Neuchâtel, 1953, et E. Sollberger, *The Babylonian Legend of the Flood*, London, 1971, 3ᵉ éd. ; J. Bottéro, « Le plus vieux récit du Déluge », *L'Histoire*, 31, 1981, pp. 113-120.

11. Généralement identifié au Pir Omar Gudrun, pic du Zagros qui culmine à 2 612 m dans le bassin du Zab inférieur.

12. Pour ces allusions au Déluge dans divers textes sumériens et akkadiens, voir W. G. Lambert et A. R. Millard, *Atra-hasis, the Babylonian Story of the Flood*, Oxford, 1969, pp. 25-28.

13. A. Falkenstein, « Zur Flutschicht in Ur », *BaM*, 3, 1964, pp. 52-64 ; C. J. Gadd, « Noah's Flood reconsidered », *Iraq*, 26, 1964, pp. 62-82. Les dépôts retrouvés à Ninive et à Tello (Girsu) sont beaucoup moins bien documentés.

14. R. L. Raikes, « The physical evidence for Noah's Flood », *Iraq*, 28, 1966, pp. 52-63.

15. M. Civil, « The Sumerian Flood Story », dans W. G. Lambert et A. R. Millard, *Atra-hasis*, pp. 138-145. Noter que Ziusudra signifie « vie de longs jours » et Utanapishtim, « il a trouvé la vie (éternelle) ». Ce sont donc des surnoms, comme Atrahasis.

16. Outre le texte publié par W. G. Lambert et A. R. Millard dans *Atrahasis*, pp. 42-130, voir *ANET ³*, pp. 104-106 ; pp. 512-514 et R. Labat, *Religions*, pp. 26-36.

17. Cette idée, développée par A. D. Kilmer, « The Mesopotamian concept of overpopulation and its solution reflected in mythology »,

Orientalia 41, 1972, pp. 160-177, avait été évoquée par J. Bottéro dans *Annuaire*, 1967-68, pp. 83-84. Il s'agirait, bien entendu, d'une surpopulation par rapport aux ressources locales.

18. Dans la mesure où elles n'ont pas été influencées par le mythe babylonien ou le prosélytisme chrétien, les légendes de Déluge qu'on rencontre dans plusieurs autres pays (cf. E. Sollberger, *op. cit.*, p. 9, et G. Contenau, *Le Déluge babylonien*, Paris, 1952, 2ᵉ éd., pp. 112-114) pourraient s'expliquer de façon analogue.

19. H. P. Martin, « Settlement patterns at Shuruppak », *Iraq*, 45 (1983), pp. 24-31 ; *Fara, a Reconstruction of the Ancient Mesopotamian City of Shuruppak*, Birmingham, 1988. Selon cet auteur, Shuruppak aurait atteint son maximum d'expansion (environ 100 hectares) pendant la période Dynastique Archaïque.

20. H. de Genouillac, *Premières Recherches archéologiques à Kish*, Paris, 1924-25, 2 vol. ; S. Langdon et L. C. Watelin, *Excavations at Kish*, Paris, 1924-1934, 3 vol. Résumés dans *AM*, I, pp. 250-255. Mise à jour et synthèse des résultats : P. R. S. Moorey, *Kish Excavations, 1922-1923*, Oxford, 1978.

21. *ANET* ³, pp. 114-118 ; R. Labat, *Religions*, pp. 294-305. J. V. Kinnier-Wilson, *The Legend of Etana*, nouvelle éd., Warminster, 1985.

22. S. N. Kramer, *ANET* ³, pp. 44-47 ; *The Sumerians*, pp. 186-190 ; *HCS* ², pp. 59-63 ; W. H. P. Römer, *Das Sumerische Kurzepos Gilgamesch und Akka*, Neukirchen-Vluyn, 1980.

23. S. N. Kramer, *Enmerkar and the Lord of Aratta : a Sumerian Epic Tale of Iraq and Iran*, Philadelphia, 1952 ; A. Berlin, *Enmerkar and Ensuhkeshdanna : a Sumerian Narrative Pœm*, Philadelphia, 1979 ; C. Wilcke, *Das Lugalbanda Epos*, Wiesbaden, 1969. Cf. S. N. Kramer, *The Sumerians*, pp. 269-275 ; *HCS* ², pp. 248-250.

24. Différentes localisations ont été proposées : près du lac d'Urmiah (E. I. Gordon, *Bi. Or.*, 17, 1960, p. 132) ; près de Kerman (Y. Madjizadeh, *JNES*, 35, 1976, p. 107) ; aux environs de Shahr-i Sokhta, en Iran oriental (J. F. Hansman, *JNES*, 37, 1978, pp. 331-336).

25. S. N. Kramer, *ANET* ³, pp. 44-51 ; *The Sumerians*, pp. 185-205 ; *HCS* ², pp. 220-225 ; pp. 233-240. Bibliographie dans *Gilgamesh et sa légende*, pp. 7-23.

26. En 1960, *L'Epopée de Gilgamesh* avait été traduite en douze langues (*Gilgamesh et sa légende*, pp. 24-27) et ce chiffre a certainement augmenté depuis. Parmi les principales traductions : G. Contenau, *L'Epopée de Gilgamesh*, Paris, 1939 ; A. Heidel, *The Gilgamesh Epic and Old Testament Parallels*, Chicago, 1949, 2ᵉ éd. ; R. Labat, *Religions*, pp. 145-226 ; A. Schott et E. von Soden, *Das Gilgamesch Epos*, Stuttgart, 1970, 2ᵉ éd. ; A. Speiser et A. K. Grayson, *ANET* ³, pp. 72-79 ; pp. 503-507 ; F. Malbran-Labat, *Gilgamesh*, Paris, 1982. En français, l'ouvrage le plus récent et sans doute le plus proche du texte akkadien est celui de J. Bottéro : *L'Epopée de Gilgamesh, le grand homme qui ne voulait pas mourir*, Paris, 1992.

27. Outre divers sites d'Iraq (notamment Ninive), des fragments de tablettes de l'*Epopée de Gilgamesh* ont été découverts en Syrie (Meskene),

en Palestine (Megiddo) et en Turquie (Sultan Tepe, Boghazköy). De ce dernier site proviennent des fragments de traductions en hittite et en hurrite.

Chapitre 8

1. Des inscriptions trouvées en 1973 à el-Hiba ont montré que ce site correspond à la ville de Lagash (V. E. Crawford, « Lagash », *Iraq* 26, 1974, pp. 29-35), mais Tello (Girsu) appartenait bien à l'Etat de Lagash. Quinze campagnes de fouilles ont été menées par des missions françaises à Tello entre 1877 et 1910 et quatre campagnes de 1929 à 1933. Vue d'ensemble des résultats dans A. Parrot, *Tello*, Paris, 1948. Une mission américaine a entrepris des fouilles à el-Hiba en 1968. Interrompues en 1973, elles n'ont été reprises qu'en 1990, mais pour une seule saison. Résumé des campagnes 1968-1973 par D. P. Hansen dans *Sumer*, 34, 1978, pp. 72-85.

2. D. O. Edzard, « Enmebaragesi von Kish », *ZA*, 53, 1959, pp. 9-26 ; *IRSA*, p. 39.

3. M. Allotte de la Füye, *Documents présargoniques*, Paris, 1908-1920 ; A. Deimel, *Die Inschriften von Fara*, Leipzig, 1922-1924 ; R. Jestin, *Tablettes sumériennes de Shuruppak*, Paris, 1937-1957 ; R. D. Biggs, *Inscriptions from Abu Salabikh*, Chicago, 1974. Situé à 20 km au nord-ouest de Nippur, Abu Salabikh a été fouillé par les Américains de 1963 à 1965. Reprises par une mission britannique, les fouilles sont toujours en cours. Résultats préliminaires dans *Iraq*, depuis 1976. Vue d'ensemble par N. Postgate dans J. Curtis (Ed.), *Fifty Years of Mesopotamian Discovery*, London, 1982, pp. 48-61. Le nom antique de cette ville est peut-être Kêsh.

4. Commencées en 1964, les fouilles de Tell Mardikh se poursuivent. Vue d'ensemble et bibliographie dans P. Matthiac, *Ebla, un Impero ritrovato*, Torino, 1977 (trad. angl., *Ebla, an Empire Rediscovered*, New York, 1980). Aperçu du contenu des archives dans G. Pettinato, *Ebla, un Impero inciso nell'Argilla*, Milano, 1979 (trad. angl., *The Archives of Ebla. An Empire inscribed in Clay*, Garden City, N. Y., 1981). Sur la langue « éblaïte », on consultera C. Cagni (Ed.), *La Lingua di Ebla Atti del Convegno Internazionale (Napoli 21-23 aprile 1980)*, Napoli, 1981. Les textes sont publiés en deux séries parallèles : *Materiali Epigrafici di Ebla*, Napoli, depuis 1979 et *Archivi Reali di Ebla*, Roma, depuis 1985. De nombreux articles paraissent dans le périodique *Studi Eblaiti* et dans d'autres.

5. Les rapports préliminaires des vingt et une campagnes du musée du Louvre à Mari (1933-1939 et 1951-1974) ont été publiés dans *Syria* et *AAAS*. Quatre volumes de la publication définitive *(Mission archéologique de Mari)* ont paru depuis 1956. Temples, sculptures et inscriptions présargoniques dans les volumes I, *Le Temple d'Ishtar*, Paris, 1956, et III, *Les Temples d'Ishtarat et de Ninni-Zaza*, Paris, 1956. Pour une vue d'ensemble des résultats, voir A. Parrot, *Mari, capitale fabuleuse*, Paris, 1974. Les fouilles continuent, ainsi que l'étude des très nombreux textes. Les résultats sont publiés dans de nombreux périodiques, dont le plus important est *MARI (Mari · Annales de recherches interdisciplinaires)*, Paris.

6. W. Andrae, *Die Archaischen Ischtar-Tempel in Assur*, Leipzig, 1922.

7. Fouilles britanniques de 1967 à 1973. Rapports préliminaires dans *Iraq*, 30 (1968) à 35 (1973). Vue d'ensemble par J. E. Reade dans J. Curtis (Ed.), *Fifty Years of Mesopotamian Discovery*, London, 1982, pp. 72-78.

8. Fouilles allemandes de 1958 à 1966. Rapports par A. Moortgat, *Tell Chuera in Nord-Ost Syrien*, Köln et Opladen, 1959-1973, 8 vol. ; cf. M. E. L. Mallowen dans *Iraq.*, 28, 1966, pp. 89-95, et *CAH ³*, I, 2, pp. 308-314.

9. Huit volumes de rapports définitifs sur les fouilles de l'Oriental Institute de Chicago dans la vallée de la Diyala ont été publiés entre 1940 et 1967 dans la série « Oriental Institute Publications » *(OIP)*. Six d'entre eux intéressent le troisième millénaire. Résumé des résultats dans Seton Lyold, *The Archaeology of Mesopotamia*, London, 1978, pp. 93-134.

10. H. E. W. Crawford, *The Architecture of Iraq in the Third Millenium B. C.*, Copenhagen, 1977, pp. 22-26 ; 80-82.

11. P. Delougaz, *The Temple Oval at Khafaje* (*OIP*, LIII), Chicago, 1940 ; H. R. Hall et C. L. Woolley, *Al'Ubaid* (*UE*, I), London, 1927 ; pour el-Hiba, D. P. Hansen dans *Artibus Asiae*, 32, 1970, pp. 243-250.

12. Cf. A. Parrot, *Sumer*, 2ᵉ éd., fig. 13-15, 127-130, 133-134 (Tell Asmar), 131, 132 (Khafaje), 137-138 (Tell Khueira), 30, 148, 153, 154 (Mari), 139-141 (Nippur), 135 (Eridu), 136 (Tello), 144 ('Ubaid).

13. A. Parrot, *Sumer*, 2ᵉ éd., p. 148.

14. J.-P. Grégoire, *La Province méridionale de l'Etat de Lagash*, Luxembourg, 1962.

15. Sur ce sujet, voir A. Deimel, « Sumerische Tempelwirtschaft zur Zeit Urukaginas und seiner Vorgänger », *Analecta Orientalia*, 2, 1931 ; A. Falkenstein, « La cité-temple sumérienne, *Cahiers d'histoire mondiale*, 1, 1954, pp. 784-814 ; I. M. Diakonoff, *Society and State in Ancient Mesopotamia . Sumer*, Moscou, 1959 ; « Socio-economic classes in Babylonia and the Babylonian concept of social stratification », dans D. O. Edzard (Ed.), *Gesellschaftsklassen im Alten Zweistromland*, München, 1972, pp. 41-52 ; S. N. Kramer, *The Sumerians*, Chicago, 1963, pp. 73-112 ; I. J. Gelb, « The ancient Mesopotamian ration system », *JNES*, 24, 1965, pp. 230-243 ; « From freedom to slavery » dans D. O. Edzard, *op. cit.*, pp. 81-92 ; H. T. Wright, *The Administration of Rural Production in an Early Mesopotamian Town*, Ann Arbor, Mich., 1969 ; J. Renger, « Grossgrundbesitz », *RLA*, III, pp. 647-653 ; J.-P. Grégoire, *Das Sumerische Tempelpersonal in Sozialökonomischer Sicht*, Tübingen, 1974 ; T. B. Jones, « Sumerian administrative documents : an essay » dans *Sumerological Studies in Honor of Th Jacobsen*, Chicago, 1975, pp. 41-61 ; C. C. Lamberg-Karlovsky, « The economic world of Sumer » dans D. Schmandt-Besserat (Ed.) *The Legacy of Sumer*, Malibu, Calif., 1976, pp. 59-68.

16. J.-P. Grégoire, « L'origine et le développement de la civilisation mésopotamienne du IIIᵉ millénaire avant notre ère », dans *Production, Pouvoir et Parenté dans le monde méditerranéen*, Paris, 1981, pp. 67-75.

17. M. Lambert « La période présargonique. La vie économique à Shuruppak », *Sumer*, 10, 1954, pp. 150-190.

18. I. M. Diakonoff, « Sale of land in the most ancient Sumer and the problem of the sumerian rural community », *VDI*, 1955, pp. 10-40.

19. M. Lambert, « Les réformes d'Urukagina », *RA*, 50, 1956, pp. 169-184 ; « Recherches sur les réformes d'Urukagina », *Orientalia*, 44, 1975, pp. 22-51 ; B. Hruska, « Die Reformtexte Urukaginas », dans P. Garelli

(Ed.), *Le Palais et la Royauté*, Paris, 1974, pp. 151-161. Sur la lecture Uru-inim-gi-na, cf. W. G. Lambert, *Orientalia*, 39, 1970, p. 419.

20. En éblaïte, *en* équivaut à *malikum* (arabe *mâlik*) « roi ». Le *lugal* est un haut fonctionnaire, « gouverneur », « superintendant » ou même « stratège ». Cf. J.-P. Grégoire, « Remarques sur quelques noms de fonction et sur l'organisation administrative dans les archives d'Elba », dans la *Lingua di Ebla, Atti dell Convegno Internazionale*, Napoli, 1981, pp. 379-399.

21. Sur ce sujet, voir : W. W. Hallo, *Early Mesopotamian Royal Titles*, New Haven, 1957 ; M. J. Seux, *Epithètes royales akkadiennes et sumériennes*, Paris, 1967 ; D. O. Edzard, « Problèmes de la royauté dans la période présargonique », dans P. Garelli (Ed.), *Le Palais et la Royauté*, pp. 141-149.

22. Kish : E. Mackay, *A Sumerian Palace and the « A » Cemetery at Kish*, Chicago, 1929 ; P. R. S. Moorey, *Kish Excavations*, Oxford, 1978, pp. 55-60. Mari : A. Parrot, *Syria*, 42 (1965) à 49 (1972). Eridu : F. Safar, *Sumer*, 6, 1950, pp. 31-33. Pour plus de détails, voir : J. L. Huot, *Les Sumériens*, Paris, 1989, pp. 168-176, et J.-Cl. Margueron, *Les Mésopotamiens*, Paris, 1991, tome 2, pp. 77-80.

23. Le très important site d'Ur (el-Mughayir, 15 km au sud-ouest de Nasriyah) a été fouillé par une mission anglo-américaine de 1922 à 1934. Publication définitive : *Ur Excavations (UE)*, London, 10 volumes parus. Textes dans *Ur Excavations Texts (UET)*, London/Philadelphia, 9 volumes parus. Résumé des résultats dans *AM*, I, pp. 282-309. Sur le cimetière royal, C. L. Woolley, *Ur the Royal Cemetery (UE*, II), London, 1934. Ouvrages de vulgarisation : C. L. Woolley, *Digging up the Past*, Harmondsworth, 1937, pp. 81-103 ; *Ur of the Chaldees* (mis à jour par P. R. S. Moorey), London, 1982, 3ᵉ éd., pp. 51-103. Date du cimetière : H. J. Nissen, *Zur Datierung des Königsfriedhofes von Ur*, Bonn, 1966.

24. C. J. Gadd, « The spirit of living sacrifices in tombs », *Iraq*, 22, 1960, pp. 51-58. *Les tombes du « cimetière Y » de Kish*, un peu antérieures à celles d'Ur, ne contenaient que des chariots et animaux de trait.

25. P. R. S. Moorey, « What do we know about the people buried in the Royal Cemetery ? », *Expedition*, 20 ; 1977-1978, pp. 24-40 ; G. Roux, « La grande énigme des tombes d'Ur », *L'Histoire*, 75, 1985, pp. 56-66.

26. Aujourd'hui Nuffar, 30 km à l'est de Diwaniyah. Fouilles américaines de 1889 à 1900, puis par intermittence, depuis 1948. Rapports préliminaires dans divers périodiques (*JNES, Sumer, ILN, AfO, OIC*). Rapports définitifs en voie de publication sous le titre *Nippur* (I, II, etc.), Chicago/London, 1967, s. Ce site a livré de très nombreux textes.

27. Bismaya, 20 km environ au nord de Fara. Brièvement fouillé par l'Oriental Institute de Chicago en 1903-1904. Cf. E. J. Banks, *Bismaya, or the Lost City of Adab*, New York, 1912, et *AM*, I, pp. 207-210. Une campagne de fouilles menée par une équipe chinoise à Adab a été publiée en 1988 : Yang Zhi, « The excavation of Adab », *Journal of Ancient Civilization,* (Changchun), 3, 1988, pp. 1-21.

28. Umma est Tell Jokha, 25 km environ au nord-ouest de Tello. Ce site n'a pas été exploré scientifiquement, mais des fouilles clandestines ont livré de nombreuses tablettes, la plupart de l'époque d'Ur III.

29. Situé probablement aux environs de Dizful (*RGTC*, II, p. 20), Awan est le premier Etat élamite pour lequel nous avons une liste de rois. Cf. W. Hinz dans *CAH ³*, I, 2, pp. 644-654.

30. S. N. Kramer, *The Sumerians*, pp. 46-49 ; E. Sollberger, « The Tummal inscription », *JCS*, 16, 1962, pp. 40-47.

31. Akshak est probablement à situer en face de Tell 'Umair, sur le Tigre, dans la région de Séleucie (*RGTC* I, 1977, p. 10.

32. Ce texte a d'abord été publié par G. Pettinato dans *Akkadica*, 2, 1977, pp. 20-28, puis dans *Oriens Antiquus* 19, 1980, pp. 231-245, comme étant le récit d'une campagne des Eblaïtes contre Mari. Cette interprétation a été totalement modifiée, pour des raisons grammaticales, par D. O. Edzard, *Studi Eblaiti*, 19, 1980, suivi par la plupart des assyriologues et c'est cette version que nous retenons ici.

33. A. Archi, « Les rapports politiques et économiques entre Ebla et Mari », *MARI*, 4, Paris, 1985, pp. 63-83.

34. F. Pinnock, « About the trade of early Syrian Ebla », *ibid.*, pp. 85-92.

35. L'origine et le développement de ce conflit sont décrits par Entemena, neveu d'Eannatum, dans une longue inscription sur cône d'argile (*IRSA*, pp. 71-75).

36. A. Parrot, *Sumer*, 2ᵉ éd., p. 165, fig. 160-161 ; texte dans *IRSA*, pp. 47-58.

37. G. Steiner, « Altorientalische "Reichs" – Vorstellungen in 3. Jahrtausend v. Chr. », dans M. T. Larsen (Ed.), *Power and Propaganda*, Copenhagen, 1979, p. 127.

Chapitre 9

1. Sur cette période, consulter : C. J. Gadd, « The Dynasty of Agade and the Gutian invasion », dans *CHA ³*, I, 2, pp. 417-463 ; W. W. Hallo et W. K. Simpson, *The Ancient Near East*, New York, 1971, pp. 54-68 ; A. Westenholz, « The Old Akkadian empire in contemporary opinion » dans M. T. Larsen (Ed.) *Power and Propaganda*, Copenhagen, 1979, pp. 107-123.

2. A. L. Schlözer, *Von den Chaldäern*, 1781, p. 161.

3. P. Dhorme, *Langues et Ecritures sémitiques*, Paris, 1930 ; A. Meillet et M. Cohen, *Les Langues du monde*, Paris, 1952, pp. 81-181 ; W. F. Albright et T. O. Lamdin dans *CAH ³*, I, 1, pp. 132-138 ; J. H. Hospers (Ed.), *A Basic Bibliography for the Study of the Semitic Languages*, I, Leiden, 1973.

4. Sur cette théorie, voir S. Moscati, *The Semites in Ancient History*, Cardiff, 1959. Critique de la « théorie du désert » par J. M. Grinz, « On the original home of the Semites », *JNES*, 21, 1962, pp. 186-203, mais il nous paraît peu probable que le berceau originel des Sémites ait été la haute Mésopotamie et l'Arménie, comme le suggère cet auteur.

5. K. W. Butzer, *CAH ³*, I, 1, pp. 35-69 ; D. A. E. Garrod et J. G. D. Clark, *ibid.*, pp. 70-121 ; W. C. Brice (Ed.), *The Environmental History of the Near and Middle East since the Last Ice Age*, London/New York, 1978, pp. 351-356.

6. Le chameau (ou plutôt le dromadaire) apparaît au Proche-Orient dès le troisième millénaire, mais sa domestication semble avoir été très lente. Cf. B. Brentjes, « Das Kamel im Alten Orient », *Klio*, 38, (Berlin), 1960, 23-52. R. T. Wilson, *The Camel*, London, 1984.

7. Sur les nomades au Proche-Orient dans l'Antiquité, J. R. Kupper, *Les Nomades en Mésopotamie au temps des rois de Mari*, Paris, 1957 ; M. B. Rowton, « The physical environment and the problem of the nomads », dans J. R. Kupper (Ed.), *La Civilisation de Mari*, Liège, 1967, pp. 109-121 ; « Autonomy and nomadism in Western Asia », *Orientalia*, 42, 1973, pp. 247-285 ; *JNES*, 32, 1973, pp. 201-215 ; « Enclosed nomadism », *JESHO*, 17, 1974, pp. 1-30 ; « Pastoralism and the periphery in evolutionary perspective » dans *L'Archéologie de l'Iraq*, Paris, 1980.

8. S. N. Kramer, dans « Aspects du contact suméro-akkadien », *Genava*, 8, 1960, p. 277.

9. A. Guillaume, *Prophecy and Divination among the Hebrews and other Semites*, London, 1938.

10. R. D. Biggs, « Semitic names in the Fara period », *Orientalia*, 36, 1967, pp. 55-66. L'inscription de l'épouse de Meskiagnunna d'Ur I, vouant à Nanna un bol « pour la vie » de son royal mari (*IRSA*, 43) est le plus ancien texte en akkadien connu à ce jour.

11. Sur ce sujet, voir les articles de D. O. Edzard et I. J. Gelb dans *Genava*, 8, 1960, et l'ouvrage de F. R. Kraus, *Sumerer und Akkader*, Amsterdam/London, 1970.

12. King, *Chronicles*, II, pp. 87-96 ; *ANET* [3], p. 119 ; R. Labat, *Religions*, pp. 307-308 ; B. Lewis, *The Sargon Legend*, Cambridge, Mass., 1980.

13. Il s'agit des inscriptions de Sargon, dont beaucoup sont des copies sur tablettes effectuées à Nippur au début du deuxième millénaire. Cf. *IRSA*, pp. 97-99 ; *ANET* [3], pp. 267-268, à compléter par H. E. Hirsch, « Die Inschriten der Könige von Agade », *AfO*, 20, 1963, pp. 1-82.

14. Selon une autre lecture, Sargon aurait accédé au rang, non pas d'échanson d'Ur-Zababa, mais de grand chef de l'irrigation au royaume de Kish, ce qui lui aurait permis de lever une armée et prendre le pouvoir. Voir H. W. F. Saggs, *The Greatness that was Babylon*, 2e éd., London, 1987, pp. 47-48.

15. Pour les différentes localisations proposées, voir *RGTC*, I, 9, et II, 6. L'hypothèse selon laquelle Agade serait Ishan Mizyiad, 6 km au nord-ouest de Kish, brillamment exposée par H. Weiss, « Kish, Akkad and Agade », *JAOS*, 95, 1975, pp. 442-451, n'a pas été confirmée par les fouilles.

16. « Hymnal prayer of Enheduanna : the adoration of Inanna in Ur », *ANET* [3], pp. 579-582 (trad. S. N. Kramer).

17. Il existe trois villes de ce nom (*RGTC*, I, p. 162 ; II, p. 33). Il s'agit plus probablement de Tuttul sur l'Euphrate (Hît) que de Tuttul sur le Balikh (Tell el-Biya') et certainement pas de Tuttul de Hulibar, entre le Tigre et le Zagros.

18. Site non identifié (*RGTC*, I, p. 76) et à rechercher, selon nous, plutôt en Syrie du Nord (Irim des textes d'Ebla ?) que sur l'Oronte (H. Klengel,

Orientalia, 32, 1963, p. 47) ou sur la côte libanaise (J. R. Kupper, *RA*, 43, 1949, pp. 85 *sq*.).

19. E. Weidner, « Der Zug Sargons von Akkad nach Kleinasien », *Bo. Stu.*, 6, 1922, 74 s ; W. Albright, « The Epic of the King of the Battle », *JSOR*, 7, 1923, 1 s. Cf. C. J. Gadd, dans *CAH ³*, I, 2, pp. 426-428.

20. Certains présages prétendaient s'appuyer sur des événements réels survenus dans le passé. Cf. A. Goetze, « Historical allusions in the Old Babylonian omen texts », *JCS*, 1, 1947, pp. 255-258. Liste géographique : A. K. Grayson, « The empire of Sargon of Akkad », *AfO*, 25, 1974, pp. 56-64.

21. J. Nougayrol, « Un chef-d'œuvre inédit de la littérature babylonienne », *RA*, 45, 1951, pp. 169-183.

22. King, *Chronicles*, I, pp. 27-156 ; *ABC*, pp. 152-154 ; *ANET ³*, p. 266.

23. Zabalam est Tell Ibzeh, 10 km au nord d'Umma, non fouillé ; Kazallu, non encore localisé, se trouverait aux environs de Marad (*RGTC*, II, p. 84). Pour Lagash, Umma et Adab, voir chapitre 8.

24. A. Goetze, op. cit., p. 256, n° 13 ; D. J. Wiseman, « Murder in Mesopotamia », *Iraq*, 36, 1974, p. 254.

25. Les inscriptions découvertes lors des fouilles américaines à Tepe Malyan, près de Persépolis, ont permis d'identifier ce site à la ville d'Anshan : E. Reiner, « The location of Anshan », *RA*, 67, 1973, pp. 57-62 ; F. Vallat, *Suse et l'Elam*, Paris, 1980.

26. *IRSA*, p. 104.

27. R. Labat, *Le Caractère religieux de la royauté assyro-babylonienne*, Paris, 1939, pp. 8-10 ; pp. 268-269 ; I. Engnell, *Studies in Divine Kingship in the Ancient Near East*, Uppsala, 1943 ; H. Frankfort, *Kingship and the Gods*, Chicago, 1948, pp. 224-226 ; C. J. Gadd, *Ideas of Divine Rule in the Ancient Near East*, London, 1948 ; W. W. Hallo, *Early Mesopotamian Royal Titles*, New Haven, 1957, pp. 56-65. H. J. Nissen, *The Early History of the Ancient Near East*, Chicago, 1988, pp. 170-174.

28. P. Matthiae, *Ebla, un Impero Ritrovato*, Torinto, 1977, pp. 47, 182.

29. H. Lewy, « The Chronology of the Mari texts », dans J. R. Kupper (Ed.), *La Civilisation de Mari*, Liège, 1967, p. 18. Nous savons qu'à cette époque le roi de Mari Migir-Dagan s'est révolté contre les Akkadiens.

30. En fait, un énorme bâtiment administratif lourdement fortifié. D'autres bâtiments de l'époque d'Akkad ont aussi été découverts sur se site. Cf. D. Oates in J. Curtis (Ed.), *Fifty Years of Mesopotamian Discovery*, London, 1982, pp. 68-70.

31. A. Parrot, *Sumer*, 2ᵉ éd., p. 203, fig. 192-193.

32. *ABC*, p. 154 ; *RISA*, p. 138.

33. Ce texte prétend être la copie d'une stèle déposée à Kutha (Tell Ibrahim) : O. Gurney, « The Cuthaen legend of Naram-Sin », *Anatolian Studies*, 5, 1955, pp. 93-113 ; R. Labat, *Religions*, pp. 309-315. Dans un texte, Narâm-Sîn avoue sa défaite : A. K. Grayson et E. Sollberger, « L'insurrection générale contre Naram-Suen », *RA*, 70, 1976, pp. 103-128.

34. *SKL*, col. VII, lignes 1-7.

35. « The curse of Agade », dans *ANET ³*, pp. 646-651 (trad. S. N. Kramer) ; J. S. Cooper, *The Curse of Agade*, Baltimore/London, 1983.

36 *IRSA*, p. 168 (stèle de Sar-i Pul), p. 128 (inscription d'Arishen), p. 124 (inscriptions de Puzur-Inshushinak).

37. S. Piggott, *Prehistoric India*, Harmondsworth, 1950 ; Sir Mortimer Wheeler, *The Indus Civilization*, Cambridge, 1962 ; *Civilizations of the Indus Valley and Beyond*, London, 1966 ; J.-M. Cazal, *La Civilisation de l'Indus et ses énigmes*, Paris, 1969.

38. A. Parrot, *Sumer*, 2ᵉ éd. fig. 191 et couverture. Voir également la très belle statue de Manishtusu, malheureusement brisée (*ibid.*, fig. 194).

39. Un bloc pyramidal de diorite couvert d'une inscription de 69 colonnes et connu sous le nom d'« Obélisque de Manishtusu » donne une liste de terres achetées par ce roi dans les territoires de quatre villes, dont Kish et Marad. Trad. de V. Scheil, *MDP*, II, 1900, pp. 1-52. Cf. H. Hirsch, *AfO*, 20, 1963, p. 14 s ; C. J. Gadd dans *CAH ³*, I, 2, pp. 448-450.

Chapitre 10

1. W. W. Hallo, article « Gutium » dans *RLA*, III, pp. 708-720.

2. R. Kutscher, *The Brockmon Tablets at the University of Haifa. Royal Inscriptions*, Haifa, 1989, pp. 49-70.

3. *IRSA*, p. 132 ; S. N. Kramer, *The Sumerians*, pp. 325-326. W. H. P Römer, « Zur Siegesinschrift des Königs Utu-hegal von Unug », *Orientalia* 54, 1985, pp. 274-288.

4. S. N. Kramer, « The Ur-Nammu law-code : who was its author ? » *Orientalia*, 52, 1983, pp. 453-456.

5. S. N. Kramer et A. Falkenstein, « Ur-Nammu law-code », *Orientalia*, 23, 1954, pp. 40-51 ; E. Szlechter, « Le code d'Ur-Nammu », *RA*, 49, 1955, pp. 169-177 ; J. J. Finkelstein, « The laws of Ur-Nammu », *JCS*, 22, 1968-1969, pp. 66-82, et *ANET ³*, pp. 523-525.

6. Le *silà* valait 0,850 litre. La mine *(mana)* pesait environ 500 grammes et le sicle *(gin)*, 1/60ᵉ de mine, soit 8,3 grammes.

7. Les ziqqurats ont donné lieu à une abondante littérature. Les principaux ouvrages sont ceux de H. J. Lenzen, *Die Entwicklung der Zikkurat von ihren Anfängen bis zur der III. Dynastie von Ur*, Leipzig, 1941 ; Th. A. Businck, *De Babylonische Tempeltoren*, Leiden, 1949, et A. Parrot, *Ziggurats et Tour de Babel*, Paris, 1949 (avec bibliographie).

8. C. L. Woolley, *The Ziggurat and its Surroundings* (*UE*, V), London, 1939 ; Sir Leonard Woolley et R. P. S. Moorey, *Ur of the Chaldees*, London, 1982, 3ᵉ éd., pp. 138-147.

9. Sur cette question et les hypothèses concernant la signification religieuse de la ziqqurat, voir A. Parrot. *op. cit.*, pp. 200-217.

10. Bibliographie des textes et du règne de Gudea dans W. H. Ph. Römer, « Zum heutigen Stande der Gudeaforschung », *Bi. Or.*, 26, 1969, pp. 159-171. Voir également A. Falkenstein, *Die Inschriften Gudeas von Lagas*, I. *Einleitung*, Roma, 1966 et l'article « Gudea », dans *RLA*, III, pp. 676-679.

11. Cylindres A et B : *RISA*, pp. 205-255 ; M. Lambert et R. Tournay, *RB*, 55, 1948, pp. 403-437 ; 56, 1949, pp. 520-543 ; *ANET³*, p. 268. Statue E : M. Lambert, *RA*, 46, 1952, p. 81.

12. Région du nord-est de l'Iraq (*RGTC*, II, p. 101). Il s'agit probablement d'un relais sur la route de l'Iran.

13. A. Parrot, *Tello*, pp. 147-207 ; *Sumer*, 2ᵉ éd., pp. 220-232, fig. 212-219, 221, 222. Quelque doute a été exprimé sur l'authenticité de certaines de ces statues : F. Johansen, *Statues of Gudea Ancient and Modern*, Copenhagen, 1978.

14. S. N. Kramer, « The death of Ur-Nammu and his descent to the Netherworld », *JCS*, 21, 1967, pp. 104-122 ; C. Wilcke, « Eine Schicksalentscheidung für den toten Urnammu », dans A. Finet (Éd.) *Actes de la XVIIᵉ Rencontre assyriologique internationale* abrégée *RAI*, Ham-sur-Heure, 1970, pp. 81-92.

15. W. W. Hallo, « Simurrun and the Hurrian frontier », *RHA*, 36, 1978, pp. 71-82.

16. Sur cette période de l'histoire élamite, voir W. Hinz, *CAH³*, I, 2, pp. 654-662.

17. A. Falkenstein et W. von Soden, *Sumerische und Akkadische Hymmen und Gebete*, Stuttgart, 1953, pp. 114-119 ; G. R. Castellino, *Two Sulgi Hymns*, Roma, 1972 : H. Limet, « Les temples des rois sumériens divinisés », dans *Le Temple et le Culte*, Leiden, 1975, pp. 80-94. J. Klein. *The Royal Hymns of Shulgi, King of Ur*, Philadelphia, 1981.

18. A. Goetze, *JCS*, I, n° 29-31, 1947, p. 261. Certains dénient toute valeur historique à ces présages, par exemple J. Cooper, « Apodotic death and the historicity of "historical" omens », dans B. Alster (Ed.), *Death in Mesopotamia*, Copenhagen, 1980, pp. 99-105.

19. Ur-Nammu avait marié un de ses fils avec la fille d'Apil-kîn, roi de Mari (M. Civil, *RA*, 56, 1962, p. 213).

20. Les Sumériens appelaient volontiers *ensi* des souverains indépendants. Le titre de *shakkanakkum* que se donnent les souverains de Mari contemporains d'Ur III traduit leur subordination au « roi Dagan », leur dieu, plutôt qu'au roi d'Ur qu'ils ne nomment jamais (J. R. Kupper, « Rois et *shakkanakku* », *JCS*, 21, 1967, pp. 123-125). Pour les présents envoyés par Ebla et Gubla (E. Sollberger, « Byblos sous les rois d'Ur », *AfO*, 19, 1959-1960, pp. 120-122), voir ci-dessous n. 22.

21. W. W. Hallo, « A Sumerian amphictyony », *JCS*, 14, 1960, pp. 88-114.

22. P. Michalowski, « Foreign tribute to Sumer during the Ur III period », *ZA*, 68, 1978, pp. 34-49.

23. J.-P. Grégoire, dans *Production, Pouvoir et Parenté dans le monde méditerranéen*, Paris, 1981, p. 73.

24. H. Limet, *Le Travail du métal au pays de Sumer au temps de la Troisième Dynastie d'Ur*, Paris, 1960.

25. H. Waetzoldt, *Untersuchungen zur Neusumerischen Textilindustrie*, Roma, 1972.

26. Sur ce sujet controversé, voir M. A. Powell, « Sumerian merchants and the problem of profits », *Iraq*, 39, 1977, pp. 23-29 ; D. C. Snell, « The activities of some merchants of Umma », *ibid.*, pp. 45-50 ; H. Limet, « Les schémas du commerce néo-sumérien », *ibid.*, pp. 51-58.

27. On trouvera quelques détails dans E. Sollberger, « Les pouvoirs publics dans l'empire d'Ur », dans *Les Pouvoirs locaux en Mésopotamie et dans les régions adjacentes*, Bruxelles, 1980.

28. I. J. Gelb, « Prisoners of war in early Mesopotamia », *JNES*, 24, 1973, pp. 70-98.

29. I. J. Gelb, « The ancient Mesopotamian ration system », *JNES*, 24, 1965, pp. 230-243.

30. C'est surtout dans les proverbes sumériens qu'on trouve ce genre de renseignements. Cf. E. I. Gordon, *Sumerian Proverbs*, Philadelphia, 1959 ; B. Alster, *Studies in Sumerian Proverbs*, Copenhagen, 1975.

31. M. Civil, « Su-Sin's historical inscriptions : collection B », *JCS*, 21, 1967, pp. 24-38. Cf. W. W. Hallo dans *RHA*, 36, 1978, p. 79.

32. Sur les Amorrites en général, voir : J. R. Kupper, *Les Nomades en Mésopotamie au temps des rois de Mari*, Paris, 1957, pp. 147-248 ; K. M. Kenyon, *Amorites and Canaanites*, London, 1963 ; G. Buccellati, *The Amorites of the Ur III Period*, Napoli, 1963 ; A. Haldar, *Who were the Amorites ?* Leiden, 1971 ; M. Liverani, « The Amorites », dans D. J. Wiseman (Ed.), *Peoples of Old Testament Times*, Oxford, 1972, pp. 101-133.

33. E. Chiera, *Sumerian Epics and Myths*, Chicago, 1934, n° 58 et 112 ; M. Civil, *op. cit.*, p. 31.

34. Sur le règne d'Ibbi-Sîn et la chute d'Ur, on consultera : T. Jacobsen, « The reign of Ibbi-Suen », *JCS*, 7, 1953, pp. 36-44 ; E. Sollberger, article « Ibbi-Sîn » dans *RLA*, V, pp. 1-8 ; D. O. Edzard, *Die « Zweite Zwischenzeit » Babyloniens* (abrégé *ZZB*), Wiesbaden, 1957, pp. 44-58 ; C. J. Gadd, dans *CAH³*, I, 2, pp. 611-617 ; J. Van Dijk, « Isbi'Erra, Kindattu, l'homme d'Elam et la chute de la ville d'Ur », *JCS*, 30, 1978, pp. 189-207.

35. Lamentation sur Ibbi-Sîn dans A. Falkenstein et W. von Soden, *Sumerische und Akkadische Hymnen und Gebete*, Zurich, 1953, pp. 189-192.

36. S. N. Kramer, « Lamentation over the destruction of Ur », *ANET³*, pp. 455-463. Il existe également une lamentation sur la destruction de Sumer et d'Ur (*ibid.* : pp. 611-619) et d'autres, fragmentaires, sur la destruction de Nippur, d'Uruk, et d'Eridu ; cf. S. N. Kramer, « The weeping goddess : Sumerian prototype of the Mater dolorosa », *Biblical Archaeologist*, 1983, pp. 69-80.

Chapitre 11

1. D. O. Edzard, dans *ZZB*, Wiesbaden, 1957.

2. Sur l'organisation socio-économique de la Mésopotamie à l'époque paléo-babylonienne, on consultera : A. L. Oppenheim, *Ancient Mesopotamia*, Chicago, 1964, pp. 74-125 ; C. J. Gadd dans *CAH ³*, II, 1, pp. 190-208 ; P. Garelli, *Le Proche-Orient asiatique* (abrégé *POA*), Paris, 1969, I, pp. 264-272 ; pp. 283-287 ;

3. W. F. Leemans, *The Old Babylonian Merchant*, Leiden, 1950 ; *Foreign Trade in the Old Babylonian Period*, Leiden, 1960. Voir aussi les articles de P. Koschaker dans *ZA*, 47, 1942, pp. 135-180, et de J. Bottéro dans *JESHO*, 4, 1961, pp. 128-130.

4. F. R. Kraus, « The role of temples from the third dynasty of Ur to the first Babylonian dynasty », *Cahiers d'histoire mondiale*, 1, 1954, p. 535.

5. J. Renger, « Interaction of temple, palace and « private enterprise » in the Old Babylonian economy », dans E. Lipinski (Ed.), *State and Temple Economy in the Ancient Near East*, Louvain, 1979.

6. A. L. Oppenheim, *Ancient Mesopotamia*, p. 86 ; J. Klima dans J. R. Kupper (Ed.), *La Civilisation de Mari*, Paris, 1967, p. 46.

7. « Liste des Rois de Larsa » compilée en la 19ᵉ année de Samsu-iluna, fils de Hammurabi. Cf. A. K. Grayson, *RLA*, VI, p. 89.

8. D. Arnaud, « Textes relatifs à l'histoire de Larsa », *RA*, 71, 1977, pp. 3-4.

9. Isin est l'actuelle Ishan Bahriyat, à 25 km au sud de Nippur. D'importantes fouilles allemandes ont été entreprises en 1973 et interrompues en 1989. Premiers rapports complets par B. Hrouda, *Isin-Isan Bahriyat*, 3 volumes, München, 1977-1987. Larsa est Senkereh, à 48 km au nord de Nasriyah et non loin d'Uruk. En 1968, le musée du Louvre a repris les fouilles commencées par A. Parrot en 1932 mais abandonnées. Rapports préliminaires dans plusieurs périodiques, signés J.-Cl. Margueron puis J. L. Huot. Voir aussi J. L. Huot, *Larsa et 'Oueili*, Paris, 1987. Bibliographie des inscriptions royales d'Isin et de Larsa connues avant ces fouilles, rassemblées par W. W. Hallo dans *Bi Or.*, 18, 1961, pp. 4-14.

10. Dêr est Tell 'Aqar, près de Badra, sur la frontière irano-iraqienne, 60 km au nord de Kut el-Imara (*RGTC*, III, p. 55). Site non fouillé.

11. W. H. Ph. Römer, *Sumerische « Königshymnen » der Isin-Zeit*, Leiden, 1965. Liste de ces hymnes par W. W. Hallo dans *Bi. Or.*, 23, 1966, pp. 239-247.

12. Ainsi, la fille d'Iddin-Dagan épousa le roi d'Anshan. Cf. B. Kienast, *JCS*, 19, 1965, pp. 45-55 ; A. Goetze, *ibid.*, p. 56 ; D. I. Owen, *JCS*, 24, 1971, pp. 17-19.

13. D. Collon, *First Impressions*, London, 1987, pp. 36-39. Les « scènes de présentation » représentent le possesseur du sceau-cylindre, souvent accompagné de son dieu personnel, priant devant une divinité ou lui offrant un animal pour le sacrifice.

14. S. N. Kramer, « The Lipit-Ishtar Law-code », *ANET ³*, pp. 159-161 ; E. Szlechter, « Le code de Lipit-Ishtar », *RA*, 51, 1957, pp. 57-82 ; 177-196, et *RA*, 52, 1958, pp. 74-89.

15. J. Bottéro, « Le substitut royal et son sort en Mésopotamie ancienne », *Akkadica*, 9, 1978, pp. 2-24.

16. Chronique dite « des Anciens Rois », *ABC*, p. 155.

17. Aujourd'hui Tell Abu Duwari, environ 40 km au sud-ouest de Kut el-Imara.

18. Voir M. Van de Mieroop, « The reign of Rim-Sin », *RA* 89, 1993, pp. 47-69.

19. H. Frankfort, Seton Lloyd et Th. Jacobsen, *The Gimilsin Temple and the Palace of the Rulers at Tell Asmar OIP*, XLIII, Chicago, 1940. Cet ouvrage contient un important chapitre sur l'histoire du royaume d'Eshnunna (pp. 116-200). Voir également *ZZB*, 71-74, pp. 118-121 ; 162-167.

20. E. Szlechter, *Les Lois d'Esnunna*, Paris, 1954 ; A. Goetze, *The Laws of Esahnunna*, New Haven, 1956 ; *ANET ³*, pp. 161-163. M. J. Seux, « Les lois d'Eshnounna », dans *Les Lois de l'ancien Orient*, Paris, 1986, pp. 25-28.

21. Taha Baqir, *Tell Harmal*, Baghdad, 1959. Les textes de Tell Harmal ont été publiés dans *Sumer*, 6 (1950) à 14 (1958), et dans *JCS*, 13 (1959) à 27 (1975).

22. Sur les débuts du royaume d'Assyrie, voir D. Oates, *Studies in the Ancient History of Northern Iraq*, London, 1968, pp. 19-41, et F. R. Kraus, *Könige, die in Zelten wohnten*, Amsterdam, 1965.

23. Assur (aujourd'hui Qala'at Sherqat) a été fouillée par les Allemands de 1903 à 1914. Rapports préliminaires dans la collection *WVDOG* jusqu'au milieu des années 50. Pour une vue d'ensemble du site et des fouilles, voir W. Andrae, *Das wiedererstandene Assur*, Leipzig, 1938 (2ᵉ éd. révisée par B. Hrouda, München, 1977).

24. A. Poebel, « The Assyrian King list from Khorsabad », *JNES*, 1, 1942, pp. 247-306 ; 460-495. Une liste dynastique semblable a été publiée par I. J. Gelb dans *JNES*, 13, 1954, pp. 209-230. Sur ces listes voir F. R. Kraus, *Könige, die in Zelten wohnten*, Amsterdam, 1965 ; H. Lewy, *CAH ³*, I, 2, pp. 743-752 ; A. Grayson. *RLA*, VI, pp. 101-116. Bibliographie dans *ABC*, p. 269.

25. Sur cette question, voir H. Lewy, *CAH ³*, I, 2, pp. 757-758 ; *ARI*, 7-8.

26. Depuis 1950, vingt-sept volumes des archives royales de Mari en traduction (*ARMT*) ont été publiés, et la liste n'est pas complète. Des études sur ces textes et sur des sujets relevant de l'archéologie paraissent dans la série *MARI*, ainsi que dans d'autres périodiques (*Syria, Iraq, RA*, etc.). Pour les archives de Shimshara : J. Laessøe, *The Shemshara Tablets*, Copenhagen, 1959 ; J. Eidem, *The Shemshara Archives 2 : the Administrative Texts*, Copenhagen, 1992. Les archives de Tell al-Rimah ont été publiées par S. Dalley, C. B. F. Walker et J. D. Hawkins, *The Old Babylonian Tablets from Tell al-Rimah*, London, 1976. Pour les archives de Tell Leilan, dont la publication est en préparation, on peut consulter les articles

de R. M. Whiting, « The Tell Leilan tablets : a preliminary report », *AJA* 94, 1990, et de J. Eidem, « Les archives paléo-babyloniennes de Tell Leilan », *Les Dossiers d'Archéologie*, n° 155, 1990, pp. 50-53.

27. J.-M. Durand, « La situation historique des *shakkanakku* », *MARI* 4, 1985, pp. 147-172.

28. J. R. Kupper, *Les Nomades de Mésopotamie au temps des rois de Mari*, Paris, 1957. D. Charpin, J.-M. Durand, « Fils de Sim'al : les origines tribales des rois de Mari », *RA*, 80, 1986, pp. 142-176.

29. Tell al-Rimah, situé au sud de la chaîne du Sinjar, a été fouillé de 1964 à 1971 par une équipe anglo-américaine puis anglaise, révélant un grand palais et d'importantes archives. On a d'abord cru que le nom antique du site était *Karana*, mais il a été démontré qu'il s'agissait de *Qattara*. Sur les fouilles anglaises voir D. Oates dans *Iraq* 27 (1965) à 35, (1972). L'ouvrage de S. Dalley, *Mari et Katana, Two Old Babylonian Cities*, London 1984, donne une vue générale du site mais surtout de la haute Mésopotamie.

30. Le site d'Ekallâtum n'a pas encore été identifié. L'hypothèse la plus probable est Tell Haikal, sur la rive gauche du Tigre, à 15 km au nord d'Assur (D. Oates, *Studies… op cit.*, p. 38, n. 5)

31. G. Dossin, « L'inscription de fondation de Iahdun-Lim, roi de Mari », *Syria* 32, 1955, pp. 1-28.

32. G. Dossin, « Archives de Sûmu-Iaman, roi de Mari », *RA*, 64, 1970, 17-44.

33. Tell Leilan a été exploré par une mission américaine (Yale University) depuis 1979, révélant sur une acropole un magnifique temple orné de colonnes en spirales et imitation de palmiers, ainsi qu'un grand palais dans la ville basse. Vue d'ensemble par D. Parayre et H. Weiss dans *Les Dossiers d'Archéologie*, 155, 1990, pp. 36-41.

34. J. R. Kupper, « Samsi-Adad et l'Assyrie », in *Miscellanea Babyloniaca*, Paris 1985, pp. 147-151.

35. *ARMT*, I, n° 124.

36. *ARMT*, IV, n° 70.

37. *ARMT*, I, n° 61.

38. *ARMT*, I, n° 69.

39. Sur ce peuple, voir H. Klengel, « Das Gebirgsvolk der Turukkû in den Keilschrifttexten altbabylonischer Zeit », *Klio*, 40, 1966, pp. 5-22 ; J. Laessøe, *People of Ancient Assyria*, London, 1963, pp. 70-73 ; J. Eidem, « From the Zagros to Aleppo – and back », *Akkadica* 81, 1993, pp. 23-28.

40. J. R. Kupper, *CAH*[3], II, 1, p. 5 ; Ph. Abrahami, « L'organisation militaire à Mari », *Les Dossiers d'Archéologie*, n° 160, 1991, pp. 36-41.

41. G. Dossin, « Iamhad et Qatanum », *RA*, 36, 1939, pp. 46-54. Qatna est l'actuelle Mishrifeh, à 20 km au nord-est de Homs, fouillée par une mission française de 1924 à 1929 : R. du Mesnil du Buisson, *Le Site archéologique de Mishrifé-Qatna*, Paris, 1935. Sur l'histoire de ce royaume, voir H. Klengel, *Syria, 3000 to 300 B C.*, Berlin, 1992, pp. 65-70.

42. A. K. Grayson, *RIMA*, vol. 1, p. 50.

43 *ARMT*, V, n° 5, 6, 13. Sur Karkemish et son roi Aplahanda, voir H. Klengel, *op cit.*, pp. 70-74.

44. Pour la chronologie de cette guerre et les dernières années de Shamshi-Adad, voir. D. Charpin, J.-M. Durand, « La prise du pouvoir par Zimri-Lim », *MARI*, 4, 1985, pp. 310-324 ; M. Anbar, « La fin du règne de Shamshi-Adad », *Akkadica*, Supplément,1989, pp. 7-13 ; J. Eidem, « News from the eastern front : the evidence from Tell Shemshara », *Iraq*, 47, 1985, pp. 83-107.

45. A. K. Grayson, *RIMA*, vol. 1, pp. 63-64.

46. Bahija Khalil Ismail, « Eine Siegestele des Königs Dadusa von Esnunna », dans W. Meid et H. Trendkwalder (Ed.), *Bannkreis des Alten Orients*, Innsbruch, 1986, pp. 105-108.

47 *ARMT*, I, n° 93, IV, n°s 5, 14.

48. *ARMT*, V, n° 56.

Chapitre 12

1. Par exemple, la belle tête de Hammurabi (?) au musée du Louvre, la tête de Puzur-Ishtar, *shakkanakku* de Mari, au musée de Berlin et le sommet de la stèle du « Code » hammurabien (A. Parrot, *Sumer*, 1981, 2e éd., fig. 282, 249 et 280 respectivement).

2. On trouvera les illustrations correspondant à ces exemples dans A. Parrot, *op. cit.*, pp. 257-298 et dans *AAO*, pl. 59A et 66.

3. L. King, *The Letters and Inscriptions of Hammurabi,* London, 1900-1902. Cf. *IRSA*, pp. 212-219.

4. W. G. Lambert, *Babylonian Wisdom Literature*, Oxford, 1960, p. 10.

5. *ANET* [3], pp. 111-113, pp. 514-517 ; R. Labat, *Religions*, pp. 80-92.

6. T. Jacobsen, *The Treasures of Darkness*, New Haven, 1976, p. 147.

7. H. Schmökel, *Hammurabi von Babylon*, Darmstadt, 1971 ; H. Klengel, *Hammurabi von Babylon und seine Zeit*, Berlin, 1976. Voir également C. J. Gadd dans *CAH* [3], II, 1, pp. 176-220 et P. Garelli, *POA*, I, pp. 128-134.

8. Sippar est Abu Habba sur l'Euphrate, environ 60 km au nord de Babylone. Cette grande ville, dédiée au dieu-soleil Shamash depuis le IIIe millénaire, a été l'objet de fouilles brèves et intermittentes depuis 1881. Les derniers travaux, menés par les Iraqiens, ont mis au jour, parmi d'autres trouvailles, une bibliothèque d'époque paléo-babylonienne, encore intacte. Cf. W. al Jadir, « Sippar, ville du dieu-soleil », dans *Dossiers d'Histoire et d'Archéologie*, n° 103, 1988, pp. 52-54 ; « Une bibliothèque et ses tablettes », dans *Archeologia*, n° 224, 1987, pp. 18-27. Ne pas confondre cette ville avec la Sippar de Tell ed-Dêr, située dans la même région, créée au IIe millénaire par la tribu amorrite des *Amnanu*. Ce site a été fouillé depuis 1970 par une équipe belge et a livré d'intéressantes archives. Trois rapports de fouilles ont été publiés. En bref, voir L. de Meyer, H. Gasche

et M. Tanret, « Tell ed-Dêr, la vie en Babylonie il y a 4000 ans », *Archeologia*, n° 195, 1984, pp. 8-25. Marad est Wanna es-Sa'adun, 21 km au nord de Diwaniya : quelques sondages.

9. W. Hinz, *CAH ³*, II, 1, pp. 260-265.

10. A. Ungnad, *RLA*, II, 172-178 ; *ANET ³*, pp. 269-271.

11. C. J. Gadd, *CAH ³*, II, 1, p. 177.

12. D. Charpin, J.-M. Durand, « La prise de pouvoir par Zimri-Lim », *MARI*, 4, 1985, pp. 326-338.

13. Ce site est fouillé par une équipe italienne. Il a l'intérêt d'avoir été occupé, presque sans rupture, du IIIe millénaire au Moyen Age. Cf. P. E. Pecorella, « Tell Barri », *Dossiers d'Archéologie*, n° 155, 1990, pp. 32-35.

14. B. Lafont, « Les filles du roi de Mari », dans J.-M. Durand (Ed.) *La Femme dans le Proche-Orient antique*, Paris, 1987. Aussi : J.-M. Durand, « Trois études sur Mari ; III, Les femmes de Haya-Sumu », *MARI*, 3, 1984, pp. 162-172.

15. D. Charpin, « Le traité entre Ibal-pî-El d'Esnunna et Zimri-Lim de Mari », dans D. Charpin et F. Joannes (Ed.), *Marchands, Diplomates et Empereurs*, Paris, 1991, pp. 139-166.

16. J. R. Kupper, « Zimri-Lim et ses vassaux », *ibid.*, pp. 179-184.

17. Ces travaux sont énumérés dans G. Dossin, « Les noms d'années et d'éponymes dans les archives de Mari », *Studia Mariana*, Leiden, 1950, pp. 51-61.

18. J. R. Kupper, « Les marchands à Mari », dans M. Lebeau, Ph. Talon (Ed.), *Reflets des Deux Fleuves*, *Akkadica*, 1989, pp. 89-93.

19. B. Lafont, « Messagers et ambassadeurs dans les textes de Mari », dans D. Charpin, F. Joannès (Ed.), *La Circulation des biens, des personnes et des idées dans le Proche-Orient ancien*, Paris, 1992, pp. 167-183.

20. G. Dossin, « Les archives épistolaires du palais de Mari », *Syria*, 19, 1938, p. 117.

21. P. Villard, « Le déplacement des trésors royaux, d'après les archives royales de Mari », dans *La Circulation des biens, des personnes.. , op. cit.*, pp. 175-205.

22. Sur cette ville, voir chapitre 14, n. 30.

23. Nom de l'année 30 de Hammurabi.

24. M. Van de Mieroop, « The reign of Rim-Sîn », *RA*, 87, 1993, pp. 58-61.

25. D. Charpin, dans *Syrie, Mémoire et Civilisation* (catalogue d'exposition), Paris, 1994, p. 149.

26. Stratagème consistant à endiguer un grand cours d'eau, puis le libérer brusquement. Cette méthode aurait été utilisée par Hammurabi contre Rim-Sîn. J. Renger, « Hammurabi », *Encyclopaedia Brittanica*, 15e éd., 1974, p. 199.

27. Ninive figure dans le prologue du « Code » de Hammurabi parmi les vingt-trois villes sur lesquelles ce roi a étendu ses bienfaits. Une stèle de Hammurabi aurait été découverte à Diarbakr, sur le haut Tigre (A. T. Clay, *The Empire of the Amorites*, New Haven, 1919, p. 97), mais sa provenance exacte est loin d'être assurée (J. R. Kupper, *Nomades*, 176, n. 2).

28. Sur la dynastie des rois de Hana, fondée sur des archives trouvées à Terqa, voir : O. Roualt, « Cultures locales et influences extérieures : le cas de Terqa », dans *Studi Miceni ed Egeo-Anatolici*, XXX, Roma, 1992.

29. L. King, *op. cit.* ci-dessus, n. 3. F. Thureau-Dangin, « La correspondance de Hammurabi avec Samas-hâsir », *RA*, 21, 1924, pp. 1-58. Cf. J. C. Gadd, *CAH³*, II, 1 pp. 184-187.

30. P. Garelli, *POA*, I, pp. 265-269 ; D. O. Edzard dans *The Near East*, pp. 213-214 ; Ch. F. Jean, *Larsa d'après les textes cunéiformes*, Paris, 1930, p. 40, pp. 102-110 ; R. Harris, *Ancient Sippar*, Leiden, 1975, pp. 39-142.

31. N. Yoffee, *The Economic Role of the Crown in the Old Babylonian Period*, Malibu, Calif., 1977, p. 148.

32. R. Harris, « On the process of secularization under Hammurabi », *JCS*, 15, 1961, pp. 117-120, et « Some aspects of the centralization of the realm under Hammurapi and his successors », *JAOS*, 88, 1968, pp. 727-732.

33. O. Rouault, « Quelques remarques sur le système administratif de Mari à l'époque de Zimri-Lim », dans P. Garelli (Ed.), *Le Palais et la Royauté*, Paris, 1974, pp. 263-272.

34. J. R. Kupper, *L'Iconographie du dieu Amurru dans la glyptique de la première dynastie de Babylone*, Bruxelles, 1961.

35. H. Schmökel, « Hammurabi und Marduk », *RA*, 53, 1959, pp. 183-204.

36. Le « Code » de Hammurabi a été traduit en plusieurs langues et a fait l'objet de très nombreuses études juridiques. La traduction française la plus récente est celle de A. Finet, *Le Code de Hammurapi*, Paris, 1973. Principales traductions anglaises : *ANET³*, pp. 163-180 (Th. J. Meek) et G. R. Driver et J. C. Miles, *The Babylonian Laws*, 2 vol., Oxford, 1952-1955. Trad. allemande : W. Eilers, *Die Gesetzesstele Chammurabis*, Leipzig, 1933.

37. F. R. Kraus, « Ein zentrales Problem des altmesopotamischen Rechtes : was ist der Codex Hammu-rabi ? », *Genava*, 8, 1960, pp. 283-296 ; D. J. Wiseman, « The laws of Hammurabi again », *JSS*, 7, 1962, pp. 161-172.

38. A. Parrot, *Sumer*, 2ᵉ éd., fig. 280.

39. Une partie de la stèle a été endommagée par les Elamites et quelque trente-cinq lois ont disparu. Une partie du texte perdu a pu être reconstituée grâce à des fragments du « Code » sur tablettes.

40. E. A. Speiser, « Mushkênum », *Orientalia*, 27, 1958, pp. 19-28. L'étude la plus complète sur ce sujet est celle de F. R. Kraus, *Vom mesopotamischen Menschen der altbabylonischen Zeit und seiner Welt*, Amsterdam, 1973, pp. 95-117.

41. J. Vanden Drissche, « A propos de la sanction de l'homicide et des dommages corporels dans le Code d'Hammurabi », *Akkadica*, 13, 1979, pp. 16-27 ; J. Renger, « Wrongdoing and its sanctions », *JESHO*, 20, 1977, pp. 65-77.

42. La famille babylonienne est « fondée sur le mariage monogamique tempéré de concubinat » (J. Cardascia, cité par P. Garelli, *POA*, I, p. 131). Le mariage est essentiellement un contrat. Le père du futur conjoint choisit l'épouse et donne à sa famille une somme d'argent, la *terhatum*, qui est une sorte de compensation pour « perte de main-d'œuvre ménagère » ; il peut y joindre un cadeau (*biblum*). La fiancée apporte une dot (*sheriktum*). Cf. G. R. Driver et J. C. Miles, *op. cit.*, I, pp. 249-265.

43. « Code » de Hammurabi, Épilogue, col. XXIV, lignes 30-59 (trad. A. Finet).

Chapitre 13

1. Les ouvrages de G. Contenau, *La Vie quotidienne à Babylone et en Assyrie*, Paris, 1954 et de H. W. F. Saggs, *Everyday Life in Babylonia and Assyria*, London, 1965, sont intéressants mais ne tiennent pas, à notre avis, toutes les promesses que suggère leur titre.

2. Sur les fouilles allemandes à Babylone, voir chapitre 24. Un sondage dans le quartier résidentiel de Merkes n'a livré que quelques pans de murs et tablettes datant de la première Dynastie de Babylone. Cf. R. Koldewey, *Das wieder erstehende Babylon*, Leipzig, 1925, p. 234.

3. Taha Baqir, « Tell Harmal, a preliminary report », *Sumer*, 2, 1946, pp. 22-30 ; *Tell Harmal*, Baghdad, 1959.

4. Les principaux temples de cette période sont ceux d'Ischâli, ancienne Neribtum (H. Frankfort, *OIC*, 20, 1936, pp. 74-98), d'Assur (W. Andrae, *Das wiedererstandene Assur*, Leipzig, 1938, pp. 83-88), de Tell el-Rimah (D. Oates, *Iraq*, 29, 1967, pp. 71-90) et le temple de la déesse Ningal à Ur (*UE*, VII ; P. N. Weadock, *Iraq*, 37, 1975 pp. 101-128). Sur les temples mésopotamiens en général et leur développement, voir : E. Heinrich, *Die Tempel und Heiligtümer im alten Mesopotamien*, Berlin, 1982, 2 vol.

5. On trouve cette décoration à Tell el-Rimah (*Iraq*, 39, 1967, pl. 32) et à Larsa (*Syria*, 47, 1970, pl. 16, 2 et fig. 9), et, très notablement, à Tell Leilan (*Dossiers d'Histoire et d'Archéologie*, n° 155, 1990, pp. 36-39).

6. D. Oates, « Early vaulting in Mesopotamia », dans D. E. Strong (Ed.), *Archaeological Theory and Practice*, London, 1973, pp. 183-191.

7. A. Spycket, *Les Statues du culte dans les textes mésopotamiens des origines à la Ire dynastie de Babylone*, Paris, 1968 ; J. Renger, article « Kultbild », dans *RLA*, VI, pp. 307-314.

8. B. Hrouda, « Le mobilier du temple », dans *Le Temple et le Culte*, Leiden, 1975, pp. 151-155.

9. R. S. Ellis, *Foundation Deposits in Ancient Mesopotamia*, New Haven, 1968. A l'époque d'Ur III, ces dépôts comportaient souvent des figurines de bronze se terminant en pointe.

10. Sur le culte en Mésopotamie, les ouvrages de B. Meissner, *Babylonien und Assyrien*, II, Heidelberg, 1925, pp. 52-101, et de E. Dhorme, *Les Religions de Babylonie et d'Assyrie*, Paris, 1945, restent très utiles.

11. F. Thureau-Dangin, *Rituels accadiens*, Paris, 1921, pp. 1-59; *ANET* ³, pp. 334-338. Ce texte est de basse époque, mais le rite est probablement très ancien.

12. B. Landsberger, *Der kultische Kalender der Babylonier und Assyrer*, Leipzig, 1915, est encore la seule étude d'ensemble sur ce sujet. Il est probable que les études de H. Sauren et H. Limet sur les fêtes à l'époque d'Ur III (*Actes de la XVIIᵉ RAI*, Ham-sur-Heure, 1970, pp. 11-29; 59-74) s'appliquent en grande partie à la période paléo-babylonienne.

13. On trouvera dans M. Duchesne-Guillemin, « Déchiffrement de la musique babylonienne », *Accademia dei Lincei*, Roma, 374, 1977, p. 1-25, un bon résumé, avec bibliographie, des efforts effectués depuis les années 60 pour reconstituer la musique mésopotamienne d'après les textes portant surtout sur les changements de cordes des harpes et lyres. C'est à partir d'un hymne hurrite accompagné de sa « partition », provenant d'Ugarit et d'abord étudié par D. Wulstan (*Music and Letters*, 52, 1971, pp. 365-382) puis par A. Kilmer (*RA*, 68, 1974, pp. 69-82) que Mᵐᵉ Duchesne-Guillemin est parvenue à proposer un système cohérent et reproductible. Cette musique comportait 7 gammes de 5 tons et 2 demi-tons, la succession des notes dans chaque portion de gamme servant de base à la mélodie (heptatonisme diatonique avec modes).

14. Les deux études fondamentales sur ce sujet sont celles de J. Renger, « Untersuchungen zum Priestertum der altbabylonischen Zeit », *ZA*, 24, 1967, pp. 110-188 et 25, 1969, pp. 104-230, et celle de D. Charpin, *Le Clergé d'Ur au siècle d'Hammurabi (XIXᵉ et XVIIIᵉ siècle av. J.-C.)*, Genève/Paris, 1986.

15. Voir: R. Harris, article « Hierodulen », *RLA*, IV, pp. 151-155; J. Bottéro, article « Homosexualität », *RLA*, IV, pp. 459-468, et « L'amour libre à Babylone », dans L. Poliakov (Ed.), *Le Couple interdit*, Paris, 1980, pp. 27-42.

16. R. Harris, « The *nadîtu* woman », dans *Studies presented to A L. Oppenheim*, Chicago, 1964, pp. 106-135, et *Ancient Sippar*, pp. 305-312 et E. C. Stone, « The social role of the *nadîtu* women in Old Babylonian Sippar », *JESHO*, 25, 1982, pp. 50-70.

17. Outre le palais de Mari, on connaît, pour cette époque, le palais de Sîn-kâshid à Uruk, le palais des rois d'Eshnunna à Tell Asmar et le palais de Tell el-Rimah. Aucun de ces édifices n'a été entièrement dégagé. Tous ces palais ont été étudiés par J.-Cl. Margueron, *Recherches sur les palais mésopotamiens de l'âge du bronze*, Paris, 1982.

18. A. Parrot, *Mission archéologique à Mari*, III, *Le Palais*, 3 vol., Paris, 1958-1959. Cf. J.-Cl. Margueron, *op. cit.*, pp. 209-380. Pour des études d'ensemble, voir A. Parrot, *Mari, capitale fabuleuse*, Paris, 1974, pp. 112-143; J.-Cl, Margueron, *Les Mésopotamiens*, vol.-2, Paris, 1991, pp. 87-103; « Le célèbre palais de Zimri-Lim », *Dossiers d'Histoire et Archéologie*, n° 80, 1984, pp. 38-45.

19. H. Vincent, *RB*, 48, 1938, p. 156.

20. G. Dossin, *Syria*, 18, 1937, pp. 74-75.

21. Ces nombreuses et remarquables peintures, publiées d'abord par A. Parrot dans *Mission archéologique de Mari*, II, tome 2 et *Sumer*, 2ᵉ éd., fig. 254-259, ont fait l'objet de plusieurs études dont les plus détaillées sont celles de Mᵐᵉ B. Pierre-Muller parues dans *MARI*, 3, 1984, pp. 223-254 ; *MARI*, 5, 1987, pp. 551-576 et *MARI*, 6, 1990, pp. 463-558. Voir aussi D. Parayre, « Les merveilleuses peintures murales du palais », *Dossiers d'Histoire et d'Archéologie*, n° 80, 1984, pp. 58-63.

22. A. Parrot, *Sumer*, 2ᵉ éd., fig. 253. La tête, retrouvée dans une autre partie du palais, est authentique.

23. J.-Cl. Margueron, « Le célèbre palais de Zimri-Lim », *Dossiers d'Histoire et d'Archéologie*, n° 80, 1984, pp. 38-45.

24. A. Parrot, *Mari, une ville perdue*, Paris, 1938, p. 161.

25. J. Bottéro, article « Küche », *RLA*, VI, pp. 277-298 ; « La plus vieille cuisine du monde », *L'Histoire*, 49, 1982, pp. 72-82.

26. J. Bottéro, article « Getränke » (« Les boissons ») dans *RLA*, III, Berlin, 1966, pp. 302-306. A. Finet, « Le vin à Mari », *AfO*, 25, 1974, pp. 122-131 ; « Le vin il y a 5000 ans », *Initiation à l'Orient ancien*, Paris, 1992, pp. 122-127.

27. Exemples tirés de *ARMT*, I, n° 64 ; IV, n° 79, et III, n° 62.

28. G. Dossin, « Une révélation du dieu Dagan à Terqa », *RA*, 42, 1948, pp. 125-134.

29. Exemples tirés de *ARMT*, II, n° 106 ; VI, n° 43 ; I, n° 89, et II, n° 112.

30. B. Lafont, « Les filles du roi de Mari », dans J.-M. Durand (Ed.), *La Femme dans le Proche-Orient antique*, Paris, Paris, 1987, pp. 113-123 ; « Les femmes du palais de Mari », *Initiation à l'Orient ancien*, Paris, 1992, pp. 170-183.

31. L'expéditeur et le destinataire ne sachant généralement ni lire ni écrire, le scribe qui écrivait la lettre s'adressait au scribe qui la lirait.

32. A notre connaissance, en dehors d'Ur, des maisons privées datant de la période babylonienne ancienne n'ont été dégagées, sur une petite échelle, qu'à Tell ed-Dêr (L. de Meyer *et al.*, *Tell ed-Dêr*, II, Louvain, 1978, pp. 57-131), Isin (B. Hrouda, *Isin*, II, München, 1981, pp. 39-40, 49) et Nippur (McG. Gibson *et al.*, *OIC*, 23, 1978, pp. 53-65 ; E. C. Stone, *Nippur Neighborhoods*, Chicago, 1987).

33. Sir Leonard Woolley, *Excavations at Ur*, London, 1954, pp. 175-194 ; *Ur of the Chaldees*, London, 1982, pp. 191-213 ; *UE*, VII, pp. 12-39 ; 95-165.

34. Ces « boutiques » et « restaurants » reconstitués par Woolley sont aujourd'hui contestés par certains. Toutefois, personne, à notre connaissance, n'a encore apporté la preuve du contraire. Notre essai d'animation est, bien entendu, imaginaire, mais il ne fait que transposer à Ur des scènes de rues orientales qui ne sont peut-être pas invraisemblables pour cette époque.

35. C. J. Gadd, « Two sketches from the life at Ur », *Iraq*, 25, 1963, pp. 177-188.

36. J. Bottéro, *L'Histoire*, 49, 1982, p. 73 ; *RLA*, VI, pp. 282-283.

37. R. Harris, *Ancient Sippar*, pp. 18-19.

38. A. Salonen, *Die Hausgeräte des alten Mesopotamien*, Helsinki, 1965-1966, 2 vol.

39. A. Salonen, *Die Möbel des alten Mesopotamien*, Helsinki, 1963.

40. S. N. Kramer, *HCS* [2], pp. 40-46. Sur les écoles, leurs maîtres et leurs élèves, voir : C. J. Gadd, *Teachers and Students in the oldest Schools*, London, 1956 ; A. W. Sjöberg, « Der Vater und sein missratener Sohn », *JCS*, 25, 1973 ; pp. 105-119 ; « The Old Babylonian Eduba », dans *Sumerological Studies in Honor of Thorkild Jacobsen*, Chicago, 1976, pp. 159-179.

41. A. L. Oppenheim, « The seafaring merchants of Ur », *JAOS*, 74, 1954, pp. 6-17 ; W. F. Leemans, *Foreign Trade in the Old Babylonian Period*, Leiden, 1960, pp. 121-123 ; pp. 136-139. D. T. Potts, *The Arabian Gulf in Antiquity*, I, Oxford, 1990, p. 224.

Chapitre 14

1. Pour un aperçu rapide de ce vaste sujet, on pourra consulter : J. Haudry, *L'Indo-Européen*, Paris, 1969, et *Les Indo-Européens*, Paris, 1979. Voir également G. Cardona, H. M. Hoenigswald et A. Senn (Ed.), *Indo-European and Indo-Europeans*, Carbondale, Philadelphia, 1970 ; P. Baldi, *An Introduction to the Indo-European Languages*, III, 1983 ; W. Lockwood, *A Panorama of the Indo-European Languages*, London, 1972 ; J. P. Mallory, *In Search of the Indo-Europeans*, London, 1985.

2. Voir, par exemple, M. Gimbutas, « The three waves of Kurgan people into Old Europe, 4500-2500 B. C. », *Archives suisses d'anthropologie générale*, Genève, 1979, pp. 113-136, et les autres articles de cette archéologue. Pour une vue rapide : B. Sergent, « Les Hittites et la diaspora indo-européenne », *Les Dossiers d'Archéologie*, n° 193, 1994, pp. 12-19.

3. J. L. Caskey, *CAH* [3], I, 2, pp. 786-788, et II, 1, pp. 135-140. Cf. M. I. Finley, *Early Greece . The Bronze and Archaic Ages*, London, 1970 (trad. fr. : *Les Premiers Temps de la Grèce*, Paris, 1980, pp. 25-34).

4. M. G. F. Ventris et J. Chadwick, *Documents in Mycenaean Greek*, Cambridge, 1956 ; J. Chadwick, *The Decipherment of Linear B.*, Cambridge, 1958, et *CAH* [3], II, I, pp. 609-617.

5. Les hypothèses concernant les causes de cet effondrement sont brièvement discutées par M. I. Finley dans *Les Premiers Temps de la Grèce*, Paris, 1980, pp. 61-62 et par J. Tulard dans *Histoire de la Grèce*, Paris, 1979, pp. 29-30.

6. Bon résumé du « problème des Ahhijawa », dans O. R. Gurney, *The Hittites*, Harmondsworth, 1980, pp. 48-60.

7. R. Ghirshman, *L'Iran et la Migration des Indo-Aryens et des Iraniens*, Leiden, 1977.

8. Sir Mortimer Wheeler, « The Indus Civilization » dans *CAH* [2] (Supplementary Volume), Cambridge, 1960 ; *Civilization of the Indus Valley and Beyond*, London, 1966.

9. G. F. Dales, « Civilization and floods in the Indus Valley », *Expedition*, 7, 1965, pp. 10-19 ; « The decline of the Harappans », *Scientific American*, 214, 1966, pp. 92-100 ; R. L. Raikes, « The end of the ancient cities of the Indus », *American Anthropologist*, 66, 1964, pp. 284-299. P. Agrawal et S. Kusumgar, *Prehistoric Chronology and Radio-carbon Dating in India*, London, 1974.

10. S. Piggott, *Prehistoric India*, Harmondsworth, 1950, pp. 244-288.

11. Seton Lloyd, *Early Highland Peoples of Anatolia*, London, 1976 ; J. Mellaart, *CAH ³*, I, 2, pp. 363-410 ; 681-703 ; K. Bittel, *Les Hittites*, Paris, 1976 ; U. B. Alkim, *Anatolie*, I, Genève-Paris, 1968 ; E. Akurgal, *L'Anatolie des premiers empires*, Genève, 1966, pp. 11-35.

12. J. Mellaart, *Earliest Civilizations of the Near East*, London, 1965 ; *Çatal Hüyük : a Neolithic Town in Anatolia*, London, 1967 ; *The Neolithic of the Near East*, London, 1975, pp. 98-111.

13. Seton Lloyd, *op. cit.*, pp. 20-35.

14. J. Mellaart, « The end of the Early Bronze Age in Anatolia and the Aegean », *AJA*, 62, 1958, pp. 9-33 ; *CAH ³*, I, 2, pp. 406-410.

15. G. Pettinato, *Ebla, un Impero inciso nell'Argilla*, Milano, 1979, p. 123.

16. Sur ce sujet, voir : P. Garelli, *Les Assyriens en Cappadoce*, Paris, 1963 ; « Marchands et *tamkaru* assyriens en Cappadoce », *Iraq*, 39, 1977, pp. 99-107 ; L. L. Orlin, *Assyrian Colonies in Cappadocia*, La Haye, 1970 ; K. R. Veenhof, *Aspects of Old Assyrian Trade and its Terminology*, Leiden, 1972 ; article « Kaniš, karum », *RLA*, V, pp. 369-378 ; M. T. Larsen, *The Old-Assyrian City-State and its Colonies*, Copenhagen, 1976 ; « Partnership in the Old Assyrian trade », *Iraq*, 39, 1977, pp. 119-145.

17. R. Maddin, T. S. Wheeler et J. D. Mulhy, « Tin in the ancient Near East », *Expedition*, 19, 1977, pp. 35-47.

18. K. R. Veenhof, « The Old Assyrian merchants and their relationship with the native population of Anatolia », dans H. J. Nissen et J. Renger (Ed.), *Mesopotamien und seine Nachbarn*, Berlin, 1982, I, pp. 147-160.

19. Les principaux ouvrages d'ensemble sur les Hittites sont : F. Cornelius, *Geschichte der Hethiter*, Darmstadt, 1973 ; K. Bittel, *Les Hittites*, Paris, 1976 ; J. G. Macqueen, *The Hittites and their contemporaries in Asia Minor*, London, 1986 ; O. R. Gurney, *The Hittites*, 4ᵉ éd., Harmondsworth, 1990. Sur la mention des Hittites dans la Bible, voir R. de Vaux, *Histoire ancienne d'Israël*, Paris, 1979, pp. 131-133.

20. Sur les Hurrites en général : I. J. Gelb, *Hurrians and Subarians*, Chicago, 1944 ; G. Contenau, *La Civilisation des Hittites et des Hurrites du Mitanni*, Paris, 1948, 2ᵉ éd. ; F. Imparati, *I Hurriti*, Firenze, 1964 ; G. Wilhelm, *Grundzüge der Geschichte und Kultur der Hurriter*, Darmstadt, 1982. Trad. anglaise : *The Hurrians*, Warminster, 1989. Voir aussi les articles publiés dans *RHA*, 36, 1978 et dans *Problèmes concernant les Hurrites*, 2 vol., Paris 1977-1984.

21. V. Haas, H. J. Tiele *et al.*, *Das hurritologische Archiv*, Berlin, 1975 ; D. O. Edzard et A. Kammenhuber, article « Hurriter, hurritisch », *RLA*, IV, pp. 507-514.

22. I. M. Diakonoff, *Hurrisch und Urartaisch*, München, 1971 ; M. Salvini, « Hourrite et urartéen », *RHA*, 36, 1978, pp. 157-172. Ces deux langues dérivent probablement d'un prototype commun.

23. A. Parrot et J. Nougayrol, « Un document de fondation hurrite », *RA*, 42, 1948, pp. 1-20.

24. J. R. Kupper, « Les Hourrites à Mari », *RHA*, 36, 1978, pp. 117-128.

25. M. Astour, « Les Hourrites en Syrie du Nord », *RHA*, 36, 1978, pp. 1-22. Alalah est Tell 'Atshana, dans la plaine de l'Amuq (entre Alep et Antioche). Fouilles britanniques en 1937-1939 et 1946-1949. Cf. Sir Leonard Woolley, *Alalah*, London, 1955 ; *A Forgotten Kingdom*, London, 1959. Les textes ont été publiés par D. J. Wiseman, *The Alalah Tablets*, London, 1953.

26. L'ancienne Gasur, rebaptisée Nuzi par les Hurrites, est Yorgan Tepe, 13 km environ au sud-ouest de Kirkuk. Fouilles américaines de 1925 à 1931 : R. F. S. Starr, *Nuzi : Report on the Excavations at Yorgan Tepe, near Kirkuk*, Cambridge, Mass., 1937-1939, 2 vol. Cf. *AM*, I, pp. 394-400. Références des textes de Nuzi dans M. Dietrich, O. Loretz et W. Mayer, *Nuzi Bibliographie*, Neukirchen-Vluyn, 1972. Pour le système d'adoption, voir : E. Cassin, *L'Adoption à Nuzi*, Paris, 1938. Résumé des institutions par M. S. Drower, *CAH³*, II, 1, pp. 502-506, et par P. Garelli, *POA*, I, pp. 149-150. Collection d'études récentes : M. A. Morrison et D. I. Owen (Éd.), *Studies on the Civilization and Culture of Nuzi and the Hurrians*, Winona Lake, Ind., 1981.

27. A. Kammenhuber, *Die Arier im vorderen Orient*, Heidelberg, 1968. Cf. I. M. Diakonoff, *Orientalia*, 41, 1972, pp. 91-120.

28. Sur le cheval au Proche-Orient, voir : A. Salonen, *Hippologica Accadica*, Helsinki, 1956 ; A. Kammenhuber, *Hippologica Hethitica*, Wiesbaden, 1961 ; J. A. H. Potratz, *Die Pferdestrensen des alten Orients*, Roma, 1966. Bon résumé de la question dans F. Imparati, *I Hurriti*, pp. 137-149.

29. M. Th. Barrelet, « Le "cas hurrite" et l'archéologie », *RHA*, 36, 1978, pp. 22-34. Cf. M. J. Mellink, article « Hurriter, Kunst », *RLA*, IV, pp. 515-519.

30. Les noms « Syrie » et « Palestine » n'ont ici aucune connotation politique. La Syrie, dans ce contexte, englobe le Liban et la province turque du Hatay ; la Palestine comprend l'Etat d'Israël, l'Etat palestinien et une partie de la Jordanie. La bibliographie est considérable. Nous avons utilisé surtout, pour la Syrie, H. Klengel, *Syria 3000 to 300 B. C.*, Berlin, 1992 ; pour la Palestine R. de Vaux, *Histoire ancienne d'Israël des origines à l'installation en Canaan*, Paris, 1971 et les chapitres appropriés dans *CAH³*, Cambridge, 1970, et pour l'Egypte A. H. Gardiner, *Egypt of the Pharaohs*, Oxford, 1961 et E. Drioton, J. Vandier, *L'Egypte*, 5ᵉ éd., Paris, 1975.

31. Fouilles danoises de 1931 à 1938. Publication définitive : H. Ingholt *et al.*, *Hama, fouilles et recherches de la Fondation Carlsberg*, Copenhagen, 1948. R. J. Braidwood, *Mounds in the Plain of Antioch* (*OIP*, XLVIII), Chicago, 1937 ; R. J. et L. Braidwood, *Excavations in the Plain of Antioch* (*OIP*, XLI), Chicago, 1960.

32. P. Mattiae, *An Empire Rediscovered*, New York, 1981, p. 52.

33. Byblos, appelée alors Gubla, est la moderne Jebail, à environ 30 km au nord de Beyrouth. Fouilles françaises, puis franco-libanaises, depuis 1920. Cf. M. Dunand, *Fouilles de Byblos*, Paris, 1939-1973, 5 vol. parus ; *Byblos, son histoire, ses ruines, sa légende*, Beyrouth, 1973, 3ᵉ éd.

34. Voir, par exemple, les « Avertissements d'Ipu-Wer », *ANET* ³, pp. 441-444 et les « Instructions au roi Meri-Ka-Re », *ibid.*, pp. 414-418.

35. K. M. Kenyon, *CAH* ³, I, 2, pp. 592-594 ; R. de Vaux, *Histoire ancienne d'Israël*, pp. 63-69.

36. Ugarit (Ras Shamra) est à 10 km environ au nord du port syrien moderne Lattaquieh. Fouillé par les Français de 1929 à 1939, puis de 1948 à nos jours. Au début du deuxième millénaire, Ugarit est la capitale d'un royaume de taille moyenne, plus ou moins sous le contrôle d'Alep. Dans cette ville vivent des Cananéens qui parlent leur propre dialecte ouest-sémitique (l'ougaritique), écrivent, entre autres, de beaux poèmes mythologiques célébrant leurs propres dieux et inventent l'alphabet en signes cunéiformes. Copieuse littérature. Pour une vue d'ensemble, voir G. Saadé, *Ougarit, métropole cananéenne*, Beyrouth, 1979 et surtout les chapitres de M. Yon, « Ugarit au bronze récent », P. Bordrieul, « La religion d'Ugarit » et F. Briquel-Chatonnet, « L'invention de l'alphabet », dans *Syrie, Mémoire et Civilisation*, catalogue d'exposition, Paris, 1993, pp. 176-191.

37. P. Mattiae, *Ebla, an Empire Rediscovered*, pp. 112-149.

38. D. J. Wiseman, *The Alalakh Tablets*, London, 1953. Textes supplémentaires dans *JCS*, 8, 1954, pp. 1-30.

39. R. de Vaux, *op. cit.*, pp. 245-253, avec discussion de la date d'arrivée d'Abraham en Palestine.

40. Sur ce sujet, voir : J. Bottéro, *Le Problème des Habiru à la IVᵉ Rencontre assyriologique internationale*, Paris, 1954 ; article « Habiru », *RLA*, IV, pp. 14-27 ; M. Greenberg, *Hab/piru*, New Haven, 1955.

41. Il s'agit de textes peints sur des tessons de poterie, des plaques d'albâtre et des statuettes de prisonniers ligotés qu'on brisait dans des cérémonies magiques. Cf. K. Sethe, *Die Achtung feindlicher Fürsten, Völker und Dinge auf altägyptischen Tongefässsscherben des Mittleren Reiches*, Berlin, 1926 ; G. Posener, *Princes et Pays d'Asie et de Nubie*, Bruxelles, 1940 ; « Textes d'envoûtement de Mirgissa », *Syria*, 43, 1966, pp. 277-287.

42. R. de Vaux, *op. cit.*, pp. 78-84 (avec bibliographie) ; *CAH* ³, II, 1, pp. 54-73.

Chapitre 15

1. D. Oates, *Studies in the Ancient History of Northern Iraq*, Oxford, 1958, p. 41

2. J. Eidem, « The Tell Lailan archives, 1987 », *RA*, 85, 1991, pp. 126-131.

3. O. Rouault, « Cultures locales et influences extérieures : le cas de Terqa », *Studi Miceni ed Egeo-Anatolici*, Roma, 1992, p. 253.

4. N. Yoffee, *The Economic Role of the Crown in the Old Babylonian Period*, Malibu, Calif., 1977, pp. 143-151 ; J. Renger dans E. Lipinski (Ed.), *State and Temple Economy in the Ancient Near East* I, Louvain, 1979, p. 252.

5. J. Bottéro, « Désordre économique et annulation de dettes en Mésopotamie à l'époque paléo-babylonienne », *JESHO*, 4, 1961, pp. 113-164.

6. McG. Gibson, « Violation of fallow and engineered disaster in Mesopotamian civilization », dans T. E. Downing et McG. Gibson (Éd.), *Irrigation's Impact on Society*, Tucson, Ariz., 1974, pp. 7-19.

7. Sir Leonard Woolley et P. R. S. Moorey, *Ur of the Chaldees*, London, 1982, p. 191.

8. W. Hinz dans *CAH* [3], II, 1, p. 266.

9. On sait très peu de chose sur cette dynastie qui, selon les Listes royales babyloniennes A et B (*ANET* [3], pp. 271-272 ; *RLA*, VI, pp. 91-100), aurait comporté onze rois ayant régné en tout 368 ans (*sic*). Sa capitale était Uruku(g), ville non identifiée. Le nom du premier roi peut aussi se lire Iliman.

10. F. R. Kraus, *Ein Edikt des Königs Ammiṣaduqa von Babylon*, Leiden, 1958 ; J. J. Finkelstein, « The edict of Ammiṣaduqa : a new text », *RA*, 63, 1969, pp. 45-64 ; pp. 189-190. Traduction française dans J. Bottéro, article cité ci-dessus n. 5.

11. F. Cornelius, « Die Annalen Hattushilis I », *Orientalia*, 28, 1959, pp. 292-296 ; F. Imparati et G. Saporetti, « L'autobiografia di Hattushili I », *Studi Classici e Orientali*, 14, 1965, pp. 40-85.

12. Ce texte est un rescrit du roi hittite Telepinush (environ 1525-1500) dont l'introduction rappelle les événements passés depuis la fondation du royaume hittite. Texte cité ici dans E. H. Sturtevant et G. Bechtel, *A Hittite Chrestomathy*, Philadelphia, 1935, p. 185.

13. « Chronique des Anciens Rois », A, lignes 1 : King, *Chronicles*, II, p. 22 ; *ABC*, p. 156.

14. *ANET* [3], p. 396.

15. A l'heure actuelle, les seules études d'ensemble sur les Kassites sont celles de T. H. Carter, *Studies in Cassite History and Archaeology*, Bryn Mawr, 1962 (thèse), et d'E. Cassin dans la *Fischer Weltgeschichte*, III, Frankfurt, 1966, pp. 12-70. A compléter par J. A. Brinkman, « The monarchy in the time of the Kassite dynasty », dans P. Garelli (Ed.), *Le Palais et la Royauté*, Paris, 1974, pp. 395-408, et article « Kassiten » dans *RLA*, V, pp. 464-473. Les principaux travaux sur la politique étrangère des Kassites sont cités au chapitre 16.

16. Selon l'inscription d'Agum Kakrime (voir ci-dessous), les statues de Marduk et de Sarpanitum seraient restées vingt-quatre ans hors de Babylone. Il est possible qu'un roi du pays de la Mer (probablement Gulkishar) se soit installé sur le trône laissé vacant par Samsu-ditana pendant cette période (*CAH* [3], II, 1, pp. 441-442).

17. Inscription publiée par F. Delitzch, *Die Sprache der Kossäer*, Leipzig, 1904. Agum dit qu'il a ramené les statues « du pays de Hani ». On ne sait s'il s'agit d'une erreur de scribe pour « Hatti » ou si les Hittites ont laissé les statues au pays de Hana sur le chemin du retour. Sur cette question, voir K. Jaritz, « Quellen zur Geschichte der Kassu-Dynasty », *Mitteilungen des Instituts für Orientforschung*, 6, 1958, pp. 205-207, et B. Landsberger, « Assyrische Königsliste und "dunkles Zeitalter" », *JCS*, 8, 1954, p. 65.

18. J. A. Brinkman, *Le Palais et la Royauté*, p. 396. Bibliographie des inscriptions royales : Faisal al-Wailly, « Synopsis of royal sources of the Kassite period », *Sumer*, 10, 1954, pp. 43-54 ; J. A. Brinkman, *Materials and Studies*, I.

19. *ABC*, pp. 51-59 ; pp. 157-177.

20. « Histoire synchronique », col. I, 1'-7' (*ABC*, pp. 157-158).

21. R. C. McC. Adams, *Land behind Baghdad*, Chicago, 1965, pp. 53-55 ; *Heartland of Cities*, Chicago, 1981, pp. 316-319 ; 331-334 ; R. C. McC. Adams et H. J. Nissen, *The Uruk Countryside*, Chicago, 1972, pp. 39-41.

22. *Chicago Assyrian Dictionary* 8, pp, 495-497. C'est au sens de « fils » ou « progéniture » qu'est pris le mot *kudurru* dans les noms propres comme Nabû-kudurri-uṣur (Nabuchodonosor). Les deux autres sens sont « couffin » et « ornement ».

23. Liste et classification des kudurru dans U. Seidl, « Die babylonischen Kudurru-Reliefs », *BaM*, 4, 1968, pp. 7-220. Principale publication : L. W. King, *Babylonian Boundary Stones and Memorial Tablets in the British Museum* (abrégé *BBS*), London, 1912.

24. D. T. Potts, *The Arabian Gulf in Antiquity*, I, Oxford, 1990, pp. 299-302 ; E. Porada, « The cylinder seals found at Thebes in Beotia », *AfO*, 28, 1981-1982, pp. 1-70 ; J. A. Brinkman, « The Western Asiatic seals found at Thebes in Greece : a preliminary edition of the inscriptions », *ibid.*, pp. 73-77.

25. A. Parrot, *Sumer*, 2e éd., p. 301, fig. 285.

26. Taha Baqir, « Iraq Government excavations at 'Aqar Quf », *Iraq*, Supplement 1944-1945 ; *Iraq*, 8, 1946.

27. Exemples dans A. Parrot, *Sumer*, 2e éd., pp. 302-303, fig. 286, 287.

28. Sur ces sceaux, voir T. Beran, « Die babylonische Glyptik der Kassitenzeit », *AfO*, 18, 1958, pp. 255-287, et A. Limet, *Les Légendes des sceaux kassites*, Bruxelles, 1971. Voir aussi D. Collon, *First Impressions*, London, 1987, pp. 58-61.

29. W. G. Lambert, *Babylonian Wisdom Literature*, Oxford, 1960, pp. 13-19.

Chapitre 16

1. Toutes les histoires générales du Proche-Orient et d'Egypte traitent de cette période en plus ou moins grand détail. L'exposé de P. Garelli dans *POA*, I, pp. 138-218 est un fil conducteur précieux à compléter par la

Cambridge Ancient History, II, 1, et surtout II, 2, où l'histoire de chaque pays fait l'objet de chapitres distincts, d'où certaines redites.

2. Pour plus de détails sur cette période, voir l'article de J. Freu dans « Les Hittites », *Les Dossiers d'Archéologie*, n° 193, 1994, pp. 26-30.

3. A. K. Grayson, *ARI*, I, pp. 32-41 ; *ABC*, pp. 158-159.

4. Voir notamment H. Klengel, « Mitanni : Probleme seiner Expansion und politische Struktur », *RHA*, 36, 1978, pp. 91-115.

5. On a pensé à Tell Fekheriyeh (Sikanu à l'époque néo-assyrienne), proche de Tell Halaf, mais les sondages américains (C. W. McEwan *et al.*, *OIP*, LXXXIX, Chicago, 1940) et allemands (A. Moortgat, *AAAS*, 6, 1956, pp. 39-50, et 7, 1957, pp. 17-30) n'ont pas confirmé cette identification. Une recherche du site fondée sur l'analyse, par activation des neutrons, de l'argile des lettres de Tushratta aux rois d'Egypte n'a pas donné de résultats. Sur cette méthode originale, voir : A. Dobel, W. J. Van Liere et A. Mahmud, « The Wassukanni project of the University of California, Berkeley », *AfO*, 25, 1974-1977, pp. 259-264.

6. S. Smith, *The Statue of Idrimi*, London, 1949. Cf. *ANET* [3], pp. 557-558, et *CAH* [3], II, 1, pp. 433-436. Dans cette intéressante inscription, Idrimi raconte comment il a perdu, puis recouvré son trône.

7. H. Klengel, *op. cit.*, p. 94, n. 2, 1.

8. R. S. F. Starr, *Nuzi* II, Cambridge, Mass., 1937, pl. 118, 1 ; H. Klengel, *op cit.*, n. 2, 2 ; *CAH* [3], II, 1, p. 436.

9. Cet épisode est mentionné dans le traité entre Suppiluliumas et Mattiwaza. Cf. E. Weidner, *Politische Dokumente aus Kleinasien, BoStu*, 8, 1923, p. 39. Ces portes furent reprises plus tard par Ashur-uballit.

10. A. Moret, *Des clans aux empires*, Paris, 1923, p. 306, cite les Ptolémées, les Croisés, Bonaparte, Méhémet Ali et le général Allenby pendant la Première Guerre mondiale, mais il existe d'autres exemples plus récents.

11. Lettre de Tushratta à Aménophis IV : *EA*, n° 29, lignes 16-18.

12. *EA*, n° 17, lignes 5-6 ; *EA*, n° 29, lignes 18-20.

13. *CAH* [3], II, 1, p. 679 ; O. R. Gurney, *The Hittites* [2], Harmondsworth, 1980, p. 27.

14. Ces lettres sur tablettes d'argile (citées *EA* suivi de leur numéro) sont dispersées dans différents musées. Elles sont réunies dans l'ouvrage de J. A. Knudtzon, *Die el-Amarna Tafeln*, Neukirchen-Vluyn, 1978, 2e éd. Trad. anglaise : S. A. Mercer, *The Tell el-Amarna Tablets*, Toronto, 1939, 2 vol. Trad. française : W. L. Moran, *Les Lettres d'Amarna*, Paris, 1987. A l'exception d'une lettre en hurrite et de deux en hittite, toutes sont rédigées en akkadien avec quelques gloses cananéenes. Cf. *CAH* [3], II, 2, pp. 98-116.

15. Parmi les études générales sur cette période, voir : E. Cavaignac, *Subbiluliuma et son temps*, Paris, 1932 (encore utile) ; E. Drioton et J. Vandier, *L'Egypte*, Paris, 1962, 2e éd. (avec bibliographie) ; K. A. Kitchen, *Suppiluliuma and the Amarna Pharaohs*, Liverpool, 1962 ; A. Goetze, *CAH* [3], II, 2, pp. 1-20 ; 117-129 ; 252-273. H. Klengel, *Syria 3000 to 300 B C.*, Berlin, pp. 109-115.

16. J. A. Brinkman, « Foreign relations of Babylonia from 1600 to 625 B. C. », *AJA*, 76, 1972, pp. 274-275.

17. *EA*, n° 1, lignes 10-65 (Kadashman-Enlil) ; *EA*, n° 21, lignes 13-21 ; *EA*, n° 22 ; *EA*, n° 23, lignes 7-8 (Tushratta).

18. Qadesh (en hittite Kinza) est Tell Nebi Mend, situé au bord de l'Oronte, à 25 km au sud de Homs. Ce grand tell n'a fait jusqu'à présent l'objet que de fouilles restreintes : M. Pézard, *Mission archéologique à Tell Nebi Mend*, Paris, 1931.

19. *EA*, n° 7, lignes 69-72.

20 *EA*, n° 7, lignes 53-54.

21. P. Garelli dans *POA*, I, p. 160, avec un très utile tableau (p. 161) sur la famille royale du Mitanni-Hanigalbat. Voir aussi sur cette période A. Harrak, *Assyria and Hanigalbat*, Hildesheim, 1987.

22. *Histoire synchronique*, col. I, lignes 8'-11', *Chronique P*, col. I, lignes 5'-6' (*ABC*, pp. 159-171). Cette fille s'appelait Muballiṭat-Sherua.

23. Cette inquiétude se manifeste dans la lettre (*EA*, n° 9, lignes 31-35) qu'écrit Burnaburiash II à Aménophis IV lorsqu'il apprend qu'Ashur-uballiṭ est entré en rapports avec le pharaon : « Si tu m'aimes, ils (les Assyriens) ne doivent pas être autorisés à acheter quoi que ce soit ; renvoie-les les mains vides ! » (*POA*, I, 203).

24. Ce traité avait été conclu entre Suppiluliumas et Aziru, roi d'Amurru. Cf. E. Weidner, *op. cit.* ci-dessus n. 9 et *ANET ³*, pp. 529-530.

25 *CAH ³*, II, 2, pp. 226-228 ; pp. 253-254 et bibliographie, p. 952.

26. *ANET ³*, pp. 199-203.

27. *CAH ³*, II, 2, p. 258. Cf. E. Edel, « Die Abfassungszeit des Briefes KBo I 10 (Hattusilis-Kadashman Enlil) und seine Bedeutung fur die Chronologie Ramses II », *JCS*, 12, 1958, pp. 130-133.

28 *ARI*, I, p. 81, § 527, et p. 83, § 532.

29. Ce magnifique site a été fouillé par la mission française en Iran dans les années 1950-1960 : R. Ghirshman *et al.*, *Tchoga-Zanbil (Dur Untash)*, Paris, 1966-1970, 4 vol.

30. W. G. Lambert, « Three unpublished fragments of the Tukulti-Ninurta Epic », *AfO*, 18, 1957-1958, pp. 38-51, donne une traduction complète. Cf. E. Weidner, « Assyrischen Epen über die Kassiten-Kämpfe », *AfO*, 20, 1963-1964, pp. 113-116. Inscriptions de Tukulti-Ninurta dans E. Weidner, *Die Inschriften Tukulti-Ninurtas I und seiner Nachfolger*, Graz, 1959. Cf. *ARI*, I, pp. 101-134. P. Machinist, « Literature as politics : the Tukurti-Ninurta epics », *Catholic Biblical Quaterly*, Washington, 38, 1976, pp. 452-455.

31. *ARI*, I, p. 108, § 716 ; *ARAB*, I, p. 51, § 145.

32 *Ibid.*, col. IV, 9-13. Kâr Tukulti-Ninurta (moderne Tukul Akir), 3 km au nord d'Assur, était la résidence du souverain. Des fouilles allemandes (W. Bachmann, *MDOG*, 53, pp. 41-57 ; W. Andrae, *Das Wiedererstandene*

Assur, Leipzig, 1938, pp. 121-125) ont dégagé un palais avec peintures murales (A. Parrot, *Assur*, Paris, 1961, p. 4, fig. 7), un temple d'Ashur et une ziqqurat.

33. Sur la fin de la dynastie kassite, voir D. J. Wiseman dans *CAH ³*, II, 2, pp. 443-447, et R. Labat, *ibid.*, pp. 485-487.

Chapitre 17

1. Sur ces deux peuples, voir R. D. Barnett, *CAH ³*, II, 2, pp. 417-442. Entre le douzième et le onzième siècle, les Phrygiens, venus de l'ouest, occupèrent progressivement toute la partie occidentale et centrale du plateau d'Anatolie tandis que les Mushki, probablement originaires du Caucase, s'établirent surtout dans la haute vallée de l'Euphrate, entre ce fleuve et son affluent le Murad Su.

2. R. D. Barnett, « The Sea People », *CAH ³*, II, 2, pp. 359-378 ; W. Helck, *Die Beziehungen Agyptens zu Vorderasien im 3. und 2. Jahrtausend v. Chr.*, Wiesbaden, 1962 ; N. K. Sandars, *Les Peuples de la Mer*, Paris, 1981.

3. F. M. Abel, *Géographie de la Palestine*, Paris, 1933, I, pp. 312-314. Sur les Philistins en général, voir : R. A. Macalister, *The Philistines, their History and Civilization*, Chicago, 1965 ; K. A. Kitchen, « The Philistines », dans D. J. Wiseman (Ed.), *Peoples of Old Testament Times*, Oxford, 1973.

4. D. Stronach, « Achaemenid village I at Susa and the Persian migration to Fars », *Iraq*, 36, 1974, pp. 239-248 ; R. Ghirshman, *L'Iran et la Migration des Indo-Aryens et des Iraniens*, Leiden, 1977, pp. 45-70. Cf. R. H. Dyson Jr., *CAH ³*, II, 1, pp. 712-715.

5. Sur ce sujet, qui a donné lieu à une énorme littérature, on trouvera des exposés condensés et des bibliographies dans *POA*, II, pp. 63-76 ; pp. 188-194 ; *CAH ³*, II, 2, pp. 307-337 ; 507-525 ; 537-605, et R. de Vaux, *Histoire ancienne d'Israël*, pp. 277-620.

6. Cl. F. A. Schaeffer, *Ugaritica I*, Paris, 1939, pp. 45-46 ; R. de Vaux, « La Phénicie et les peuples de la mer », *Mélanges de l'Université Saint-Joseph*, 45, Beyrouth, 1969, pp. 481-498 ; J. Nougayrol, « Guerre et paix à Ugarit », *Iraq*, 25, 1963, pp. 120-121. M. C. Astour, « New evidence for the last days of Ugarit », *AJA*, 69, 1965, pp. 253-258.

7. Principaux ouvrages sur les Phéniciens : G. Contenau, *La Civilisation phénicienne*, Paris, 1949, 2ᵉ éd. ; D. Harden, *The Phoenicians*, London, 1962 ; S. Moscati, *Il Mondo dei Fenici*, Milano, 1966 (trad. angl., *The World of the Phoenicians*, London, 1973, 2ᵉ éd.) ; A. Parrot, M. H. Chehab et S. Moscati, *Les Phéniciens*, Paris, 1975 ; G. Bunnens, *L'Expansion phénicienne en Méditerranée*, Bruxelles, 1979.

8. G. Février, *Histoire de l'écriture*, Paris, 1948 ; G. R. Driver, *Semitic Writing*, Oxford, 1948 ; D. Diringer, *Writing*, London, 1962 ; *The Alphabet*, London, 1968 ; J. Naveh, *Die Entstehung des Alphabets*, Zürich, 1979. F. Briquel-Chatonnet, « L'invention de l'alphabet », dans *Syrie, Mémoire et Civilisation*, Paris, 1993, pp. 188-191.

9. Principaux recueils de traductions : C. H. Gordon, *Ugaritic Literature*, Roma, 1949 ; G. R. Driver, *Canaanite Myths and Legends*, Edinburgh, 1956 ; A. Jirku, *Kanaanäische Mythen und Epen aus Ras Shamra*, Gütersloh, 1962 ; A. Caquot et M. Sznycer, « Les textes ougaritiques » dans *Les Religions du Proche-Orient*, Paris, 1970, pp. 353-450 ; A. Herdner, *Textes ougaritiques I*, Paris, 1974, *ANET ³*, pp. 130-155.

10. Etudes d'ensemble sur les néo-Hittites dans Seton Lloyd, *Early Anatolia*, Harmondsworth, 1956, pp. 156-176 ; O. R. Gurney, *The Hittites*, Harmondsworth, 1980, 2ᵉ éd., pp. 41-47 ; *CAH ³*, II, 2, pp. 441-442 ; 526-529 ; J. D. Hawkins, article « Hatti, the 1st millenium B. C. », *RLA*, IV, pp. 152-159. Sur l'écriture et la langue, E. Laroche, *Les Hiéroglyphes hittites I*, Paris, 1960 ; P. Meriggi, *Hieroglyphisch-Hethitisches Glossar*, Wiesbaden, 1962, 2ᵉ éd.

11. Liste complète de ces textes dans E. Laroche, « Liste des documents hiéroglyphiques », *RHA*, 27, 1969, pp. 110-131.

12. Voir M. J. Mellink, « Karatepe : more light on the dark ages », *Bi Or.*, 7, 1950, pp. 141-150.

13. J. D. Hawkins, « Assyrians and Hittites », *Iraq*, 36, 1974, pp. 67-83.

14. Principaux ouvrages et articles d'ensemble sur les Araméens : E. Forrer, article « Aramu », *RLA*, I, pp. 131-139 ; R. T. O'Callaghan, *Aram Naharaïm*, Roma, 1948 ; A. Dupont-Sommer, *Les Araméens*, Paris, 1949 ; A. Malamat, « The Aramaeans », dans D. J. Wiseman (Ed.), *Peoples of Old Testament Times*, Oxford, 1973, pp. 134-155. P. Bordreuil, « Les royaumes araméens de Syrie », *Syrie, Mémoire et Civilisation*, Paris, 1993, pp. 250-257.

15. *Deutéronome*, XXXVI, 5.

16. B. P. Cornwall, « Two letters from Dilmun », *JCS*, 6, 1952, pp. 137-145.

17. *ARAB*, I, § 73, 116, 166.

18. S. Moscati, « The Aramaean Ahlamu », *JSS*, 4, 1959, pp. 303-307.

19. M. F. Unger, *Israel and the Aramaeans of Damascus*, London, 1957.

20. P. Garelli, « Importance et rôle des Araméens dans l'administration de l'Empire assyrien », dans H. J. Nissen et J. Renger (Ed.), *Mesopotamien und seine Nachbarn*, Berlin, 1982, II, pp. 437-447 ; H. Tadmor, « The aramaization of Assyria : aspects of western impact », *ibid.*, pp. 449-470.

21. M. Freiherr von Oppenheim, *Der Tell Halaf*, Leipzig, 1931, pp. 71-198 ; *Tell Halaf II, Die Bauwerke*, Berlin, 1956 ; A. Moortgat, *Tell Halaf III, Die Bildwerke*, Berlin, 1955 ; A. Parrot, *Assur*, Paris, 1961, fig. 90-106.

22. *AAO*, p. 156.

23. A partir de cette dynastie et jusqu'à l'époque néo-babylonienne, l'ouvrage fondamental est : J. A. Brinkman, *A Political History of Post-Kassite Babylonia* (1158-722), abrégé *PKB*, Roma, 1968.

24. Pour ce curieux texte de type « lamentation », voir H. Tadmor, « Historical implications of the correct rendering of Akkadian dâku »,

JNES, 17, 1958, pp. 138-139. Cf. *CAH ³*, II, 2, p. 501. Il n'est pas certain qu'il s'agisse de Nabuchodonosor Iᵉʳ.

25. L. W. King, *BBS*, n° VII, lignes 29-36.

26. W. G. Lambert, « The reign of Nebuchadnezzar I : a turning point in the history of ancient Mesopotamian religion », dans W. S. McCullough (Ed.), *The Seed of Wisdom*, Toronto, 1964, pp. 3-13.

27. G. A. Melikishvili, *Nairi-Urartu* (en russe), Tiflis, 1954, p. 171. Cf. *CAH ³*, II, 2, p. 459.

28. *ARI*, II, § 97 (cf. § 83) ; *ANET ³*, p. 275.

29. *ARI*, II, § 95.

30. *ARAB*, I, § 309 ; *ARI*, II, § 100 ; *Histoire synchronique*, col. II, lignes 14'-24' (*ABC*, pp. 164-165) ; E. Weidner, « Die Feldzüge und Bauten Tiglatpilesers I. », *AFO*, 18, 1958, pp. 342-360.

31. La présence d'éléphants en Syrie septentrionale peut surprendre. Il semble que ces animaux aient été importés d'Inde à une époque indéterminée. Ils étaient probablement peu nombreux, car ils sont très rarement représentés sur les monuments figurés. Cf. D. Collon, « Ivory », *Iraq*, 39, 1977, pp. 219-222.

32. *ARAB*, I, § 247-248 ; *ARI*, II, § 43-45, 103, 111, 132.

33. Tablette de pierre de Nabû-apla-iddina (887-855), I, 4-5. Traduction : L. W. King, *BBS*, p. 121.

34. J. R. Kupper, *Les Nomades de Mésopotamie au temps des rois de Mari*, Paris, 1957, pp. 115-125.

35. *Histoire synchronique*, col, II, lignes 25'-27' (*ABC*, p. 165). Le roi de Babylone est Marduk-shapik-zêri (1080-1068).

36. L. W. King, *Chronicles*, II, pp. 143-179. Voir notamment la « Chronique religieuse » (*ABC*, pp. 133-138), certains passages de la « Chronique dynastique » (*ABC*, pp. 139-144) et un fragment de chronique assyrienne (*ABC*, p. 189).

37. P. Gössmann, *Das Erra-Epos*, Würzburg, 1955 ; L. Cagni, *L'Epopea di Erra*, Roma, 1969 ; R. Labat, *Les Religions du Proche-Orient*, pp. 114-137.

38. « Chronique religieuse », col. III, lignes 4-15 (*ABC*, pp. 137-138).

39. Sur ces tribus, voir : *PKB*, pp. 260-267 (Chaldéens), pp. 267-285 (Araméens) ; M. Dietrich, *Die Aramäer Südbabyloniens in der Sargonidenzeit* (700-648), 1970, Neukirchen-Vluyn, 1970. Cf. F. Malbran-Labat, *Journal asiatique*, 1972, pp. 15-38.

Chapitre 18

1. A. K. Grayson, ARI, II, § 368.

2. Sur Lubdu, voir *PKB*, p. 178, n. 1096.

3. Exactement depuis Ninurta-apal-Ekur (1192-1180).

4. Les principales sources pour l'histoire politique de la période néo-assyrienne sont :

A. Les inscriptions royales assyriennes dont on trouvera la bibliographie dans R. Borger, *Handbuch der Keilschriftliteratur*, III, Berlin, 1975, pp. 23-28. De nombreux textes ont été traduits en anglais par D. Luckenbill, *Ancient Records of Assyria and Babylonia (ARAB)*, Chicago, 1926-1927, 2 vol., ouvrage pratique mais nécessairement incomplet, vu sa date. L'excellent ouvrage de A. K. Grayson, *Assyrian royal Inscriptions (ARI)*, Wiesbaden, 1972-1976, 2 vol., ne dépasse pas le règne d'Ashurnaṣirpal II. Heureusement, le même auteur et ses collègues de l'Université de Toronto responsables du projet *Royal Inscriptions of Mesopotamia (RIM)* ont déjà publié, dans la sous-série assyrienne *(RIMA)*, le premier volume : A. K. Grayson, « Assyrian Rulers of the First Millenium B. C. », Toronto, 1991, qui sera suivi par beaucoup d'autres ; *ARI*, II, § 368. A. K. Grayson,

B. La liste d'éponymes avec mention des événements année par année publiée en 1938 par A. Ungnad, article « Eponyment » dans *RLA*, II, pp. 412-457, qui a aussi besoin d'être mise à jour ;

C. La correspondance royale découverte à Ninive et publiée par R. F. Harper, *Assyrian and Babylonian Letters belonging to the Kuyunjik Collection of the British Museum (ABL)*, London/Chicago, 1892-1914, 14 vol. ; ces lettres ont été traduites par Leroy Waterman, *Royal Correspondance of the Assyrian Empire (RCAE)*, Ann Arbor, Mich., 1930-1936, 4 vol., mais beaucoup serait à reprendre dans cet ouvrage. A ces lettres de Ninive, on ajoutera la correspondance royale de Nimrud publiée par C. J. Gadd, J. V. Kinnier Wilson, B. Parker, H. W. Saggs et D. J. Wiseman dans *Iraq*, 12 (1950) à 28 (1966). Voir également la remarquable série de textes très divers appelée *State Archives of Assyria (SAA)* publiée par la Helsinki University Presse : 10 volumes parus à ce jour (1994).

D. Les chroniques assyriennes et babyloniennes réunies par A. K. Grayson, *Assyrian and Babylonian Chronicles (ABC)*, Locust Valley, N. Y., 1975 ;

E. Les inscriptions babyloniennes étudiées par J. A. Brinkman dans *A Political History of Post-Kassite Babylonia (PKB)*, Roma, 1968 ;

F. L'Ancien Testament, notamment *II Rois, II Chroniques* et *Prophètes*. Pour une vue générale de l'Assyrie, voir H. W. F. Saggs, *The Might that was Assyria*, London, 1984.

5. *ARAB*, I, § 402-434 ; *ARI*, II, § 464-488. Voir aussi : W. Schramm, « Die Annalen des assyrischen König Tukulti-Ninurta II », *Bi Or.* 27, 1970, pp. 174-160.

6. Sur ce sujet, voir : W. G. Lambert, « The reigns of Assurnaṣirpal II and Shalmaneser III, an interpretation », *Iraq*, 36, 1974, pp. 103-109 ; H. Tadmor, « Assyria and the West : the ninth Century and its aftermath » dans H. Gœdicke et J. J. Roberts (Ed.), *Unity and Diversity*, Baltimore, 1975, pp. 36-48 ; A. K. Grayson, « Studies in Neo-Assyrian history : the ninth century B. C. », *Bi. Or.*, 33, 1976, pp. 134-135 ; M. Liverani, « The ideology of the Assyrian empire », dans M. T. Larsen (Ed.), *Power and Propaganda*, Copenhagen, 1979, pp. 297-317 ; P. Garelli, « L'Etat et la légitimité royale sous l'Empire assyrien », *ibid.*, pp. 319-328 ; J. Reade, « Ideology and Propaganda in Assyrian art », *ibid.*, pp. 329-343.

7. D. G. Hogarth, *The Ancient Near East*, London, 1950, p. 25.

8. *CAH ³*, II, 2, p. 479. C'est au cours de la période médio-assyrienne (XIIIᵉ-XIᵉ siècles) qu'Ashur prit ce caractère dominateur et guerrier qu'il ne possédait pas auparavant. Dans une version assyrienne de l'*Epopée de la Création (enuma elish)*, il remplace Marduk au second rang du panthéon.

9. F. M. Fales, « The ennemy is the Neo-Assyrian inscriptions : the "moral judgement" », dans H. J. Nissen et J. Renger (Ed.), *Mesopotamien und seine Nachbarn*, Berlin, 1982, II, pp. 425-435.

10. *ARAB*, I, § 466, 501-502 ; *ARI*, II, § 574, 641.

11. Le talent *(biltu)* valait environ 33 kilos, et le *gur*, environ 70 litres.

12. A. L. Oppenheim, *Ancient Mesopotamia*, Chicago, 1964, p. 167. Voir également les articles cités ci-dessus, n. 6.

13. G. Kestemont, « Le commerce phénicien et l'expansion assyrienne du IXᵉ-VIIIᵉ siècle », *Oriens Antiquus*, II, 1972, pp. 137-144 ; S. Frankestein, « The Phœnicians in the Far West : a function of Neo-Assyrian imperialism », dans *Power and Propaganda*, pp. 263-294.

14. A. Parrot, *Assur*, Paris, 1961, p. 19, pl. 22-23.

15 *ARAB*, I, § 443 ; *ARI*, II, § 587.

16. *ARAB*, I, § 444-445 ; *ARI*, II, § 549. Cf. P. Garelli, « Les sujets du roi d'Assyrie », dans *La Voix de l'opposition en Mésopotamie*, Bruxelles, 1973, p. 189.

17. A. K. Grayson, *Bi or.*, 33, 1976, p. 140. Selon cet auteur et J. A. Brinkman (*PKB*, pp. 390-394), il y aurait eu deux campagnes en Syrie : l'une vers le Pattina ('Amuq), l'autre vers le Liban. Texte dans *ANET ³*, pp. 275-276.

18. *ARAB*, I, § 497, 518 ; *ARI*, II, § 586. Cf. *ANET ³*, p. 276.

19. Tushhan est Kurkh, environ 30 km au sud de Diarbakr, où un obélisque d'Ashurnaṣirpal a été découvert (*ARI*, II, § 629-643). Kâr-Asurnaṣirpal et Nebarti-Ashur, qui se font face sur les deux rives de l'Euphrate, correspondent peut-être à Zalabiyah et Halabiya, entre Raqqa et Deir ez-Zôr.

20. Pour une remise en perspective de la fameuse « cruauté » assyrienne, voir : A. T. Olmstead, « The calculated frightfulness of Ashurnasir-apal », *JAOS*, 38, 1918, pp. 209-263 ; *History of Assyria*, New York, 1923, pp. 645-655 ; H. W. Saggs, « Assyrian prisoners of war and the right to live », *AFO, Beiheft* 19, 1982, pp. 85-83. *Civilization before Greece and Rome*, London, 1989, pp. 189 *ss*.

21 *ARAB*, I, § 443, 445, 472 ; *ARI*, II, § 547, 549, 579.

22. J. de Morgan, *Les Premières Civilisations*, Paris, 1909.

23. A. Parrot, *Assur*, p. 54, pl. 62 ; W. Budge, *Assyrian Sculptures in the British Museum*. London, 1914, pl. 12 et 42 1.

24. Voir la récente étude de S. Lackenbacher, *Le Roi bâtisseur. Les récits de construction assyrienne des origines à Teglatphalazar III*, Paris, 1982.

25. *ARAB*, I, § 489 ; *ARI*, II, § 653.

26. A. H. Layard, *Nineveh and its Remains*, London, 1849 ; *Nineveh and Babylon*, London, 1882.

27. Fouilles britanniques de 1949 à 1963. Rapports préliminaires dans *Iraq*, 12 (1950) à 25 (1963). Publication définitive : M. E. L. Mallowan, *Nimrud and its Remains*, London, 1966, 2 vol. Résumé des résultats par M. E, L. Mallowan dans *Twenty-five Years of Mesopotamian Discovery*, London, 1956, pp. 99-112, et par J. Reade dans *Fifty Years of Mesopotamian Discovery*, London, 1982, pp. 99-112. Voir également J. N. Postgate et J. E. Reade, article « Kalhu » dans *RLA*, V, pp. 303-323. Fouilles polonaises de 1974 à 1976 publiées dans *Iraq*, 37 (1975) et 38 (1976). Fouilles iraqiennes avec restaurations à partir de 1970, résumées dans *Sumer*, 26 (1970) s. et *Iraq*, 34 (1972) jusqu'à 1985.

28. M. E. L. Mallowan, *Nimrud and its Remains,* I, p. 106, p. 137, fig. 17.

29. D. J. Wiseman, « A new stela of Assur-naṣir-pal II », *Iraq*, 24, 1952, pp. 24-39. Cf. *ANET* [3], pp. 558-560.

30. H. Frankfort, *AAO*, pl. 93.

31. J. Laessøe, « A statue of Shalmaneser III from Nimrud », *Iraq*, 21, 1959, pp. 174-157.

32. Texte d'Assarhaddon publié par H. Heidel dans *Sumer*, 12, 1956, pp. 9-37. Fouilles de « Fort Shalmaneser », dans M. E. L. Mallowan, *Nimrud and its Remains*, II, pp. 369-470.

33. H. Rassam, *Asshur and the Land of Nimrod*, New York, 1897. Sur les recherches entreprises au cours des fouilles de Nimrud : D. Oates, « Balawat (Imgur-Enlil) : the site and its buildings », *Iraq*, 36, 1974, pp. 173-178 ; J. Curtis, « Balawat » dans *Fifty Years of Mesopotamian Dicovery*, pp. 113-119.

34. L. W. King, *Bronze Reliefs from the Gates of Shalmaneser*, London, 1915. Cf. A. Parrot, *Assur*, pl. 121-129.

35. Aux inscriptions de Salmanasar publiées dans *ARAB*, I, § 553-612, ajouter : G. C. Cameron, *Sumer*, 6, 1950, pp. 6-26 ; F. Safar, *Sumer*, 7, 1951, pp. 3-21 ; J. Laessøe, *Iraq*, 21, 1959, pp. 38-41 ; J. V. Kinnier Wilson, *Iraq*, 24, 1962, pp. 90-115. Etude d'ensemble sur le règne dans *POA*, II, pp. 87-91. Voir également les articles de H. Tadmor et A. K. Grayson cités ci-dessus, n. 6.

36. Moderne Tell Ahmar, sur la rive gauche de l'Euphrate, 20 km au sud de Jerablus (Karkemish). Fouilles françaises de 1929 à 1931 : F. Thureau-Dangin et M. Dunand, *Til Barsib*, Paris, 1936. Les fresques, très belles, datent du huitième-septième siècle (A. Parrot, *Assur*, pl. 109-119). Fouilles australiennes en 1988 : G. Bunnens (Ed.), *Tell Ahmar*, Leuven, 1990 ; *Akkadica*, 63, 1989, pp. 1-11.

37. Aujourd'hui Qarqar sur l'Oronte, 7 km au sud de Jisr el-Shoghur (M. C. Astour, *Orientalia*, 38, 1969, p. 412).

38 *ARAB*, I, § 611 ; *ANET* [3], p. 279. Notons que c'est le premier texte mentionnant les Arabes.

39 *ARAB*, I, § 681. Cf. *II Rois*, VIII, 7-15. Sur ce roi de Damas, voir : A. Lemaire, « Hazaël de Damas, roi d'Aram », dans D. Charpin, F. Joannès (Ed.), *Marchands, Diplomates et Empereurs*, Paris, 1991, pp. 35-44.

40. Tablette de pierre de Nabû-apla-iddina (BBS, pp. 120-127) restaurant les temples et les rites. « Histoire synchronique », col. III, lignes 23-24. Cf. *PKB*, p. 189.

41. *ARAB*, I, § 624.

42. *ABC*, p. 167 ; *PKB*, pp. 192-199. Une base de trône découverte à Nimrud montre Salmanasar et Marduk-zakir-shumi se serrant la main : D. Oates, *Iraq*, 25, 1963, pp. 20-21. Inscription sur cette base : P. Hulin, *ibid.*, pp. 48-69.

Chapitre 19

1. Inscriptions de Shamshi-Adad V dans *ARAB*, I, § 713-729, et dans *JNES*, 32, 1973, pp. 40-46. Sur la chronologie du règne, voir A. K. Grayson, *Bi. Or.*, 33, 1976, pp. 141-143.

2. E. F. Weidner, « Die Feldzüge Samsi-Adads V. gegen Babylonien », *AFO*, 9, 1933-1934, pp. 89-104 ; *PKB*, pp. 204-210.

3. *ARAB*, I, § 731. La présence de sa stèle parmi celles des rois d'Assyrie à Assur et, plus encore, le fait que le gouverneur de Kalhu ait dédié une statue « pour la vie d'Adadnirâri, roi d'Assyrie, son seigneur, et de Sammuramat, la Dame-du-Palais, sa maîtresse » (*ARAB*, I, § 745) en disent long sur le pouvoir de cette femme, même s'il n'est pas absolument prouvé qu'elle a exercé la régence (S. Page, *Orientalia*, 38, 1969, pp. 457-458).

4. A. T. Olmstead, *History of Assyria*, New York, 1923, p. 158.

5. Parmi les études récentes sur la légende de Sémiramis, voir : W. Eilers, *Semiramis : Entstehung und Nachhall einer altorientlische Sage*, Wien, 1971 ; G. Roux, « Sémiramis, la reine mystérieuse de l'Orient », *L'Histoire*, 68, 1984, pp. 20-23 ; G. Pettinato, *Semiramide*, Milano, 1985.

6. Bérose, *Babyloniaca*, dans *Sources for the Ancient Near East*, Malibu, Calif., 1978, p. 164.

7. Aux inscriptions d'Adad-nirâri III publiées dans *ARAB*, I, § 732-743, ajouter les stèles découvertes à Tell el-Rimah (*Iraq*, 30, 1968, pp. 139-153) et à Sheikh Ahmad (*Iraq*, 35, 1973, pp. 54-57). Cf. H. Tadmor, « The historical inscriptions of Adad-nirâri III », *Iraq*, 35, 1973, pp. 141-150.

8. Sur la date de cette campagne, voir A. R. Millard et H. Tadmor, « Adad-nirâri III in Syria », *Iraq*, 35, 1973, pp. 57-64.

9. On appelle ainsi les listes de limu mentionnant les événements survenus chaque année. Voir ci-dessus, chapitre 2 et chapitre 18, n. 4.

10. F. Thureau-Dangin, « L'inscription des lions de Til-Barsib », *RA*, 27, 1930, pp. 11-21.

11. Traité entre Ashur-nirâri V et Mati'-El d'Arpad : *ARAB*, I, § 749-760 ; *ANET ³*, pp. 532-533 ; R. Borger, *Text aus der Umwelt des Alten Testaments*, I, 2, Güterloh, 1983, pp. 155-158.

12. Stèle de Zakir, découverte à 'Afis, au sud-ouest d'Alep : *ANET ³*, pp. 655-656. L'hypothèse d'une intervention assyrienne est soulevée par P. Garelli, *POA*, II, p. 97.

13. Parmi les ouvrages récents sur l'Urarṭu, citons : B. Piotrovskii, *Il Regno di Van, Urartu*, Roma, 1966 ; *Ourartou*, Genève, 1970 ; C. Burney et D. H. Lang, *The Peoples of the Hills : ancient Ararat and Caucasus*, London, 1971 ; S. Kroll, *Urarṭu, das Reich am Ararat*, Hamburg, 1979. Il existe aussi de nombreux ouvrages et articles en russe.

14. F. König, *Handbuch der Chaldischen Inschriften*, *AfO* Beiheft 8, 1955.

15. E. Akurgal, *Die Kunst Anatoliens*, Berlin, 1961, pp. 185-195 ; B. Piotrovskii, *Urartu, the Kingdom of Van and its Art*, London, 1967, pp. 22-23.

16. Cette question est assez discuté. Voir notamment P. Garelli, *POA*, II, pp. 113, 231-234 et M. T. Larsen dans *Power and Propaganda*, p. 86.

17. Sur ces titres et sur l'organisation des provinces assyriennes périphériques : E. Klauber, *Assyrisches Beamtentum*, Leipzig, 1910 ; E. Forrer, *Die Provinzeinteilung des Assyrischen Reiches*, Leipzig, 1920 ; R. A. Henshaw, « The office of *saknu* in Neo-Assyrian times », *JAOS*, 87, 1967, pp. 517-525 ; 88, 1968, pp. 461-483 ; P. Garelli, *POA*, II, pp. 135-137 ; J. Pecirková, « The administrative organization of the Neo-Assyrian empire », *Archiv Orientalní*, 45, 1977, pp. 211-228 ; J. N. Postgate, « The place of the *saknu* in Assyrian government », *Anatolian Studies*, 30, 1980, pp. 69-76.

18. F. Malbran-Labat, *L'Armée et l'Organisation militaire de l'Assyrie*, Genève/Paris, 1982, pp. 59-61.

19. Sur cette question, voir la monographie de B. Oded, *Mass Deportation and Deportees in the Neo-Assyrian Empire*, Wiesbaden, 1979.

20. B. Oded, *op cit.*, pp. 20-21.

21. A. Parrot, *Assur*, pp. 53-56.

22. Inscriptions de Teglath-Phalazar III dans *ARAB*, I, § 761-822. Ajouter les fragments découverts à Nimrud et publiés par D. J. Wiseman dans *Iraq*, 13, 1951, pp. 21-26 ; 18, 1956, pp. 117-129, et 26, 1964, pp. 119-121, ainsi que les textes cités ci-dessous n. 27 et 34.

23. « Chronique babylonienne », col. I, lignes 1-5 (*ABC*, pp. 70-71) ; *ARAB*, I, § 782, 805, 809 ; *PKB*, pp. 229-232.

24. M. Weippert, « Zur Syrienpolitik Tiglath-Pilesers III », dans H. J. Nissen et J. Renger (Ed.), *Mesopotamien und seine Nachbarn*, Berlin, 1982, II, pp. 395-408.

25. *ARAB*, I, § 813. Cf. M. C. Astour, « The arena of Tiglath-Pileser III's campaign against Sarduri II (843 B. C.) », *Assur*, 2/3, 1979, pp. 61-91.

26. Fouilles françaises en 1928 : F. Thureau-Dangin, A. Barrois, G. Dossin et M. Dunand, *Arslan Tash*, Paris, 1931. Cf. G. Turner, *Iraq*, 30,

1968, pp. 62-68. Teglath-Phalazar III s'était fait construire un palais à Nimrud.

27. R. Ghirshman, *Iran*, Harmondsworth, 1954, p. 94. Stèle : L. D. Levine, *Two Assyrian Stelae from Iran*, Royal Ontario Museum, Art and Archaeology, Toronto, 1972, pp. 11-24. La deuxième stèle est de Sargon II.

28. Lettre de Nimrud publiée par H. W. Saggs dans *Iraq*, 17, 1955, p. 128. Cf. M. Cogan, « Tyre and Tiglath-Phalazar III », *JCS*, 25, 1973, pp. 96-99.

29. *II Chroniques* XXVIII, 5-8 ; *II Rois* XV, 29-30 ; XVI, 5-9. Cf. *ANET*[3], pp. 283-284.

30. Lettres de Nimrud publiées par H. W. Saggs, *Iraq*, 17, 1955, pp. 21-56 ; 25, 1983, pp. 70-80. Cf. *PKB*, pp. 235-243.

31. L'inscription de *ARAB*, I, § 829-830 est en réalité d'Assarhaddon. Pour les maigres sources sur ce règne, voir *PKB*, p. 244.

32. Inscriptions de Sargon dans *ARAB*, II, § 1-230. L'édition de référence des annales est celle de A. G. Lie, *The Inscriptions of Sargon II, King of Assyria, The Annals*, Paris, 1929. Etude d'ensemble du règne de Sargon : H. Tadmor, « The campaigns of Sargon II of Assur : a chronological-historical study », *JCS*, 12, 1958, pp. 22-40 ; 77-100.

33. C'est ce qu'on appelle la « Charte d'Assur » : *ARAB*, II, § 133-135 ; H. W. Saggs, « Historical texts and fragments of Sargon II of Assyria : the "Assur Charter" », *Iraq*, 37, 1975, pp. 11-25. Sur cette révolte : P. Garelli, *La Voix de l'opposition en Mésopotamie*, pp. 207-208.

34. « Chronique babylonienne », col. I, lignes 33-37 (*ABC*, pp. 73-74). Inscription de Merodach-Baladan : C. J. Gadd, « Inscribed barrel cylinder of Marduk-apal-iddina II », *Iraq*, 15, 1953, pp. 123-134.

35. *ARAB*, II, § 5 ; *ANET*[3], p. 285 ; R. Borger, « Das Ende des aegyptischen Feldhern Sib'e = Sô », *JNES*, 19, 1960 pp. 49-53.

36 *ARAB*, II, § 30-62 ; *ANET*[3], p. 286. Cf. H. Tadmor, *op. cit.*, pp. 83-84.

37. *SAA*, I, 41, V, 3, 53, 81, 85, 87, 88, 113, 164 en particulier. Lettres de Nimrud dans *Iraq*, 20, 1958, pp. 182-212.

38. F. Thureau-Dangin, *Une relation de la huitième campagne de Sargon*, Paris, 1912 ; *ARAB*, II, § 139-189. Voir le remarquable article A. L. Oppenheim, « The city of Assur in 714 B. C. », *JCS*, 19, 1960, pp. 133-147.

39. *Huitième campagne*, lignes 18-27, trad. F. Thureau-Dangin.

40. *ARAB*, II, § 23.

41. Aujourd'hui Tell el-Lahm, à 38 km au sud d'Ur. Ce grand tell a fait l'objet de quelques sondages : Fuad Safar, « Soundings at Tell el-Lahm », *Sumer*, 5, 1949, pp. 154-164, et a livré une inscription de Nabonide : H. W. Saggs, *Sumer*, 13, 1957, pp. 190-194.

42. Voir : J. Elayi et A. Cavigneaux, « Sargon II et les Ioniens », *Oriens Antiquus*, 18, 1979, pp. 59-75. Chypre n'est qu'à un ou deux jours de navigation de la côte phénicienne ; le chiffre 7 a pu être « attiré » par le nombre de rois.

43. Voir chapitre 2. Les premières fouilles (1843-1844 et 1852-1854) ont été publiées par P. E. Botta et E. Flandin, *Les Monuments de Ninive*, Paris, 1849-1850, et par V. Place, *Ninive et l'Assyrie*, Paris, 1867-1870. Pour les fouilles de l'Oriental Institute de Chicago (1930-1935), voir : G. Loud et C. Altmann, *Khorsabad*, Chicago, 1936-1938, 2 vol. (*OIP*, XXX-VIII et XL). Plans et reconstitutions dans A. Parrot, *Assur*, fig. 10-13.

44. *ARAB*, II, § 89.

45. « Chronique babylonienne », col. II, ligne 6' (*ABC*, p. 76). Cf. H. Tadmor, *op cit.*, p. 97, n. 312.

46. J. A. Brinkman, *Prelude to Empire*, Philadelphia, 1984, p. 56, n. 254.

Chapitre 20

1. Aux inscriptions publiées par D. Luckenbill, *The Annals of Sennacherib* (*OIP*, II), Chicago, 1924, et *ARAB*, II, § 231-496, ajouter les textes publiés par A. Heidel, *Sumer*, 9, 1953, pp. 117-188, et A. K. Grayson, *AfO*, 20, 1963 pp. 83-96. J. Reade, « Sources for Sennacherib : the prisms », *JCS*, 24, 1975, pp. 189-196.

2. U. Cozzoli, *I Commeri*, Roma, 1968 ; A. Kammenhuber, article « Kimmerier », *RLA*, V, pp. 594-596.

3. *SAA* I, n° 92. Le royaume d'Urartu survécut jusqu'en 590, date à laquelle il fut conquis par les Mèdes. On possède des inscriptions d'Argishti II et de Rusa II, contemporain d'Ashurbanipal.

4. Texte de cette campagne dans *ANET* ³, pp. 287-288. La capitulation de Lakish est représentée sur un bas-relief de Ninive : *AAO*, pl. 101 ; A. Parrot, *Assur*, fig. 49.

5 *II Rois* XVIII, 13 XIX, 34. Cf. *II Chroniques* XXXII, 1-1 ; *Isaïe* XXXVI, 1 à XXXVII, 38 ; W. von Soden, « Sennacherib vor Jesuralem, 701 B. C. » dans *Festschrift Eric Stier*, Munster, 1972, pp. 43-51

6. Voir les études de J. A. Brinkman, « Sennacherib's Babylonian problem », *JCS*, 25, 1973, pp. 89-99, et de L. D. Levine, « Sennacherib's southern front : 704-689 B. C. », *JCS*, 34, 1982, pp. 28-58.

7. *ARAB*, II, § 242. Nagite, non localisée, était probablement une des nombreuses îles plates et marécageuses qui s'étendaient alors entre l'embouchure de l'Euphrate et celle du Karun.

8. Upâ (Opis) est tell 'Umar sur le Tigre, au sud de Baghdad. On ne sait où situer Bâb Salimêti. Sur la géographie de cette région à l'époque de Sennacherib, voir G. Roux, « Recently discovered ancient sites in the Hammar Lake district (Southern Iraq) », *Sumer*, 16, 1960, p. 31 et n. 55.

9. Version assyrienne de la bataille dans *ARAB*, II, § 253-254. La « Chronique babylonienne », col. III, lignes 16-18 (*ABC*, p. 80) parle d'une « retraite assyrienne ». Hallulê était probablement situé aux environs de la basse Diyala.

10 *ARAB*, II, § 339-341. La « Chronique babylonienne », col. III, lignes 22-23 (*ABC*, pp. 80-81) dit pudiquement : « Le premier jour du mois de

kislimu la ville fut prise. Mushêzib-Marduk fut capturé et emmené en Assyrie. »

11. *ARAB*, II, § 358.

12. Tell el-Farama, à 50 km environ de l'isthme de Suez.

13 *II Rois* XIX, 35 ; Hérodote, II, 141 ; Flavius Josèphe, *Antiquités judaïques*, X, 1, 4-5.

14 *II Rois XIX*, 36-37 ; « Chronique babylonienne », col. III, lignes 34-35 (*ABC*, p. 81). Cf. *ARAB*, II, § 795. Voir les études de E. G. Kraeling, « The death of Sennacherib », *JAOS*, 53, 1933, pp. 335-346, et de S. Parpola, « The murder of Sennacherib », dans B. Alster (Ed.), *Death in Mesopotamia*, Copenhagen, 1980, pp. 171-182.

15. Par exemple, H. R. Hall, *The Ancient History of the Near East*, London, 1950, pp. 481-482. Opinion beaucoup plus nuancée dans A. T. Olmstead, *History of Assyria*, New York, 1923, pp. 334, 601, 610.

16. Nebi Yunus, couronné par un hameau et portant un oratoire dédié au prophète Jonas, n'a guère été exploré. Seul Kuyunjik a fait l'objet de fouilles, d'abord par Layard (1847), puis par des missions britanniques jusqu'en 1932. Résumé des résultats dans *AM*, I, *passim*, et R. Campbell-Thompson et R. W. Hutchinson, *A Century of Exploration at Nineveh*, London, 1929. Reprise des fouilles par les Iraqiens en 1967, avec restauration : T. Madhloum et A. M. Mehdi, *Nineveh*, Baghdad, 1976.

17 *ARAB*, II, § 356.

18. T. Jacobsen et Seton Lloyd, *Sennacherib's Aqueduct at Jerwan* (*OIP*, XXIV), Chicago, 1935 ; J. Reade ; « Studies in Assyrian geography I, Sennacherib and the waters of Nineveh », *RA*, 72, 1978, pp. 47-72 ; 157-180.

19. W. Bachmann, *Felsreliefs in Assyrien*, Leipzig, 1927. Cf. A. Parrot, *Assur*, fig. 80-81.

20. Récit d'Assarhaddon au début de ses annales : *ARAB*, II, § 501-505 ; *ANET* [3], pp. 288-290.

21. Selon S. Parpola, dans B. Alster (Ed.), *Death in Mesopotamia*, Copenhagen, 1980, pp. 171-182, Arad-Ninlil est à lire Arad-Mulishshi, ce qui correspondrait assez bien à Adramalek, nom de l'assassin dans la Bible.

22. Les inscriptions d'Assarhaddon (*ARAB*, II, § 497-761) ont été réunies par R. Borger, *Die Inschriften Asarhaddons, König von Assyrien*, Graz, 1956. D'autres inscriptions ont été publiées depuis, notamment dans *Sumer*, 12, 1956, pp. 9-38 ; *AfO*, 18, 1957-1958, pp. 314-318 ; *Iraq*, 23, 1961, pp. 176-178 ; 24, 1962, pp. 116-117 ; *JCS*, 17, 1963, pp. 119-131 ; *Iraq* 26, 1964, pp. 122-123.

23. *ARAB*, II, § 639-687. Cf. J. Nougayrol, *AfO*, 18, 1957-1958, pp. 314-318.

24. « Chronique babylonienne », col. II, lignes 39-50 ; IV, 1-2, 9-10 (*ABC*, pp. 82-83) ; « Chronique d'Assarhaddon », lignes 10-11, 35-37 (*ABC*, pp. 126-127).

25. R. Borger, *op. cit.*, § 69 ; *ANET ³*, pp. 533-534.

26. Sur les Scythes en général ; T. Talbot Rice, *The Scythians*, London, 1957 (trad. fr. : *Les Scythes*, Paris, 1958) ; R. Grousset, *L'Empire des steppes*, Paris, 1969 ; B. D. Grapow, *Die Skythen*, Berlin, 1978. Notre connaissance de l'histoire des Scythes dérive surtout d'Hérodote, IV, 1-144.

27. « Chronique d'Assarhaddon », lignes 16-18, 21-22 (*ABC*, p. 126) ; G. Cameron, *History of Early Iran*, Chicago, 1936, p. 166 ; *ABL*, n° 918.

28. A. Spalinger, « Esarhaddon in Egypt : an analysis of the first invasion of Egypt », *Orientalia*, 43, 1974, pp. 295-326. Sur l'Egypte à cette époque, voir : K. A. Kitchen, *The Third Intermediate Period in Egypt*, Warminster, 1973.

29. A. K. Irvine, « The Arabs and Ethiopians », dans D. J. Wiseman (Ed.), *Peoples of Old Testament Times*, Oxford, 1973, p. 291. Textes dans *ARAB*, II, § 518-536 ; 551. Cf. *ANET ³*, pp. 191-192.

30. *ANET ³*, p. 293. En réalité, de sanglants combats eurent lieu à Memphis et les rois du Delta furent maintenus en place. Des statues de Taharqa et de la déesse égyptienne Anuqet ont été découvertes à Ninive (Nebi Yunus) sur le site du palais d'Assarhaddon. Cf. V. Vikentiev, *Sumer*, 11, 1955, pp. 111-114, et 12, 1956, pp. 76-79.

31. D. J. Wiseman, « The vassal-treaties of Esarhaddon », *Iraq*, 30, 1958, pp. 1-99. Cf. *ANET ³* pp. 534-541.

32. *ABL*, n° 1239. Cf. P. Garelli, *Akkadica*, 27/2, 1982, p. 22. Texte complet dans F. Malbran-Labat, *L'Armée et l'Organisation militaire de l'Assyrie*, Genève/Paris, 1982, p. 200, n. 100.

33. Inscriptions d'Ashurbanipal : M. Streck, *Assurbanipal und die letzten assyrischen Könige,* Leipzig, 1916 ; D. D. Luckenbill, *ARAB*, II, § 762-1129 ; T. Bauer, *Die Inschriftenwerke Assurbanipals*, Leipzig, 1933 ; A. C. Piepkorn, *Historical Prism Inscription*, I, Chicago, 1933. Autres textes ou fragments : W. G. Lambert, *AfO*, 18, 1957-1958, pp. 382-398 ; D. J. Wiseman, *Iraq*, 26, 1964, pp. 118-124 ; E. Knudsen, *Iraq*, 29, 1967, pp. 46-49 ; A. Millard, *Iraq*, 30, 1968, pp. 98-114 ; R. Borger, *AfO*, 23, 1970, p. 90.

34. A. Spalinger, « Assurbanipal and Egypt : a source study », *JAOS*, 94, 1974, pp. 316-328.

35. *ARAB*, II, § 772 ; *ANET ³*, pp. 294-295.

36. Selon Ashurbanipal (*ARAB*, II, § 784-785, 849, 909-910), Gygès lui aurait envoyé un messager avec une lettre disant qu'Ashur lui était apparu en rêve, lui enjoignant de « saisir les pieds du roi d'Assyrie et d'évoquer son nom pour combattre ses ennemis ».

37. M. Cogan et H. Tadmor, « Gyges and Ashurbanipal », *Orientalia*, 46, 1977, pp. 65-85 ; A. Spalinger, « The death of Gyges and its historical implications », *JAOS*, 98, 1978, pp. 400-409 ; A. K. Grayson, « The chronology of the reign of Ashurbanipal », *ZA*, 70, 1981, pp. 226-245.

38. *AAO*, pl. 114 ; A. Parrot, *Assur*, fig. 60 ; D. Frankel, *Ashurbanipal and the Head of Teumman*, London, 1977.

39 *ABL*, n° 301.

40. C'est le fameux « suicide de Sardanapale » raconté par Diodore de Sicile, II, 27, qui confond Ashurbanipal (Sardanapale) avec son frère. Le texte publié par M. Cogan et H. Tadmor, *Orientalia*, 50, 1981, pp. 229-240, confirme que Shamash-shuma-ukîn mourut dans un incendie, mais ne parle pas de suicide.

41. J. A. Brinkman, *Prelude to Empire*, Philadelphia, 1984, p. 105.

42. Textes dans *ARAB*, II, § 817-830, 868-870, 878-880, 940-943, 946-950, et dans *ANET* [3], pp. 297-301. Etude très détaillée de M. Weippert, « Die Kämpfe des assyrischen Königs Assurbanipal gegen die Araber », *Die Welt des Orients*, 7, 1973-1974, pp. 38-85.

43 *ANET* [3], p. 299.

44. Bon résumé dans W. Hinz, *The Lost World of Elam*, New York, 1973.

45. J.-M. Aynard, *Le Prisme du Louvre AO 19.939*, col. V, lignes 49-56; 66-71; pp. 56-59.

46. Après la prise de Ninive, en 612, l'Elam fut divisé entre les vainqueurs : la Susiane aux Babyloniens, l'Anshan aux Perses, alors sujets des Mèdes. Cyrus II acquit la Susiane lorsqu'il conquit Babylone, en 539 (W. Hinz, *op cit.*, pp. 159-160).

47. Selon *II Chroniques* XXXIII, 14, les Assyriens auraient capturé le roi de Juda Manassé (687-642) et l'auraient emmené à Ninive. Cet événement n'est pas mentionné dans les annales (incomplètes) d'Ashurbanipal.

48. *Nahum,* III, 7-8 ; 15-16 ; 19-23.

Chapitre 21

1. D. Oates, *Studies in the Ancient History of Northern Iraq*, London, 1968, p. 121.

2. J. N. Postgate, « The economic structure of the Assyrian Empire » dans M. T. Larsen (Ed.), *Power and Propaganda*, Copenhagen, 1979, pp. 193-221 (en particulier pp. 194-197).

3. P. Garelli, « Les sujets du roi d'Assyrie », dans *La Voix de l'opposition en Mésopotamie*, Bruxelles, 1973, pp. 189-213.

4. A. L. Oppenheim, *Ancient Mesopotamia*, Chicago, 1964, p. 99.

5. H. Tadmor, dans H. J. Nissen et J. Renger (Ed.), *Mesopotamien und seine Nachbarn*, Berlin, 1982, II, pp. 455-458.

6. Ce site a été fouillé brièvement par Layard en 1850, par Rawlinson en 1852 et, plus récemment, par l'Université de Mossoul. Voir J. E. Curtis et A. K. Grayson, *Iraq*, 44, 1982, pp. 87-94.

7 *ARAB*, II, § 986.

8. W. Andrae, *Das wiedererstandene Assur*, Leipzig, 1938, pp. 136-140 ; A. Haller, *Die Gräber und Grüfte von Assur*, Berlin, 1954, pp. 170-180.

9. J. Mc Ginnis, « A Neo-Assyrian text describing a royal funeral », *SAA Bulletin*, I, 1987, pp. 1-11.

10. L. Barkho, « Gold find in Nimrud », *Gilgamesh* (Baghdad), 1989, pp. 71-75.

11. K. F. Müller, « Das assyrische Ritual », *MVAG*, 41, 1937 ; R. Labat, *Le Caractère religieux de la royauté assyro-babylonienne*, Paris, 1939, pp. 82-87 ; H. Frankfort, *Kingship and the Gods*, Chicago, 1948, pp. 243-248 ; G. Buccellati, « The enthronement of the king and the capital city » dans *Studies presented to A. L. Oppenheim*, Chicago, 1964, pp. 54-61 ; J. Renger, article « Inthronization », *RLA*, V, pp. 128-136.

12. H. Frankfort, *op. cit.*, p. 247.

13. G. Van Driel, *The Cult of Assur*, London, 1969, p. 170.

14. R. Frankena, *Tâkultu*, Leiden, 1954 (en néerlandais avec résumé anglais) ; « New materials for the *tâkultu* ritual », *Bi. Or.*, 18, 1961, pp. 199-207 ; J. Laessøe, *Studies on the Assyrian Ritual and Series bît rimki*, Copenhagen, 1955.

15. H. Frankfort, *op. cit.*, p. 259.

16. *ABL*, n° 437. Il s'agit d'un rapport adressé au roi l'informant que Damqî, fils de l'administrateur des temples de Babylone, a été mis à mort « pour sauver la vie de Shamash-shuma-ukîn ». Cf. J. Bottéro, *Akkadica*, 9, 1978, pp. 18-20.

17. Les lettres de ces « savants » ont été réunies par S. Parpola, *Letters from Assyrian Scholars to the Kings Esarhaddon and Assurbanipal* (*AOAT*, 5), Neukirchen-Vluyn, 1970. Voir également S. Parpola : *Letters from Assyrian and Babylonian Scholars*, *SAA*, X, Helsinki, 1993.

18. Curieusement, notre meilleure source sur le gouvernement central assyrien est une liste de distribution de rations de vin aux dignitaires et fonctionnaires du palais découverte à Nimrud et publiée par J. V. Kinnier Wilson, *The Nimrud Wine List*, London, 1972. Sur ce sujet, voir la bibliographie chapitre 19, n. 17. Ajouter : J. N. Postgate, *The Governor's Palace Archive*, London, 1973 ; P. Garelli, *POA*, II, pp. 132-135 ; « Remarques sur l'administration de l'Empire assyrien », *RA*, 67, 1974, pp. 129-140.

19. Pour une étude d'ensemble sur l'économie de l'Empire assyrien, voir : P. Garelli, *POA*, II, pp. 128-147 ; pp. 263-281, et J. N. Postgate, *op. cit.* ci-dessus, n. 2. Egalement : J. N. Postgate, *Taxation and Conscription in the Assyrian Empire*, Roma, 1974.

20. On sait que Sargon II a forcé l'Egypte à entrer en relations commerciales avec l'Assyrie (C. J. Gadd, *Iraq*, 16, 1954, p. 179) et qu'Assarhaddon a encouragé les Babyloniens à commercer « aux quatre vents » (R. Borger, *Asarhaddon*, § 11).

21. A. L. Oppenheim, *Ancient Mesopotamia*, pp. 93-94 ; « Essay on overland trade in the first millenium B. C. », *JCS*, 31, 1967, pp. 236-254.

22. Le régime des terres est surtout connu par un recensement cadastral provenant de Harran (C. J. Johns, *An Assyrian Doomsday Book*, Leipzig, 1901) et par des contrats privés. Sur cette question, voir : J. N. Postgate, *Assyrian Grants and Decrees*, Roma, 1969 ; G. Van Driel, « Land and people in Assyria », *Bi. Or.*, 27, 1970, pp. 168-175 ; F. M. Fales, *Censimenti e Castati di Epoca Neo-Assira*, Roma, 1973.

23. P. Garelli, « Problèmes de stratification sociale dans l'Empire assyrien », dans D. O. Edzard (Ed.), *Gesellschaftsklassen im alten Zweistromland (RAI, XVIII)*, München, 1972, pp. 73-79.

24. A l'étude fondamentale et toujours valable de W. Manitius, « Das stehende Heer der Assyrerkönige und seine Organization », *ZA* (ancienne série), 24, 1910, pp. 97-148; pp. 185-224, il faut ajouter maintenant celle de Mᵐᵉ F. Malbran-Labat, *L'Armée et l'Organisation militaire de l'Assyrie*, Genève/Paris, 1982. Voir également Y. Yadin, *The Art of Warfare in Biblical Lands*, London, 1963 ainsi que P. Villard, « L'armée néo-assyrienne », dans *Les Dossiers d'Archéologie*, n° 160, 1992, pp. 42-47.

25. J. N. Postgate, *Taxation and Conscription*, pp. 219-226.

26. H. W. Saggs, « Assyrian warfare in the Sargonid period », *Iraq*, 25, 1963, pp. 145-154 (en particulier pp. 146-147).

27. A. L. Oppenheim, « The eyes of the lord », *JAOS*, 88, 1968, pp. 173-180; F. Malbran-Labat, *op. cit.*, pp. 13-29; 41-57.

28 *ARAB*, I, § 611; *ANET ³*, pp. 278-279 (Qarqar); W. Manitius, *op cit.*, p. 129.

29. Des armes et pièces d'équipement ont été découvertes dans le fort Salmanasar à Nimrud. Cf. D. Stronach, *Iraq*, 20, 1958, pp. 161-181.

30. Sur le char de guerre assyrien, voir la bibliographie donnée par F. Malbran-Labat, *op. cit*, pp. 225-226, n. 207.

31. J. E. Reade, « The Neo-Assyrian court and army : evidence from the sculptures », *Iraq*, 34, 1972, pp. 87-112.

32. T. Madhloum, « Assyrian siege-engines », *Sumer*, 21, 1965, pp. 9-15; A. Mierzejewski, « La technique de siège assyrienne aux IXᵉ-VIIᵉ siècles avant notre ère », *Etudes et Travaux* (Varsovie), 7, 1973, pp. 11-20.

33. Il y a quelques années, ces radeaux étaient encore utilisés sur le Tigre sous le nom de *kelek*. Bas-reliefs avec outres à nage dans *AAO*, pl. 85, et A. Parrot, *Assur*, fig. 47.

34. E. Cavaignac, « Le code assyrien et le recrutement », *RA*, 21, 1924, p. 64.

35. Les sculptures du British Museum, très nombreuses, ont donné lieu à plusieurs publications : E. A. W. Budge, *Assyrian Sculptures in the British Museum, Reign of the Ashur-nasirpal*, London, 1914; A. Paterson, *Assyrian Sculpture, Palace of Sennacherib*, La Haye, 1915; C. J. Gadd, *The Stones of Assyria*, London, 1936; S. Smith, *Assyrian Sculptures in the British Museum from Salmanasar III to Sennacherib*, London, 1938; R. D. Barnett et W. Forman, *Assyrian Palace Reliefs and their Influence on the Sculpture of Babylonia and Persia*, Prague, 1959; R. D. Barnett et M. Falkner, *The Sculptures of Assur-naṣir-apli II, Tiglath-Pileser III, Esarhaddon from the Central and South-West Palaces at Nimrud*, London, 1962; R. D. Barnett et W. Forman, *Assyrian Palace Reliefs in the British Museum*, London, 1970.

36. Comparer les reliefs rupestres avec suite de dieux sur leurs animaux-attributs au XIVᵉ siècle à Yazili-Kaya, près de Boghazköy (K. Bittel,

Les Hittites, Paris, 1976, fig. 239) et au VIIᵉ siècle à Maltaï, en Assyrie (*AM*, I, 48, fig. 8).

37. Le plus ancien exemple de sphinx hittite se trouve à Alaca Hüyük et date du XIVᵉ siècle (*AAO*, pl. 128B ; K. Bittel, *op. cit.*, fig. 209-211).

38. Les orthostates néo-hittites sont abondamment illustrées dans K. Bittel, *op. cit.*, fig. 212-227 et 276-316.

39. J. E. Reade, dans M. T. Larsen (Ed.), *Power and Propaganda*, p. 331.

40. A. Parrot, *Assur*, fig. 107, 108, 341.

41. A. Parrot, *Assur*, fig. 109-111 ; 343-345.

42. *AAO*, pl. 115, 117, 118 A, B, 171-173 ; A. Parrot, *Assur*, fig. 130-133.

43. Voir notamment la splendide tunique brodée d'Ashurnaṣirpal dans *AAO*, p. 104, fig. 41.

44. Exemples dans *AAO*, pl. 119 ; A. Parrot, *Assur*, fig. 192-205 ; 227-229.

45. A. Parrot, *Mission archéologique de Mari, I, le Temple d'Ishtar*, Paris, 1956, pp. 148, 152, 154, 156.

46. M. E. L. Mallowan, *The Nimrud Ivories*, London, 1978. Cf. R. D. Barnett, *A Catalogue of the Nimrud Ivories in the British Museum with other Examples of Eastern Ivories*, London, 1975, 2ᵉ éd. Sur les problèmes très complexes de l'origine de l'ivoire et du style et de l'origine des objets en ivoire, voir les articles de R. D. Barnett, *Iraq*, 25, 1963, pp. 81-85 ; I. J. Winter, *Iraq*, 38, 1976, pp. 1-22 ; *Iraq*, 41, 1981, pp. 101-130 ; D. Collon, *Iraq*, 39, 1977, pp. 219-222.

Chapitre 22

1. Seton Lloyd, *Foundations in the Dust*, London, 1980, p. 126.

2. S. Parpola, « Assyrian library records », *JNES*, 42, 1983, pp. 1-29.

3 *ABL*, n° 6 (cité par E. Chiera, *They wrote on Clay*, Chicago, 1938, p. 174).

4. Ces textes ont été publiés par O. R. Gurney, W. G. Lambert et J. J. Finkelstein dans *Anatolian Studies*, 2 (1952) à 22 (1972).

5. O. R. Gurney, « The tale of the poor man of Nippur », *Anatolian Studies*, 6, 1956, pp. 145-162 ; 7, 1957, pp. 135-136, et 22, 1972, pp. 149-158. Cf. J. S. Cooper, *JCS*, 27, 1975, pp. 163-174, et J. Bottéro, dans *Les Pouvoirs locaux en Mésopotamie*, Bruxelles, 1980, pp. 24-28.

6. D. J. Wiseman, « Assyrian writing-boards », *Iraq*, 27, 1955, pp. 3-13.

7. E. Hunger, *Babylonische und assyrische Kolophone* (*AOAT*, 2), Neukirchen-Vluyn, 1968.

8. S. Langdon, *The Epic of Creation*, Oxford, 1923, p. 149.

9. Il existe peu de publications portant sur l'ensemble des sciences mésopotamiennes. Malgré son âge, l'ouvrage de B. Meissner, *Babylonien und Assyrien*, II, Heidelberg, 1925, reste utile. On trouvera dans R. Taton

(Ed.), *Histoire générale des sciences*, I, *La Science antique et médiévale*, Paris, 1957, pp. 73-138, un excellent chapitre de R. Labat sur « La science mésopotamienne ». Voir également : M. Rutten, *La Science des Chaldéens*, Paris, 1970, 2ᵉ éd.

10. Les travaux de plusieurs auteurs français et étrangers ont été rassemblés sous le titre : *La Divination en Mésopotamie et dans les régions voisines*, Paris, 1966. On trouvera l'étude la plus complète de la divination pratiquée en Mésopotamie dans le chapitre de J. Bottéro intitulé « Symptômes, signes et écritures » dans l'ouvrage de J.-P. Vernant : *Divination et Rationalité*, Paris, 1974, pp. 70-191. Le professeur J. Bottéro a aussi traité le sujet dans *Mésopotamie, l'Ecriture, la Raison et les Dieux*, Paris, 1987, pp. 157-169 et *Babylone et la Bible*, Paris, 1994, pp. 161-169. Il a aussi écrit l'article « Magie » dans *RLA*, 7, 1988, pp. 200-234.

11. Pour la bibliographie, voir chapitre 13, n. 40.

12. S. N. Kramer, « Schooldays : a Sumerian composition relating to the education of a scribe », *JAOS*, 69, 1949, pp. 199-214. Cf. *HCS* ², pp. 40-42.

13. Sur ces listes, voir : A. L. Oppenheim, *Ancient Mesopotamia*, pp. 180, 248, 371.

14. H. V. Hilprecht, *Exploration in Bible Land*, Philadelphia, 1903, 518. Cf. S. N. Kramer, *The Sumerians*, p. 64, et *HCS* ², fig. 18 et 19.

15. B. Meissner, *Babylonien und Assyrien*, II, p. 379. W. Horowitz, « The Babylonian map of the world », *Iraq*, 1988, pp. 147-165.

16. M. Levey, *Chemistry and Chemical Technology in Ancient Mesopotamia*, Amsterdam, 1959 ; A. L. Oppenheim *et al.*, *Glass and Glassmaking in Ancient Mesopotamia*, Corning, N. Y., 1970 ; *Dictionnaire archéologique des techniques*, Paris, 1963-1964, 2 vol.

17. Parmi les principales études d'ensemble sur cette science, citons : F. Thureau-Dangin, *Textes mathématiques babyloniens*, Leiden, 1938 ; O. Neugebauer et A. Sachs, *Mathematical Cuneiform Texts*, New Haven, 1954 ; B. L. Van der Waerden, *Science Awakening*, Groningen, 1954 ; E. M. Bruins, « Interpretation of cuneiform mathematics », *Physis*, 4, 1962, pp. 277-340. Très bon résumé de R. Caratini dans R. Labat, *op. cit.*, ci-dessus n. 9. Voir également : G. Ifrah, *Histoire universelle des chiffres*, Paris, 1981, pp. 160-196.

18. R. Caratini, *op. cit.*, p. 112.

19. Taha Baqir, « Some more mathematical texts from Tell Harmal », *Sumer*, 7, 1951, p. 30.

20. R. Caratini, *op cit.*, pp. 110-116 ; A. Goetsch, « Die Algebra der Babylonier », *Archive for History of Exact Sciences*, Berlin/New York, 1968, pp. 79-153.

21. Aux études générales indiquées n. 9 et 17, ajouter : O. Neugebauer, « Ancient mathematics and astronomy », dans C. Singer *et al.*, *A History of Technology*, Oxford, 1954, pp. 785-804 ; *Astronomical Cuneiform Texts*, London, 1955 ; *A History of Ancient Mathematics and Astronomy*, New York, 1975. H. Hunger, D. Pingree, « MUL APIN, an astronomical compendium in cuneiform », *AfO*, 24, 1989. A. J. Sachs, H. Hunger, *Astronomical Diaries and related Texts from Babylonia*, 2 vol., Wien, 1988.

V. Tuman, *Astronomical dating of MUL APIN tablets*, dans D. Charpin, F. Joannès (Ed.) *La Circulation des Biens. . dans le Proche-Orient*, Paris, 1992, pp. 397-414.

22. S. Langdon et J. K. Fotheringham, *The Venus Tablets of Ammizaduga*, London, 1928 ; J. D. Weir (même titre), Leiden, 1972 ; E. Reiner, *The Venus Tablet of Ammiṣaduqa*, Malibu, Calif.,1975.

23. Pour l'astrologie, qui est l'utilisation de l'étude des astres parmi les techniques de divination, les principaux travaux récents sont : H. Hunger, *Astrological Reports to Assyrian Kings, SAA,* VIII, Helsinki, 1992. E. Reiner, *Babylonian Planetary Omen,* 2 articles dans *Bibliotheca Mesopotamica,* Malibu, Calif.,1975 et 1981 ; « The use of astrology », *JAOS,* p. 105, 1985. F. Rochberg-Halton, « Babylonian horoscopes and their sources », *Orientalia,* 58, 1989, pp. 102-123 ; « Elements of the Babylonian contribution to hellenistic astrology », *JAOS,* p. 108, 1988, pp. 51-62. Pour une vue d'ensemble, remarquablement présentée, voir le fascicule « Astrologie en Mésopotamie », *Les Dossiers d'Archéologie,* n° 191, 1994.

24. A. L. Oppenheim, « Celestial observation and divination in the late Assyrian Empire », *Centaurus,* 14/1, 1969, pp. 97-135.

25. R. A. Parker et W. H. Dubberstein, *Babylonian Chronology 626 B. C.-A D 75,* Providence, Rhode Isl., 1956, pp. 1-3.

26. A. T. Olmstead, *History of the Persian Empire*, Chicago, 1948, p. 457.

27. G. Sarton, « Chaldaean astronomy in the last three centuries B. C. », *JAOS,* 75, 1955, pp. 166-173 (citation, p. 170).

28. La plupart des textes médicaux ont été publiés par F. Köcher, *Die babylonisch-assyrische Medizin in Texten und Untersuchungen,* Berlin, 1963-1980, 6 vol. Très copieuse littérature. Vue d'ensemble dans : G. Contenau, *La Médecine en Assyrie et en Babylonie,* Paris, 1938 ; H. E. Siegerist, *A History of Medicine,* I, Oxford, 1951, pp. 377-497 ; R. Labat, *La Médecine babylonienne,* Paris, 1953. R. Biggs, « Medicine in Ancient Mesopotamia », dans *History of Sciences,* London, 1969, pp. 94-105. J. Bottéro, « Magie et médecine à Babylone », dans *Initiation à l'Orient ancien,* Paris, 1992.

29. Sur ces démons, voir J. Black et A. Green, *Gods, Demons and Symbols in Ancient Mesopotamia,* London, 1992.

30. Hérodote, I, 197. Les Babyloniens n'ont pas de médecins. Ils portent les malades sur la place et les passants leur donnent des conseils !

31. E. K. Ritter, « Magical expert (= *asipu*) and physician (= *asû*), notes on two complementary professions in Babylonian medicine », *Assyriological Studies,* Chicago, 16, 1965, pp. 299-321.

32. R. Labat, *Traité akkadien de diagnostics et pronostics médicaux,* Leiden, 1951.

33. R. Labat, *op. cit.,* p. 3.

34. R. Labat, *ibid.,* p. 81.

35. R. Labat, *ibid,* p. 173.

36. J. V. Kinnier Wilson, « An introduction to Babylonian psychiatry », dans *Festschrift Benno Landsberger*, Chicago, 1965, pp. 289-298 ; « Mental diseases in ancient Mesopotamia », dans *Diseases in Antiquity*, III, Springfield, 1967, pp. 723-733 ; E. K. Ritter et J. V. Kinnier Wilson, « Prescription for an anxiety state : a study of BAM 234 », *Anatolian Studies*, 30, 1980, pp. 23-30.

37. L. Legrain, « Nippur old drug store », *University Museum Bulletin*, 8, 1940, pp. 25-27 ; M. Civil, « Prescriptions médicales sumériennes », *RA*, 54, 1960, pp. 57-72. Cf. S. N. Kramer, *The Sumerians*, pp. 93-98 ; *HCS* ², pp. 84-87. P. Herrero, *La Thérapeutique mésopotamienne*, Paris, 1984.

38. R. Campbell Thompson, « Assyrian prescriptions for diseases of the urine », *Babyloniaca*, 14, 1934, p. 124.

39. R. Campbell Thompson, « Assyrian prescriptions for diseases of the chest and lungs », *RA*, 31 ; 1934, p. 23. Le *qa* représente environ 1 litre et le *gín*, environ 8 grammes.

40 *ABL*, n° 108.

41. A. Finet, « Les médecins au royaume de Mari », *Annuaire de l'Institut de philologie et d'histoire orientales et slaves*, Bruxelles, 15, 1954-1957, pp. 123-144 ; *ARMT*, X, nᵒˢ 129, 130 et 14 (réponse de la reine).

Chapitre 23

1. Les principales sources pour l'histoire politique de cette période sont : 1. les six chroniques babyloniennes réunies par A. K. Grayson dans ses *Assyrian and Babylonian Chronicles (ABC)*, Locust Valley, N. Y., 1975, sous les numéros 2-7 ; 2. quelques lettres publiées par E. Ebeling, *Neubabylonische Briefe*, München, 1949 ; 3. l'Ancien Testament : *II Rois, II Chroniques* et les Prophètes ; 4. certains auteurs « classiques », dont Hérodote, Diodore de Sicile, Josèphe et Bérose, notamment. A l'exception du règne de Nabonide, les inscriptions royales sont d'un intérêt limité, car elles commémorent surtout des restaurations de temples et des travaux publics. La plupart ont été publiées par S. Langdon, *Die Neubabylonischen Königsinschriften (NBK)*, Leipzig, 1912. Leur bibliographie a été mise à jour par P. R. Berger sous le même titre dans *AOAT*, 4, Neukirchen-Vluyn, 1973.

2. Hérodote, I, 103-106. Cf. Diodore, II, 26, 1-4.

3. R. Borger, « Der Aufstieg des neubabylonischen Reiches », *JCS*, 19, 1965, pp. 59-78 ; J. Oates, « Assyrian Chronology 631-612 B. C. », *Iraq*, 27, 1965, pp. 135-159 ; W. von Soden, « Assurtetillâni, Sinsariskun, Sinsum(u)liser, und die Ereignisse im Assyrerreich nach 635 v. Chr. », *ZA*, 58, 1967, pp. 241-255 ; J. Reade, « The accession of Sinsharishkun », *JCS*, 28, 1970, pp. 1-9.

4. Noter les réserves exprimées par J. A. Brinkman, *Prelude to Empire*, Philadelphia, 1964, p. 110, n. 551, sur l'origine ethnique de Nabopolassar.

5. *II Rois* XXIII, 19-20 ; *II Chroniques* XXXIV, 6-7.

6. Inscriptions dans *ARAB*, II, § 1130-1135 ; *Iraq*, 20, 1957, p. 11 ; 26, 1964, pp. 118-124 ; *AfO*, 19, 1959-1960, p. 143 ; *JCS*, 19, 1965, pp. 76-78.

7. Cette très importante chronique a été publiée d'abord par C. J. Gadd, *The Fall of Nineveh*, London, 1923, puis, avec des additions, par D. J. Wiseman, *Chronicles of Chaldaean Kings*, London, 1956. Cf. *ABC*, pp. 90-96 ; *ANET* [3], pp. 303-305.

8. Wiseman, *Chronicles*, 57 ; *ABC*, p. 93.

9. Discussion dans C. J. Gadd, *Fall of Nineveh*, pp. 10-11.

10. Wiseman, *Chronicles*, 59-61 ; *ABC*, p. 94. Comme le suggère un vers et du prophète Nahum (2. 7) : « Les portes des fleuves sont ouvertes et le palais s'écroule », la prise de Ninive a dû être accélérée par la rupture provoquée d'un barrage de la rivière Khosr qui traversait la ville. H. W. Saggs, *The Might that was Assyria*, London, 1984, p. 120. Nous avons déjà rencontré cette tactique à Larsa et Eshnunna.

11. Kalhu (Nimrud) n'est pas mentionnée dans la chronique. Il semble qu'elle ait été prise en 614 et détruite en 610 (D. Oates, *Iraq*, 23, 1961, pp. 9-10).

12. Cette expression, d'abord utilisée au deuxième millénaire pour désigner les Indo-Européens sur chars de guerre (F. Cornelius, *Iraq*, 25, 1963, pp. 167-170), puis les Cimmériens et/ou les Scythes, s'applique ici manifestement aux Mèdes. Cf. Wiseman, *Chronicles*, 16 ; J. Bottéro, *ARMT*, VII, p. 224, n. 44.

13 *NBK*, p. 69 ; A. T. Olmstead, *History of Assyria*, p. 640.

14. G. Goossens, « L'Assyrie après l'Empire », *Compte rendu de la IIIe RIA*, Leiden, 1952, p. 91.

15. W. Hinz, *The Lost World of Elam*, New York, 1973, p. 160.

16. *II Rois* XXIII, 29 ; *II Chroniques* XXXV, 20 ; *Jérémie* XIV, 2 ; Hérodote, II, 159.

17. Les plus récentes études consacrées à ce roi sont celles de A. Boyd et T. S. R. Boase, *Nebuchadnezzar*, London, 1972 et surtout D. J. Wiseman, *Nebuchadrezzar and Babylon*, Oxford, 1985.

18. Wiseman, *Chronicles*, pp. 59-61 ; *ABC*, p. 99.

19. « Chronique des premières années de Nabuchodonosor », lignes 6-7 et 9-10 (*ABC*, p. 101).

20 *II Rois* XXIV, 17 ; *Jérémie* XXXVII, 1 ; Josèphe, *Antiquités judaïques*, X, 6. Cf. Wiseman, *Chronicles*, 73 ; *ABC*, p. 101.

21. *II Rois* XXV, 6-7 ; II *Chroniques* XXXVI, 13-20 ; *Jérémie* XXXIV, 1-18. *Jérémie* LII, 30 signale une nouvelle révolte avec déportation cinq ans plus tard. On estime à 50 000 le total des Juifs déportés dans ces trois opérations militaires babyloniennes.

22. Inscription rupestre du Wadi Brisa au Liban : *NBK*, p. 175 ; *ANET* [3], p. 307.

23. Hérodote, I, 74.

24. Bérose, III, 108-110. Voir également la stèle de Nabonide dans *ANET* [3], pp. 308-311.

25. R. H. Sack, « Nergal-sarra-uṣur, king of Babylon, as seen in the cuneiform, Greek, Latin and Hebrew sources », *ZA*, 68, 1978, pp. 129-149.

26. Etudes d'ensemble récentes sur le règne de Nabonide par : R. H. Sack, « Nebuchadnezzar and Nabonidus in folklore and History », *Mesopotamia*, 17, 1982, pp. 67-131 ; P. A. Beaulieu, *The reign of Nabonidus king of Babylon 556-539 B. C.*, New Haven/London, 1989.

27. Il s'agit de deux stèles trouvées à Harran, l'une en 1906, l'autre en 1956. Traduction et bibliographie dans *ANET* ³, pp. 311-312 pour la première et pp. 560-562 pour la seconde.

28. S. Smith, « The verse account of Nabonidus », *Babylonian Historical Texts*, London, 1924, pp. 83-97. Cf. *ANET* ³, pp. 312-315.

29. *Daniel*, IV, 28-33. Cf. W. Dommerhausen, *Nabonid im Buche Daniel*, Mainz, 1964 ; R. Meyer, *Das Gebet des Nabonid*, Berlin, 1962 ;

30. Sir Leonard Woolley et P. R. S. Moorey, *Ur of the Chaldees*, London, 1982, 3ᵉ éd., pp. 233-263.

31. *Ibid.*, pp. 251-252. Cf. G. Goossens, « Les recherches historiques à l'époque néo-babylonienne », *RA*, 42, 1948, pp. 149-159.

32. *NBK*, p. 221 ; A. L. Oppenheim, *The Interpretation of Dreams in the Ancient Near East*, Philadelphia, 1956, p. 250, n° 12.

33. « Chronique de Nabonide », col. II, lignes 1-4 (*ABC*, p. 106 ; *ANET* ³, pp. 305-307).

34. *Ibid.*, col. I, lignes 9 ; 11-17 (ABC, 105). Pour la lecture Adummu (Edom) au lieu de *Adummatu* (el-Jawf, en Arabie Saoudite), voir W. G. Lambert, *op. cit.* ci-dessous, n. 36, p. 55.

35. Inscription de Harran : *ANET* ³, pp. 562-563. Cf. C. J. Gadd, *Anatolian Studies*, 8, 1958, pp. 35-92.

36. Voir notamment : R. P. Dougherty, *Nabonidus and Belshazzar*, New Haven, 1929 ; W. Röllig, « Nabonid und Tema », *Compte rendu de la XIᵉ RIA*, Leiden, 1964, pp. 21-32 ; W. G. Lambert, « Nabonidus in Arabia », *Proceedings Vth Seminar for Arabian Studies*, London, 1972, pp. 53-64. P. A. Beaulieu, *op. cit.*, n. 26, pp. 178-195.

37. « Chronique de Nabonide », col. III, lignes 12-19 (*ABC*, pp. 109-110 ; *ANET* ³, p. 306).

38. Josèphe, *Contre Appion*-I, 21 ; Eusèbe, *Préparation évangélique*, IX, 41.

39. F. H. Weissbach, *Die Keilinschriften der Achaemeniden*, Leipzig, 1911, pp. 2-4. Cf. *ANET* ³, pp. 315-316.

Chapitre 24

1. *Jérémie*, LI, 7 ; Hérodote, I, 178. Les sources hébraïques et classiques sur Babylone ont été réunies par W. H. Lane, *Babylonian Problems*, London, 1923 et les sources cunéiformes par E. Unger, *Babylon, die heilige Stadt nach der Beschreibung der Babylonier*, Berlin, 1970, 2ᵉ éd.

2. Chaque partie importante du site a fait l'objet d'une monographie publiée dans la série *Wissenschaftliche Veröffentlichung der Deutschen Orient-Gesellschaft* (abrégé *WVDOG*), Berlin. Étude d'ensemble des résultats par R. Koldewey : *Das wiedererstehende Babylon*, Leipzig, 1925. J. Wellard, *Babylon*, New York, 1974 et J. Oates, *Babylon*, London, 1979, pp. 144-159.

3. Fouilles allemandes intermittentes de 1959 à 1972. Fouilles partielles du Directorat des antiquités d'Iraq avec restaurations et reconstitutions. Voir *Sumer* depuis 1958 jusqu'à 1990.

4. Ainsi appelé à cause des tuyaux de ventilation dans l'épaisseur des murs. Cf. R. Koldewey et F. Wetzel, *Die Königsburgen von Babylon*, II, *WVDOG*, 55, 1932.

5. F. Wetzel, *Die Stadtmauern von Babylon*, *WVDOG*, 48, 1930.

6. R. Koldewey, *Das Ischtar-Tor in Babylon*, *WVDOG*, 32, 1918 ; D. Oates, *Babylon*, pp. 153-156, fig. 105-109 ; A. Parrot, *Assur*, fig. 220-222.

7. R. Koldewey, *Babylon*, pp. 153-167 ; *WVDOG*, 55, 1932. Liste des « antiquités » découvertes dans J. Oates, *Babylon*, p. 152.

8. O. Reuther, *Merkes, die Innenstadt von Babylon*, *WVDOG*, 47, 1926.

9. R. Koldewey et F. Wetzel, *Die Königsburgen von Babylon*, I, *Die Südburg*, *WVDOG*, 54, 1931. Décoration murale dans A. Parrot, *Assur*, fig. 224.

10. Bérose, III, 3, 2a ; Diodore, II, 50 ; Strabon, XVI, 1, 5 ; Quinte-Curce, *Histoire d'Alexandre*, V, 1, 31-35.

11. J. Oates, *Babylon*, p. 151. On y a effectivement découvert des listes de rations pour les Juifs exilés à Babylone (Cf. *ANET*[3], p. 308). Sur ces jardins suspendus, voir : W. Nagel, « Wo lagen die "Hängenden Gärten" in Babylon ? », MDOG, 110, 1978, pp. 19-28. Depuis, plusieurs hypothèses ont été émises, dont la plus séduisante pour nous est celle de D. J. Wiseman : des jardins en terrasses (*Nebuchadrezzar and Babylon*, pp. 56-60). S. Dalley a évoqué une confusion avec les jardins royaux de Sennacherib à Ninive (Résumés de la XXXIXᵉ RAI, 1992, pp. 17-18).

12. F. Wetzel et E. Weissbach, *Das Hauptheiligtum des Marduk in Babylon : Esagila und Etemenanki*, *WVDOG*, 59, 1938. Cf. A. Parrot, *Ziggurats et tour de Babel*, Paris, 1949, pp. 68-74, et les ouvrages cités chapitre 10, n. 7.

13. Hérodote, I, 182-183.

14 *NBK*, pp. 125-127.

15. F. Wetzel et E. Weissbach, *WVDOG*, 59, 1938 ; R. Koldewey, *Babylon*, pp. 200-210 ; A. Parrot, *Ziggurats*, pp. 74-84.

16. On trouvera des descriptions de cette fête dans A. Pallis, *The Babylonian Akîtu-Festival*, Copenhagen, 1921 ; R. Labat, *Le Caractère religieux de la royauté assyro-babylonienne*, Paris, 1939, pp. 166-176 ; H. Frankfort, *Kingship and the Gods*, Chicago, 1948, pp. 313-333 ; R. Largement, « Fête du Nouvel An dans la religion suméro-akkadienne », *Dictionnaire de la Bible, Supplément, fasc. 32*, 1959, pp. 556-597, et dans toutes les histoires de la religion citées chapitre 6,

17. A. Falkenstein, « Akîti-Fest und Akîti-Festhaus », dans *Festschrift Johannes Friedrich*, Heidelberg, 1959, pp. 147-182.

18. Nous pensons à Assur et Ninive, ce qui pose un problème chronologique lorsque le roi d'Assyrie était aussi roi de Babylonie. Sans doute le début de la fête était-il avancé ou reculé dans l'une ou l'autre de ces capitales. Il existait des fêtes *akîtu* à Uruk et Dilbat en Babylonie et à Harran et Arba'ilu en Assyrie, mais elles n'avaient pas nécessairement lieu au même moment de l'année.

19. F. Thureau-Dangin, *Rituels accadiens*, Paris, 1921, pp. 127-154. Cf. *ANET³*, pp. 331-334.

20. Dieu très peu connu de l'entourage de Marduk. Cf. K. Tallqvist, *Akkadische Götterepitheta*, Helsinki, 1938, p. 359.

21. *ANET³*, p. 334.

22. Pour la signification de ce geste et son rapport avec la légitimité du monarque, voir : A. K. Grayson, « Chronicles and the *akîtu* festival », dans A. Finet (Ed.), *Actes de la XVIIᵉ Rencontre assyriologique internationale*, Ham-sur-Heure, 1970, pp. 160-170.

23. Le *bît akîti* d'Assur, décrit par Sennacherib (*ARAB*, II, § 434-451) a été fouillé (*RLA*, I, p. 188 ; *AM*, I, pp. 228-230). Les fouilles d'Uruk ont livré le plan d'un temple de ce genre (*UVB*, 5, 1934, p. 39 ; *Orientalia*, 26, 1957, pp. 244-245). Selon A. Falkenstein, *op. cit.*, il y avait trois temples *akîtu* à Babylone.

24. W. G. Lambert, « The great battle of the Mesopotamian religious year : the conflict in the *akîtu* house », *Iraq*, 25, 1963, pp. 189-190.

25. Nous suivons ici l'étude d'ensemble donnée par P. Garelli dans *POA*, II, pp. 157-168 et pp. 281-290.

26. F. Lot, *La Fin du monde antique et le début du Moyen Age*, Paris, 1927, pp. 444-446 (époque mérovingienne).

27. J. A. Brinkman, « Babylonia under the Assyrian Empire », dans M. T. Larsen (Ed.), *Power and Propaganda*, Copenhagen, 1979, p. 228.

28. J. A. Brinkman, *op. cit.*, p. 225.

29. R. P. Dougherty, *Archives from Erech : Time of Nebuchadrezzar and Nabonidus*, New Haven, 1923 ; H. F. Lutz, *Neo-Babylonian Administrative Documents from Erech*, Berkeley, Calif., 1927 ; H. Freydank, *Spätbabylonische Wirtschaftstexte aus Uruk*, Berlin, 1971.

30. M. San Nicolo, « Materialen zu Viehwirtschaft in den neubabylonischen Tempeln », *Orientalia*, 17, 1948, p. 285.

31. Sur ce sujet, l'étude principale est celle de D. Coquerillat, *Palmeraies et Culture de l'Eanna d'Uruk (559-520)*, Berlin, 1968, et ses « Compléments » dans *RA*, 75, 1981, *RA*, 77, 1983 et *RA*, 78, 1984.

32. R. P. Dougherty, *The shirkûtu of Babylonian Deities*, New Haven, 1923.

33. W. H. Saggs, *The Greatness that was Babylon*, London, 1962, pp. 265-266.

34. H. W. Saggs, « Two administrative officials at Erech in the 6th century B. C. », *Sumer*, 15, 1959, pp. 29-38, P. Garelli, *POA*, II, pp. 159-161.

35. M. A. Dandamaev, « State and temple in Babylonia in the first millenium B. C. », dans E. Lipinski (Ed.), *State and Temple Economy in the Ancient Near East*, Louvain, 1979, pp. 589-596.

36. W. G. Lambert, « Ancestors, authors and canonicity », *JCS*, 11, 1957, pp. 1-14 ; 16, 1962, pp. 59-77.

37. Sur les origines de la monnaie en Mésopotamie, voir : E. Lipinski, « Les temples néo-assyriens et les origines du monnayage », dans E. Lipinski (Ed.), *op. cit.* ci-dessus n. 35, pp. 565-588.

38. A. Ungnad, « Das Haus Egibi », *AfO*, 14, 1941-1944, pp. 57-64 ; R. Bogaert, *Les Origines antiques de la banque de dépôt*, Leiden, 1966, pp. 105-118.

Chapitre 25

1. Sur ces dates et leurs implications historiques, voir : R. A. Parker et W. H. Dubberstein, *Babylonian Chronology 626 B. C.-A. D 75*, Providence, Rhode Isl., 1956. Pour une vue d'ensemble détaillée de cette période, voir M. A. Dandamaev, *A Political History of the Achaemenid Empire*, Leiden, 1989.

2. « Chronique de Nabonide », col. III, lignes 24-28 (*ABC*, p. 111).

3. F. H. Weissbach, *Die Keilinschriften der Achaemeniden*, Leiden, 1911 ; F. W. König, *Relief und Inschrift des Koenigs Dareios I am Felsen von Bagistan*, Leiden, 1938. Cf. G. G. Cameron, « The Old Persian text of the Bisutun inscription », *JCS*, 5, 1951, pp. 47-54.

4. Behistun, § 18-20.

5. R. A. Parker et W. H. Dubberstein, *op. cit.*, p. 15.

6. Behistun, § 50.

7. R. A. Parker et W. H. Dubberstein, *op. cit.*, p. 16. Sur ces deux révoltes : Th. de Liagre Böhl, « Die babylonischen Prätendenten zur Anfangzeit des Darius (Dareios) I », *Bi. Or*, 25, 1968, pp. 150-153.

8. Th. de Liagre Böhl, « Die babylonischen Prätendenten zur Zeit Xerxes », *Bi. Or.*, 19, 1962, pp. 110-114. Cf. le fragment de chronique babylonienne sans doute relatif à ces événements dans *ABC*, pp. 112-113.

9. Arrien, *Anabase*, VII, 17, 2 ; Ctésias, *Persica*, 52-53 ; Strabon, XVI, 1, 5 ; Hérodote, I, 183. Cf. G. G. Cameron, « Darius and Xerxes in Babylonia », *AJSL*, 58, 1941, pp. 314-325.

10. Sir Leonard Woolley et P. R. S. Moorey, *Ur of the Chaldees*, London, 1982, p. 259 ; *UVB*, 12-13, 1956, p. 17 ; pp. 28-31 ; F. Wetzel, E. Schmidt et A. Mallwitz, *Das Babylon der Spätzeit, WVDOG*, 62, 1957, pp. 25-27.

11. A. T. Clay, *Legal and Commercial Transactions dated in the Assyrian, Neo-Babylonian and Persian Periods*, Philadelphia, 1908 ; A. Tre-

mayne, *Records from Erech, Time of Cyrus and Cambyses*, New Haven, 1925.

12. Il s'agit d'une lettre d'introduction en araméen remise à un commerçant qui revenait de Babylonie en Egypte par l'Assyrie : D. Oates, *Studies in the Ancient History of Northern Iraq*, London, 1968, pp. 59-60.

13. Xénophon, *Anabase*, II, 4 à III, 5 ; D. Oates, *Studies*, 60-61 ; G. Goossens, « L'Assyrie après l'Empire », *Compte rendu de la IIIᵉ RIA*, Leiden, 1954, p. 93.

14. J. Elayi, « L'essor de la Phénicie et le passage de la domination assyrienne à la domination perse », *BaM*, 9, 1978, pp. 25-38.

15. O. Leuze, *Die Satrapieneinteilung in Syrien und im Zweistromland von 530-320*, Halle, 1935, pp. 218-221.

16. A. T. Olmstead, *History of the Persian Empire*, Chicago, 1948, p. 293. M. W. Stolper, *Management and Politics in Later Achaemenid Babylonia*, 2 vol., Ann Arbor, 1974.

17. Hérodote, I, 192 ; A. T. Olmstead, *op. cit.*, p. 293.

18. A. T. Olmstead, *op. cit.*, p. 82.

19. G. Gardascia, *Les Archives des Murashû*, Paris, 1951.

20. E. Herzfeld, *Altpersiche Inschriften*, Berlin, 1938, n° 14. Cf. *ANET*³, pp. 316-317.

21. R. Zadok, « Iranians and individuals bearing Iranian names in Achaemenian Babylonia », *Israel Oriental Studies*, 7, 1977, pp. 89-138.

22. Cette bataille a eu lieu dans la plaine de Keramlais, à 23 km à l'est de Ninive. Cf. Sir Aurel Stein, *Geographical Journal*, 100, 1942, p. 155.

23. Arrien, *Anabase*, III, 16, 4 ; VII, 17, 2 ; Strabon, XVI, 1, 5.

24. Sur cette période, voir : G. Glotz, *Alexandre et le Démembrement de son empire*, Paris, 1945.

25. « Chronique des Diadoques » : *ABC*, pp. 115-119.

26. A. J. Sachs et D. J. Wiseman, « A Babylonian King List of the Hellenistic period », *Iraq*, 16, 1954, pp. 202-211.

27. W. W. Tarn, *La Civilisation hellénistique*, Paris, 1936, pp. 136-138. Cf. P. Jouguet, *L'Impérialisme macédonien et l'Hellénisation de l'Orient*, Paris, 1961 ; M. Rostovtzeff, *The Social and Economic History of the Hellenistic World*, Oxford, 1941, I, pp. 499-504 ; C. Preaux, *Le Monde hellénistique · la Grèce et l'Orient*, Paris, 1978, 2 vol.

28. Nous employons « Mésopotamie » dans son sens habituel. A cette époque, elle était divisée en trois satrapies : Mésopotamie au nord, Babylonie au sud et Parapotamie le long de l'Euphrate.

29. Cf. W. Eilers, « Iran and Mesopotamia », dans *The Cambridge History of Iran*, III, 1, 1983, p. 487.

30. R. A. Hadley, « The foundation date of Seleucia on the Tigris », *Historia*, 27, 1978, pp. 228-230.

31. Fouilles américaines en 1927-1932 et 1936-1937 ; cf. *AM*, I, pp. 388-390. Fouilles italiennes de 1964 à 1974. Rapports préliminaires par G. Gullini *et al.* dans *Mesopotamia*, 1 (1966) à 8 (1973-1974). Résumé des résultats par A. Invernizzi, « Ten years research in the al-Mada'in area : Seleucia and Ctesiphon », *Sumer*, 32, 1976, pp. 167-175. 14ᵉ et (provisoirement) dernière saison en 1989, résumé dans *Iraq*, 53, 1991, p. 181.

32. G. Pettinato, « Cuneiform inscriptions discovered at Seleucia on the Tigris », *Mesopotamia,* 5/6, 1970-1971, pp. 49-66.

33. Aujourd'hui Salahiyeh, sur l'Euphrate, 50 km au nord de Mari. Fouilles françaises en 1922-1923 et américaines de 1928 à 1939. Cf. M. Rostovtzeff, *Dura-Europos and its Arts*, Oxford, 1938.

34. Moderne Belkis, sur le grand coude de l'Euphrate. Cf. J. Wagner, *Seleukia am Euphrat/Zeugma*, Wiesbaden, 1976. Belkis était superposée en partie à la vieille cité d'Emar si importante au deuxième millénaire.

35. A. T. Clay, *Legal Documents from Erech dated in the Seleucid Era*, New Haven, 1913 ; O. Krückmann, *Babylonische Rechts- und Verwaltungsurkunden aus der Zeit Alexanders und die Diadochen*, Weimar, 1931. Voir aussi G. K. Sarkisian dans VDI, 1, 1955, pp. 136-170, et *Forschungen und Berichte*, 16, 1975, pp. 15-76. Pour une vue générale, voir P. Briant, « Villages et communautés villageoises d'Asie achéménide et hellénistique », *JESHO*, 18, 1975, pp. 165-188.

36. G. Goossens, *op. cit.* ci-dessus n. 13, pp. 95-96.

37. D. Oates « Nimrud 1957 : the Hellenistic settlement », *Iraq*, 20, 1958, pp. 114-157 ; *Studies*, pp. 63-66.

38. A. Parrot, *Syria*, 16, 1935, pp. 10-11, 29, 1952, pp. 186-187 ; 32, 1955, pp. 189-190.

39. Sir Leonard Woolley et P. R. S. Moorey, *op. cit.*, p. 263.

40 *ANET ³*, p. 317.

41. F. Wetzel *et al.*, *WVDOG*, 62, 1957, pp. 3-22 ; R. Koldewey, *Babylon*, pp. 294-299 ; G. E. Kirk, « Gymnasium or Khan ? A hellenistic building at Babylon », *Iraq*, 2, 1935, pp. 223-231.

42. Pline, *Histoire naturelle*, VI, 122 ; Pausanias, *Descriptio Graecae*, I, 16, 3.

43. Voir R. North, « Status of Warka Excavations », *Orientalia*, 26, 1957, pp. 206-207 ; 228-232 ; 237-241.

44. M. Rutten, *Contrats de l'époque séleucide conservés au musée du Louvre*, Paris, 1935. Sur les temples de cette époque, voir maintenant : G. J. P. McEwan, *Priest and Temple in Hellenistic Babylonia*, Wiesbaden, 1981.

45. Ce sont les chroniques 11, 12, 13 et 13a de A. K. Grayson, *ABC*, pp. 119-124.

46. E. Meyer, *Blüte und Niedergang des Hellenismus in Asien*, Berlin, 1925, p. 24 ; W. Röllig, « Griechische Eigennamen in den Texten der babylonischen Spätzeit », *Orientalia*, 29, 1960, pp. 376-391.

47. Sur ce sujet, voir A. Kuhrt, « Assyrian and Babylonian traditions in classical authors : a critical synthesis », dans H. J. Nissen et J. Renger (Ed.), *Mesopotamien und seine Nachbarn*, Berlin, 1982, II pp. 539-554.

48. N. C. Debevoise, *A Political History of Parthia*, Chicago, 1938.

49. A. Parrot, *Tello*, Paris, 1948, pp. 309-314.

50. H. Lenzen, *Die Partherstadt Assur, WVDOG*, 57, 1933.

51. Fouilles allemandes de 1903 à 1912 : W. Andrae, *Hatra*, Leipzig, 1908-1912, 2 vol. Fouilles iraqiennes de 1951 à 1971 : rapports préliminaires dans *Sumer*, 7 (1951) à 27 (1971). Inscriptions publiées par A. Caquot, *Syria*, 29 (1952); 30 (1953); 32 (1955); 40 (1963) et 41 (1964); par J. Teixidor, *Syria*, 41 (1964); *Sumer*, 20 (1964), et par Fuad Safar, *Sumer*, 18 (1962). Études d'ensemble : W. I. al-Sahili, *Hatra*, Baghdad, 1973; B. Aggoula, « Hatra, l'Héliopolis du désert mésopotamien », *Archeologia*, 102, janvier 1977, pp. 35-54. Sur l'art, voir R. Ghirshman, *Parthes et Sassanides*, Paris, 1962, et D. Homès-Fredericq, *Hatra et ses sculptures parthes*, Leiden, 1963.

52. M. Rostovtzeff, *op cit.* ci-dessus, n. 33.

53. W. I. al-Sahili, « Hatra, aspects of Hatran religion », *Sumer*, 26, 1970, 187-193; B. Aggoula, *op cit.*, pp. 52-54.

54. R. North, *Orientalia*, 36, 1957, pp. 241-243; *UVB*, 14, 1958, pp. 18-20; 16, 1960, pp. 13-21; *BaM*, 6, 1960, pp. 104-114.

55. J. Kohler et A. Ungnad, *100 aüsgewählte Rechtsurkunden der Spätzeit des babylonischen Schrifttums*, Leipzig, 1909; E. Sollberger, « Graecobabyloniaca », *Iraq*, 24, 1962, pp. 63-72; A. J. Sachs et J. Schaumberger, *Late Babylonian Astronomical and Related Texts,* Providence, Rhode Isl., 1955.

56. A. J. Sachs et J. Schaumberger, *op. cit.*, n° 1210.

57. Dion Cassius, LXXI, 2; Ammien Marcellin, XXIII, 6, 34; Zonaras, XI, 22; XII, 2. L. Dillemann, « Ammien Marcellin et les pays de l'Euphrate et du Tigre, *Syria,* 38, 1961, pp. 86-158.

58. H. J. Nissen, « Südbabylonien in parthischer und sassanider Zeit », *Zeitschrift der Deutschen Morgenländischen Gesellschaft*, Suppl. 13, 1969, pp. 103 *sq.*

59. V. Chapot, *La Frontière de l'Euphrate*, Paris, 1907; A. Poidebard, *La Trace de Rome dans le désert de Syrie*, Paris, 1934; D. Oates, *Studies*, pp. 67-117.

60. D. Oates, *Studies*, pp. 80-92; pp. 97-106; « Ain Sinu », dans J. Curtis (Ed.), *Fifty Years of Mesopotamian Discovery*, London, 1982, pp. 120-122.

61. Fouilles allemandes, puis germano-américaines en 1931-1932, cf. *AM*, I, pp. 389-390. Fouilles italiennes en même temps qu'à Séleucie (voir ci-dessus, n. 31).

62. S. Langdon, « Excavations at Kish and Barghutiat », *Iraq*, 1, 1934, pp. 113-122; P. R. S. Moorey, *Kish Excavations*, 1923-1933, Oxford, 1978, pp. 180 *sq.*

63. *UVB*, 15, 1959, pp. 27-34 ; 16, 1960, pp. 23-29 ; H. Lenzen, « Ein Goldkranz aus Warka », *Sumer*, 13, 1957, pp. 205-206.

64. G. Le Strange, *The Lands of the Eastern Caliphate*, 3ᵉ éd., London, 1966, pp. 26-29.

Epilogue

1. W. W. Tarn, *La Civilisation hellénistique*, Paris, 1936, pp. 219-337.

2. On trouvera une liste de ces mots dans H. W. F. Saggs, *The Greatness that was Babylon*, London, 1962, pp. 493-495. Cet ouvrage contient aussi d'autres exemples de notre héritage mésopotamien.

3. J. Bottéro, « L'Assyriologie et notre histoire », *Dialogues d'histoire ancienne*, 7, Paris, 1981, p. 95.

4. De nombreux travaux ont été consacrés aux rapports entre la civilisation grecque et les civilisations orientales. Parmi les plus récents, on peut citer : R. M. Haywood, *Ancient Greece and the Near East*, London, 1965 ; M. L. West, *Early Greek Philosophy and the Orient*, London, 1971 ; H. A. Hoffner (Ed.), *Orient and Occident* (*AOAT*, 22), Neukirchen-Vluyn, 1973 ; D. Kagan, *Problems in Ancient History*. I, *The Ancient Near East and Greece*, New York, 1975 ; E. Will, C. Mossé et P. Goukowsky, *Le Monde grec et l'Orient*, Paris, 1975 ; H. G. Gundel, *Der alte Orient und die griechische Antike*, Stuttgart, 1981.

5. E. Porada, « The cylinder seals found at Thebes in Beotia », *AFO*, 28, 1981-1982, pp. 1-70 ; J. A. Brinkman, « The Western Asiatic seals found at Thebes in Greece, *ibid.*, pp. 73-77.

6. La plupart des tablettes de la légende d'Adapa ont été découvertes à Tell el-Amarna, en Egypte.

7. C. H. Gordon, *Before the Bible*, London, 1962, pp. 9, 132.

8. J. Filliozat, « Pronostics médicaux akkadiens, grecs et indiens », *Journal asiatique*, 240, 1952, pp. 299-321 ; M. Sandrail, *Les Sources akkadiennes de la pensée et de la méthode hippocratiques*, Toulouse, 1953.

9. C. H. Gordon, *op. cit*, pp. 49-97, 218-277 ; R. Graves, *The Greek Myths*, Harmondsworth, 1957, II, p. 89.

10. Voir, par exemple, R. D. Barnett, « Ancient Oriental influences on archaic Greece », dans *The Aegean and the Near East, Studies presented to H. Goldman*, New York, 1956, pp. 212-238 ; P. Demargne, *Naissance de l'art grec*, Paris, 1964, pp. 313-383. R. A. Jairazbhoy, *Oriental Influences in Western Art*, London, 1965.

11. M. Rostovtzeff, *The Social and Economic History of the Hellenistic World*, Oxford, 1941, I, p. 84.

Annexes

I. PREHISTOIRE

DATES	PERIODES	MESOPOTAMIE	
		NORD	SUD
c. 70000	PALEOLITHIQUE MOYEN	Barda Balka Shanidar D (c. 60-35000) Hazar Merd	
35000			
25000	PALEOLITHIQUE SUPERIEUR	Shanidar C (c. 34-25000)	
12000		(*Hiatus*)	
		Shanidar B2 Zarzi. Palegawra	
9000			
	MESOLITHIQUE	Shanidar B1 Zawi Chemi Shanidar Karim Shehir Mlefaat Mureybet	
8000			
7000			Bus Mordeh
	NEOLITHIQUE	Jarmo	
		Shimshara	Ali Kosh
6000			

5500	CHALCOLITHIQUE	Umm Dabaghiyah
		HASSUNA
		Yarim Tepe 1
		Matarrah
		↓ SAMARRA
		    T. Sawwan
		        HALAF
		        Yarim Tepe 2
		        Arpachiya	

5000		Choga Mami	ERIDU (Ubaid 1) HAJJI MOHAM-MED (Ubaid 2)
4500		── UBAID 3 NORD ──	── UBAID 3 SUD ──
4000		Tepe Gawra et nombreux autres sites	el-'Ubaid, Ur et nombreux autres sites
3750		PERIODE D'URUK	
		Tepe Gawra Qalinj Agha, Grai Resh, Habuba Kabira et nombreux autres sites	Uruk, Tell 'Uqair et nombreux autres sites
3000	BRONZE ANCIEN	Tell Brak ── NINIVE V ──	JEMDAT NASR
			D. A. I
2700			D. A. II
2500	HISTORIQUE		D. A. III

DEVELOPPEMENT TECHNIQUE ET CULTUREL EN MESOPOTAMIE
Chasse et cueillette. Néanderthaloïdes vivant dans des grottes et abris sous roche.
Homo sapiens sapiens. Perfectionnement et diversification de l'outillage lithique. Elargissement du spectre alimentaire.
Outils et armes microlithiques. Importation d'obsidienne. Travail de l'os. Premières figurines. Premiers groupements d'habitats. Début de domestication animale (troupeaux gardés).
Domestication progressive des animaux et plantes comestibles. Villages. Invention de la poterie. Premières briques crues.
Usage du cuivre. Premières peintures murales. Agriculture par irrigation. Premiers sceaux-cachets. Premiers sanctuaires. Céramique de luxe peinte, incisée ou décorée en pastillage. Figurines décorées et en albâtre. Large utilisation de la brique.
Temples de plus en plus complexes. Faucilles et pilons en terre cuite. Utilisation du roseau dans le Sud.
Urbanisation. Tour du potier, roue, araire, voile. Travail du métal (bronze, or, argent). Temples monumentaux. Premiers cylindres-sceaux. Apparition de l'écriture (c. 3300). Développement de la sculpture. Expansion commerciale.
CIVILISATION SUMERIENNE « Cités-Etats. » Villes fortifiées. Développement de l'écriture. Archives administratives de Fara et d'Abu Salâbikh.

II. PERIODE DYNASTIQUE ARCHAIQUE (c. 2750-2300)

DATES	SOUS-PERIODES	KISH	URUK	UR
2750	*D. A. I*	*KISH I* *21 rois (dont Etana) depuis le « Déluge » jusqu'à :* ↓	*URUK I* *4 rois « mythiques » :* Meskiangasher Enmerkar Lugalbanda Dumuzi *en un siècle environ jusqu'à :*	
2700		Enmebaragesi (c. 2700)	Gilgamesh	
	D. A. II	Agga		
2650			*6 successeurs de Gilgamesh entre c. 2660 et c. 2560*	*Cimetière royal :* Meskalamdug
2600				Akalamdug (c. 2600)
		Uhub (c. 2570)		*UR I*
2550	*D. A. IIIA*	Mesilim (c. 2550)		Mesannepadda (c. 2560-2525)
				A-annepadda (c. 2525-2485)
2500		*KISH II* *6 rois (+ Zuzu d'Akshak ?) depuis c. 2520 jusqu'à :* ↓		Meskiagnunna (c. 2485-2450)
2450	*D. A. IIIB*	Enbi-Ishtar (c. 2430)	*URUK II* En-shakush-anna (c. 2430-2400)	Elili (c. 2445) Balili
2400		*KISH III* Ku-Baba *(cabaretière)*	Lugal-kinishe-dudu (c. 2400)	*UR II*
		KISH IV Puzur-Sîn	Lugalkisalsi	*4 rois* *(noms inconnus)*
2350		Ur-Zababa (c. 2340)	*URUK III* Lugalzagesi (c. 2340-2316)	
2300	*AKKAD*			

La chronologie de cette période est incertaine et varie selon les auteurs. Toutes les dates sont approximatives.

LAGASH	MARI	EBLA	AUTRES DYNASTIES	
En-hegal (c. 2570)	DYNASTIE DE MARI de la Liste royale sumérienne 6 rois : 136 ans ?		*AWAN*	*ADAB* Nin-kisalsi
			3 rois	
Lugal-shag-engur (c. 2500)	Ilshu (c. 2500) Lamgi-Mari		Peli 13 rois jusqu'à c. 2250	Me-durba | Lugal-dalu
Ur-Nanshe (c. 2490)	Ikun-Shamash			
Akurgal (c. 2465)			*HAMAZI*	c. 2450
Eannatum (c. 2455-2425)	Ikun-Shamagan	Igrish-Halam Irkab-Damu	Hatanish	*AKSHAK*
Enannatum I (c. 2425)	Iblul-Il		Zizi = ?	Zuzu | Unzi | Puzur-Nirah | Ishu-Il
Entemena (c. 2400)		Ar-Ennum		
Enannatum II En-entarzi Lugalanda Uru-inimgina (c. 2350)		Ebrium		Shu-Sîn
		Ibbi-Sipish	*DYNASTIE D'AKKAD* Sharrum-kîn (Sargon) (c. 2334-2279)	

III. DYNASTIES D'AKKAD, DU GUTIUM ET D'UR III (c. 2334-2004)

DATES	AKKAD/UR	URUK/ISIN	GUTI/LARSA
	DYNASTIE D'AKKAD	Lugalzagesi	
	Sharrum-kîn (Sargon) (2334-2279)		
2300			
	Rimush (2278-2270)		
	Manishtusu (2269-2255)		
2250	Narâm-Sîn (2254-2218)		
	Shar-kalli-sharri (2217-2193)		*DYNASTIE DU GUTIUM*
2200			*21 rois Guti jusqu'à 2120*
	Anarchie		
	Shu-Turul (2168-2154)	*URUK IV*	*Les Guti envahissent Akkad et Sumer*
2150		Ur-nigina (2153-2147) Ur-gigira (2146-2141) +3 rois	
	UR III	*URUK V*	
	Ur-Nammu (2112-2095)	Utu-hegal (2123-2113)	Tiriqan (x-2120)
2100	Shulgi (2094-2047)		
2050	Amar-Sîn (2046-2038) Shu-Sîn (2037-2029) Ibbi-Sîn (2028-2004)	*DYNASTIE D'ISIN*	*DYNASTIE DE LARSA* Naplânum (2025-2005)
2000	*Chute d'Ur (2004)*	Ishbi-Erra (2017-1985)	Emisum (2004-1977)

LAGASH	MARI
	Sargon prend Mari et Ebla
	EPOQUE DES SHAKKANAKKU *
	Ididish
	Narâm-Sîn prend Mari et détruit Ebla
Lugal-ushumgal (2230-2200)	Shu-Dagan
	Ishmah-Dagan
	Nûr-Mêr
ENSI DE LAGASH	
Ur-Baba (2155-2142)	Ishtub-El
Gudea (2141-2122)	
Ur-Ningirsu (2121-2118)	
Pirig-me (2117-2115)	Ishgum-Addu
Ur-gar (2114)	
Nam-mahazi (2113-2111)	Apil-kîn
GOUVERNEURS DE LAGASH VASSAUX D'UR	
Ur-Ninsuna	Iddin-El
Ur-Ninkimara	Ilî-Ishar
Lu-kirilaza	Turâm-Dagan
	Puzur-Eshtar
Ir-Nanna	Hitlal-Erra
	Hanun-Dagan
Lagash indépendante (2023)	

* Chronologie selon J. M. Durand, MARI, 4, 1985, pp. 147-172.

IV. PERIODES D'ISIN-LARSA, PALEO-BABYLONIENNE

DATES	ISIN	LARSA	BABYLONE
		DYNASTIE DE LARSA	
2025	*DYNASTIE D'ISIN*	Naplânum (2025-2005)	
	Ishbi-Erra (2017-1985)		
2000		Emisum (2004-1977)	
	Shu-ilishu (1984-1975)		
	Iddin-Dagan (1974-1954)	Samium (1976-1942)	
1950	Ishme-Dagan (1953-1935)		
		Zabaia (1941-1933)	
	Lipit-Ishtar (1934-1924)	Gungunum (1932-1906)	
	Ur-Ninurta (1923-1896)		
		Abi-sarê (1905-1895)	*BABYLONE I*
1900	Bur-Sîn (1895-1874)	Sumu-El (1894-1866)	Sumu-abum (1894-1881)
			Sumu-la-El (1880-1845)
	Lipit-Enlil (1873-1869) Erra-imitti (1868-1861) Enlil-bâni (1860-1837)	Nûr-Adad (1865-1850)	
1850		Sîn-iddinam (1849-1843)	Sabium (1844-1831)
		Sîn-eribam. Sîn-iqisham. [illi-Adad (1842-1835)	
	Zambia. Iterpîsha. Urdukuga (1836-1828)	Warad-Sîn (1834-1823)	Apil-Sîn (1830-1813)
	Sîn-magir (1827-1817)	Rîm-Sîn (1822-1763)	
	Damiq-ilishu (1816-1794)		Sîn-muballiT (1812-1793)
1800	*Rîm-Sîn prend Isin*		Hammurabi (1792-1750)
		Hammurabi prend Larsa	
1750	*DYNASTIE DU PAYS DE LA MER*	Rîm-Sîn II (1741-1736)	Samsu-iluna (1749-1712)
	Iluma-ilum (Iliman) (c. 1732)		
			Abi-eshuh (1711-1684)

ET PALEO-ASSYRIENNE (c. 2000-1600)

MARI	ASSYRIE	ESHNUNNA	ANATOLIE
		Eshnunna indépendante	
	Ushpia	Ilushu-ilia (c. 2028)	
	Kikkia		
		Nûr-ahum	*Culture cappadocienne*
	Akkia		
	DYNASTIE DE PUZUR-ASHUR	Kirikiri	
	Puzur-Ashur I	Bilalama	
		Ishar-ramashshu	
	Shallim-ahhê	Usur-awassu	
		Azuzum	
	Ilushuma	Ur-Ninmar	
		Ur-Ningizzida	*Colonies de marchands assyriens en Cappadoce (kârum Kanesh I)*
		Ibiq-Adad I	
	Erishum I (c. 1906-1867)	Sharria	
		Belakum	
		Warassa	
	Ikûnum	Ibal-pî-El I	
DYNASTIE AMORRITE	Sharru-kîn (Sargon I)	Ibiq-Adad II	
Iaggid-Lim	Puzur-Ashur II		*Abandon du kârum Kanesh*
	Narâm-Sîn		
Iahdun-Lim (c. 1815-1798)	Erishum II		Pitkhana
		Dâdusha	
Iasmah-Adad (c. 1790-1775)	Shamshi-Adad I (c. 1796-1775)		*kârum* Kanesh II
Zimri-Lim (c. 1775-1761)	Ishme-Dagan (1780-1741)	Ibal-pî-El II	Anitta
Hammurabi détruit Mari	*Hammurabi prend Assur ?*	*Hammurabi prend Eshnunna*	
	Mut-Ashkur	Iqish-Tishpak	
KASSITES	Rimush	Anni	
Gandash (c. 1730)	Asinum		
Agum I	*Anarchie : 8 usurpateurs de Puzur-Sîn à Adasi*	*Samsu-iluna détruit Eshnunna*	

IV. PERIODES D'ISIN-LARSA, PALEO-BABYLONNIENNE... (suite)

DATES	ISIN	LARSA	BABYLONE
1700	Itti-ili-nibi		
	Damiq-ilishu		Ammi-ditana (1683-1647)
	Ishkibal		
1650			
	Shushshi		Ammi-saduqa (1646-1626)
	Gulkishar		Samsu-ditana (1625-1595)
1600			*1595 : prise de Babylone par les Hittites*
	5 autres rois jusqu'à Ea-gâmil (c. 1460)		Agum II ◄────────

MARI / HANA	ASSYRIE	ESHNUNNA	ANATOLIE
Kashtiliash I *roi du Hana*	bêlu-bâni (1700-1691)		
	Libaia (1690-1674)		*ANCIEN EMPIRE HITTITE*
Ushshi	Sharma-Adad I (1673-1662)		Labarnas I (c. 1680-1650?)
Abirattash	*IP*tar-Sîn (1661-1650)		
	Bazaia (1649-1622)		Hattusilis I (1650-1590)
Kashtiliash II			
Urzigurumash	Lullaia (1621-1618)		Mursilis I (1620-1590)
Harbashihu	Kidin-Ninua (1615-1602)		
Tiptakzi	Sharma-Adad II (1601)		
Agum II	Erishum III (1598-1586)		
	Shamshi-Adad II (1585-1580)		Hantilis I (1590-1560)

V. PERIODE KASSITE (c. 1600-1200)

DATES	BABYLONIE	ASSYRIE	HURRI-MITANNI
1600	1595 : prise de Babylone par les Hittites *DYNASTIE KASSITE* Agum II kakrime (c. 1570)	Erishum III Shamshi-Adad II Ishme-Dagan II Shamshi-Adad III	Kirta Shuttarna I (c. 1560)
1550	 Burnaburiash I	Ashur-nirâri I (1547-1522) Puzur-Ashur III (1521-1498)	*Formation du royaume mitannien* Parattarna (c. 1530)
1500	Kashtiliash III Ulamburiash	Enlil-nâsir Nûr-ili Ashur-râbi I	Saustatar (c. 1500) *L'Assyrie vassale du Mitanni*
1450	Agum III Kadashman-harbe I Karaindash Kurigalzu I	Ashur-nadin-ahhê I Enlil-nâsir II Ashur-nirâri II Ashur-bêl-nishêshu Ashur-rem-nishêshu	*Archives de Nuzi* Artatama I (c. 1430)
1400	Kadashman-Enlil I Burnaburiash II (1375-1347)	Ashur-nadin-ahhê II Eriba-Adad I (1392-1366) Ashur-uballiT I (1365-1330)	Shuttarna II (c. 1400) Artatama II Tushratta
1350	Karahardash Kurigalzu II (1345-1324) Nazimaruttash (1323-1298)	Enlil-nirâri Arik-den-ili (1319-1308) Adad-nirâri I (1307-1275)	Shuttarna III Shutatarra = ? Shattuara I ↓

ANATOLIE	SYRIE-PALESTINE	EGYPTE	ELAM
ANCIEN EMPIRE HITTITE (depuis c. 1680)		*Période des Hyksôs*	*DYNASTIE D'EPARTI* (depuis c. 1850)
			Tata (1600-1580)
Hantilis I (1590-1560)		*NOUVEL EMPIRE*	
		XVIIIᵉ DYNASTIE Amosis (1576-1546)	Atta-merra-halki (1580-1570)
	Les Hyksôs expulsés d'Egypte		Pala-ishshan (1570-1545)
Zidantas I			
Ammunas	Idrimi, roi d'Alalah	Aménophis I (1546-1526)	Kur-Kirwesh (1545-1520)
Huzziyas I		Thoutmosis I (1526-1512)	Kuk-nahhunte (1520-1505)
Telepinus (1525-1500)	*Campagnes égyptiennes en Syrie*	Thoutmosis II (1512-1504)	
		Thoutmosis III (1504-1450)	Kutir-nahhunte II (1505- ?)
Alluwanash			
Hantilis II			
Zidantas II	*Conquête de la Syrie par l'Egypte*		
Huzziyas II			
NOUVEL EMPIRE HITTITE Tudhaliyas I (1450-1420)	*Campagnes d'Aménophis en Syrie-Palestine*	Aménophis II (1450-1425)	
		Thoutmosis IV (1425-1417)	
Arnuwandas I (1420-1400)		Aménophis III (1417-1379)	
Tudhaliyas II Hattusilis II Tudhaliyas III (1395-1380)	*Epoque d'el-Amarna (c. 1400-1350)*	Aménophis IV (Akhenaten) (1379-1362)	*IGEHALKIDES*
Suppiluliumas I (c. 1380-1336)	*Conquête de la Syrie du Nord par les Hittites*	Tutankhamon (1361-1352)	Ige-halki (1350-1330)
Mattiwaza	*Archives d'Ugarit Ecriture cunéiforme alphabétique*	Ay (1352-1348) Horemheb (1348-1320)	Hurpatila
Arnuwandas II Mursilis II (1335-1310)		*XIXᵉ DYNASTIE* Ramsès I (1319-1317)	Pahir-ishshan I (1330-1310)
Muwatallis (1309-1287)		Séthi I (1317-1304)	Attar-kittah (1310-1300)

V. PERIODE KASSITE (c. 1600-1200) (suite)

DATES	BABYLONIE	ASSYRIE	HURRI-MITANNI
1300	Kadashman-Turgu (1297-1280)		Wasasatta
	Kadashman-Enlil II (1279-1265)	Salmanasar I (1274-1245)	Shattuara II
1250	Kudur-Enlil Shagarakti-Shuriash (1255-1243)		
	Kashtiliash IV	Tukulti-Ninurta I (1244-1208)	
	Gouverneurs assyriens (1235-1227)		
	Enlil-nadin-shumi Adad-shuma-iddina Adad-shuma-usur (1218-1189)	Ashur-nadin-apli Ashur-nirâri III Enlil-kudurri-usur Ninurta-apal-Ekur (1192-1180)	
1200	Melishipak (1188-1174)		
	Marduk-apal-iddina (1173-1161)	Ashur-dân I (1179-1134)	
	Zababa-shuma-iddina Enlil-nadin-ahhê (1159-1157)		
1150	*Fin de la Dynastie kassite (1157)*		

Le nombre, l'ordre et la chronologie des premiers rois de la Dynastie kassite jusqu'à Burnaburiash II sont très incertains. Il en est de même des derniers rois de l'ancien Empire hittite.

ANATOLIE	SYRIE-PALESTINE	EGYPTE	ELAM
	Bataille de Qadesh (1300)	Ramsès II (1304-1237)	Humban-numena (1300-1275)
Hattusilis III (1286-1265)	*Traité égypto-hittite (1286)*		Untash-napirisha (1275-1240)
Tudhaliyas IV (1265-1235)			
	Moïse et l'Exode		
Arnuwandas III (1235-1215)		Merneptah (1237-1209)	Unpatar-napirisha Kiten-Hutran (1235-1210 ?)
Suppiluliumas II (1215- ?)			*SHUTRUKIDES*
Les Phrygiens et les Gasga détruisent l'Empire hittite (c. 1200)	*Invasion des peuples de la Mer*	*XXe DYNASTIE* Ramsès III (1198-1166)	Hallutush-Inshushinak (1205-1185)
	Philistins Début de la conquête de Canaan par les Israélites		Shutruk-nahhunte (1185-1155)
		Ramsès IV à Ramsès XI (1166-1085)	Kutir-nahhunte Shilhak-Inshushinak (1150-1120)

DATES	BABYLONIE		ASSYRIE	PHENICIE-SYRIE
1150	*BABYLONE IV (ISIN II)*	Marduk-kabit-ahhêshu (1156-1139)	Ashur-dân I (1179-1134)	
		Itti-Marduk-balaTu Ninurta-nadin-shumi	Ashur-rêsh-ishi I (1133-1116)	
1100		Nabuchodonosor I (1124-1103)	Teglath-Phalazar I (1115-1077)	
		Enlil-nadin-apli Marduk-nadin-ahhê		*Royaumes néo-hittites en Syrie du Nord*
		Marduk-shapik-zêri	Asharid-apal-Ekur Ashur-bêl-kala (1074-1057)	
		Adad-apla-iddina (1067-1046)	Shamshi-Adad IV Ashurnasirpal I (1050-1032)	*Sédentarisation des Araméens en Syrie et expansion vers la Mésopotamie*
1050		Marduk-zêr-x Nabû-shum-libur (1032-1025)	Salmanasar II (1031-1020)	
	BABYLONE V	Simbar-Shipak (1024-1007) 2 rois (1007-1004)	Ashur-nirâri IV Ashur-râbi II (1013-973)	*BYBLOS* *DAMAS*
1000	*BABYLONE VI*	Eulma shakin-shumi (1003-987) 2 rois (986-984)		Ahiram Hadadezer (c. 1000)
	BABYLONE VII	Mâr-bîti-apla-usur		Itobaal *TYR* (c. 980)
950	*BABYLONE VIII*	Nabû-mukîn-apli (977-942)	Ashur-rêsh-ishi II Teglath-Phalazar II (967-935)	Hiram (c. 969-931)
		Ninurta-kudurri usur Mar-nîti-ahhê-iddina (941 ?)		Abibaal (c. 940)
			Ashur-dân II (934-912)	Yehimilk (c. 920)
900		Shamash-mudammiq (?-c. 900)	Adad-nirâri II (911-891)	
		Nabû-shuma-ukîn (899-888 ?)	Tukulti-Ninurta II	Elibaal
		Nabû-apla-iddina (887-855 ?)	Ashurnasirpal II (883-859)	Shipitbaal *DAMAS* Ben-Hadad I (880-841)
850		Marduk-zakir-shumi I (854-819)	Salmanasar III (858-824)	*Bataille de Qarqar (853)*
				Hazaël (841-806)
		Marduk-balassu iqbi Baba-aha-iddina	Shamshi-Adad V (823-811)	
800		5 rois inconnus Ninurta-apla-x	Adad-nirâri III (810-783)	Ben-Hadad II (806- ?)
		Marduk-bêl-zêri Marduk-apla-usur	Salmanasar IV	
		Eriba-Marduk (769-761) Nabû-shuma-ishkun (760-748)	Ashur-dân III (772-755) Ashur-nirâri V (754-745)	

PALESTINE		ANATOLIE	EGYPTE
			XXᵉ DYNASTIE
EPOQUE DES JUGES			
Othoniel		*Formation d'un royaume*	*Derniers Ramessides*
		lydien (Héraclides)	
Ehud		*(c. 1205-700)*	
Baraq. Débora			*TROISIEME PERIODE*
Gédéon		*Campagnes assyriennes*	*INTERMEDIAIRE*
		contre les Mushki	XXIᵉ DYNASTIE
Jephté			Smendès (c. 1085)
Samson			
Samuel		*Première colonisation de la*	Psusennès I (c. 1050)
MONARCHIE		*côte égéenne par les Ioniens,*	
Saül (1030-1010)		*Eoliens et Doriens*	
		(c. 1100-950)	
David (1010-970)			Amunémopè (c. 1000)
Salomon (970-931)			Siamon (c. 975)
			XXIIᵉ DYNASTIE
			Sheshonq I (945-924)
JUDA	*ISRAEL*		
Roboam	Jéroboam I		Osorkon I (924-889)
(931-913)	(931-910)		
Abiah			
Asa	Nadab. Baasa		Takelot I (889-874)
(911-870)	(909-886)		
	Ela (886-885)		Osorkon II (874-850)
	Zimri. Omri		
	(885-874)		
Josaphat	Achab	ROYAUME D'URAR]U	Takelot II (850-825)
(870-848)	(874-853)	Arame (c. 850)	
Joram	Ochosias		
(848-841)	Joram		
Ochosias	Jéhu (841-8i4)	Sardur I (832-825)	Sheshonq III (825-773)
Athalie		Ishpuini (824-806)	XXIIIᵉ DYNASTIE
Joas (835-796)	Joachaz		(Libyenne)
	(814-798)	Menua (805-788)	(c. 817-730)
Amasias	Joas (798-783)		5 rois
(796-781)		Argishti I (787-766)	Pami
Azarias (Osias)	Jéroboam II		Sheshonq V
(781-740)	(783-743)	Sardur II (765-733)	(767-730)

VII. PERIODES NEO-ASSYRIENNE* ET NEO-BABYLONIENNE (744-539)

DATES	BABYLONIE	ASSYRIE	PHENICIE-SYRIE	PALESTINE	
	BABYLONE IX (depuis 977)			*JUDA*	*ISRAEL*
750	Nabû-naṣir (Nabonassar) (747-734)	Teglath-Phalazar III (744-727)	*DAMAS* Razin (740-732) *732 : prise de Damas*	Jotham (740-736) Achaz (736-716)	Menahem (743-738) Peqah Osée (732-724)
	2 rois (734-732) Nabû-mukin-zêri Merodach-Baladan II (721-710)	Salmanasar V (726-722) Sargon II (721-705)	*Incorporation des royaumes néo-hittites et araméens à l'Empire assyrien (747 à 704)*	Ezechias (716-687)	*722 : prise de Samarie*
700	3 rois (703-700) Ashur-nadin-shumi (699-694) 2 rois (693-689)	Sennacherib (704-681)	*SIDON* Lullê		
		Assarhaddon (680-669)	*SIDON* Abdi-milkuti	Manassé (687-642)	
	Shamash-shuma-ukîn (668-648)	Ashurbanipal (668-627)			
650			*Campagnes assyriennes en Phénicie*		
	BABYLONE X DYNASTIE CHALDEENNE Nabû-apla-usur (Nabopolassar, 625-605)	Ashur-eṭil-ilâni Sîn-shumu-lishir Sîn-shar-ishkun Ashur-uballiṭ II		Amon Josias (640-609)	
600	Nabuchodonosor II (604-562)	*612-609 : conquête de l'Assyrie par les Mèdes et les Babyloniens*	*605 : bataille de Karkemish* *573 : prise de Tyr par Nabuchodonosor*	Joachaz Joiaqîm Joiakîn Sédécias (598-587) *587 : prise de Jérusalem par Nabuchodonosor*	
	Evil-Merodach Neriglissar				
550	Nabû-na'id (Nabonide)				
	539 : prise de Babylone par Cyrus				

* Classiquement, la période néo-assyrienne s'ouvre avec le règne d'Ashurnasirpal II (883-859),

ANATOLIE		IRAN		ELAM	EGYPTE
URARᵀU	*PHRYGIE*	*MEDES*	*PERSES*	*DERNIERES DYNASTIES*	XXIVᵉ DYNASTIE (Kushite)
Sardur II (765-733)					
				Humbash-tahrah (?760-742)	Piankhi (751-716)
	Midas (c. 740-700)			Humban-nikash I (742-717)	XXVᵉ DYNASTIE
Rusa I (730-714)		Deiocès (c. 728-675)			Tefnakht
					Bocchoris
				Shutruk-nahhunte II (717-699)	Shabaka (716-701)
Argishti II (714- ?)					
			Achemenes		Shabataka (701-689)
				Hallutush-Inshushinak (699-693)	
				Humban-nimena (692-687)	Taharqa (689-664)
				Humban-haltash I (687-680)	
	LYDIE MERMNADES				
	Gygès (685-644)	Phraorte (675-653)	Teispès (675-640)	Urtaki (674-663)	*Campagnes assyriennes en Egypte*
Rusa II					*RENAISSANCE SAITE* XXVIᵉ DYNASTIE
				Tempt-Humban-Inshushinak (Teuman, 668 ?-653)	Psammétique I (664-609)
		Cyaxare (653-585)		Tammaritu I (653)	
	Ardys (644-615)		Cyrus I (640-600)	Humban-haltash III (648-644 ?)	*653 : expulsion des Assyriens*
Sardur III				*Prise de Suse et pillage de l'Elam par Ashurbanipal*	
	Sadyatte (615-610)				
	Alyatte (610-561)			*610 : division de l'Elam entre Babyloniens et Mèdes*	Necho II (609-594)
Rusa III			Cambyze I (600-559)		
					Psammétique II (594-588)
Conquête de l'Urarᵀu par le Mèdes		Astyage (585-550)			Apriès (588-568)
					Amasis (568-526)
	Crésus (561-547)		Cyrus II (559-529)		
Conquête de la Lydie puis de toute l'Anatolie par Cyrus		*Cyrus roi des Mèdes* ↓			

porté sur le tableau VI.

VIII. EPOQUES ACHEMENIDE ET SELEUCIDE (539-126 avant J.-C.)

DATES	GRECE	IRAN	MESOPOTAMIE
550	Solon, archonte (depuis c. 620)	*ACHEMENIDES* (depuis c. 700)	
	Pisistrate (tyran) (539-528)		*539 : prise de Babylone par Cyrus*
		Cambyze II (530-523)	*EPOQUE ACHEMENIDE*
		Darius I (522-486)	*Révoltes : Nabuchodonosor III et Nabuchodonosor IV (522-521)*
500			
	Guerres médiques (490-478)	Xerxès I (485-465)	*Révoltes : Bêl-shimanni et Shamash-erîba (482) Sac de Babylone par Xerxès*
		Artaxerxès I (464-424)	*c. 460 : Hérodote à Babylone ?*
			Les Murashû banquiers à Nippur (455-403)
450	Périclès, stratège (443-430)		*Nabû-rimânni et Kidinnu astronomes*
	Guerre du Péloponnèse (431-404)	Darius II (423-405)	
400		Artaxerxès II (404-359)	*401 : Xénophon en Babylonie*
	Philippe de Macédoine (359-337)	Artaxerxès III (358-338)	
350			
	Alexandre-le-Grand (336-323)	Darius III (335-331)	*Gaugamèles (331). Alexandre entre dans Babylone. Il y meurt en 323*
	DIADOQUES		*EPOQUE SELEUCIDE*
			311 : début de l' ère séleucide
	Séleucos I (305-281)		

DATES	SYRIE	IRAN	MESOPOTAMIE
300	*SELEUCIDES*		*c. 300 : fondation de Séleucie/Tigre*
	Antiochos I (281-260)		*Dernières inscriptions royales en akkadien (Antiochos I)*
	Antiochos II (260-246)	*PARTHES ARSACIDES*	*Bérose écrit ses « Babyloniaca »*
250		Arsacès (250-248)	
		Tiridate I (248-211)	
	Séleucos II (245-226)		
	Antiochos III (222-187)		*Construction de temples à Uruk*
		Artaban I (211-191)	
200			
	Antiochos IV (175-164)	Mithridate I (171-138)	*Théâtre grec à Babylone*
	Démétrios I (162-150)		
150			
	Démétrios II (145-126)		*144 : Mithridate fonde Ctésiphon Démétrios reprend la Babylonie*
	Antiochos VIII (126-96)	Artaban II (128-124)	*126 : Artaban II arrache la Babylonie aux Séleucides*
		Mithridate II (123-88)	*EPOQUE PARTHE*
100			*Importants travaux de construction*
			Renaissance de l'Assyrie
		Orode I (80-76)	Royaumes d'ADIABENE (Assyrie)
	Antiochos XIII (69-65)	Phraate III (70-57)	d'OSRHOENE (Edesse = Urfa) et de CHARACENE (ancien « pays de la Mer »)
50	*64 : prise d'Antioche par Pompée*	Orode II (57-37)	*53 : Crassus battu à Carrhae (Harran)*

IX. EPOQUES PARTHE ET SASSANIDE (126 avant J.-C. -37 après J.-C.)

DATES	ROME	IRAN	MESOPOTAMIE
50	César et Antoine *EMPIRE ROMAIN* Octave Auguste (-27 à 14)	Phraate IV (-37 à -2)	*38 : guerre de Labienus contre les Parthes*
J.-C.	Tibère (14-37)	Artaban III (11-38)	
50	Caligula (37-41) Claude (41-54) Néron (54-68) Vespasien (70-79) Domitien (81-96)	Vologèse I (51-78) Pacorus II (78-115)	*Fondation de Hatra (c. 70 ?)* *74/75 : dernier texte cunéiforme connu*
100	Trajan (98-117) Hadrien (117-138) Antonin (138-161)	Osroès (109-128) Mithridate IV (128-147)	*Temple de Gareus à Uruk (c. 110)* *114-117 : campagnes de Trajan en Mésopotamie. Il prend Ctésiphon et atteint le golfe Arabo-Persique*
150	Marc-Aurèle (161-180) Commode (180-192) Septime Sévère (193-211)	Vologèse III (148-192) Vologèse IV (192-207)	*Royaume de HATRA (c. 160-240)* *164 : Cassius, légat de Syrie, prend Nisibine et Ctésiphon* *197 : Septime-Sévère prend Ctésiphon*

DATES	ROME	IRAN	MESOPOTAMIE
200			
	Caracalla (211-217)	Artaban V (208-226)	*Caracalla assassiné à Carrhae*
	Alexandre Sévère (222-235)	*SASSANIDES* Ardéshir I (224-241)	*EPOQUE SASSANIDE* *226 : Ardéshir prend la Mésopotamie*
		Shapur I (241-272)	*232 : campagne d'Alexandre Sévère ; échec* *240 : Ardéshir détruit Hatra*
250	Valérien (253-260)		*256 : Shapur détruit Assur* *260 : Valérien prisonnier de Shapur I* *262 : Odénath (Palmyre), allié des Romains, marche sur Ctésiphon*
	Aurélien (270-275)	Bahram II (276-293)	
	Dioclétien (285-305)	Narsès (293-302)	
300		Shapur II (309-379)	*296 : guerre contre Narsès, puis paix Rome gagne des provinces en Mésopotamie*
	Constantin (312-337)		
	Constance II (337-361)		*338-350 : guerres, puis paix entre Constance et Shapur II*
350			
	Julien l'Apostat (361-363)		*L'armée romaine envahit la Mésopotamie puis se retire devant la famine*
	Jovien (363-395)		*Jovien évacue les places-fortes en Haute-Mésopotamie*
	Théodose (379-395)	Bahram IV (388-399)	*Littérature chrétienne syriaque (Ecole d'Edesse)*
400	*EMPIRE BYZANTIN* (395-1453)	Yezdegerd I (399-420)	*Guerres intermittentes entre Byzantins et Sassanides Appauvrissement progressif de la Mésopotamie*
			637 : conquête de la Mésopotamie par les Arabes musulmans, avec l'appui des Lakhmides, Arabes chrétiens convertis à l'Islam
	↓	↓ 651	

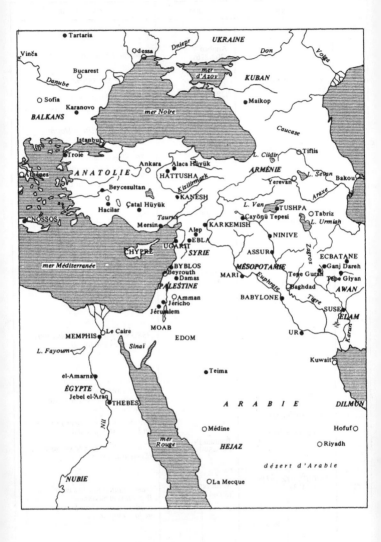

LE PROCHE-ORIENT ANTIQUE
(Hautes époques)

Villes modernes ○ Baghdad

Villes antiques ou
sites archéologiques ● NINIVE
● Tepe Hissar

0   200   400   600 km

mer d'Aral

TURKMENISTAN   ○ Boukhara   ● Samarcande

(Amu Darya)

Karakorum (désert)   ● Dashli Tepe   *Pamir*

mer Caspienne   ● Anau   ● Namazga Tepe   ● Balkh

● Tureng Tepe   ○ Meshed   *Hindu-Kush*
○ Gurgan
Elburz   ○ Téhéran   ● Tepe Hissar   ● Peshawar

plateau iranien   ○ Herat   ○ Kabul

I R A N   A F G H A N I S T A N

● Tepe Sialk   P A K I S T A N

○ Ispahan   *Dasht-i Kevir (désert)*   ● Harappa

○ Yazd

ANSHAN   ○ Kerman   ○ Kandahar
ANSHAN
(Tepe   ● PERSEPOLIS   Zahedan   ○ Qetta   MELUHHA
Malyan)   ● Shiraz   *Indus*

● Bushir   BELOUCHISTAN   ● Mohenjo-Daro
monts du
SHERIHUM   ● Tepe Yahya   ● Nal
● Bahrain   *Fars*   ● Amri
QATAR   *golfe Arabo-persique*   ● Kulli   ● Chanhu-Daro

● Karachi

MAGAN   Mascate   *océan Indien*   ● Lothal
jebel Akhdhar

OMAN

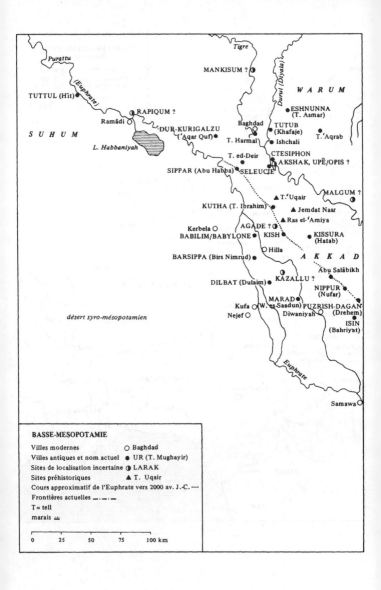

BASSE-MÉSOPOTAMIE

Villes modernes ○ Baghdad
Villes antiques et nom actuel ● UR (T. Mughayir)
Sites de localisation incertaine ◖ LARAK
Sites préhistoriques ▲ T. Uqair
Cours approximatif de l'Euphrate vers 2000 av. J.-C. ····
Frontières actuelles _.._.._
T = tell
marais ⸝⸜

0   25   50   75   100 km

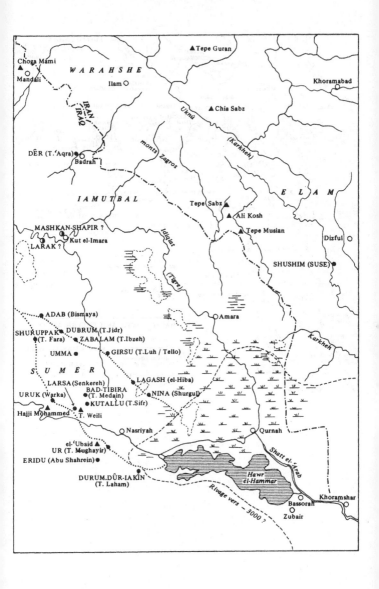

HAUTE-MESOPOTAMIE ET SYRIE ANTIQUE

Villes modernes	○ Mossoul
Villes antiques et nom actuel	● MARI (T. Hariri)
Villes antiques de localisation incertaine	◑ EKALLATUM?
Sites préhistoriques	▲ Shanidar
Sculptures et inscriptions rupestres	∴ Bavian

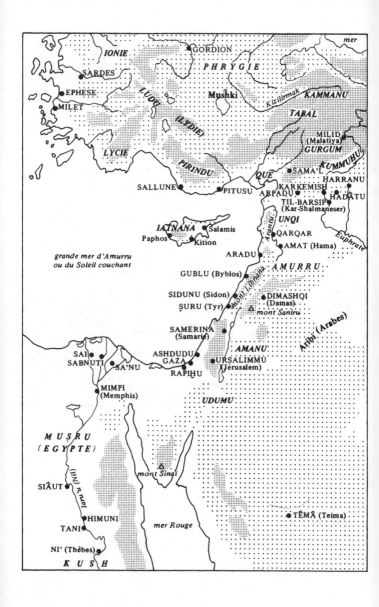

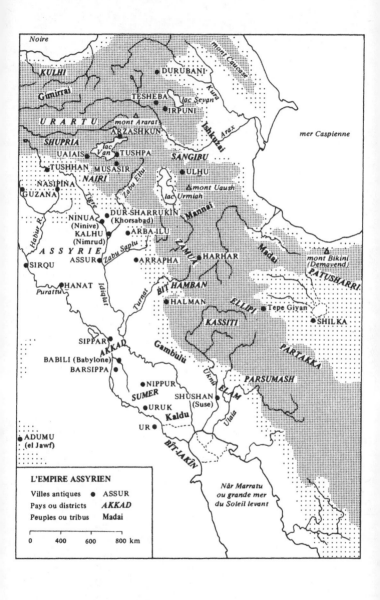

Noire

KULHI

Gimirrai

• DURUBANI

URARTU   mont Caucase

• TESHEBA
         • IRPUNI   lac Sevan
                                    Işkuzai
ARZASHKUN   Kura   Arax

SHUPRIA   mont Ararat
          UAIAIS lac Van • TUSHPA   SANGIBU   mer Caspienne
• TUSHHAN   MUSASIR
                     NAIRI   • ULHU
• NASIBINA
GUZANA •   Zabu Eliu   mont Uaush
                              lac Urmiah   Mannaï

                    DUR-SHARRUKIN
           NINUA   (Khorsabad)   Madaï   mont Bikini
           (Ninive) • ARBA-ILU   (Demavend)
           KALHU   ZAMUA
           (Nimrud) ASSUR Zabu Saplu • HARHAR   PATUSHARRI
ASSYRIE
• SIRQU   ARRAPHA   ELLIPI
                              BIT-HAMBAN
    • HANAT   • Tepe Giyan
Purattu   Turnat   • HALMAN   KASSITI   • SHILKA

                                                  PARTAKKA
           SIPPAR •
           AKKAD   Gambulu
BABILI (Babylone) •
BARSIPPA •   Uknu   PARSUMASH
                   • NIPPUR
           SUMER   SHUSHAN
              • URUK   (Suse)   ELAM
           Kaldu
• ADUMU   • UR   Ulaia
(el Jawf)
                    BIT-IAKIN

                                   Nâr Marratu
                                   ou grande mer
                                   du Soleil levant

L'EMPIRE ASSYRIEN

Villes antiques   • ASSUR
Pays ou districts   *AKKAD*
Peuples ou tribus   Madaï

0   400   600   800 km

Index

Les noms géographiques modernes sont en italique. Les noms de dieux et déesses sont suivis d'un astérisque. Les rares noms géographiques à distance du Proche-Orient cités au pluriel dans l'ouvrage ont été regroupés par continents (Afrique, Amérique, Asie, Europe).

Table

RÉALISATION : PAO SEUIL.
IMPRESSION : NORMANDIE ROTO IMPRESSION S.A.S. À LONRAI
DÉPÔT LÉGAL : FÉVRIER 1995. N° 23636-9 (1700683)
IMPRIMÉ EN FRANCE